HENDRIK LAMBERTUS ist promovierter Skandinavist und Mediävist und lebt mit seiner Familie in der Nähe von Bremen. Seit 2011 betreibt er als freiberuflicher Schreibcoach die Schreibwerkstatt «Satzweberei» und veröffentlicht Bücher in unterschiedlichen Genres. Nach «Das Erbe der Altendiecks», einer Familiensaga über eine Bremer Uhrmacherdynastie, erscheint nun mit «Der Zorn der Flut» ein neuer historischer Roman über die Naturkatastrophe, die das Gesicht der Nordseeküste für immer veränderte: die Marcellusflut von 1362.

HENDRIK LAMBERTUS

DER ZORN DER FLUT

HISTORISCHER ROMAN

Rowohlt Taschenbuch Verlag

Originalausgabe
Veröffentlicht im Rowohlt Taschenbuch Verlag,
Hamburg, Dezember 2022

Redaktion Sabine Biskup
Covergestaltung Hafen Werbeagentur, Hamburg
Coverabbildung arkivi/akg-images; Aaron Foster,
Daniele Atzori/Getty Images
Satz aus der DTL Vanden Keere
bei Pinkuin Satz und Datentechnik, Berlin
Druck und Bindung GGP Media GmbH, Pößneck, Germany
ISBN 978-3-499-00832-0

TEIL 1

Winterstürme

1361

Erstes Kapitel

Grau und schwer hing der Himmel über den Uthlanden, ein wolkenzerfurchter Spiegel der nahen See. Der Wind trieb Graupelregen vor sich her und einen Hauch von jener Winterkälte, die schon bald auf den Herbst folgen würde. Ein Herdfeuer in einer warmen, rauchigen Halle war an solch einem Abend verlockender als die Freuden des Paradieses.

Dennoch verharrte Auke ungerührt in der Kälte und zog seinen Wollmantel fester um die Schultern, wie er es schon unzählige Male zuvor getan hatte. Es brauchte mehr als Wind und Regenschauer, um einen Bewohner der nordfriesischen Marschen kleinzukriegen.

Auke war sogar dankbar für die Wolkenbänke, die das Land in trübes Zwielicht tauchten. Für das, was er vorhatte, konnte er kein helles Licht gebrauchen – und auch der Herrgott schaute am besten nicht auf seine Tat herab.

Neben ihm schnaubte der lange Eyk missmutig, als ihm eine Bö den Regen ins Gesicht peitschte. Er war ein hagerer Kerl mit rotblondem Bart und Hakennase, der Auke um einen guten Kopf überragte. Eine wuchtige Axt ruhte in seiner Pranke. «Wo bleiben diese Torfköpfe denn?»

«Sie werden uns schon nicht versetzen», erwiderte Auke und zwang sich zu einem spöttischen Grinsen. «Das wäre schließlich kein höfisches Benehmen, oder was meint ihr?»

Nervöses Gelächter ertönte ringsum. Ein gutes Dutzend Gestalten duckte sich zusammen mit Auke in den Schatten: allesamt Söhne und Knechte der Freibauern des Umlands. Sie waren in dunkle Wöbbe-Kleidung gehüllt, dem festen Wollzeug der Friesen. Manche von ihnen trugen Speere, andere Knüppel, Äxte oder Dolche.

«Gebe Gott, dass du recht hast, Auke Feddersen», brummte Eyk. Dass er Aukes Vatersnamen aussprach, war kein Zufall, sondern eine unverhohlene Forderung. Er wies damit darauf hin, dass Auke der Sohn und Erbe des Großbauern Fedder vom Woge-Hof war, eines der mächtigsten Landbesitzer in diesem Teil der Marschen. Aus diesem Grund folgten die anderen ihm – und sie erwarteten, dass alles verdammt noch mal so lief, wie er es ihnen gesagt hatte. Auke trug die Verantwortung.

«Sie werden gleich hier sein», bekräftigte er und verbarg seine Anspannung weiter hinter einem zuversichtlichen Lächeln. Es war seine Aufgabe, Stärke zu zeigen, damit keiner von den anderen einknickte.

Die Männer kauerten sich an die Flanke der alten Klosterwarft. Auf dem Hügel, der zum Schutz vor Überflutungen aufgeschüttet worden war, hatten früher mehr oder weniger fromme Mönche gelebt. Doch das Kloster war schon lange verlassen, und die Witterung hatte die Flechtwerk-Wände der Wohnhäuser abgetragen. Lediglich die Backsteinmauern der kleinen Kapelle ragten noch in den Abendhimmel. Ihre leeren Fenster starrten Auke vorwurfsvoll an.

Weiter vorne führte ein schlammiger Dammweg direkt an der Klosterwarft vorbei, flankiert von Entwässerungsgräben und Weidezäunen aus Haselruten, die um Pflöcke in der Erde geflochten waren. Für jemanden, der sich von landeinwärts aus näherte, waren Auke und die anderen hinter der Warft verborgen.

«Vielleicht haben die Feiglinge etwas gewittert und nehmen jetzt einen anderen Weg», flüsterte der kurze Harro vom Westerhof, während er nervös seinen Speer von einer Hand in die andere wandern ließ.

Auke straffte sich. Es war an der Zeit für ein paar deutliche Worte. Sobald einer zu murren anfing, würde sich Unsicherheit breitmachen.

Er öffnete den Mund zu einer strengen Erwiderung – da tönte ein Pfiff durch das Abenddunkel. Er kam von oben, vom Backstein-Skelett der Kapelle. Lüder, ihr Ausguck, gab das vereinbarte Zeichen!

«Haltet euch bereit», zischte Auke.

Er griff an seinen Gürtel und zog seine Waffe: ein Malchus, ein kurzes Schwert mit breiter, an der Spitze abgerundeter Klinge. Malchus war einer jener Söldlinge gewesen, die einst den Heiland im Garten Getsemani festgesetzt hatten. Der Jünger Petrus hatte seinen Meister verteidigt und Malchus im Kampf ein Ohr abgeschlagen. Nun, Auke hatte vor, seinen Malchus heute ähnlich geschickt einzusetzen …

Jetzt konnte er bereits flackernde Lichter erkennen, die sich näherten. Der Wind trug Fetzen von Stimmen und Pferdeschnauben heran. Metall klirrte, Wagenräder knarrten. Eine größere Gruppe zog die Straße entlang. An der Spitze waren drei Berittene zu erkennen, dahinter rumpelten zwei schwere Ochsenwagen, beschirmt von Bewaffneten zu Fuß. Laternen mit Scheiben aus dünn geschliffenem Horn waren an den Kutschböcken befestigt, ihr Schein wanderte durch die Abenddämmerung wie die Lichter ruheloser Seelen.

Der vorderste Reiter trug einen schweren, tiefrot gefärbten

Mantel, und sein Pferd war eine knappe Elle größer als die anderen Reittiere. Unter dem Mantel schimmerten die Ringe einer Rüstung hervor: ein Kettenpanzer, an den Gelenken verstärkt durch bewegliche Plattenteile. An der Seite des Reiters hing ein langes, gutes Schwert, in der rechten Hand trug er eine Lanze mit einem Banner.

Auke kannte das Wappen darauf nur zu gut: drei blaue Löwen übereinander auf gelbem Grund. Sie waren von einem Teppich aus roten, oben leicht eingedellten Tupfen umgeben. Er schnaubte mit grimmiger Belustigung. Die Dänen behaupteten zwar, dass das Seerosenblätter waren. Für ihn aber war das Banner des Dänenkönigs Valdemar übersät mit Herzchen.

Auch den Mann, der das Königsbanner führte, kannte Auke, zumindest vom Hörensagen. Es sprach sich herum, wenn sich ein leibhaftiger Ritter in die Uthlande verirrte. Herr Oluf von Dyre war gekommen, um für seinen König den *Plogpennig* von den friesischen Freibauern im Edomsharde-Bezirk einzutreiben – der Pflugpfennig war eine Landsteuer, mit der König Valdemar seine zahlreichen Kriegszüge zu finanzieren pflegte. Das taten die Dänen regelmäßig, so auch in diesem Herbst im Jahre des Herrn 1361.

«Was für ein Gockel», brummte Auke, während Herr Oluf den Zug in vollem Ornat anführte, als wäre es eine unheimlich wichtige Sache, eine Fahne zwischen Schafen und Deichen spazieren zu tragen. Immerhin verzichtete der Ritter aus Bequemlichkeit auf seinen Helm und trug nur eine wattierte Haube, sodass sein Gesicht zu erkennen war: Herr Oluf war ein älterer Mann mit einem dunklen Vollbart. Die Hundsgugel mit dem schnabelartig-spitzen Visier musste ein schlaksiger Hänfling für ihn tragen, der hinter ihm ritt, vermutlich sein Knappe.

Inzwischen hatte der Zug die Klosterwarft fast erreicht. Die Männer rings um Auke verlagerten unruhig ihr Gewicht. Lange durfte er den Angriff nicht mehr hinauszögern, sonst würde irgendjemand vor Anspannung etwas Dummes tun. Aber noch war der Zeitpunkt nicht ideal. Die Fuhrwerke mussten ein bisschen näher herankommen und die Klosterwarft passieren, damit Auke dem Zug mit seinen Leuten in die Flanke fallen konnte …

Auke presste die Lippen zusammen, als sein Blick auf den rückgratlosen Kerl fiel, der dicht bei Herrn Oluf ritt, kaum eine halbe Pferdelänge hinter ihm. Er war ziemlich jung, nicht älter als er selbst, und trug einen dunkelblonden Kinnbart. Der Kragen seines Mantels war mit Pelz besetzt, und auch er führte ein Schwert. Das war Owe, der Sohn des Großbauern Ingmar, der das Umland als Staller für den dänischen König verwaltete.

Ingmars Sippe war die einzige in der Gegend, die noch mächtiger als Aukes Familie war. Das machte Owe zu Aukes natürlichem Konkurrenten – das und der Umstand, dass Owe ein Angeber war, der sich nur zu gerne bei den dänischen Oberherren anbiederte. Früher hatte Auke Ingmars Leute dafür gehasst. Doch nun gab es da etwas, das alles änderte …

Er wischte den Gedanken beiseite und konzentrierte sich ganz auf die Aufgabe, die vor ihnen lag. Der Ritter hatte vier Waffenknechte dabei, die sich dicht bei den Karren hielten. Die Männer auf den Kutschböcken waren Knechte aus dem Gefolge des Stallers. Sie trugen keine Rüstungen, waren jedoch ebenfalls bewaffnet.

Grimmig lächelte Auke. Es würde dem dänischen Edelmann bestimmt nicht schmecken, dass hier einfache Bauern mit Waffen einherzogen. Aber er hatte es mit freien Königsfriesen zu tun. Und Auke würde ihm gleich zeigen, dass die sich nichts gefallen ließen – auch nicht vom dänischen König!

Der Zug passierte den Schatten der Warft. Auke vergewisserte sich, dass sein Wollschal fest vor dem Gesicht saß und seine Züge verhüllte. Dann hob er seinen Malchus. Das war das Angriffssignal!

Grölend und heulend, wie eine Horde nächtlicher Dämonen, stürmten Aukes Leute hinter der Klosterwarft hervor und schwärmten in Richtung Straße aus.

Sofort brach Hektik in dem Wagenzug aus, als hätte man in einen Ameisenbau getreten. Männer riefen Befehle, Waffen wurden gezogen, Pferde wieherten. Auke aber brüllte aus voller Kehle, ließ sich von der Kraft des Ansturms vorantreiben, ein starker Arm unter vielen. Wie eine Flutwelle würden sie über die Eindringlinge hinwegspülen!

Zu seiner Linken lief der lange Eyk direkt auf einen der Ochsenkarren zu, die Axt in der schwieligen Hand. Da näherten sich schwere Hufschläge von der Seite. Der Rittersmann hatte sich als Erster von dem Schreck erholt. Er wendete sein Ross in einer scharfen Kehre und galoppierte nun auf Eyk los. Dieser wirbelte herum. Drohend reckte er dem Ritter seine Axt entgegen, schrie eine Herausforderung, die im allgemeinen Lärm unterging. Herr Oluf verlangsamte nicht einmal sein Pferd. Er senkte seine Lanze – und stieß sie dem langen Eyk in den Leib, dass die Spitze aus dem Rücken hervortrat. Blut gurgelte zwischen Eyks Lippen hervor und ergoss sich über seinen Bart, als er auf die Knie sank. Seine Axt fiel klatschend in den Matsch. Der Ritter aber wendete schon wieder das Pferd, zog in einer fließenden Bewegung sein Schwert und rief seinen Waffenknechten einen Befehl zu.

Schlagartig fiel alle Begeisterung von Auke ab. Eyk war

tot – der erste Verlust, noch bevor der Kampf richtig begonnen hatte. Herr Oluf war ein ausgebildeter Ritter, aufgewachsen mit der Klinge in der Hand, und seine Männer waren gewiss in den Kriegszügen König Valdemars gestählt worden. Aukes Leute durften nicht darauf hoffen, diesen Kampf durch schiere Schlagkraft zu gewinnen. Wenn sie nicht noch mehr gute Männer verlieren wollten, mussten sie sich sputen!

«Los! Zu den Wagen!», rief Auke zu Harro und dem starken Wolter, die ihm am nächsten waren. Gemeinsam stürmten sie auf den vorderen Ochsenkarren zu. Jemand trat Auke in den Weg – einer der Waffenknechte! Sein Schwert fauchte heran. Instinktiv warf sich Auke zur Seite, und die Klinge zerteilte die Luft, wo er eben noch gestanden hatte. Auke hatte keine Zeit für Angst. Ohne nachzudenken, sprang er den Krieger an, ehe dieser wieder ausholen konnte. Mit der Linken klammerte er sich am Schwertarm seines Gegners fest, mit der Rechten führte er den Malchus. Die kurze Waffe hatte weniger Reichweite als ein Schwert, ließ sich aber im Handgemenge besser führen.

Der Kriegsmann trug einen einfachen Eisenhut-Helm ohne Visier. Seine Züge waren grimmig verzerrt. Auke nutzte seine Chance und zog ihm die Klinge seines Malchus quer über das Gesicht.

Der Waffenknecht taumelte keuchend zurück. Er presste eine Hand auf sein Auge, während Blut zwischen seinen Fingern hervorquoll. Entschlossen stieß Auke ihn zur Seite und rannte weiter auf den Karren zu, die rot verschmierte Klinge in der Hand.

Harro hatte inzwischen einen der Fuhrknechte vom Bock gezogen und raufte am Boden mit ihm. Der zweite Fuhrmann schlug mit seiner Peitsche nach Wolter, doch da kam auch schon Lüder von hinten heran und zog ihm einen Knüttel über den Schädel.

«Was für Weicheier!», feixte Lüder grinsend, weil er selbst im Kampfgetümmel keine spöttische Bemerkung auslassen konnte.

«Rasch! Hoch da!», drängte Auke, der dafür keinen Nerv hatte. Zusammen mit den beiden anderen sprang er auf den Karren. In der Nähe schrie jemand auf, um kurz darauf gurgelnd zu verstummen. Ein rascher Blick verriet Auke, dass Herr Oluf immer noch im Sattel saß und mit dem Schwert um sich hieb, gedeckt von seinem Knappen. Gerade ging Gunne unter einem Schwerthieb zu Boden.

Auke wandte sich der Ladefläche des Wagens zu. Hier lagerten Bündel von Wollstoffen neben Spulen voller Garn, ein Stapel gegerbter Rinderhäute neben prächtigen Räucherschinken. Schätze der Marschen, bestimmt für die Heere des Königs.

Doch Auke hatte es nicht auf die Naturalien abgesehen, die Abgaben der einfachen Leute. Gemeinsam mit Lüder und Harro wühlte er sich durch die Waren, warf Wolle und Häute achtlos vom Wagen. Da war sie: eine kleine, eisenbeschlagene Truhe, die inmitten der Güter stand. Sie musste das Silber enthalten, das den Großbauern als Steuer abgepresst wurde.

«Runter damit!»

Auke und Lüder packten die Truhe an den Griffen und wuchteten sie vom Wagen. Unten nahm Wolter sie entgegen, der sich extra dafür Trageriemen auf den Rücken geschnallt hatte. Er machte einen Buckel und hetzte schnaufend mit der schweren Last voran.

Auke pfiff durch seine Finger, drei schrille Töne hintereinander. Das war das Zeichen für den Aufbruch!

Ringsum lösten sich seine Leute aus den Kämpfen und schickten sich an, ins Dunkel zu verschwinden.

Auch Auke schwang sich vom Kutschbock – und wurde hart zur Seite gestoßen, sodass er gegen den Wagen prallte. Plötzlich stand Owe Ingmarsen vor ihm, der Sohn des Stallers. Er wirkte zerzaust und angeschlagen, jemand musste ihn von seinem Pferd gezogen haben. In seiner Faust glänzte das blanke Schwert. Es war ein altes Erbstück seiner Sippe, der eiförmige Knauf war voller Dellen, doch seine Klinge noch immer scharf und gefährlich.

«So einfach entkommt ihr nicht, ihr Pack!» Sofort stürzte sich Owe mit dem Schwert auf Auke. Dieser musste vor den wuchtigen Schlägen zurückweichen, während Owe mit starrköpfiger Wut auf ihn einhieb.

War da eine Öffnung in seiner Deckung? Auke sprang vor – und stolperte über eine Rinderhaut, die er eben noch selbst vom Wagen geworfen hatte. Plötzlicher Schmerz peitschte durch seinen Arm, als ihm der Malchus aus der Hand geschlagen wurde. Owes Schwert zuckte gleich noch einmal vor. Mit Mühe und Not konnte Auke sich retten, indem er sich nach hinten fallen ließ, doch die Klinge verfing sich in seinem Schal und riss ihm das Tuch vom Gesicht.

Für einen Herzschlag schauten sich Auke und Owe direkt in die Augen. Innerlich fluchte Auke. Doch auf Owes Gesicht zeigte sich keine Überraschung. Nur grimmige Kampfeswut.

Also wich Auke zur Seite und griff sich die Rinderhaut, die noch immer im Schlamm lag. Ehe Owe reagieren konnte, warf er sie dem Sohn des Stallers über den Kopf. Orientierungslos kämpfte Owe mit dem Leder.

Auke wartete nicht ab, bis er sich befreit hatte, sondern griff sich rasch seinen Malchus und rannte zusammen mit den anderen von der Straße runter und über die regenmatschige Wiese.

Hinter sich hörte er Pferde wiehern. Herr Oluf und sein Knappe hatten die Verfolgung aufgenommen, begleitet von ihren Waffenknechten. Auke grinste verächtlich. Wenn sie glaubten, dass Leute in schweren Rüstungen hier draußen eine Chance hatten, kannten sie die Uthlande schlecht!

Vor Auke schimmerte Wasser im Abenddunkel: Ein Entwässerungskanal zog sich quer durch das Land und begrenzte die Weide. Ohne anzuhalten, hielt er mit seinen Gefährten auf ein Ginstergesträuch am Ufer zu. Im Schutz der Büsche lagen einige Holzstangen bereit, die die Männer dort deponiert hatten.

Auke schnappte sich eine der übermannslangen Stangen und lief zum Graben. Gekonnt stieß er ihr Ende in den Schlamm und schwang sich an dem biegsamen Holzstab auf die andere Seite. Seine Leute taten es ihm gleich, wie es in Friesland mit seinen zahllosen Gräben seit Jahrhunderten Brauch war.

Ein Blick zurück verriet ihm, dass Wolter gerade dabei war, sich mit Harros Hilfe die Böschung hinaufzukämpfen. Wegen der Truhe hatte er den unbequemen Weg durch Schlick und Wasser nehmen müssen. Glücklicherweise war er mit genug Vorsprung losgerannt, sodass er nicht zu weit hinter den anderen zurückfiel.

Irgendwo hinter ihnen schimpfte Herr Oluf auf höchst unritterliche Art und Weise. Der edle Herr hatte sein Pferd am Graben angehalten und war nun dabei, seine unglücklichen Waffenknechte in den Schlick hinabzutreiben. Auke und seine Männer würden schon lange verschwunden sein, wenn die schwerfälligen Gestalten den Graben überwunden hatten.

Doch weiter hinten kam schon Owe Ingmarsen mit den friesischen Fuhrknechten angerannt …

Auke wandte sich ab und konzentrierte sich wieder aufs Laufen. Ob Owe ihn erkannt hatte? Sogleich schämte er sich für den Gedanken. Er sollte lieber an Eyk denken, den die Lanze des Ritters durchbohrt hatte, an Gunne, den sein Schwert niedergestreckt hatte, und die anderen Gefallenen … War es da nicht gleichgültig, ob in der Zukunft vielleicht Ärger auf ihn wartete?

Es ging am Ufer entlang und schließlich etwas bergab. Nun lag vor Auke das Wasser eines Priels, wo ein flacher Kahn vor sich hin schaukelte. Es war ein Ewer nach der Bauart der Marschen: ein Schiffchen mit einem einzelnen Mast und Plattboden, dessen geringer Tiefgang es ihm erlaubte, auch flache Stellen des Wattenmeers zu befahren.

Der alte Thedo, der den Ewer bewacht hatte, war bereits auf die Füße gesprungen und half Wolter dabei, die Truhe einzuladen.

Thedos Blick überflog die Neuankömmlinge: sechs Gestalten. Dann wandte er sich Auke zu, und Sorgenfalten zerfurchten seine ohnehin vom Wetter gezeichnete Stirn.

«So wenige?»

Seine knappe Frage wog schwerer als so manch langatmige Predigt.

«Sie haben sich mit scharfen Klingen gewehrt», knurrte Harro, während er dabei half, den Kahn fahrbereit zu machen. «Gunne wurde gleich neben mir niedergestreckt.»

«Die anderen sind nicht allesamt tot», warf Auke rasch ein. «Einige haben sich auf der Flucht verstreut. Und sie wissen, wo sie sich verstecken müssen. Wir werden uns bald wieder zusammenfinden.»

«Trotzdem.» Thedo schüttelte den Kopf. «Dieses Silber wurde mit viel Blut erkauft.»

«Es geht nicht um das Silber!», erwiderte Auke heftig. «Es geht darum, dass der Dänenkönig sich nicht einfach von uns nehmen kann, was ihm beliebt. Das Volk der Marschen lebte schon immer frei, und so soll es auch bleiben.»

Niemand erwiderte etwas. Die Männer schwiegen, während der Ewer vom Ufer abgestoßen wurde und schließlich auf dem Priel entlangglitt, dem offenen Meer entgegen. Sie würden schon lange verschwunden sein, wenn Herr Oluf mit dem Sohn des Stallers am Ufer eintraf. Und auf dem Wasser hinterließ man keine Spuren.

Nachdenklich starrte Auke auf die eisenbeschlagene Truhe. Owe würde auf gewissen Höfen nach der Beute suchen. Doch Auke wusste, wie Owe dachte. Und er würde dafür sorgen, dass die Leute des Stallers vergeblich suchten. Dieses Silber gehörte in die Uthlande, und er würde dafür sorgen, dass es dort blieb.

Während der Ewer an der Küste entlangsegelte, versuchte Auke, Befriedigung über ihren Erfolg zu empfinden. «Manchmal müssen eben Opfer gebracht werden», murmelte er.

«Möge der Herr geben, dass es nicht noch mehr werden», erwiderte der alte Thedo, ohne ihn anzuschauen. Das Meer schwieg dazu.

Zweites Kapitel

An dem Tag, als Herr Oluf von Dyre aufbrach, kehrte auf dem Hof des Stallers Ingmar wieder Ruhe ein. Griet stand etwas abseits vom Langhaus ihres Vaters auf der Warft – dem künstlich aufgeschütteten Hügel, auf dem sich ihr Hof befand – und schaute Herrn Oluf mit gemischten Gefühlen hinterher.

Der Ritter reiste durch das graugrüne Marschland in Richtung Norden, und sein Gefolge begleitete ihn: Iver, sein frecher Knappe, seine Bewaffneten und Knechte – und natürlich die Ochsenkarren mit den Abgaben. Das Löwenbanner des Dänenkönigs hing kraftlos im Wind, und die Reisenden schlurften bedrückt hinterdrein, als zögen sie besiegt von einem Schlachtfeld ab.

Griet folgte dem Zug mit dem Blick, bis hinüber zu dem Strauchwerk, hinter dem das Dach der Kirche von Gaikebüll aufragte. Herr Oluf würde noch viel weiter reisen als bis in den kleinen Hauptort des Kirchspiels. Sein Weg führte ins ferne Seeland, wo der Ritter seinen Hof hatte.

Bei dem Gedanken an Herrn Olufs Burg, die eigentlich nur aus einem Wehrturm mit einem Gehöft bestand, verzog Griet das Gesicht. Sie hatte mehr als ein Jahr dort zugebracht, um von Frau Anna, der Gemahlin des Ritters, die höfischen Künste einer Edelfrau zu erlernen. Damals war sie so begierig darauf gewesen, endlich einmal die graue Weite der Edomsharde hinter sich zu lassen und etwas von der Welt zu sehen! Doch ihre höfische Erziehung hatte sich als einzige Aneinanderreihung von ermüdenden Exerzitien erwiesen: Singen und Saitenspiel, das Besticken von Gewändern und Schmuckteppichen, das Benehmen bei Tisch und allgemein das Betragen einer Dame von Stand. Besonderen Wert hatte Frau Anna bei der Ausbildung auf Tratsch, Gerüchte und Bosheiten aller Art über irgendwelche Frauen am Königshof gelegt, die Griet nicht einmal kannte … und auch gar nicht kennen wollte.

Schließlich war sie nur die Tochter eines friesischen Großbauern. Doch ihr Vater hatte darauf bestanden, dass aus ihr eine Dame wurde.

«König Valdemar hat unserer Sippe die Verwaltung der Edomsharde übertragen», hatte er damals erklärt. «Damit stehen wir auf Augenhöhe mit seinen Junkern und Rittern. Und wir brauchen uns, bei Gott, nicht hinter ihnen zu verstecken! Darum wirst du alles lernen, was eine Edelgeborene eben so lernt. Die Zukunft steht dir damit offen. Außerdem …», hatte er mit einem wehmütigen Lächeln ergänzt, «… bist du schließlich nach der Prinzessin Margrethe von Dänemark benannt. Das verpflichtet.»

Auch Griet hatte daraufhin traurig gelächelt. Der Name war Mutters Idee gewesen, und sie hatte Griet auch gerne *ihre Prinzessin* genannt – bis die Pest sie vor einigen Jahren dahingerafft hatte, wie so viele andere Bewohnerinnen und Bewohner der Uthlande.

Griet war also Vaters Gebot gefolgt und nach Seeland gereist. Frau Anna war mehr als streng zu ihr gewesen und hatte sie spüren lassen, dass sie «nur eine Bäuerin» war. Doch Griet wäre nicht Griet gewesen, wenn sie sich daraufhin nicht doppelte Mühe gegeben hätte, die niemals zufriedene Herrin zu beeindrucken. Herr Oluf hingegen hatte sich auf seine brummige Art durchaus nett gegeben, wenn er Griet überhaupt beachtet hatte. Und in Eufemia, seiner Tochter, hatte sie sogar so etwas wie eine Freundin gefunden, deren abgelegte Kleider sie nun trug.

Es war seltsam, nach so langer Zeit wieder hier, in der Edomsharde, zu sein und zuzusehen, wie mit Herrn Oluf auch ihre anstrengende Zeit bei Hofe dem Horizont entgegenzog. Schon bald würde all das nur eine Erinnerung sein. Doch auch das war so ausgemacht gewesen: dass sie zu ihrem Vater zurückkehren würde, um ihre «Pflichten für die Familie zu erfüllen». Und was das bedeutete, wusste sie nur zu gut.

«Na? Vermisst du Seeland schon?» Owe war unbemerkt an sie herangetreten. Ein verquollener Bluterguss entstellte sein Gesicht, eine Erinnerung an seinen Kampf gegen die Räuber bei der alten Klosterwarft. Damit sah er ein wenig aus wie die Knechte, wenn sie zur Kirchweih zu viel Bier getrunken und sich geprügelt hatten. Nicht, dass ihr biederer Bruder so etwas jemals getan hätte …

«Ja und nein», antwortete Griet ehrlich. «Ich bin froh, keine Teppiche mehr besticken zu müssen und wieder bei euch zu sein. Aber irgendwie …», sie machte eine hilflose Geste, die die gesamte Edomsharde bis zum Horizont umfasste, «… irgendwie hat sich hier nichts verändert. Und das wird es wohl auch nie …»

Owe schaute sie verständnislos an. Dass jemand fehlende Veränderung als Mangel begriff, schien über seinen Verstand zu gehen.

In diesem Moment fauchte eine heftige Bö über die Warft und zerwühlte Griets dunkelblondes Haar.

«Die Herbstwinde sind ungewöhnlich stark in diesem Jahr», murmelte Owe und schaute mit zusammengekniffenen Augen zum Himmel. «Und die Sturköpfe, die die Herrschaft des Königs nicht anerkennen wollen, werden immer dreister. Genug Veränderung, wenn du mich fragst.» Er rieb sich über den Bluterguss.

Griet musterte die Verletzung nachdenklich. «Herr Oluf wird gewiss dem König von dem Überfall berichten.» Sie hegte da so einen Verdacht, was diese Räuber anging.

«Allerdings», knurrte Owe. «Vater hatte seine liebe Müh, ihn glauben zu machen, dass es nur räudige Straßenräuber waren – und nicht etwa aufständische Friesen.»

«Das war gewiss schwierig», erwiderte Griet. «Ich habe gehört, dass Leute von den umliegenden Höfen unter den erschlagenen Räubern waren.»

Herr Oluf hatte mit Vater und Owe über diese Dinge in der Kammer hinten im Haus gesprochen, hinter der einzigen verschließbaren Tür der Halle. Doch Griet war schon immer gut darin gewesen, sich umzuhören und ihre Schlüsse zu ziehen.

«Die Dänen könnten glauben, Vater sei ein schlechter Staller, wenn er solche Umtriebe in der Edomsharde zulässt», fuhr sie fort. «Wie gut, dass Herr Oluf keinen der Angreifer von Angesicht zu Angesicht kannte.»

Owe schmunzelte. «Du gäbest eine gute Stallerin ab. Ich denke jedenfalls, dass Vater es geschafft hat. Herr Oluf schien am Ende davon überzeugt, dass er es mit Räubergesindel zu tun hatte, das längst über das Meer verschwunden ist. Sonst hätte er kaum darauf verzichtet, die Höfe abzusuchen.»

«Das bleibt also Vaters Aufgabe.»

«Ja. Inzwischen sind die Kerle hoffentlich wieder aus ihren Rattenlöchern gekrochen. Ich werde gleich morgen einige

Männer zusammenrufen und mich auf den Weg machen. Diese Strolche mögen sich für schlau halten und die Silbertruhe hinter einer doppelten Wand in irgendeinem Vorratshaus verstecken. Aber ihrer Strafe entkommen sie nicht.»

Er spuckte grimmig aus. Griet nickte nur, ohne etwas zu erwidern. Sie mochte Owes Gerechtigkeitssinn; er machte seine Sturheit und seinen gelegentlichen Hang zum Jähzorn erträglicher. Doch in diesem speziellen Fall war ihr daran gelegen, dass die Gerechtigkeit vielleicht einmal nicht ganz so unbarmherzig durchgriff …

Inzwischen war Herr Oluf mit seinem Gefolge hinter dem Moorwäldchen verschwunden, dessen Gesträuch den Blick auf Gaikebüll versperrte. Griet glaubte, die Spitze seiner Lanze noch einmal in der Ferne im Sonnenlicht glänzen zu sehen, wie ein winziges Leuchtfeuer. Dann lag das Marschland wieder flach und einsam vor ihnen.

«Nun gut.» Owe zog die Riemen seiner Wollkappe fester unter dem Kinnbart zusammen. «Ich muss Vater helfen, die Knechte auf den Weiden zu beaufsichtigen. Und du hast gewiss auch zu tun, kleine Schwester.»

Griet schnaubte halb verärgert und halb belustigt. Nach Mutters Tod hatte Owe es sich angewöhnt, sie an ihrer Stelle herumzuscheuchen, wenn sie die Arbeit wieder einmal über irgendwelche Träumereien vergaß. Und seit ihrer Rückkehr aus Seeland war es eher noch schlimmer geworden. Darüber hätte sie sich ziemlich undamenhaft aufregen können, wenn Owe nicht stets alles auf seine hölzerne Art gut meinen würde.

«Ja, die Arbeit lässt uns nicht ruhen», erwiderte sie im halb ernsten Tonfall. «Wir sehen uns nachher.»

Während Owe sich sein Pferd holte, um zu den Rindern auf

die Weiden hinauszureiten, ging Griet hinüber zum Haupthaus.

Der Hof des Stallers Ingmar war das prächtigste Anwesen im ganzen Kirchspiel Gaikebüll. Sein Haus war mehr als 70 Fuß lang, das mit Riet gedeckte Dach reichte auf beiden Seiten fast bis zur Erde. Pfosten aus kostbarem Bauholz, das man den weiten Weg aus der Geest bis hierher gebracht hatte, verankerten es fest im Grund. Seine Flechtwerk-Wände waren mit bräunlichem Klei verputzt, entwässertem Schlick aus dem Watt, der wunderbar klebte – nicht nur an den Stiefeln, sondern eben auch am Haus.

Ringsum duckten sich einige Nebengebäude wie demütige Diener um das Langhaus, die deutlich schlichter mit Grassoden-Wänden gebaut waren. Gleich zwei Vorratsspeicher kündeten von Ingmars Reichtum. Man hatte sie auf Pfählen errichtet, um die Früchte des Landes vor Nagern und Nässe zu schützen. Gerade marschierten die Hofgänse schnatternd am Langhaus vorüber. Siegfried und Hagen, die zottigen Hunde, rauften um einen Schafsknochen. Der Anblick war so vertraut, als wäre Griet niemals fort gewesen. Sie schlüpfte ins Haus.

In der Halle, die fast den ganzen Innenraum einnahm, herrschte auch am hellen Tag dämmriges Licht. Zwei Reihen hölzerner Säulen stützten die Decke. Üppige Schnitzereien von Vögeln und Meeresgetier schmückten das Balkenwerk. In den Uthlanden war so viel gutes Holz ein Zeichen von Reichtum, fast noch mehr als Gold oder Silber, denn in den Marschen gab es kaum Wälder.

Die Seitenschiffe der Halle, die links und rechts hinter den Säulen lagen, waren durch halbhohe Zwischenwände unterteilt und dienten als Stall für das Vieh.

Weiter hinten trennte eine Querwand den letzten Teil des Hauses ab. Dahinter lag die Kammer, die der Staller mit seiner Familie bewohnte; ein ganz besonderer Luxus. Das Gesinde hingegen schlief rund um den Herd in der Halle.

Auch gewebte Wandbehänge, auf denen Schiffe auf dem Meer und Reihen von gerüsteten Rittern zu sehen waren, zeugten davon, dass dies das Haus eines reichen Mannes war. Und doch erschien Griet alles irgendwie kleiner als vor ihrer Zeit in Seeland, und im Vergleich zur Kemenate auf Herrn Olufs Burg kam ihr die Halle mit ihrem festgetretenen Boden furchtbar roh vor. Als wäre sie gewachsen – oder die Uthlande mitsamt dem Hof ihres Vaters geschrumpft.

«Da bist du ja endlich», brummte die alte Magd Ocka. Sie hockte am gemauerten Herd, der das wärmende Herz der Hausgemeinschaft bildete.

Die rothaarige Liteke, die ihr zur Hand ging, kicherte. «Hast dich wohl von deinem Ritter verabschiedet?»

Griet schüttelte empört den Kopf. «Herr Oluf ist nicht *mein* Ritter, du dummes Ding. Außerdem ist er ein alter Mann von fast 50 Wintern, wie du sehr wohl gesehen hast.»

Liteke zeigte mit dem Finger auf Griet. «Dann also von Iver, seinem stattlichen Knappen!» Sie sah sehr zufrieden mit sich aus, als hätte sie Griet erwischt. Diese verzichtete auf eine Antwort. Sollten die Frauen des Haushalts ruhig denken, dass Griet irgendeinem hübschen Dänen hinterhertrauerte. Dann würden sie umso weniger bemerken, was wirklich vor ihren Nasen geschah.

«Genug jetzt von Rittern und Knappen», entschied Ocka resolut. «Hilf uns lieber, Grietke, wenn du nicht am Boden festgewachsen bist.»

Dankbar um den Themenwechsel schloss Griet sich den

beiden Frauen an. Ocka und Liteke waren dabei, am Herd Gniedelsteine zu erhitzen: flache, rundliche Steine aus dunklem Glas, etwa so groß wie eine Handfläche. Eines der guten Kleider, die Griet von Eufemia bekommen hatte, war auf einer Holzplanke ausgebreitet. Es bestand aus blau gefärbtem englischen Leinen und war unter den Armen schon etwas ausgedünnt. Liteke fuhr gerade mit einem warmen Gniedelstein an den Nähten des Kleides entlang, um sie zu glätten und den Stoff glänzend zu machen. Vorsichtig griff sich auch Griet einen Stein. Sie war nicht halb so geschickt darin wie Liteke, die Steine rasch über den Stoff gleiten zu lassen und sich dabei nicht die Finger zu verbrennen. Aber sie tat ihr Bestes!

Griet musste lächeln. Was wohl Eufemia dazu gesagt hätte, dass ihre Freundin ihr Kleid selbst glättete? Für die Tochter eines Edelmannes wäre das keine standesgemäße Aufgabe. Auch als Tochter eines friesischen Großbauern genoss Griet gewisse Privilegien, immerhin trug sie gefärbte Stoffe aus England. Doch auf den Höfen der Uthlande waren die Schranken, die der Herrgott zwischen den Ständen errichtet hatte, nicht so hoch wie auf den Burgen des Inlands, und jeder musste mit anpacken.

Das galt umso mehr, als es gerade an Arbeitskräften mangelte. Die elende Pest hatte nicht nur Griets Mutter geholt, sondern auch zahllose weitere Männer, Frauen und Kinder, die nun die Friedhöfe der Kirchenwarften füllten. Ihre Hände fehlten schmerzlich auf den Feldern und Weiden, an den Spindeln und Webstühlen.

Bei der Arbeit mit den Gniedelsteinen musste Griet sich ziemlich konzentrieren, während Liteke nebenbei über alles Mögliche plapperte und Ocka gelegentlich einen Kommentar brummte. Als Nächstes war Vaters Mantel dran, dann das gute Obergewand, das Owe auf den Thing-Versammlungen zu tragen pflegte. Schon zum dritten Mal nahm Griet einen Finger in den Mund, um die verbrannte Kuppe zu kühlen, als jemand in die Halle gehuscht kam und am Tragepfeiler neben dem Eingang stehen blieb.

Griet schaute auf. Es war Georg, ein zehnjähriger Junge mit großen blassblauen Augen, der für Vater das Kleinvieh hütete. Langsam hob er die linke Hand und streckte wie zufällig zwei Finger aus. Das war das Zeichen!

Griet nickte kaum merklich, um zu zeigen, dass sie verstanden hatte. Ihr Herz flatterte wie ein gefangener Vogel in einem Käfig. Es war endlich so weit …

«Ich … komme gleich wieder», murmelte sie und legte den Gniedelstein beiseite. Sie ignorierte Litekes fragenden Blick und Ockas Gebrumm und eilte nach draußen. Dort wartete Georg schon und focht beiläufig mit seinem Hirtenstab in der Luft herum.

«Und?» Griet spürte, dass ihre Wangen glühten. Egal, darum kümmerte sich Georg gewiss nicht …

«Am ollen Brack», erklärte Georg, ohne damit aufzuhören, unsichtbare Gegner zu verprügeln.

«Aber wann?», setzte Griet ungeduldig nach.

«Wie *wann*? Na, jetzt gleich! Er ist schon dort.»

Griet blinzelte perplex. Er hatte es wirklich eilig! Verstohlen warf sie einen Blick über die Schulter. Es war riskant, sich um diese Tageszeit davonzuschleichen. Das Hofgesinde hatte zwar genug zu tun, doch zumindest Ocka und Liteke würden sie vermissen. Andererseits kannten sie Griet und wussten, dass sie die Arbeit gerne einmal über irgendwelche «Grillen» vergaß. Es würde Schelte geben, aber das war Griet noch von früher gewohnt, und außerdem war es ihr die Sache wert.

Wäre doch gelacht, wenn sie nicht ebenso tollkühn sein könnte wie er!

«Gut», sagte sie entschlossen. «Danke, Georg.»

Der junge Hirte hob seinen Stab zum Gruß. «Und du denkst beim nächsten Schlachten an mich?»

«Natürlich.»

Das war Griets Teil der Abmachung: Als Lohn für seine Botendienste ließ sie Georg heimlich einen schönen Anteil vom Schinken zukommen. Zufrieden ging der Junge zurück zu seinen Tieren.

Griet lief rasch an der Flanke des Langhauses entlang und verschwand hinter einem der grasbedeckten Nebengebäude. Das war die unauffälligste Möglichkeit, die Warft des Staller-Hofes zu verlassen. Sie hatte das schon als kleines Mädchen herausgefunden, wenn sie wieder mal zu einem Streifzug über die Marschen bis hinein ins verbotene Moor aufgebrochen war. Was hatte Vater sich darüber aufgeregt! Und Griet war dennoch nicht zu halten gewesen, auch nicht von Owe, der sich damals zu ihrem Aufpasser ernannt und ihr zu folgen versucht hatte …

In der Hinsicht hatte sich eigentlich nicht so viel geändert. Griet war noch immer nicht zu halten und Owe immer noch der Meinung, alles unter Kontrolle haben zu müssen.

Im Vorbeigehen schnappte Griet sich einen Holzeimer, der bei den Schweinen herumstand. Dann eilte sie den Hügel hinab und über eine Holzplanke auf die andere Seite eines Entwässerungsgrabens. Auf dem Feldweg musste sie sich zwingen, nicht zu schnell zu laufen. Inmitten des flachen Landes war sie weithin sichtbar, auch von der Warft ihres Hofes aus. Am besten machte sie den Eindruck einer Magd, die mit ihrem Eimer geschäftig für irgendeine Besorgung unterwegs war –

aber nicht zu hastig. Sonst würde sie nur Misstrauen und unbequeme Fragen hervorrufen …

Griet entspannte sich, sobald der Weg um eine Hecke bog, sodass sie vom Hof aus nicht mehr zu sehen war. Nach einiger Zeit näherte sie sich endlich dem Gesträuch, das rings um das Brack wucherte. Ihr Herz tat einen kleinen Sprung, als sie das Pferd entdeckte, das im Schutz des Buschwerks angebunden war. Sie ließ alle Vorsicht fahren und rannte die letzten Schritte.

Die Wasserfläche des Bracks lag wie ein grauer Spiegel vor ihr, umstanden von einem trocken-gelblichen Schilfgürtel. Vor vielen Jahren war hier einst das Meer wütend über das Land hinweggefegt, wie es das in manchen Wintern eben tat. Die Flut hatte sich schließlich wieder zurückgezogen, doch einen Teil des Landes hatte sie nicht wieder hergegeben. Seitdem klaffte mitten in den Marschen ein Loch voll salzigen Wassers, auf dem sich Enten und Seevögel tummelten.

Griet mochte diesen Ort. Hier waren die Grenzen verschwommen, die Menschenwelt schien weit weg und ihre Regeln und Stände wie nichtiger Tand.

Auch er wusste, dass sie das olle Brack mochte. Plötzlich raschelte es im Gesträuch, und schon kam Auke hervorgesprungen. Früher hatte er sie mit solchen Auftritten erschrecken können. Doch inzwischen kannte Griet ihn zu gut und verzichtete darauf, auch nur einen Schritt zurückzuweichen. Stattdessen schlug sie spielerisch mit dem Eimer nach ihm.

«Au, holde Maid!» Auke hob abwehrend den Arm. «Ist das die höfische Art, die Ihr in Seeland gelernt habt?»

«Oh nein», erwiderte Griet grinsend. «Mit Rüpeln wie dir wurde ich schon vorher fertig, das musste mir niemand beibringen.»

Damit stülpte sie Auke den Eimer über den Kopf. Sein Protest wurde zu einem dumpfen Murmeln. Griet lachte und spürte Erleichterung. Alles fühlte sich vertraut an wie immer.

Aukes hellblondes Haar sah ziemlich zerzaust aus, als er sich den Eimer vom Kopf zog. Er lächelte Griet auf diese schiefe Art an, die so typisch für ihn war – als hätte er Angst, seine Freude zu deutlich zu zeigen. Ein Mundwinkel hob sich zu einem ironischen Grinsen.

«Ich hatte schon Sorge, du würdest in Seeland bleiben und die Frau eines dänischen Edelmannes werden», sagte er leichthin, doch Griet konnte die Fragen aus seinem Unterton heraushören: Ist es noch wie früher? Willst du mich noch?

«Und ich hatte Sorge, dass du mich vergessen hast», erwiderte Griet, ohne auf die stumme Frage einzugehen. Wenn sie mit Auke zusammen war, vollführten die beiden stets einen seltsamen Tanz, eine Art Kräftemessen, bei dem man seine Zuneigung zeigte, indem man es dem anderen nicht zu leicht machte. «Mehr als zwei Wochen bin ich schon wieder hier, und du hast nicht einmal von dir hören lassen …»

Auke zuckte mit den Schultern, als wäre das eine Kleinigkeit. «Ich wollte nicht stören, solange euer hoher Besuch noch im Hause ist. Als ich gesehen habe, dass die Dänen wieder nach Norden ziehen, habe ich mich sofort auf den Weg gemacht und Georg losgeschickt.»

Griet nickte, und ihr Lächeln verblasste ein wenig. Auke hatte Herrn Oluf vermutlich aus gutem Grund gemieden.

«Jetzt bin ich hier», sagte Auke ungewohnt ernst. «Und ich gehe auch nicht wieder weg – wenn du mich nicht mit deinem Eimer in die Flucht schlägst.»

Forschend schaute Griet in seine blaugrünen Augen. Es lag nicht eine Spur von Spott in seinem Blick. Wie von selbst traten ihre Füße einen Schritt vor. Auke empfing sie in seinen Armen, ein Gefühl, das sie über lange Monate vermisst und niemals vergessen hatte. Wie viel schöner als die Erinnerung war die greifbare Wirklichkeit! Ihr Kuss zog sich lange hin, während auf dem Brack die Enten schnatterten und der Wind Wolken über den grauen Himmel trieb.

Als die beiden nach einer viel zu kurzen Ewigkeit wieder auseinandertraten, räusperte sich Auke verlegen.

«Griet, ich … ich habe etwas für dich.»

Er griff unter seinen Wollmantel, zog einen kleinen Gegenstand hervor und drückte ihn Griet in die Hand. Mit gehobenen Augenbrauen betrachtete sie, was sie da bekommen hatte.

Es war eine Gewandfibel, ein Ring aus dünnem, goldglänzendem Metall mit einem Dorn in der Mitte, an dem man ein Obergewand an der Schulter feststecken konnte. Eine Inschrift lief einmal rund um den Ring.

«AVE MARIA GRTIA», entzifferte Griet. Der Anfang des Mariengebets – nur das erste «A» von «Gratia» schien der Schmied vergessen zu haben. Vater hatte dafür gesorgt, dass sie zumindest in Ansätzen die lateinischen Buchstaben lesen konnte, und Frau Anna hatte diese Fähigkeit mit strenger Zucht weiter gefördert.

«Ich hoffe, die Fibel findet das Wohlgefallen der hohen Dame», sagte Auke, der sich nun wieder hinter seinem schiefen Lächeln versteckte. «Ihr Gold überstrahlt dich jedenfalls in keiner Weise, das kann ich dir versichern.»

Nun musste auch Griet lächeln. «Das ist kein Gold, Auke – auch wenn es so glänzt. Es ist eine Mischung aus Bronze und Kupfer, Ersatz-Gold gewissermaßen.»

Das hatte sie bei Eufemia gelernt. Die junge Tochter des Herrn Oluf vermochte die Qualität von Schmuckstücken ebenso sicher zu beurteilen wie das Gewebe eines Wandteppichs oder die Herkunft eines Seidenstoffes.

Auke guckte ziemlich bedröppelt, als hätte jemand einen Kübel Mist über ihm ausgegossen. Griet tat es plötzlich leid, und sie beschloss, das Thema nicht zu vertiefen. Spontan schloss sie ihn noch einmal in die Arme.

«Danke», hauchte sie ihm ins Ohr. «Die Fibel ist wunderschön – ganz egal, woraus sie gemacht ist.»

Dann schaute sie sich das Schmuckstück noch einmal näher an. Es war sauber gearbeitet, trotz des fehlenden Buchstabens.

«Wo hast du sie her?», fragte Griet mit einer Spur von Misstrauen in der Stimme. «Warst du bei den Kaufleuten in Rungholt?»

Eine vage Handbewegung und ein breites Grinsen waren die Antwort.

«Sag schon!»

«Ich habe so meine Möglichkeiten, Schätze zu bekommen, wenn ich Schätze haben will», erwiderte Auke.

Griet nickte grimmig. Sie hatte sich nicht geirrt. Schon früher hatte Auke gerne junge Männer um sich geschart, die gegen die dänische Herrschaft wetterten. Offenbar blieb es inzwischen nicht mehr bei Worten … «Du warst einer von den Männern, die Herrn Oluf überfallen und das Silber geraubt haben!»

Auke erwiderte nichts und stritt es auch nicht ab. Aufmerksam musterte er Griet. Ihr Vater war der Staller der Edomsharde, der Statthalter des dänischen Königs! Doch ein Teil von ihr verstand Auke. Derselbe Drang nach Freiheit, der sie als junges Mädchen auf Streifzüge übers Moor getrieben hatte, tobte auch in ihm und hatte ihn zum Schwert greifen lassen.

«Wie soll das alles bloß enden?», fragte Griet.

«So, wie es angefangen hat», erwiderte Auke. «Mit freien Friesen, die ihre Geschicke selbst aushandeln und keinem Fürsten folgen.»

Für einen Moment herrschte beklommenes Schweigen zwischen ihnen. Nur eine Ente krakeelte lautstark im Schilf, als wollte sie sich zur Königin der Uthlande ausrufen.

«Wirst du sie tragen?», fragte Auke schließlich und deutete auf die Fibel.

Griet seufzte. «Sie gefällt mir wirklich. Aber ich kann sie nicht annehmen. Die Leute werden fragen, wo ich sie herhabe.»

Auke machte eine wegwerfende Handbewegung. «Ach was. Sie könnte doch aus Seeland stammen.»

«Meinst du, Liteke hätte nicht schon lange alles durchwühlt, was ich von dort mitgebracht habe?» Griet schüttelte schmunzelnd den Kopf. Auch das war typisch Auke. Er war tollkühn und entschlossen, doch er dachte nicht immer zu Ende, was er geplant hatte.

«Ich danke dir von Herzen», sagte Griet und drückte Auke die Fibel wieder in die Hand. «Aber es geht einfach nicht. Das weißt du auch, wenn du darüber nachdenkst.»

Auke betrachtete das kleine Schmuckstück finster. Doch schon wenige Herzschläge später zeigte sich wieder der Ansatz eines schiefen Lächelns auf seinem Gesicht.

«Dann hebe ich die Fibel für dich auf, für später. Eines Tages wirst du sie stolz und offen am Mantel tragen können. Als Geschenk deines Mannes.»

Griet schaute zur Seite, auf das graue Wasser des Bracks. Es war Auke also noch immer ernst damit. Natürlich, was er sich vorgenommen hatte, brachte er auch zu Ende – und wenn halb Friesland in seinem Weg stand. Doch Vater hatte sie nach

Hause geholt, damit sie ihre familiären Pflichten erfüllte. Ihnen blieb nicht mehr viel Zeit.

«Bald», sagte Auke, der ihre Gedanken erraten zu haben schien. «Bald spreche ich mit deinem Vater.»

Mit dem Staller, den du gerade erst beraubt hast, dachte Griet.

«Aber wenn mein Vater nun nicht mit dir sprechen will, Auke Feddersen …»

Als Sohn des zweitmächtigsten Großbauern der Region und Erbe des Woge-Hofes war Auke eigentlich eine gute Partie. Wenn der Bauer Fedder und der Staller Ingmar nicht schon lange in Konkurrenz um Rang und Ansehen gestanden hätten … Und Auke und Owe hielten es anscheinend für eine großartige Idee, die törichten Streitereien ihrer Väter fortzusetzen.

«Zu Weihnachten», sagte Auke selbstbewusst, und ein scharfer Windstoß fuhr ihm durchs Haar. «Es ist schon spät im Jahr, und der Staller wird gewiss wieder die halbe Edomsharde zum Fest laden. Wenn ich bei dieser Gelegenheit mit ihm spreche, während alle satt und zufrieden sind, wird er nicht ablehnen. Das heißt, wenn du mich überhaupt noch willst …»

«Ich will», sagte Griet rasch. «Wen soll ich sonst mit meinem Eimer verprügeln?»

Das sollte leicht klingen, doch es hörte sich eher gezwungen an. Griet machte sich Sorgen. Auke war furchtbar stur, und auch ihr Vater hatte seinen eigenen Kopf. Er hatte sie nicht umsonst aus Dänemark zurückgerufen. Mochte der Herrgott geben, dass nicht schon irgendein Bräutigam für sie unterwegs war.

Drittes Kapitel

Rumpelnd und knarrend drehte der *Neue Kran* sich um die eigene Achse – ein übergroßes hölzernes Fass mit einem Schindeldach, aus dem der Kranarm wie die Pranke eines Riesen herausragte. Tagelöhner, die sich in Tretmühlen abstrampelten, trieben die Konstruktion an, die der Rat der Stadt Hamburg erst vor einigen Jahren nahe der Hohen Brücke hatte errichten lassen.

An armdicken Ketten, die vom Kran herabhingen, schwebte eine Palette mit mehreren Fässern mitten in der Luft. Jedes einzelne von ihnen hätte, bauchig wie es war, die Schankstube eines Gasthauses dominiert. Der *Neue Kran* jedoch schwenkte sie so beiläufig durch die Gegend, als wären sie nicht schwerer als das Reisigbündel irgendeines alten Mütterleins.

«Uuund runter damit!» Ein massiger Vorarbeiter thronte auf einer Kiste nahe der Kaimauer und bellte den Tagelöhnern im Kran Befehle zu. Das Rasseln der Ketten mischte sich in das allgegenwärtige Kreischen der Seevögel, als die Fässer im Bauch der *Jakobus von Hamburg* verschwanden.

Ulrich Wullenwever, Erbe eines großen Namens und eines weit weniger großen Vermögens, stand bei der Laufplanke, die an Bord der Kogge führte, und verfolgte, wie das Schiff mit Waren beladen wurde. Die Fässer enthielten kräftiges Bier, das in den zahlreichen Brauereien von Hamburg nach Einbecker Art zubereitet wurde; in den Landen des Nordens eine begehrte Kostbarkeit.

Ulrich dagegen zog einen edleren Trunk vor. «Burkhart», brummte er. «Den Claret!»

Ein Hüne mit lockigem Vollbart trat an ihn heran. Eine Klappe aus Leder bedeckte eines seiner Augen, und an seinem Gürtel baumelte ein Streitkolben mit dornenbesetztem Kopf. Irgendwie brachte Burkhart es fertig, sich trotz seiner bärenhaften Erscheinung unauffällig im Hintergrund zu halten, wie ein Möbelstück, das man leicht übersah – und doch sofort zur Stelle zu sein, wenn Ulrich ihn brauchte. Wortlos reichte er ihm einen Lederschlauch.

Ulrich öffnete den Korkverschluss und ließ sich den süßen Claret in den Mund laufen. Der gewürzte Wein schmeckte nach Zimt und Nelken und nach der Sommersonne über dem fernen Rheintal. Ein solcher Geschmack hatte seinen Preis, doch Ulrich wusste, was er dem Namen Wullenwever – und sich selbst! – schuldig war.

Er wischte sich den Wein mit dem Handrücken vom Bart und ließ den Blick über den Hafen seiner Heimatstadt schweifen. Hier, wo die Alster in die Elbe mündete, lagen behäbige Koggen wie riesige, schlafende Tiere dicht beieinander, dazwischen waren auch wendige Schniggen zu sehen und gelegentlich sogar ein Holk in moderner Bauweise mit zwei oder drei Masten.

Schmale, hohe Packhäuser aus rotem Backstein zogen sich am Hafenbecken entlang und warteten darauf, mit Tuch aus Brabant, Wolle aus England, Stockfisch aus Norwegen und Pelzen von der Ostsee-Küste gefüllt zu werden. Über den Dächern ragte stolz der Turm der Katharinenkirche auf, und auch Ulrich empfand Stolz darüber, dass er Spross des Handelshauses Wullenwever und somit ein Teil von alledem war. Natürlich wäre er noch stolzer gewesen, wenn die *Jakobus* etwas weniger sturmgezeichnet und ihr muschelbesetzter Rumpf gepflegter gewesen wäre. Oder besser noch: wenn man anstelle der alten Kogge einen schnittigen Holk zur Fahrt gerüstet hätte. Doch das gaben die Truhen der Familie schon lange nicht mehr her. Ein Umstand, den Ulrich schnellstmöglich zu ändern gedachte …

«Ah, der junge Meister Wullenwever!»

Ein kleiner, graubärtiger Mann näherte sich entlang der Kaimauer. Er trug eine üppige Pelzkappe, unter der sein Kopf fast verschwand. Auf seinem Gesicht lag ein onkelhaftes Lächeln. Es war der Kaufmann Bertram Wittold. Ulrich verzog das Gesicht. Wittold war stets von vorbildlicher Freundlichkeit, doch ihm war nicht entgangen, wie sehr er das Wort «jung» betont hatte. Ständig musste irgendjemand ihn darauf hinweisen, dass er nicht sein Vater, der angesehene Fernkaufmann Gero Wullenwever, war.

«Da.» Ulrich gab Burkhart den Schlauch mit dem Claret zurück, auf den er schlagartig keinen Appetit mehr hatte. Dann zwang er sich zu einem Lächeln und wandte sich dem Neuankömmling zu.

«Meister Wittold. Wie schön, Euch zu treffen. Ich beaufsichtige gerade, wie die *Jakobus* mit den letzten Waren beladen wird, bevor es endlich losgehen kann.»

Und er ärgerte sich über sich selbst, noch während er es aussprach. Wittold konnte doch sehen, was er hier tat. Warum musste Ulrich es ihm noch darlegen wie ein übereifriges Kind, das nach Lob gierte?

Doch Bertram Wittold lächelte nur gleichmütig. «Hervorragend. Die glasierten Tonwaren aus Köln, die Johann Giesecke und ich zur Fahrt beitragen, wurden bereits an Bord gebracht. So geht alles seinen Gang.»

Ulrich straffte sich angespannt. Wittold hatte es fertiggebracht, ihm gleich zweimal auf die Füße zu treten: Erst das süffisant vorgetragene Wörtchen «jung» und dann auch noch die Erinnerung daran, dass die Wullenwevers dieses Unternehmen mit fremder Unterstützung ausrichteten.

In vergangenen Tagen war Ulrichs Familie vermögend genug gewesen, um die *Jakobus von Hamburg* allein in ihrem eigenen Auftrag auf die Fahrt zu schicken. Doch Vaters lange Krankheit hatte diesen Zeiten ein Ende gesetzt, und Ulrich hatte sein Geld mit weiteren Anteilseignern zusammenlegen müssen, um die Kogge ausrüsten und mit Waren beladen zu können.

«Bei dieser Gelegenheit möchte ich Euch noch jemanden vorstellen, Meister Wullenwever», fuhr der alte Wittold fort. «Dies ist Martin Groote, einer meiner erfahrensten Kontorschreiber.»

Ein schmaler Mann in den Dreißigern, der sich hinter Wittold hielt, verbeugte sich leicht. Er musterte Ulrich konzentriert, aber ausdruckslos – als wäre der ein Frachtstück, dessen Wert er bestimmen musste.

«Er wird die *Jakobus* auf ihrer Fahrt in den Norden begleiten und dafür sorgen, dass in Rungholt alles zu unserer Zufriedenheit läuft. Die Erfahrungen, die er als Vertreter unseres Hauses in Flandern gesammelt hat, werden ihm dabei gewiss von Nutzen sein.»

«Das ist sehr erfreulich», erwiderte Ulrich nach einem raschen Seitenblick auf den Schreiberling. Und natürlich war es das auch, schließlich konnte es nicht schaden, einen kompetenten Vertreter vor Ort zu haben. Dennoch fühlte sich die

Sache schal an. Der Rungholt-Handel sollte Ulrichs erstes großes Unternehmen werden! Doch Bertram Wittold nahm die Sache immer mehr in seine altersfleckigen Hände.

«Die Uthlande sind nicht Flandern», hörte Ulrich sich sagen. «Es heißt, dass die Friesen nicht ganz einfach im Umgang sind.»

Der Kontorschreiber Groote erwiderte Ulrichs Blick kühl. «Erfahrung ist ein Schatz, den einem niemand rauben kann und den man stets bei sich trägt, egal, ob in Antwerpen oder in Rungholt.»

Ulrich biss die Zähne fest aufeinander. Dass Bertram Wittold ihn wie einen unmündigen Knaben behandelte, war schlimm genug. Aber dass nun auch noch dieser Schreiberling damit anfing …

«Nun gut», knurrte er in dem vergeblichen Versuch, gelassen zu klingen. «Dann werdet Ihr unsere Sache gewiss …»

«Meister Ulrich!»

Ein schlaksiger, sommersprossiger Junge kam die Kaimauer entlanggelaufen. Es war Simon, ein Knecht im Wullenwever'schen Hause. Atemlos blieb er schließlich vor Ulrich stehen.

«Meister Ulrich … Frau Apolonia lässt Euch ausrichten, dass das Abendessen aufgetragen wird.»

In der Tat: Die Sonne stand schon tief über den Dächern. Doch Ulrich hatte nicht die geringste Lust, sich von irgendjemandem herumkommandieren zu lassen. Er setzte dazu an, Simon mit einer scharfen Erwiderung davonzujagen – doch dann nahm er sich zusammen. Was war noch peinlicher, als sich von einem Laufburschen zum Essen rufen zu lassen wie ein kleiner Junge, der auf der Gasse spielte? Sich mit dem besagten Laufburschen auch noch vor den Augen eines anderen Handelsherrn zu streiten!

Also nickte Ulrich nur knapp. «Gut. Richte der Herrin aus, dass ich komme.» Dann wandte er sich an Wittold. «Ihr müsst mich nun entschuldigen, fürchte ich …»

«Gewiss.» Bertram Wittold lächelte verbindlich. «Richtet Eurer Frau Mutter meinen Gruß aus.»

Auch der Schreiberling Groote lächelte schmallippig, doch es sah nicht besonders freundlich aus. Ulrich ließ ihm einen letzten finsteren Blick zukommen. Dann folgte er Simon über die Hohe Brücke, fort vom *Neuen Kran*, der schon die nächste Fuhre Bierfässer im Bauch der *Jakobus von Hamburg* versenkte. Eine Gruppe Schauerleute, die ihnen entgegenkam, machte respektvoll Platz. Ulrich versuchte sich einzureden, dass es an seinem würdigen Auftreten als Fernkaufmann lag. Doch vermutlich hatten die zerlumpten Kerle einfach nur Angst vor Burkharts Hünengestalt und seinem Streitkolben.

Das Wullenwever'sche Haus lag nicht weit von der Hohen Brücke entfernt. Ein stolzer Stufengiebel, der wie die Zinnen eines Schlosses in den grauen Himmel ragte, verkündete der Welt, dass hier eine angesehene Familie von Kaufleuten residierte. Ulrich entledigte sich seiner Kappe und seines Mantels und durchquerte die große Diele, ohne die Kontoristen eines Blickes zu würdigen, die hier an Stehpulten ihrer peniblen Arbeit nachgingen. Er schickte Burkhart in die Küche, wo das Gesinde aß, und betrat selbst die gute Stube, die sich hinten an die Diele anschloss.

Seine Mutter, die ehrbare Kaufmannswitwe Apolonia Wullenwever, erwartete ihn bereits am gedeckten Tisch. Sie trug eine strenge Haube, die gut zu ihrer missbilligend gerunzelten Stirn passte. Ulrich war sich nicht sicher, ob sie ungehalten war über sein spätes Erscheinen oder schlicht ihre übliche Geringschätzung für die empörend unperfekte Welt im Allgemeinen zur Schau stellte. Doch bei einer Frau, deren größte Gefühlsäußerung in verkniffenen Altersfalten an den Mundwinkeln bestand, war der Unterschied ohnehin marginal.

Ulrich murmelte einen Gruß und setzte sich. Auf seinem Zinnteller warteten Getreideküchlein und in Schmalz gebackenes Schweinefleisch an Kraut, dem Geruch nach zu urteilen nur wenig gewürzt. Nicht gerade die Tafelfreuden, die man im Haus eines Fernhändlers erwartet hätte … Lena, die Hausmagd, trat an ihn heran und füllte seinen Krug mit Wein. Mechanisch nahm Ulrich einen Schluck. Er schmeckte wässrig, als käme er direkt aus der Alster. Kein Vergleich zum guten Claret, den Burkhart für Ulrich verwahrte!

Es fühlte sich merkwürdig an, das dünne Zeug an diesem Ort zu trinken, unter dem kostbaren flämischen Wandteppich, der eine Jagdgesellschaft im Wald zeigte. Mutter sorgte mit strenger Hand dafür, dass von außen nicht zu erkennen war, wie erbärmlich es um die Truhen der Familie wirklich stand. Sie trank ihren Wein lieber doppelt und dreifach mit Wasser verdünnt, als dass sie die prunkvolle Zinnkanne mit dem gravierten Henkel versetzt hätte, die den Tisch ihres Hauses wie eine beleibte Matrone beherrschte.

Ulrich erkannte natürlich trotzdem die Anzeichen. Allein, dass von oben keine knarrenden Schritte der Arbeiter auf den Zwischenböden des Hauses zu hören waren, wo die Waren eingelagert wurden – weil es gerade schlichtweg nichts zum Einlagern gab …

«Du lässt die *Jakobus* für die Fahrt ausrüsten», sprach Mutter ohne jede Einleitung. Ulrich zuckte zusammen. Der simple

Satz klang wie eine Anklage. Wie fast alles, was Mutter von sich gab.

«Ja.» Er nahm noch einen Schluck Wein, um sich zu sammeln. Ulrich hatte die Sache so lange wie möglich vor Mutter geheim gehalten, damit sie ihre bleichen Finger aus seiner ersten richtigen Unternehmung heraushielt. Doch die ehrbare Dame Apolonia Wullenwever hatte ihre Augen und Ohren überall, und es war nur eine Frage der Zeit gewesen, bis sie über die Unternehmung Bescheid wusste. Ulrich entschied sich, in die Offensive zu gehen; so, wie er es im Geiste schon oft getan hatte.

«Die *Jakobus* wird nach Rungholt aufbrechen», erklärte er bestimmt, aber sachlich. «Salz aus den Uthlanden erzielt derzeit einen guten Preis.»

«Salzhandel mit den Uthlanden also», fasste Mutter zusammen. Und schwieg gleich wieder. Es war ein Schweigen mit einer deutlichen Aussage: Ich missbillige es.

Ulrich hob seinen Kelch, damit Lena ihm aus der Kanne etwas von dem sogenannten Wein nachschenken konnte. Er hatte keine Lust, sich vor Mutter zu rechtfertigen. Und natürlich tat er es schlussendlich doch.

«Ja. Salzhandel mit den Uthlanden.» Er zwang sich, seine Stimme nicht zu erheben. «Ich habe bereits alles Notwendige in die Wege geleitet. Johann Giesecke und Bertram Wittold haben ihren Teil an Waren beigesteuert. Die *Jakobus* wird sich noch diese Woche auf den Weg machen.»

Mutter musterte ihn ungerührt.

«Dein Vater hätte das nicht getan.»

Ein simpler Satz. Ein Schlag ins Gesicht.

«Vater ist tot!»

Das klang jetzt gar nicht mehr sachlich. Ulrich lauerte auf

eine Reaktion, irgendeine menschliche Regung. Doch die blassen, ebenmäßigen Züge seiner Mutter blieben unbewegt: ganz die Patrizierdame Apolonia Wullenwever.

«Die Uthlande sind unruhig in diesen Tagen», sagte sie mit tadelndem Unterton, als müsste sie einem begriffsstutzigen Kind etwas erklären. «Der Dänenkönig beansprucht sie für sich, doch nicht alle Friesen wollen sich beugen. Und Valdemar ist immer hungrig, er hat sich jüngst erst Gotland einverleibt. Über kurz oder lang wird er sich mit den freien Hansestädten um den nächsten Bissen streiten. Dann wird es Krieg geben. Und der wird jeden Taler fressen, den du in die dänischen Uthlande steckst.»

«Der Salzhandel wird unsere Truhen endlich wieder füllen», erwiderte Ulrich trotzig. «Und wenn andere Kaufleute so sorgenvoll und zögerlich sind wie du, umso besser. Dann bleibt mehr Gewinn für uns übrig.»

Mutter musterte ihn schweigend. Ulrich nahm noch einen Schluck Wein, um seine Hände zu beschäftigen.

«Das ist die Rede eines Abenteurers. Nicht die eines Kaufherrn. Oder eines Wullenwevers.»

Jeder von Mutters Sätzen war ein unumstößliches Urteil, als wäre sie der leibhaftige Heiland am Jüngsten Tag. Ulrich setzte seinen Kelch so heftig ab, dass der Wein auf die gute Tischdecke spritzte. «Es ist entschieden! Die *Jakobus* fährt in die Uthlande, nach Rungholt. Der Hafen ist ein Tor in den Norden, er wächst und gedeiht seit Jahren. Und wir werden daran teilhaben!»

«Und wie gedenkst du dort Fuß zu fassen?», fragte Mutter ruhig. «Bei störrischen Marschbauern und fremden Handelsleuten? Wer soll deine Geschäfte für dich führen, so weit von Hamburg entfernt?»

«Niemand!», fauchte Ulrich. «Ich werde selbst nach Rungholt gehen und mich um alles Nötige kümmern!» Ja, genau das würde er tun. Er würde sich nicht diesen blutarmen Kontorschreiber vor die Nase setzen lassen, den Bertram Wittold ausgewählt hatte!

«Erwarte mich nicht wieder in Hamburg, bis im kommenden Jahr zu Petri Stuhlfeier die Schiffe wieder fahren.»

Ruckartig stieß er seinen Stuhl zurück und sprang auf die Füße. Sein Entschluss stand fest – eine Entscheidung, von der er bis vor wenigen Momenten noch gar nicht gewusst hatte, dass sie im Raume stand. Doch nun war es beschlossene Sache. Ulrich würde die Angelegenheit selbst in die Hand nehmen! Er würde mit der *Jakobus* nach Norden fahren, in die Uthlande. Hauptsache, weg von hier. Weg von Mutter!

«Du?» Das kleine Wort, fast sachte hervorgebracht, ließ ihn auf halbem Wege zur Tür innehalten. Ulrich drehte sich noch einmal um. Mutter saß noch immer auf ihrem hochlehnigen Stuhl wie auf einem Thron, umgeben von kostbaren Zinnkannen und Wandbehängen. Ihre kleinen, klugen Augen bohrten sich unbarmherzig in Ulrichs Seele.

«Wie sollte es dir wohl gelingen, so lange von Hamburgs Bierkellern und Hafenschenken fernzubleiben, Ulrich?»

Ihre herabhängenden Mundwinkel hatten nun einen bitteren Zug. Ulrich gab keine Antwort. Er wirbelte herum und stürmte über die große Diele nach draußen. Mutter würde schon sehen, wie er seinen Weg ging und die Familie wieder zu alter Größe brachte! Sie alle würden es sehen … Und sie würden dem Handelsherrn Ulrich Wullenwever, Sohn des angesehenen Gero Wullenwever, mit dem Respekt begegnen, der ihm gebührte.

Er machte sich nicht die Mühe, Burkhart aus der Küche zu

holen. Ohne Begleitung eilte er durch die Gassen der Stadt, dem *Goldenen Löwen* entgegen.

Viertes Kapitel

Ihr habt die Deiche vernachlässigt.»

Prüfend bohrte Folkert eine Stiefelspitze in die Grassoden, die den flachen, aus Klei aufgeschütteten Wall bedeckten. In seinem Rücken erstreckte sich die trügerische Weite des Watts. Irgendwo zur Rechten weideten einige von Vaters Schafen. Ihr Blöken drang zuweilen herüber.

«Nein, haben wir nicht», erwiderte Auke und zog sich trotzig den Wöbbe-Mantel fester um die Schultern. Es war kalt hier draußen, der Wind blies, und auf dem Hof gab es noch viel zu tun. Doch sein Bruder bestand darauf, dass sie sämtliche Deiche auf den Ländereien abliefen, die ihrem Vater, dem Großbauern Fedder, gehörten. Als wenn Auke das nicht schon vor geraumer Zeit getan hätte, zusammen mit erfahrenen Männern!

«An der Nordweide hättet ihr einiges nachbessern müssen.»

Folkert schaute Auke ernst aus hellblauen Augen an, die einen eigentümlichen Kontrast zu seinen dunklen Haaren bildeten. Er war schmaler als Auke und nicht halb so kräftig, im Ringkampf war er ihm stets unterlegen. Und doch verfolgte er alles, was er sich in den Kopf gesetzt hatte, mit stiller Beharrlichkeit.

«Das haben wir, kleiner Bruder», knurrte Auke.

«Nicht gründlich genug.» Folkert sprach ruhig, aber bestimmt. Eine nervtötende Kombination, wenn man sich mit ihm streiten wollte! «Eine einzelne Schwachstelle genügt, um das Meer über das Land hereinbrechen zu lassen. Da kann der Deich an anderen Stellen noch so stark sein. Das weißt du sehr gut, Auke.»

Ein missmutiges Schnauben war die Antwort. Die Brüder mochten beide Vaters Sturheit geerbt haben, doch in einem Punkt unterschieden sie sich gewaltig: Folkert war ein furchtbarer Bedenkenträger. Er würde selbst an einem Deich aus lauterem Gold herummäkeln. Immer sah er Gespenster und klopfte jedes mögliche Hindernis noch dreimal ab, während Auke schon entschlossen dabei war, es zu überwinden. Diese Eigenschaft war sogar noch schlimmer geworden, seit Folkert nach Rungholt gegangen war, wo er bei Meister Alrich, dem Deichbauer, dessen Handwerk erlernte.

«Eigentlich müssten die Deichanlagen an der Nordweide sogar komplett erneuert werden», überlegte Folkert, ohne Aukes Unwillen zur Kenntnis zu nehmen.

«Ein neuer Deich. Wenn es weiter nichts ist!» Auke wandte sich ab und stapfte den Weg entlang, der auf der Deichkrone verlief. Folkert beeilte sich, zu ihm aufzuschließen. Auch das war schon immer so gewesen: Während Folkert zögerte und abwägte, gab Auke die Richtung vor.

«Wer nicht will deichen, der muss weichen.»

Folkert zitierte das alte Gesetz der Marschlande, das so unerbittlich war wie der Gang der Gezeiten: Nur wer sein Land vor der gierigen See zu beschützen wusste, besaß es auch wirklich. Und ein jeder war es der Gemeinschaft schuldig, seinen Teil zum Schutz des Landes beizutragen. Wer das nicht konnte, musste seinen Spaten in die Erde des Deichs stecken –

und das Land demjenigen als Eigentum überlassen, der den Spaten herauszog und damit versprach, den Deich künftig zu pflegen.

«Folkert, wir haben nicht genug Männer!», knurrte Auke gereizt, ohne seinen Bruder direkt anzusehen. «Wir mussten im Sommer den versandeten Brunnen bei der Straße nach Odenbüll neu ausschachten. Weißt du, wie lange das gedauert hat?»

Solche Grundwasserbrunnen mit Grassoden-Wänden gab es überall in den Marschen. Ihr brackiges Wasser war so salzig, dass es selbst vermischt mit Regen nur für das Vieh taugte. Doch gerade für das Vieh, das den Reichtum der Marschbauern begründete, waren sie überlebenswichtig. Wenn nur nicht so viele gute Arbeitskräfte den verfluchten Pestjahren zum Opfer gefallen wären …

«Brunnen sind gut», erwiderte Folkert, «aber sie sind nicht wichtiger als Deiche. Die fetten Rinder nützen uns nichts, wenn sie vom Meer weggespült werden. Wir bauen in Rungholt gerade an einer neuen Sielschleuse für die Entwässerung. Jede Menge Arbeit, jede Menge teures Bauholz. Und das ist alles vergeblich, wenn eine Wintersturmflut hier eure Deiche überspült …»

«Du redest ziemlich schlau daher, seit du nach Rungholt gegangen bist!», entgegnete Auke heftig. «Aber wir sind nicht in der Stadt. Wir müssen hier draußen sehen, wie wir zurechtkommen.»

Folkert erwiderte nichts. Sein Blick war beim Gehen nachdenklich auf den Boden gerichtet, als hielte die schlammige Erde Geheimnisse für ihn verborgen. Auke atmete durch. Er hatte seinen Bruder nicht so anfahren wollen. Doch er ärgerte sich! Erstens darüber, dass Folkert recht hatte – und zweites darüber, dass er überhaupt nach Rungholt fortgegangen war. Sie hätten ihn auf dem Hof gut brauchen können …

«Ich glaube, ich habe etwas entdeckt», sagte Folkert unvermittelt, ohne anzuhalten.

«Was?»

«Bei der Arbeit an den Deichen von Rungholt ist es mir aufgefallen. Das Land hier in den Marschen war ja schon immer flach. Aber es sackt noch weiter ab. An vielen Stellen liegt es deutlich tiefer als das Meer.» Nachdenklich strich Folkert sich den Bart glatt. «Vielleicht liegt es an dem Salztorf, den die Leute allerorts aus dem Boden holen, vielleicht auch an der Entwässerung. Oder der Herrgott hat einfach beschlossen, die Uthlande noch ein bisschen flacher zu kloppen. Das weiß ich nicht. Aber ich weiß, was ich sehe.»

«Und?», brummte Auke unwillig.

«Du kannst dir doch denken, was das bedeutet. Je tiefer das Land, umso größer ist die Gefahr bei einer Flut. Ansgar glaubt auch, dass …»

«Und wer ist nun wieder Ansgar?»

Folkert schwieg einen Moment und schaute zu den weidenden Schafen hinüber, als müsste er über die Antwort erst nachdenken.

«Pater Ansgar ist der neue Pfarrer an der Kirche von Rungholt», erklärte er, ohne Auke anzusehen. «Er ist erst im letzten Jahr vom Domkapitel in Schleswig neu in die Stadt berufen worden. Und er hat unglaublich viele lateinische Bücher gelesen.»

«Du verkehrst ja mit hochgestellten Leuten, seit du in der Stadt lebst.»

Inzwischen waren es schon drei Dinge, über die Auke sich ärgerte: nicht nur über Folkert und den Mangel an Arbeitskräften auf dem Hof, sondern auch über sich selbst. Er wusste, dass er ungerecht zu seinem Bruder war. Folkert war ein guter Mann, auch wenn Auke sein zögerliches, nachdenkliches Wesen nie begriffen hatte. Eigentlich sprach auch nichts dagegen, als Zweitgeborener den Hof zu verlassen und sein Geschick an einem anderen Ort in die Hand zu nehmen. Und doch …

Plötzlich wurde ihm klar, dass er Folkert und seine Besonnenheit vermisst hatte. Ohne seinen Bruder war er wie ein Schiff ohne Ladung, das zu leicht auf dem Wasser lag und heftig von den Wellen herumgeworfen wurde.

«Ich hoffe, du bist nicht nur nach Hause gekommen, um mit unseren Deichen zu schimpfen», sagte er knurrig und ließ es halb wie einen Scherz klingen. Folkert erkannte das Friedensangebot und lächelte flüchtig.

«Ich bin nach Hause gekommen, um nach Vater zu sehen», sagte er. «Und ich freue mich, dass es ihm wieder besser geht. Aber natürlich will ich euch auch unterstützen, bevor es im Winter mit den Stürmen richtig losgeht. Einige Tage kann ich noch bleiben, ehe ich wieder nach Rungholt zurückmuss. Bis dahin habt ihr zwei zupackende Arme mehr auf dem Hof.»

«Das ist gut», sagte Auke grinsend. «Auch wenn es nur zwei Hühnerarme sind …» Er knuffte Folkert gegen die Schulter. «Wir nehmen gerade alles, was wir kriegen können.» Nach einer kurzen Pause fuhr er fort. «Du hast bestimmt schon gehört, dass es in der Gegend in letzter Zeit Ärger gab. Da bin ich froh, dass du im Notfall weißt, an welchem Ende man einen Speer hält.»

«Du redest von den Räubern, die diesem dänischen Ritter den Plogpennig geraubt haben?»

Schlagartig wurde Auke wieder ernst. «Die Frage ist, wer hier die Räuber sind», brummte er. «Warum sollten die Friesen der Uthlande für die Kriegszüge des Dänenkönigs bezahlen?»

«Das sind gefährliche Reden», meinte Folkert und zog eine Augenbraue hoch.

«Mag sein», erwiderte Auke. «Aber wahr sind sie trotzdem. Ich habe Sorge, dass die Dänen nach den Vorfällen zurückkehren, um den Menschen noch mehr Silber abzupressen, im Zweifel auch mit Gewalt. Darum bin ich froh um jeden Mann, den wir zur Hand haben.»

Folkert schüttelte ungläubig den Kopf. «Du kannst dich doch nicht ernsthaft mit bewaffneten Rittern anlegen wollen!»

Da war sie wieder, Folkerts übermäßige Vorsicht.

«Ich tue, was zu tun ist», erwiderte Auke kurz angebunden. Wenn sein Bruder wüsste, dass er vor wenigen Wochen erst gegen Herrn Oluf selbst gekämpft hatte …

«Ich hoffe nur, du machst dich nicht mit Räubergesindel gemein», meinte Folkert. «Solche Leute sind gefährlich. Und egal, welche edlen Gründe sie vorbringen mögen, letztendlich geht es immer ums liebe Silber.»

«Das musst du ja wissen – als Städter aus Rungholt!»

Auke trat frustriert einen Lehmklumpen weg. Für einen Moment war er seinem Bruder fast wieder so nah gewesen wie früher. Er hatte das Gespräch bewusst in diese Richtung gelenkt, um zu prüfen, ob er Folkert für seine Sache gewinnen könnte. Doch jetzt war die Mauer zwischen ihnen plötzlich wieder höher als die Deiche von Rungholt.

Folkert zuckte mit den Schultern. «In Rungholt bekommen wir vom Dänenkönig nicht viel mit. Dafür zeigen sich die Kaufleute aus Hamburg, Bremen und den anderen Städten im Süden sehr interessiert an uns. Sie wollen, dass unser Hafen für sie offen bleibt, und haben sogar schweres Silber aufgebracht, damit die Leute der Pellwormharde ihren dicken Kirchturm renovieren können. Als Landmarke für ihre Koggen. Alle folgen so ihren Interessen, ob nun Dänen, Hamburger oder friesische Räuber. Und diese Interessen klimpern in der Regel im Geldbeutel. Es ist am klügsten, sich da rauszuhalten und auf das Wichtige zu konzentrieren.»

«Auf deine Deiche», entgegnete Auke bitter.

Folkert blieb unbewegt. «Mit dem Meer kann man nicht verhandeln. Ihm ist es völlig gleichgültig, wie viel Silber jemand in seiner Truhe hat und ob er nun Dänisch, Friesisch oder das Platt der Küstenstädte spricht.»

Auke spürte, wie zornige Erregung in ihm aufwallte. «Wenn alle so denken würden, hätte sich schon lange irgendein König oder Herzog die kompletten Uthlande einverleibt und wir würden für die Zehntscheune eines Grafen schuften!», rief er. «Denk daran, was die alten Friesen einst geleistet haben! König Erik musste die Uthlande fluchtartig verlassen, als er den Plogpennig persönlich eintreiben wollte. Und sein Nachfolger, König Abel, ist gleich ganz hiergeblieben. Sein wütender Geist spukt heute noch im Dom von Schleswig. Warum sollte uns das nicht wieder gelingen? Wir könnten …»

«Schau mal», unterbrach ihn Folkert und zeigte noch vorne. «Dort kommt Owe Ingmarsen.»

Tatsächlich – jemand ritt ihnen auf dem Weg entgegen. Der Reiter trug einen Mantel mit Pelzbesatz und hielt sich aufrecht im Sattel, wie ein Streiter aus irgendeinem Heldenlied. Eindeutig Owe. Sein selbstgerechter Stolz strahlte weithin über die Marschen.

Auke unterdrückte einen Fluch. Für einen Herzschlag sah er wieder Owes wutverzerrte Züge vor sich, in jenem Moment, als Aukes Wollschal im Kampf verrutscht war ... Zur Sicherheit hatte er es in den letzten Wochen vermieden, dem Sohn des Stallers über den Weg zu laufen. Auch als Owe vor Kurzem mit seinen Männern die umliegenden Höfe nach dem Abgaben-Silber abgesucht hatte, war Auke «zufällig» gerade draußen auf den Weiden gewesen – nicht ohne dafür zu sorgen, dass Owes Suche erfolglos war. Doch nun gab es keine Möglichkeit, der Begegnung auszuweichen. Owe musste Folkert und ihn schon längst entdeckt haben, und ringsum gab es nur offene Weide, Entwässerungsgräben und Zäune aus geflochtenen Haselruten. Wenn er sich jetzt ins Gelände schlug, um Owe auszuweichen, machte er sich mehr als verdächtig.

Stattdessen zwang er sich, dem Reiter gleichmütig und selbstbewusst entgegenzublicken. Sie waren schließlich auf ihrem eigenen Land, und Owe war vermutlich auf der Durchreise, in Richtung Gaikebüll.

Als Owe die beiden Brüder fast erreicht hatte, hob Folkert grüßend die Hand. Auch Auke nickte in Owes Richtung. Das Ganze würde hoffentlich nur eine von diesen typischen Begegnungen in den Uthlanden werden, bei der man die Existenz des anderen durch einen gebrummten Gruß anerkannte und dann weiter seiner Wege zog.

Owes Brauner schnaubte, als sein Reiter ihn zum Halten brachte.

«Folkert Feddersen», sagte Owe und tippte sich grüßend an die Wollkappe. «Haben die Deiche von Rungholt dich wieder freigegeben?»

«Nur für ein paar Tage», erwiderte Folkert aufgeräumt. «Es gibt stets viel zu tun.»

Er hatte schon immer die Angewohnheit, die Rivalität zwischen Ingmars und Fedders Sippe zu ignorieren und Ingmars Leute einfach als Nachbarn zu behandeln.

«Viel zu tun, allerdings», bestätigte Auke knapp. «Wir müssen dann mal weiter.»

Owes Blick ruhte nun auf ihm. «Auke Feddersen. Das glaube ich, dass du viel zu tun hast. Warst ziemlich rege in letzter Zeit, nicht wahr?»

Warum betonte er das so, als wäre es etwas Unanständiges? Auke straffte sich trotzig. «Hast du ein Problem mit harter, ehrlicher Arbeit, Owe Ingmarsen?», stichelte er. «Vermutlich ist sich der Sohn eines Stallers zu fein, um Schlick und Kuhmist an den Stiefeln zu haben.»

Owe zog finster die Augenbrauen zusammen. «Vielleicht solltest du dich fragen, warum der König nicht jemanden aus *deiner* Sippe zum Staller bestellt hat, Auke», knurrte er. «Möglicherweise, weil ein hohes Amt nicht zu Räubergesindel passt.»

Ohne nachzudenken, sprang Auke einen Schritt vor. «Das nimmst du zurück!»

Zugleich machte sich ein flaues Gefühl in seinem Magen breit. Räubergesindel … Hatte Owe ihn damals in der Hitze des Kampfes also doch erkannt?

Ein verächtliches Grinsen trat auf Owes Lippen. «Habe ich da etwa einen wunden Punkt getroffen?»

Folkert schaute unterdessen verwundert zwischen Auke und Owe hin und her. «Was soll das?»

Niemand beachtete ihn.

Grimmige Wut stieg in Auke auf. Der Stallerssohn sollte sich mal von seinem Ross heruntertrauen, dann würde er ihm schon die Verdächtigungen aus dem Kopf prügeln! Auch Owes meergraue Augen blitzten streitlustig. Auke kannte diesen besonderen Blick. So ähnlich schaute Griet, wenn sie eine neue

Schandtat plante oder kurz davorstand, ihm einen Eimer über den Kopf zu stülpen …

Bei dem Gedanken an Griet ließ er die Fäuste wieder sinken. Es würde seine Chancen beim Staller wohl kaum vergrößern, wenn er sich zuvor mit dessen Sohn im Straßendreck geprügelt hatte.

«Geh doch zu deinen dänischen Rittern, Owe Ingmarsen», brummte er. «Wir haben zu arbeiten.»

Damit wandte er sich abrupt ab und eilte weiter den Weg entlang.

«Wir sehen uns», verabschiedete sich Folkert etwas reumütig, ehe er sich Auke anschloss. Dann hörte Auke auch schon, wie sich Owes Pferd in seinem Rücken wieder in Bewegung setzte.

«Was war *das* denn?», fragte Folkert halb besorgt und halb empört.

«Was soll schon gewesen sein?», erwiderte Auke. «Hast du vergessen, was für ein überheblicher Narr Owe ist?»

«Ach. Und was hat es mit dem Räubergesindel auf sich?»

Auke schnaubte nur. Inzwischen war er sich ziemlich sicher, dass er seinen zaudernden Bruder nicht in gewisse Dinge einweihen würde.

Vereinzelte Schneeflocken umtanzten die beiden, während sie dem Feldweg durch die Marschen folgten. Die Flocken schwebten zart, fast zögerlich, und wurden gleich vom Wind wieder verstreut. Doch das war trügerisch. Schon bald würde der Winter die Uthlande mit aller Macht ergreifen und über viele Wochen nicht mehr loslassen.

«Du solltest aufpassen, was für Reden du führst», mahnte Folkert. «Vater trifft gleich noch einmal der Schlag, wenn man unseren Namen mit diesen Räubern in Verbindung bringt.»

«Gut, dass du wieder da bist, Folkert», brummte Auke. «Ohne dich wüsste ich gar nicht, was ich zu tun und zu lassen habe.»

«Ich bin schon froh, dass ich dich und Owe nicht in einer Prügelei verkeilt aus dem Graben ziehen musste», entgegnete Folkert.

Auke schwieg grimmig.

«Um genau zu sein, bin ich überrascht», setzte Folkert nach. «Früher hättest du dich todsicher mit Owe angelegt. Da steckt doch mehr dahinter. Irgendwas ist los …»

Es war keine Frage, sondern eine Feststellung; als hätte er gesagt, dass der Winterhimmel grau ist. Auke seufzte. Manchmal konnte man bei Folkerts zögerlicher Art glatt vergessen, wie flink er im Kopf war.

«Es ist Griet», gab Auke schließlich zu.

«Die Tochter des Stallers? Lebt die nicht jetzt bei einem dänischen Edelmann?»

«Sie ist vor Kurzem zurückgekehrt. Und …», Auke zögerte kurz, dann sprach er es aus, «… wenn der Staller zum Weihnachtsfest lädt, werde ich um sie anhalten.»

«Oh.» Folkert machte ein überraschtes Gesicht.

«Was?»

«Ich meine ja nur … Bei allem, was du über ihre Familie so von dir gibst …»

«Das hat nichts mit Griet zu tun.»

«Gewiss nicht», beeilte sich Folkert zu sagen. «Und du bist der Erstgeborene eines mächtigen Großbauern. Warum sollte der Staller dich nicht als Schwiegersohn haben wollen? Das wäre für alle das Beste. Endlich keine Streitereien mehr …»

«Eben.» Auke nickte und versuchte, so überzeugt zu sein, wie Folkert sich anhörte.

«Ich freue mich für dich, Auke.»

Auke schaute seinen Bruder forschend an. Folkert lächelte ohne jede Spur von Spott.

«Wenn du magst, können wir gemeinsam bei Staller Ingmar vorsprechen», schlug er vor. «Ich hatte eh vor, über Weihnachten wieder zu euch auf den Hof zu kommen. Dann legen wir neben Vaters Namen noch den guten Ruf von Meister Alrich aus Rungholt in die Waagschale.» Er räusperte sich. «Außerdem bin ich in der Gegend nicht so sehr als Unruhestifter bekannt wie … gewisse andere Leute.»

Nun musste Auke grinsen. Spontan legte er seinem Bruder die Hand auf die Schulter. «Danke, Folkert.»

Auch wenn er Folkert nicht immer verstand … Auke war dankbar, dass er sich in dieser Sache auf ihn verlassen konnte. Gemeinsam setzten die beiden Brüder ihren Weg über das Land des Großbauern Fedder fort, während die Winterwinde immer mehr Schneeflocken über die Marschen trieben.

Fünftes Kapitel

Der Hof des Bauern Abbo Aroldsen bei Westerwold war weder der größte noch der reichste Hof der Beltringharde. Und doch reichte sein Ruf weit über den kleinen Ort hinaus. Es war kein guter Ruf, denn Abbos Hof war dafür bekannt, dass nur wenige es lange auf diesem schlammigen Stück Erde aushielten.

Bauer Abbo hatte schon drei Ehefrauen beerdigt, die Fieber und Pesthauch dahingerafft hatten, ohne dass er bislang mit einem Erben gesegnet worden wäre. Die Knechte blieben selten länger als einen Sommer, denn Abbo neigte dazu, sie mit seinem Jähzorn zu vertreiben. Und wer doch verzweifelt genug war, für ihn zu arbeiten und sich tagtäglich beschimpfen und verfluchen zu lassen, sah sich nicht selten um seinen Lohn betrogen. Der Bauer trug den kargen Ertrag seiner Felder zumeist nach Westerwold in die Schänke, sodass nur wenig zum Wirtschaften übrig blieb. So kam es, dass Abbos Hof zu Recht verrufen war, und keine gute, gottesfürchtige Seele wollte freiwillig in seine Dienste treten.

Janne war jedoch weder gut noch gottesfürchtig. Das hatte man ihr oft genug gesagt. Schließlich war ihre sündhafte Verfehlung auch für jedermann sichtbar – und inzwischen schon fast acht Jahre alt. Sie arbeitete bereits den dritten Sommer auf Abbos Hof und würde noch am Jüngsten Tag hier dienen. Es gab im Großen Koog der Beltringharde keinen anderen Ort, an dem sie willkommen war. Sonst wäre ihr bloß das weite, gleichgültige Meer jenseits der Deiche geblieben. Also war sie eben hier und diente dem missmutigen Bauern Abbo.

«Janne, die Kanne!», bellte es quer über den Hof. Es war nicht nur ein erbärmlicher Reim, sondern auch ein eingespieltes Ritual. Wie von selbst griffen Jannes Arme nach dem bauchigen Schankgefäß aus Ton, das Abbos Bier in sich barg. Und wie von selbst formten ihre Lippen lautlos die übliche Antwort: «Bin ja schon da, alter Narr.»

Dieser Reim war nicht besser als die Sache mit «Janne» und «Kanne». Doch manchmal waren es die kleinen Albernheiten, die einen am Leben erhielten. Und Janne war fest entschlossen zu leben.

Mit zusammengepressten Lippen schleppte sie die Kanne zu der geduckten Kate hinüber, die das Hauptgebäude von Abbos Hof bildete. Moos wucherte auf dem bis zum Boden reichenden Dach, sodass das Torfsoden-Haus wie ein bewohnter Hügel wirkte, halb eingesunken in den Boden. Wo eine pflegende Hand fehlte, nahmen sich Land und Meer rasch wieder, was Menschen einst errichtet hatten.

Als Janne sich mit der Kanne durch die Tür schob, tönte ihr schon Abbos raue Stimme entgegen: «Und hol auch dein Balg! Wir sitzen bei Tisch.»

Janne fuhr zusammen. *Dein Balg* – gemeint war Lentje. Janne war sich nicht sicher, ob der Bauer überhaupt den richtigen Namen ihrer Tochter kannte. Und das war ihr auch recht so, denn es hätte sich merkwürdig angefühlt, aus Abbos Lästermaul diese beiden zerbrechlichen Silben zu hören.

Für gewöhnlich kümmerte Lentje sich draußen um die Gänse. Janne hatte das so eingerichtet, damit ihre Tochter dem Bauern möglichst wenig unter der Nase herumlief und außerhalb der Reichweite seiner Pranken war. Und Abbo war damit einverstanden, denn er hielt nichts von Menschen, die Brot aßen, ohne zu arbeiten. So kam es, dass er an den meisten Tagen Lentje gar nicht erst zu Gesicht bekam. Doch wenn der Bauer nach ihr rief, konnte Janne ihm das schlecht verwehren …

«Ja, Herr», murmelte sie tonlos und trat an den Tisch am Herd, an dem der Herr des Hofes hockte. Abbo Aroldsen war ein kleiner Mann mit schütterem Haar und einem rötlichen Gesicht, das blaue Adern wie Priele und Gräben durchzogen. Es war immer wieder erstaunlich, dass sein schmaler Brustkorb solch eine grollende Stimme in sich barg.

An Abbos Seite saß Okke, sein Bruder, der einen Hof draußen bei Gotmersboll gleich hinter dem Deich bewirtschaftete. Er hatte dieselben eisblauen Augen wie Abbo, sah ihm ansonsten mit seinem üppigen Bart und den breiten Schultern aber kaum ähnlich.

Okke brummte sogar einen Dank, als sie ihm Bier einschenkte. Abbo hingegen hielt ihr nur seinen Becher hin, ohne sie anzuschauen. Das Gefäß war weiß glasiert und zudem mit blau-goldenen Rankenmustern und geheimnisvollen Schriftzeichen verziert. Händler aus Flandern hatten das Stück einst hierher in den Norden gebracht, doch ursprünglich stammte es aus einem viel weiter entfernten Ort, einer Stadt namens Malaqa in den südlichen Ländern der Mauren. Das erwähnte Bauer Abbo nur zu gerne, denn das edle Trinkgefäß war sein ganzer Stolz, und er gab es praktisch nie aus der Hand.

«Nun?», knurrte der Bauer, als Janne die Bierkanne schließlich auf ihre drei Tonfüße stellte. «Willst du meiner Anweisung folgen? Oder muss ich erst aufstehen?»

«Sofort, Herr», erwiderte Janne rasch, und bei sich dachte sie weitaus weniger unterwürfig: *«Als wenn es einen Unterschied macht, ob du jämmerlicher Wicht aufstehst!»*

Doch natürlich sprach sie es nicht aus, denn der Bauer hatte trotz seiner geringen Körpergröße kräftige Hände, die sie schon zu oft zu spüren bekommen hatte.

Rasch huschte sie wieder hinaus und hielt nach Lentje Ausschau. Dort drüben, nahe dem Backhaus, hatte sie ein Auge auf die Gänse, während sie zugleich auf einem Bein herumhüpfte und ihren Stock auf der Handfläche balancierte. Lentje musste ständig in Bewegung sein und hatte vermutlich in den sieben Jahren, die sie nun schon auf dieser Erde weilte, noch kein Stundenglas lang irgendwo still gesessen. Mit ihren Sommersprossen und dem wippenden, kupferroten Zopf erinnerte sie Janne an das Mädchen, das sie selbst einst gewesen war. Sie erlaubte sich ein flüchtiges Lächeln.

Dann dachte sie daran, warum sie hier war, und das Lächeln verblasste. «Lentje, komm!», rief sie. «Der Bauer braucht uns.» Sie schaute rüber zu einem flachsblonden Jungen, der vor dem Vorratshaus ein Holzpferd über Steine springen ließ. «Hans, komm her! Du bist jetzt für eine Weile die Obergans.»

Missmutig kam der kleine Sohn des Knechts Enno herangeschlurft. Er nahm Lentjes Platz ein, ohne sie eines Blickes zu würdigen. Natürlich, mit *so einer* gab sich niemand freiwillig ab …

«Was will denn der Bauer?», fragte Lentje, die inzwischen herangehüpft war und ihre Mutter aus großen, grünen Augen anschaute. Janne unterdrückte ein Seufzen. Lentjes Blick war so offen, als gäbe es wirklich noch irgendwelche Wunder auf der Welt, die gleich hinter der nächsten Hecke lagen. Und das hier, auf Bauer Abbos Hof am äußersten Ende der Uthlande …

«Was soll er schon wollen?», entgegnete Janne barscher, als sie beabsichtigt hatte. «Sein Bruder ist da, und er will ihn beeindrucken. Wir müssen ihn bei Tisch bedienen.»

Abbo war alles andere als reich – kein Staller und kein Edelmann, noch nicht einmal ein wohlhabender Großbauer. Und doch benahm er sich gerne, als wäre sein vernachlässigter Hof ein Königreich mit ihm als Herrscher auf einem goldenen Thron, vor allem, wenn er Gäste hatte, was glücklicherweise nur selten vorkam.

Janne und Lentje traten zusammen in das Dämmerlicht der Kate. Nun galt es, König Abbo ihre Aufwartung zu machen. Dieser sprach gerade mit seinem Bruder Okke über den Regen, der die Felder schlammig machte, und die Kälte, die in jedem Jahr stärker von der See übers Land zu kriechen schien und Vieh sowie Saatgut erfrieren ließ. Janne fragte sich, ob jemals seit Erschaffung der Welt ein Bauer froh und zufrieden über das Wetter gesprochen hatte.

«Janne!», unterbrach Abbos Stimme ihre Gedanken. «Spiel uns bei Tisch auf. Das Balg bringt uns Brot und von dem guten Schinken.»

Gehorsam machte sich Lentje daran, einen Korb mit Essen zu füllen, während Janne unter ihren Kittel griff und den Gegenstand hervorzog, den sie stets an einer Lederschnur um den Hals trug. Es war eine Okarina, ein Ei aus glattem Ton mit einem schnabelförmigen Mundstück und einigen Grifflöchern. Die Fischer und Jäger der Marschen benutzten solche Instrumente manchmal, um sich bei schlechter Sicht Signale zu geben. Jannes Exemplar jedoch hatte mehr als nur die üblichen zwei Löcher, sodass man darauf ganze Melodien spielen konnte. Vater hatte die Okarina einst für sie gemacht, und für Janne war das Instrument wertvoller als Bauer Abbos blöder Malaqa-Becher oder sein ganzer Hof mit allem Drum und Dran.

Sie begann zu spielen; eine kleine Melodie, wie sie die Frauen beim Waschen, Backen und Netzeflicken zu singen pflegten. Lentje schleppte derweil den Korb heran.

Es war eine lächerliche Szene: Eine Frau und ein Mädchen, mit denen keine ehrbare Sippe etwas zu tun haben wollte, warteten in einer moosüberwucherten Hütte einem versoffenen Bauern auf, der sich für den Herzog von Schleswig, den König von Dänemark oder den Bischof von Rom in höchsteigener Person hielt. Okke fühlte sich sichtlich unwohl in seiner Haut, während Lentje ihm eine Scheibe Schinken vorlegte.

Janne hatte schon öfter festgestellt, dass Okke seinen Bruder wohl nicht besonders gut leiden konnte. Er kam eigentlich nur hierher, um über Angelegenheiten der Sippe zu sprechen. Und das hieß konkret: über Abbos Hof, der keinen Erben hatte und auf dem Okke nur zu gerne eines seiner Kinder gesehen hätte.

Bauer Abbo hingegen schien das gleichgültig zu sein – oder er bemerkte es schlichtweg nicht. Sein Gesicht leuchtete jedenfalls in einem selbstzufriedenen Dunkelrot, und er genoss seine Rolle als Hausherr sichtlich. Gerade schwadronierte er über die Habgier der Dänen und ihrer Staller, wobei er ausladend gestikulierte: «… pressen diese Hunde doch Jahr um Jahr truhenweise Silber aus den Uthlanden, nur damit König Valdemar Krieg in Schonen, auf Gotland und weiß Gott, wo sonst noch, führen kann …»

Sein Handrücken traf den Brotkorb, den Lentje gerade abgestellt hatte. Dieser rutschte über den Tisch und stieß den Malaqa-Becher an. Das edle Gefäß kam ins Trudeln – und kippte über die Tischkante.

Jannes Herz setzte einen Schlag aus, während ihre Finger

sich um die Okarina verkrampften. Lentje aber, flink, wie sie war, sprang einen Schritt vor und schnappte sich den Becher. Das glatte Keramikteil drehte sich in ihren Fingern, schien ihr entkommen zu wollen wie ein glitschiger Fisch. Doch Lentje schaffte es irgendwie, den Becher zu packen, und hielt ihn schließlich fest umklammert. Nur das Bier darin hatte sich über Bauer Abbos Beinkleider ergossen.

Für einen Moment herrschte dröhnende Stille. Nur der Herd knackte vor sich hin, und der Herbstwind strich ums Haus. Dann wagte es Janne, erleichtert auszuatmen, während Lentje dem Bauern den Becher mit verlegenem Stolz entgegenstreckte.

Abbos Blick wanderte von dem Mädchen zu seiner bierverklebten Kleidung und wieder zurück. Er riss Lentje den Becher aus der Hand und knallte ihn auf den Tisch.

«Pass doch auf, du verfluchter Bankert!»

Seine Hand zuckte schneller vor, als Janne gucken konnte. Plötzlich lag Lentje rücklings auf dem Boden und hielt sich die gerötete Wange. Tränen quollen aus ihren geweiteten Augen hervor.

In Janne hatte sich alles zusammengezogen. Kalte Angst ließ ihre Beine zittern – doch in ihrem Bauch ballte sich Wut. Bauer Abbo aber stieß seinen Schemel zurück und sprang auf die Füße.

«Schau, was du angerichtet hast!», wetterte er. «Der gute Becher! Beinahe zerbrochen! Der ist mehr wert als alles, was du in deinem kümmerlichen Leben jemals hervorbringen wirst!»

«Abbo!», knurrte Okke genervt. «Komm, es ist gut jetzt.»

«Sagst du mir, was ich in meiner eigenen Halle zu tun habe?», fuhr Bauer Abbo seinen Bruder an.

Dieser erwiderte grimmig seinen Blick. «Natürlich nicht. Aber ich bin hier, um zu besprechen, was wir gemeinsam tun sollten. Die Entwässerung deiner Weiden im Süden muss dringend angegangen werden, sonst bewirtschaftest du bald einen Salzsumpf.»

«Die Entwässerung im Süden tut, was sie soll. Das weiß ich ja wohl besser als du», knurrte Abbo und schenkte sich Bier nach.

Janne atmete tief durch, um ihre brodelnde Wut zu unterdrücken. Am liebsten hätte sie Abbo seinen kostbaren Becher einmal kräftig über den Schädel gezogen! Stattdessen lief sie rüber zu Lentje, die stumm auf dem Boden kauerte. Während der Bauer damit beschäftigt war, mit seinem Bruder zu streiten, half sie ihrer Tochter rasch auf die Beine und führte sie aus der Kate.

Draußen prasselte schwerer Regen auf die Warft, darum zog sich Janne mit Lentje in den Schutz eines Unterstandes aus Flechtwerk zurück, wo Torfsoden als Brennstoff lagerten. Finster schaute sie über die Dinkelfelder und Moorwäldchen der Umgebung, während ihre Tochter sich an ihrer Schürze ausweinte.

«Warum?», fragte Lentje schließlich mit dünner Stimme und blickte zu Janne auf. Ihr Gesicht war verquollen, nicht nur vom Weinen, sondern auch von Abbos Handabdruck. «Warum hat er das getan? Ich hab seinen Krug doch gerettet!»

«Warum tut Bauer Abbo das, was er tut?», wiederholte Janne die Frage, während sie immer noch in den Regen hinausstarrte. «Ich glaube, er tut das, weil er ein meckernder Nörgelnöck ist.»

«Ein Nörgelnöck?» Lentje unterbrach ihr Weinen, um das neue Wort zu verdauen.

«Ja. Ein miesmuscheliger, motzmodriger Nörgelnöck», präzisierte Janne.

Es war gewiss nicht klug, dem Kind Respektlosigkeiten Abbo gegenüber beizubringen. Immerhin würde Lentje noch lange mit ihm auskommen müssen, wenn sie weiterhin ein Dach über dem Kopf und Getreidegrütze in ihrer Schale haben wollte. Doch Janne hatte gerade nicht die geringste Lust, etwas Beschwichtigendes über ihn zu sagen. Und Lentje konnte einen Nörgelnöck im Moment gewiss besser gebrauchen als mahnende Worte.

«Ein Nörgelnöck ...», gluckste sie, und ihre grünen Augen bekamen wieder ein wenig Glanz. Janne wuschelte ihr durchs Haar. Zum Glück war ihre Lentje ziemlich unverwüstlich. Schon unzählige Male hatte sie sich bei ihren wilden Spielen blutige Schrammen und Platzwunden geholt, doch jedes Mal waren die Tränen genauso schnell wieder vergessen, sobald etwas Neues ihre Aufmerksamkeit erregte. Abbos grobe Pranken konnten etwas so Wunderbarem wie Lentje nichts anhaben, sagte sich Janne. Dafür würde sie sorgen.

«Und weißt du was?», fuhr sie fort, weil sie schon einmal dabei war. «Dieser Malaqa-Becher, auf den der Bauer so große Stücke hält, ist gar kein wertvoller Schatz. Eigentlich ist er nur der Boden von einer Kanne, die irgendwann mal zerbrochen ist. Jemand hat dann die Ränder abgeschliffen, damit man das Ding wenigstens noch zum Trinken verwenden kann. Die reichen Stadtleute in Rungholt hätten so etwas niemals für ihren Haushalt gekauft. Aber für Bauer Abbo reicht so ein kaputter Kannenbecher, damit er sich wie ein Fürst an der Festtafel fühlen kann mit seinem Malaqa-Abfall.»

«Rungholt ...» Auf Lentjes Gesicht verdrängte die Neugier endgültig den Schmerz. «Erzähl mir von Rungholt!»

«Ach, ich war doch nur einmal dort», erwiderte Janne versonnen. «Zusammen mit deinem Großvater. Da war ich jünger als du …» Sie spürte die seltsame Mischung aus Wärme und Verlust, die sie immer erfüllte, wenn sie an ihren Vater dachte. «Es gibt dort eine mächtige Kirche aus Stein, und riesige Schiffe lagen vor der Küste, viel größer als der kleine Ewer, mit dem dein Großvater immer zum Fischen fuhr. Sonst weiß ich nicht mehr viel davon.»

«Dann erzähl mir vom Nöck!», forderte Lentje. «Oder vom anderen Meervolk.»

Janne lächelte matt. Natürlich hatte sie Lentje mit ihrem Nörgelnöck auf das Thema gebracht. Ihre Tochter liebte es, die alten Geschichten von den Geistern und Wundern der Westsee zu hören. Geschichten, die Janne von Vater geerbt hatte und die für sie ähnlich kostbar waren wie ihre Okarina. Da ging es um die Nöck, die Meermänner, die gerne Seeleute narrten, um den Meermönch mit seinem Talar aus Fischschuppen und um die alte Meerfrau Ran, die Schiffe mit ihrem Netz in die Tiefe zog. Janne war gerade jedoch nach einem weniger schwermütigen Thema zumute.

«Habe ich dir schon von den Odderbaantjes erzählt?», fragte sie darum

«Odderbaantjes?»

«Das sind wundersame Wesen, die unter den Dünen leben, wo das Meer auf das Land trifft und die Grenzen unscharf sind. Klein wie Zwerge sind sie, mit langen Armen, die sie hinter sich herschleifen, und kugligen Glupschaugen. Wir Menschen bekommen sie für gewöhnlich nicht zu sehen, denn sie wagen sich nur unter dem Mondlicht aus ihren Höhlen.»

«Und woher weiß man dann überhaupt, dass es sie gibt?», hakte Lentje nach. Janne lächelte in sich hinein. Ihre Tochter hatte ihren ganz eigenen Kopf und ließ sich nicht einfach irgendetwas erzählen.

«Manchmal, aber ganz selten, begegnen sich Menschen und Odderbaantjes doch», erklärte sie. «Die Dünenbewohner haben nämlich eigene Felder, die sie bewirtschaften, versteckt im Strandhafer zwischen den Dünen. Und zuweilen vergisst einer von ihnen sein Ackergerät dort draußen. Das sind winzige Messer und Sicheln aus einem wundersamen Metall, das grün schimmert und in kaltem Feuer unter dem Meer geschmiedet wird. Diese Geräte sind für die Odderbaantjes überaus wertvoll. Wenn ein Mensch ein solches grünes Gerät findet und ihnen zurückbringt, dann belohnen sie ihn großzügig. Sie kennen viele verborgene Schätze in See und an Land und können aus einem armen Knecht wohl einen reichen Marschbauern machen.»

Lentje schaute verträumt in die regengraue Ferne. «Dann sollten wir die Odderbaantjes vielleicht suchen. Solche Schätze könnten wir gut gebrauchen.»

«Oh, die Odderbaantjes sind aber auch gefährlich», bremste Janne den Enthusiasmus ihrer Tochter. «Wer ihre Gaben gierig ausnutzen will oder sie sonst irgendwie verärgert, den trifft ihr Zorn. Und selbst der größte Reichtum kann zum Fluch werden, wenn kein Segen darauf liegt.»

«Verstehe.» Lentje nickte bedächtig. «Wir müssen eben besonders höflich sein, wie dänische Edeldamen, und ihnen ein schönes Geschenk machen. Dann zeigen sie uns vielleicht ihre Geheimnisse, und wir können fort von hier. Nach Rungholt oder Hamburg …»

«Ja, das wäre schön.» Jannes Lächeln verblasste. Wenn die magischen Odderbaantjes sie mit wundersamen Schätzen beschenkten, könnten sie vielleicht Bauer Abbos Hof und das ganze Elend hinter sich lassen. Ansonsten blieb ihnen nichts anderes übrig, als hierzubleiben und alles zu ertragen, was das Schicksal – und die Launen des Bauern – sonst noch für sie bereithalten mochte. Sie zog Lentje eng an sich, während der Regen weiter auf die Uthlande pladderte und der Wind an den Dächern des Hofes zerrte.

Sechstes Kapitel

Die *Jakobus von Hamburg* war ein gutes Schiff. Schon viele Jahre hatte sie dem ehrbaren Fernkaufmann Gero Wullenwever gedient, und nun diente sie seinem Sohn Ulrich bei dessen erster großer Unternehmung. Stolz stand er auf dem Achterkastell der Kogge und schaute über die bleigraue Westsee. Zur Linken erstreckten sich die Wellen bis zum trübdunstigen Horizont. Sie waren unruhig, als wäre in der Tiefe eine mächtige Seeschlange erwacht, die mit ihrem Schweif die See aufwühlte. Die Planken der Kogge ächzten protestierend, während sich das Schiff unter Ulrichs Füßen hob und senkte.

Er verzog das Gesicht. Auch ein gutes Schiff kam einmal in die Jahre, und die Truhen der Wullenwevers reichten inzwischen kaum noch aus, um die Jakobus vernünftig zu warten und in einem passablen Zustand zu erhalten. Ulrich hätte natürlich seine Handelspartner, die Herren Wittold und Giesecke, um Unterstützung bitten können. Doch lieber hätte er sich die Zunge mit einer glühenden Zange rausreißen lassen.

Also blieb ihm nur, darauf zu vertrauen, dass der Rumpf der *Jakobus* den Muscheln, Schnecken und Seepocken noch eine Weile standhalten würde, bevor das Meer schließlich sein Recht einforderte. Falls das Holz zu schwach sein sollte, musste eben Ulrichs eiserner Wille ausreichen, um das Gefährt und diese ganze Unternehmung zusammenzuhalten. Denn er war entschlossen, Erfolg zu haben. Die Kaufmannschaft von Hamburg sollte lernen, ihn zu respektieren. Und natürlich auch die ehrbare Witwe Apolonia Wullenwever, seine Mutter.

Ulrich hatte die Hoffnung schon lange aufgegeben, dass ihre Blicke jemals etwas anderes als stumme Missbilligung ausdrücken würden. Aber wenn er erst die Truhen der Familie gefüllt und seinen Platz unter den erfolgreichen Fernhändlern eingenommen hätte, würde ihm das vielleicht nichts mehr ausmachen … Ärgerlich wischte er den Gedanken an Mutter beiseite und wandte den Blick nach rechts, in Richtung Land.

Dort zog eine karge, schmutzig grüne Küste vorüber, nicht mehr als ein Flickenteppich, in dem sich immer wieder Buchten und Meeresarme öffneten. Die Lande der Friesen. Gelegentlich stieg Rauch von flachen Dächern jenseits der Deiche auf und wurde vom Wind davongetragen. Kein Zeichen von etwas, was die Bezeichnung «Stadt» auch nur annähernd verdient hätte. Es würde lange dauern, bis Ulrich wieder auf die Annehmlichkeiten Hamburgs zurückgreifen konnte.

Immerhin stand Burkhart einige Schritte neben ihm an der Reling. Der hünenhafte Diener gab sich auf dem schwankenden Schiff ähnlich ungerührt wie an jedem anderen Ort.

Seine stumme Gegenwart war eine vertraute Konstante, für die Ulrich dankbar war.

«Meister Ulrich!»

Die Stimme von Sywald, dem Steuermann, hallte zu ihm herüber. Er war ein kleiner, aber zäher Kerl mit buschigen Augenbrauen. Seine stark behaarten Hände hielten den Kolderstock umklammert, einen dicken Balken, der in die Planken des Decks eingelassen war und mit dem das Heckruder der

Kogge bewegt wurde. In gewisser Weise lag das Schicksal aller Menschen an Bord in diesen wölfischen Pranken – eine eigentümliche Vorstellung …

«Ja? Was ist denn?», fragte Ulrich ungnädig. Er wurde nicht gerne aus seinen Gedanken gerissen.

«Schlimmes Wetter zieht auf.» Sywald sprach Hamburger Platt mit Ulrich, doch aus seinem Tonfall schimmerte das Friesisch der Küstenlande durch, aus denen er ursprünglich stammte. «Wir sollten eine sichere Bucht aufsuchen.»

Unwillig schaute Ulrich zum Himmel. Hinter dem Wolkenschleier stand die Sonne hoch. Ihnen blieben diverse Stunden Tageslicht.

«Können wir Rungholt heute noch erreichen?», fragte er zurück.

«Schon», gab Sywald zu. «Aber erst zur Zeit der Abendflut. Bis dahin haben uns die üblen Winde schon eingeholt!»

«Haltet weiter auf Rungholt zu», entschied Ulrich knapp. «Dort werden wir sicher sein.»

Ulrich hatte große Pläne, und die duldeten keinen Aufschub. In Rungholt würde es viel zu tun geben: Kontakte zu den Kaufleuten knüpfen. Sich beim Stadtvolk beliebt machen. Die Anführer der Friesen mit Geschenken gewogen stimmen. Er würde Bündnisse eingehen müssen, immer wieder seine Macht und Stärke beweisen müssen. Zu ärgerlich, dass die Familienschätze nicht mehr allzu viel Spielraum hergaben!

Doch er hatte immer noch einen alten und stolzen Namen anzubieten. Und er war unverheiratet. Es würde sich gewiss ein einflussreicher Mann mit einer Tochter im richtigen Alter finden …

«Das ist nicht gut», unterbrach Sywald erneut seine Gedanken und umfasste den Kolderstock fester. Er zögerte einen

Moment, ehe er weitersprach. «Ihr kennt das Meer nicht wie Euer seliger Vater, junger Herr.»

«Mein Vater ist nicht hier!» Ulrich ärgerte sich, dass seine Stimme eher wütend als selbstbewusst klang. «Ich bin der Schiffsherr. Und ich bestimme, dass wir weiter nach Rungholt fahren.»

Er hatte nicht vor, sich aufhalten zu lassen. Nicht von der Ängstlichkeit seiner Schiffer, nicht von den Winden des Westmeers und nicht einmal vom Herrgott selbst, wenn es drauf ankam.

Sywald schaute ihn mit finster zusammengezogenen Brauen an. Burkhart trat an Ulrichs Seite und legte kaum merklich die Hand auf den Griff seines Streitkolbens. Die kleine Geste war unmissverständlich: Bei Bedarf würde der wortkarge Söldner den einen oder anderen Knochen brechen, um den Willen seines Herrn durchzusetzen. Ein Wink genügte.

Ärgerlich schüttelte Ulrich den Kopf. Natürlich würde er keine Händel auf seinem eigenen Schiff anfangen. Seine Worte mussten ausreichen, auch ohne Burkharts Muskeln. Was für ein jämmerlicher Handelsherr wäre er sonst!

Ein kleiner, hässlicher Zweifel flüsterte ihm zu: War es wirklich klug, die Warnung des Steuermannes zu ignorieren? Und kam es auf einen halben Reisetag an? Wie dem auch sei ... Jetzt war es zu spät für einen Rückzieher. Das hätte seine Autorität endgültig untergraben.

«Nach Rungholt also», wiederholte Ulrich mit Nachdruck. Sywald erwiderte nichts.

«Den Claret!»

Ulrich ließ sich von Burkhart den Lederschlauch reichen und nahm einen Schluck. Doch der Wein wollte ihm nicht so recht schmecken. Eine Bö peitschte über ihn hinweg und riss ihm fast den Schlauch aus der Hand. Sywalds düstere Vorahnung schien sich zusehends zu bewahrheiten.

Der Wind zerrte am Segel der *Jakobus* und ließ die Seile knarren. Die Wellen hoben und senkten sich unter dem bauchigen Rumpf wie ein bleigraues Gebirge, in dessen Tiefen ein lichtloser Abgrund lauerte. In angespannter Hektik eilten die Seeleute über das Deck, und der Bootsmann blies schrille Anweisungen auf seiner Pfeife. Verbissen hielt Sywald den Kolderstock umklammert, während seine rissigen Lippen unaufhörlich vor sich hinmurmelten. Gebete? Flüche? Bitten an die Geister der Tiefe?

Ulrich musste sich mit beiden Händen festhalten, als eine besonders mächtige Welle das Schiff emporhob. Der Schlauch mit dem teuren Claret ging über Bord. Sei's drum, in seinem Bauch rumorte ohnehin eine Legion von Dämonen und versuchte, seine Eingeweide zu zerfetzen …

Ob es zu spät war, einen neuen Befehl zu geben und das Schiff in den Schutz einer Bucht zu steuern? Oder ob es ihm zumindest gelingen würde, irgendwie unter Deck zu stolpern?

Nein, das durfte nicht sein! Er war der Fernkaufmann Ulrich Wullenwever, der sich niemandem unterordnete, nicht der Kaufmannswitwe Apolonia und auch nicht der kaum minder nachgiebigen Westsee. Sein Wort galt, wenn es einmal gegeben wurde.

«Nach Rungholt!», knurrte er noch einmal, ohne jemand Bestimmten zu meinen. Da wurde er von den Füßen gerissen, als die *Jakobus* sich bedenklich auf die Seite legte. Starke Arme fingen ihn auf. Burkhart hielt seinen Herrn fest und stellte ihn wortlos wieder hin. Ärgerlich machte sich Ulrich von ihm los. Er brauchte keine Hilfe. Breitbeinig verharrte er auf dem Achterkastell, die Hände an der Reling verkrampft, und schaute nach Norden, dorthin, wo er sein Vermögen machen würde. Er ignorierte die Rufe der Seeleute, das Stöhnen des Schiffes, das Rumoren in seinem Inneren, und hielt den Blick stur nach vorne gerichtet.

So reiste der Kaufmann Ulrich Wullenwever nach Rungholt, durch Herbststürme und schwere See. Es dauerte eine kleine Ewigkeit, ein Purgatorium aus Salz und Wind, bis das Schiff sich endlich weniger heftig hob und senkte, die Rufe der Schiffer mehr müde als alarmiert klangen, das kalte Grau von Himmel und See sich zu einem milderen Abendblau wandelte.

«Sankt Salvator!», rief es plötzlich aus dem Krähennest. Schon bald sah es auch Ulrich: Aus dem Dunkelgrün der Küste erhob sich klar und weithin sichtbar ein ziegelroter Strich, der dem Himmel entgegenstrebte.

«Was ist das?», fragte er, während sich in seinem Bauch zaghaft Erleichterung breitmachte.

«Der Turm der Salvator-Kirche auf der Pellwormharde», erwiderte Sywald, ohne ihn anzusehen. «Der größte Kirchturm weit und breit, eine wichtige Landmarke. Der Hafen von Rungholt ist nicht mehr fern.»

Obwohl seine Knie sich noch immer weich anfühlten, empfand Ulrich einen wilden Triumph. Er hatte es geschafft! Hatte erfolgreich den Elementen getrotzt und allem Geunke seiner feigen Gefolgsleute … So würde er auch als Handelsherr in Rungholt seinen Weg gehen, er würde sich Mutter widersetzen und allen, die ihn aufhalten wollten. Ulrich musste sich zwingen, nicht wie ein kleiner Junge laut aufzujubeln.

«Gut», sagte er so beiläufig wie möglich, als wäre es eine Selbstverständlichkeit, dass sie der Westsee allein kraft seiner Befehle getrotzt hatten. «Dann steuert den Hafen an.»

Sywald schnaubte. Klang das ärgerlich oder belustigt?

«Das geht nicht so einfach, Meister Ulrich», erwiderte der Steuermann. «Die Hafenschleuse von Rungholt ist nicht breit genug, um schwere Koggen wie die *Jakobus von Hamburg* passieren zu lassen.»

«Und wo laufen wir dann ein?», fragte Ulrich gereizt. Es schmeckte ihm nicht, dass er sich hier draußen, jenseits seines Kontors in Hamburg, nicht auskannte. Das machte ihn schwach. Und er musste umso stärker erscheinen!

«In die geschützte Bucht von Rungholt», erklärte Sywald ruhig. «Dort werfen wir Anker und warten ab.»

«Abwarten?» Dieser entnervende Gleichmut der Küstenländer trieb ihn schon jetzt in den Wahnsinn.

«Abwarten», bestätigte Sywald. «Auf Niedrigwasser. Wir lassen die *Jakobus* auf dem Watt trockenfallen. Die Handelsleute von Rungholt kommen dann mit Lastkarren, um das Geschirr und die Bierfässer abzutransportieren …»

«Und unseren Laderaum mit Salz, Getreide und Wollzeug zu füllen», murmelte Ulrich bei sich. «Burkhart – noch einen Schlauch Claret!»

Der hünenhafte Söldner trottete los, um den Wunsch seines Herrn zu erfüllen. Ulrich beachtete ihn nicht weiter. Gebannt schaute er nach vorne, zu jener Einbuchtung in der Küstenlinie nahe dem ziegelroten Turm, die sie nun anliefen. Irgendwo dort musste Rungholt liegen, der reichste Hafen der Uthlande.

Zuversichtlich strich sich Ulrich über den Bart. Der Winter in Rungholt würde arbeitsreich werden. Aber zumindest war er in dem geschützten Hafen sicher vor der bleigrauen See, deren Wut er kein zweites Mal schmecken wollte.

Siebtes Kapitel

«Omnis mundi creatura
quasi liber et pictura
nobis est et speculum.»

Ansgars Lippen formten die fremdartigen lateinischen Wörter sorgfältig und voller Hingabe, als wäre jede einzelne Silbe eine Köstlichkeit, die er sich auf der Zunge zergehen ließ. Folkert hätte ihm stundenlang zuhören können, auch wenn er nichts von alledem verstand.

«Was bedeutet das?», fragte er schließlich.

Ansgar lächelte, wie er es immer tat, wenn er über gelehrte Dinge sprach. Er war ein wissbegieriger Mensch und freute sich, wenn andere diese Tugend teilten.

«Die Verse sind von Meister Alanus ab Insulis», sagte er. «Er war ein großer französischer Gelehrter an der Domschule der Stadt Chartres. Der Spruch bedeutet: *Jedes Wesen der Welt ist für uns wie ein Buch, ein Bild und ein Spiegel.* Wir erforschen die Schöpfung und begegnen dabei immer wieder uns selbst: im Flug der Vögel wie im Spiel der Wellen des Meeres. Alles ist Gottes Buch, in dem wir Sterbliche lesen dürfen, um an seiner verborgenen Weisheit teilzuhaben.»

«Das gefällt mir», erwiderte Folkert und fragte sich nicht zum ersten Mal, wie es wohl wäre, wenn er Latein lesen und kluge Bücher verstehen könnte. Doch in gewisser Weise sprach dieser Alanus von einer anderen Art des Lesens, für die man nur einen offenen Blick brauchte und keine Buchstaben kennen musste. Etwa so, wie der alte Deichbaumeister Alrich ihn gelehrt hatte, die Kräfte von See, Land und Wetter zu lesen und ihr ewiges Ringen zu deuten. Und irgendwie war es eine schöne Vorstellung, dass diese Kunst etwas Ähnliches wie Ansgars gelehrtes Studium der Bücher war. Auch Folkert schlug täglich ein Buch auf, das die ganze weite Westsee, die Moore und Marschen und den grauen Himmel darüber umfasste.

«Ich dachte mir schon, dass du den alten Alanus mögen würdest», sagte Ansgar und blätterte vorsichtig die Seite aus dünnem Pergament um.

Folkert saß an seiner Seite auf einer Bank vor dem Pfarrhaus von Rungholt, um das letzte Abendlicht auszunutzen. Das Gebäude war eine lang gestreckte Halle mit tief herabreichendem Reetdach, nicht anders als die gewöhnlichen Bauernhäuser der Uthlande. Ein Unterschied bestand darin, dass sich auf der Warft neben dem Haus einige Grabsteine erhoben: die Ruhestätten der verblichenen Kirchherren von Rungholt. Eine schmale Holzbrücke führte hinüber auf eine zweite Warft, die wesentlich größer war als die des Pfarrhauses. Hier lag breit und behäbig die Laurentius-Kirche, ein Steinbau mit hohen Bogenfenstern und weiß getünchten Wänden. Bunte Friese schmückten seine Fassade, die Bleischindeln auf dem Dach leuchteten silbergrau, nur gelegentlich verunstaltet durch Flecken von Möwenschiet. Die Kirche hatte keinen Turm, nicht wie der stolze Sankt-Salvator-Bau von Pellworm, doch dafür stand vor ihren Toren ein Glockenstapel: ein Holzgestell mit Schindeldach, das eine bauchige Glocke in sich barg – der ganze Stolz der Rungholter.

Ringsum erstreckten sich die Warften mit den Langhäusern der Stadt. Manche standen einzeln für sich, andere zu mehreren auf einem Hügel. Sie unterschieden sich nur durch ihre stattliche Anzahl von den Höfen der übrigen Siedlungen in den Uthlanden. Ansgar hatte Folkert erzählt, dass die Städte im Süden ganz anders aussahen: hohe Fachwerkhäuser an engen Gassen, zusammengedrängt zwischen Stadtmauern wie Schafe im Regen. Der lang gestreckte Ort Rungholt hingegen wurde im Notfall einzig durch den Mut seiner Bewohner verteidigt. Wie seltsam es für den jungen Pater Ansgar gewesen sein musste, hierher versetzt zu werden!

Folkert genoss es, neben seinem Freund zu sitzen und über den Ort zu schauen. In dem Anblick lag eine gewisse Beständigkeit. Die steinerne Laurentius-Kirche sah so aus, als hätte sie schon immer auf ihrer Warft gethront und würde sich noch über den Marschen erheben, wenn Folkert schon lange in einer Grube zu ihren Füßen lag. Er schüttelte den Kopf über seine närrischen Gedanken. Mit der Beständigkeit war das hier draußen in den Uthlanden so eine Sache …

«Was ist los?» Ansgar schaute Folkert forschend an. Seine braunen Augen waren so groß, wie sein Mund breit war, und stets lag Neugier in ihrem Blick.

«Ach, es war ein langer Arbeitstag», knurrte Folkert. «Wir kommen mit der neuen Sielschleuse nicht so gut voran, wie wir sollten. Überall mangelt es an kräftigen Händen. Und der Wind bläst von Tag zu Tag garstiger.»

«Verstehe», erwiderte Ansgar ernst und schlug das Büchlein auf seinem Schoß zu. «Gibt es etwas Neues für unsere Aufzeichnungen?»

«Nein. Alles ist wie gehabt. Ich wünschte nur, das wäre etwas Gutes.»

Als Pfarrer und Kirchherr von Rungholt war es Ansgars Aufgabe, das Kirchenbuch der Stadt zu führen und bedeutende Ereignisse wie Geburten oder Todesfälle zu verzeichnen. Und er war zu dem Entschluss gekommen, dass dazu auch Folkerts Beobachtungen gehörten: Das Land der Edomsharde senkte sich zunehmend ab, vielleicht durch Entwässerung oder Torfabbau. Ansgar notierte es gewissenhaft, wann immer Folkert bei der Arbeit an den Deichen ein neues Detail dazu auffiel.

Eigentlich hatte Folkert den jungen Pfarrer von Rungholt vor einigen Monaten nur aufgesucht, um ihm von seinen Befürchtungen zu berichten und um Rat zu fragen. Im Gegensatz zu den sturen Marschbewohnern ringsum hatte Pater Ansgar seine Sorgen ernst genommen und ihm zahlreiche Fragen zum Handwerk des Deichbaus gestellt.

Folkert war erst überrumpelt gewesen von Ansgars offenherziger Wissbegier. Doch er hatte sich auch verstanden gefühlt und sich schließlich sogar getraut, zögerliche Gegenfragen nach den heiligen Schriften zu stellen, die der Pfarrer studiert hatte. Inzwischen war so etwas wie ein Ritual daraus geworden, dass Folkert nach dem Tagewerk zu Ansgar auf die Pfarrwarft kam – das Wörtchen «Pater» dachte er dabei schon gar nicht mehr mit, wenn ihm Ansgar in den Sinn kam.

«Hast du inzwischen eigentlich die Nachricht an das Domkapitel geschickt?», fragte er, da ihn die sorgenvollen Gedanken einfach nicht loslassen wollten.

«Noch nicht», gab Ansgar zu. «Solch eine Einreichung muss wohlformuliert sein. Die Domherren kümmern sich nicht gerne um die Angelegenheiten der Marschen, wenn es nicht gerade um ihren Zehnten geht. Alles Übrige überlassen sie uns Pfarrern hier vor Ort. Am besten wäre es, wenn du direkt den Staller mit deinen Befürchtungen ansprichst.»

«Du weißt doch, dass Ingmars Familie meine Familie nicht leiden kann», seufzte Folkert. «Wobei ... das könnte sich bald ändern. Mein älterer Bruder plant, zu Weihnachten um die Tochter des Stallers anzuhalten. Dann ist es hoffentlich aus mit den ganzen Streitereien.»

«Und alle können sich mit vereinten Kräften darum kümmern, das Land abzusichern», ergänzte Ansgar hoffnungsvoll. «Das erscheint mir erfolgversprechender als ein Brief nach Schleswig.»

Obgleich die Uthlande dem Dänenkönig Tribut schuldeten, waren die Kirchen der Edomsharde dem Domkapitel von Schleswig im gleichnamigen Herzogtum unterstellt. Folkert wusste inzwischen, dass Ansgar aus einer kleineren Adelsfamilie im Gefolge des Herzogs stammte, als drittgeborener Sohn aber kein Erbrecht hatte. Also hatte sein Onkel, einer der Domherren von Schleswig, dafür gesorgt, dass er eine priesterliche Ausbildung an der berühmten Domschule von Hildesheim erhielt. Gleich seinen ersten Posten hatte er als Kirchherr der Laurentius-Kirche von Rungholt angetreten, der reichsten Gemeinde der Uthlande.

Das war eine verantwortungsvolle Aufgabe, denn St. Laurentius war zudem eine *Ecclesia cum collegio*: eine Kirche, die als Versammlungsort eines Priesterkollegiums diente. Die Pfarrer der Edomsharde fanden sich hier regelmäßig unter Ansgars Vorsitz ein, um die Angelegenheiten der Gemeinden zu regeln. Die meisten waren älter und erfahrener als er und nicht gerade gut auf den jungen Kerl zu sprechen, den Schleswig ihnen vor die Nase gesetzt hatte.

Ansgar hingegen war froh darüber, an dem einzigen Ort der Uthlande Dienst tun zu dürfen, der mit einer Handvoll alter, zerfledderter Handschriften zumindest den blassen

Schatten einer Bibliothek besaß – und Folkert war dankbar, einen Freund gefunden zu haben, der seinen neugierigen Blick auf die Welt teilte. Oft freute er sich den ganzen Tag darauf, abends neben Ansgar vor dem Pfarrhaus zu sitzen.

«Hat Meister Alanus vielleicht etwas Hilfreiches beizutragen?», fragte Folkert schließlich mit einem hoffnungsvollen Blick auf das Büchlein in Ansgars Hand. Es war kunstlos aus mehreren Lagen Pergament zusammengebunden, von Ansgar eigenhändig beschrieben, der sich so eine persönliche Kopie des Buches erstellt hatte. Unscheinbar und bräunlich, und doch ein kostbarer Schatz. «Weiß er vielleicht, wie man sture Marschbauern zum Zuhören bringt?»

Doch Ansgar schüttelte lächelnd den Kopf. «Meister Alanus hat die Schöpfung erforscht und ihr Verhältnis zu Gott. Und natürlich auch die Botschaft der Heiligen Schrift. Aber Wissen ist ein Wert an sich. Es hilft nicht unbedingt beim Handeln.»

«Da hast du wohl recht», gab Folkert zu.

Er war vielleicht die einzige Person in allen umliegenden Kirchspielen, die diese Antwort gegeben hätte. Die Leute der Edomsharde waren Bauern und Torfstecher, Fischer und Salzsieder, Händler und Seeleute. Ihnen ging es um das praktisch Verwertbare, das man mit den Händen greifen konnte. Mit Wissen an sich wurde kein hungriger Bauch gefüllt und keine Halle im Winter beheizt.

«Dann lies doch einfach noch ein bisschen vor, was Meister Alanus sonst so zu sagen hat», bat er, weil er es so gerne hörte, wenn Ansgar Latein sprach. Der junge Priester setzte wieder an:

«Nostrae vitae, nostrae mortis,
nostri status, nostrae sortis …»

«Pater Ansgar!» Der Vortrag wurde jäh unterbrochen, als die alte Eske um die Ecke des Hauses gelaufen kam. Sie war die Haushälterin im Pfarrhaus von Rungholt, die sonst die Mägde und Knechte herumscheuchte, damit Ansgar sich um seine Predigten und anderen Pflichten kümmern konnte. Doch nun klang ihre resolute Stimme besorgt, und ihre Witwenhaube war verrutscht.

«Pater Ansgar», schnaufte sie. «Ihr müsst rasch kommen. Es gibt Streit, unten am Gasthaus.»

Das Lächeln verschwand aus Ansgars Gesicht. «Ich bin gleich da.»

Er erhob sich von der Bank und strich sich das dunkle Priestergewand glatt. Seine Schultern waren ziemlich schmal, und obgleich das Gewand dafür geschnitten war, einen würdevollen Eindruck zu machen, hing es doch etwas zu weit an ihm herab, wie ein Segel bei Flaute.

«Ich komme mit», sagte Folkert, und Ansgar nickte ihm dankbar zu.

«Wartet kurz. Ich bringe rasch das Buch weg.»

Der Priester verschwand im Haus. Folkert wusste, dass sich dort, in der verschließbaren Schlafkammer des Kirchenherrn, jene Truhe befand, in der Ansgar seine geschriebenen Schätze verwahrte. Zudem enthielt sie das große Siegel der Edomsharde, mit dem alle Verträge und Geleitbriefe gekennzeichnet wurden, die die Ratsleute mit auswärtigen Mächten schlossen. Als Kirchherr von Rungholt war es Ansgars Aufgabe, entsprechende Schriftstücke aufzusetzen und das Siegel zu hüten – eine verantwortungsvolle Pflicht und vermutlich der Hauptgrund dafür, dass Ansgars Onkel ihn an der Laurentius-Kirche eingesetzt hatte.

Während er auf den Pater wartete, verlagerte Folkert sein

Gewicht unbehaglich von einem Bein auf das andere. Die alte Eske musterte ihn missbilligend mit ihren kleinen, wachen Augen, ohne etwas zu sagen. Sie war stets sehr kurz angebunden zu Folkert. Ob es ihr nicht gefiel, dass der Kirchherr von Rungholt so viel Zeit mit einem einfachen Handwerker verbrachte?

Da erschien auch schon wieder Ansgar in der Tür. Er trug nun das klobige Buntmetall-Kruzifix vor der Brust, das er sonst nur für Gottesdienste anlegte. Es wirkte beinahe so schwer, als würde es ihn noch vorne ziehen.

«Gehen wir», murmelte Ansgar. Folkert ignorierte Eskes eisigen Blick und nickte ihm aufmunternd zu. Er wusste, dass Ansgar es liebte, Predigten vorzubereiten und passende Worte für die Botschaft Gottes zu finden. Doch wenn die Leute von Rungholt seinen Beistand angesichts von Krankheit und Tod brauchten oder auch erfreulichere Anlässe wie ein Ehebund oder eine Taufe anstanden, fiel es ihm weitaus schwerer, das Richtige zu sagen. Und er hasste es zutiefst, wenn einfach nur sein Rang als Kirchherr gefragt war und jemand sein Urteil als Respektsperson verlangte. Aber auch das gehörte zu seinen Aufgaben und wurde heute von ihm erwartet.

Ansgar und Folkert verließen zügig die Pfarrwarft. Die alte Eske lief ihnen voraus. Ihr eiliger Schritt und der hinter ihr her wehende Kittel erweckten den Eindruck, dass sie die wichtigste Person ihres kleinen Aufmarschs wäre.

«Was genau ist denn geschehen?», fragte Ansgar, während sie dem mit Holzbohlen ausgelegten Pfad am Fuße der Kirchenwarft folgten.

«Es gab Ärger mit den Fremden aus Hamburg», erklärte Eske, ohne ihre Schritte zu verlangsamen. «Einer von ihnen ist stark wie ein Bär und sieht nicht nur so aus, er hat auch ebensolche Manieren. Hat den krummen Peter, den Knecht von Bauer Focke, niedergeschlagen. Sein Gesicht sieht jetzt aus, als wäre er beim Schlachten in den Bluttrog gefallen …»

Obgleich für gewöhnlich wortkarg, konnte die alte Eske sehr blumig erzählen, wenn sie sich über etwas empörte. Folkert fragte sich, wie sie sich wohl auf der Kanzel von St. Laurentius gemacht hätte.

«Also eine Schlägerei im Suff», fasste Ansgar die Lage nüchterner zusammen.

«Leider nein, Pater Ansgar.» Eske schüttelte sorgenvoll den Kopf. «Dieser Bärenmann scheint völlig nüchtern zu sein! Vielleicht liegen ihm Gewalt und Grausamkeit einfach im Blut …»

«Nun ja», brummte Ansgar unwillig. «Wir werden sehen.»

Sie folgten dem Weg an den Warften von Rungholt entlang, vorbei an den Werkstätten, die die Hafenstadt am Leben erhielten: Schmiede und Seiler, Töpfer und Segelmacher, Bäcker und Netzknüpfer. Ein besonders stattliches Langhaus nahe der Hafenschleuse beherbergte den *Krug*, den Gasthof der Stadt. Eine bunt glasierte Tonkanne über der Tür wies stolz darauf hin, dass Hinnerk, der Besitzer, nicht nur Bauer war, sondern auch jenen auswärtigen Reisenden ein Quartier anbot, die der Handel nach Rungholt verschlagen hatte. Folkert wusste, dass ein Kaufmann aus Hamburg hier mit seinem Diener für den Winter untergekommen war. Offenbar beabsichtigte er, Geschäfte in den Uthlanden zu machen. Bislang hatte Folkert mit diesem Fremden noch nichts zu tun gehabt.

Vor dem *Krug* standen einige Männer und Frauen im Abendlicht beieinander. Sie trugen die typische schlichte, graubraune Wollkleidung des Stadtvolks, und Folkert merkte sofort, dass dies keine fröhliche Zusammenkunft war. Es fehlten das neckende Rufen und angetrunkene Gelächter – stattdessen hatten sie murmelnd die Köpfe zusammengesteckt.

Als Folkert sich an Ansgars Seite näherte, machten die Leute dem Pfarrer Platz. Nun sah er, dass jemand halb aufgerichtet an der Schwelle des *Krugs* lehnte. Es war der krumme Peter, ein kleiner Mann mit einem Buckel und beindicken Oberarmen, in denen gewaltige Kräfte schlummerten. Folkert hatte ihn bereits beim Deichbau als einen der zähesten Arbeiter erlebt, der riesige Grassoden ganz allein durch die Gegend wuchtete.

Gewiss wagten es nicht viele, sich mit Peter anzulegen, doch jemand musste es getan haben, denn sein Gesicht glich einem abgewrackten Kahn nach einem Piratenüberfall: Die Lippen waren blutig aufgeplatzt, ein Auge zugeschwollen, und die Nase stand in einem Winkel ab, den der Herrgott so gewiss nicht erdacht hatte. Ein rotblonder Knecht, dessen Name Folkert nicht kannte, kniete an Peters Seite und bemühte sich redlich, die schlimmsten Spuren des Desasters mit einem Tuch abzuwischen, unterstützt von Swantje, der rundlichen Wirtin. Peter selbst blinzelte ungläubig unter all dem Blut hervor, als könnte er nicht fassen, was ihm gerade widerfahren war.

Folkert musste sich nicht lange umsehen, um den Kerl zu entdecken, der für die Situation verantwortlich war. Er stand etwas abseits und überragte alle anderen um mindestens eine Haupteslänge. Er hatte einen struppigen Vollbart und trug einen Reisemantel aus derber Wolle. Eine Klappe aus Leder bedeckte eines seiner Augen, und an seiner Hüfte baumelte ein Streitkolben, eine hässliche Kriegswaffe, deren dornenbewehrter Kopf jedoch unbeschmutzt war. Offenbar hatte der Fremde den Knecht mit bloßen Fäusten so zugerichtet. Der Wirt Hinnerk und einige andere Männer von Rungholt umringten ihn feindselig, trauten sich aber offenbar nicht ganz in die Reichweite seiner Pranken. Der Hüne mit dem Streitkolben wiederum starrte unbewegt vor sich hin, als ginge ihn das alles nichts an.

«Also schön.» Ansgar trat einen Schritt vor und bemühte sich sichtlich darum, groß und würdevoll zu wirken. Das zu schwere Kruzifix glänzte auf seiner Brust. «Sagt an, ihr Leute: Was hat sich zugetragen?»

Wenn er öffentlich sprach, neigte er dazu, in die hochtrabende Sprechart seiner Predigten zu verfallen. Folkert stellte sich mit verschränkten Armen und finsterem Gesicht hinter Ansgar, um seinem Auftritt hoffentlich etwas mehr Gewicht zu verleihen. Im Stillen wünschte er sich, dass Auke hier wäre. Sein Bruder verstand sich wie kaum sonst jemand darauf, sich Gehör und Respekt zu verschaffen.

«Er hat sich an meine Schwester rangemacht!» Der krumme Peter sprach undeutlich, doch die Wut war aus seiner Stimme klar herauszuhören. «Sie wollte nichts von ihm wissen, doch er hat nicht abgelassen. Und da bin ich dazwischen …»

«Jener Reisende hat sich also deiner Schwester unsittlich genähert?», wiederholte Ansgar, um Klarheit in die Sache zu bringen.

Der Bärtige schwieg noch immer, doch nun schaltete sich die Wirtin Swantje ein: «Nein, nicht er hier. Der Kaufmann, dem er dient. Ich habe es gesehen. Die gute Stine hat bei uns als Schankmagd ausgeholfen, und er hatte zu tief in den Krug geschaut und konnte seine Finger nicht von ihr lassen. Und als ihr Bruder dazwischengegangen ist, hat der Kaufmann dieses Ungetüm auf ihn gehetzt.»

Bei dem Wort *Ungetüm* legte sich eine Hand des Fremden auf den Schaft seines Streitkolbens, doch seine Miene blieb ungerührt.

«Ich verstehe», sagte Ansgar. «Und wo ist Stine jetzt?»

«Zu Hause in Sicherheit», knurrte Peter, während er sich wieder auf die Füße helfen ließ.

Ansgar räusperte sich. «Es ist der Wunsch des Herrn, dass seine Geschöpfe in Frieden miteinander leben», sprach er in die Runde, als stünde er auf seiner Kanzel. «Peter, du hast gut daran getan, für deine Schwester einzustehen. Und was dich angeht …» Er straffte sich, dann trat er dem Kerl mit dem Streitkolben entgegen. Dieser war doppelt so breit wie er und sah so aus, als könnte er mit seinen Pranken Ansgars Kopf wie eine Nuss zerknacken. Dennoch schaute der Priester ihm streng in die Augen.

«Ich bin Pater Ansgar, Kirchherr von Rungholt», sprach er. «Wie ist dein Name?»

Für einen Moment schien es so, als würde der Fremde sein Schweigen grimmig fortsetzen wollen. Dann gab er ein Knurren von sich, aus dem man mit etwas Mühe eine Antwort heraushören konnte: «Burkhart.»

«Nun gut, Burkhart. Der Frieden des Herrn gilt für alle seine Geschöpfe, und dein Meister tat Unrecht daran, dir zu befehlen, diesen Knecht anzugreifen. Bitte hole ihn doch zu uns.»

Burkharts Stimme klang gelassen, fast gelangweilt. «Meister Ulrich hat sich zur Ruhe begeben.»

Ansgar ließ den Blick unsicher über die Menge wandern. Offenbar wusste er nicht, wie er weiter vorgehen sollte. Folkert hätte ihm gerne geholfen, doch er hatte Sorge, Ansgars Autorität zu untergraben.

«Dann richte Meister Ulrich aus, dass es ihm nicht zusteht, den Frieden von Rungholt zu stören», sagte Ansgar schließlich. «Wer das Gastrecht genießt, hat sich auch wie ein Gast zu benehmen.»

Burkhart musterte Ansgar noch einen Moment länger. Dann schnaubte er verächtlich und wandte sich ab, um im Gasthaus zu verschwinden. Der krumme Peter schaute ihm finster nach, und die Leute ringsum wirkten nicht gerade glücklich. Unzufriedenes Gemurmel war zu hören, als sie sich zerstreuten. Auch die alte Eske machte sich wieder auf den Heimweg, um ein strenges Auge auf die Wirtschaft des Pfarrhauses zu haben.

Folkert unterdrückte ein Seufzen. Für gewöhnlich verhandelte man es auf dem Bodthing, der Gerichtsversammlung, wenn es zu Gewalt und Blutvergießen unter Angehörigen der Bauernsippen kam. Doch bei einer Schlägerei unter Knechten konnte man sich damit begnügen, dass eine Autorität, die gerade zur Hand war, ein Machtwort sprach. Leider war Ansgar nicht gerade mit einem Übermaß an Autorität gesegnet … Der junge Pfarrer war ein hingebungsvoller Schriftgelehrter und nahm seinen Posten als Priester sehr ernst, aber er konnte sich einfach nicht durchsetzen. Und er kannte die Gebräuche der Marschen nicht so gut und wusste weder, wie schwer es wog, das heilige Gastrecht zu brechen, noch welche Entschädigung üblich war, wenn jemand einen Schaden durch eine Verletzung erlitten hatte. Ganz zu schweigen davon, dass er sich von einem Diener hatte abwimmeln lassen, anstatt darauf zu bestehen, seinen Herrn von Angesicht zu Angesicht zu sprechen!

Während die Leute wieder in den *Krug* strömten oder sich auf den Heimweg machten, schaute Ansgar Folkert fragend an. «Und?»

«Ihr habt schöne Worte über den Frieden gesprochen, Pater Ansgar», erwiderte Folkert taktvoll. In der Öffentlichkeit redete er den Freund stets mit «Ihr» und seinem würdigen Titel an, wie es sein Stand verlangte. «Manche Leute verstehen es allerdings besser, wenn man etwas … deutlicher wird.»

«Ja, ich weiß», seufzte Ansgar und klang nicht besonders zufrieden mit sich. Für einen Moment standen die beiden schweigend nebeneinander und schauten über den Hafen von Rungholt, wo die kleinen, wendigen Ewer der Marschbewohner wie eine Herde hölzerner Tiere nebeneinanderlagen und vor sich hindümpelten. Weiter hinten glänzte die Bucht von Rungholt in der Abendsonne, und jenseits der schützenden Halbinsel mit dem ziegelroten Kirchturm von St. Salvator – das wusste Folkert nur zu gut – lag die offene Westsee mit all ihrer schrecklichen, gleichmütigen Gewalt.

«Hoffen wir, dass es nicht noch mehr Unfrieden gibt», sagte er schließlich, um das Schweigen zu brechen.

«Dafür bete ich täglich», erwiderte Ansgar ernst. «Aber der Plan deines Bruders für Weihnachten lässt mich hoffen. Es wird dieser Gegend gewiss guttun, wenn sich die mächtigen Familien miteinander verbünden.»

Achtes Kapitel

Während ihrer Zeit an Herrn Olufs Hof in Seeland hatte Griet einmal das Lied eines Spielmannes gehört, der den Winter besang. Er hatte ihn eine Zeit des Wartens und der Untätigkeit genannt, in der die Welt unter einer kalten Decke schlief und auf den Frühling und die erwachende Liebe wartete.

Griet war sich ziemlich sicher, dass jener dänische Spielmann noch nie den Hof eines Stallers kurz vor Weihnachten erlebt hatte. Denn zumindest für die Frauen des Hofes war diese Zeit alles andere als untätig. Ihr Vater Ingmar war der mächtigste Mann der Edomsharde, und dadurch war er nicht nur verpflichtet, Weihnachten in standesgemäßer Pracht zu feiern, sondern zudem auch noch alle bedeutenden Familien des Umlandes dazu einzuladen, um seine Großzügigkeit zu zeigen. Natürlich wusste jeder, dass diese Einladung mehr als bloße Freundlichkeit war. Die Feier war zugleich eine Machtdemonstration, und ein Staller oder Großbauer, der seine Gäste nicht im Überfluss zu bewirten verstand, behielt seine Position nicht lange.

Da Griets Mutter schon seit einigen Jahren auf dem Kirchhof von Gaikebüll lag, war es an ihr, alles für das Fest zu richten und dafür zu sorgen, dass Vaters guter Ruf einmal mehr gewahrt blieb. Sie stürzte sich hingebungsvoll in die Arbeit, denn in der Tätigkeit lag zugleich Ablenkung. Jeden Morgen musste sie schon beim Aufwachen an Aukes Plan denken, zu Weihnachten um ihre Hand anzuhalten. Und jeden Morgen hatte sie ein klammes Gefühl im Bauch und fragte sich, was wohl daraus werden würde. Aukes Familie war wohlhabend, er stand in dem Ruf, tüchtig zu sein, und hatte viele Freunde unter den jungen Leuten der Harde. Vater konnte einfach nichts dagegen haben! Was machte es schon, dass Auke ein Hitzkopf war und mit den Dänen nicht ganz grün …

Die Gedanken kreisten immer wieder in Griets Kopf herum, als würde jemand in dicker Suppe rühren. Also sorgte sie dafür, dass sie möglichst wenig zum Nachdenken kam. Da war zum einen der Festtagsschmaus, der vorbereitet werden wollte. Im Herbst war auf dem Hof viel geschlachtet worden, denn geräuchert und gepökelt waren die Tiere leichter über den Winter zu bringen als lebendig.

Nun galt es, daraus Speisen zu zaubern, dass sich die Tafel bog. Zum Glück hatte die alte Magd Ocka allerlei vorzügliche Rezepte im Kopf, und ihre kräftigen Arme zerteilten auch feste Schinkenkruste und Markknochen mühelos. Griet musste sich vor allem um die Feinheiten kümmern und die Säcklein mit teuren Gewürzen verwalten, die Vater in Rungholt gekauft hatte: Ingwer und Nelken, Mandeln und Pfeffer, Kardamom und Zimt, großzügig in die Bratensauce gemischt, dass die ganze Halle danach roch, die Zunge brannte und niemand behaupten konnte, der Staller würde an Kostbarkeiten sparen. Lange Stunden stand Griet am Grapen, dem bauchigen Kochkessel mit drei Beinen, und ließ Saucen andicken, die mehr wert waren als manche windschiefe Bauernkate.

«Aber denke daran, dass wir nicht nur für volle Bäuche kochen», mahnte Ocka immer wieder bei der Arbeit. «Die Weihnachtsnacht ist nicht wie jede andere Nacht. Wenn die guten Mächte Segen spenden sollen, müssen wir uns an die Bräuche halten.»

Griet beherzigte das und sorgte dafür, dass auch Hering und Heringsrogen auf die Tafel kamen. Das war zwar eigentlich eine Speise für arme Leute, doch angemessen demütig für ein kirchliches Hochfest. Auch musste es Schüsseln voller eingelagerter Winteräpfel und Nüsse geben, als Zeichen des erwachenden Lebens und der Fruchtbarkeit, die hoffentlich auf die langen Winternächte folgen würden.

Besonders hart war es, dies alles vorzubereiten und dabei nur dünne Brotsuppe zu essen, denn die Tage vor Weihnachten waren strenge Fastenzeit. Griet fragte sich einmal mehr, ob dieser Brauch wirklich der inneren Einkehr diente oder nicht einfach nur Platz in den Bäuchen schaffen sollte. Sie sah jedenfalls großzügig darüber hinweg, wenn die rothaarige Liteke beim Kochen etwas zu ausführlich abschmeckte, und kümmerte sich lieber darum, dass die Tafel auch ausreichend geschmückt war.

Die roten, irdenen Henkelkannen, die im Alltag auf dem Hof verwendet wurden, waren für die Weihnacht nicht edel genug. Also holte sie die kostbaren Malaqa-Krüge aus der Truhe, die man gelegentlich von flämischen Händlern in Rungholt kaufen konnte. Vater hatte vor einigen Jahren gleich ein ganzes Set davon erstanden: schlanke, wunderbar ebenmäßig gearbeitete Kannen, die mit blauen und goldenen Mustern verziert waren. Griet erkannte Blumen-Ornamente und dazwischen Hände, in deren Fläche ein Auge eingelegt war, das wohl das Böse abhalten sollte. Auch schmückten geheimnisvolle Schriftzeichen der Mauren einen der Krüge. Sie hätte sich gewünscht, die gewundenen Inschriften lesen zu können.

Was sie wohl von der Welt jenseits der Uthlande zu erzählen hatten?

Während sie die Kannen sorgfältig polierte, träumte sie von jenen fernen, sonnenverwöhnten Ländern, denen die Kannen entstammten. Griet wäre ja schon froh gewesen, einmal nach Hamburg, Lübeck oder Bremen zu kommen. Diese Keramik hatte noch einen viel weiteren Weg hinter sich, war welterfahrener als sie.

Früher, bevor sie nach Seeland gegangen war, hatte sie sich zusammen mit Auke ausgemalt, ferne Weltgegenden zu bereisen. Vielleicht gar bis Malaqa … Ob Auke sich daran erinnern würde, wenn sie erst einmal Mann und Frau waren? Falls Vater ihrer Heirat zustimmen würde … Energisch polierte Griet weiter. Schließlich leuchteten die blau-goldenen Kannen auf dem Tisch des Stallers wie auf der Tafel eines Königs.

Das Gebälk der Halle war mit Misteln dekoriert, die ihr Bruder Owe aus jenem Wäldchen geholt hatte, das Rungholt einst seinen Namen – krummes Holz – gegeben hatte. Dazwischen hingen rote Äpfel und kleine, mit Bändern geschmückte Figuren aus Stroh, die die Kinder des Hofes geflochten hatten. Griet schaute über die festlich hergerichtete Halle und konnte nicht glauben, dass sie es tatsächlich geschafft hatten. Die letzten Tage waren nur so dahingeflogen, und nun stand das Fest unmittelbar bevor. Der Abend, an dem Auke es wagen würde …

«Griet, kommst du?» Liteke schob sich ungeduldig vor sie. «Wir werden sonst nicht rechtzeitig fertig!»

«Fertig?» Das Wort hörte sich unwirklich an. «Aber es ist doch alles fertig.»

«Ach ja?» Liteke schmunzelte. «Du wirst also in deinem ascheverschmierten Küchenkittel zur Weihnachtsmesse gehen wie ein altes Köhlerweiblein aus der Geest?»

Betreten schaute Griet an sich herab. Sie hätte in all dem Trubel tatsächlich fast vergessen, dass sie sich noch umziehen musste.

Also folgte sie Liteke gehorsam nach hinten in die Kammer des Stallers, wo ihre Kleidertruhe stand. Ihr Vater zog sich rasch zurück, um den jungen Frauen Raum zu geben. Beim Rausgehen strich er Griet übers Haar und sagte leise: «Unsere Halle sieht wunderbar aus. Und riecht wunderbar! Herr Oluf von Dyre kann kein schöneres Weihnachtsfest auf seiner Burg feiern und König Valdemar auch nicht. Mutter wäre so stolz. Vielleicht kann ich dir bald etwas für all diese Mühe wiedergeben, warte nur ab.»

Mit geröteten Wangen und einem Kloß im Hals schaute Griet ihrem Vater hinterher. Er war heute milde gestimmt, fast sentimental. Und anscheinend hatte er irgendetwas Besonderes für sie im Sinn. Griet hatte eine sehr klare Vorstellung davon, was das größte Geschenk von allen wäre. Womöglich würde sich heute wirklich alles finden!

Ungeduldig ertrug sie es, wie Liteke in den Kleidern wühlte, die Eufemia, die Tochter von Herrn Oluf, Griet geschenkt hatte, und schließlich das blaue Gewand aus englischem Leinen heraussuchte. Sie ließ es über sich ergehen, dass Liteke beim Ankleiden an ihr herumzupfte und pausenlos über die schmucken jungen Kerle der Umgebung schwatzte, während sie ihr das Haar zu einem Zopf band und schließlich einen züchtigen Schleier für die Kirche darüberlegte.

«Kommst du, Griet? Wir müssen los!»

Owe hatte nur kurz seinen Kopf in die Kammer gesteckt und war auch schon wieder verschwunden. Sie beeilte sich, seiner Aufforderung nachzukommen, dicht gefolgt von Liteke.

Dann brach der Staller Ingmar auf zur Weihnachtsmesse nach Gaikebüll, zusammen mit seinen Kindern und dem größten Teil seines Gesindes. Griet ging an der Spitze des Zuges, Seite an Seite mit ihrem Vater.

Auf dem freien Feld blies der Wind ihnen Schnee entgegen, und sie musste ihren Wollmantel fest um die Schultern ziehen. Einmal riss ihr eine Böe den Schleier fort, doch Georg, der kleine Hirte, passte auf und reichte ihr das Stück Stoff mit einer ritterlichen Verbeugung.

Von der Messe selbst in der Andreaskirche bekam Griet nur wenig mit – zum einen, weil sie einfach zu aufgeregt war, und zum anderen, weil der uralte Pater Remigius müde und zahnlos vor sich hin murmelte, sodass kaum auszumachen war, ob er den Gottesdienst nun in Latein oder auf Arabisch abhielt.

Auf dem ganzen Nachhauseweg schlug Griets Herz heftig. Sie hatte kaum den Mantel abgelegt, als auch schon die ersten Gäste eintrafen. Einige waren Verwandte wie Griets schüchterner Vetter Alderk mit seiner Familie, andere abhängige Kleinbauern und Vaters direkte Gefolgsleute. Wieder andere Gäste besaßen große Höfe in der Edomsharde und verkehrten mit ihrer Familie als Standesgenossen auf Augenhöhe, wenn sie auch Vaters Vorrang als Staller des Dänenkönigs anerkannten.

Viele der Frauen, Männer und Kinder hatte Griet zuletzt gesehen, bevor sie nach Seeland aufgebrochen war, und so prasselten von allen Seiten Fragen nach ihrer Zeit in Dänemark auf sie ein und Bemerkungen, wie wohlgenährt und adlig blass sie doch aussah. Kleine Mädchen zupften staunend an ihrem Kleid, das von einer leibhaftigen Prinzessin stammen musste, und alte Männer priesen in verschwörerischem Tonfall die Vorzüge ihrer Söhne, die tüchtig und zufällig noch unverheiratet waren.

Griet wusste kaum noch, wo ihr der Kopf stand. Sie hatte das Gefühl, mitten in einen Schwarm keckernder und kreischender Seevögel geraten zu sein. Und sie war der fette Bissen in der Mitte, um den sich alle stritten … Fast hätte sie übersehen, dass inzwischen auch die Familie des Großbauern Fedder eingetroffen war. Fedder selbst, das wusste sie von der alten Ocka, würde nicht an dem Gastmahl teilnehmen können. Seit ihn der jähe Schlag getroffen hatte, gehorchten ihm seine Glieder nicht mehr richtig, und er musste das Bett hüten. Seine Söhne Auke und Folkert jedoch waren beide erschienen, um die Sippe zu vertreten, zusammen mit einer älteren Tante.

Griets Herz setzte für einen Schlag aus, als sie Auke inmitten der Gäste erblickte. Stattlich sah er aus, mit einer neuen Pelzkappe und einem Dolch in einer reich verzierten Scheide an der Seite, das Zeichen eines freien Mannes. Er sprach gerade mit Vater, der ihn höflich, aber nicht besonders herzlich willkommen hieß.

«Sag, Grietke, was tragen denn nun die Damen am dänischen Hof?»

Eine rotgesichtige Frau, die sie nur vom Sehen kannte, hatte sich zwischen sie und Auke geschoben.

«Ich war leider nicht am Königshof, Gevatterin», erklärte sie geistesabwesend. «Lediglich am Hof von Ritter Oluf in Seeland …»

Die Fragerei ging noch ein Weilchen so weiter, während die Gäste nach und nach an der Tafel Platz nahmen. Als gerade auch Griet zu ihrer Bank gehen wollte, berührte sie jemand leicht an der Schulter. Mit einem flatterigen Gefühl im Bauch wandte sie sich um – und schaute in das Gesicht von Folkert. Er war Auke nicht unähnlich mit seiner kräftigen Statur, doch alles an ihm, auch die Züge, war irgendwie mehr in die Länge gezogen und weniger kompakt, zudem waren seine Haare dunkel.

«Griet, bitte verzeih, ich wollte dich nicht erschrecken», murmelte er verlegen.

«Folkert.» Griet brauchte zwei Atemzüge, um ihre Enttäuschung herunterzuschlucken. «Was ist denn?»

Aukes Bruder räusperte sich. «Ich wollte dir nur sagen, dass ich heute an eurer Seite stehe. Auke wird mich als Bürgen haben, wenn er sein besonderes Anliegen vorträgt. Du weißt schon ...»

Er zwinkerte ihr ungeschickt zu und drückte sich durch die Schar der Gäste hinüber zu seiner Familie. Lächelnd und kopfschüttelnd zugleich schaute Griet ihm hinterher. Folkert fehlte komplett Aukes abenteuerlustige Leichtigkeit, aber sie mochte seine ebenso unbeholfene wie ehrliche Art. Es würde nett sein, ihn zum Schwager zu haben.

Dann hatten endlich alle an der Tafel Platz genommen, und Vater dankte noch einmal seinen Gästen, die trotz des garstigen Winterwetters gekommen waren. Während seiner Rede war im Hintergrund ein leises Schnarchen zu hören. Pater Remigius war an seinem Platz eingeschlafen, was die Kinder kichernd zur Kenntnis nahmen. Schließlich griffen alle herzhaft zu, und Liteke sorgte beim Bedienen dafür, dass Griet ein fettes Stück Fleisch in der Schale und einen guten Trunk Bier im Becher hatte. Sie bekam dennoch kaum einen Bissen herunter. Ihr Blick wanderte immer wieder hinüber zu Auke, der ihr verstohlen zunickte. Bald würde es so weit sein.

Schließlich stellte Auke den Becher ab und schaute zu Griet herüber, die Augenbrauen bedeutungsvoll gehoben. Sie nickte beklommen. Es war an der Zeit. Mit klopfendem Herzen schaute sie zu, wie Auke sich von der Bank erhob und an der

Reihe der Gäste vorbeischob, die ihm fragend Blicke hinterherwarfen. Vorne an der Feuerstelle blieb er stehen, gegenüber der Festtafel, sodass er von allen Plätzen aus zu sehen war. Obwohl das Haus durch die schiere Anzahl der Menschen mehr als gut beheizt war, trug er einen Umhang mit Pelzbesatz, als würde er draußen vor dem Bodthing sprechen. Er hielt sich stolz aufrecht, die linke Hand ruhte beiläufig auf dem Knauf seines Dolches. Gut sah er aus …

«Ingmar Owesen, Staller der Edomsharde!» Seine Stimme trug weit durch den Raum, auch wenn sie sich etwas rau anhörte.

«Ich danke dir im Namen meiner Sippe für die Gastfreundschaft, die du uns an diesem Weihnachtsabend erweist. Und ich denke, niemand wird Widerspruch einlegen, wenn ich dir auch im Namen der gesamten Edomsharde danke.»

Einige der Gäste murmelten zustimmend. Griet schaute besorgt zu ihrem Vater. Dieser musterte Auke mit unbewegtem Gesicht, unter buschigen Brauen hinweg. Owe hingegen, der neben ihm saß, starrte finster vor sich hin.

«Doch ich möchte heute nicht nur Dank aussprechen, sondern auch eine Bitte», fuhr Auke fort. «Es geht um die Zukunft unserer Familien.»

Er streckte einladend einen Arm in Griets Richtung aus, während in der Halle Getuschel aufbrandete. Griet sah, wie junge Mädchen erröteten und auf dem Gesicht von so mancher älteren Frau ein verzücktes Lächeln erschien. Einige Greise steckten die Köpfe zusammen und begannen, halblaut zu diskutieren. Griet aber erhob sich und wandelte wie im Traum mit weichen Knien durch die Halle, bis sie an Aukes Seite stand.

Dann sprach Auke mit klarer Stimme aus, was alle erwarteten: «Staller Ingmar, ich bitte dich um die Hand deiner Tochter Griet.»

Das Gerede an der Tafel verebbte abrupt. Plötzlich war nur noch das Knacken der Flammen zu hören.

«Wie du weißt, bin ich der Erstgeborene des Großbauern Fedder und Erbe des Woge-Hofes, und mein Vater billigt mein Anliegen.» Aukes Stimme wurde leiser. «Ich bin deiner Tochter von Herzen zugetan und verspreche, stets treu an ihrer Seite zu stehen.»

Er griff in den Beutel, den er am Gürtel trug, und zog einen kleinen, glänzenden Gegenstand hervor. Es war die AVE MARIA GRTIA-Fibel. Noch ehe Griet auch nur einen Finger rühren konnte, hatte Auke das Schmuckstück schon mit dem beweglichen Dorn an der Schulter ihres Kleides festgesteckt. Matt glänzte es im Schein des Herdfeuers. Griets Herz klopfte nun umso stärker, und das nicht nur vor Aufregung. War es klug, die Fibel mit ihrer zweifelhaften Herkunft so vor aller Augen zu exponieren?

«Und ich verspreche Auke das Gleiche!», rief sie rasch, um davon abzulenken. «Wir wollen unser Leben künftig gemeinsam in die Hand nehmen.»

Jemand räusperte sich. Folkert war inzwischen aufgestanden, um an Auke und Griet heranzutreten. «Ich, Folkert Feddersen vom Woge-Hof, Deichbaumeister aus Rungholt, bezeuge den Antrag meines Bruders und bürge für ihn», sagte er mit leicht unsicherer Stimme.

Griet warf einen besorgten Blick hinüber zu ihrem Vater. Der Staller Ingmar hatte die Augenbrauen zusammengezogen, und seine Stirn lag in tiefen Falten. Schaute er nachdenklich – oder gar verärgert?

«Auke Feddersen», dröhnte seine Stimme schließlich durch

die Halle. «Du sprichst hier im Trubel eines Gastmahls gewichtige Dinge an, die besser mit kühlem Kopf besprochen werden. Ich denke …»

Ein klirrendes Geräusch unterbrach ihn. Owe war so heftig von der Bank aufgesprungen, dass er dabei seinen Becher umgestoßen hatte. Eine Bierlache ergoss sich über den Boden.

«Vater, verzeih, aber hier ist jedes weitere Wort zu viel», presste er zwischen den Zähnen hindurch. Seine Wangen waren gerötet, und seine Augen blitzten wie fernes Wetterleuchten über den Mooren. Griet erschrak. Sie hatte lange nicht mehr solchen Jähzorn im sonst so ruhigen Gesicht ihres Bruders gesehen. Mit raschen Schritten umrundete Owe die Tafel, hielt direkt auf Auke zu, als wollte er ihn angreifen.

«Dieser Mann, Auke Feddersen, kann nicht der Schwiegersohn eines Stallers werden!», rief Owe aufgebracht und zeigte mit dem Finger auf Auke, als wäre er der Angeklagte bei einer Thing-Versammlung. «Er hat sich mit ehrlosem Räubergesindel zusammengetan und ist der Verbannung würdig, aber gewiss nicht der Tochter des Stallers!»

Nun stand er Auke gegenüber und funkelte ihn an. Dieser hatte sich verspannt, seine Hand fuhr zum Dolch. Mechanisch berührte Griet seinen Arm, um ihn zu beruhigen. Aus dem Augenwinkel bemerkte sie, dass weitere Männer am Tisch aufgesprungen waren, und manche griffen schon nach ihren Waffen. Wenn eine Familie beleidigt wurde, bildeten sich schnell Parteien unter den Anwesenden …

«Das ist eine schwere Anschuldigung, Owe Ingmarsen», sagte jemand. Überrascht stellte Griet fest, dass es Folkert war, der seinem Bruder beistand. «Was genau meinst du damit?»

«Ich habe Beweise für meine Worte», schnaubte Owe wütend.

«Du hast gerade meiner Schwester dieses Schmuckstück zum Geschenk gemacht, Auke?» Er zeigte auf die Fibel.

«Ja, allerdings», knurrte der Angesprochene, und auch seine Stimme bebte vor Zorn.

Owe warf triumphierend den Kopf zurück. «Dann hast du dich damit selbst überführt! Diese Gewandfibel stammt aus den Abgaben, die Herr Oluf für König Valdemar eingetrieben hat – und die ihm von Wegelagerern geraubt wurden. Ich habe sie selbst in der Truhe gesehen. Die Leute vom Papenhof haben damit ihren Plogpennig bezahlt. Das Schmuckstück ist Raubgut!»

Griet war schwindelig. Sie hatte von Anfang an kein gutes Gefühl bei dieser Fibel gehabt. Warum nur musste Auke sie im Überschwang seiner Brautwerbung vor aller Augen hervorholen!

«Aber das besagt doch gar nichts!» Folkerts Stimme klang ärgerlich, was Griet bislang noch nie bei ihm gehört hatte. «Solche Fibeln werden von vielen Schmieden an den Küsten von West- und Ostsee hergestellt, ich habe in Rungholt schon mehr als eine davon gesehen.»

«Mag sein», knurrte Owe. «Aber diese Fibel hat eine Besonderheit: Ein A fehlt bei dem Wort GRATIA! Der Papenhof-Bauer hat es mir erklärt, und ich erkenne es wieder. Weckt Pater Remigius, wenn ihr mir nicht glaubt. Der kann Latein lesen. Auke Feddersen ist ein Räuber!»

Mit einem hellen Geräusch glitt Aukes Dolch aus der Scheide. «Nimm das zurück, Dänenknecht!», rief er hitzig.

«Warum sollte ich?», erwiderte Owe und zog ebenfalls seine Klinge. «Für die Wahrheit werde ich meine Lippen niemals verschließen. Meine Schwester bekommst du jedenfalls nicht, Wegelagerer!»

Ohne nachzudenken, ging Griet dazwischen. «Auke, Owe – hört auf!»

Beide Männer starrten wütend an ihr vorbei, bereit, aufeinander loszugehen wie wilde Hunde. Fehlte nur noch, dass sie sich anknurrten …

«Ich bin kein Knochen, um den ihr euch zanken könnt!», rief Griet und riss sich ärgerlich die Fibel vom Gewand. Ihre Stimme klang tränenerstickt. Sie bemerkte kaum, wie Vater aufstand, um ein Machtwort zu sprechen. Doch noch ehe der Staller etwas sagen konnte, war eine andere Stimme zu hören.

«Das ist doch Unfug!» Folkert breitete hilflos die Arme aus. «Niemand hat etwas davon, wenn die großen Familien der Edomsharde aufeinander losgehen. Winterstürme bedrohen unsere Küsten, und wie soll das Land bestehen, wenn wir es nicht schaffen zusammenzuhalten? Owe, mein Bruder ist kein Räuber. Warum sollte der Erstgeborene eines Großbauern sich auf schnöden Raub verlegen?»

Doch Owe lachte nur ungläubig auf. «Es ist nicht verwunderlich, dass du den guten Ruf deiner Sippe schützen willst, Folkert.»

Empört schüttelte der Deichbauer den Kopf. «Ich spreche die Wahrheit und würde sie gewiss nicht verdrehen, nur weil das gerade besser für uns passt.»

«Ach ja?», erwiderte Owe lauernd. «Bist du bereit, deine Ehre daran zu legen?»

Folkert räusperte sich und sprach mit erhobener Stimme, dass es bis in die hinterste Ecke der Halle zu hören war. «Ich schwöre vier Eide auf die Reliquien aller Heiligen, dass mein Bruder Auke Feddersen kein Räuber ist und meine Familie nichts mit diesem Überfall auf den dänischen Ritter zu tun hat.»

Griet schnappte nach Luft. Ein vierfacher Eid auf alle Reliquien war eine bindende Formel nach altem friesischen Recht. Wer einen solchen Eid zu Unrecht ablegte, hatte seine Ehre verwirkt.

Sie war sich inzwischen sicher, dass Auke hinter dem Überfall steckte, nicht aus Geldgier, sondern um dem Dänenkönig eins auszuwischen. Doch selbst, wenn er gewollt hätte, konnte er die Tat nun nicht mehr zugeben und dafür büßen, ohne seinen Bruder zum Meineidigen zu machen. Umgekehrt griff Owe nun Folkerts Ehre an, wenn er Auke weiter beschuldigte. Was für eine absurde Situation!

Endlich erhob ihr Vater seine Stimme. Alt und müde sah er jetzt aus. «Steck deinen Dolch weg, Owe», sagte er streng. «Ich werde nicht zulassen, dass am Weihnachtsabend in meinem Hause Blut vergossen wird. Und auch du senkst deine Klinge, Auke Feddersen. Vergiss nicht, dass du Gast unter unserem Dach bist.»

Widerstrebend ließen die beiden Männer ihre Waffen verschwinden, ohne sich gegenseitig aus den Augen zu lassen. Griet merkte, dass sie auf Auke und seinen verfluchten Sturkopf inzwischen fast so böse war wie auf ihren Bruder.

«Ich vermag nicht mit Gewissheit zu sagen, wer hinter diesem Überfall auf Herrn Oluf steckt», fuhr der Staller fort, «und trotz der zweifelhaften Umstände respektiere ich deinen vierfachen Eid, Folkert Feddersen. Darum werde ich den Fall nicht weiterverfolgen. Alles andere müsst ihr mit dem Herrgott ausmachen, der mehr sieht als ich.»

Griet atmete durch. Vater hatte Auke nicht direkt davongejagt. Vielleicht gab es noch Hoffnung …

«Doch meine Tochter bekommst du nicht, Auke Feddersen.» Mit einem einzigen Satz zerschmetterte Vater alles, worauf Griet die letzten Monate hingelebt hatte. «Du bist ein Hitzkopf und Unruhestifter und gehörst nicht in die Familie des Stallers.»

Noch ehe wieder erregtes Gemurmel aufkommen konnte, wandte Vater sich an Griet. «Es tut mir leid, dass du es unter solchen Umständen erfährst, mein Kind. Doch ich habe Nachricht von einem besonderen Mann erhalten, der um deine Hand angehalten hat.» Er zog ein Pergament unter seinem Wams hervor. «Der Fernkaufmann Ulrich Wullenwever aus Hamburg freit um dich, und du wirst seine Frau werden, Griet. Er stammt aus einer alten, angesehenen Familie. In Seeland hast du alles gelernt, um die Gemahlin eines Patriziers zu sein. Die Welt steht dir offen; so, wie du es dir immer gewünscht hast.» Vater lächelte, doch um seine Augen lag ein strenger, unerbittlicher Zug.

Griet wusste nicht, wie ihr geschah. Sie bekam kaum etwas von den beklommenen Glückwünschen mit, die erste Gäste an der Tafel zu murmeln begannen. Eine Kaufmannsfrau in Hamburg … Früher wäre das ihr Wunsch gewesen.

«Aber … ich will mit Auke zusammen sein!», rief sie hilflos.

«Griet!», bellte Vater streng. «Kein weiteres Wort mehr! Denk an deine Familie. An deine Pflichten.»

Sie fuhr zusammen. Noch nie hatte er mit solcher Härte zu ihr gesprochen!

Auke trat trotzig einen Schritt vor.

«Wir werden zusammen sein, Griet und ich!», stellte er grimmig fest. «Du wirst deine Tochter nicht gegen ihren Willen an einen Mann geben, den sie nicht einmal kennt, Staller Ingmar. Damit wirst du ihr nicht gerecht …»

«Auke Feddersen!» Vaters Stimme überschlug sich fast vor Zorn. «Du wirst mir nicht im eigenen Hause widersprechen!

Griet heiratet den Kaufmann Wullenwever, gleich im neuen Jahr, in der großen Kirche von Rungholt.»

Doch Auke beugte sich nicht dem Staller. «Griet wird meine Frau werden!», rief er trotzig. «Wir werden nicht voneinander weichen, und wenn die See alles Land verschlingt!»

«Schweig!» Owe stürzte sich auf Auke. Nicht mit dem Dolch, doch mit kräftigen Fäusten. Keine drei Herzschlag später rollten die beiden Männer raufend über den Boden. Folkert stand überfordert daneben und murmelte beschwichtigende Floskeln, die niemand hörte. Männer erhoben sich, entschlossen, die Streitenden zu trennen. Liteke eilte herbei, um Griet zu trösten – und dann gleich alles weitertratschen zu können. Die stolze Halle des Stallers war plötzlich viel zu eng für Griet. Sie musste hier weg.

Wütend schleuderte sie die Fibel zu Boden. Dann wandte sie sich um und rannte aus dem Haus, hinaus in Schnee, Nacht und Wind.

Neuntes Kapitel

Die Weihnachtszeit unterschied sich auf dem Hof des Bauern Abbo bei Westerwold in der Beltringharde nicht wesentlich von all den anderen dunklen Tagen des Winters. Den Weihnachtsabend hatte der Bauer auf dem Hof seines Bruders Okke verbracht, der ihn mehr aus Verpflichtung denn aus Zuneigung eingeladen hatte. Janne war mit dem übrigen Gesinde zurückgeblieben. Sie hatte sich abseits gehalten, während die Knechte zu viel schales Bier tranken, und sich schließlich mit Lentje in einen Schuppen zurückgezogen, bevor ihre Lieder zu zotig wurden. Dort hatte sie versonnen beobachtet, wie Lentje mit den Strohpuppen spielte, die sie als Weihnachtsschmuck geflochten hatte. Eine Kunst, die Mutter ihr einst beigebracht hatte …

Für einen Moment fragte Janne sich, wie es wohl gewesen wäre, die Weihnacht zusammen mit Lentje in jener Fischerhütte zu verbringen, die einst ihr Elternhaus gewesen war, bei einer schlichten Mahlzeit aus Salzhering und Muscheln, die doch den Bauch warm machte, genauso wie die Lieder und die Geschichten, die Vater so gerne erzählt hatte. Ärgerlich wischte sie den Gedanken beiseite. Das war vorbei. Die Gegenwart war alles, was sie hatte, und es war ihre Aufgabe, das Beste daraus zu machen. Für Lentje, wenn schon für niemanden sonst.

So hing Janne den Gedanken an ihr Elternhaus nach, während sie am ersten Weihnachtstag im Backhaus des Hofes hockte und den Handmühlstein drehte. Die mächtige, runde Scheibe aus löchrigem Gestein rumpelte und knirschte bei jeder Umdrehung. Ein hölzernes Band war wie ein Fassreifen um den Stein geschlungen, darin steckte in einer Aussparung der Griff, mit dem Janne das Rad durch schiere Muskelkraft antreiben musste. Es war eine Knochenarbeit, doch Janne fand es befriedigend, wie die Körner unter dem schweren Stein zerknackten und zu immer feinerem Mehl wurden. Immerhin würde auch Lentje von dem Brot essen, das daraus gebacken wurde.

Ein wenig mulmig war ihr nur dabei, in der Zeit zwischen Weihnachten und dem Dreikönigstag zu mahlen. Denn dies waren die Raunächte, die Zeit zwischen den Jahren, in der die Tore offen standen und die Schleier zwischen den Welten dünner waren. Draußen, auf den vereisten Feldern, lagen geschmückte Heuballen aus. Die Leute hatten sie für die Pferde der Wilden Jagd dorthin geschafft, die nun des Nachts über den Himmel zog, angeführt von Wodan und Hulda, während die Menschen sich in ihren Häusern verkrochen.

Die Alten sagten, dass in dieser Zeit nicht gesponnen und gemahlen werden durfte. Dieses Verbot galt für alle Tätigkeiten, bei denen sich Räder drehten. Sonst brachte das neue Jahr keinen Segen, oder man spann gar den Faden für das eigene Leichentuch.

Janne kannte die alten Geschichten gut, doch Bauer Abbo achtete sie genauso wenig wie die Weihnachtszeit. Also drehte sie eben auch heute den Mühlstein, was auch immer daraus erwachsen würde. Die harte Hand des Bauern war eine konkretere Gefahr als die rachsüchtigen Geister, die irgendwo dort draußen unterwegs sein mochten.

«Mama!» Lentje war an der Tür des Backhauses erschienen. Ihre Wangen glühten rot vor Kälte. «Mama, ich gehe und bringe den Odderbaantjes etwas Bier und Brot in die Dünen.»

Überrascht schaute Janne vom Mühlstein auf. «Wie kommst du denn darauf?»

«Na, vielleicht zeigen sie sich und vergelten uns die Gaben», erklärte Lentje. «Wenn man sie sehen kann, dann doch wohl heute, am Weihnachtstag.»

Janne musste lächeln. Es berührte sie, wie Vaters Geschichten in ihrer Tochter weiterlebten. «Dann mach das mal», sagte sie. «Aber sei nicht enttäuscht, falls sich das kleine Volk nicht blicken lässt», fügte sie rasch hinzu. «Vermutlich müssten wir ihnen schon ein Festmahl bieten, damit sie Leute wie uns auch nur bemerken ...»

Das sollte nicht so bitter klingen, wie es Janne über die Lippen gekommen war. Sie sollte besser aufpassen, was sie ihrer Tochter gegenüber sagte. Doch Lentje blieb unbeeindruckt.

«Wer nicht wagt, der nicht gewinnt», verkündete sie altklug und verschwand wieder so schnell, wie sie gekommen war. Seufzend machte sich Janne daran, den Handmühlstein weiter zu drehen. Mit ihrer unverwüstlichen Art erinnerte Lentje sie manchmal an Jean, der nichts von der Existenz seiner eigenen Tochter wusste. Dem war auch stets ein kluger Spruch eingefallen, wenn Janne besorgt gewesen war. Und sie hatte ihm geglaubt. In seine Heimat Flandern hatte er sie führen wollen, in die reichen Länder des Südens, als Frau eines wohlhabenden Schiffsherrn ...

Natürlich war er nur ein einfacher, mittelloser Schiffer gewesen. Janne hatte das eigentlich gewusst, sie war ja nicht dumm, aber ihr Wollen war stärker gewesen als ihr Wissen. Sie fragte sich, ob er den Winter wohl in Flandern verbrachte oder in Bremen, in Dänemark oder in Bergen. Vielleicht hatte ihn aber auch schon vor Jahren die See verschlungen, und das Meerweib Ran hielt seine Seele in ihrem Netz gefangen. Es machte keinen Unterschied.

Die Eltern hatten Janne damals auch dann noch im Haus behalten, als ihre Verfehlung unübersehbar geworden war. Und sie waren sogar bereit gewesen, Lentje ein Zuhause zu bieten. Dann war die Pest über die Uthlande gefegt und hatte die alte Zeit gefressen, mit allem, was Janne bis dahin gekannt hatte. Nun gab es keinen Platz mehr für Wesen wie sie, die nirgendwo dazugehörten, wie die ruhelosen Geister der Raunächte. Sie mussten für alles dankbar sein, was sich ergab – und sei es das Leben auf Bauer Abbos Hof und die zweifelhafte Aussicht auf eine Gegengabe der Odderbaantjes.

Mit grimmiger Kraft trieb Janne den Mühlstein an, der sich immer wieder um die eigene Achse drehte, ohne jemals voranzukommen – so wie ihre Gedanken. Janne war ein Kind des Sommers. Sie trug die Weite des blauen Himmels in sich, doch in den grauen Wintermonaten konnte sie diese Weite nicht spüren. In ihr wurde es so eng wie in den verräucherten Katen, in denen sich Mensch und Vieh zusammendrängten.

Krachend sprang die Tür zum Backhaus auf.

«Wo ist er?», bellte Bauer Abbo, der plötzlich im Türrahmen stand. Die Adern in seinem roten Gesicht traten leuchtend hervor, und seine Zunge schien schwer und träge zu sein. Janne kannte diese Anzeichen, ebenso wie das gefährliche Funkeln in seinen Augen. Wenn Abbo schon so früh am Tage so tief in den Krug geschaut hatte, musste man sich vor ihm besonders in Acht nehmen.

«Er? Wen meinst du?», fragte sie und richtete sich auf, um weniger angreifbar zu wirken. «Hier im Backhaus hat sich keiner versteckt. Das hätte ich schon bemerkt, wenn sich einer im Ofen verkriecht.»

«Red keinen Unfug, Weib», schnaubte Abbo und trat einen wankenden Schritt in den kleinen Raum. «Ich meine keinen Kerl. Ich rede von meinem Becher!»

Janne strich sich die mehlige Schürze glatt und schob sich möglichst beiläufig an Abbo vorbei, als wollte sie gleich nach dem Vermissten suchen. Es wäre unklug gewesen, zusammen mit dem Bauern in dem engen Backhaus zu bleiben, wenn er in solch einer Stimmung war.

«Dein Becher?», fragte Janne, während sie aus dem kleinen Gebäude schlüpfte. Es lag etwas abseits auf der Warft des Hofes, direkt neben der Öffnung eines Sodenbrunnens, der von einem niedrigen Holzrahmen eingefasst wurde. Ein Backschober für den Kuppelofen aus Lehm lehnte an der Wand.

«Stell dich nicht dümmer, als du bist, Weib!», schimpfte Abbo, der nun ebenfalls wieder ins Freie trat. «Mein Malaqa-Becher is weg! Eben war er noch da! Was hast du damit gemacht?»

Drohend schwankte er einen Schritt auf Janne zu. Sie zwang sich, nicht vor ihm zurückzuweichen. Wenn man zu viel Angst zeigte, konnte das Abbos Zorn nur noch mehr anheizen.

«Was sollte ich mit deinem Becher?», fragte Janne. «Ich war hier und habe dein Korn gemahlen. Und das am heiligen Weihnachtstag …» Letzteres konnte sie sich einfach nicht verkneifen.

Abbo spuckte aus, als schmeckte ihm die Wahrheit nicht. «Mag sein. Aber dein Balg war bei mir in der Halle.»

Janne erstarrte. «Lentje?» Sie mochte es gar nicht, wenn der Bauer ihre Tochter zur Kenntnis nahm. «Die ist doch draußen, in den Dünen …»

In diesem Moment bemerkte Janne die kleine Gestalt, die über die von angefrorenem Schnee bedeckten Weiden herangelaufen kam. Wie so oft ersparte sich Lentje den Umweg über den Pfad und kämpfte sich lieber direkt den Hügel der Warft hinauf, halb laufend und halb kletternd auf dem rutschigen Untergrund. Das mochte der Bauer gar nicht, weil dabei das schützende Gras niedergetrampelt wurde, mochten es im Winter auch nur dürre, gelbe Halme sein, die wie Inseln aus dem Schnee schauten.

Nun schien Lentje bemerkt zu haben, dass Abbo bei Janne stand, denn sie hielt nicht länger direkt auf das Backhaus zu. Stattdessen schlug sie einen seitlichen Bogen. Doch auch Abbo hatte Augen im Kopf.

«Du!», brüllte er Lentje quer über den Hof an. «Komm her zu mir! Sofort!»

Und Lentje änderte wieder die Richtung. Plötzlich war nicht mehr viel von ihrer Flinkheit zu sehen, so langsam, wie sie über die letzten Schritte des Hanges kroch. Janne presste die Lippen zu einem dünnen Strich zusammen. Sie durfte nicht zulassen, dass Abbo seinen Zorn an ihrer Tochter ausließ!

«Wo hast du den guten Malaqa-Becher denn zuletzt gesehen?», fragte sie so sachlich wie möglich. «Ich werde gleich losgehen und alles absuchen. Die Erde wird ihn schon nicht verschluckt haben.»

Doch der Bauer schien ihr gar nicht zuzuhören. Als Lentje herangeschlurft kam, stapfte er ihr ungeduldig entgegen.

«Du!», bellte er noch einmal, als wäre es nicht sonnenklar, wen er meinte. «Was hast du mit meinem Becher gemacht?»

Lentje zuckte zusammen. Dann hob sie langsam den Kopf,

bis sie Abbo mit ihren grünen Augen anschaute. Wie ein verängstigtes Nagetier sah sie aus, das man im Vorratsschuppen ertappt hatte.

«Becher?», fragte Lentje, und ihre Stimme zitterte. «Was meinst du, Herr?»

Janne spürte klamme Kälte in ihrer Brust. Sie kannte Lentje so gut, wie man einen Menschen nur kennen konnte. Und sie kannte diesen besonderen Tonfall, wenn Lentje leicht zurückgenommen sprach, als müsste sie sich bei jedem Wort erst selbst fragen, ob es das richtige war. Lentje hatte etwas zu verbergen. Und leider konnte sie das nicht besonders gut.

«Wir gehen jetzt alle gemeinsam los und suchen!», schlug Janne mit erzwungener Munterkeit vor. «Komm, Lentje.»

Sie wollte ihre Tochter an der Hand fassen und sie beiläufig aus Abbos Reichweite bringen. Doch der Bauer war schneller als sie.

«Lüg mich nicht an!» Seine Pranke fuhr wie ein Greifvogel auf Lentje herab und packte sie an der Schulter. Das Mädchen schrie auf, halb vor Schmerz und halb vor Schreck. «Du warst im Haus, und dann war der Becher weg. Du hast ihn gestohlen!»

Der Bauer schüttelte Lentje, als könnte er die Wahrheit aus ihr herausrütteln wie eine reife Birne im Herbst.

«Ich habe nicht gestohlen!», rief Lentje mit tränenerstickter Stimme. «Er ist nicht weg, ich bringe ihn doch wieder …»

Janne war kalt, viel kälter, als es der Biss des Winters vermocht hätte. Sie wollte nicht glauben, was sie da hörte. Lentje konnte doch unmöglich …

«Verfluchter, diebischer Bankert!»

Der Bauer riss Lentje an der Schulter herum und stieß sie hart gegen die Einfassung des Brunnens. Sie wimmerte.

«Was hast du mit meinem Becher gemacht? Rede!»

«Ich … ich habe ihn zu den Odderbaantjes gebracht …» Ganz dünn hörte sich Lentjes Stimme nun an. Zwischen den einzelnen Schluchzern bekam sie kaum genug Luft zum Sprechen. «Ich habe ihnen Bier darin gebracht, damit … damit es wie ein Weihnachtsfestmahl ist … Aber nachher hole ich ihn wieder, ganz bestimmt!»

Mit Grauen wurde Janne klar, dass *sie* Lentje unwillentlich auf diese Idee gebracht hatte. Für andere Gedanken war kein Platz mehr in ihrem Kopf.

«Odderbaantjes?», schnaubte Bauer Abbo verächtlich.

«Das kleine Volk in den Dünen!», quiekte Lentje.

«Kleines Volk? Lügen!» Abbos Hand wanderte von Lentjes Schulter an ihre Kehle. Er presste sie gegen den Brunnenrand, während seine Pranke zugleich zudrückte und ihr die Luft abschnürte. Die andere Hand hob er bedrohlich.

«Was hast du mit meinem Becher gemacht? Rede, sonst prügle ich dich tot!»

Janne wusste, dass das keine leere Drohung war. Wenn jenes kalte Funkeln in Abbos Augen lag, war er unberechenbar wie die Stürme des Winters. Lentje krächzte erstickt. Abbos gnadenloser Griff verhinderte, dass sie überhaupt Luft holen konnte, geschweige denn sprechen …

«Das reicht!» Endlich war die schreckliche Starre von Janne abgefallen. «Lass sie los! Du bringst sie ja um!»

Abbo warf ihr einen verächtlichen Seitenblick zu. «Na und? Ihr gehört mir! Ich entscheide, was mit euch geschieht.»

Lentje wand sich verzweifelt in seinem Griff, versuchte, irgendwie zu entkommen, während der Bauer sie unbarmherzig gegen den Brunnen presste.

«Lass sie los, sage ich!» Janne fiel ihm in den Arm und zerrte an seiner Schulter. Mit einem wütenden Knurren schüttelte Abbo sie ab. Sie stolperte zurück und prallte gegen die Wand des Backhauses.

«Rede!»

Der Bauer hob die Faust, um sie auf die röchelnde Lentje niedersausen zu lassen. Janne packte mit beiden Händen den Backschober, der neben ihr am Haus lehnte. Wie eine Sense schwang sie das massive Holzteil durch die Luft – und ließ es, die Kante voran, mit aller Macht auf Bauer Abbos Schädel niedersausen.

Es knackte hässlich, und es war kein Knacken von Holz. Der Bauer grunzte, als sein Arm kraftlos herabsackte. Sofort machte Lentje sich von ihm los und schlüpfte hinter Janne. Abbo aber schwankte auf der Stelle, starrte gläsern ins Nichts.

Dann kippte er nach vorne, prallte gegen die Umfassung des Brunnens und stürzte kopfüber in den Schacht. In der Tiefe platschte es glucksend. Von einem Herzschlag auf den anderen befand sich der Bauer Abbo von der Beltringharde nicht länger auf dem Angesicht der Erde. Das Land selbst hatte ihn verschlungen, er konnte Lentje nicht länger wehtun. Und auch niemandem sonst …

«Mama …» Lentje hatte sich Schutz suchend an Janne geschmiegt und verbarg ihr Gesicht in ihrer Schürze. Jetzt erst bemerkte Janne, dass sie noch immer den Backschober umklammert hielt. Sie ließ das Ding fallen, als bestünde es aus glühendem Eisen. Zitternd beugte sie sich zu ihrer Tochter hinunter und presste sie fest an sich.

«Oh Lentje», murmelte sie. «Was machst du denn für Sachen?»

Vorwürfe lagen auf ihrer Zunge, doch sie sprach sie nicht aus. Lentje war noch keine acht Jahre alt. Es war das Vorrecht dieses Alters, Torheiten zu begehen und dabei zu lernen – ohne deswegen totgeprügelt zu werden!

Totgeprügelt ... So langsam begriff Janne, was sie getan hatte. Bauer Abbo war tot, erschlagen von ihrer Hand. Es kam ihr völlig unwirklich vor. Halb erwartete sie, dass er gleich wieder hinter ihr stehen würde, um auf Jannes Faulheit und ihren «verfluchten Bankert» zu schimpfen. Doch das würde niemals wieder geschehen.

Eine Tür schlug zu. Auf der anderen Seite der Warft kam Enno, der Knecht, aus dem Vorratshaus. Langsam schlurfte er über den Hof in Richtung Kate. Dabei warf er Janne einen fragenden Blick zu, die einfach nur dastand, Lentje an sich gepresst, und zitterte. Sie erwiderte den Blick, ohne wirklich etwas zu erkennen. Kopfschüttelnd verschwand der Knecht im Haus.

Bauer Abbo war tot. Der Satz hallte immer wieder durch Jannes Kopf, wie eine Glocke, die beständig läutete. Der Bauer war tot ... Janne hatte ihn getötet. Das Blut, das nun den Backschober verschmutzte, klebte auch an ihren Händen. Sie war eine Mörderin. Am heiligen Weihnachtstag hatte sie einen Menschen getötet.

Wenn sie eine gute Christenseele gewesen wäre, hätte das Gewicht dieser Sünde sie gewiss zu Boden gedrückt und ihr die Luft zum Atmen genommen. Doch Janne empfand kein Bedauern darüber, dass Abbo nicht mehr da war. Nur Erleichterung, dass er seine Pranken nie wieder an Lentje legen würde. Daneben fühlte sie nur eine kalte Taubheit – und Angst.

Totschlag war ein ernstes Verbrechen. Selbst ein Angehöriger der mächtigen Großbauernfamilien würde vor dem Bodthing angeklagt werden, wenn er das Blut eines anderen vergossen hatte, und er hätte ein Wergeld aus schwerem Silber zahlen müssen, um sich mit der Sippe des Getöteten zu einigen und ihrer Rache zu entgehen.

Janne aber war eine einfache Magd, und sie hatte ihren Bauern getötet, den Herrn eines Hofes. Sie hatte keine Sippe, die für sie einstehen würde, besaß kein Silber, das sie als Wergeld zahlen konnte. Und wenn auch selbst der eigene Bruder Abbo nicht leiden konnte, war seine Familie zur Rache verpflichtet. Nichts und niemand würde Janne davor schützen.

«Mama …» Lentje zitterte noch immer am ganzen Körper. «Der Bauer ist in den Brunnen gefallen, Mama. Müssen wir ihn nicht herausholen?»

Janne zwang sich, tief durchzuatmen. Wie gerne hätte sie jetzt in der kleinen, klar geordneten Welt ihrer Tochter gelebt!

«Nein, mein Schatz», murmelte sie tonlos. «Der Bauer kommt nicht wieder.»

In ihrem Kopf arbeitete es verbissen. Niemand durfte wissen, was geschehen war. Vielleicht konnte Janne einfach behaupten, dass der Bauer vom Hof getorkelt war, den Wanst voller Bier, und nach den Deichen sehen wollte. Dann würde man nach ihm suchen, wenn er nicht mehr nach Hause kam. Man würde ihn nicht finden und schließlich davon ausgehen, dass er in irgendeinen Priel gefallen und in die offene See getrieben war. Schließlich würde eines von Okkes Kindern den Hof übernehmen, und vielleicht würde alles besser werden …

Doch nein, das konnte nicht sein. Abbos Leib steckte unten im Brunnen, und Janne hatte keine Möglichkeit, ihn herauszuziehen und tatsächlich dem Meer zu übergeben. Früher oder später würde man bemerken, dass mit dem Brunnen etwas nicht stimmte, und man würde den Bauern finden. Gewiss würde sich dann jemand daran erinnern, dass Janne an jenem Tag im Backhaus gleich neben dem Schacht gearbeitet hatte.

Vielleicht würde auch Enno berichten, wie seltsam sie vor dem Gebäude gestanden hatte, mit dem Backschober vor sich auf dem Boden.

Der Verdacht würde unweigerlich auf sie fallen. Wahrscheinlich würde das sogar dann geschehen, wenn nichts auf sie hingewiesen hätte: Man konnte die Magd mit dem vaterlosen Bankert bestrafen, die keine Sippe beschützen und niemand vermissen würde, und anschließend den Hof seinem neuen Besitzer übergeben, ohne dass Abbos ehrbare Verwandte sich dem Verdacht aussetzen mussten, etwas mit seinem Tod zu tun zu haben. Egal wie gut sie die Tat verbarg – Janne war in Gefahr. Und mit ihr Lentje.

Vorsichtig ging Janne auf die Knie herunter, bis sie ihrer Tochter in die verweinten Augen schauen konnte. «Lentje, mein Schatz», sagte sie leise. «Wir gehen fort von hier.»

Wenn sie rechtzeitig wegliefen, hatten sie vielleicht eine Chance.

«Fort?», fragte Lentje ungläubig, als hätte Janne vorgeschlagen, wie Vögelchen in den Himmel zu fliegen. «Wo gehen wir denn hin?»

Ratlos schaute Janne über das flache Land, das sich hart gefroren und schneebedeckt ringsum erstreckte. Wer in dieser Jahreszeit heimatlos und ohne festes Dach war, war auf die Gnade des Winters angewiesen. Und der kannte noch weniger Menschlichkeit als Bauer Abbo.

«In die Stadt», erwiderte Janne fest, als wäre das eine Selbstverständlichkeit. «Wir gehen nach Rungholt.»

Zehntes Kapitel

Komm, Griet. Wir müssen reden.»

Unwillkürlich fuhr Griet zusammen. Sie hatte gewusst, dass dieses Gespräch früher oder später geführt werden musste. Und sie hatte Angst davor.

Eigentlich war sie auf dem Weg zum Hühnerstall gewesen, um die Tiere mit gesammelten Wattschnecken zu füttern. Doch plötzlich stand Vater direkt vor ihr an der Hallentür und schaute sie ernst an. Seine aufrechte Haltung strahlte die Autorität des Stallers aus, aber seine großen Hände waren unbehaglich ineinander verkrampft.

«Ja, Vater», erwiderte Griet tonlos und folgte ihm durch die Halle nach hinten in die Schlafkammer der Familie. Die letzten Weihnachtsgäste, die noch gestern auf den Bänken übernachtet hatten, waren inzwischen abgereist, und der Hof atmete auf, während das Gesinde von den Resten des Festmahls zehrte.

Für Griet jedoch gab es keine Ruhe. Sie hatte sich nach dem Desaster am Weihnachtsabend ins Vorratshaus zurückgezogen und atemlos in sich hineingeschluchzt, bis Owe sie schließlich mit sanfter Gewalt zurückgeholt hatte. Da war Auke schon nicht mehr da gewesen …

Die restliche Feier und die Weihnachtstage danach waren nebelhaft und unwirklich wie ein böser Traum verlaufen.

Griet hatte funktioniert und war ihren Pflichten als Gastgeberin und Tochter des Stallers nachgekommen, während alle ängstlich darauf bedacht waren, den Eklat mit Auke nicht anzusprechen. Doch natürlich hatte sie bemerkt, wie hinter ihrem Rücken getuschelt wurde. Und sie hatte die zahlreichen Blicke aus dem Augenwinkel gespürt, mal mitleidig und mal hämisch. Als wäre Griet die Figur im Stück eines Geschichtenerzählers, deren Geschicke sensationsgierig verfolgt wurden …

Eigentlich hätte sie froh sein sollen, als endlich wieder Alltag auf dem Hof einkehrte. Doch es stand noch das Gespräch mit Vater an, das die beiden bislang vermieden hatten.

Schicksalsergeben schloss sie die Kammertür hinter sich und legte den Riegel vor. Vater hatte sich bereits in Position gestellt, breitschultrig und mit den Händen auf den Hüften, wie ein Redner vor der Thing-Versammlung. Griet kannte ihn gut genug, um zu wissen, dass die Geste eher Hilflosigkeit als Machtbewusstsein ausdrückte.

«Griet … Es tut mir leid, was geschehen ist. Das alles war nicht schön.»

Sie schluckte und erwiderte nichts. Was sollte man auch zu solchen Untertreibungen sagen?

«Aber wie auch immer … Du wirst den Kaufmann Ulrich Wullenwever heiraten.» Vater sprach so sachlich und selbstverständlich, als würde er ihr auftragen, den Knechten ihr Mittagessen aufs Feld zu bringen. «Ich habe meine Entscheidung vor allen großen Familien der Edomsharde verkündet. Und ich werde mich daran halten, wie es sich für den Staller geziemt. In drei Tagen werden wir nach Rungholt aufbrechen. Diese Verbindung ist zu wichtig, um sie lange hinauszuzögern.»

«Aber ich habe mich Auke versprochen», erwiderte sie mit verzweifeltem Trotz. «Soll mein Wort weniger zählen als deines? Immerhin bin ich die Tochter des Stallers.»

Vater seufzte schwer. «Und ebendeshalb geht es in dieser Sache nicht darum, was du willst. Das weißt du auch, Griet. Du bist eine kluge junge Frau. Deine Verbindung mit dem Kaufmann schafft weitreichende Möglichkeiten für den Handel mit Salz und Getreide. Ich werde dafür sorgen, dass die Ratsleute der Edomsharde bei der nächsten Thing-Versammlung neue Geleitbriefe für die Hamburger Kaufmannschaft ausstellen. Alle, die hier leben, werden davon profitieren. Nach den schlimmen Pestjahren ist das nur allzu nötig. Du ermöglichst das durch deine Verbindung mit den Wullenwevers, Griet.»

Sie schnaubte bitter. «Also verschacherst du mich für das Silber der Hamburger.»

Vater holte tief Luft, als wollte er etwas Lautstarkes erwidern. Dann atmete er wieder aus und schaute Griet traurig an. «Sieh mal, Kind. In meiner Halle war es dir doch schon immer zu eng, und in Dänemark konntest du nicht ewig bleiben. Aber als Kaufmannsfrau in Hamburg – welche Möglichkeiten liegen da vor dir! Du kannst geschickt wirtschaften, Meister Ulrich wird das gewiss rasch bemerken. Du wirst die Herrin eines mächtigen Haushalts sein, so wie die Prinzessin, nach der du benannt bist.»

Ehrlicher Stolz lag nun in Vaters Stimme. Als kleines Mädchen hatte sich Griet immer darin gesonnt, wenn er in diesem Tonfall über sie sprach. Auf seine Art meinte er es eben gut …

«Auke Feddersen wird dir all das niemals bieten können, Griet.»

Die warme Erinnerung verschwand so schnell, wie sie gekommen war. Griet hatte Auke ihr Wort gegeben, und sie verkaufte sich nicht für die Annehmlichkeiten eines Lebens als Kaufmannsfrau!

«Ich werde Auke nicht heiraten, weil er mir etwas bieten kann», erklärte sie mit zitternder Stimme, «sondern weil Auke er selbst ist. Nur darum geht es mir.»

«Du wirst Auke überhaupt nicht heiraten!», rief Vater unwirsch. «Der Kaufmann Wullenwever wird dein Ehemann sein. Füge dich in deine familiären Pflichten, Kind! Was ist denn nur mit dir los? Früher konnte man doch auch vernünftig mit dir reden …»

Griet schüttelte den Kopf. Vater sah nur in ihr, was er sehen wollte: eine kluge, wohlgeratene Tochter, die die Familie stolz machen würde. Er hatte noch nie verstehen können, warum sie als Kind so gerne allein durch die Moore gestreift war. Dass sie dort die Freiheit gefunden hatte, nach der sie sich immer sehnte. Auke verstand das …

«Vater», murmelte Griet matt. «Bitte. Zwing mich nicht dazu.»

«Ich will dich nicht zwingen», erwiderte Vater mit belegter Stimme. «Ich wünsche mir, dass du deine Pflichten von selbst erfüllst. Für die Familie. Für die Edomsharde.»

Und Griet erkannte endgültig, dass es sinnlos war.

«Du bist der Staller und der Herr dieses Hofes», sagte sie tonlos. «Wenn du mich Meister Ulrich geben willst, kann ich mich dem nicht widersetzen. Doch es wird ohne meinen Willen und ohne meine Zustimmung geschehen.»

Finster schaute Vater sie unter seinen buschigen Augenbrauen hinweg an. «Dann sei es so.»

Schwer fiel die Tür ins Schloss, als der Staller der Edomsharde die Kammer verließ. Griet blieb allein zurück.

Elftes Kapitel

Ulrich nahm einen großen Schluck Bier. Es war nach Einbecker Art gebraut und stammte aus jenen Fässern, die die *Jakobus* nach Rungholt gebracht hatte.

«Ein Hoch auf den Wohltäter aller Durstigen!», grölte Narben-Jann an seiner Seite. «Ein Hoch auf den hochedlen Herrn Wullenwever!»

Die Zecher, die sich rings um Ulrich im *Krug* versammelt hatten, stießen mit ihren Humpen an. Ulrich grinste zufrieden in die Runde. Es hatte sich schon bezahlt gemacht, dass er einige Fässer für den persönlichen Gebrauch zurückbehalten hatte, deren Inhalt er nun großzügig teilte.

«Der Herr Wullenwever dankt!», erwiderte Ulrich in einem scherzhaft salbungsvollen Tonfall. «Er bedankt sich bei jenen unerschrockenen Gefährten, die ihm an diesen endlosen Winterabenden Gesellschaft leisten. Auf dass uns die ewige Quelle des Bieres niemals versiegen möge!»

Beifälliges Gegröle war die Antwort. Im Laufe der letzten Wochen hatte sich eine mehr oder minder feste Gruppe aus einem guten Dutzend junger Männer herausgebildet, die sich regelmäßig um Ulrich im *Krug* versammelten. Er wusste wohl, dass sie vor allem den Inhalt seines Geldbeutels – und seiner Bierfässer! – zu schätzen wussten und nicht wegen seiner liebenswerten Art hier waren. Aber das kannte Ulrich schon aus den Schänken von Hamburg, und es war ihm gleich.

Zum einen halfen seine Zechkumpane ihm dabei, die Langeweile des endlosen Winters in den Uthlanden zu überstehen. Und zum anderen hatte er auch ein Auge darauf, dass sie darüber hinaus nützlich waren. Die meisten von ihnen waren die Söhne von angesehenen Bauern und Handwerkern der Umgebung, und jeder Einzelne mochte für Ulrich einmal die Tür zu seinem Vater öffnen, wenn es sich als angebracht erweisen sollte. Und einige andere, wie Narben-Jann oder der Breite Hans, waren im Ort für ihre handfeste Art bekannt und gefürchtet. Sie würden eine passable Truppe abgeben, falls Ulrich einmal gezwungen war, seine Interessen etwas energischer durchzusetzen. Zufrieden wischte er sich den Schaum vom Bart. Das Bier war wirklich gut investiert.

Ulrich schaute auf, als die Tür des Gasthauses klackte. Burkhart kam herein und näherte sich mit raschen Schritten seinem Tisch. Grinsend nahm Ulrich zur Kenntnis, dass seine Kumpane dem dicken Streitkolben an Burkharts Seite beklommene Blicke zuwarfen.

«Setz dich doch zu uns, Burkhart!», rief Ulrich, den das Bier großzügig gemacht hatte. «Setz dich und nimm dir einen Humpen.»

Doch Burkhart blieb mit unbewegtem Gesicht stehen, wie es seine Art war.

«Fremde sind in der Stadt eingetroffen, Meister Ulrich», teilte er halblaut mit.

Ulrich runzelte die Stirn. «Ist das schon Staller Ingmar mit meiner Braut? Diese Friesen sind ja wirklich schnell.»

Noch ein Grund mehr für Ulrich, zufrieden mit sich zu sein: Er würde in diesem Monat unter die Mächtigen der Uthlande einheiraten, sogar die Tochter des Stallers selbst ehelichen. Dass Mutter nicht dabei sein konnte, war ihm nur recht. So war das ganze Arrangement allein sein Verdienst, und in Hamburg würde es im Frühjahr noch mehr als genug Gelegenheit geben, den Erwerb seiner Braut zu feiern. Die Botschaften mit dem Siegel und dem guten Namen seiner Familie, die er über Land geschickt hatte, hatten ihm jedenfalls bereits die ersten Tore geöffnet.

Die Verbindung mit dem Staller bedeutete gute Konditionen für den Salzhandel, die ihm kein anderer Handelsherr mehr wegschnappen konnte. Noch dazu hatten seine trinkfesten Freunde ihm verraten, dass Griet, die Stallerstochter, eine schmucke Deern sei, die bei einem dänischen Edelmann die höfischen Künste erlernt hatte. Ein doppelter Gewinn. Und falls die anderen mit Griet übertrieben hatten, gab es ja noch mehr als genug Mädchen auf der Welt, die seinem Silber gewiss nicht abgeneigt waren.

«Nein», unterbrach Burkhart Ulrichs Gedanken. «Nicht der Staller. Fahrendes Gesindel.»

«Tatsächlich?», fragte Narben-Jann, der alles mitgehört hatte. «So früh im Jahr?»

Ulrich zuckte mit den Schultern. «Was kümmert es uns?»

«Ihr wolltet alles wissen, was in Rungholt vor sich geht», erwiderte Burkhart ungerührt. «Außerdem kommen sie direkt hierher.»

«Ach? Und was wollen …?»

In diesem Moment öffnete sich die Tür des *Krugs* erneut und eine denkbar ungewöhnliche Truppe strömte herein. Es waren zwei Handvoll Männer, Frauen und Kinder, deren Kleidung hauptsächlich aus bunten Lumpen zusammengenäht war. Einer von ihnen, ein stattlicher junger Kerl mit schwarzen Locken, hatte dunkle Haut, wie die Menschen sie in den fernen, sonnenverbrannten Ländern der Mauren haben mochten. Außerdem war ein Zwergenpärchen unter ihnen: eine dralle Frau mit blonden Zöpfen, die Ulrich knapp über den Gürtel reichte, und ein Mann von ähnlicher Größe mit Glatzkopf und Ziegenbärtchen. Ihr Anführer schien ein alter Mann mit einem knorrigen Wanderstab zu sein, dessen Bart rostrot gefärbt war; ein seltsamer Kontrast zu seinem faltigen Gesicht.

«Gaukelvolk», murmelte Ulrich. Heimatlose Herumtreiber, die keinem ehrlichen Beruf nachgingen, in keiner Stadt Bürger waren und keinem Edelmann folgten. Er hatte solche Leute schon öfter in Hamburg gesehen, wo sie auf den Handelsmessen und Kirchweihfesten auftraten und allerlei Kunststücke zum Besten gaben. Hier im Norden jedoch wirkten sie eher fehl am Platze.

Zögerlich überblickten die Gaukler den Raum, während die anwesenden Rungholter unverhohlen zurückgafften und herauszufinden versuchten, was dieser Aufzug sollte.

Nun trat auch Swantje, die Wirtin, an sie heran, die Arme streng vor der Brust gekreuzt. Natürlich, sie musste auf den guten Ruf ihres Hauses achten und durfte nicht zulassen, dass es zum Treffpunkt von Gesindel wurde. Doch noch ehe Swantje etwas sagen konnte, löste sich eine Gestalt aus der Gruppe und trat ihr entgegen. Es war ein kleiner Kerl, dem die Kutte eines Geistlichen etwas zu weit um die Schultern flatterte: der Pfarrer von Rungholt. Ulrich hatte ihn bislang nur flüchtig gesehen. Der Pfaffe redete leise mit der Wirtin, während die Gaukler beklommen herumstanden.

«Das ist doch das Pfäfflein, das uns letztens Ärger gemacht hat?», fragte Ulrich leise an Burkhart gewandt.

Dieser nickte. «Ansgar nennt er sich.»

Der Pater hatte inzwischen ein Beutelchen aus seiner Robe gezogen und hielt es der Wirtin entgegen. Diese betrachtete es unschlüssig, als wäre es ein verlockender Apfel, von dem sie nicht wusste, ob er vergiftet war. Schließlich griff sie beherzt zu und nahm den Beutel an sich. Der Pater nickte, und die Gaukler tauschten erleichterte Blicke.

Der Breite Hans knurrte missbilligend. «Irre ich mich, oder bringt Pater Ansgar diese komischen Fremden gerade im *Krug* unter?»

«Ich denke, du irrst dich nicht», erwiderte Ulrich. «Ich regle das. Komm, Burkhart.»

Langsam erhob er sich von der Bank und ging quer durch den Raum auf Pater Ansgar zu, der immer noch mit der Wirtin sprach. Burkhart folgte ihm schweigend im gewohnten Abstand, so selbstverständlich wie sein Schatten.

«Pater!», sagte Ulrich bewusst laut, sodass man es im ganzen *Krug* hörte. «Belästigen Euch diese Herumtreiber? Sagt nur ein Wort, mein Diener kümmert sich gerne darum.»

Der Priester wandte sich ihm zu und musterte ihn unschlüssig.

«Gewiss habe ich Meister Ulrich Wullenwever vor mir, den Kaufmann aus Hamburg», sprach der Pater schließlich. «Ich bin Ansgar, Kirchherr von Rungholt. Und nein, diese Leute belästigen mich nicht. Ich bin, im Gegenteil, gerade dabei, ihnen ein Quartier zu verschaffen.»

Ulrichs Augen verengten sich. Er hatte den *Krug* als Wohnstatt bezogen und betrachtete ihn als eine Art vorläufiges Kontor, das er gewiss nicht mit Lumpenpack teilen würde. Das war er dem Ruf der Familie Wullenwever schuldig. Außerdem hatte dieser kleine Pfarrer es dringend nötig, dass Ulrich ihm zeigte, wer hier das Sagen hatte. Und auch seine neuen Freunde konnten gut eine kleine Machtdemonstration vertragen. Mehrfacher Gewinn – so liebte es der Kaufmann Ulrich Wullenwever.

«Mein lieber Pater Ansgar», sprach er mit noch immer erhobener Stimme. «Das ist doch gewiss ein Scherz. Was sollen solche Leute in einem ehrbaren Gasthaus wie dem *Krug* von Rungholt?»

Der Alte mit dem roten Bart trat an die Seite des Priesters und verbeugte sich vor Ulrich. Dabei stützte er sich schwer auf seinen Wanderstab.

«Meister Wullenwever, ich bin Aloysius der Rote», sprach er mit dem seltsamen Zungenschlag der Leute, die aus den südlichen Herzogtümern der deutschen Lande stammten. «Der Meister unserer kleinen Schar. Wir kommen aus dem Dänischen, wo wir unsere Künste in Kopenhagen zeigen durften, und wollten eigentlich weiterziehen zu den großen Häfen der Westsee, um dort den Winter zu verbringen. Doch das schaurige Wetter hat unsere Pläne durchkreuzt, und nun werden wir wohl vorerst hier, im schönen Rungholt, bleiben müssen. Der Herr Pater hat uns ein Quartier angeboten, und wir versichern Euch, dass wir wissen, was Gastrecht bedeutet.»

Ulrich betrachtete den Greis mit dem Flammenbart angewidert. «Wenn ihr ein Quartier braucht, sucht euch irgendeinen alten Schafstall», knurrte er. «Hier im *Krug* logieren nur anständige Leute.»

«Aber Herr, bedenkt …», setzte der alte Aloysius an.

Doch Ulrich ließ ihn nicht zu Wort kommen. Mit einem wütenden Fußtritt stieß er den Wanderstab zur Seite, woraufhin der Greis das Gleichgewicht verlor und in sich zusammensackte. «Wage es nicht, deine Stimme gegen mich zu erheben, alter Narr!»

Plötzlich war der Lockenkopf zur Stelle und half Aloysius wieder auf die Beine. Seine braunen Augen funkelten Ulrich zornig an. Dieser erwartete halb, dass ihn nun ein Schwall von Flüchen in irgendeiner unverständlichen Sprache der Maurenlande treffen würde. Doch der Fremde sprach das Platt der Küstenstädte. «So benimmt sich kein würdiger Herr.» Kalte Verachtung lag in seiner Stimme. «Wenn Ihr zu viel Kraft habt, legt Euch mit mir an und nicht mit einem alten Mann.»

Ulrich ballte die Fäuste. Dieses Lumpenpack war kaum drei Herzschläge lang hier und benahm sich schon unverschämt! Er setzte dazu an, Burkhart ein Zeichen zu geben. Doch ehe er die Hand heben konnte, ergriff der zaghafte Pater das Wort.

«Lass gut sein, Cosimo», sagte er mit einer beschwichtigenden Geste in Richtung des Lockenkopfes. Dann räusperte er sich unbehaglich. «Meister Wullenwever, die Leute von Rungholt haben bisher in Frieden gelebt, wie der Herr ihn lehrt. Bitte tragt keinen Streit in diese Stadt. Die Wirtsleute sind so gütig, diesen Reisenden ein Dach über dem Kopf zu bieten, solange die Stürme wüten, und ich komme für ihre Ausgaben auf. Es ist nicht an Euch, zu entscheiden, wer in diesem Haus zu Gast sein darf.»

Seine Stimme überschlug sich aufgeregt beim Sprechen, doch sein Blick war fest auf Ulrich gerichtet. Dieser wollte etwas Scharfes erwidern – und hielt inne. Ihm fiel auf, dass die Wirtin ihn mit gerunzelter Stirn musterte, während Hinnerk, ihr Mann, sich mit verschränkten Armen hinter ihr aufgebaut hatte. Still war es in der Halle geworden. Nicht nur seine Zechkumpane beobachteten Ulrich gespannt, sondern auch alle übrigen Besucher des *Krugs*. Und es lag kein Wohlwollen in ihren Blicken. Die Stimmung war umgeschlagen.

«Pater Ansgar hat recht», sagte nun die Wirtin Swantje. «In Rungholt gilt das Gastrecht der friesischen Uthlande.»

Sie warf den Neuankömmlingen einen verstohlenen Seitenblick zu. Offensichtlich konnte sie nichts so recht mit diesem fremden Volk anfangen. Doch das Silber des Pfäffleins – oder die Bräuche dieser gottverlassenen Gegend? – schienen schwerer zu wiegen.

Ulrich spürte, wie ihm die Kontrolle entglitt. Etwas, das er gar nicht leiden konnte! Es fühlte sich an, als stünde die ehrbare Kaufmannswitwe Apolonia Wullenwever direkt neben ihm und spitzte pikiert die Lippen über die Schwäche ihres Sohnes. Er fuhr herum, um Burkhart einen Befehl zu geben. Der bärtige Hüne erwiderte unbewegt seinen Blick. Und schüttelte leicht, kaum merklich, den Kopf.

Das pflegte Burkhart nur ganz selten zu tun, etwa wenn Ulrich sich in den Schänken von Hamburg mit einer absurden Übermacht angelegt hatte. Und schmerzliche Erfahrung hatte ihn gelehrt, dass er in solchen Fällen besser auf das Urteil seines wortkargen Dieners vertraute.

Ulrich zwang sich zur Ruhe und schluckte seinen aufflammenden Zorn herunter. Das brannte in seinem Bauch, doch er musste sich jetzt zusammenreißen! Nur zu leicht würde man es ihm als Schwäche auslegen, wenn er blind herumwütete.

«Also schön!», sagte er mit vorgetäuschtem Gleichmut und zwang sich sogar zu einem Lächeln. «Ganz wie ihr wollt. Lasst doch jeden zerlumpten Vagabunden hier leben, der an eure Tür klopft. Ich habe euch freundlich gewarnt.»

Er drehte sich beiläufig um, als ginge ihn dies alles nichts an. Dann wandte er sich noch einmal an die Wirtsleute. «Natürlich werde ich unter diesen Umständen nicht mehr lange euer Gast sein. Sobald ich die Tochter des Stallers geehelicht habe, werde ich die Geschäfte des Hauses Wullenwever von seiner Halle aus führen, bis ich mit ihr nach Hamburg zurückkehre.»

Er stolzierte zu seinem Platz zurück.

«Aber Meister Wullenwever», stammelte der Wirt Hinnerk, «für Euer Hochzeitsfest kann es doch nicht schaden, Gaukelvolk zur Hand zu haben ...»

«Lass ihn, Mann», brummte Swantje. «Wenn es ihm hier nicht gut genug ist, gibt es ausreichend Schafställe in der Edomsharde.»

Gelächter brandete ringsum auf. Auch einige von Ulrichs Zechgenossen grinsten. Er spürte, dass er rot wurde. Ein Blick über die Schulter verriet ihm, dass selbst dieser dürre Schilfhalm von einem Pfaffen ein Grinsen unterdrücken musste.

«Mehr Bier!», knurrte Ulrich ungnädig. Und ergänzte dann, um die Peinlichkeit zu überspielen: «Dieser Pöbel ist es nicht wert, dass wir uns mit ihm beschäftigen. Wenn Burkhart seinen Streitkolben auf ihren Knochen tanzen ließe, dann wäre das allenfalls schade um die Abnutzung am guten Metall.»

«Wohl gesprochen, Meister Ulrich!», rief Narben-Jann und prostete ihm zu. Er war leicht zu begeistern und redete Ulrich seit dem ersten Tag nach dem Mund. Die anderen nickten beifällig, doch Ulrich erkannte ein belustigtes Funkeln in einigen Augen. Er wusste, dass dieses Funkeln gefährlich war. Es gab eine gewisse Art von Lachen, die alle Macht und allen Reichtum infrage stellte. Sobald sie erst einmal auf diese Art über ihn lachten, würde er verloren haben, das hatte Mutter ihn gelehrt. Ulrich durfte es nicht so weit kommen lassen.

Finster beobachtete er, wie die zerlumpten Herumtreiber den Platz einnahmen, den die Wirtin ihnen zuwies: ganz hinten in der Ecke der Halle, weit weg von der Wärme des Herdfeuers. Der Pfaffe stand dabei und half sogar der Zwergenfrau, ein Lager für den rotbärtigen Alten zu bereiten. Ulrich atmete tief durch. Wenn er der mächtigste Handelsherr in dieser nach Vieh stinkenden Entschuldigung für eine Stadt werden wollte, musste er sich mehr Respekt verschaffen. Er musste zeigen, wie es jenen erging, die es wagten, sich ihm zu widersetzen. Und mit diesem jämmerlichen Pfäfflein würde er anfangen.

Zwölftes Kapitel

Ingmar Owesen, der Staller der Edomsharde, war auf Reisen, und mit ihm ein großer Teil seines Haushalts. Ingmar selbst ritt aufrecht an der Spitze des Zuges. Er trug eine hohe Pelzkappe und ein Schwert an der Seite. Seinen Gürtel schmückte die breite Schnalle aus Buntmetall, die Griet als kleines Mädchen so gerne bewundert hatte. Sie zeigte Christus auf einem Regenbogen, umgeben von einem Engel, einem Adler, einem Löwen und einem Stier, die Symbole der vier Evangelisten.

Owe, der neben seinem Vater ritt, war ähnlich herausgeputzt. Er hatte sich einen kostbaren blauen Umhang übergeworfen, den Herr Oluf ihm geschenkt hatte. Und selbst das runde Dutzend Knechte und Mägde, die sich hinter ihnen hielten, trug seine beste Kleidung, bis hin zum Fuhrknecht des Ochsenkarrens, der ganz am Ende des Zuges rumpelte.

Griet wusste, dass ihr Vater sogar einige abgelegte Stücke aus seiner eigenen Truhe unter dem Gesinde verteilt hatte, damit alle einen respektablen Eindruck machten. Die Aufmachung der Reisegesellschaft diente nur einem Zweck: Sie sollte vom Wohlstand des Stallers künden und den reichen Fernkaufmann Ulrich Wullenwever beeindrucken; Griets künftigen Gemahl, der am Ende der Reise in Rungholt auf sie wartete. Der Gedanke ließ sie erschaudern.

Sie hielt sich mit ihrem Pferd so weit ab von Vater und Owe, wie es gerade eben noch statthaft war. Nachdem ihr Gespräch kurz nach Weihnachten so bitter verlaufen war, hatte Vater in den nächsten Tagen versucht, Griet aus der Reserve zu locken, indem er sie zu ihrem Brautschmuck oder ihrer baldigen Reise nach Rungholt befragte. Doch Griet hatte stets einsilbig geantwortet und jede Entscheidung ihm überlassen. Und so hielt sie es auch jetzt, als sie in den ersten Tagen des Jahres 1362 auf dem Pferderücken saß und einer Hochzeit entgegenreiste, die sie nicht feiern wollte.

An ihrer Seite ritt Folkert Feddersen, der sich den Reisenden angeschlossen hatte, weil er ebenfalls zurück nach Rungholt musste. Die Leute des Stallers akzeptierten den Bruder des dreisten Unruhestifters Auke nur widerwillig in ihren Reihen, und Folkert war klug genug, sich am Rande zu halten und möglichst wenig Aufmerksamkeit zu erregen. Er gab einen sehr schweigsamen Reisegefährten ab, was Griet nur recht war. So konnte sie ebenfalls die Lippen verbissen geschlossen halten und ihren Blick über die eisverkrustete Moorlandschaft schweifen lassen, deren trocken-bräunliche Schilfhalme der Zug gerade passierte.

Von Auke hatte sie nichts mehr gehört, und auch Folkert hatte ihr nur berichten können, dass sich sein Bruder von der väterlichen Halle fernhielt und rastlos durch die Marschen strich. Griet fühlte sich verraten. Vielleicht sollte sie sich wirklich mit dem Gedanken anfreunden, das Beste aus ihrem künftigen Leben als Kaufmannsfrau zu machen. Doch das war nicht ihre Art, und zu Auke passte es auch nicht. Freiheit war stets das Gut gewesen, das die beiden am stärksten miteinander verbunden hatte.

Resigniert schaute Griet zu, wie sich ein Krähenschwarm

krächzend von einer Krüppelkiefer erhob. In diesem Moment fiel ihr auf, dass Folkert schon seit einiger Zeit nachdenklich zu ihr hinüberschaute, als wollte er sie ansprechen und traute sich nicht so recht. Griet lenkte ihr Pferd etwas näher an ihn heran.

«Dieses Moor sieht trübsinnig aus», sagte sie, um ihm den Einstieg zu erleichtern. Eigentlich hatte sie keine besondere Lust zu reden, aber Folkert hatte so etwas Hilfloses an sich, dass sie immer den Impuls hatte, auf ihn aufzupassen.

«Hm?», erwiderte er überrascht. «Trübsinnig, oh ja, das stimmt wohl.» Er besann sich kurz, ehe er schließlich weiterredete. «Das ist jetzt wahrscheinlich unpassend … Und du hast sicher anderes im Kopf. Aber es ist wichtig. Darum spreche ich es jetzt einfach an.»

Über seine Umständlichkeit musste sie fast lächeln. «Was ist es denn?»

«Ich habe eine wichtige Sache mit dem Staller zu bereden», erklärte Folkert. «Es geht um den Deichbau und die Sicherheit der Uthlande. Ich fürchte aber, dass er auf Aukes Bruder gerade nicht gut zu sprechen ist. Und da dachte ich, vielleicht könntest du ihn dazu bringen, mir zuzuhören …»

Griets Beinahe-Lächeln verblasste. «Mein Verhältnis zu Vater hat sich seit Weihnachten nicht gerade verbessert», erwiderte sie kühl.

Folkert senkte den Kopf. «Weiß ich. Und mir tut sehr leid, was geschehen ist. Es ist wirklich dringlich, sonst würde ich dich damit gewiss nicht belasten.»

Griet seufzte. «Also schön.»

Folkert konnte schließlich nichts dafür. Und wenn der ernste junge Mann sich dazu aufraffte, sie um einen Gefallen zu bitten, musste es ihm wichtig sein. Noch ehe Aukes Bruder etwas Verlegen-Dankbares stottern konnte, trieb sie ihr Pferd an, bis sie auf einer Höhe mit Vater und Owe war. Ihr Bruder schaute sie fragend an, wagte es aber nicht, etwas zu sagen.

Griet wandte sich direkt an den Staller, der mit ausdrucksloser Miene geradeaus schaute, dem steifen Wind entgegen, der über das Land fegte.

«Vater?»

Langsam wandte er sich zu ihr um. Griet wusste, dass Vater trotz seines äußerlichen Gleichmuts alles andere als gelassen war. Er wartete sehnsüchtig darauf, dass sie wieder bereit war, mit ihm zu reden – und dass sie seine Entscheidung endlich akzeptierte. Seine Unsicherheit würde ihn zugänglich für alles machen, was Griet an ihn herantrug. Folkert hatte Glück.

«Vater, da hat jemand etwas mit dir zu besprechen.» Sie hatte keine Lust, lange drum herumzureden. «Folkert Feddersen. Er sagt, es geht um den Schutz der Deiche, und es scheint ihm wichtig zu sein.»

Vaters Blick verfinsterte sich. «Warum kommt Auke Feddersens Bruder nicht direkt zu mir, wenn er etwas will?»

«Weil er Auke Feddersens Bruder ist», entgegnete Griet kurz angebunden. «Ich habe so einen Verdacht, dass du ihm kaum wohlwollend dein Ohr geschenkt hättest.»

«Also schickt er dich vor.»

«Und er tut es ungern. Aber er glaubt, dass sein Anliegen keinen Aufschub duldet. Du kennst ihn doch, seit er mit einem Holzschwert über die Gräben gehüpft ist. Hältst du ihn für einen Dummschwätzer?»

Vater brummte etwas Unverständliches in seinen Bart. Er ließ sich nicht gerne zu etwas überreden. Doch wenn man an seine eigene Urteilskraft appellierte, konnte man ihn sanft in eine bestimmte Richtung schubsen.

Unvermittelt drehte er sich im Sattel um, hob den Arm und winkte Folkert wortlos heran. Dieser beeilte sich, der Aufforderung zu folgen, und trieb unbeholfen sein Pferd an.

«Griet sagt, du willst mich sprechen?», brummte der Staller schließlich, ohne Folkert anzusehen.

«Ja», erwiderte dieser atemlos. «Danke, dass Ihr Euch die Zeit dafür nehmt, Herr.»

«Was soll man auf einem Ritt durchs Moor auch Wichtigeres zu tun haben? Nun sag schon, was du willst.»

Folkert räusperte sich umständlich. «Ihr wisst, dass ich bei Meister Alrich von Rungholt die Kunst des Deichbaus gelernt habe. Und seit der Meister es selbst nicht mehr kann, habe ich ein Auge auf die Deiche des Rungholt-Koogs.»

Die Antwort war ein ungeduldiges Brummen.

«Und dabei ist mir aufgefallen, dass das Land immer flacher wird. Die ganze Edomsharde sackt ab. Zum Teil liegt sie schon tiefer als das Meer. Falls es zu einer Flut kommt, bedeutet das eine immense Gefahr.»

Der Staller schaute Folkert skeptisch an. «Das Land senkt sich?»

«Ja! Ich habe es an verschiedenen Stellen beobachtet, und Pater Ansgar hat es in seinem Kirchenbuch verzeichnet. Das müsst Ihr mir glauben!»

«Hm», machte der Staller. «Mag sein oder auch nicht. Wie gut, dass wir deine festen Deiche haben.»

Aukes Bruder schüttelte unglücklich den Kopf. «Aber Ihr wisst doch, dass unsere Sommerdeiche vor allem das Getreide in der warmen Jahreszeit schützen sollen! Wenn es im Winter so richtig schlimm kommt, halten sie nicht. Bislang haben uns dann die Warften Schutz geboten, wie die innere Wallmauer einer Burg. Doch ich fürchte, mit dem abgesenkten Land reicht auch das nicht mehr aus, wenn die See mit aller Macht anrückt.»

Griet hatte Folkert konzentriert zugehört und dabei beunruhigt auf ihrer Unterlippe herumgekaut. Land, das sich senkte wie eine brechende Meereswelle … Das war eine seltsame Vorstellung und noch dazu unbeholfen vorgetragen. Und doch glaubte sie Folkert. Vater hingegen schnaubte nur unwillig.

«Was soll ich da machen, Folkert Feddersen? Ich bin der Staller der Edomsharde, doch ich kann weder dem Land befehlen, sich zu erheben, noch der See und dem Sturm Einhalt gebieten. Da musst du schon in die Kirche gehen und dich an den Herrgott wenden.»

Folkert zögerte kurz, ehe er weitersprach. «Ich vermute, dass diese Veränderungen einen Grund haben. Dass sich das Land senkt, könnte daran liegen, dass wir dem Boden so viel Salztorf entnehmen …»

«Der Salzhandel begründet den Wohlstand unserer Gegend», unterbrach ihn der Staller schroff.

«Es ist ja auch nur eine Vermutung», lenkte Folkert rasch ein. «Möglicherweise liegt es auch an den Entwässerungsgräben, die …»

«Und ohne Entwässerung kein Getreide», erklärte Vater, als spräche er mit einem kleinen Kind. «Wer landeinwärts, auf der Geest, ein Korn im Boden vergräbt, erntet später drei Körner. Wer dasselbe hier in den Marschen tut, erntet zwanzig. Diesen Handel sind unsere Väter eingegangen, als sie sich hier niederließen: die Fruchtbarkeit des Marschlandes – doch dafür auch die Gefahren der See. Daran kann ich nichts ändern, Folkert Feddersen, und daran kannst du nichts ändern.»

«Aber neue Umstände erfordern neue Maßnahmen. Das mussten unsere Väter damals auch lernen, als sie dieses Land besiedelten und sich an seine Art angepasst haben!» Folkert klang nun verzweifelt und ärgerlich zugleich. Griet war überrascht. Diese Seite kannte sie nicht an ihm. Vater hingegen zog düster die Augenbrauen zusammen. Aufbrausend zu werden, war ihm gegenüber genau das falsche Vorgehen. Vor allem, wenn man Aukes Bruder war …

«Benötigt die Edomsharde also stärkere Deiche?», mischte sie sich rasch in das Gespräch ein, ehe Vater seinen Unmut äußern konnte.

Folkert machte eine vage Handbewegung. «Ja, das gewiss auch. Ich bin mir nur nicht sicher, ob das reichen würde …»

Griet warf Vater einen Blick zu. «Der Deichbau liegt in der Macht des Stallers.»

Vater seufzte. «Ich weiß nicht, was ich von der Geschichte halten soll. Aber damit ihr mir nicht für den Rest der Reise damit in den Ohren liegt, werde ich mich darum kümmern.» Er musterte Folkert streng. «Gerade ist es zu frostig für Erdarbeiten. Aber im Frühjahr werde ich erfahrene Männer meines Vertrauens um mich versammeln, und du tust das Gleiche. Dann führst du uns alle über die Deiche, und wir schauen uns die Sache einmal an. Ich erwarte, dass die nächste Handelssaison uns gutes Silber aus Hamburg ins Land bringen wird. Wenn sich herausstellt, dass es wirklich notwendig ist, wird ein Teil davon in deine Deiche fließen.»

Folkert sah noch immer unglücklich aus. Er öffnete den Mund für einen weiteren Einwand. Sofort schüttelte Griet warnend den Kopf. Sie hatten schon mehr erreicht, als man erwarten durfte, wenn der Staller unwillig war. Weitere Diskussionen würden Vaters Wohlwollen ins Wanken bringen wie einen Haufen Steine, den Kinder zu hoch aufgetürmt hatten.

«Ich danke Euch, Herr», murmelte Folkert matt und ließ

sich im Zug zurückfallen, ehe der Staller seine Entscheidung zurücknehmen konnte. Griet wäre ihm gerne gefolgt. Doch sie hätte es nicht anständig gefunden, sich nun wieder von Vater abzuwenden, nachdem sie ihm eine Gefälligkeit entlockt hatte. Also ritt sie an der Seite von Vater und Owe weiter. Für eine Weile schwiegen alle drei beklommen. Schließlich räusperte sich Owe, während er sich den Mantel enger um die Schultern zog. «Der Wind ist ganz schön biestig heute!»

Da musste Griet ihm recht geben. Immer wieder lösten sich lästige Strähnen von ihrem Zopf, die sie sich aus dem Gesicht streichen musste. Vater hingegen blieb gleichmütig. «Der Wind ist immer biestig im Winter», war alles, was er dazu zu sagen hatte.

Schon bald trugen die Böen vereinzelte Schneeflocken mit sich. Dann waren es viele Flocken und schließlich ein ausgewachsenes Schneegestöber. Wobei «Eisgestöber» vielleicht ein passenderes Wort gewesen wäre. Mit Macht drangen zahllose, winzige Nadeln aus Eis auf Griet ein, die sich unwillig die Kapuze über den Kopf zog. Sofort riss der Sturm – den musste man so nennen! – sie wieder herunter.

«Das meinte ich mit *biestig*!», rief Owe gegen das Heulen der Winde an. Vater erwiderte nichts. Er hielt sich weiter an der Spitze des Zuges und stemmte sich verbissen gegen die Böen, die an seiner Kleidung rissen, während sich der Schnee auf dem schmalen Pfad ansammelte. Griet spürte, wie die Kälte durch alle Ritzen ihrer Kleidung kroch, ihre Haut rötete und die Finger taub machte.

«Das kann noch ewig so weitergehen!», hakte Owe nach. «Wir müssen Schutz suchen, Vater!»

Wieder gab der Staller der Edomsharde keine Antwort. Griet wusste, was in seinem Kopf vor sich ging: Er hatte sich vorgenommen, die Reise schnell hinter sich zu bringen. Und er mochte es gar nicht, wenn etwas seine Pläne zu durchkreuzen drohte, was Griet nur zu gut nachvollziehen konnte. Doch es gab Mächte, denen auch der Sturkopf eines Stallers nicht gewachsen war …

Glücklicherweise war Vater kein Narr. Er kam zu der gleichen Einsicht.

«Hinter dem Moor kommt der Westerhof», knurrte er. «Dort werden wir um Unterkunft für die Nacht bitten.»

Das war leicht dahingesagt. Doch die eisverkrustete Landschaft schien sich ewig dahinzuziehen, als sei Gottes Schöpfung wieder so öd und leer wie am Anfang aller Zeiten, während der Wind beständig neuen Schneeregen herantrug. Griet hatte das Gefühl, immer mehr ein Teil dieser Kälte zu werden, damit zu verschmelzen, wie ein ruheloser Geist der Raunächte …

Unwirklich sah das aus, als schließlich Lichter mitten im Sturm aufflackerten. Griet nahm sie erst gar nicht richtig wahr in ihrem erschöpften Trott. Waren das Irrfackeln, verirrte Seelen, die im Röhricht tanzten? Dann taute ihr Denken ein wenig auf, und ihr wurde klar, dass es die Lichter des Westerhofs waren, die dort vor ihnen leuchteten. Sie versprachen Wärme und den Schutz einer Halle, ein festes Dach und das Prasseln eines Herdfeuers.

Sofort trieb Griet ihr erschöpftes Pferd an, und die anderen taten es ihr gleich. Dennoch zog sich der Weg zur Westerhof-Warft quälend lang dahin. Griet sprach ein stummes Stoßgebet, als sie endlich den freien Platz vor der Halle erreicht hatten und eilig Knechte herbeikamen, um sich um ihre Tiere zu kümmern.

Auch Deik Johannssen, der Bauer vom Westerhof, kam aus

seiner Halle gestapft, in der Hand noch einen Krug mit Bier. Er war ein dicker Mann mit einem runden, freundlichen Gesicht, das Griet an einen polierten Apfel erinnerte.

«Staller Ingmar!», rief er überrascht. «Hat dich der Sturm von Gaikebüll bis hierher geweht?» Er lachte über seinen mäßigen Scherz. Soweit Griet sich erinnerte, lachte Bauer Deik eigentlich immer.

«Wir sind unterwegs nach Rungholt», erklärte Vater. «Doch heute wird daraus wohl nichts mehr …»

«Na, dann mal herein mit euch!», lud Deik energisch ein. «Ein schönes Gedränge wird das werden. Aber dafür umso wärmer. Und wir haben einen Grund, eine Kanne Wein herumgehen zu lassen!»

Wieder lachte Deik. Seine muntere Art zu reden konnte anstrengend sein, gerade wenn man zu müde für Scherze und Geplänkel war. Doch seine Gastfreundschaft kam von Herzen. Schon wenig später saß Griet auf einer Bank in seiner Halle und wärmte sich mit fettiger Fleischbrühe, die die Westerhof-Bäuerin in aller Eile bereitet hatte. Das Vieh, das hinter den seitlichen Trennwänden der Halle untergebracht war, bestaunte mäßig interessiert die Neuankömmlinge. Ringsum unterhielt sich Deiks Gesinde mit Vaters Leuten. Die Gespräche wurden lebhafter, je mehr den Reisenden wieder die Wärme in die Glieder kroch. Zuweilen konnte Griet das Wort «Hochzeit» aus dem Gemurmel heraushören. Sie gab sich Mühe, nicht zu genau hinzuhören.

«Wir freuen uns für dich, Griet!» Deiks Erstgeborener Ditmar setzte sich zu ihr. Er war einige Jahre älter als sie und bereits verheiratet. Seine Frau Fentje, eine kräftige Bauerntochter mit rotblonden Zöpfen, trug ein in Tücher gehülltes Neugeborenes in den Armen. Es schien Bauer Deiks rote Apfelbacken geerbt zu haben und ließ sich vom Lärm in der Halle nicht stören.

«Wir waren überrascht, wie schnell das plötzlich mit dem Heiraten bei dir geht», sagte sie, ohne den Blick von ihrem Kind zu lassen. «Ich hätte erwartet, dass ihr zumindest wartet, bis es im Frühjahr wieder milder wird.»

Griet unterdrückte ein Seufzen. Der Westerhof lag näher an Rungholt als an Gaikebüll, und Bauer Deiks Familie hatte das Weihnachtsfest in der Stadt verbracht und offenbar nicht mitbekommen, zu welchem Eklat es auf dem Hof des Stallers gekommen war.

«Mein Vater hat es sehr eilig», gab Griet vage zurück. Sie hätte erwähnen können, dass er im Frühjahr bereits das Silber zu ernten hoffte, dessen Samen er durch die Verbindung mit dem Kaufmann aussäte. Und dass er Sorge hatte, dass Griet ihren Kopf doch noch irgendwie durchsetzen würde, wenn er die Sache nicht so schnell wie möglich vor Gott besiegeln ließ.

Doch sie hatte keine Lust, weiter darauf herumzureiten, und verzichtete auf bissige Erklärungen.

«Jedenfalls wünschen wir euch alles Gute!», bekräftigte Ditmar seine Glückwünsche. «Die Wullenwevers sind eine angesehene Familie, sagt man in Rungholt.»

«Ich kann mir richtig gut vorstellen, wie du als Kaufmannsfrau in Hamburg lebst, Griet», ergänzte Fentje, während sie ihr unruhig glucksendes Kind wiegte. «Das passt zu dir. Du darfst nur die Uthlande da draußen in der Welt nicht vergessen und musst deinen Mann gelegentlich auf Handelsfahrt begleiten, damit du auch mal wieder nach Hause kommst.»

«Ja, das werde ich tun», erwiderte Griet matt und verzog den Mund zu einem Lächeln, das nur halb gespielt war. Bauer Deik war ein guter Mann, dessen robust-fröhliche Art auf seine Familie und den ganzen Westerhof abzustrahlen schien. Griet hatte Ditmar schon immer gemocht, und auch Fentje schien gut hierher zu passen und würde Deik gewiss noch viele Enkel schenken.

Plötzlich spürte Griet einen Anflug von Neid. Zu gerne hätte sie mit Auke ähnlich unkompliziert zusammengelebt. Ein heimatlicher Hof, eine wohlwollende Familie, eine Schar Kinder … Aber natürlich war das nur eine Träumerei. Selbst wenn Vater das zugelassen hätte – mit Auke war es niemals unkompliziert, und genau so mochte sie es.

Griet verbrachte den Rest des Abends in unverbindlichen Gesprächen mit Fentje und Ditmar und bewunderte ausgiebig die grauen Augen des kleinen Deiks, sobald er in Fentjes Armen aufgewacht war. Doch schließlich kehrte Ruhe in die Halle ein, und alle breiteten sich auf den Bänken und auf den Binsen des Bodens zum Schlafen aus. Bauer Deik bettete sich mit seiner Familie am Herd, denn er hatte dem Staller seine Kammer für die Nacht überlassen. Dort hätte auch Griet nächtigen sollen, doch sie zog es vor, beim Rest der Reisegesellschaft in der Halle zu bleiben. Vater ließ es kopfschüttelnd zu.

Bevor Griet sich schlafen legte, musste sie noch einmal raus zum Abort. Auf dem Weg zurück zur Halle bemerkte sie plötzlich einen Schatten, der sich neben der Tür regte. Bevor sie etwas sagen konnte, trat der Schatten auf sie zu. Es war eine junge Frau mit einem großen Muttermal auf der Wange. Eine von Deiks Mägden, wenn sie sich recht erinnerte.

«Da drüben», zischte die Magd ihr zu und zeigte auf eines der Nebengebäude. «Im Stall.»

Irritiert blieb Griet stehen. «Was soll da sein?»

Die Magd schaute sie mitleidig an, als sei sie zu dumm für diese Welt. «Na, da wartet er auf dich», sagte sie. «Der stattliche Mann mit dem Schwert, der sich auf den Hof geschlichen hat. Du sollst zu ihm kommen, in deiner Reisekleidung. Keine Sorge, ich verrate euch nicht. Großzügig ist er, dein Liebster.»

Griets Herz setzte für einen Schlag aus. Auke! Er war ihnen gefolgt, war nun hier, auf dem Westerhof. Und er war gekommen, um sie mitzunehmen – in die Freiheit, von der sie so oft gemeinsam geträumt hatten.

Dreizehntes Kapitel

Auke wartete. Darin hatte er inzwischen Übung. Lange Monate hatte er gewartet, während Griet an einem Hof im fernen Seeland feines Benehmen gelernt hatte, auf das er keinen Wert legte. Nach ihrer Rückkehr hatte er dann noch länger gewartet, bis er es endlich hatte wagen können, mit ihr in Kontakt zu treten. Hatte gewartet, bis der Weihnachtsabend herangekommen war, an dem er dem Staller seine Bitte vortragen konnte. Und hatte schließlich voller Bitterkeit gewartet, während das Gefolge des Stallers die Reise zu einer Hochzeit vorbereitet hatte, die niemals stattfinden durfte.

Nun wartete er eben hier, im Pferdestall des Westerhofs. Er hatte die Reisegesellschaft mit einigem Abstand bis an diesen Ort verfolgt und dabei immer auf die Gelegenheit gelauert, die sich jetzt endlich ergeben hatte. Und obgleich schon so viele Monate des Wartens hinter ihm lagen, war er dennoch aufgeregt. Ihm erschien jeder Herzschlag unerträglich lang. Er würde Griet wiedersehen! Und diesmal würde es keine weitere Trennung geben …

Ein Pferd schnaubte unruhig. Vielleicht spürte es die Gegenwart des unbekannten Mannes, des Eindringlings. Vielleicht lag es aber auch an den fremden Tieren vom Zug des Stallers, die man dazugestellt hatte. Auke konnte es dem Pferd jedenfalls nicht verübeln. Er war selbst nervös genug.

Immer wieder wanderte seine Hand zum Griff des Malchus an seiner Seite. Das vertraute Gewicht der Waffe verlieh ihm sonst ein Gefühl von Sicherheit, doch heute vermochte die Klinge ihn nicht zu beruhigen.

Um sich abzulenken, prüfte er noch einmal das Bündel zu seinen Füßen. Es enthielt warmes Wollzeug, falls Griet es nicht schaffte, ihre komplette Reisekleidung aus der Halle zu schmuggeln, und außerdem Brot und Pökelfleisch als Proviant, eine Laterne mit Hornscheiben und weitere Ausrüstung für die Reise. Sie könnten sofort aufbrechen und würden schon viel Land zwischen sich und den Staller gebracht haben, bevor er auch nur zur Verfolgung ansetzte. Der Sturm draußen hatte inzwischen etwas nachgelassen, das war ihre Chance …

Ein scharrendes Geräusch ließ Auke zusammenfahren. Griet! Sein Blick huschte zur Tür.

Doch niemand kam herein. Und war das Geräusch nicht auch aus der anderen Richtung gekommen? Von dort drüben, wo in der hintersten Ecke das Stroh lagerte?

Nun glaubte Auke zu hören, wie jemand irgendetwas flüsterte. Die Haare an seinem Nacken stellten sich auf. Spukte es etwa in diesem Stall? Hatte der Westerhof einen Puk, einen Hausgeist, der den Eindringling vertreiben wollte?

Grimmig schüttelte Auke den Kopf über seine Schreckhaftigkeit. Ob Mensch oder Puk – er brauchte niemanden zu fürchten. Entschlossen umfasste er den Griff seines Malchus und näherte sich langsam der Ecke, aus der er das Geräusch gehört hatte.

Er hatte sie noch nicht ganz erreicht, als hinter ihm die Tür klappte, laut und vernehmlich. Auke fuhr herum. Griet war gekommen! Gehüllt in ihren festen Reisemantel stand sie vor ihm, an diesem banalen, unwahrscheinlichen Ort. Ein alter

Stall irgendwo in den Uthlanden sollte also ihr Wiedersehen bezeugen. Das war nicht gerade der Stoff für fahrende Sänger und Geschichtenerzähler. Auke war das gleich. Er wollte Griet, und er hätte sie jeder ausgedachten Edeldame aus irgendeiner Ritterdichtung vorgezogen.

Er merkte, dass sich ein breites, freudiges Grinsen auf sein Gesicht geschlichen hatte. Sein Herz klopfte, doch das nicht nur vor Freude. Sie hatten seit jenem Vorfall nicht mehr miteinander gesprochen. Und Auke hatte gemerkt, dass Griet sich über ihn geärgert hatte, als er mit ihrem Bruder aneinandergeraten war. Ob sie ihm immer noch böse war?

Sie trat einen Schritt auf ihn zu, streckte zögerlich den Arm in seine Richtung aus, ohne etwas zu sagen. Auch Auke machte einen Schritt. Und noch einen. Und noch einen weiteren!

Plötzlich lagen sie sich in den Armen, als hätte eine geheimnisvolle Kraft sie zusammengefügt. Auke hielt Griet fest umklammert, und er würde sie nicht mehr loslassen. Griet umschlang ihn mit ebensolcher Kraft. Wortlos standen sie so zusammen, spürten den Herzschlag und Atem des anderen, nahmen die Wärme seines Gesichts wahr, den Geruch seiner Haare.

Endlich wagten sie es, sich zu lösen und einander anzublicken. Griet war es, die als Erste ihre Sprache wiederfand.

«Ich bin gekommen.»

Drei leise Worte, die doch alles aussagten.

«Und ich habe auf dich gewartet», erwiderte Auke. «Danke, dass es nicht vergeblich war.»

Griet lächelte ihn an. Und wurde gleich wieder ernst.

«Auke ... Was sollen wir tun?»

«Das, was wir uns schon so lange vorgenommen haben!»,

erwiderte Auke bestimmt. «Wir gehen fort von hier. Fort von Rungholt, fort aus der Edomsharde und aus den Uthlanden. Noch zu dieser Stunde, wenn du mit mir kommen willst.»

Griet nickte, so als hätte sie mit dieser Antwort gerechnet. Doch sie sah dabei nicht sehr überzeugt aus.

«Natürlich will ich bei dir sein, Auke. Mit dir zusammen frei sein, wie in unseren Träumen von früher. Aber wo sollen wir hin?»

«Landeinwärts, nach Schleswig», erklärte Auke. «In der Stadt des Herzogs kann der Staller nicht ohne Weiteres auf uns zugreifen. Und von dort aus gehen wir dann nach Süden, wo es freie Reichsstädte gibt.»

«Und wo wir niemanden kennen», ergänzte Griet nachdenklich.

Auke schnaubte ungeduldig. Wann war seine wilde Griet so verzagt und grüblerisch geworden?

«Wir sind beide tüchtig und können arbeiten», sagte er. «Und fürs Erste habe ich auch einiges Silber dabei. Irgendwo wird man uns als Bürger aufnehmen, da bin ich mir sicher.»

«Was wird aus eurem Hof?»

«Den darf gerne Folkert übernehmen. Dann denkt er vielleicht endlich mal an etwas anderes als an seine Deiche. Und dein Vater wird ohne fetten Pfeffersack als Schwiegersohn auskommen müssen. Was kümmert uns das alles, wenn wir erst einmal frei sind?»

Griet seufzte. «Es sind unsere Familien, von denen du da sprichst, Auke.»

«Was soll das?» Langsam wurde er ungeduldig. «Suchst du nach Gründen, um doch diesen Kerl aus Hamburg zu heiraten? Willst du mich nicht mehr?»

«Red keinen Unfug», erwiderte Griet empört. «Natürlich

will ich dich. Und zwar mit Vaters Segen und dem deiner Familie. Und wenn das nicht geht, dann eben auch ohne. Aber …»

«Aber?»

«Werden wir wirklich frei sein, wenn wir davonlaufen? Was soll das für ein Leben werden, Auke? Ich habe Angst, dass wir eine große Dummheit begehen.»

«Ich weiß nicht, ob es dumm wäre, von hier zu fliehen», entgegnete Auke ehrlich. «Aber ich weiß, dass ich es machen werde, wenn du an meiner Seite bist. Und dass jedes Leben ein wunderbares Leben sein wird, wenn ich es mit dir teilen darf. Was wir daraus machen, liegt an uns, und …»

Weiter kam Auke nicht. Griet zog ihn zu sich heran, und alle weiteren Worte wurden in einem langen Kuss ertränkt.

«Also?», fragte er, als er wieder atmen konnte, mit einem schwindeligen Glücksgefühl im Kopf.

«Lass uns gehen», erwiderte Griet.

Auke packte das Reisebündel. In diesem Moment klopfte es an die Stalltür.

«Griet? Bist du da drin?»

Eine feste, besorgte Stimme. Das war Owe Ingmarsen!

Griet wurde blass. «Mein Bruder … Er muss gemerkt haben, dass ich nicht mehr in der Halle bin.»

Gehetzt schaute Auke sich um. Der Stall hatte keine weiteren Ausgänge. Wenn Owe gleich hereinkam, konnte er ihm nicht ausweichen. Und selbst wenn es ihm gelingen sollte, sich irgendwie im Schatten zu verstecken – was sollte Griet ihm sagen, warum sie nachts im Stall herumgeisterte?

Owe war kein Narr und misstrauisch, wenn es um seine Schwester ging. Und er würde es Auke nicht noch einmal durchgehen lassen, dass er sich ihr genähert hatte. Grimmig griff Auke nach seinem Malchus. Diesen Kampf konnte er nicht vermeiden.

Jemand packte ihn von hinten am Oberarm. Auke fuhr herum – und schaute auf eine Frau, die er noch nie zuvor gesehen hatte. Sie war mehr als einen Kopf kleiner als er, hatte rostrote Haare und ein Gesicht voller Sommersprossen. Stroh klebte überall an ihrer zerlumpten Kleidung. Halb hinter ihr versteckt stand ein kleines Mädchen mit ebenso roten Haaren, das mit großen Augen zu ihm hochschaute.

«Wer …?», zischte Auke. Doch die Fremde ließ ihn nicht ausreden.

«Schnell!», flüsterte sie. «Da rein, ins Stroh. Wundern kannst du dich später noch in Ruhe. Und nimm das mit!» Sie stupste sein Bündel mit dem Fuß an. Auke brauchte einen Moment, um sich zu sortieren. Dann hatte er eben also doch eine fremde Stimme gehört!

Die Frau packte ihn resolut an der Schulter und schob ihn in die dunkle Nische. Perplex ließ Auke es mit sich geschehen.

«So», sagte die Fremde nun zu Griet, «du hast mich gerade entdeckt. Darum bist du hier, im Stall.»

Die Tür flog auf, und schwere Schritte polterten herein. Vorsichtig lugte Auke um die Ecke. Owe stand in der Tür, das blanke Schwert in der Hand. Misstrauisch schaute er sich um. «Griet, was tust du hier? Ich habe Stimmen gehört. Und wer ist das?»

«Ich … ähm …», stotterte Griet.

Die fremde Frau verneigte sich vor Owe. «Bitte verzeiht, Herr. Ich bin eine einfache Reisende und habe mit meiner Tochter Schutz vor dem Sturm gesucht. Wir wollten den Hofleuten nicht zur Last fallen und sind rasch in den Stall geschlüpft.»

«Und ich habe Lärm im Stall gehört», ergänzte Griet rasch. «Als ich gerade vom Abort kam. Da habe ich nachgeschaut und die beiden hier entdeckt.»

«Aha.» Owe schaute forschend zwischen Griet und der fremden Frau hin und her. Langsam ließ er sein Schwert sinken. Auke atmete auf.

«Warum habt ihr nicht einfach an der Haustür geklopft?», fragte Owe die Fremde mit gerunzelter Stirn. «Ich dachte schon, meine Schwester wäre unter die Räuber geraten.»

Auke knirschte mit den Zähnen. Er war sich ziemlich sicher, dass Owes Verdacht sich insbesondere auf ihn bezog.

Die Fremde senkte den Kopf. «Ich hatte Angst, dass man uns davonjagt. Meine Tochter hat schon blaue Zehen und kann nicht mehr durch die Kälte laufen. Ihr schickt uns doch nicht fort?»

Owe steckte sein Schwert weg. «Natürlich nicht. Bauer Deik ist ein großzügiger Mann, ihr hättet ihn auch einfach fragen können. Am besten kommt ihr gleich mit uns rüber zur Halle.»

Die Fremde nickte, wirkte aber nicht besonders glücklich. Vorsichtig beäugte sie Owe, ließ den Blick über seine kräftigen Hände und die Klinge an seiner Seite wandern.

«Wie heißt du?», fragte Griet die Fremde in freundlichem Tonfall.

«Mein Name ist Janne», murmelte diese. «Und das hier ist meine Tochter Lentje. Wir sind unterwegs nach Rungholt, auf der Suche nach Arbeit.»

«Da habt ihr euch eine böse Zeit zum Reisen ausgesucht», kommentierte Owe.

Janne öffnete in einer hilflosen Geste die Hände. «Manchmal ist ein schlechter Zeitpunkt alles, was man hat, wenn einen der Hunger forttreibt … oder andere Not.»

Griet lächelte sie an. «Ich bin sicher, dass die Westerhof-Bäuerin Brot und Fleischbrühe für euch hat. Und vielleicht könnt ihr ja morgen mit uns zusammen weiterreisen, dann seid ihr nicht länger ohne Schutz. Wir wollen ebenfalls nach Rungholt.»

Fragend schaute Janne zu Owe, der mit den Schultern zuckte.

«Danke», murmelte die junge Frau leise und verbeugte sich erneut tief. Griet und Owe wandten sich zum Gehen, doch Janne zögerte, sich ihnen anzuschließen. Irgendwie kam sie Auke wie ein scheues Tier vor, das mit überwachen Augen seine ganze Umgebung auf einmal im Blick zu haben versuchte. Mit einigen Herzschlägen Verzögerung schloss sie sich Griet an. Das kleine Mädchen klammerte sich Schutz suchend an ihre Hand. Gemeinsam folgten sie Owe aus dem Stall, und die Tür fiel hinter ihnen zu. Auke blieb allein zurück.

Erst jetzt realisierte er, was geschehen war. Owe hätte sie beinahe entdeckt! Sein Plan hatte kurz davorgestanden, in einer Katastrophe zu enden. Und eine vollkommen Fremde hatte ihnen aus irgendeinem Grund geholfen. Griet und Auke waren nicht aufgeflogen.

Aber sie waren auch nicht zusammen auf der Flucht, wie Auke es geplant hatte. Stattdessen hockte er nun hier in einem stinkenden Stall, während Griet drüben in der Halle inmitten von Leuten saß. Er wusste, dass sie es in dieser Nacht nicht noch einmal wagen durfte, sich hinauszuschleichen. Sie hätte genauso gut schon in Hamburg sein können oder in England oder in den fernen Ländern der Mauren.

Frustriert trat Auke gegen einen Balken. Sein Plan war missglückt. Aber er würde nicht aufgeben! Noch in dieser Nacht würde er nach Rungholt aufbrechen. Bis zu der Hochzeit, die nicht stattfinden durfte, waren gewiss noch einige Tage Zeit. Genug Gelegenheit, um es noch einmal zu versuchen. Auke und Griet waren füreinander bestimmt, und sie würden zusammen sein!

«Und wenn die See alles Land verschlingt …», wiederholte Auke leise seinen Schwur.

Vierzehntes Kapitel

Guck mal! Das da drüben ist der große Kirchturm von St. Salvator. Nun ist es nicht mehr weit nach Rungholt.»

Janne zeigte auf den backsteinroten Strich in der Ferne, der sich jenseits des grauen Watts auf der Halbinsel der Pellwormharde erhob. Lentje schaute mit großen Augen hinüber. Für sie, deren Welt bislang auf Bauer Abbos Hof beschränkt gewesen war, musste der wuchtige Turm ähnlich unwirklich wie ein Zauberschloss des Meervolks wirken.

Selbst Janne konnte sich diesem Eindruck nicht ganz entziehen. Sie hatte Rungholt zwar schon einmal besucht – doch das war an Vaters Seite gewesen, in einem anderen Leben. Bevor sie Jean getroffen und das wunderbarste Wesen der Schöpfung als Tochter bekommen hatte. Bevor sie Magd auf einem Hof ohne Freude geworden war. Und eine Mörderin, die quer durch die Uthlande davonlief. Unwillig schüttelte sie den Gedanken ab. Was half es, darauf herumzureiten?

Sie drückte Lentje fester an sich. Die beiden hockten auf dem Ochsenkarren, der ganz hinten im Zug des Stallers vor sich hinrumpelte, zusammengequetscht zwischen Kisten, Säcken und Fässern, die Kostbarkeiten für das anstehende Hochzeitsfest enthielten. Es machte Janne nichts aus, dass sie wie Waren transportiert wurden. Sie war schon unbequemer gereist. Und Handelswaren waren an der Küste mehr wert als

Leute wie sie, die mit durchgescheuertem Schuhwerk durch die Kälte liefen.

Thies, der stämmige Fuhrknecht, hatte die zusätzliche Fracht brummend zur Kenntnis genommen, die die Tochter des Stallers ihm auferlegt hatte, und auf der ganzen Fahrt kein Wort zu Janne und Lentje gesprochen. Hin und wieder hatte er sich umgedreht und seinen Blick unangenehm lange auf Janne ruhen lassen. Sie fand es beunruhigend, so taxiert zu werden. Doch sie war hier in Sicherheit, stand unter dem Schutz der Tochter des Stallers.

Der Staller selbst hatte die beiden neuen Mitreisenden nur knapp begutachtet und dann schulterzuckend in seine Reisegesellschaft aufgenommen, natürlich nur seiner Tochter zuliebe. Janne glaubte nicht, dass er überhaupt bemerkt hatte, wie sie aussahen, und ihm war es auch gleich gewesen, woher sie kamen.

Dennoch war er der Staller, der Hüter der Ordnung in dieser Harde. Und er war Janne nichts schuldig, im Gegenteil. Wenn jemand aus Abbos Sippe an ihn herantrat, der nach der Mörderin des Bauern suchte, würde er Lentje und sie ohne Zögern ausliefern. Das war ein Risiko, das Janne Bauchschmerzen bereitete. Sie musste einfach darauf hoffen, dass sie im Gefolge des Stallers nicht weiter auffielen. Jedenfalls war es weitaus sicherer, unter seinem Schutz nach Rungholt zu reisen, als weiter allein im Eisregen herumzuirren und schließlich unter irgendeiner Hecke zu erfrieren.

Lentje zupfte an Jannes Arm. «Mama, da kommt Griet!» Obwohl sie die Tochter des Stallers erst seit gestern kannte, sprach sie von ihr schon wie von einer alten Freundin.

Janne schaute auf. Griet hatte ihr Pferd im Zug zurückfallen lassen, sodass sie nun mit dem Ochsenkarren auf einer

Höhe ritt. So hoch aufgerichtet im Sattel sah sie aus wie eine leibhaftige Edeldame und nicht wie die verunsicherte junge Frau, die Janne im Stall kennengelernt hatte. Es erschien ihr gänzlich unwirklich, dass eine solche Person von hohem Stand überhaupt mit ihr sprechen wollte. Doch Griet lächelte sie an, als würden sie sich ungezwungen beim Arbeiten auf dem Hof unterhalten.

Lentje hustete unterdrückt. Bei der Flucht durch die winterlichen Marschen musste sie sich eine Erkältung eingefangen haben.

«Ist deiner Tochter warm genug auf dem Wagen?», fragte Griet besorgt. «Ich kann sonst schauen, ob ich noch eine Decke auftreibe.»

«Uns geht es gut, danke», erwiderte Janne rasch. «Wir zuckeln ja nur mit den Ochsen nach Rungholt und rauschen nicht mit der Wilden Jagd auf dem Nordwind nach Bergen.»

Griet musste kichern. Dann schaute sie Janne prüfend an. «Magst du ein wenig Musik machen?»

Sie zeigte auf die Okarina, die an einem Lederband um Jannes Hals hing. Ihr war gar nicht aufgefallen, dass sie das kleine Instrument so offen trug. Lentje musste es herausgezogen haben, als sie sich an sie geschmiegt und an ihr herumgezuppelt hatte.

«Wenn du magst, kann ich etwas spielen», erwiderte Janne verhalten. Sie musste daran denken, wie oft sie Bauer Abbo bei Tisch hatte unterhalten müssen, damit er sich wie ein vornehmer Herr fühlen konnte. Doch das war vorbei. Griet hatte nichts gefordert, sondern sie gebeten.

«Ich bin aber nicht gerade ein königlicher Hofmusiker», ergänzte sie warnend. «Und mitten auf der Straße kannst du ja nicht vor mir weglaufen … Also sag nicht, ich hätte dich nicht gewarnt.»

Griet lachte, und Janne begann zu spielen: eine kleine, freche Schiffer-Melodie, die Vater ihr einst beigebracht hatte. Bei Bauer Abbo war ihr das nie passend vorgekommen. Doch hier, unter einem weiten, freien Himmel, war das Lied genau das richtige. Janne fühlte sich seltsam leicht und frei, während ihre Finger wie von selbst die Töne griffen und Lentje leise dazu summte. Thies warf einen Blick über die Schulter, ehe er wieder auf die Straße starrte.

Jannes Melodie trug die Reisenden rasch voran. Schon waren die Rauchfahnen über den Häusern von Rungholt zu sehen, dann lagen die Warften der Stadt vor ihnen wie eine Herde riesiger, plumper Tiere, die sich an der Bucht zum Schlafen ausgestreckt hatten. Manche der Hügel trugen den Hof einer wohlhabenden Familie auf dem Buckel, auf anderen drängten sich die Häuser der weniger Begüterten aneinander. Mittendrin erhob sich die weiß getünchte Laurentius-Kirche wie ein Hirte, der über seine Herde wacht. Die Bleiziegel des Daches glänzten in der Sonne, und die Fenster waren höher als die Tür jeder Halle, die Janne kannte.

«Wohnt da der König?», fragte Lentje, die das Gebäude mit großen Augen bestaunte.

«Der König der ganzen Welt», beantwortete Griet ihre Frage. «Es ist das Gotteshaus von Rungholt, die größte Kirche in der Edomsharde.»

Lentje wusste nicht viel vom Herrgott, denn Janne hatte mit ihr nur wenig darüber gesprochen. Sie hatte das Gefühl, kein Recht dazu zu haben, da sie doch Gottes Gebote alles andere als vorbildlich befolgt hatte. Und nun war noch eine der schwersten Sünden dazugekommen …

«Janne?» Griets Stimme riss sie aus ihren Gedanken.

«Ja?»

«Wenn wir gleich in Rungholt sind ... Was werdet ihr dann tun, Lentje und du?»

Janne zuckte mit den Schultern. «Ich werde mir eine Arbeit suchen. Vielleicht auf irgendeinem Hof ...» Sie hatte nur wenig Hoffnung, dass jemand mitten im Winter zwei weitere hungrige Mäuler bei sich aufnehmen wollte. Aber was sollte sie anderes tun?

«Du hast schon als Magd gearbeitet?», bohrte Griet nach.

«Ja», erwiderte Janne einsilbig. Ihr war bewusst, dass es höflich gewesen wäre, etwas mehr zu erzählen. Aber sie musste aufpassen, dass niemand sie mit Bauer Abbos Hof in der Beltringharde in Verbindung brachte. Vielleicht gab es schon Gerüchte über den erschlagenen Bauern ...

«Warum arbeitest du nicht für mich?», fragte Griet so beiläufig, als wäre das keine große Sache. «Eine tüchtige Dienstmagd könnte ich gebrauchen, und du scheinst mir findig und zupackend zu sein.»

Janne brauchte einige Herzschläge, um zu begreifen, was Griet da gesagt hatte. Die Tochter des Stallers bot ihr eine Stellung an!

«Oh ja, Mama!», quietschte Lentje und musste wieder husten. «Du arbeitest jetzt für Griet! Und dann gibt es nie mehr Schläge ...»

Janne hätte ihr von Herzen gerne zugestimmt. Aber sie musste vorsichtig bleiben! Schließlich kannten sie sich erst seit gestern.

«Warum?», fragte sie, ohne Griet direkt anzuschauen.

Griet runzelte die Stirn. «Warum was?»

«Warum bietest du mir das an? Wir sind uns doch gerade erst begegnet.»

«Du machst einen tüchtigen Eindruck auf mich, das habe

ich doch schon gesagt.» Griet warf einen raschen Blick zu Thies, der gleichmütig geradeaus schaute. Dann beugte sie sich zu Janne herunter. «Und weil ich dir Dank schulde. Du weißt, wofür.» Sie setzte sich wieder aufrecht in den Sattel. «Außerdem bist du nett. Und ich fürchte, ich werde in nächster Zeit nette Leute um mich herum brauchen.»

Janne nickte ernst. Sie hatte genug mitbekommen, um zu verstehen, dass Griet sich nicht auf ihre bevorstehende Hochzeit mit einem Unbekannten freute.

«Aber … willst du gar nichts über uns wissen?», hakte sie nach. «Nach allem, was du nicht weißt, könnten wir auch irgendwelche ruhelosen Seelen sein, die sich in euren Zug geschlichen haben.»

Lentje kicherte über die Vorstellung. Janne unterdrückte ein Seufzen. Natürlich war es nicht klug, so etwas zu sagen. Sie hätte dankbar sein sollen, dass Griet keine unbequemen Fragen stellte. Aber sie hatte ein schlechtes Gewissen. Die Tochter des Stallers wusste nicht, was für eine Person sie so großzügig bei sich aufnahm. Was Janne getan hatte. Sie hatte das Gefühl, das alles nicht zu verdienen.

«Wir werden noch viel Gelegenheit haben, uns kennenzulernen», sagte Griet. «Schließlich wisst ihr beiden auch noch nicht viel von mir oder meiner Familie. Fürs Erste genügt mir, was ich gestern gesehen habe.» Sie zögerte kurz. «Eine Frage habe ich doch. Die gleiche wie du: Warum?»

Janne zog die Nase kraus. Sie konnte sich denken, was Griet meinte: Warum hast du im Stall getan, was du getan hast? Janne hatte selbst keine überzeugende Antwort parat. Eine klügere Frau wäre einfach mit Lentje unentdeckt in der dunklen Ecke geblieben, bis die Herrschaften alles unter sich ausgemacht hatten.

«Ich … hatte Sorge, dass etwas passiert», sagte sie so leise, dass der Fuhrknecht es hoffentlich nicht mitbekam. «Ich habe das Schwert gesehen … und seine Fäuste … Manchmal geschehen schlimme Dinge, wenn man nicht eingreift.»

Sie musste an Bauer Abbos schwielige Pranken denken und erschauderte.

«Ich verstehe», erwiderte Griet mit unbewegtem Gesicht. «Aber mach dir keine Sorgen. Der, den du gesehen hast, ist nicht so, wie du denkst. Es wäre schon nichts passiert …»

Natürlich, sie verteidigte ihren Bruder. Und diesen Auke, ihren heimlichen Liebsten. Dem vertraute Griet vermutlich so, wie Janne einst Jean vertraut hatte.

Sie wusste inzwischen, wie gefährlich das sein konnte. Was Männer anrichten konnten, wenn sie etwas haben wollten und glaubten, ein Recht darauf zu haben. Die Tochter des Stallers schien das nicht zu wissen, war behütet aufgewachsen unter lauter Menschen, die sich um sie kümmerten. Doch mit einer Sache hatte sie recht: Sie würde tatsächlich Verbündete brauchen, auf die sie sich verlassen konnte.

«Dann ist ja gut», entgegnete Janne skeptisch. Und lächelte. «Ich nehme dein Angebot an, Griet. Danke, dass ich für dich arbeiten darf!» Es tat gut, sich das zu erlauben, was sie wirklich wollte.

Mit einem begeisterten Quietschen drückte Lentje sich an sie.

«Das heißt, wenn es deinem Vater recht ist …», fügte Janne hinzu, der jetzt erst eingefallen war, dass natürlich der Staller das letzte Wort in dieser Sache haben würde. Doch Griet schüttelte nur den Kopf.

«Mein Vater wird mir diese Bitte gewähren, da mach dir mal keine Sorgen. Ich freue mich, dass ihr bei mir bleibt.»

«Und ich hoffe, dass ich dir diese Freundlichkeit einmal vergelten kann», erwiderte Janne ehrlich.

«Da bin ich mir sicher», sagte Griet. «Ich werde gleich mit meinem Vater sprechen, ehe in der Stadt keine Zeit mehr dafür ist.»

Und sie trieb ihr Pferd an, um an die Spitze des Zuges zu kommen.

Janne fragte sich, ob sie einen Fehler gemacht hatte. Doch sie hatte nicht mehr viel Gelegenheit, irgendwelchen Sorgen nachzuhängen. Schon kurze Zeit später traf der Zug des Stallers in Rungholt ein, und das eintönige Geruckel des Ochsenkarrens wich rastloser Geschäftigkeit. Plötzlich waren überall Menschen, die Anweisungen riefen, Tiere versorgten und Dinge vom Wagen luden. Andere waren einfach nur gekommen, um die hochgestellten Reisenden zu bestaunen, die mitten im Winter in der Stadt eingetroffen waren. Männer, Frauen und Kinder hatten sich vor dem Gasthof versammelt und tuschelten halblaut über die Neuankömmlinge.

Instinktiv legte Janne ihren Arm fester um Lentje. Wenn die anderen Kinder erst herausgefunden hatten, dass sie die vaterlose Tochter einer Sünderin war, würden die üblichen Hänseleien losgehen. Das hatte Lentje daheim in der Beltringharde leider schon früh erfahren müssen.

Doch nein! Hier in Rungholt kannte sie niemand. Und niemand wusste, was mit Lentjes Vater war. Janne und Lentje gehörten jetzt zum Gefolge des Stallers Ingmar, eines höchst respektablen Mannes. Ein Funke seines Ansehens fiel auf jeden seiner Dienstleute zurück, bis hin zur niedersten Gänsehirtin. Wenn sie es geschickt anstellten und sich nicht verrieten, könnten sie sich in Rungholt unter dem Stadtvolk als Seinesgleichen bewegen, ohne dass sie jemand bespuckte oder auch nur schief anschaute. Jetzt nur keinen Fehler gemacht!

Janne sorgte dafür, dass Lentje nicht zu sehr im Weg herumstand, und machte sich daran, beim Entladen des Ochsenkarrens zu helfen. Je kräftiger sie zupackte, umso besser war der Eindruck, den sie hinterlassen würde. Sie schleppte Säcke und Kisten in das Vorratshaus des Gasthofs, wo sie bis zur Feier gelagert werden sollten, und lief dann verbissen wieder zum Wagen zurück, um sich gleich die nächste Last auf den Rücken zu laden. Zwischendurch warf sie besorgte Blicke zur Halle des Gasthauses, wo Griet vermutlich gerade ihren künftigen Gemahl kennenlernte. Sie hätte nur zu gerne gewusst, wie es ihr jetzt erging. Doch natürlich stand es ihr als einfache Dienstmagd nicht zu, sich den Herrschaften im Gastraum anzuschließen. Sie würde nachher nach Griet schauen.

Einmal mehr setzte sie einen Sack auf dem Boden des Vorratshauses ab. Dann trat sie wieder nach draußen – und erstarrte. In den Reihen der Neugierigen hatte sie einen kräftigen Mann mit einem langen Vollbart entdeckt. Das war Okke, der Bruder von Bauer Abbo! Was machte der hier, so weit entfernt von Gotmersboll in der Beltringharde?

Kalte Angst klumpte sich in Jannes Bauch zusammen. Für eine solche Reise in dieser Jahreszeit konnte es eigentlich nur einen Grund geben: Er suchte nach Janne!

Womöglich hatten sie die Leiche von Abbo inzwischen entdeckt, und angesichts Jannes Flucht hatte Okke wohl seine Schlüsse gezogen. Als nächster Verwandter Abbos oblag es ihm, Rache für seinen Tod zu nehmen. Und wenn er Abbos Hof für eines seiner Kinder wollte, musste er es tun, sonst stünde die Legitimität des Erbes auf tönernen Füßen.

Doch wie hatte er Janne gefunden? Sie zwang sich, ruhig zu

bleiben. Okke war gewiss mit dem Pferd unterwegs und hätte sie schon in der Beltringharde eingeholt, wenn er ihrer Spur gefolgt wäre. Das konnte es nicht sein. Vermutlich suchte er auf gut Glück in Rungholt, einfach weil es der nächste logische Ort für jemanden war, der sich in den Uthlanden unter Menschen verstecken musste. Janne verfluchte tonlos sich selbst. Andere waren auch nicht dumm, das hätte sie wissen müssen. Vielleicht wäre es doch klüger gewesen, sich nach Norden Richtung Dänemark durchzuschlagen. Aber dann hätte sie Griet nicht getroffen und wäre jetzt keine Magd im Haushalt des Stallers.

Doch damit war es nun wohl auch vorbei. Es wäre einfach zu schön gewesen …

«He, willst du hier Wurzeln schlagen?» Thies drängte sich dicht an ihr vorbei. Erst jetzt realisierte Janne, dass sie in der Tür stehen geblieben war und den Weg versperrte. Sie musste endlich etwas tun!

Janne trat einen Schritt beiseite und ließ verstohlen ihren Blick über die Umstehenden schweifen. Okke sprach gerade mit zwei jungen Männern, die sie schon einmal irgendwo gesehen hatte – bestimmt Leute von seinem Hof. Nun bemerkte Janne, dass er nicht nur den Dolch eines freien Mannes am Gürtel trug. Er hatte sich ein Schwert umgegürtet. Er suchte tatsächlich nach Abbos Mörderin, zusammen mit einer kleinen Mannschaft!

Ohne ihn aus den Augen zu lassen, schob sich Janne rüber zu Lentje, die am Gasthaus gerade mit einem Mädchen aus der Stadt sprach.

«Komm, Schatz», murmelte sie halblaut. «Wir müssen hier weg.»

Überrascht schaute ihre Tochter zu ihr auf, sagte aber

nichts. Sie hatte inzwischen gelernt, sich zu fügen, wenn Janne in einem bestimmten, dringlichen Tonfall sprach.

Okke stand mit seinen Leuten auf dem freien Platz vor dem Gasthaus. Der Weg hinunter von der Warft war dadurch versperrt. Und sie konnten schlecht über den freien Hang hinablaufen, das wäre ebenso auffällig wie verdächtig. Aber vielleicht gab es eine andere Möglichkeit, hintenrum zu verschwinden …

Janne zog Lentje in die schmale Gasse zwischen dem Gasthaus und dem Vorratsspeicher. Hier waren sie schon mal nicht mehr in Okkes Gesichtsfeld. Wenn hinten … Sie hielt frustriert inne – ein Zaun aus Weidengeflecht verschloss das andere Ende der Gasse. Offenbar wurde im Sommer hinter dem Haus Kleinvieh gehalten. Auch dieser Fluchtweg war versperrt.

«Habt ihr euch verlaufen?»

Janne fuhr herum. Sie hatte nicht bemerkt, dass ein Mann an der Hausecke lehnte. Anscheinend ein weiterer Schaulustiger, der es vorzog, das Geschehen aus dem Schutz der Gasse heraus zu beobachten. Als er einen Schritt auf Janne zukam, fuhr diese zurück und legte schützend den Arm um Lentje. Der Fremde hatte dunkle Haut und schwarze Locken wie ein Maure! Zudem trug er das bunte Flickengewand eines Fahrenden. Über Jannes erschrockene Reaktion lächelte er nur ironisch und ein wenig resigniert. Offenbar war er das gewohnt.

«Wir … äh … suchen nur den Abort», antwortete Janne perplex. Der Fremde legte fragend den Kopf schief, als würde er ihr kein Wort glauben. Das war kein Kunststück, sie hätte ihr Gestammel ja selbst nicht geglaubt.

«Dann müsst ihr dort entlang», sagte der Fremde und zeigte in die Richtung, wo die Menge sich vor dem Gasthaus versammelt hatte. Als Janne sich nicht in Bewegung setzte, wurde sein Lächeln ein wenig breiter. «Natürlich nur, wenn ihr wirklich den Abort sucht …»

Janne seufzte. Es hatte wohl keinen Sinn, weiter auf dieser Geschichte zu beharren.

«Da drüben ist jemand, dem wir nicht begegnen wollen», verbesserte sie sich, wobei sie auf einen freundlichen Tonfall achtete. Die abweisende Reaktion tat ihr inzwischen leid. Der Fremde hatte warme, dunkle Augen, und sein ironisches Lächeln war durchaus freundlich. Janne sollte es besser wissen und nicht über ihn urteilen, nur weil er ein Fahrender war und kein alteingesessener Bauer.

«Verstehe.» Der Fremde nickte, als wäre es eine Alltäglichkeit, sich in irgendwelchen Gassen zu verstecken. «Wenn du willst, führe ich euch durchs Gasthaus zu einer Hinterpforte. Ich schlafe dort mit meinen Leuten, das fällt gar nicht weiter auf.»

«Das wäre sehr nett», sagte Janne, die sich einen Anflug von Erleichterung erlaubte. Vielleicht kamen sie doch noch hier weg …

«Man nennt mich übrigens Cosimo. Nein, keine Sorge, ihr müsst euch jetzt nicht vorstellen. Eine Frage habe ich allerdings.»

«Ja?» Janne schaute ihn misstrauisch an.

«Wohin wollt ihr, wenn ich euch hinausgeführt habe?»

«Wie meinst du das?»

Cosimo schnaubte belustigt. «Ich glaube kaum, dass du dich mit deinem Kind hinter dem Haus versteckst, um einer schwatzhaften Nachbarin auszuweichen. Ihr seid mit den Leuten des Stallers gekommen. Und dann bist du plötzlich in Furcht geraten. Jemand verfolgt euch, nicht wahr?»

Janne schwieg erschrocken. War sie so leicht zu durchschauen?

Abwehrend hob Cosimo die Hände. «Du musst dich nicht erklären. Es geht mich nichts an, was dahintersteckt. Aber habt ihr einen Ort, wohin ihr gehen könnt?»

Erschaudernd dachte Janne an das weite, ungeschützte Land jenseits von Rungholt, wo Moore unter der Schneekruste lauerten und die Stürme ungehindert über die Weiden peitschten.

«Nein.» Sie schüttelte den Kopf.

«Dann solltet ihr vielleicht lieber hierbleiben, im Schutz der Stadt, und anderweitig dafür sorgen, dass ihr nicht gesehen werdet.»

Janne runzelte die Stirn. «Sprichst du eigentlich absichtlich in Rätseln und Andeutungen, Cosimo? Oder ist das eine seltene Krankheit der Zunge?»

Er lachte herzlich. «Ich meine, dass manchmal am besten verborgen ist, was direkt unter aller Augen liegt. In Rungholt lebt viel Volk, und auch einige Fremde von außerhalb überwintern hier. Wenn du magst, helfe ich euch ein wenig dabei, ungesehen zu bleiben.»

Janne dachte angestrengt nach. Sie konnte es Lentje nicht zumuten, noch einmal über Land zu fliehen. Seit gestern hustete sie stärker, da brauchte sie ein warmes Feuer und nicht noch mehr Wind. Und es wäre einfach nur dumm, die gute Stellung im Haushalt des Stallers wegzuwerfen!

Bauer Okke kannte Janne nur flüchtig vom Sehen, und sie war eine einfache Magd, mit der er sich nie näher befasst hatte. Seine Leute kannten sie sogar noch weniger. Wenn sie ihnen nicht gerade direkt vor der Nase herumlief, würde sie hier in der Stadt vermutlich gar nicht weiter auffallen.

Gewiss würde Okke sich auch nach ihnen erkundigen. Aber er würde nach einer zerrupften Herumtreiberin mit ihrem Kind suchen. Für die Leute von Rungholt waren Janne und Lentje jedoch zwei Gesichter aus dem Haushalt des Stallers. Mit etwas Glück sah da niemand einen Zusammenhang …

«Hm. Kann sein, dass du recht hast, Cosimo …» Vielleicht war es wirklich das Beste, es auf die Art dieses Gauklers zu versuchen.

«Da.» Cosimo streckte ihr ein graues Tuch entgegen, das er um die Hüften getragen hatte.

«Was soll ich damit?»

«Das Auffälligste an dir sind deine roten Haare, wenn ich das so sagen darf. Sie sind wie ein Leuchtfeuer an der Küste. Wenn du sie unter ein Tuch stopfst, hast du schon viel gewonnen. Unsere kleine Truppe wird übrigens gleich vor dem Gasthaus ein paar Kunststücke darbieten, zu Ehren der Ankunft des Stallers. Das lenkt ab, und ihr könnt euch solange hier einrichten. Alles Weitere findet sich dann.»

«Danke.» Verdattert nahm Janne das Tuch entgegen und folgte Cosimos Rat.

«Gern geschehen. Rat kostet ja nichts. Und wer auf Cosimo hört, handelt weise.»

Jetzt war es an Janne, schief zu lächeln. «Warum habe ich das Gefühl, dass ich es bereuen werde, mich mit dir einzulassen, Cosimo?»

«Wahrscheinlich, weil du ein ziemlich gutes Gefühl hast. Aber immerhin wird es mit mir selten langweilig. So viel kann ich versprechen.»

«Janne.»

«Hm?»

«Ich heiße Janne.»

«Und ich bin Lentje!», krähte Lentje selbstbewusst dazwischen.

Cosimo verbeugte sich. «Janne, Lentje: Es ist mir eine Ehre.»

Er warf einen raschen Blick um die Ecke. «Und jetzt geht zu euren Leuten, ehe ihr vermisst werdet. Ich nehme an, ihr bleibt in der Nähe vom *Krug*, wenn ihr zum Staller gehört? Dann sehen wir uns ja noch.»

Und er verschwand, ehe Janne noch ein Wort sagen konnte.

«Der war seltsam», kommentierte Lentje. «Aber nett.»

«Ja», murmelte Janne. «Da hast du zweimal recht.»

Gemeinsam verließen Mutter und Tochter die Gasse und gingen zurück zum Vorplatz des *Kruges*. Vorsichtig schaute Janne sich nach den Verfolgern um. Als sie Okke schließlich entdeckte, krampfte sich alles in ihr zusammen. Der Bauer sprach gerade mit Thies, dem Fuhrknecht! Natürlich, es war naheliegend, dass er Reisende danach befragte, ob sie vielleicht eine rothaarige Frau mit ihrer Tochter gesehen hatten …

Janne war viel zu unvorsichtig gewesen. Das Kopftuch würde ihr rein gar nichts nutzen! Gewiss würde Thies sich denken können, wen Okke da suchte.

In diesem Moment schüttelte der Fuhrmann nachdrücklich den Kopf. Okke wirkte enttäuscht. Er sagte noch etwas und ging dann weiter, verschwand schließlich in der Menge.

Irritiert runzelte Janne die Stirn. Hatte der Fuhrknecht Okke etwa weggeschickt?

Thies drehte sich um und schaute in ihre Richtung. Ein Grinsen erschien auf seinem wettergegerbten Gesicht, und es sah nicht gerade freundlich aus.

Janne verstand. Ja, der Fuhrknecht hatte sie gedeckt. Doch seine Verschwiegenheit würde einen Preis haben.

Fünfzehntes Kapitel

Folkert!» Ansgar schaute überrascht von dem Schriftstück auf, das vor ihm auf dem Tisch ausgebreitet lag. Seine Finger waren wie üblich blaufleckig von der Tinte, und er war gerade dabei, einen Gänsekiel mit dem Messer neu anzuspitzen.

Folkert grinste. Er hatte den Anblick vermisst.

«Ja, ich bin wieder in Rungholt», erklärte er. Als wenn Ansgar das nicht selbst sehen würde …

Dieser hatte inzwischen seinen Schemel zurückgeschoben, um Folkert einige Schritte entgegenzugehen. Nun standen die beiden sich etwas unbeholfen in der guten Kammer des Langhauses gegenüber, das Rungholt als Pfarrhaus diente. Jemand räusperte sich unwillig. Die alte Haushälterin Eske war mit gerunzelter Stirn in der Kammertür erschienen. Sie hatte Folkert hereingelassen und betrachtete es nun offenbar als ihre Aufgabe, seinen weiteren Besuch bei dem Herrn Pater zu überwachen.

«Eske», sagte Ansgar beiläufig. «Lauf doch mal rüber zu Meister Hauke und frag an, ob er einen Krug von seinem guten Bier entbehren kann. Ich meine, sie hätten dort kürzlich gebraut …»

Die Haushälterin entfernte sich wortlos nach einem letzten Blick auf Folkert. Er blieb allein mit Ansgar zurück.

«Störe ich bei etwas Wichtigem?», fragte er mit einem Blick auf das Schriftstück.

Ansgar schüttelte den Kopf. «Nein, ich mache nur die Liste mit dem Kirchenzehnten für Schleswig fertig. Außerdem störst du nie. Komm, setz dich zu mir.»

Er bot ihm den Schemel an, auf dem Folkert schon öfter gesessen hatte, wenn sie sich mit den wenigen, kostbaren Büchern der Kirche beschäftigt hatten. Folkert nahm neben seinem Freund Platz und fühlte sich fast wie daheim. Tatsächlich war er noch gar nicht bei Deichbaumeister Alrich gewesen, zu dessen Haushalt er hier in Rungholt eigentlich gehörte. Sein erster Weg hatte ihn direkt ins Pfarrhaus geführt.

«Wie war eure Weihnacht in Gaikebüll?», fragte Ansgar, während er zwei Tonkrüge bereitstellte.

Folkert verzog das Gesicht. «Wenn ich *niederschmetternd* sage, wäre das untertrieben. Der Staller hat meinem Bruder seine Tochter verwehrt. Und sein Sohn, Owe, hat Auke auch noch der Räuberei bezichtigt. Die beiden wären fast aufeinander losgegangen. Ich musste vierfach auf alle Reliquien schwören, um seinen Ruf zu verteidigen und die Situation zu entschärfen. Aber viel besser wurde es dadurch auch nicht.»

Ansgar runzelte die Stirn. «Das tut mir leid.» Er war der einzige Mensch, den Folkert kannte, bei dem sich das tatsächlich von Herzen ehrlich anhörte.

«Es kommt noch schlimmer. Staller Ingmar will Griet mit einem reichen Kaufmann aus Hamburg verheiraten, der sich gerade in Rungholt aufhält. Darum ist er mit seinem Gefolge in die Stadt gekommen. Die Eheschließung soll so schnell wie möglich besiegelt werden. Wahrscheinlich wird er dich deswegen bald ansprechen. Griet ist todunglücklich. Und Auke …»

Folkert breitete hilflos die Arme aus. «Bei ihm weiß man nie, was er tun wird.»

«Dieser Kaufmann», hakte Ansgar besorgt nach, «ist das Ulrich Wullenwever? Der, der damals der Magd Stine nachgestellt hat?»

«Ja, ich fürchte schon. Hast du ihn inzwischen kennengelernt?»

Ansgar seufzte. «Wir sind uns begegnet. Er hat noch immer sein Quartier im *Krug*. Ein Wüstling, wenn du mich fragst.»

Darauf wusste Folkert keine Antwort. Es kam nicht oft vor, dass der sanftmütige Ansgar sich zu so einem deutlichen Urteil über jemanden hinreißen ließ.

«Arme Griet», murmelte Folkert. «Ich wünschte, ich könnte ihr das Ganze irgendwie ersparen.»

Ansgar nickte mitfühlend. «Und ich werde diese Verbindung auch noch segnen müssen … Was ist eigentlich mit der Familie von Wullenwever? Warum richtet der Staller die Hochzeit nicht im Frühjahr aus, wenn die Schiffe wieder fahren und seine Angehörigen hierher nach Rungholt kommen können?»

«Ich glaube, der Kaufmann und er sind begierig darauf, ihren Handel so schnell wie möglich abzuschließen», erwiderte Folkert nachdenklich. «Und der Staller befürchtet wohl auch, dass Griet oder Auke doch noch etwas Unüberlegtes tun. Meinem Bruder wäre das zuzutrauen … Vermutlich wird Wullenwever mit den Seinen feiern, wenn er Griet im Frühjahr nach Hamburg mitnimmt.»

Für einen Moment schwiegen die beiden Männer nachdenklich.

«Und hast du hinsichtlich deiner Beobachtungen etwas beim Staller erreicht?», fragte Ansgar schließlich vorsichtig.

«Wie man's nimmt», brummte Folkert. «Dass er mir überhaupt zugehört hat, habe ich nur Griet zu verdanken. Er glaubt nicht so recht an das Absinken des Landes und meint, dass uns die Deiche schon schützen werden. Aber er hat sich bereit erklärt, sich im Frühjahr alles anzusehen. Ich fürchte nur, dass diese Bereitschaft nicht lange vorhalten wird, sobald die Sache echtes Silber kostet. Da ist der Staller nicht anders als die übrigen Ratsleute.»

Für einen Moment schwiegen sie beklommen.

«Und wie sieht es bei dir aus?», bohrte Folkert schließlich nach.

«Inzwischen habe ich zumindest einen Brief ans Domkapitel aufgesetzt. Auch wenn ich noch immer bezweifle, dass sie sich zuständig fühlen werden.»

Folkert nickte. «Danke. Hoffentlich bringt es etwas. Es kann schließlich nicht jeder so stur sein wie unser Staller.»

Er versuchte, zuversichtlich zu klingen, fühlte sich aber mutlos. Es war nicht leicht, die Leute von einer Gefahr zu überzeugen, die nicht unmittelbar vor ihnen stand wie ein feindliches Heer mit Schwertern und Fackeln.

Ansgar hingegen musste grinsen. «Seit ich bei euch in den Uthlanden lebe, kann mich in Sachen Sturheit nichts mehr überraschen. Und damit meine ich nicht nur den Staller.»

Entwaffnet hob Folkert die Hände. «Da mag ich dir nicht widersprechen.» Die Leichtigkeit dieser Gespräche hatte er vermisst, während er sich über Weihnachten auf dem Hof seiner Familie aufgehalten hatte. Er wurde wieder ernst. «Liest du mir den Brief einmal vor?»

Ansgar nickte und zog ein Stück Pergament aus seinen Aufzeichnungen. Die Buchstaben, die es bedeckten, waren sorgfältig gemalt, jeder ein kleines Kunstwerk für sich. Nicht zum ersten Mal fragte Folkert sich, wie einfache Tintenstriche die Wörter und Gedanken enthalten konnten, die Ansgar aus ihnen herauslas. Sie folgten Gesetzen, die ihm fremd waren, fast wie eine Art von Zauberei …

«Alles in Ordnung?» Ansgar musterte ihn von der Seite. Erst jetzt wurde Folkert bewusst, dass er das Pergament verträumt angestarrt haben musste.

«Ja, gewiss. Ich habe nur über deine Buchstaben nachgedacht. Was dir diese seltsamen Muster verraten, geht über meinen Verstand.»

«Ich habe das Schreiben gelernt, das ist alles.»

«Wenn du meinst …» Folkert war nicht überzeugt.

Nachdenklich betrachtete Ansgar den Freund. «Weißt du was? Ich bringe dir ein paar Buchstaben bei. Gleich jetzt, in diesem Brief. Ich meine, warum solltest du eigentlich kein Litteratus sein? Als Deichbauer bist du immerhin ein wichtiger Mann in Rungholt.»

«Litteratus?»

«Litterae sind die Buchstaben auf Latein. Ein Litteratus ist jemand, der sie lesen kann. Na komm, ich zeige es dir. Du wirst sehen, den nächsten Brief an das Kapitel schreiben wir schon gemeinsam. Und so Gott will, werden sie unser Anliegen hoffentlich ernst nehmen. Schau her …»

Die beiden beugten sich über das Pergament. Folkerts Herz klopfte bang. Die Vorstellung, dass er jemand sein könnte, der Buchstaben verstand, war so verlockend wie unwirklich. Außerdem fühlte es sich einfach nur gut an, Ansgar auf diese neue Art und Weise nahe sein zu können. Während Ansgars Finger die Zeilen entlangfuhr, berührte Folkert ihn versehentlich mit seiner Hand. Ansgar zog den Arm nicht weg.

Als Eske ihnen schließlich mit einem lauten Räuspern eine Tonkanne voll Bier brachte, waren die beiden so vertieft, dass sie es kaum bemerkten.

Sechzehntes Kapitel

Der Fernkaufmann Ulrich Wullenwever aus Hamburg war ein stattlicher junger Mann. Sein dunkler Vollbart war wohl gestutzt, und seine hellgrauen Augen bildeten hierzu einen interessanten Kontrast. Er trug Kleidung aus blau gefärbtem Leinenstoff und dazu eine Brokatweste, die der Welt unmissverständlich seinen Reichtum verriet. Seine aufrechte Haltung kündete von Selbstbewusstsein, und die Adern auf seinen Handrücken zeugten von Kraft.

Er war ohne jeden Zweifel ein Mann von Welt. Und ebenso zweifellos war er betrunken.

Griet erkannte beides zugleich. Sie hatte gerade erst den Schankraum des *Kruges* von Rungholt betreten und war noch dabei, sich an das dämmerige Licht und die Wärme des Herdfeuers zu gewöhnen. Ihr Vater hielt sich an ihrer Seite. Owe beaufsichtigte unterdessen draußen das Abladen des Wagens und die Unterbringung des Gefolges. Während Vater sich noch umguckte, hatte Griets banger Blick sofort den Mann gefunden, der ihr Gemahl werden sollte.

Auch der Kaufmann schien sie inzwischen entdeckt zu haben. Er löste sich von dem Tisch, an dem er mit einer Horde Männer beim Bier gesessen hatte, und trat einige Schritte auf sie zu. Sein Gang war fest, aber er bewegte sich mit einem leichten seitlichen Schlingern, wie Griet es gelegentlich bei

Seeleuten beobachtet hatte. Offenbar hatte er Erfahrung darin, sich aufrecht zu halten, obwohl zu viel Bier in seinem Wanst blubberte.

«Staller Ingmar, nehme ich an.» Der Kaufmann verbeugte sich. «Ich habe Eure Nachricht erhalten und freue mich, dass Ihr unser Bündnis so rasch wie möglich besiegeln wollt.»

Griet verzog das Gesicht. Das klang ja so, als wollte er *Vater* heiraten!

«Allerdings hätte ich nicht damit gerechnet, dass Ihr es im Winter so bald nach Rungholt schafft …»

Griet fragte sich, ob Wullenwevers rote Wangen bedeuteten, dass es ihm peinlich war, von seinem künftigen Schwiegervater beim Zechen am hellen Tage erwischt zu werden, oder ob es einfach am Bier lag.

«Meister Wullenwever», sprach Vater nun ernst und mit der winzigen Andeutung einer Verbeugung. «Der Winter mag noch kräftige Stürme mit sich bringen, und wenn wir zu lange gewartet hätten, wären die Straßen womöglich schon überschwemmt gewesen. Also haben wir uns sogleich auf den Weg gemacht. Sobald unser Bündnis besiegelt ist, werde ich bei der nächsten Versammlung der Ratsleute dafür sorgen, dass Ihr entsprechende Geleitbriefe für die Edomsharde erhaltet.»

Unwillig runzelte Griet die Stirn. Ihr Vater schien es ja wirklich eilig zu haben, an das Silber dieses Hamburgers zu kommen …

«Das freut mich», sagte Wullenwever unterdessen. «Kommt, setzt Euch doch zu uns, damit wir das Weitere in Ruhe besprechen können.»

«Das werde ich gerne tun, sobald alles für unseren Aufenthalt eingerichtet ist», erwiderte Vater ein wenig konsterniert.

«Aber gewiss sehnt Ihr Euch doch danach, zunächst einmal Eure Braut kennenzulernen?»

Er trat einen Schritt zur Seite, sodass Griet nun im Mittelpunkt stand. «Dies ist meine Tochter Margrethe, genannt Griet. Sie stammt von Mutterseite wie Vaterseite her aus bedeutenden Sippen der Uthlande. Und sie hat eine höfische Erziehung auf der Burg des edlen Herrn Oluf von Dyre in Seeland genossen. Vor allem aber ist sie meine einzige Tochter und der Schatz meiner Halle. Niemals würde ich sie einem unwürdigen Manne zur Frau geben.»

Griet spürte, dass nun auch sie rot wurde. Sie wusste, dass Vater ehrlich meinte, was er da sagte, und tatsächlich der Ansicht war, dass er ihr mit dieser Verbindung etwas Gutes tat. Und zugleich kümmerte er sich nicht darum, was sie eigentlich wollte …

Wullenwever wandte sich nun ihr zu und verbeugte sich erneut. «Margrethe. Es ist mir eine Ehre, Euch kennenzulernen. Ein großes Haus nahe der Neuen Brücke wartet in Hamburg darauf, Euch als neue Herrin zu empfangen.»

Der Meister Wullenwever verstand sich offenbar darauf, schöne Worte zu machen. Doch zugleich brachte er es fertig, gleich im ersten Satz, den er zu seiner künftigen Gemahlin sprach, vor allem seinen Reichtum zu loben.

«Ich danke Euch», erwiderte Griet steif.

Auf der Reise hierher hatte sie viel darüber nachgedacht, wie sich dieser Augenblick wohl anfühlen würde. Was sie sagen würde. Sie hatte sich ausgemalt, einfach trotzig zu sein und zu schweigen oder einsilbige Antworten zu geben. Aber was hätte sie damit schon erreicht? Also war sie stattdessen zu dem Entschluss gekommen, ihre Würde zu bewahren und Wullenwever mit ausgesuchter Höflichkeit, aber ohne eine

Spur von Wärme oder sonstiger Emotion zu begegnen. Doch jetzt, da der gefürchtete Moment real geworden war, fühlte Griet sich einfach nur elend und wusste nicht, was sie sagen sollte.

Der Kaufmann hingegen lächelte sie an. Es war ein stolzes, triumphierendes Lächeln. «Ich freue mich darauf, Euch im Frühjahr heimzuführen, Margrethe. Die Berichte über Euch waren nicht übertrieben. Ihr werdet mein kostbarster Besitz unter den vielen Kleinodien meines Hauses sein.»

Dabei glitt sein Blick abschätzend über sie. Griet erinnerte dieses Taxieren an die Art, wie die Bauern auf den Märkten Kühe untersuchten, die sie zu kaufen gedachten. Und bei jedem zweiten Wort schielte er zu seinen Zechgenossen hinüber, als würde er gar nicht wirklich mit Griet sprechen, sondern für sie ein Gaukelspiel darüber aufführen, wie galant und weltmännisch er sein konnte.

Griet spürte, wie das Wangenrot ihrer Unsicherheit sich übergangslos zu Zornesröte wandelte.

«Meister Wullenwever», sagte sie spitz, «bitte verzeiht, aber Ihr scheint da etwas falsch verstanden zu haben. Ich bin eine freie Tochter der friesischen Uthlande und keineswegs Euer geschätzter Besitz. Ihr habt bei meinem Vater um meine Hand angehalten. Das bedeutet nicht, dass Ihr mich erworben habt und einfach so mit nach Hause nehmen könnt wie ein schönes Stück gebleichtes Tuch. Mein Vater hat erklärt, dass er mich keinem unwürdigen Manne überlassen wird, und mich habt Ihr jedenfalls noch nicht überzeugt, was das Wörtchen *würdig* betrifft. Denkt einmal darüber nach – am besten, wenn nicht gerade ein Krug Bier vor Euch steht.»

Und sie wandte sich von ihm ab, ehe er etwas erwidern konnte. Wieherndes Gelächter hallte durch den Raum. Wullenwevers Kumpane schienen den Auftritt auf ihre Art zu genießen. Griet setzte dazu an, aus der Halle zu rauschen.

Sie kam keine drei Schritte weit. Plötzlich stand eine lebendige Mauer vor ihr, so unverrückbar wie der Kirchturm der Pellwormharde. Es war ein breitschultriger Mann mit Vollbart und Augenklappe, der einen wuchtigen Streitkolben an der Seite trug. Er versperrte ihr den Weg, ohne dabei die Miene zu verziehen, als sei er einfach so vor ihr aus dem Boden gewachsen.

«Werte Margrethe», sprach Wullenwever, und seine Stimme hatte nun einen gefährlich ruhigen Klang. «Dies ist Burkhart, ein geschätzter und treuer Diener meiner Familie. Er sorgt für meine Sicherheit und wird auch für die Eure sorgen, wenn Ihr erst einmal als Gemahlin an meiner Seite steht. Gewiss werdet Ihr Euch bald aneinander gewöhnt haben.»

Unwillkürlich musste Griet in Wullenwevers Richtung schauen. Er musterte sie finster, mit kaum verhohlenem Zorn im Blick. Offenbar hatte er es nicht gut vertragen, wie sie ihn vor seinen Freunden bloßgestellt hatte. Ein flauer Angstklumpen bildete sich in ihrem Bauch. Ihr künftiger Gemahl war nicht einfach nur ein Angeber. Er war ein unsicherer Kerl, der zu viel von sich hielt und in Wut geriet, wenn er nicht weiterwusste. Eine gefährliche Mischung … Und er hatte einen Diener, der aussah, als ob er einem Zugochsen einhändig das Genick brechen konnte. Griet erschauderte bei dem Gedanken, dass dieser Hüne vor ihrer Tür wachen würde, wenn sie erst im Wullenwever'schen Hause eingesperrt war. Das durfte alles nicht sein!

«Meister Wullenwever», presste Griet hervor, «ich …»

«Ich denke, das ist erst einmal genug», unterbrach Vater sie mit jener ruhigen und festen Stimme, die ihm stets zu eigen war, wenn er als Staller sprach. «Griet, du bist gewiss müde von der Reise. Meister Wullenwever, wir werden bald über alles Weitere sprechen. Ich gehe davon aus, dass ein Herr wie Ihr meiner Tochter einen angemessenen Empfang in seiner Familie zu bereiten versteht. Und dass Ihr selbstverständlich ein Auge darauf habt, wie sich Eure Diener ihr gegenüber benehmen.»

Er warf dem Muskelberg, der noch immer vor Griet aufragte, einen missbilligenden Blick zu.

«Selbstverständlich», knurrte der Kaufmann und wandte sich von Griet ab, ohne sie eines weiteren Blickes zu würdigen.

Sie schaute ihm teilnahmslos hinterher, bemerkte kaum, dass auch dieser Burkhart sich mit gleichgültigem Gesichtsausdruck zurückzog. Tränen traten ganz von selbst in ihre Augen, und sie spürte, dass sie zitterte.

«Griet.» Plötzlich stand Owe neben ihr. Sie hatte gar nicht bemerkt, dass er hereingekommen war ... Sanft berührte er ihren Arm. «Komm mit. Du solltest dich ein wenig ausruhen.»

Griet verspannte sich. Sie mochte es gar nicht, wenn Owe sie behandelte, als sei sie ein zerbrechlicher Malaqa-Krug. Doch dann ging sie trotzdem mit. Gerade war sie einfach nur dankbar, dass ihr Bruder da war.

Es ging in den hinteren Teil des Langhauses, wo Zwischenwände für mehrere Gästekammern eingezogen waren. Natürlich hatte Vater dafür gesorgt, dass Griet eine davon bekam. Angenehme Ruhe kehrte ein, als Owe die Tür hinter ihnen schloss. Das Stimmengemurmel aus der großen Halle drang nur noch gedämpft zu ihnen vor.

Erschöpft ließ Griet sich auf eine Pritsche fallen. Ein Gedanke schob sich groß und alles verschlingend in den Vordergrund: Der Kaufmann Ulrich Wullenwever, ihr künftiger Ehemann, war ein aufgeblasener Tyrann. Sie ballte die Hände zu zornigen Fäusten. Warum hatte ihre Flucht mit Auke vom Westerhof nicht einfach gelingen können? Dann wären sie jetzt schon weit weg von alledem, auf dem Weg landeinwärts nach Schleswig …

Die Pritsche knarrte, als Owe sich neben sie setzte. Griet musste sich zusammennehmen, um nicht von ihm wegzurutschen. Sie war plötzlich auf unvernünftige Weise wütend auf ihn. Immerhin hatte er verhindert, dass Griet mit Auke davonreiten konnte. Aber er wusste ja noch nicht einmal davon …

«Griet.» Owe sprach ihren Namen auf eine ruhige, aber nachdrückliche Art aus, die an ihre Vernunft appellierte. Früher hätte sie das mehr genervt als beruhigt. Doch sie spürte, dass Owe sich ernstlich um sie sorgte. Sie schaute auf und wischte sich die Tränen fort, um ihren Bruder anzublicken.

«Es tut mir leid, dass die Begegnung mit deinem Gemahl so unglücklich gelaufen ist», erklärte Owe ein wenig hilflos. «Vermutlich sind alle gerade ein wenig überfordert. Lass dir – und deinem zukünftigen Mann – einfach ein bisschen Zeit. Dann findet sich schon alles …»

Griet schnaubte empört. «Hast du nicht gehört, wie dieser Ulrich mit mir geredet hat? Er scheint mich für ein nettes Andenken zu halten, das er sich in den Uthlanden gekauft hat.»

«Vielleicht hat da einfach das Bier aus ihm gesprochen.»

Griets Verzweiflung verdichtete sich immer mehr zu Wut. «Ach ja? Und das wäre dann in Ordnung, wenn ein Mann das Bier für sich sprechen lässt?»

Owe öffnete den Mund für eine Erwiderung. Und schloss ihn wieder, ohne etwas zu sagen. Griet wusste, dass sie ihn erwischt hatte. Er hatte schon oft die Knechte gescholten, wenn sie auf der Kirchweih dem Bier zu sehr zugesprochen hatten. Gerade weil er selbst nicht frei von Jähzorn war, konnte er es nicht gut verzeihen, wenn jemand im Rausch die Kontrolle verlor. Und er war zu ehrlich, um einfach so über diesen Punkt hinwegzusehen.

«Für Wullenwever bin ich doch nur ein Schlüssel zum Salz und Getreide der Uthlande», setzte Griet nach, während Owe noch betreten schaute. «Und für Vater ein Schlüssel zum Hamburger Silber. Ob ich diesen Kerl überhaupt heiraten will, interessiert niemanden.»

Owe seufzte tief. «Kennst du noch Imke, die Älteste von Staller Niklaas von der Pellwormharde?»

«Ist das nicht die, die ständig am Reden ist und an keinem ein gutes Haar lassen kann?»

«Ja, allerdings. Und tanzen will sie auch bei jeder Gelegenheit. Vater hat im letzten Jahr auf der Thing-Versammlung des Öfteren mit ihrem Vater gesprochen. Beide sind einem engeren Bündnis unserer Sippen nicht abgeneigt. Gut möglich, dass Imke meine Braut wird. Und du weißt ja, wie gerne ich rede und tanze.»

«Owe … Das wusste ich nicht.» Trotzig schüttelte Griet den Kopf. «Das ist einfach alles nicht recht.»

Owe straffte sich. «Aber es ist nun einmal unsere Aufgabe, Griet. Man heiratet, um die Sippe zu stärken und sicher in die nächste Generation zu führen. Und als Kinder des Stallers tragen wir eine besondere Verantwortung. Nicht nur für den Hof, sondern für die gesamte Edomsharde. Ich werde die Pellwormharde an uns binden, und du wirst weiteren Handel mit Hamburg ermöglichen. So hat der Herrgott die Welt nun einmal eingerichtet.»

Enttäuscht wandte sich Griet von ihm ab. Als Owe ihr seine Befürchtungen wegen Imke eröffnet hatte, hatte sie sich ihm für einen Moment wieder so nahe wie früher gefühlt. Doch dann hatte er sich sofort hinter Pflichten und Regeln versteckt, wie es eben seine Art war.

«Ich will nicht mit diesem dümmlichen Großmaul zusammenleben», sagte sie leise.

Owe holte tief Luft. «Aber du bist doch klug, Griet! Und hast in Dänemark vieles gelernt. Kennst du schon Hinnerk, den Wirt von Rungholt? Er führt den *Krug* unter seinem Namen. Aber jeder weiß, dass eigentlich seine Frau Swantje alle Entscheidungen trifft und den Laden am Laufen hält. Wenn dein Mann wirklich so ein Narr sein sollte, hast du sein Haus bald unter dir, da bin ich mir sicher.»

Griet erwiderte nichts. Um die Macht über das Haus ging es ihr doch gar nicht. Wenn sie sich vorstellte, dass sie Wullenwever jeden Tag bei Tisch vor sich sehen musste, mit diesem ochsenhaften Diener im Hintergrund … Dass sie abends das Bett mit ihm teilen sollte, mit allen Pflichten einer Ehefrau … Sie spürte, dass sie wieder zitterte.

«Ich will Ulrich Wullenwever nicht», flüsterte sie. «Ich will Auke Feddersen.»

Owe erhob sich abrupt von der knarrenden Pritsche. «Dazu ist alles gesagt», knurrte er. «Du musst dich mit der Welt abfinden, wie sie ist, Griet. Ruh dich jetzt aus. Die nächsten Tage werden anstrengend.»

Er verschwand aus der Kammer und schloss die Tür hinter sich. Frustriert boxte Griet den Strohsack, der ihr als Kissen diente. Natürlich war es ein Fehler gewesen, Auke zu erwähnen. Jetzt hatte Owe endgültig kein offenes Ohr mehr für sie. Doch andererseits – was machte das schon für einen Unterschied? Als wenn Owe sich ernsthaft darum bemüht hätte, Griet beizustehen! Für ihn gab es doch nur Regeln und Pflichten. Da hatte er auch seine plappernde, tanzende Imke verdient …

Griet streckte sich auf der Pritsche aus und starrte die schräge Decke an. Das Gebälk war mit einem einfachen Rankenmuster beschnitzt, nicht so üppig wie die Verzierungen in der Halle ihres Vaters, aber angenehm in seiner Klarheit. Ihr Blick wanderte daran entlang, während ihre Gedanken im Kopf herumschwappten wie die aufgewühlte Westsee.

Griet konnte nicht sagen, wann sie schließlich eingeschlafen war. Sie merkte lediglich, dass sie aus dem Schlaf hochschreckte, als jemand an ihr Lager trat. Blinzelnd blickte sie in ein Gesicht voller Sommersprossen, umrahmt von einem grauen Kopftuch.

«Janne?», fragte sie noch ein wenig orientierungslos.

Die Angesprochene nickte. «Tut mir leid, dass ich dich geweckt habe. Ich wollte nur mal nach dir sehen. Und fragen, ob du vielleicht etwas trinken magst.»

Sie stellte einen Tonkrug mit verdünntem Wein neben der Pritsche ab. Griet richtete sich auf. «Wie lange habe ich …?»

«Draußen dämmert es schon», erwiderte Janne. «Aber du hast nichts versäumt. Dein Vater spricht gerade mit dem Herrn Pfarrer wegen … Na, du weißt schon. Wie war denn …?»

Mit Macht drang alles wieder auf Griet ein, was der Schlaf gnädig beiseitegewischt hatte. Sie schüttelte den Kopf. «Er ist schrecklich.»

Janne schaute sie mitleidig an. «Das habe ich befürchtet. Nach allem, was ich so mitbekommen habe … Du willst den Wullenwever und sein Silber also auf keinen Fall?»

«Ganz gewiss nicht!»

Plötzlich machte Janne ein geheimnisvolles Gesicht. «Nun … vielleicht habe ich dann eine gute Nachricht für dich. Wenn ich mir auch nicht sicher bin, ob es eine kluge Nachricht ist.»

Aufgeregt beugte Griet sich vor. «Wie meinst du das?», flüsterte sie.

«Auke Feddersen ist in Rungholt. Ich habe vorhin mit ihm gesprochen, auf der Straße. Ein stattlicher Kerl, wenn er sich nicht gerade im Stroh verkriecht.»

Griets Herz machte einen Hüpfer. Auke war hier! «Janne, was sagt er? Nun rede doch endlich!»

«Was soll er schon sagen? Selbstverständlich will er immer noch mit dir davonlaufen. Darum meinte ich ja, ich weiß nicht, ob das eine so kluge Sache ist. Wenn ich daran denke, wie ungeschickt ihr es beim letzten Mal anstellen wolltet … Und hier habt ihr noch viel mehr Leute um euch, die aufpassen!»

Am liebsten hätte Griet vor Erleichterung geweint. Auke hatte sie noch nicht aufgegeben! Natürlich nicht, das sah ihm auch nicht ähnlich. Aber es tat so gut, das wirklich zu hören und nicht nur zu hoffen! Jetzt, da sie Wullenwever kannte, war sie bereit, sich auf jedes noch so unvernünftige Abenteuer mit Auke einzulassen. Alles, was sie dort draußen in der Welt erwarten mochte, war besser als eine Ehe mit diesem Kaufmann. Aber natürlich hatte auch Janne recht. Eine Flucht aus Rungholt, kurz vor ihrer Hochzeit, würde alles andere als einfach werden.

«Nun mach nicht so ein seltsames Gesicht», schalt die Magd sie. «Diesmal wird alles besser laufen. Immerhin kümmert sich dein Auke jetzt nicht allein darum. Ich werde schon dafür sorgen, dass wir sicher aus der Stadt kommen.»

«Wir?»

«Ja.» Janne sah plötzlich ernst und müde aus. «Dein Auke ist bereit, Lentje und mich mitzunehmen. Ich hoffe, du hast nichts dagegen. Ich möchte gerne weiterhin deine Dienstmagd bleiben und …»

Griet ließ Janne nicht weitersprechen. Sie beugte sich vor und drückte sie fest an sich. Sie war nicht allein, war Vaters ehrgeizigen Plänen und Wullenwever nicht ausgeliefert. Vielleicht würde doch noch alles gut werden. Wenn es ihr gelang, aus Rungholt zu fliehen …

Teil 2

Die Grote Mandränke

1362

Erstes Kapitel

Mit vorsichtigen, staksenden Schritten bewegte sich die Strandkrabbe über den Schlick. Seitwärts lief sie und doch erstaunlich flink, mit eleganter Sicherheit. Hinter sich her zog sie eine Spur aus winzigen runden Abdrücken, wie eine eigene Straße. Es war stets ein Abdruck zu wenig. Der Krabbe fehlte ein Bein, sie hatte es wohl einmal abgeworfen, um dem gierigen Schnabel eines Seevogels zu entgehen.

Versonnen folgte Folkert dem Weg der Krabbe mit dem Blick, bis schließlich das Wasser Blasen werfend ihre Beine umspielte. Wenige Herzschläge später war ihr grauer Panzer ganz darin verschwunden. Die Strandkrabbe war fort, und die Wellen waren schon dabei, ihre Spur auszulöschen.

Folkert schaute auf, über die glitzernde Weite, die sich jetzt dort erstreckte, wo es vor Kurzem noch einen Salzkoog gegeben hatte. Seevögel glitten durch den Wind, der die Wellen kräuselte. Der Deich, der den Koog einst begrenzt hatte, war noch in der Ferne als dunkler Umriss zu erkennen, unterspült und durchbrochen an mehreren Stellen.

Unwillig biss Folkert die Zähne zusammen. Ein Salzkoog war nichts für die Ewigkeit. Sein flacher Deich musste nur halten, bis aller Tüül, wie man hier den Salztorf nannte, aus dem Boden gegraben war. Dann wurde er sich selbst überlassen und zerfiel unweigerlich. Und doch beunruhigte Folkert der Anblick. Das Meer hatte sich sehr schnell wieder genommen, was die Menschen ihm für kurze Zeit entrissen hatten. Und das Wasser stand gerade ungewöhnlich hoch, wenn man bedachte, dass eigentlich Ebbe war und das Meer sich in die Weite des Westens zurückziehen sollte. Doch heute floss es nur zögerlich ab, als würden starke Kräfte es daran hindern. Misstrauisch ließ Folkert seinen Blick über den Himmel schweifen. Alles wirkte ruhig. Aber es war eine seltsame, angespannte Ruhe, wie das letzte Atemholen vor einer großen Kraftanstrengung.

Kopfschüttelnd wandte Folkert sich ab. Niemand konnte den Willen der Westsee vorausahnen. Er machte sich einfach zu viele Sorgen. Mit entschlossenen Schritten stieg er den inneren Deich hinauf, der das Ackerland rund um Rungholt beschirmte. Er war höher und fester gebaut als der Salzkoog-Deich, denn er musste das Getreide vor dem Salzwasser schützen. Jedenfalls im Sommer, wenn seine Ähren hoch unter dem weiten Himmel standen. Im Winter waren die Felder nur zu oft überflutet, und Mensch und Vieh verließen sich auf die Sicherheit der Warften, die noch höher als die Deiche aufgeschüttet waren.

Er setzte seinen Rundgang auf dem Weg fort, der auf der Deichkrone verlief. Das war die bequemste Möglichkeit, sich hier draußen fortzubewegen, und als Deichbauer oblag es ihm, auch diese Pfade zu pflegen. Nachher, wenn er mit seinem Rundgang fertig war, würde er noch einmal bei Ansgar vorbeischauen. Sie wollten sich gemeinsam die Verse von Meister Alanus ansehen, darauf freute er sich. Diesmal würde Folkert versuchen, sie vorzulesen. Ansgar hatte ihm in der letzten Zeit immer wieder die Buchstaben erklärt, und Folkert wurde zusehends besser darin, sie zu Silben und Wörtern zu verbinden. Die Form der Lettern erinnerte ihn an das Muster, das die Strandkrabbe zwischen Schlick und Muschelschalen hinterlassen hatte.

Nun näherte er sich einer alten Salzbude, die direkt am Deich lag. Eine rußgeschwärzte Feuergrube vor der Tür verriet den Zweck des Gebäudes. Hier hatte man die zerkleinerten Torfsoden aus dem Salzkoog zu Asche verkohlt, dass der Qualm dicht und stinkend über der Marsch aufstieg. Anschließend wurde die verdichtete Salzasche in einem Siedekessel ausgekocht und gefiltert, bis eine reine Salzlösung zurückblieb. Wenn ein Ei darauf schwimmen konnte, hatte man alles richtig gemacht, und das Wasser musste nur noch einen halben Tag lang weiterkochen, bis es ganz verdunstet war und kostbares weißes Kristallsalz zurückblieb.

Doch bei der Salzbude, die nun vor Folkert lag, brannten schon länger keine Torffeuer mehr, und das Salzlager diente inzwischen als Schafstall. Gelegentlich drang ein gedämpftes Blöken nach draußen. Ein Pferd war vor dem Haus an einem Pfosten angebunden. Es schnaubte unruhig. Folkert stutzte. Warum trieb sich ein Berittener hier draußen bei dem einsamen Stall herum?

Da trat auch schon ein hochgewachsener Mann in einem Reisemantel hinter dem Haus hervor und winkte Folkert zu. Folkert kannte ihn sehr gut.

«Auke!», rief er ungläubig, während sein Bruder grinsend auf ihn zukam. «Was machst du denn hier? Warum bist du nicht bei Vater in Gaikebüll?»

Aukes Grinsen verschwand. «Du weißt, weshalb ich hier bin, Folkert. Ich habe in Rungholt zu tun.»

Überrumpelt versuchte Folkert, sich einen Reim darauf zu machen. Er war selbst erst vor Kurzem in die Stadt zurückgekehrt, im Gefolge des Stallers. Dass Auke ebenfalls hier war, konnte nur eines bedeuten.

«Griet. Du bist wegen Griet gekommen.»

Auke nickte entschlossen. «Natürlich. Ich werde nicht zulassen, dass ihr Vater sie an diesen Pfeffersack verscherbelt.»

«Aber … was hast du denn vor?»

«Die Hochzeit verhindern! Ich hätte Griet schon einmal fast befreit. Ihr verflixter Bruder ist dazwischengekommen, aber ich werde nicht aufgeben. Das ist auch der Grund, warum ich dich hier draußen treffe. Es ist besser, wenn ich mich in Rungholt nicht sehen lasse.»

Verwirrt schüttelte Folkert den Kopf. «Woher wusstest du, dass ich hier bin?»

Auke schnaubte belustigt. «Wo solltest du sonst sein, wenn nicht bei deinen Deichen? Es hat allerdings ein Weilchen gedauert …»

«Und was willst du von mir?» Folkert kam sich einfältig vor mit seinen Fragen. Doch diese ganze absurde Sache spülte so gewaltsam über ihn hinweg wie die Flut über eine Deichkrone.

Auke trat einen Schritt näher und schaute ihn eindringlich an.

«Ich brauche deine Hilfe, Bruder. Mehr als jemals zuvor. Schon am kommenden Sonntag, am Marcellustag, soll Griet an diesen Hamburger verheiratet werden! Und bis dahin hat sie ständig ihre Familie und alle möglichen anderen Leute in Rungholt um sich. Ich kann sie da unmöglich allein rausholen. Nicht ohne Unterstützung.»

Unwillkürlich wich Folkert den Schritt zurück, den Auke zuvor an ihn herangetreten war. Das konnte er nicht ernst meinen!

«Du willst Griet rauben?»

Aukes Gesicht verhärtete sich. «Ich werde sie retten. Sie wünscht diese Verbindung genauso wenig wie ich.»

«Trotzdem wäre es Raub nach den Gesetzen! Was verlangst du da von mir?» Folkert schoss der Satz durch den Kopf, den er vor Kurzem erst zu Ansgar gesagt hatte: *«Und Auke ... Bei ihm weiß man nie, was er tun wird.»* Da hatte er wahrlich nicht übertrieben!

«Was ich verlange?» Aukes Stimme wurde leise. «Hilfe von meinem Bruder. Ist das zu viel verlangt?»

«Hast du auch nur einmal darüber nachgedacht, welche Folgen dein Vorhaben hat?», fragte Folkert ungläubig. «Willst du, dass wir eine Fehde mit der Staller-Sippe anfangen? Das würde die Edomsharde auseinanderreißen!»

«Unsinn!», erwiderte Auke heftig. «Ich plane nicht, mit gezogenem Schwert nach Rungholt zu stürmen und Griet da herauszukämpfen. Wir werden fortgehen, in aller Heimlichkeit. Unsere Familie wird das nicht belasten. Und niemand wird wissen, dass du irgendetwas damit zu tun hattest.»

«Ein Diebstahl wird nicht besser dadurch, dass der Dieb nicht gefasst wird!», knurrte Folkert, der langsam ärgerlich wurde. «Du forderst von mir, dass ich die Leute von Rungholt hintergehe! Die Gemeinschaft, in der ich lebe und der meine Arbeit dient.»

«Ich fordere, dass du zu deinem Bruder hältst. Zu deiner Familie.»

Hilflos breitete Folkert die Arme aus. «Staller Ingmar ist kein Narr! Er wird sich denken können, wie das alles zusammenhängt.»

«Darum geht es dir also!» Aukes Stimme war nun durchtränkt von Verachtung. «Du willst es dir nicht mit dem Staller verscherzen.»

«Du weißt, wie wichtig meine Beobachtungen darüber sind, dass das Land zunehmend absinkt, Auke!», entgegnete Folkert. «Das ist alles, was ich mit dem Staller zu schaffen habe. Ich will Griet doch auch helfen! Und natürlich dir, Bruder. Aber … nicht auf diese Weise. Nicht durch Raub. Das geht einfach nicht.»

Auke verschränkte die Arme. «Ich hätte wissen müssen, dass ich nicht auf dich zählen kann.»

Folkert öffnete den Mund für eine verletzte Erwiderung – und schloss ihn wieder. Da kam jemand über den Deich gelaufen! Es war eine kleine, zierliche Frau, die ein graues Tuch fest um ihre Haare geschlungen hatte. Sie näherte sich mit flinken Schritten, wobei sie gegen den Wind ankämpfen musste. Nun konnte Folkert erkennen, dass sie ein Gesicht voller Sommersprossen hatte.

«Das ist Griets neue Dienstmagd», sagte er erstaunt. Die Tochter des Stallers hatte die junge Heimatlose unter seltsamen Umständen auf dem Westerhof bei sich aufgenommen. Mit dem Tuch über der roten Haarmähne hätte Folkert sie fast nicht erkannt.

«Janne hält für mich Kontakt zu Griet», murmelte Auke, ohne ihn anzusehen. «So muss ich mich nicht in die Stadt wagen.»

Inzwischen hatte die Frau die Salzbude erreicht. Sie nickte den beiden Männern atemlos zu.

«Und?», fragte Auke, ehe sie etwas sagen konnte.

«Sie will!», rief Janne mit der Stimme eines Herolds, der große Ereignisse ankündigte. «Sie will immer noch fort mit dir, Auke. Fort aus Rungholt, so schnell wie möglich.» Sie wurde leiser. «Und du solltest dich beeilen – was auch immer du genau vorhast. Griet sieht gar nicht gut aus. Dieser aufgeblasene Kaufmann macht sie krank, noch bevor sie überhaupt verheiratet sind …»

«Richte Griet aus, dass ich sie holen werde», erklärte Auke knapp. «Schon bald sind wir unterwegs nach Schleswig. Egal, was kommt. Und egal, ob uns jemand beisteht – oder auch nicht.»

Er warf Folkert einen verächtlichen Seitenblick zu. Janne schaute überrascht zwischen den beiden Männern hin und her.

«Will dein Bruder dir nicht helfen?»

Auke schnaubte. «Nee. Ich habe ihn wohl falsch eingeschätzt. Oder eher: leider genau richtig.»

Folkert spürte, wie er rot wurde. «Mensch, Auke, ich habe dir doch erklärt, warum das nicht so einfach ist …»

Janne musterte ihn fragend. Ihr eindringlicher Blick brachte ihn so aus dem Konzept, dass er den Drang hatte, sich zu rechtfertigen.

«Weil wir Probleme nicht durch Raub lösen sollten», fasste Folkert zusammen, was er eben schon ausgeführt hatte.

Die junge Frau verschränkte die Arme. «Wir wollen dem Staller nicht das Pferd unter dem Hintern wegstehlen oder die guten Malaqa-Krüge aus der Truhe. Wir wollen seine Tochter mit dem Menschen zusammenbringen, dem sie aus freien Stücken ihr Wort gegeben hat. Ich sehe da keinen Raub. Glaubst du, dass Griet diesem Wullenwever gehört? Dass er sie sich einfach so gekauft hat?»

«Natürlich nicht. Aber es gibt Gesetze: das alte, friesische Recht. Ohne funktioniert eine Gemeinschaft nun einmal nicht. Ich bin Deichbauer. Ich bin dafür da, die Gemeinschaft von Rungholt zu schützen …»

«Dann kannst du doch auch Griet beschützen», unterbrach

ihn Janne. «Oder gehört die nicht dazu, weil sie gerade erst aus Gaikebüll hierhergekommen ist?»

«Unsinn. Die Deiche schützen selbstverständlich alle Menschen, sogar das Vieh. Aber …»

«Lohnt es sich?»

«Wie?» Folkert blinzelte irritiert. Diese Frau konnte einen mit ihrer flinken Zunge ganz schön durcheinanderbringen!

«Lohnt sich der ganze Aufwand mit den Deichen? Ich meine, wenn sie eine Gemeinschaft beschützen, für die es völlig in Ordnung ist, dass Griet jemanden heiraten muss, der sie krank macht … Dann könntest du dich schon fragen, ob es sich lohnt, Mensch und Vieh zu beschützen. Der Unterschied ist ja oft leider eh nicht so groß.»

«Was ist denn das für eine Frage?», empörte sich Folkert. «Natürlich lohnt es sich! Das Volk von Rungholt ist nicht perfekt, kein sterblicher Mensch ist das. Aber alle geben sich auf ihre Art Mühe …»

«Und nichts anderes werden auch wir tun, indem wir Griet beistehen», schloss Janne, als wäre das schon immer ihr Ziel gewesen.

Geplättet ließ Folkert die Arme hängen. «Was genau ist überhaupt euer Plan? Wie wollt ihr vorgehen?»

Aukes Augen wurden groß. «Heißt das, du willst uns doch helfen?»

Folkert wusste selbst nicht so recht, was er da eigentlich tat. «Das habe ich nicht gesagt! Aber … ich werde euch zumindest zuhören.»

Auke fuhr sich mit der Hand durch den Bart. «Folgender Plan: Ich werde Griet hier draußen bei der alten Salzbude erwarten. In die Gegend verirren sich die Städter nur selten, vor allem jetzt im Winter. Du musst dafür Sorge tragen, alles hierherzubringen, was Griet von ihren Sachen für die Reise braucht, Janne. Das schließt natürlich auch die Habseligkeiten deiner Tochter und von dir mit ein.»

Die Magd lachte freudlos. «Was wir besitzen, haben wir am Leib.»

«Umso einfacher. Wir treffen uns also an diesem Ort. Schafft ihr es, euch in der Nacht davonzuschleichen?»

Janne machte eine vage Handbewegung. «Weiß nicht. Es wäre jedenfalls riskant. Griet schläft mit ihrer Familie in einer eigenen Kammer, und im Hauptraum lagert das Gesinde. Die Außentür ist von innen mit einem schweren Riegel gesichert, der sich nicht ohne Lärm bewegen lässt. Gut möglich, dass jemand aufwacht, wenn wir es versuchen.»

«Das müssen wir riskieren», erwiderte Auke ungeduldig.

«Und wenn ihr einfach am Tage geht?», schlug Folkert etwas unwillig vor. Es fühlte sich seltsam an, bei dieser Sache mitzudenken. «Ihr könntet euch mit einem Vorwand davonmachen. Irgendeine Besorgung wird sich schon finden.»

Janne verzog das Gesicht. «Auch das ist nicht einfach. Griet ist die Braut, sie steht im Mittelpunkt von allem. Im *Krug* wimmelt es gerade von Leuten wie in einem Bienenstock. Der Staller richtet die Hochzeit als üppiges Fest für die Rungholter aus. Ständig will irgendjemand etwas von Griet. Und dann ist da noch dieser Owe. Er lässt seine Schwester kaum aus den Augen. Vermutlich kennt er sie zu gut und ahnt etwas. Auf dem Westerhof hat er dich ja auch fast mit ihr erwischt, Auke.»

Der Angesprochene verschränkte ungeduldig die Arme. «Statt durchzugehen, was alles nicht geht, sollten wir lieber eine Möglichkeit finden, wie es funktioniert!»

Janne legte den Kopf schief. «Ich finde Folkerts Vorschlag trotz allem gar nicht dumm. Tagsüber, wenn die Tür nicht verriegelt ist, dürfte der beste Zeitpunkt sein. Man bräuchte nur eine kleine Ablenkung. Owe sollte beschäftigt sein – am besten mit einem wichtigen Gespräch. Er mag es, wenn man ihn ernst nimmt. Deiche sind doch ein sehr wichtiges Thema, oder, Folkert? Griet hat erwähnt, dass du etwas in der Richtung mit dem Staller zu klären hast.» Sie zwinkerte ihm zu.

Folkert runzelte die Stirn. «Das gefällt mir nicht. Die Sache ist zu ernst, um sie als Ablenkung zu missbrauchen.»

«Du musst Owe ja keinen Unsinn erzählen», entgegnete Janne ungerührt. «Sprich ihn einfach noch einmal auf das an, was du mit seinem Vater bereden wolltest, und achte darauf, dass das Gespräch zufällig zu einem günstigen Zeitpunkt stattfindet. Ich gebe dir vorher Bescheid. Das ist alles. Keine Lüge, kein Betrug, kein Raub.»

«So machen wir es!», rief Auke, als wäre es an ihm, an Folkerts Stelle zuzustimmen. «Und sobald ihr hier seid, gehen wir gemeinsam zu dem Priel, der etwas weiter nördlich in die Bucht mündet. Dort liegt ein alter Ewer vertäut, den ich einem Torfstecher abgekauft habe. Wir fahren damit ein wenig die Küste entlang, ehe wir landeinwärts aufbrechen. Das dürfte unsere Spuren verwischen. Mein Pferd stelle ich bei einem Bauern unter, das kannst du später dann abholen, Folkert.»

«Ich weiß nicht …» Folkert schürzte die Lippen. «Sich im Winter dem Meer anzuvertrauen, ist nicht ungefährlich.»

Auke schnaubte verächtlich. «Wir wollen ja nicht bis nach England segeln, sondern lediglich etwas durch die Buchten schippern. Außerdem musst du nicht mitkommen, Bruder. Es genügt, wenn du dich um Owe kümmerst.»

Unschlüssig ließ Folkert seinen Blick über die Umgebung schweifen. Er schaute über die glitzernde Fläche des Salzkoogs, den das Meer sich wieder zurückgeholt hatte, bis in den fernen

Himmel, der sich grau und bedrohlich darüber auftürmte, viel höher als jedes menschengemachte Mauerwerk. Unwillkürlich musste er an die Verse von Meister Alanus denken, die Ansgar ihm vorgelesen hatte. *Ein Bild und ein Spiegel* ... Wenn jener diesige Winterhimmel ein Spiegel war, dann konnte Folkert nur eines darin sehen: Alles, was in den Dörfern des geschützten Rungholt-Koogs geschah, war bedeutungslos im Vergleich zur Weite von Himmel und Meer. Und doch war dies seine Welt, und er musste hier seine Entscheidungen treffen. Er gab seine Antwort, ehe er weiter darüber nachdenken konnte: «Also gut. Ich mache es. Aber nur für Griet. Und für dich, Bruder.»

Und für alle Leute, die hinter den Deichen leben, dachte er im Stillen bei sich. Damit es sich lohnt.

Aukes kantiges Gesicht bekam plötzlich einen ganz weichen Ausdruck. «Danke, Folkert.» Dann straffte er sich wieder. «Dann haben wir einen Plan?»

«Noch nicht ganz, denke ich», warf Folkert ein. Wenn er bei dieser Sache schon mitmachte, wollte er es auch ordentlich angehen! «Ich führe also zu einem passenden Zeitpunkt ein kleines Gespräch mit Owe. Aber wird das für Griet reichen, um der Aufmerksamkeit von allen möglichen Leuten zu entgehen, während im *Krug* dieses riesige Fest vorbereitet wird?»

«Das lass nur meine Sorge sein», sagte Janne zuversichtlich. «Ich finde schon einen Vorwand, um Griet aus der Stadt zu schmuggeln.»

«Dann machen wir es so.» Auke sprach mit seiner Anführer-Stimme, als wäre er mindestens der Staller höchstpersönlich. Weiteres Reden war nun sinnlos, das wusste Folkert. Er konnte nur hoffen, dass Aukes sture Art diesmal nicht auf eine große

Dummheit hinauslief. Wieder schaute er über den Salzkoog: ein grauer Spiegel, der ihm ein klares Bild verweigerte. Die Zukunft lag hinter dunklen Wolken verborgen.

Zweites Kapitel

Janne schlang das Kopftuch fester um ihre roten Haare und beschleunigte ihre Schritte, während sie über den Deichweg durch den Schneeregen eilte. Swantje, die Wirtin, wartete gewiss schon mit hundert neuen Aufgaben am Herd. Sie musste sich beeilen! Immerhin war die Kiepe – der große geflochtene Weidenkorb auf ihrem Rücken – leichter als auf dem Hinweg zur Salzbude, denn sie hatte gerade Griets Habseligkeiten für die Reise bei Auke abgeladen.

Ungeduldig war dieser Auke! Hatte Janne fast angeschrien, als sie das Bündel ausgepackt hatte. Dabei ärgerte sie sich ja selbst darüber, dass es drei ganze Tage gedauert hatte, bis sie endlich wieder zu ihm hinauskonnte.

Doch in der Stadt liefen die Vorbereitungen für die Hochzeit der Stallerstochter und das anschließende Festmahl im *Krug* mit geradezu fiebrigem Eifer. Übermorgen, am Marcellustag, war es schon so weit! Swantje hatte dafür gesorgt, dass Janne genauso wie alle anderen Mägde mehr als genug zu tun hatte. Es gab Grapen-Kessel zu putzen und die guten Malaqa-Krüge zu polieren, die der Staller eigens für das Festmahl mitgebracht hatte. Das Fleisch für den Braten musste vorbereitet und die große Deele, der Hauptraum des *Krugs*, geputzt und frisch eingestreut werden und noch so vieles mehr!

Eigentlich sollte Janne gerade mit den anderen Mägden im

Backhaus werkeln und Schmalzküchlein vorbereiten. Doch sie hatte sich bei einem Gang zur Zisterne fortgeschlichen, weil ihr die Zeit davonrannte. Die Wirtin glaubte gewiss, dass sie unzuverlässig war und sich herumtrieb. Nur zu gerne hätte Janne ihr gezeigt, was sie wirklich konnte. Aber es gab nun einmal Dringlicheres zu tun! Mochte Swantje auch mit der schweren Holzkelle auf sie warten – schlimmer als Bauer Abbos Pranken konnte es nicht werden.

Inzwischen lagen die Warften von Rungholt vor ihr; die Siedlungshügel waren nur behäbige Umrisse hinter einem trüben Regenschleier. Von den Dächern der Häuser stiegen die Rauchfahnen fast senkrecht in den kalten, grauen Himmel auf. Ungewöhnlich windstill war es heute, als hielte der olle Wodan seine Stürme bewusst zurück.

Janne freute sich darauf, aus dem Regen herauszukommen, in die Wärme der Deele. Die Vorstellung, einfach hierzubleiben und zu genießen, was beim Festmahl für das Gesinde abfiel, war verlockend. Verlockender jedenfalls als eine weitere Flucht durch die Kälte. Doch Janne musste Griet helfen, mit Auke zusammenzukommen. Und dann würden sie gemeinsam fortgehen, irgendwohin, wo niemand den ermordeten Bauern Abbo, seinen Bruder Okke oder überhaupt die Beltringharde kannte. Morgen würden sie es angehen. Das war die letzte Gelegenheit! Entschlossen lief Janne noch etwas schneller.

Sie passierte die ersten Höfe und tauchte in den Schutz der Warften ein. Jetzt zurück in den *Krug* und ins Backhaus geschlichen. Vielleicht hatte die Wirtin noch gar nicht bemerkt, dass sie fort gewesen war. Dann würde sie sich so rasch wie möglich Griet schnappen und alles Weitere für morgen mit ihr besprechen …

Ein durchdringender Pfiff zerschnitt die Luft. Janne wurde langsamer. Irgendwie spürte sie, dass das ihr galt. Unheil ahnend schaute sie sich um. Dort vorne, am Tor eines Lagerschuppens bei der Hafenschleuse, lehnte eine Gestalt und schaute zu ihr rüber. Es war ein stämmiger Mann mit wettergegerbtem Gesicht, der sich eine Wollkappe tief in die Stirn gezogen hatte. Der Fuhrmann Thies.

Ihre Kehle fühlte sich plötzlich an wie zugeschnürt. In den letzten Tagen hatte sie sich nach Kräften bemüht, Thies nicht über den Weg zu laufen, damit er sie am besten ganz schnell wieder vergaß. Sie erinnerte sich nur zu gut, wie er sie nach seinem Gespräch mit Bauer Okke angegrinst hatte. Und nun pfiff er nach ihr wie nach einem Hund! Doch sie konnte nicht einfach vorbeilaufen und so tun, als hätten sie nichts miteinander zu schaffen.

Janne atmete tief durch. Dann ging sie so ruhig wie möglich in Thies' Richtung. Dieser musterte sie mit mildem Interesse, wie man vielleicht ein ungewöhnliches Insekt betrachten würde.

«Ja?», sagte Janne schließlich, als sie dem Fuhrknecht gegenüberstand. «Was ist denn?» Schroffheit war ein gutes Mittel, um Angst zu verbergen. Eine harte Schale um einen weichen Kern.

Thies trat einen Schritt beiseite, damit Janne aus dem Regen zu ihm unter das Vordach des Schuppens kommen konnte. Sie blieb stehen, wo sie war. Der Fuhrknecht starrte sie auf seine seltsame, aufdringliche Art an, bis Janne es nicht länger ertragen konnte. «Nun sag schon, was willst du?», entfuhr es ihr.

«Habe mich kürzlich mit einem Bauern von der Beltringharde unterhalten», erwiderte Thies bedächtig und pulte etwas zwischen seinen Zähnen hervor. «Hat mir eine interessante Geschichte erzählt. Von einem Toten in einem Brunnen.

Und von einer Magd mit Blut an den Händen, die weggelaufen ist.»

Janne presste die Zähne zusammen.

«Na und?», stieß sie hervor und bemerkte ärgerlich, dass ihre Stimme zitterte.

Thies zeigte wieder sein hässliches Grinsen. «Er hat gefragt, ob mir die Magd unterwegs über den Weg gelaufen ist. Weil ich mit dem Gespann viel herumkomme und so. Rote Haare soll sie haben, wie das Feuer der Hölle. Und sie hat ihren kleinen Bankert dabei.»

Janne vermied es, Thies direkt anzusehen, und schwieg. Was sollte sie dazu sagen? Sie konnte ja schlecht behaupten, dass das eine andere rothaarige Magd mit einem kleinen Mädchen an der Hand war, von der Okke gesprochen hatte. Sie war nicht auf den Kopf gefallen, aber dazu fiel selbst ihr keine Ausrede ein, die sie sich selbst geglaubt hätte.

«Was willst du?», fragte sie schließlich noch einmal.

Thies breitete die Arme aus. «Ich will dir lediglich sagen, dass ich die Blutmagd leider nicht gesehen habe. Es waren nur die Leute des Stallers mit mir auf der Reise. Das habe ich jedenfalls dem Bauern von der Beltringharde erzählt.»

Misstrauisch musterte Janne den Fuhrknecht, ohne etwas zu sagen.

«Du musst mir nicht danken», fuhr dieser fort. «Kann ja sein, dass ich mich wieder an die Blutmagd erinnere, die hinten auf meinem Wagen gefahren ist. Und dann muss ich das dem Bauern natürlich sagen.»

Janne ballte die Fäuste. Sie hatte gewusst, dass so etwas kommen würde.

«Brauchst nicht zu glauben, dass er schon wieder fort ist», fuhr Thies im beiläufigen Tonfall fort. «Er übernachtet für ein paar Tage auf dem Hof von irgendeinem Vetter. Aber muss ja nicht sein, dass ich mit ihm spreche. Wenn du ein bisschen nett zu mir bist, vergesse ich es vielleicht.»

Scharf holte Janne Luft. *Nett sein*, natürlich …

«Komm heute Abend zu mir, in die Scheune hinterm *Krug*», fuhr Thies fort, ohne ihren grimmigen Gesichtsausdruck zu beachten. «Dann schauen wir mal, wie nett du sein kannst. Und ob ich mit dem Bauern sprechen muss …»

Ohne ein weiteres Wort drehte Janne sich um und lief davon. Sie konnte den Anblick dieses selbstgefälligen Kerls einfach nicht länger ertragen!

«Ich warte auf dich!», rief Thies ihr hinterher. «Und der Bauer von der Beltringharde wartet auf Nachrichten von der Blutmagd. Also vergiss mich besser nicht!»

Atemlos hetzte Janne voran, bis sie endlich die Warft des Gasthauses erreicht hatte. Ihn vergessen! Wie sollte sie diesen schmierigen Mistkerl vergessen? Ohne innezuhalten, stürzte sie in die Deele des *Krugs*.

Drinnen lehnte sie sich an eine Säule und atmete durch. Sie spürte, wie ihre schützende Schroffheit von ihr abfiel und sie sich plötzlich verletzlich fühlte. Irgendwie schmutzig, als hätten Thies' gierige Blicke sie besudelt.

Ihre Knie zitterten, während der Regen von ihrem Wollzeug auf die Binsen des Bodenbelags tropfte. Nett sein. Heute Abend. Nein. Nein! Sie würde *nicht* zu Thies in die Scheune gehen. Schon der Gedanke an das Grinsen des Fuhrknechts war ihr unerträglich. Und wer konnte wissen, was er ihr antun mochte, wenn sie ihm ausgeliefert war? Nein.

Janne kämpfte gegen das dämliche Zittern an und straffte sich. Sie würde nicht hingehen und morgen zusammen mit Griet und Lentje davonlaufen, wie sie es geplant hatten. Thies würde schon nicht sofort zu Bauer Okke rennen. Davon hatte er nichts, und um die Gerechtigkeit ging es ihm ganz bestimmt nicht. Gewiss würde er zunächst versuchen, noch mehr Druck auf sie auszuüben. Doch dann würde sie schon weg sein. So musste es gehen …

«Janne?»

Erschrocken fuhr sie zusammen. Plötzlich stand Griet vor ihr. Die Tochter des Stallers war blass wie eine Nebelfrau und hatte Augenringe, die nicht in das Gesicht eines lebendigen Menschen gehörten. Offenbar hatte sie in der letzten Nacht nicht viel Schlaf gefunden. Dennoch lag vor allem Sorge um Janne in ihrer Stimme.

«Ist dir nicht gut?»

Unwillig schüttelte Janne den Kopf. Griet durfte nichts von ihrem Problem wissen. Dann hätte sie entscheiden müssen, wie sie mit der gesuchten Totschlägerin in ihren Diensten umging. Und selbst, wenn Griet Janne nicht verraten sollte, machte sie sich damit zu ihrer Komplizin. Das wollte Janne ihr nicht zumuten. Schon gar nicht jetzt. Immerhin stand sie kurz davor, ganz offiziell an einen Mann verschachert zu werden, den sie nicht wollte. Was Thies von Janne rauben wollte, hatte Wullenwever sich einfach gekauft, mit dem Segen der ganzen Edomsharde.

«Es ist nichts. Nur der Regen … Kalt ist es draußen.»

Griet wirkte nicht überzeugt und musterte Janne skeptisch.

«Ich habe die Sachen zu Auke gebracht», wechselte diese rasch das Thema. «Alles ist vorbereitet. Morgen geht es los.»

«Gut», sagte Griet leise. «Weißt du schon, wie wir von hier wegkommen?»

Frustriert kaute Janne auf ihrer Lippe. Nein, sie wusste es noch nicht. Irgendwie war ständig jemand in Griets Nähe, der etwas von ihr wollte; mal ging es um ihr Kleid, mal um das Hochzeitsmahl, oder irgendjemand hatte schlicht neugierige Fragen an die junge Braut. Selbst wenn Folkert sich um Owe kümmerte, gab es noch zu viele Augen. Wie es der Deichbaumeister befürchtet hatte. Und trotz ihrer kecken Antwort auf seine Bedenken hatte Janne noch keine Lösung gefunden. Sie brauchten einen guten Grund für Griet, nicht im *Krug* zu sein, irgendeine unverdächtige Besorgung ... Wenn sie sich einfach auf dem Weg ins Backhaus oder zum Abort fortgeschlichen hätte, wäre ihr Fehlen zu schnell aufgefallen. Alle mussten glauben, dass es schon seine Ordnung hatte, wenn sie für eine Weile nirgendwo auf der Warft zu finden war.

«Mir fällt schon etwas ein», sagte Janne so entschlossen wie möglich. «Aber jetzt muss ich erst mal der Frau Wirtin zur Hand gehen, sonst wird die noch misstrauisch.»

«Nein.» Griet hielt sie sanft an der Schulter zurück. «Du siehst nicht gut aus, Janne. Vielleicht wirst du krank, das können wir nicht gebrauchen. Du hattest ja auch mehr als genug zu tun, mit den Vorbereitungen und ... der anderen Sache. Bitte ruh dich erst mal etwas aus. Ich entschuldige dich bei Swantje.»

Janne seufzte. Offenbar sah man ihr die Begegnung mit Thies deutlicher an, als ihr lieb war. «Also gut. Danke, Griet.»

Die Tochter des Stallers lächelte flüchtig. Sie wandte sich von Janne ab, um einige rasche Worte mit der Wirtin zu wechseln. Da trat auch schon ihr Vater, der Staller Ingmar, an sie heran.

«Griet, kommst du? Es gibt einiges zu besprechen.»

Er führte Griet an einen der Tische im Schankraum, an dem bereits sein Sohn Owe mit dem Kaufmann Wullenwever und dem kleinen Pfarrer von Rungholt zusammensaß. Dieser Bär mit der Augenklappe lehnte wie immer nahe bei seinem Meister an der Wand und reinigte sich die Nägel mit einem Messer. Griet nahm zwischen ihrem Vater und ihrem künftigen Ehemann Platz. Janne beneidete sie nicht.

Sie beschloss, Griets Angebot zu nutzen und sich nicht gleich wieder den Frauen unter Swantjes Kommando anzuschließen. Stattdessen ließ sie sich auf einer Bank an der Seite der Halle nieder und atmete durch. Erst jetzt bemerkte sie, wie erschöpft sie eigentlich war. Die letzten Tage waren wirklich nicht leicht gewesen. Und bei dem, was sie morgen vorhatten, durfte sie sich keine Schwäche erlauben!

Drüben, neben dem Herd, war gerade Lentje zusammen mit einer Tochter der Wirtsleute damit beschäftigt, einen bauchigen Grapen zu putzen. Dafür verwendeten sie getrocknete Eigelege der Wellhornschnecke, die vorzügliche Schwämme abgaben. Immer wieder beugten die beiden sich über das bronzeglänzende Kochgefäß und sangen einige Töne hinein, wobei ihre Stimmen quakend-verzerrt widerhallten. Jedes Mal brachen sie danach in Gekicher aus.

Janne lächelte traurig. Sie hätte es ihrer Tochter gewünscht, dass so etwas normal und alltäglich für sie war. Dass sie hier in Rungholt oder auch am Hofe des Stallers in Gaikebüll bleiben und heimisch werden könnten.

Ihre Hände suchten sich wie von selbst Arbeit. Sie nahm ein wenig sauberes Stroh vom Boden auf und begann, eine der kleinen Figuren zu flechten, die Lentje so mochte. Ein stolzer Jungbulle sollte es diesmal werden. Die gewohnten Handgriffe taten ihr gut und dämpften die Nervosität. Sie hatte einfach keinen Sinn für Untätigkeit. Nun noch die Hörner nach hinten biegen und die Enden festknoten …

«Das wird hübsch.»

Cosimo, der Gaukler mit den schwarzen Locken, kam quer durch die Halle zu ihr und stellte sich schließlich neben ihre Bank. Neugierig verfolgten seine dunklen Augen jeden ihrer Handgriffe. Janne kam aus dem Rhythmus und musste die Halme neu bändigen.

«Danke», murmelte sie knapp und wusste nicht, ob sie das ernst oder ironisch meinte. Ihr Bedarf an Gesprächen mit fremden Männern, die sie nicht einschätzen konnte, war für heute gedeckt.

«Kriegst du auch größere Strohfiguren hin?», hakte der Gaukler nach, als hätte er ihren verdrossenen Unterton nicht bemerkt. «Die eine oder andere könnten wir für Vorstellungen gebrauchen. Ich hätte da ein paar Ideen.»

«Hm ... mal sehen», brummte Janne schon etwas weniger abweisend. Es war ihr egal, dass Cosimo ihr Komplimente machte. Für Schmeicheleien hatte sie nichts übrig. Aber etwas an der Art, wie er sie ansprach, berührte sie. Er hatte eine warme Stimme, und er schien sich wirklich für das zu interessieren, was sie tat oder sagte. So hatte man noch nicht oft mit ihr gesprochen.

«Ich würde mich jedenfalls freuen, wenn du etwas für uns flechten könntest», bekräftigte Cosimo. «Bühnenschmuck kann niemals schaden.»

Bühnenschmuck ... Nachdenklich starrte Janne den halb fertigen Strohbullen ohne Hinterleib an, als wäre er eine wundersame Gabe der Anderweltlichen.

«Ja, das wäre eine Möglichkeit», murmelte sie und sprang mit einem Ruck von der Bank auf. «Cosimo – du bist ein kluger Mann.» Er schaute sie verdutzt an. «Lass es dir nur nicht zu Kopf steigen!»

Damit schob sie sich an dem Gaukler vorbei, um nachzusehen, wie es Griet gerade erging. Offenbar war die kleine Besprechung schon wieder zu Ende. Wullenwever schien kein besonderes Interesse an den Details seiner Hochzeit zu haben und war nach draußen verschwunden. Griet hingegen stand noch mit ihrem Vater und dem Pfarrer an der Hallentür, um einige Abschiedsworte zu wechseln. Das war eine Gelegenheit!

Janne eilte quer durch den Schankraum auf die kleine Gruppe zu.

«Herr Staller, Herr Pfarrer …» Sie sprach die edlen Herren mit einer Verbeugung an. Staller Ingmar runzelte etwas unwillig die Stirn, doch der junge Pfarrer lächelte. Griet schaute fragend.

«Griet, hast du mit dem Herrn Pfarrer schon über den Schmuck gesprochen, den wir noch beisteuern wollten?» Sie zwinkerte der erstaunten Stallerstochter zu. «Ich meine den Schmuck für die Kirche, passend zu diesem freudigen Anlass. Leider gibt es ja in dieser Jahreszeit keine Blumen. Aber wir könnten einige hübsche Stroh-Gestecke machen, etwa für die Bänke. Natürlich nur, wenn es dem Herrn Pfarrer recht ist …»

«Aber gewiss», erwiderte der junge Pater. «Was sollte auch dagegensprechen? Das ist doch eine sehr schöne Idee.»

«Wunderbar!» Janne zwang sich zu einem breiten Lächeln, als wäre sie ein junges Ding, das sich über jedes Lob freute. «Griet, dann müssen wir uns mit den Gestecken aber beeilen, wenn aus unserem Plan noch etwas werden soll.»

Sie gab sich Mühe, das Wort «Plan» nicht zu vielsagend zu betonen.

«Natürlich», erwiderte Griet überrumpelt. «Vater, du erlaubst es doch?»

Ein wenig ratlos strich sich der Staller über den Bart. Offenbar hatte er Schwierigkeiten, den Sinneswandel seiner Tochter zu verstehen, die plötzlich etwas zur Verschönerung des Festes beitragen wollte.

«Ja, meinetwegen», brummte er schließlich. «Aber denk daran, dass es bis morgen Abend noch viel zu tun gibt!»

«Das vergessen wir ganz bestimmt nicht», entgegnete Janne. Denn morgen Abend würden sie schon unterwegs sein, landeinwärts nach Schleswig, fort von den Uthlanden.

Innerlich spürte sie Triumph. Ihre Rechnung war aufgegangen! Der Staller war so sehr darauf aus, dass seine Tochter ihm nicht länger zürnte, dass er ihrer Bitte sofort nachkam, ohne sie groß zu hinterfragen. Während Ingmar sich kopfschüttelnd entfernte, zog Janne Griet zu sich in eine ruhige Ecke.

«Was hast du denn auf einmal?», fragte die Stallerstochter verwirrt. «Eben hast du noch so ausgesehen, als wärest du draußen einem Wiedergänger begegnet. Und jetzt strahlst du, als ob ...»

«Wir haben endlich den Anlass, der uns unauffällig hier rausbringt», unterbrach Janne sie halblaut. «Dieser Strohschmuck wird uns erlauben, mit einem guten Grund in Rungholt unterwegs zu sein, in Richtung Kirche. Und von dort geht es dann weiter zu Auke! Die Pfarrwarft ist die größte Warft der ganzen Stadt. Wenn wir es geschickt anstellen, können wir uns in ihrem Schutz davonmachen. Die Leute im *Krug* werden denken, wir seien noch in der Kirche beschäftigt. Und wenn der Herr Pfarrer uns nicht gleich findet, glaubt er, wir holen gerade etwas aus dem *Krug*. Das wird hoffentlich eine Weile vorhalten, bis wir ernsthaft vermisst werden.»

«Verstehe.» Der Ansatz eines frechen Grinsens trat auf Griets Gesicht. Janne konnte plötzlich erahnen, wie munter sie eigentlich war – wenn sie nicht gerade mit dem Falschen verheiratet werden sollte. «Ich bin so froh, dass wir dich aufgelesen haben, Janne», sagte sie. «Dich und Lentje. Und dass ihr mitkommen werdet.»

Es fiel Janne schwer, Griets Lächeln zu erwidern. Das schlechte Gewissen legte sich wie ein Schatten auf sie. Griet wusste ja nicht wirklich, wer hier vor ihr stand! Was Janne getan hatte ...

«Nun komm», sagte sie eine Spur zu fröhlich. «Wir haben noch eine Menge Stroh zu flechten. Du weißt doch, wie das geht?»

Griet verzog das Gesicht. «Nicht wirklich. In Seeland musste ich bei Frau Anna von Dyre lernen, wie man Stoffe bestickt. Eine scheußliche Sache. Ich hasse es, mit den Fingern herumzufriemeln!»

Janne stupste sie aufmunternd an. «Ich zeige es dir. Bis morgen bist du eine geschickte Strohfigurenflechterin. Wer weiß, vielleicht wird das ja dein Handwerk. Von irgendetwas müsst ihr ja leben, wenn ... na, du weißt schon.»

Griet stöhnte. «Das möge der Herrgott verhindern!»

Schon bald saßen die beiden Frauen zusammen und bereiteten Strohschmuck vor: Kreuze aus ineinander verschränkten Strohhalmen, die sie am Ende der vier Balken jeweils mit einem Stück kostbarem rotem Band verknoteten. Lentje ging ihnen plappernd zur Hand. Die rasch zusammengewirkten Zierstücke gaben nicht sehr viel her, aber sie würden ihren Zweck erfüllen. Und das war ein ganz anderer, als jeder in Rungholt glaubte.

Trotz aller Anspannung machte es Janne Freude, so zwischen Griet und Lentje zu sitzen und vor sich hin zu werkeln. Gut und richtig fühlte sich das an. Dass dort draußen ein Kerl wie dieser Thies herumlief und bald in der Scheune auf sie warten würde, erschien ihr nun wie ein böser Traum, der langsam verblasste. Schon bald würden sie das alles hinter sich lassen.

Drittes Kapitel

«Ich freue mich, dass du das Beste aus allem machst, Griet.» Owe ging mit großen Schritten neben ihr her, beladen mit rund zwei Dutzend Strohkreuzen, die Janne und sie gestern Abend noch in aller Eile geflochten hatten. Er begleitete sie zur Kirche, um «ein wenig behilflich zu sein», wie er es nannte. Griet war sich jedoch ziemlich sicher, dass er schlichtweg ein Auge auf sie haben wollte. Ihr Bruder war schließlich ihr Bruder.

«Das Beste daraus machen … Ja, so kann man es wohl nennen», erwiderte Griet, ohne Owe anzusehen. Wenn er gewusst hätte, dass sie schon lange nicht mehr in Rungholt sein würde, wenn das nächste Mal die Sonne unterging! Griet hätte nur zu gerne ihr geheimes Wissen genossen. So wie früher manchmal, wenn sie Owes Wollkappe versteckt und ihm andere kleine Streiche gespielt hatte. Doch es wollte sich keine verstohlene Freude bei ihr einstellen. Nur bange Sorge, ob die Flucht gelingen würde. Und, fast noch bedrückender: Wehmut darüber, dass sie gerade wohl zum letzten Mal neben Owe ging, ihn niemals wiedersehen würde. Ja, er konnte furchtbar nervig sein mit seiner Rechthaberei. Aber er war auch ihr Bruder, der sie immer beschützt hatte und für sie da gewesen war. Der es auf seine etwas zu dominante Art gut meinte.

Verstohlen warf sie ihm einen Seitenblick zu. Sein buschiger Kinnbart, der kleine Huckel auf seiner Nase, die Narbe über dem linken Auge von damals, als er mal vom Speicherboden gefallen war … Sie würde ihn vermissen.

Auch Janne ging neben ihr, ungewöhnlich still und in Gedanken vertieft. Die kleine Lentje lief ihnen voraus, wobei sie immer wieder einen Ball aus zusammengeknoteten Stoffresten hochwarf und auffing, den einer der Gaukler ihr geschenkt hatte. Gelegentlich hüstelte sie noch, doch die letzten Tage in der Wärme des *Krugs* schienen ihr gutgetan zu haben.

Es war früh am Morgen, und das Volk von Rungholt war schon auf den Beinen, um das Vieh zu versorgen und die zahlreichen weiteren notwendigen Handschläge des Tages anzugehen. Auf dem Bohlenweg, der an den Langhäusern der Stadt entlangführte, begegneten ihnen immer wieder Leute, die Griet neugierige Blicke zuwarfen. Manche grüßten sie betont höflich und schauten dann erwartungsvoll. Anscheinend hofften sie auf einen Einblick in das Herz der jungen Braut. Andere tuschelten vernehmlich über Griet, kaum dass sie an ihnen vorbeigegangen war. Die Hochzeit einer Stallerstochter war ein Ereignis, das sich überall herumsprach. Griet gab sich Mühe, den Passanten unverdächtig und beiläufig zu antworten, doch ihre Erwiderungen fielen meist ziemlich einsilbig aus. Ein Hochzeitsfest würde es nicht geben, da gab es auch nichts zu tratschen.

Dort vorne lag schon die weiß getünchte Laurentius-Kirche auf ihrer Warft. Breit und schwerfällig zeichnete sie sich vor dem klaren Himmel ab, und Möwen kreisten über dem Dach im Wind, der seit gestern wieder kräftiger blies. Doch steife Böen waren in den Uthlanden nicht ungewöhnlich und würden auch ihre Reise nicht aufhalten.

Als sie den künstlichen Hügel hinaufstiegen, näherten sich

ihnen zwei Männer über die Holzbrücke, die die Kirchenwarft mit der Warft des Pfarrhauses nebenan verband. Pater Ansgar und Folkert Feddersen. Der Priester lächelte, während Folkert ziemlich nervös wirkte. Die beiden erwarteten Griet und ihre kleine Schar am Kirchenportal.

«Gut sieht das aus», lobte Pater Ansgar etwas pflichtschuldig die Strohkreuze. Janne bedankte sich verlegen. Dann räusperte sich Folkert.

«Owe Ingmarsen, können wir vielleicht miteinander reden? Es gibt Wichtiges zu klären.» Er redete etwas zu laut und zu betont beiläufig. Aber das fiel hoffentlich nur auf, wenn man den Grund wusste.

Owe zog finster die Augenbrauen zusammen. Folkert hatte ihm nichts getan, doch auf Aukes Sippe war er trotzdem nicht gut zu sprechen. «Hat das nicht Zeit bis später, Folkert Feddersen? Du hast doch erst kürzlich mit meinem Vater gesprochen.»

Folkert verzog unglücklich das Gesicht. «Ich weiß. Aber ich … ähm … würde gerne meine Entdeckungen noch etwas ausführen.»

«Warum setzt ihr euch nicht zum Reden ins Pfarrhaus an den Herd?», kam ihm Pater Ansgar zu Hilfe. «Eske hat frisches Gewürzbrot gebacken.»

Unschlüssig runzelte Owe die Stirn. Offenbar wollte er dem Kirchherrn von Rungholt nicht gerne widersprechen.

«Na, geht doch ruhig», stupste Griet ihn an. «Wir sind solange in der Kirche und kümmern uns um den Schmuck. Wenn wir dich brauchen, schicken wir Lentje ins Pfarrhaus.»

«Also schön.» Owe übergab seine geflochtene Last an Janne, die Griet zuzwinkerte. Diese atmete aus. Gleich waren sie Owes misstrauische Blicke los.

«Ich bin schon gespannt darauf, was ihr aus unserer Kirche macht», sagte Pater Ansgar höflich. «Meine Haushälterin wird euch dabei zur Hand gehen. Sie ist schon viel länger an der Laurentius-Kirche als ich und kennt da jeden Winkel. Eske, kommst du bitte einmal raus? Die Stallerstochter ist da!»

Eine gebeugte ältere Frau mit strengem Gesicht trat aus dem Vorratshaus der Pfarrwarft und bewegte sich dann langsam über die kleine Brücke zu ihnen. Griet musste sich zusammennehmen, um nicht aufzustöhnen. Das wären dann wieder zwei Augen zu viel in der Kirche!

«Danke, Pater Ansgar, aber das ist nicht nötig …», sagte sie rasch.

Die alte Eske war inzwischen zu ihnen ans Kirchenportal gekommen und musterte das Grüppchen mit seinem Strohschmuck finster. Offenbar mochte sie neue Dinge in ihrer Kirche nicht besonders.

«Ich helfe euch», bellte Eske in einem Tonfall, der keinen Widerspruch duldete. «Kommt, steht nicht unnötig herum.»

Und sie öffnete mit routinierten Griffen die Tür. Pater Ansgar zuckte entschuldigend mit den Schultern. Anscheinend nahm er die resolute Art seiner Haushälterin so hin, wie andere den Wind und das Wetter hinnehmen mussten. Zusammen mit Owe und Folkert verschwand er in Richtung Pfarrhaus.

Mit einem mulmigen Gefühl im Bauch betrat Griet hinter der alten Eske die Kirche von Rungholt. Dann mussten sie sich eben irgendetwas ausdenken, um rechtzeitig von hier wegzukommen!

Sie schaute sich im Innenraum des Gebäudes um. In Seeland war sie zwei- oder dreimal in Kirchen gewesen, die größer als St. Laurentius waren. Doch das Gotteshaus war dennoch beeindruckend, viel prachtvoller als die Andreaskirche von

Gaikebüll. Obwohl der Tag grau war, fiel mehr als genug Licht durch die hohen Fenster herein.

Es beleuchtete das große, hölzerne Kruzifix über dem Altar hinten in der Apsis. Der Christus hing als Schmerzensmann vom Kreuz, mit gesenktem Haupt, hervortretenden Rippen und einem rot gemalten Blutstrom an der Seite, wo sich die Lanze des Longinus in sein Fleisch gebohrt hatte. Er schien ganz Mensch zu sein, umfangen von dem irdischen Leid, das er schließlich besiegen sollte. Der Anblick berührte Griet sofort und hallte in ihrem eigenen kleinen Schmerz wider, als hätte jemand eine Glocke angeschlagen.

Rasch wandte sie sich ab und schaute lieber über die gekalkten Wände, deren Weiß mit farbenfrohen Malereien verziert war. Sie zeigten Szenen aus dem Leben des heiligen Laurentius, bis hin zu seinem Märtyrertod auf einem glühenden Eisenrost.

Darüber zog sich ein Geflecht aus gemalten Ranken, Blättern und Baumwipfeln bis hinauf zur Decke. Winzige bunte Vögel versteckten sich im Rankenwerk, neben Eichkatzen und anderen, seltsameren Wesen: Menschen mit Hundekopf oder Kopflose, die ihr Gesicht auf der Brust trugen. Kreaturen aus den fernen, unerforschten Ländern Asiens und Afrikas. Es war, als hätte der Maler ein Spiegelbild der Schöpfung auf die Wände bannen wollen, die von der Kirche in ihrer Gesamtheit umschlossen wurde.

«Es gibt was zu tun», brummte die alte Eske und riss Griet damit aus ihren Gedanken. «Die kleinen Gebinde kommen entlang des Mittelganges ans Gestühl. Ein großes da vorne über den Taufstein …»

Und die Haushälterin begann, Janne durch die Gegend zu scheuchen, als wäre der Strohschmuck allein ihre Idee. Griet erschrak. Die Alte ging mit großer Zielstrebigkeit vor und hatte offenbar nicht im Sinn, die Kirche auch nur einen Herzschlag lang aus den Augen zu lassen. Wenn das so weiterging, wäre der Innenraum in kurzer Zeit geschmückt, ohne dass Griet und ihre Begleiterinnen der Flucht auch nur einen Schritt näher gekommen wären.

«Oh», sagte sie wie bei einem plötzlichen Einfall. «Ich fürchte, wir haben etwas vergessen. Wir müssen noch mal eben in den *Krug.*» Sie wandte sich entschuldigend an Eske. «Es tut mir leid, aber es ist gerade an so viel zu denken.»

«Dann lass uns rasch rübergehen!», stand Janne ihr bei.

Die alte Eske schenkte ihnen einen weiteren missbilligenden Blick aus ihrem unerschöpflichen Vorrat.

«Na schön. Ich mache solange mit der Lütten weiter.» Sie schaute sich suchend um. «Wo steckt das Kind überhaupt?»

Griet und Janne tauschten einen gequälten Blick. So war das nicht gedacht!

«Wir ... brauchen auch Lentje», sagte Griet rasch. «Zum Tragen.»

«Was wollt ihr denn noch alles holen?», fragte Eske erstaunt.

«Weiteren Strohschmuck», erwiderte Griet, der nichts Besseres einfiel. «In der Aufregung haben wir die Hälfte glatt liegen lassen.»

Tiefe Furchen bildeten sich auf Eskes Stirn. Griet kam der Verdacht, dass sie nicht besonders überzeugend war. Sobald sie mit Lentje verschwunden waren, würde die Alte vermutlich sofort rüber zum Pfarrhaus laufen, um sich über das seltsame Verhalten der Stallerstochter auszulassen. Und es nützte ihnen gar nichts, von hier fortzukommen, wenn sie dabei Verdacht erregten und man sie auf der Straße gleich wieder einholte. Sie brauchten wohl doch eine weniger auffällige Möglichkeit.

«Andererseits ...», setzte sie so beiläufig wie möglich nach.

«Vielleicht reicht ja auch schon das, was wir an Schmuck hier haben.»

Eske musterte sie misstrauisch. Dann schnaubte sie. «Na schön. Lasst uns weitermachen. Die Kirche muss auch noch ausgefegt werden. Der Besen steht unten, vor der Krypta.»

«Das mache ich», sagte Griet matt, wobei sie den Umstand ignorierte, dass eine alte Magd wohl kaum eine Stallerstochter herumscheuchen durfte. In Eskes Welt war das offenbar anders, und sie sah es als ihre Aufgabe an, ihre Mitmenschen gründlich mit Arbeit zu versorgen. Vielleicht kam Griet beim Fegen ja eine Idee.

Sie ging nach vorne, in Richtung der Apsis. Zwei schwere, mannshohe Kerzenleuchter standen rechts und links neben dem Altar, ein sichtbares Zeichen von Rungholts Reichtum. Eine gewundene Treppe führte zu einer Kanzel hinauf, die wie ein Erker aus einer Säule hervortrat, beschirmt von einem Baldachin aus Stein. Lentje war gerade damit beschäftigt, ihren Stoffball gegen die Säule zu werfen und abprallen zu lassen. Etwas seitlich vom Altar führten Stufen in die Krypta hinab.

Griet folgte ihnen in die Tiefe der Warft. Sie endeten unten an einer Gittertür, die mit einem Schloss gesichert war. Davor stand ein Eimer, und ein Reisigbesen lehnte an der Wand.

Als Griet sich den Besen schnappte, blieb ihr Blick an der Tür hängen. Oben rumorte Lentje noch immer mit ihrem Ball. Das war vielleicht eine Möglichkeit …

Mit dem Besen in der Hand lief sie wieder nach oben. Dort vergewisserte sie sich, dass Eske und Janne gerade beim Taufstein werkelten, und winkte verstohlen Lentje herbei. Mit dem Ball in den Händen kam das Mädchen herangelaufen.

«Ja? Was ist denn?» Große Augen schauten Griet unternehmungslustig an.

«Sscht!» Sie senkte die Stimme. «Pass auf, dass Eske uns nicht hört. Schaffst du es, deinen Ball da runterrollen zu lassen? So, dass er durch die Gitterstäbe kullert, in den Raum dahinter?» Griet zeigte auf die verschlossene Pforte am Fuße der Treppe.

«Bestimmt», erwiderte Lentje skeptisch. «Aber dann ist der Ball weg. Da ist doch abgeschlossen.»

«Ich besorge dir einen neuen. Versprochen.»

«Aber warum soll ich …?»

«Lentje, es ist wichtig!», drängte Griet. «Du würdest uns damit sehr, sehr helfen. Mir und deiner Mama.»

Lentje zuckte mit den Schultern. «Na schön.»

Das Mädchen trat an den Treppenabsatz, während Griet einen besorgten Blick über die Schulter warf. Janne und Eske waren gerade damit beschäftigt, ein Strohgebinde am Aufgang zur Kanzel zu befestigen.

Lentje fixierte die Treppe mit einem entschlossenen Blick. Sie holte aus und ließ den Ball schwungvoll hinunterkullern. Dreimal kam er auf den Stufen auf. Dann rollte er über den Kachelboden – und verschwand in der Dunkelheit hinter der Gittertür. Griet musste sich zusammennehmen, um nicht erleichtert aufzujubeln.

Stattdessen setzte sie ein besorgtes Gesicht auf. «Gevatterin Eske? Kannst du einmal zu uns herüberkommen?»

Mit einem missmutigen Brummen schlurfte die Alte los. Griet wandte sich rasch an Lentje: «Bitte spiel jetzt mit!»

Dann war Eske auch schon bei ihnen. «Was ist denn nun schon wieder?»

«Der Kleinen ist der Ball in die Krypta gerollt», sagte Griet im bedauernden Tonfall und nickte zu dem Gewölbe. «Weißt du, wer einen Schlüssel hat?»

Tatsächlich war ihr nicht entgangen, dass Eske einen Schlüsselbund am Gürtel trug, der einer Burgherrin wohl angestanden hätte. Doch sie wollte der alten Haushälterin die Gelegenheit geben, es selbst zu sagen.

«*Ich* habe einen Schlüssel», erwiderte Eske in leicht beleidigtem Tonfall, als wäre es eine Dummheit, etwas anderes zu vermuten. «Aber was spielt die Deern auch im Haus des Herrn Ball?»

Lentje trat an die Haushälterin heran und schaute zu ihr auf. «Och, bitte, Tante Eske …»

Die Alte brummte kopfschüttelnd etwas Unverständliches. Dennoch kramte sie einen langen Eisenschlüssel aus ihrem Bund hervor und stieg mit vorsichtigen Schritten die Treppe hinab. Ungeduldig beobachtete Griet, wie Eske den Schlüssel ins Schloss bugsierte und schließlich die Gittertür aufzog, die dabei anklagend quietschte.

«Er ist ziemlich tief hineingerollt!», rief Griet hinter der Haushälterin her. Diese ließ den Schlüssel im Schloss stecken und tastete sich murrend ins Halbdunkel vor, offenbar unwillig, extra für Lentjes Ball ein Licht zu besorgen. Ein paar Herzschläge wartete Griet noch ab. Als Eske etwas tiefer in der Krypta verschwunden war, huschte sie so schnell wie möglich die Treppe hinunter.

Mit einem hässlichen Klacken warf sie die Pforte zu. Dann machte sie sich verbissen daran, abzuschließen. Aber das dumme Schloss klemmte!

«He!», rief Eske aus der Tiefe der Krypta wie ein ruheloser Geist. «Was macht ihr denn da?»

Griet ignorierte sie und konzentrierte sich ganz auf den Schlüssel. Vorsichtig bewegte sie das Ding hin und her, damit der klobige Bart möglichst gut ins Schloss griff. Endlich drehte er sich! Griet wuchtete den Schlüssel herum, so schnell sie konnte. Als die Haushälterin an der Pforte erschien, zog sie ihn rasch aus dem Schloss.

«Was soll denn das?» Eske starrte sie völlig fassungslos und mit bleichem Gesicht an. Sie griff nach der Gitterpforte und ruckelte daran, wie eine Gefangene im Kerker.

«Es ... es tut mir leid, Gevatterin Eske.» Griet meinte das sehr ehrlich. «Aber es ist leider notwendig. Der Herr Pfarrer wird dich gewiss bald herauslassen. Bitte verzeih.»

Damit wandte Griet sich um und eilte die Stufen wieder hoch.

«Kind!», rief es von unten. «Was soll das? Das könnt ihr doch nicht machen! Was soll der Herr Pfarrer sagen ...?»

Griet legte den Schlüssel gut sichtbar am oberen Treppenabsatz ab. Eskes Stimme hallte nur gedämpft zu ihr herauf. Das war gut. Dann war sie von draußen gewiss gar nicht zu hören, und Owe oder der Pater würden erst etwas bemerken, wenn sie irgendwann zum Nachsehen in die Kirche kämen. Bis dahin waren Griet und die anderen hoffentlich schon nicht mehr in Rungholt.

«Was ... warum hast du ...?» Lentje sah so aus, als wüsste sie nicht recht, ob sie lachen oder entsetzt sein sollte.

«Es ist nur für kurze Zeit», beruhigte sie Griet. «Komm jetzt. Wir müssen weg von hier.»

Sie zog das Mädchen in Richtung Kirchentür. Janne hatte inzwischen fast alle Strohgebinde aufgehängt und warf die letzten zwei achtlos zur Seite.

«Ich kann nicht glauben, dass du das wirklich getan hast», murmelte sie halblaut. «Darüber müsste man glatt ein Lied schreiben.»

Griet holte die Tücher hervor, die sie für den nächsten

Schritt mitgebracht hatte: Stoffstücke aus fester, grober Wolle, wie sie die einfachen Frauen der Höfe gegen die Witterung trugen. Griet, Janne und Lentje legten sich die Tücher um, während Janne ihrer Tochter rasch von dem «kleinen Ausflug» erzählte, den sie nun vor sich hatten. Dann schlüpften sie aus der Kirche.

Draußen schaute Griet sofort rüber zur Warft mit dem Pfarrhaus. Dort regte sich nichts. Offenbar war es Folkert gelungen, Owe und Pater Ansgar in ein längeres Gespräch zu verwickeln.

Sie liefen die Kirchenwarft hinunter. Sobald sie unten auf dem Weg waren, zügelte Griet ihre Schritte. Sie durften nicht zu sehr hetzen, alles musste ganz alltäglich und unverdächtig aussehen. So wie damals, als sie sich von Vaters Hof geschlichen hatte, um sich heimlich mit Auke am alten Brack zu treffen …

So folgten sie dem Weg, der aus der Stadt hinausführte, wobei Griet beständig auf den Boden schaute, wie jemand, der gebeugt unter einer schweren Last ging. Niemand sollte die junge angehende Braut in ihr erkennen. Sie war bloß eine Magd, die zusammen mit einer Standesgenossin und deren Tochter zu einem Auftrag außerhalb der Stadt unterwegs war.

Schließlich lagen die Warften von Rungholt hinter ihnen, und sie traten auf den offenen Deichweg hinaus. Er würde sie direkt zu der Salzbude führen, wo Auke mit allem Notwendigen für die Flucht auf sie wartete. Nun wagte es Griet, doch etwas rascher voranzugehen, um Rungholt so schnell wie möglich hinter sich zu lassen – da bemerkte sie, dass Janne plötzlich innehielt.

«Was ist denn?»

Etwas unwillig schüttelte die Magd den Kopf. «Vermutlich

nichts. Mir war nur so, als hätte uns gerade einer angestarrt. Da vorne.» Sie zeigte zu einer kleinen Scheune hinüber, die sich auf einer Höhe mit ihnen am Stadtrand an den Deich schmiegte. «Da, bei dem Unterstand, wo die Didden lagern.»

Unter einem Vordach waren haufenweise Platten aus getrocknetem Dung zum Verfeuern aufgeschichtet. Griet musterte den Verschlag eindringlich, konnte aber niemanden entdecken.

«Ich sehe nichts. Vielleicht hat da nur jemand gearbeitet und ist jetzt reingegangen?», meinte sie halb überzeugt. Eigentlich sah der Bau nicht so aus, als würde dort gerade Betrieb herrschen.

«Oder es war die Katze?», schlug Lentje hilfreich vor, als ein grau getigerter Schemen zwischen den Dungplatten hervorschlüpfte.

«Ja, vermutlich», murmelte Janne. «Owe wird sich ja wohl kaum in den Didden versteckt haben.»

Griet musste bei der Vorstellung schmunzeln. Es war ein trauriges Lächeln. Sie würde Owe nicht wiedersehen. Doch dafür lag eine gemeinsame Zukunft mit Auke vor ihr. Und mit ihrer Freundin Janne an ihrer Seite.

«Nun kommt schon», drängte sie.

Und so eilten zwei Frauen und ein Mädchen unter dem weiten grauen Winterhimmel ihrer Freiheit entgegen – fort aus Rungholt.

Viertes Kapitel

Die endlose Warterei hatte ein Ende. Auke konnte es gar nicht so recht glauben. Er stand neben der alten Salzbude, die nun als Schafstall diente, und der Geruch nach nasser Wolle war so penetrant, dass selbst der salzige Wind ihn nicht zerstreuen konnte. Auke hatte sich in den letzten Tagen nicht daran gewöhnen können, obgleich er auf dem Zwischenboden der Bude im Stroh übernachtet hatte. Doch das war ihm nun gleichgültig, so wie alles andere.

Alles außer den drei Gestalten, die sich da über den Deichweg näherten. Sie trugen die Kopftücher tief ins Gesicht gezogen. Zwei große Gestalten und eine kleine. Zwei Frauen und ein Kind. Und zumindest eine der Frauen kannte er mehr als gut, auch mit Tuch und aus der Entfernung!

Eigentlich wäre es vernünftig gewesen, dennoch zur Sicherheit noch etwas im Schutz der Bude zu verharren. Doch Auke hatte gerade nicht die geringste Lust, vernünftig zu sein. Er lief auf den offenen Weg hinaus, den Neuankömmlingen entgegen.

Eine der Frauen raffte ihre Schürze und rannte ebenfalls los. Dunkelblonde Haarsträhnen lösten sich unter ihrem Tuch. Und ob das Griet war!

Auke beschleunigte seine Schritte noch weiter. Nur wenige Herzschläge später fiel Griet ihm in die Arme. Er drückte sie an sich, wollte sie nie wieder loslassen. Es tat so gut, den trockenen Grasgeruch ihrer Haare in der Nase zu haben! Die Lebendigkeit ihres Körpers zu spüren, ihre Atemzüge, die Wärme ihrer Wangen unter der oberflächlichen Kälte, die der Winter darübergehaucht hatte …

So standen sie da, mitten auf der Deichkrone, und hielten sich wortlos fest. Bis sich schließlich jemand räusperte.

«Wollt ihr *hier* ein Haus bauen und euer neues Leben beginnen?», fragte Janne mit schief gelegtem Kopf. «Falls nicht, sollten wir vielleicht langsam aufbrechen.»

Auke gönnte sich noch drei weitere Herzschläge, ehe er Griet schließlich aus seiner Umarmung entließ. Sie trat einen Schritt zurück. Erst jetzt konnte er richtig ihre Augen sehen. Sorge lag darin, aber auch Erleichterung. Er selbst sah wahrscheinlich ähnlich aus …

«Du hast recht», sagte er mit rauer Stimme zu Janne.

Dann wandte er sich noch einmal Griet zu. «Wirst du sie diesmal annehmen?»

Er zog einen kleinen Gegenstand aus der Gürteltasche, den er einst beim Weihnachtsfest des Stallers vom Boden gerettet hatte: die Buntmetall-Fibel mit der umlaufenden Inschrift. AVE MARIA GRTIA.

Griet nahm sie mit einem Lächeln entgegen. «Nun spricht ja nichts mehr dagegen.»

Auke nickte dankbar. Gut würde das Schmuckstück sich am Kleid seiner Frau machen! Dann zwang er sich, sich auf den nächsten Schritt zu konzentrieren.

«Wir haben noch einen weiten Weg vor uns. Lief in der Stadt alles wie geplant?»

«Wir mussten ein wenig improvisieren», erwiderte Griet. «Aber wir haben es geschafft.»

Rasch eilten sie hinüber zur Salzbude, während die kleine Lentje etwas von einem Ball und einer eingesperrten Frau plapperte. In der Bude kletterte Auke auf den Zwischenboden, um die Bündel herunterzuwerfen, die er hier deponiert hatte. Sie enthielten feste Kleidung, Wolldecken, Brot und Schinken als Reiseproviant, Griets Habseligkeiten und ein wenig Silber, das Auke für die Reisekasse mitgebracht hatte. Es stammte aus der Truhe, die der Dänenkönig im letzten Herbst den Uthlanden hatte abpressen wollen, und würde nun einem edleren Zweck dienen.

«Die Sachen sind nicht ganz leicht», erklärte er, «aber gleich geht es für eine Weile auf dem Wasser weiter.» Er teilte die Ausrüstung zügig zwischen sich und Janne auf, doch Griet trat dazwischen und bestand darauf, ebenfalls ihren Teil zu tragen.

«Ab jetzt bin ich nicht länger die Stallerstochter», meinte sie, während sie ihr Bündel schulterte. «Außerhalb der Uthlande kennt meinen Vater sowieso niemand. Und eine verwöhnte Kaufmannsfrau werde ich niemals sein. Also meistern wir alle Lasten gemeinsam. Gewöhne dich besser daran, Auke Feddersen. Wenn du mich auf Händen zu tragen versuchst, haue ich dir auf die Finger.»

«Würde mir niemals einfallen», grinste er ertappt.

«He!», krähte Lentje dazwischen. «Ich will auch meine Last tragen.»

So kam es, dass sie das Gepäck rasch noch einmal umverteilten, damit auch Jannes Tochter stolz ein kleines Bündel übernehmen konnte.

«Nun aber los!», rief Auke schließlich ungeduldig. «Je eher wir in Schleswig sind, desto besser.»

Er trat als Erster aus der Salzbude ins Freie. Sie hatten eine anstrengende Reise vor sich, und das in der denkbar ungünstigsten Jahreszeit. Aber sie würden es schaffen, weil sie es eben mussten! Entschlossen, fast trotzig ließ er den Blick über die frostüberzogene Landschaft schweifen. Und erstarrte.

Über die Deichkrone näherten sich mehrere Berittene! Es waren vier Männer auf Pferden, deren Wollmäntel sich im steifen Wind blähten. Einer von ihnen überragte die anderen wie ein Kirchturm die umliegenden Häuser. Sie kamen von Rungholt her, und sie hatten es eilig.

Das waren keine Reisenden, die zufällig auf der Deichkrone unterwegs waren. Auke presste grimmig die Zähne aufeinander. Man hatte sie entdeckt! Ihre Flucht drohte zu einem Ende zu kommen, noch ehe sie richtig begonnen hatte.

«Schnell!», brüllte er seinen Begleiterinnen zu, die gerade aus der Bude gekommen waren. «Runter vom Weg!»

Die Reiter hatten sie gesehen, da machte Auke sich keine falschen Hoffnungen. Sie waren bereits so nah herangekommen, dass er den struppigen Vollbart des hünenhaften Mannes erkennen konnte. Es war sinnlos, sich verstecken zu wollen. Und auf der offenen Deichkrone waren sie den Berittenen schutzlos ausgeliefert. Ihre einzige Hoffnung bestand darin, die Verfolger im Gelände zwischen Hecken und Wassergräben irgendwie abzuhängen.

Auke packte Griet mit der einen Hand und die kleine Lentje mit der anderen. Entschlossen riss er sie vom Weg herunter. Janne folgte ihnen dichtauf. Die schweren Säcke ließen sie stehen. Dann musste es eben so gehen, Auke hatte zumindest Silber dabei …

Sie stolperten den Hang des Deiches hinab, während in ihrem Rücken schon die Hufe der Pferde und die im Wind verwehten Stimmen der Männer zu hören waren. Gehetzt warf

Auke einen Blick über die Schulter. Die Verfolger waren schon über ihnen auf dem Deich! Warum mussten sie so verflucht schnell sein …?

«Stehen geblieben!», bellte der bärtige Kerl, während er sich von seinem Pferd schwang. Er trug eine Augenklappe und einen wuchtigen Streitkolben an der Seite.

Auke verschwendete keinen Atem für eine Erwiderung. An Griets Seite stürmte er weiter voran, den Hecken jenseits der überfrorenen Schafweide entgegen. In diesem Moment kreischte Lentje auf. Sie hatte auf dem glatten Hang den Halt verloren und schlitterte unkontrolliert hinab. Auke griff nach ihr, doch seine Hand kam zu spät. Schon lag das Mädchen am Fuße des Deiches und hielt sich das Knie.

«Au!», stöhnte sie. «Mama, ich bin auf mein Bein gefallen!» Ihre Wangen waren gerötet von Kälte und Schmerz.

«Komm, Kind», presste Janne hervor, während sie ihre Tochter auf die Füße zog. «Wir müssen weiter!»

«Aber mein Bein …», jammerte Lentje.

Auke warf unterdessen einen Unheil ahnenden Blick zurück zur Deichkrone.

Einer der Verfolger war bei den Pferden geblieben, die anderen näherten sich den Fliehenden nun zu Fuß über den Hang. Der Hüne lief in der Mitte, den Streitkolben in der Faust, während zwei Knechte in grober Wollkleidung ihn flankierten. Der kleinere von ihnen, ein stämmiger Kerl mit wettergegerbten Zügen, grinste dreckig in Jannes Richtung.

«Na, meine süße Deern?», schnarrte er. «Hast du mich ganz vergessen? Mein Lager war so kalt gestern Nacht …»

Janne wurde grau wie Herdasche.

«Thies», hauchte sie.

Das Grinsen des Kerls wurde noch breiter. «Bei so hübschen

Vögelchen wie dir muss man aufpassen, dass sie nicht davonfliegen», sagte er triumphierend. «Zum Glück *habe* ich gut aufgepasst und dich im Auge behalten. Und alles gleich dem guten Burkhart hier gemeldet. Wollt ihr denn gar nicht bis zur Hochzeit bleiben?»

Auke hatte keine Ahnung, was da vor sich ging. Aber er wusste, dass er etwas tun musste. Sein Kopf arbeitete mit jener atemlosen Präzision, die sich nur im Kampf einstellte. Rasch schätzte er ihre Chancen ab, vor den Männern davonzulaufen. Sie waren denkbar schlecht, wenn jetzt auch noch die Kleine nicht vernünftig gehen konnte. Also musste Auke es eben mit ihnen aufnehmen!

Er trat den Verfolgern einen Schritt entgegen und zog seinen Malchus. Die gekrümmte Klinge lag gut in seiner Hand.

«Verschwindet!», rief er den Männern mit fester Stimme zu. «Was wir tun, geht euch nichts an.»

«Das sieht Meister Wullenwever anders», brummte der Hüne mit der Augenklappe. Er sprach so ruhig, als säße er gemütlich auf einer Bank. «Du hast seine Braut gestohlen. Lass deine Klinge fallen und ergib dich. Das sage ich nicht zweimal.»

Mit gelassener Beiläufigkeit ruhte der Streitkolben in seiner Hand, wie ein dürrer Haselzweig ohne Gewicht. Auke erkannte sofort, dass der Kerl ein erfahrener Kriegsmann war, der schon so manchen Schädel zerschmettert haben musste und meinte, was er sagte. Ein ernst zu nehmender Gegner, von dem er keine Gnade zu erwarten hatte.

Die beiden Knechte an seiner Seite hingegen wirkten nicht besonders bedrohlich und hatten nur einfache Dolche am Gürtel. Mit denen würde Auke fertigwerden – doch gewiss nicht mit allen dreien auf einmal. Auch dafür gab es jedoch

Möglichkeiten, das hatte er schon als Knabe beim Spielen mit Holzschwertern gelernt. Er musste nur in Bewegung bleiben, beständig den Hang hinauf- und hinablaufen. Dann würden die Angreifer irgendwann ihre Formation lockern, und der schnellste von ihnen käme zuerst an ihn heran. Auke würde dann zuschlagen, blitzschnell wie ein Wolf, der der Beute an die Kehle sprang, und ihn ausschalten, ehe der Rest nachsetzte. Und sich lösen, weiterlaufen, wieder den Ersten herankommen lassen … Bis er sie alle einzeln erwischt hatte. Ein riskantes Spiel. Aber eines, das er gewinnen konnte! Der Einsatz war jedes Wagnis wert. Es kam darauf an, die Verfolger dabei so beschäftigt zu halten, dass sie unterdessen die Frauen in Ruhe ließen.

«Griet!», rief er, ohne sich umzudrehen. «Lauft weiter! Ich komme schon nach.»

«Auke, ich …»

Er hatte keine Zeit für das, was Griet ihm sagen wollte. Jetzt galt es zu handeln! Mit einem wütenden Kampfschrei rannte er den Angreifern entgegen, um seinen Begleiterinnen Zeit zu verschaffen. Dabei hielt er sich leicht seitlich, um sie dazu zu verlocken, ihre Formation aufzulösen.

Die Knechte zogen ihre Dolche, während der bärtige Hüne einfach nur abwartete. Auke sprang auf den Knecht zu seiner Rechten zu – ein älterer Mann, der das schwächste Glied in der Kette zu sein schien. Er duckte sich und hob kampfbereit seinen Dolch. Sogleich täuschte Auke eine Bewegung nach links an, um dann ruckartig von rechts mit dem Malchus zuzustoßen. Er schlug die Klinge des Knechts beiseite und rammte ihm die Schulter in den Leib, ohne abzustoppen. Keuchend fiel der Mann auf den Rücken und rutschte ein Stück weit den Hang hinab.

Doch noch ehe Auke der Sache mit seiner Waffe ein Ende machen konnte, rückte schon der zweite Knecht an, dicht gefolgt von dem Hünen.

«Ich schlitz dich auf wie ein Schwein, Bürschchen!», zischte der Knecht. *Thies* hatte Janne ihn genannt … Er erreichte Auke, ehe dieser, wie geplant, Abstand zwischen sich und die Angreifer bringen konnte. Der Dolch zuckte vor wie eine wütende Schlange aus Eisen.

Auke sprang instinktiv zur Seite und musste auf dem Hang um sein Gleichgewicht kämpfen. Doch auch Thies hatte seinen Schwung unterschätzt und stolperte einen halben Schritt an Auke vorbei, den Dolch noch immer ausgestreckt. Das ließ seine Flanke ungeschützt – und Auke nutzte seine Chance.

Er schwang den Malchus aus der Rückhand. Die gekrümmte Klinge glitt dem Knecht über die Wange und zog ein rotes Band hinter sich her. Mit einem Aufschrei sprang Thies zurück und ließ seinen Dolch fallen, um die Finger auf die frische Wunde in seinem Gesicht zu pressen. Blut quoll dazwischen hervor.

Doch Auke blieb keine Zeit für grimmigen Triumph. Der bärtige Hüne ragte nun vor ihm auf. Mit gleichmäßigen Schritten kam er auf ihn zu, ohne ein Wort zu sagen. Der stachelbewehrte Kopf seines Streitkolbens war Botschaft genug.

Der Söldner ließ seine Waffe mit kurzen, präzisen Schlägen durch die Luft fauchen; kräftig genug, um ihre volle Wucht zu entfalten, aber nicht so weit ausholend, dass er damit seine Deckung geöffnet hätte.

Auke blieb nichts anderes übrig, als vor den Hieben zurückzuweichen. Die Klinge seines Malchus hatte weniger Reichweite als der lange Schaft des Streitkolbens, und er durfte seinem Gegner nicht die Gelegenheit geben, diesen Vorteil auszunutzen. Er wusste, dass dieser Burkhart jede Chance ergreifen würde, die sich ihm bot. Er kämpfte routiniert und schnörkellos, mit dem simplen Ziel, seinen Feind so schnell wie möglich zu vernichten – leidenschaftslos und mit jedem Mittel, das dafür notwendig war.

Für einen Moment erwog Auke, einfach wegzurennen und sich den anderen auf der Flucht anzuschließen. Doch dafür war sein Gegner viel zu dicht bei ihm! Er durfte ihm keinesfalls den Rücken zudrehen. Ihre einzige Chance bestand darin, dass Auke den Hünen ausschaltete.

Verzweifelt belauerte er den Angreifer, während er zugleich seinen Schlägen auswich. Wenn der Kerl sich nur eine Blöße gegeben hätte! Eine einzige Unachtsamkeit würde genügen … Dann könnte Auke vorstoßen, die Reichweite des Streitkolbens unterlaufen und mit seiner kurzen, tödlichen Klinge ins Handgemenge gehen. Auch so ein Ungetüm war nicht unverwundbar …

Wieder sauste der Stachelkopf des Streitkolbens heran! Auke glitt zur Seite, doch diesmal fälschte der Hüne seinen Schlag mitten in der Bewegung ab. Rasch ließ Auke sich halb kontrolliert fallen, um der Waffe zu entgehen, die viel zu dicht an ihm vorbeifauchte.

Nun hockte er mit einem Knie auf dem Boden, während der Bärtige über ihm aufragte und den Schwung nutzte, um erneut auszuholen. Diesmal riss er den Streitkolben ein wenig weiter hoch als sonst. Vielleicht lag zu viel Kraft in der Bewegung, vielleicht war er auch zu selbstsicher geworden, jetzt, da Auke halb zu Boden gegangen war. Jedenfalls war sein Oberkörper für einen kurzen Moment ungeschützt.

Auke reagierte sofort. Er stieß sich hart ab und schnellte mit ausgestreckter Klinge vor, ehe der Streitkolben erneut herabfahren konnte. Gleich würde sich das Blut des Hünen mit Thies' Blut auf seinem Malchus vereinen!

Stattdessen peitschte ein plötzlicher Schmerz durch Aukes Bein. Die Fußspitze des Hünen war vorgeschossen und hatte ihn aus dem Gleichgewicht gebracht. Erst als sich eine haarige Pranke um das Handgelenk seines Schwertarmes schloss, begriff Auke, dass der Kriegsmann ihm eine Falle gestellt hatte. Mit der Linken hielt der Hüne Aukes Waffenarm fest, mit der Rechten ließ er noch immer den Streitkolben kreisen.

Verzweifelt versuchte Auke, sich aus dem eisenharten Griff zu befreien, während das schmerzende Bein ihn kaum zu tragen vermochte. Doch es war zu spät. Die Stachelkugel sauste mit unerbittlicher Gewalt herab. Die Welt löste sich in grelle Splitter auf, als ein Eisendorn sich in Aukes Fleisch und Sehnen bohrte und die Wucht des Schlags seinen Unterarmknochen zerschmetterte.

Von einem Herzschlag auf den anderen fand Auke sich am Boden wieder. Fassungslos starrte er auf das blutige, verdrehte Etwas, das eben noch sein Arm gewesen war und nun seltsam taub herabhing. Er spürte erstaunlich wenig Schmerz, als hätte sein Körper noch nicht so recht begriffen, was geschehen war.

Der Malchus lag zwei Schritte von ihm entfernt auf dem Boden. Direkt vor ihm nahmen die hohen, derben Stiefel des Hünen die gesamte Welt ein.

«Auke!», rief Griet irgendwo in der Nähe. Warum war sie noch da? Sie hätte doch fliehen müssen!

«Bringt die Frauen und den Balg her!», brüllte der Hüne mit einer Stimme, die überlaut und seltsam verzerrt in Aukes Ohren widerhallte. «Und bindet den Entführer. Es geht zurück nach Rungholt.»

«Nein», presste Auke wütend hervor. So schnell würde er

nicht aufgeben! Er musste den Hünen überrumpeln, jetzt, da er keine Gefahr mehr in ihm sah. Auke biss die Zähne zusammen und langte mit seinem gesunden Arm nach dem Malchus. Der Hüne trat einen Schritt vor und stellte seinen Fuß auf die Waffe. Auke konnte den Griff mit den Fingerspitzen erreichen, und doch war die Klinge für ihn so unerreichbar, als hätte sie in Rom oder Malaqa gelegen.

«Sei nicht dumm», knurrte der Hüne. «Du hast verloren. Das weißt du.»

Auke verdrehte sich, um zu ihm aufzuschauen. Mit entnervender Gelassenheit blickte der Bärtige auf ihn herab. Der Kopf des Streitkolbens pendelte direkt über ihm, bereit, der Sache ein rasches, blutiges Ende zu machen.

Auke spannte sich an, nahm all seine Kraft zusammen. Das einzige Ergebnis war tauber Schmerz. Trotzig spuckte er seinen Gegner an. Der Bärtige schüttelte langsam den Kopf. Dann zuckte seine Stiefelspitze vor und traf Auke im Gesicht. Und er stürzte in erstickende Schwärze.

Fünftes Kapitel

Am Marcellustag des Jahres 1362 wurde die Stallerstochter Griet verheiratet. Es war ein stürmischer Tag. Schon am Morgen schlichen die Winde beständig um die Häuser von Rungholt und rüttelten an den Wänden aus Flechtwerk, wie ein Rudel Raubtiere, das einen Schwachpunkt suchte. Gegen Nachmittag war daraus ein ordentlicher Sturm geworden, der gar nicht mehr aufhören wollte. Aschegraue Wolkenberge türmten sich über der Edomsharde, und nur die kühnsten Seevögel schienen es zu wagen, auf diesen Böen zu gleiten, während die Wellen sich an der Hafenschleuse brachen.

Seltsam dumpf klang die Glocke von Rungholt unter ihrem Schindeldach im Windgebraus, als Griet von ihrem Vater und ihrem Bruder zur Kirche geführt wurde. Mechanisch setzte sie einen Fuß vor den anderen, gehüllt in ein reich besticktes Kleid, das einst schon ihre Mutter getragen hatte, als sie die Braut des Großbauern Ingmar geworden war. Ihre Hand tastete hinunter zum Gürtel. Auf seiner Innenseite fühlte sie einen runden Umriss, verborgen vor den Blicken der Leute. Die Fibel, Aukes Geschenk, die sie hier entgegen ihrer eigentlichen Funktion festgesteckt hatte und als Zeichen ihrer wahren Verbundenheit trug.

Dem gräulichen Wetter zum Trotze war das Volk von Rungholt dem Ruf der Glocke gefolgt, und zahllose Menschen hatten sich entlang des Weges versammelt, um den Brautzug zu begleiten. Griet spürte ihre Blicke, obwohl sie kaum hinsah. Manche von ihnen schauten wohlwollend, sie mochten einfach nur mal wieder eine stattliche Braut sehen, an einem Fest teilhaben, das die dunkle Jahreszeit aufhellte.

Andere Blicke waren unverhohlen neugierig oder gar misstrauisch. Es hatte sich herumgesprochen, dass bei dieser Hochzeit einiges nicht rundlief. Dass die Braut alles andere als frohgemut ihrem neuen Leben entgegensah und dass man sie am Vortag gar mit Gewalt an der Flucht hatte hindern müssen …

Griet war fast dankbar für die scheelen Blicke. Sie passten besser zu ihrer Stimmung und dieser ganzen Farce als die erzwungene Fröhlichkeit der anderen.

Noch immer hatte sie die Vorhaltungen im Ohr, die Vater und Owe ihr gemacht hatten. Das immer gleiche Gerede von Familie und Pflichten, von der besonderen Verantwortung der Stallerssippe und dem Wohl der Edomsharde. Das Schlimmste war: Sie hatten nicht ganz unrecht damit. Griet hatte gegen das alte friesische Recht gehandelt, das die Gemeinschaft zusammenhielt. Aber wenn dieses Recht ihr vorschrieb, sich von einem aufrechten Mann abzuwenden und die Frau eines arroganten Prahlhans zu werden, konnte irgendetwas damit nicht stimmen.

Natürlich waren Vater solche Gedanken fremd, und er hatte für seine Tochter nichts als völlige Verständnislosigkeit übrig. Zuvor war Griet für ihn eine junge Braut gewesen, deren Ängste man sanft, aber bestimmt zerstreuen musste. Nun war sie eine launische Übeltäterin, die sich weigerte, ihren Teil zum Wohl der Sippe beizutragen. Halb hatte Griet erwartet, dass Vater sie mit hochrotem Kopf anbrüllen würde. Doch er hatte einfach nur enttäuscht und resigniert gewirkt, als hätte sich Griet so weit von allem entfernt, was seine Welt ausmachte, dass er ihr nicht mehr folgen konnte. Sein Schweigen, nachdem das Nötigste gesagt war, lastete schwerer auf ihr als jeder Wutausbruch.

Und Owe sah die Sache wohl genauso.

Verstohlen schaute sie in seine Richtung, während sie durch Rungholt zogen. Doch er mied ihren Blick.

So kam es, dass Griet trotz der vielen Leute um sie herum den einsamsten Gang ihres Lebens absolvierte. Schon ragte die Pfarrwarft vor ihr auf, breit und selbstgefällig. Die Glocke schwang in ihrem Stapel hin und her, und vor dem Portal der Laurentius-Kirche wartete Wullenwever, um sie in Empfang zu nehmen.

Er trug seine üppige Brokatweste und einen Gürtel mit goldener Schnalle. Seinen Umhang zierte ein Pelzbesatz, die Pfauenfeder an seinem Hut war vom Wind zerzaust. Alles an ihm strahlte Reichtum und Selbstbewusstsein aus, so überdeutlich und plakativ, als würde ein Herold ein Banner vor ihm hertragen. Griet hatte nicht mit ihm gesprochen, seit sein grobschlächtiger Diener sie in die Stadt zurückgeschleift hatte. Doch das war auch nicht nötig. Sein grimmiges, aber zufriedenes Lächeln sagte alles: Er hatte seine Beute so gut wie sicher im Netz, und das kostete er aus.

Pater Ansgar, der kleine Kirchherr von Rungholt, sah neben dem Raum einnehmenden Kaufmann geradezu unscheinbar aus. Sein Gewand wirkte wie stets etwas zu weit, das klobige Kruzifix um seinen Hals zu schwer. Er lächelte nicht und hielt die Hände fest ineinander verschränkt, während er den Brautzug auf der Schwelle seiner Kirche erwartete.

Griet zuckte zusammen, als sie eine dritte Gestalt neben der Pforte bemerkte. Es war Wullenwevers zottelbärtiger Handlanger: Burkhart. Er hielt sich wie stets im Hintergrund, sodass man ihn trotz seiner ochsenbreiten Schultern fast übersah, und war doch erschreckend präsent, eine beständige Bedrohung im Schatten. Sofort sah Griet wieder vor sich, wie Burkharts Streitkolben durch die Luft sauste – und Aukes Arm zertrümmerte. Der Söldling gehörte zum Gesinde und hatte nichts zu suchen neben Priester und Bräutigam!

Doch Wullenwever hielt ihn ganz bewusst an seiner Seite, da war Griet sich sicher. Es war eine Provokation und ein Machtbeweis: Dort stand der Mann, der ihre Flucht vereitelt hatte. Und er konnte es jederzeit wieder tun. Oh ja, die Beute war dem Kaufmann Wullenwever sicher.

Während sie dem Weg hinauf auf die Warft folgte, presste Griet die Zähne zusammen, dass es schmerzte. Sie hatte sich vorgenommen, alles mit Würde zu ertragen, was heute geschehen würde. Etwas anderes blieb ihr schließlich nicht. Doch Burkharts Anwesenheit machte es nicht leicht! Ihre Verachtung galt nicht unbedingt dem Söldling, der nicht mehr als ein tumber Scherge war, ein gut gefütterter Bluthund. Dafür aber umso mehr ihrem künftigen Gemahl für die Geschmacklosigkeit, ihr den Kerl vor die Nase zu stellen! Wullenwever mochte sie in sein Ehebett zwingen, doch es würde kein warmes sein, das konnte er sich für alles Silber der Welt nicht kaufen.

Griets Beine fühlten sich taub an bei den letzten Schritten hin zum Kirchenportal. Wullenwever verbeugte sich förmlich vor dem Staller und dann auch in ihre Richtung, mit einem selbstgefälligen Lächeln auf den Lippen. Sie war froh, dass ihr zumindest keine Tränen über die windgeröteten Wangen liefen. Die hatte sie alle schon in der letzten Nacht geweint, auf ihrem Lager in einer Kammer im *Krug*, die man von außen verriegelt hatte. Nun war da nichts mehr, das fließen konnte. Nur trockene Resignation.

Die Trauung würde *in facie ecclesiae* stattfinden – vor dem Angesicht der Kirche, auf ihrer Schwelle. Sie war ein öffentlicher Akt, bestimmt für die Augen der Gemeinschaft, nach deren Gesetzen die Brautleute ihren Ehebund eingingen. Jeder konnte und sollte sich davon überzeugen, dass alles rechtens zuging. Erst wenn die Brautleute ihr Jawort gegeben und den Segen Gottes empfangen hatten, durften sie dem Priester ins Innere der Kirche folgen, um ihre erste gemeinsame Messe als verheiratetes Ehepaar zu feiern. Griet verzog bei der Vorstellung unwillkürlich das Gesicht.

Die letzten Glockenschläge wurden beinahe vom Wind verschluckt, während die Hochzeitsgesellschaft und die Neugierigen von Rungholt sich in einem weiten Halbkreis vor dem Kirchenportal versammelten. Griet stand im Mittelpunkt der Aufmerksamkeit, stocksteif wie ein wetterzernagter Zaunpfahl im Gelände. Nicht einen Schritt trat sie auf ihren künftigen Gemahl zu, und auch dieser machte keine Anstalten, ihr näher zu kommen, als es die minimale Höflichkeit gebot. Schließlich verstummte die Glocke ganz, und Pater Ansgar breitete segnend die Arme aus.

«Ich heiße Euch willkommen am Hause des Herrn, in dessen Namen Ihr heute die Ehe schließen werdet», sprach er mit erhobener Stimme.

Griet hatte Schwierigkeiten, den Worten des Paters zu folgen, die sich dünn und brüchig im Windrauschen verloren und an ihr vorübersegelten, als wären sie gar nicht für sie bestimmt.

«... wenn nun aber jemand weiß, dass die Brautleute enger verwandt sind, als es schicklich ist, oder irgendein anderer Grund gegen diese Ehe spricht, so möge er jetzt vortreten.»

Das war der Moment, in dem Auke erscheinen und Griet für sich einfordern müsste, im Namen ihrer Liebe. Das wäre jedenfalls geschehen, wenn ihr Leben das alberne Lied eines Spielmannes wäre.

Doch Auke war nicht hier. Man hatte seinen Arm mehr schlecht als recht versorgt und ihn dann in einem Lagerhaus am Hafen eingesperrt, weil Rungholt keinen eigenen Stadtkerker hatte. Selbst der Ewer, den er für ihre Flucht nahe der Stadt vertäut hatte, war nach Rungholt geholt worden, um jeden weiteren Fluchtversuch zu vereiteln; nun dümpelte er nutzlos im Hafen vor sich hin. Später, nach der Hochzeit, würde das Bodthing zusammenkommen und über Aukes Verbrechen der Brautentführung richten.

Am liebsten hätte sie vor Wut und Frust laut aufgeschrien, dass es weit unter dem grauen Sturmhimmel widerhallte. So vieles sprach gegen diese verfluchte Ehe, doch niemand sagte etwas! Verstohlen schaute sie nach hinten, über die gaffende Menge. Dutzende von beklommenen Gesichtern starrten zurück. Da vorne stand Folkert Feddersen, den Blick auf seine Fußspitzen gesenkt, und dort die alte Eske, die Griet giftig anfunkelte. Janne und Lentje waren nirgendwo zu sehen. Griet hatte ihrem Vater versichert, dass die ganze Flucht nur ihre Idee gewesen war und die Magd ihr aus Treue gefolgt war. Und doch duldete der Staller nicht länger, dass Janne sich in Griets Nähe aufhielt. Sie ging nun dem Küchengesinde im *Krug* zur Hand und konnte froh sein, nicht verstoßen zu werden.

Ein quälender Augenblick verging, in dem nur der Wind und die Seevögel zu hören waren. Und Griet verschluckte den Schrei, der ihr in der Kehle brannte. Was hätte es ihr auch genützt?

«Da nichts gegen diesen Bund spricht», fuhr Pater Ansgar

fort, «möget Ihr nun Eure Gelöbnisse sprechen. Wollt Ihr, Ulrich Wullenwever aus Hamburg, Margrethe, die Tochter des Stallers Ingmar von der Edomsharde, zu Eurer Ehefrau nehmen im Angesicht des Herrn und sie ehren, wie es die Heilige Schrift gebietet?»

«Ja, das will ich», sprach Wullenwever knapp und entschlossen, ohne Griet dabei anzusehen.

«Und wollt Ihr, Margrethe, Tochter des Stallers Ingmar von der Edomsharde, Ulrich Wullenwever als Euren Ehemann annehmen und ihn ehren, wie es die Heilige Schrift gebietet?»

Pater Ansgar schaute Griet an – mehr besorgt als erwartungsvoll. Nur das Rauschen des Sturmes erfüllte die Stille, die nun wie ein schweres Tuch über allem lag. Griets Hand verkrampfte sich um die verborgene Fibel.

Wo zuvor noch ein tierhafter Schrei in Griets Kehle gelauert hatte, fand nun ein winziges Wort keinen Platz mehr. Ihre Handflächen schmerzten, als sie ihre Fingernägel tief hineingrub. Griet musste jetzt antworten, wenn sie sich und ihre Familie nicht noch weiter entehren wollte. Sie warf Wullenwever einen Seitenblick zu. Er stierte geradeaus, als würde sie gar nicht existieren. Ein stattlicher Kaufmann. Ein betrunkener Laffe. Ihr künftiger Gemahl, weil der Herrgott es offenbar so bestimmt hatte.

«Ja …» Ihre Stimme war kaum mehr als ein Krächzen.

«Lauter!», zischte Wullenwever ihr zu. «Alle müssen es hören und bezeugen können. Sonst gilt es nicht.»

Er hörte sich furchtbar selbstzufrieden an. Griet wurde klar, dass dies nur die erste von zahllosen Forderungen war, die Wullenwever an sie stellen würde, wenn sie erst einmal ganz in seiner Macht war. Sie räusperte sich.

«Ja.» Es war nur ein Wort. Und doch war es wie ein Fluch,

der alles zerstörte, was Griet sich für ihr Leben gewünscht hatte.

Wullenwever streckte ihr die Hand entgegen. Griet ergriff sie widerwillig. Seine Finger waren kräftig und fühlten sich kalt an. Fest packte er zu, fester, als es sein musste, während Pater Ansgar die Arme zum Segen über dem Paar ausbreitete: «Et ego coniungo vos in nomine Patris, et Filii, et Spiritus Sancti.»

Es war geschehen. Der Segen des Herrn lag auf dem Bund, den Griet mit Ulrich Wullenwever geschlossen hatte, und die halbe Edomsharde hatte ihn bezeugt. Sie war Margrethe Wullenwever, die Frau eines Fernkaufmanns aus Hamburg. Nichts und niemand vermochte daran noch etwas zu ändern.

«Tretet nun ein in das Haus des Herrn.»

Pater Ansgar stieß das Portal vor ihnen auf und betrat als Erster die Kirche, deren Gestühl noch immer mit den Strohgebinden geschmückt war. Wullenwever hielt ihre Hand fest umschlossen. Als sie über die Schwelle schritten, wandte er sich ihr zum ersten Mal direkt zu. Er lächelte sie an, und es war kein schönes Lächeln.

«Ein Wullenwever bekommt stets, was er will», flüsterte er.

Griet presste die Lippen aufeinander und erwiderte nichts. An der Seite ihres Gemahls betrat sie die Laurentius-Kirche von Rungholt.

Sechstes Kapitel

Ungeduldig spielte Ulrich Wullenwever mit seinem Siegelring herum, um seinen Fingern etwas zu tun zu geben. Er hatte bereits die endlos lange Hochzeitsmesse mit diesem stocksteifen, blassen Gespenst von einer Braut an seiner Seite ertragen, während das Pfäfflein umständlich über Ehe und Verantwortung gepredigt hatte. Und nun sollte er auch noch in der Kirche warten, während die Leute von Rungholt sich draußen für irgendeinen abergläubischen Unfug formierten!

Er stand in der Nähe des Kirchenportals neben der Stallerstochter Margrethe, seiner Gemahlin, die sich noch immer weigerte, mehr als unbedingt nötig in seine Richtung zu schauen. Die restliche Hochzeitsgemeinschaft hatte das steinerne Gebäude bereits verlassen, nur der Pfarrer und seine verschrumpelte Haushälterin waren zurückgeblieben, um noch hinten in der Apsis herumzuräumen. Unangenehmes Schweigen füllte die Kirche bis hinauf zum bemalten Gewölbe. Von draußen warf sich der Sturm gegen die Bleiglasscheiben und zerrte an den Dachziegeln. Er verschluckte die Stimmen der Festgemeinschaft, die vor dem Tor rumorte. Margrethe hingegen schien ihre eigene Stimme verschluckt zu haben. Sollte sie doch!

Ulrich hatte sich vorgenommen, seiner Braut keine Handbreit entgegenzukommen. Wenn sie trotzig schweigen wollte, konnte er das auch. Und im Gegensatz zu ihr hatte er sogar allen Grund dazu. Immerhin war nicht er es, der vor einer rechtmäßig vereinbarten und standesgemäßen Heirat davonlaufen wollte! Die jungen Frauen von Hamburg wären dankbar gewesen, wenn ein Mann aus dem alten Hause Wullenwever um sie angehalten hätte. Und dieses friesische Bauernmädchen tat so, als sei das eine Zumutung.

Ein Teil von Ulrich war darüber einfach nur empört. Ein anderer war neugierig: Was war das für eine stolze Frau, die es wagte, ihn abzuweisen? Wäre es nicht umso wertvoller, sie unter diesen Umständen trotzdem zu besitzen, ein besonderer Triumph seines Willens? So, wie er sich diese Margrethe gefügig machen würde, sollten sich auch bald die gesamten Uthlande seiner Handelsmacht beugen und die anderen Patrizier von Hamburg anerkennend die Häupter neigen. Ulrich Wullenwever war kein Mann, der bei Schwierigkeiten zurückschreckte, wahrhaftig nicht!

Bei dem Gedanken richtete er sich etwas gerader auf. Es konnte nicht mehr lange dauern, bis man sie für den Brautlauf holen würde. Und dann sollte er eine gute Figur abgeben … Ärgerlich gestand er sich ein, dass er nervös war. Ulrich war ein Fremder in dieser Gegend, war nicht mit ihren Bräuchen aufgewachsen. Und doch würde er gleich im Mittelpunkt stehen und musste alle davon überzeugen, dass er nicht nur dazugehörte, sondern sogar würdig war, einer der Mächtigen der Edomsharde zu sein. Als wenn sich ein Kaufmann aus Hamburg gegenüber friesischen Bauern zu beweisen hätte! Aber es war notwendig, dass er mitspielte. Nur so könnten seine Geschäfte blühen und der Stern seines Hauses endlich wieder aufsteigen. Wenn wenigstens seine werte Gemahlin dabei etwas hilfreicher wäre …

Plötzlich hielt er es nicht mehr länger aus zu schweigen. «Sofern ich es recht verstanden habe, erwartet man gleich von mir, dass ich dich von der Kirche in ein standesgemäßes Heim führe», sagte er möglichst beiläufig. «Da Hamburg etwas weit weg ist, muss es vorerst der *Krug* tun. Du darfst jedoch gewiss sein, dass im Frühjahr ein mehr als angemessenes Haus auf dich wartet. Vermutlich angemessener, als du dir auch nur vorstellen kannst …»

Ulrichs Friedensangebot war überaus großzügig: Er stellte seine Braut nicht für ihren absurden Fluchtversuch zur Rede, eröffnete die Konversation mit einer netten Belanglosigkeit und erinnerte sie zudem an die Privilegien, die auf sie warteten. Im Gegenzug würde sie sich hoffentlich endlich zusammennehmen und ihren Teil dazu beitragen, dass diese ganze Veranstaltung so würdevoll wie möglich verlief …

Margrethe verzog das Gesicht, sobald sie seine Stimme hörte, als wäre es eine Unverschämtheit, dass er auch nur mit ihr sprach. Dann wandte sie sich ihm langsam zu, schaute ihn an, ohne in seine Augen zu blicken.

«Die Halle meines Vaters ist ebenfalls mehr als angemessen, besten Dank», erwiderte sie spitz.

Ulrichs Nervosität schlug in Ärger um. Der Stolz dieser Bäuerin grenzte an puren Hochmut!

«Ich weiß nicht, was du dir für Vorstellungen machst», knurrte er mühsam beherrscht. «Aber in Hamburg wartet keine windschiefe Kate auf dich, wo Mensch und Vieh unter einem Dach hausen und alles rußig von dem Dung ist, den ihr verfeuert. Du gehörst nun zu einem Patrizierhaus, einem der ältesten im Hansebund! Du wirst dich zwischen bunten Glaskrügen und Wandbehängen aus Flandern zurechtfinden müssen, wirst Festessen für Handelsherren aus Brügge, Lübeck und Danzig ausrichten, wirst einen Namen tragen, bei dem die Leute ehrfürchtig den Kopf senken, wenn du sonntags die Katharinenkirche betrittst! Ich erwarte ein wenig Dankbarkeit. Und Hingabe für deine neuen Aufgaben! Wenn du dich weiter benimmst wie eine störrische Mauleselin, wirst du dir und mir nichts als Schande bereiten. Meine Mutter wird entsetzt …»

Er brach ab, als hätte er sich verschluckt. Er hatte gewiss nicht vorgehabt, Mutter zu erwähnen! Doch der Satz war ihm einfach so aus dem Mund gekrochen. Als hätte er es nötig, dass sie selbst dann seine Kämpfe für ihn austrug, wenn sie jenseits der Westsee weilte … Ulrich spürte, wie zornige Röte über sein Gesicht kroch.

«Ich weiß, dass Ihr viel Silber besitzt», erwiderte Margrethe, die nichts davon zu bemerken schien. «Und es interessiert mich nicht. Ich werde tun, was der Anstand gebietet, da dürft Ihr unbesorgt sein. Doch alles andere könnt Ihr Euch nicht kaufen. Es gibt Dinge, die mehr wert sind als Euer ganzer Reichtum. Wenn Ihr dem Herrn Pfarrer zugehört hättet, wüsstet Ihr das.»

Ulrich trat einen Schritt auf sie zu. «Das wagst du, mir zu sagen?» Seine Stimme hallte unangemessen laut durch das Kirchenschiff. «Du, die du versucht hast, dich mit einem schmutzigen Bauernburschen davonzuschleichen wie eine gemeine Diebin? Da redest du von Werten, die man sich nicht kaufen kann? Weißt du eigentlich, was für ein Glück du hast, dass ich unsere Verbindung nicht sofort gelöst habe, sobald Burkhart mir davon berichtet hat?»

Sie verschränkte die Arme und hob langsam den Kopf. Nun, endlich, schaute sie Ulrich direkt an. Und es war kein freundlicher Blick.

«Mein sogenanntes Glück besteht darin, dass mein Vater etwas hat, das Ihr dringend braucht», sagte sie. «Geleitbriefe für den Handel mit der Edomsharde. Um mehr geht es nicht.» Sie zögerte kurz. Dann holte sie scharf Luft und sprach weiter. «Und *Euer* Glück besteht darin, dass Ihr diesen einäugigen Bären an der Kette habt, der seine Muskeln spielen lässt und für Euch kämpft.»

«Was willst du damit sagen?», zischte Ulrich.

«Dass ich sonst schon lange weit weg wäre! Oder glaubt Ihr etwa, Ihr hättet uns aufhalten können, wenn Ihr Euch Auke selbst gestellt hättet? *Er* lässt nicht andere für sich kämpfen! Er versteckt sich nicht feige hinter Säcken voll Silber, einem alten Namen oder einem Dienstboten, der Euch jeden einzelnen Knochen im Leib brechen könnte, wenn er nur wollte. Er …»

«Schweig!» Das war mehr als genug. Ulrich holte weit aus – und schlug Margrethe den Handrücken mit dem Siegelring der Wullenwevers ins Gesicht. Der Fernkaufmann Ulrich Wullenwever hatte es nicht nötig, sich als feige beschimpfen zu lassen!

Seine Braut stolperte zurück, bis sie gegen die Wand stieß. Sie hielt sich die gerötete Wange und schien für einen Moment um ihre Fassung zu ringen. Dann schaute sie hoch, und ihre Augen funkelten in kaltem Zorn.

«Das ist es also, was Ihr mir wirklich bieten könnt, mein werter Gemahl?», fragte sie leise.

Ulrich erwiderte nichts. Er atmete tief durch und zwang sich zur Beherrschung. Wohl wusste er, wie wenig souverän es wirkte, wenn jemand herumschrie oder sich gewaltsam durchzusetzen versuchte. Doch es gab Provokationen, die durfte er einfach nicht durchgehen lassen! Nicht, wenn er Herr im eigenen Hause sein wollte. Oder einer der mächtigsten Handelsherren von Hamburg …

«Meister Wullenwever!» Plötzlich stand das kleine Pfäfflein vor ihm. Wo kam der Kerl denn auf einmal her? Den hatte er fast vergessen …

«Was habt Ihr getan?» Verstört schaute Pater Ansgar zwischen Ulrich und seiner Braut hin und her.

«Der Herr Fernkaufmann hat seinen Standpunkt klargemacht», sprach Margrethe. «Auf die Art, die ihm angemessen erscheint.»

Die Augen des Pfäffleins weiteten sich, als er ihre gerötete Wange bemerkte.

«Meister Wullenwever …», wiederholte er noch einmal, und seine Stimme überschlug sich fast. «Ihr wurdet gerade erst getraut! Findet Ihr nicht, dass …»

«Überlasst das mal schön mir», knurrte Ulrich so ruhig und gelassen, wie das mit zitternden Fäusten eben ging. «Es ist meine Entscheidung, meine Gemahlin zu züchtigen, wenn das notwendig ist. Wie Ihr gewiss mitbekommen habt, ist sie nicht gerade frei von jeder Schuld.»

«Das ist kein sterblicher Mensch», erwiderte der Priester. «Und dennoch ist der Herrgott gnadenreich. Und sein Gebot ist die Liebe. Ich dulde nicht, dass Ihr in dieser Kirche Gewalt anwendet, Meister Wullenwever.»

Ulrichs Blick verfinsterte sich. «Wollt Ihr mir etwa drohen?» Erst seine unverschämte Gemahlin und dann auch noch diese jämmerliche Klappergestalt von einem Kirchenknecht! Die Halsstarrigkeit der Friesen grenzte an Dummheit. Doch Ulrich würde sich nicht unterkriegen lassen. Wenn man ihm die nötige Anerkennung verwehrte, würde er sich eben Respekt verschaffen.

«Ich drohe Euch nicht», sprach Pater Ansgar schlicht. «Ein Mann, der sich nicht zu beherrschen weiß, schafft sich das drohende Unheil selbst.»

Für einen absurden Moment hatte Ulrich das Gefühl, seine gestrenge Mutter stünde ihm dort im Gewand des Geistlichen gegenüber. Musste ihm denn ständig jemand sagen, was er zu tun und zu lassen hatte? Diese Plage von einem Pfäfflein wusste offenbar nicht, wann es genug war! Nur zu gut erinnerte Ulrich sich daran, wie es ihm der Priester damals missgönnt hatte, als er mit der Schankmagd im *Krug* anbandeln wollte, und wie er ihn vor den zerlumpten Gauklern gedemütigt hatte. Anscheinend musste der sich überall einmischen, geschützt von seinem Rang als Kirchherr …

Ulrich setzte zu einer scharfen Erwiderung an. Doch er kam nicht dazu, seine Worte auszusprechen, denn plötzlich sprang die Kirchenpforte auf, und Owe Ingmarsen, sein Schwager, kam herein.

«Alles ist bereitet!», erklärte der Sohn des Stallers etwas zu großspurig. «Die hochverehrten Brautleute werden gebeten, nun hinauszutreten und …» Er hielt inne, als er die angespannte Atmosphäre bemerkte. «Ist alles in Ordnung?»

«Aber gewiss!» Ulrich lächelte säuerlich. «Nur eine kleine Meinungsverschiedenheit, nicht weiter von Bedeutung.»

Er warf seiner Frau einen warnenden Seitenblick zu, doch diese starrte nur düster vor sich hin. Grimmig nickte er. Vielleicht hatte sie ihre Lektion nun gelernt. Blieb nur zu hoffen, dass ihre Sippe nichts von dem Vorfall mitbekam. Diesen sturen Bauern war vielleicht nicht bewusst, dass man manchmal einfach tun musste, was eben zu tun war.

«Komm, Margrethe», sagte Ulrich. «Wir werden erwartet.»

Er reichte ihr den Arm, und sie ergriff ihn zögerlich, ohne ihren Gemahl anzusehen. Sobald ihre Finger seinen Ärmel berührten, zuckten sie zunächst ein wenig zurück, als wäre Ulrich eine fette Spinne. Sein Lächeln wurde noch eine Spur verkrampfter.

Owe ließ misstrauisch seinen Blick zwischen seiner Schwester und Ulrich hin und her wandern. «Nun gut», brummte er schließlich und verschwand wieder nach draußen.

Mit seiner jungen Gemahlin an der Seite verließ Ulrich die Laurentius-Kirche, ohne dem lästigen Pfaffen noch einen Blick zu gönnen. Draußen war es eher noch stürmischer geworden, und der Wind blies ihnen tüchtig entgegen. Dem Wetter zum Trotze hatte sich die Hochzeitsgesellschaft in langen Reihen rechts und links vom Weg formiert. Die Kinder standen vorne, um einen guten Blick zu haben. Sie hielten schlanke Haselruten in den Händen, die man mit farbigen Stoffbändern verziert hatte. Als Ulrich und Margrethe den Brautlauf begannen, auf den *Krug* unten am Hafen zu, wurden die Haselruten begeistert geschwenkt. Jedes Kind bemühte sich nach Kräften, dass sein Stock Braut oder Bräutigam im Vorbeigehen wenigstens einmal berührte, und bei den Kleinsten, die ihren Stecken kaum halten konnten, halfen die Hände der Erwachsenen nach.

Man hatte Ulrich erklärt, dass dieser seltsame Brauch eine fruchtbare Ehe garantieren sollte. Allerdings wurde er für gewöhnlich im Frühjahr, der besten Zeit für Hochzeiten, zelebriert, wenn die Ruten grüne Triebe trugen, sichtbare Zeichen für die Macht des erwachenden Lebens. Jetzt jedoch, im kahlen Winter, hatte Ulrich eher das Gefühl, dass die Rungholter zusammengekommen waren, um ihn gemeinschaftlich mit Stöcken zu verprügeln. Und er hegte den Verdacht, dass mehr als ein junger Bursche sich einen Spaß daraus machte, dem fremden Kerl aus Hamburg einen tüchtigen Hieb über den Schädel zu ziehen. Einmal musste er sogar seinen Hut mit der Pfauenfeder festhalten, der dem geballten Ansturm von Wind und Haselstöcken nicht gewachsen war.

Dennoch lächelte Ulrich nach links und nach rechts, während er an endlosen Reihen von Festtagsgästen entlangschritt, und zwang sich, den Weg nicht gar zu eilig zurückzulegen. Dies war sein erster öffentlicher Auftritt in Rungholt, und er würde einen guten Eindruck machen!

Hin und wieder warf er seiner Gemahlin beiläufige Seitenblicke zu. Margrethe lächelte nicht und gab sich keine Mühe, ihre Wange zu verbergen, die langsam dabei war anzuschwellen. Hätte sie nicht zumindest versuchen können, etwas zurückhaltender mit dem peinlichen Vorfall umzugehen?

Endlich erreichten sie den *Krug*, dessen Tür mit einem Kranz aus Tannenzweigen geschmückt war. Hier wartete auch der Staller Ingmar auf sie, der dem Brautzug vorausgegangen war, stattlich in einen blau gefärbten Wollmantel gehüllt. Auf seinem Gesicht zeichnete sich Verwunderung ab, als er seine Tochter erblickte. Dann nahm er sich zusammen, um zum versammelten Volk der Edomsharde zu sprechen.

Ulrich hörte ihm nur mit einem Ohr zu, das Lächeln auf den Lippen eingefroren. Er wollte endlich aus der Kälte nach drinnen und einen ordentlichen Krug Gewürzwein vor sich haben, gar nicht zu reden von den Festtagsbraten, die die üppigen Viehherden der Marschen beschert hatten. Immerhin galt es einen wichtigen Geschäftsabschluss zu feiern!

Ungeduldig ließ er seinen Blick über die Umstehenden schweifen. Auch Pater Ansgar war inzwischen nachgekommen. Misstrauisch musterte Ulrich den Pfaffen. Tratschte er etwa den kleinen Vorfall in der Kirche weiter? Gerade stand er jedenfalls mit einem langen Kerl zusammen, den Ulrich schon das eine oder andere Mal in Rungholt gesehen hatte. Sie sprachen seltsam vertraut miteinander, irgendetwas über den Sturm und die Deiche im Westen, die der Lange sich noch einmal anschauen wollte.

Ulrich erinnerte sich wieder. Das war der Deichbaumeister von Rungholt – und damit auch der Bruder von diesem Schurken, der seine Braut hatte rauben wollen. Warum lief der überhaupt noch frei herum? Aber es passte irgendwie, dass er sich gut mit diesem unverschämten Pfaffen verstand. Burkhart hatte erwähnt, dass der Deichbauer dabei gewesen war, als der Pfaffe Ulrich wegen der Schankmagd angehen wollte. Es zeigte sich immer deutlicher, wer die Leute waren, die er im Auge behalten musste.

Beifall und Jubel rissen Ulrich aus seinen Gedanken. Staller Ingmar war mit seiner kleinen Rede fertig, und nun war es an Ulrich, einige Worte zu sagen. Er trat einen Schritt vor und schaute über die Menge. Die eigentliche Hochzeitsgesellschaft würde zusammen mit den Brautleuten im *Krug* feiern, während das übrige Stadtvolk auf dem Hof mit Spießbraten und Bier verköstigt wurde. Jedenfalls wenn das stürmische Wetter das zulassen sollte. Die Leute wirkten entschlossen, es zumindest zu versuchen. Das gefiel Ulrich. Schwungvoll deutete er mit dem Arm in Richtung Gasthaus.

«Ihr guten Leute der Edomsharde!», rief er besonders kräftig, um im Rauschen des Sturmes gehört zu werden. «Ich danke euch, dass ihr gekommen seid, um mit uns zu feiern! Heute werdet ihr sehen, was das Haus Wullenwever euch bieten kann – und noch öfter bieten wird, wenn der Handel im Frühjahr erst einmal wieder angelaufen ist! Bier und Wein sollen an diesem Marcellustag fließen wie die vier Flüsse des Paradieses!» Zustimmendes Gemurmel kam ringsum auf, und einige junge Leute stießen sogar Jauchzer aus. Ulrichs Grimasse verwandelte sich in ein echtes Lächeln. Sein Plan ging auf. Am Morgen nach dieser rauschenden Feier würde jeder hier den Namen Wullenwever mit Respekt und Anerkennung nennen.

«Nun lasst uns also fröhlich sein!»

Er ergriff den Arm seiner jungen Frau und zog sie hinter sich her in das Gasthaus.

Siebtes Kapitel

Begrüßet nun Golias, den obersten Abt aller Zecher und Schlemmer, Bischof der Fresser und Patron der Säufer!»

Aloysius der Rote, der greise Meister der Gauklertruppe, sah nicht mehr aus wie ein alter Mann. Seine Wangen leuchteten so kräftig rot wie sein gefärbter Bart, und rot war auch die spitze Mitra aus Lumpenstoff, die er auf dem Kopf trug.

Der Gaukler präsentierte stolz seinen Wanderstab, als wäre er der Krummstab eines Kirchenfürsten, und schwenkte ihn gebieterisch. Sogleich setzte eine freche, fröhliche Melodie ein. Der kleinwüchsige Mann aus Aloysius' Truppe spielte auf einer Sackpfeife, ein junges Mädchen begleitete ihn auf der Flöte, und der kraushaarige Cosimo schlug dazu die Saiten eines Psalteriums.

Während die Festgemeinschaft im *Krug* die aufwogende Musik bejubelte und Aloysius eine Erzählung über das üppige Leben im Zecher-Orden des Golias zum Besten gab, beobachtete Janne interessiert Cosimos Saitenspiel. Er war ein geschickter Musiker, der nicht nur flinke Finger hatte, sondern auch viel Gefühl in seinen Vortrag legte und ganz darin aufzugehen schien. Janne ertappte sich bei dem Gedanken, wie es wohl wäre, ihn mit ihrem eigenen Instrument zu begleiten. Psalterium und Okarina … Passte das zusammen?

In diesem Moment hob Cosimo den Kopf, und sein Blick blieb bei Janne hängen. Ertappt schaute sie zur Seite.

Sie hatte keine Zeit für Träumereien. Heute Abend musste sie dem Gesinde im *Krug* dabei helfen, die Hochzeitsgesellschaft zu bewirten. Und dann gab es da noch ein Problem, für das ihr einfach keine Lösung einfallen wollte, wie sehr sie ihren Kopf auch bemühte.

Sie eilte hinüber zum Herd, um weitere Scheiben vom Braten zu schneiden. Die Wirtsleute hatten eine lange Festtafel aufgebaut, die sich quer durch die Deele zog und neben den Brautleuten den Mächtigen der Edomsharde Platz bot. Kleinere Tische an den Wänden beherbergten weitere Gäste, und die Dienstmägde hatten mehr als genug damit zu tun, alle zu bedienen.

Janne war nur froh, dass Bauer Okke nicht unter den Geladenen war und vermutlich draußen mit dem Stadtvolk feierte. So war zumindest ausgeschlossen, dass er sie durch irgendeinen dummen Zufall entdeckte.

Weniger erfreulich war allerdings, dass auch der Fuhrknecht Thies sich irgendwo da draußen herumtrieb. Auke hatte ihm eine hässliche Narbe im Gesicht verpasst, die ihn gewiss für den Rest seines Lebens begleiten würde, und das hatte Thies nicht gerade wohl gestimmt.

«Heute Abend kommst du zu mir, für unsere eigene kleine Hochzeitsnacht», hatte er Janne angezischt, als er am Morgen plötzlich neben ihr auf dem Hof auftauchte. «Das ist deine letzte Chance. Wenn ich zufrieden mit dir bin, denke ich noch mal darüber nach, ob ich Bauer Okke alles verrate. Ansonsten ist es aus, dann schleift man die Blutmagd zurück in die Beltringharde. Also enttäusch mich nicht.»

Janne war sich sehr sicher, dass Thies es diesmal ernst meinte. Und sie traute dem schmierigen Kerl nicht im Geringsten über den Weg. Wahrscheinlich würde er sie so oder so verraten, sobald er bekommen hatte, was er wollte.

Vielleicht sollte sie sich heute noch Lentje schnappen und verschwinden. Hinaus in den Sturm, der immer heftiger an den Wänden rüttelte und sogar über die Musik der Gaukler hinweg zu hören war. Kein guter Plan …

Sie war fertig am Herd und schleppte nun eine Holzmolle mit Bratenscheiben durch die Halle, um sie schließlich auf einem der Seitentische abzustellen. Das Fleisch war von Sauce bedeckt, in der Mandelsplitter schwammen und die schwer nach Zimt duftete – eine wahre Festtagsspeise. Für gewöhnlich hätte Janne sich darauf gefreut, von den Resten dieses Mahles essen zu dürfen. Doch heute war sie einfach nur ratlos, wie es weitergehen sollte. Hoffentlich würde zumindest Lentje sich gründlich satt futtern!

Auf dem Weg zurück zur Herdstelle schaute sie hinüber zur hohen Tafel. Dort saß Griet an der Seite ihres Ehemannes, der übertrieben laut lachte und mit irgendwelchen jungen Männern scherzte, die ihm mit schweren Humpen zuprosteten. Griet lachte natürlich nicht. Lustlos riss sie sich ein Stück Brot ab, um es in die Sauce zu tunken.

Janne verzichtete darauf, weitere Bratenscheiben zu holen, und schnappte sich stattdessen einen der weiß-blau-golden glasierten Malaqa-Krüge, die der Staller extra für das Fest mitgebracht hatte. Er war so voll mit gewürztem Wein, dass sie beide Hände brauchte, um das Gefäß zu schleppen. Rasch trug sie es hinüber zur hohen Tafel und schob sich hinter Griet. Obwohl deren Kelch kaum angerührt war, schenkte sie ihr nach.

«Wie geht es dir?», flüsterte sie und kam sich dabei fast dumm vor. Wie sollte es Griet schon gehen?

«Gut», antwortete die Stallerstochter mechanisch, ohne zu Janne aufzublicken. Dann schüttelte sie den Kopf. «Nein», fuhr sie tonlos fort. «Nicht gut. Gar nichts ist gut …»

Sie presste die Lippen aufeinander, als Ulrich Wullenwever mit seinen Zechkumpanen besonders schallend auflachte. Warum saßen die groben Kerle überhaupt an der hohen Tafel? Vermutlich hatte Wullenwever sie eingeladen, wenn er schon niemanden aus Hamburg hier hatte. Für Janne machte dieses seltsame Gefolge die ganze Feier nicht gerade behaglich. Noch unangenehmer war ihr jedoch, dass Burkhart wie immer in der Nähe seines Meisters an einer Säule lehnte und den Blick ständig wachsam durch den Raum wandern ließ. Gerade ruhte er auf Janne, ein Starren ohne jede Zurückhaltung, mit dem der Diener unmissverständlich klarmachte, dass er Janne und Griet beobachtete.

Sie unterdrückte ein Seufzen. Nur zu gerne hätte sie ihrer Freundin gesagt, dass alles gut werden würde. Dass sie Auke aus dem Lagerhaus befreien und zusammen mit ihm verschwinden würden, sobald Wullenwever erst einmal betrunken genug war.

Doch Burkhart würde nicht zulassen, dass sie bei einem erneuten Fluchtversuch auch nur drei Schritte weit kamen, und er konnte sich darauf verlassen, dass Dutzende von Männern, Frauen und Kindern zusammen mit ihm ein Auge auf die Braut warfen.

«Brauchst du irgendetwas?», fragte Janne hilflos, während sie den Weinkrug mit ausgesuchter Umständlichkeit wieder anhob. Noch so eine ungeschickte Frage! Griet konnte ihr wahrscheinlich hundert Dinge nennen, die sie jetzt lieber gehabt hätte als Wullenwever an ihrer Seite. Und Janne konnte ihr nicht eines davon verschaffen. Was spielte sie sich auch auf, als sei sie eine Odderbaantje, die Wünsche erfüllen konnte.

«Ein paar klare Gedanken», flüsterte Griet erschöpft, als die Zecher neben ihr erneut loswieherten.

Janne legte den Kopf schief. Zumindest dazu war sie gut! Sie tat so, als würde ihr der Krug zu schwer werden, und ließ ihn ein wenig nach vorne kippen. Geschickt fing sie das Gefäß wieder auf, ehe es ihr wirklich aus der Hand rutschen konnte. Doch ein Schwall tiefroten, süßlich riechenden Weines ergoss sich aus seiner Tülle über das weiße Tuch, das Griet um die Schultern trug. Diese fuhr erschrocken zusammen.

«He!», brüllte Wullenwever und wandte sich zu Janne um. Seine Wangen waren vom Wein gerötet, und in seinem Blick lag kein Erkennen. Offenbar war sie für ihn einfach nur eine beliebige dumme Magd, der man keine Beachtung schenken musste. «Pass doch auf, was du tust, du trampelige Marschkuh! Diese Frau ist jetzt eine Wullenwever und kein stinkendes Stück Vieh, dem du Wasser bringst …»

Janne murmelte eine Entschuldigung in seine Richtung. Dabei entging ihr nicht, dass Staller Ingmar seinen Schwiegersohn missbilligend musterte. Offenbar gefiel ihm das Wort «Marschkuh» nicht besonders. Der Staller mochte es gar nicht, wenn jemand verächtlich über die Uthlande sprach.

«Bitte verzeiht», sagte sie dann mit einem Augenzwinkern zu Griet. «Wenn Ihr gestattet, helfe ich Euch, etwas Trockenes überzuziehen.»

Zögerlich nickte Griet ihr zu. Dann erhob sie sich von der Tafel und folgte Janne in den hinteren Teil des Gasthauses, wo die abgetrennten Kammern lagen. Niemand schien sich daran zu stören, dass die Braut sich zurückzog.

«Danke», murmelte Griet schließlich, als sie sich auf ihrem Lager das weingetränkte Tuch von den Schultern zog. «Ich weiß nicht, wie lange ich das noch ausgehalten hätte, ohne zu schreien …»

«Bei dem Getöse, das Wullenwever mit seinen Kumpanen veranstaltet, hätte das vermutlich niemand bemerkt», erwiderte Janne spitz. «Die übertönen ja bald den Sturm …» Sie verstummte erschrocken. Es machte die Sache für Griet wohl kaum leichter, wenn sie auch noch die wenig liebenswerten Eigenarten ihres Gemahls breittrat! Doch Griet wirkte nicht betroffen und raffte sich sogar zu einem Lächeln auf.

«Danke, dass du da bist, Janne», sagte sie.

Janne erwiderte nichts. Den Dank hatte sie nicht verdient! Immerhin war es ihre Schuld, dass sie erwischt worden waren. Wenn Thies nicht seine gierigen Augen auf ihr gehabt hätte, nichts gehabt hätte, womit er sie erpressen konnte …

Für eine Weile schwiegen die Frauen zusammen, weil es nichts zu sagen gab. Aus der Halle drang der Lärm der Feier zu ihnen. Die Gaukler taten irgendetwas, das mit jeder Menge Schellengeklapper einherging. Draußen warf sich der Sturm gegen das Langhaus und zerrte am Reetdach. Das Gebälk ächzte über ihren Köpfen, als würde sich ein Riese der Vorzeit in seinem steinernen Grab herumwälzen.

«Dem Himmel scheint diese ganze Sache auch nicht zu gefallen», meinte Janne schließlich. «Wie das rauscht … Wodan und Hulda wollen wohl die Raunächte noch etwas verlängern.»

«Wenn es ihnen nicht gefällt, könnten sie ja etwas dagegen tun», erwiderte Griet verdrießlich. «Aber darauf werde ich wohl vergeblich warten. Komm. Wir müssen wieder rein.»

Janne half ihr, sich ein sauberes Schultertuch umzulegen.

Dann gingen die beiden Frauen in die Halle zurück. Hier war die Feier ohne die Braut munter weitergegangen. Wullenwever saß mit seinen Freunden zusammen und leerte wacker einen Krug nach dem anderen, während sie sich zotige Bemerkungen zuriefen und immer wieder wiehernd auflachten. Auch die Gesichter seiner Begleiter waren gerötet, und einer von ihnen hatte eine junge Magd auf seinen Schoß gezogen, deren verkrampftes Lächeln nicht sehr glücklich aussah.

Staller Ingmar saß auf der anderen Seite der Festtafel mit seinem Sohn und einigen Leuten seines Gefolges zusammen und hatte die Stirn zu einem dauerhaften Runzeln verzogen. Offenbar entsprach der Fortgang des Festes nicht gerade seinen Vorstellungen.

Die Gäste ringsum aßen und tranken mit Eifer, doch irgendwie hatte die Fröhlichkeit etwas Bemühtes an sich. Als wollten alle Wein und Braten in sich hineinschaufeln, damit die Hochzeit auch wirklich eine Hochzeit war – ein ausgelassenes Fest der Freude, der Missstimmung zum Trotz, die wie ein unsichtbarer Gast zwischen ihnen umherzuwandeln schien. Das Gelächter kam Janne zu schrill vor, die munteren Tischgespräche wie ein Schauspiel. Vielleicht bildete sie sich das alles aber auch nur ein, und die Leute waren einfach nur dankbar für eine Gelegenheit zum Feiern – egal, wie es der Braut dabei ging und welche seltsamen Vorkommnisse es zuvor gegeben haben mochte …

«Merket auf!» Aloysius der Rote, der greise Meister der Gauklertruppe, stieß seinen Stab dreimal schwer auf den Boden auf. «Höret nun eine Weise, wie sie an den Küsten der Westsee nicht oft zu vernehmen ist. Sie stammt aus den welschen Ländern des Südens, jenseits der fernen Alpengipfel, und wird *Pastorella* genannt: der Gesang der Hirten jener warmen, sonnengesegneten Täler, wo der alte Bacchus den Wein mit besonderer Süße gedeihen lässt. Zu Ehren der Brautleute und der versammelten hohen Herrschaften soll die Pastorella nun erklingen!»

Er trat einen Schritt beiseite und machte Platz für Cosimo. Der dunkelhäutige Gaukler trat vor und verbeugte sich in Richtung der hohen Tafel. Er ließ seinen Blick einmal langsam über die Runde schweifen, als würde er in die weite Ferne blicken, durch die Wände des Langhauses und das Abenddunkel draußen hindurch bis in jene Länder, von denen Aloysius eben berichtet hatte. Als er in Jannes Richtung schaute, verharrte er kurz und zwinkerte ihr zu.

Dann griff er in die Saiten seines Psalteriums und begann, mit kräftiger, etwas rauer Stimme zu singen. Es war eine getragene, gedrechselte Melodie, die sich in weiten Bögen dahinzog, dem Flug eines Greifvogels über den blauen Sommerhimmel gleich. Sie klang so ganz anders als die wilde, polternde Musik, die Cosimo bislang zusammen mit den anderen Gauklern zum Besten gegeben hatte. Man konnte nicht dazu tanzen, sich nicht gut dazu unterhalten, während sie im Hintergrund erklang. Doch wenn man sich darauf einließ, führten einen ihre verschlungenen Muster fort, bis in ferne Länder, die Janne sich nicht einmal vorstellen konnte.

Sie verstand nicht ein Wort von dem, was Cosimo da sang. Es war eine fremde Sprache, ein wenig wie das Latein der Priester, aber irgendwie weicher und melodischer. Doch sie musste nichts verstehen, um von der Musik berührt zu werden. Janne spürte, dass dies mehr war als eine weitere Nummer der Gaukler, die die Leute von Rungholt mit fremdländischen Klängen beeindrucken sollte. Cosimo öffnete sich mit seinem Gesang, ließ etwas von sich aufscheinen, das sonst gut verschlossen lag hinter seinen bunten Lumpen und dem frechen Gauklergrinsen.

«Langweilig!»

Eine betrunkene Stimme übertönte Cosimos Gesang, als hätte man einen Kübel Mist über Frühlingsblumen ausgeschüttet. Wütend fuhr Janne herum. Das war Narben-Jann, einer von Wullenwevers Kumpanen. Wer denn auch sonst ...?

«Wir wollen kein schmalziges Gesinge!», grölte Narben-Jann. «Ist das hier eine Trauerfeier, oder was?»

«Spielt lieber Tanzmusik!», stimmte der Breite Hans ihm zu. «Was singt der Maure da überhaupt für ein Kauderwelsch? Rungholt ist eine christliche Stadt!»

Auch die anderen Zecher murrten durcheinander. Nur Wullenwever rieb sich nachdenklich den Bart. Im stolzen Hamburg wusste man solche fremdländischen Klänge gewiss eher zu schätzen ... Für einen Moment keimte in Janne die Hoffnung auf, dass er seine Speichellecker zum Schweigen bringen würde. Stattdessen hob er seinen Krug und stimmte in das Gegröle mit ein. Natürlich, er würde nie etwas tun, das sein Ansehen infrage stellen könnte. In seinem Versuch, der Meister dieser Meute zu sein, machte er sich zu ihrem Sklaven. Janne schnaubte verächtlich.

«Tanzmusik!»

«Weg mit dem Gedudel!»

«Hör endlich mit dem Geflenne auf, Teufelsbrut!»

Wullenwevers betrunkenes Gefolge machte mehr Lärm als ein Schwarm gieriger Seevögel. Cosimo war erstarrt, die Schultern hochgezogen und die Hand noch immer auf den Saiten seines Psalteriums. Er wandte sich ab, um zu gehen. In diesem Moment fiel sein Blick wieder auf Janne, die das Geschehen empört beobachtete. Und ein seltsames Funkeln trat in seine Augen. Stolz richtete er sich auf und griff wieder in die Saiten. In der Halle wurde es leiser, als er mit wütender Kraft erneut zu spielen begann.

«Nun will man mich zum Schweigen zwingen,
denn den Herr'n will's nicht gelingen,
meine Lieder zu verstehn,
darum soll ich also gehn.»

Er sang noch immer auf die Melodie seiner Pastorella, doch diesmal waren es deutsche Worte, die er spontan und mehr oder weniger elegant aus der Luft griff.

«Doch mein Amt, das ist das Singen,
darum lass ich mich nicht zwingen,
mag auch mancher sein zu blöd,
zu verstehen dieses Lied.»

Janne lachte auf – halb belustigt und halb erschrocken. Cosimo schien fest entschlossen zu sein, sich von der grölenden Meute nicht den Mund verbieten zu lassen. Und sie hatte den unguten Verdacht, dass sie daran nicht ganz unbeteiligt war.

«Der Maure verspottet uns!», rief der Breite Hans, der es mit einiger Verzögerung als Erster begriffen hatte. Narben-Jann sagte gar nichts und schmiss stattdessen seinen Krug nach dem Gaukler. Cosimo wich dem Geschoss mit einem Halbschritt zur Seite aus, ohne in seinem Spiel innezuhalten.

«Und es wird euch nicht gelingen,
mich zu halten, mich zu zwingen ...»

«Halt's Maul, Teufelsbrut!»

«Friss diesen Knochen, Hund!»

Nun flog eine Holzschale in Cosimos Richtung, ein weiterer Tonbecher, ein Schafsknochen. Wullenwevers Kumpane warfen mit allem, was ihnen in die Hände kam, und grölten dazu Beleidigungen. Für sie schien das Ganze eine Art groteskes Spiel zu sein – ein Spiel mit einem dankbaren Opfer. Janne zuckte zusammen, als ein Knochen Cosimo am Kopf traf.

«Wir können dich nicht zwingen, wie?», sprach Wullenwever und erhob sich. «Wollen doch mal sehen, wie schön dein Klimperkasten klingt, wenn er im Herdfeuer vor sich hin knackt.» Er umrundete die Tafel und näherte sich dem Gaukler drohend. «Burkhart, pack den lumpigen Mauren!»

Nun setzte sich auch der hünenhafte Söldner in Bewegung. Cosimo spielte nicht länger. Stattdessen presste er sein Psalterium schützend an seinen Oberkörper. Was hatte der dumme Kerl sich auch dabei gedacht!

«Halt!» Janne handelte, ohne nachzudenken. Sie lief nach vorne und stellte sich neben Cosimo. «Dass ihr euch nicht schämt! Habt ihr nichts Besseres zu tun, als einen harmlosen Spielmann zu quälen? Da werden diese Leute ja etwas Schönes über Rungholt zu erzählen haben, wenn sie weiterziehen!»

Sie stemmte die Hände in die Hüften und funkelte Wullenwevers Kumpane streitlustig an. Die Männer hörten tatsächlich auf, mit Zeug zu werfen. Wullenwever hingegen musterte Janne grimmig.

«Du wagst es, deinen Herrschaften Vorschriften zu machen, Magd?», zischte er. «Was sind das für Zustände hier in der Edomsharde! Vielleicht sollte man …»

«Genug jetzt!»

Auch der Staller hatte sich erhoben. Und im Gegensatz zu Wullenwever klang seine Stimme alles andere als verwaschen. Dafür lag bitterer Zorn darin.

«Gaukler, unterlass den frechen Gesang und troll dich! Ihr hört besser auf mit dem Possenspiel und sorgt dafür, dass eure Leute zum Tanz aufspielen, Meister Aloysius.»

Der Anführer der Fahrenden verbeugte sich rasch.

«Und Ihr setzt Euch wieder hin, junger Meister Wullenwever, und ruft Eure Leute zur Ordnung», fuhr der Staller fort. «Ihr wollt doch gewiss nicht, dass Euer eigenes Hochzeitsfest durch *lumpiges* Betragen entehrt wird?»

«Natürlich, Staller Ingmar», knurrte Wullenwever mit hochrotem Kopf. Er warf Janne und Cosimo noch einen giftigen Blick zu. Dann wandte er sich um und stapfte zum Tisch zurück, wo er sogleich einen Becher Wein in sich hineinstürzte. Die Gaukler stimmten unterdessen irgendeine Tanzweise an, während Cosimo sich hastig in Richtung Ausgang zurückzog. Betroffen schaute Janne ihm hinterher. Dann beeilte sie sich, ihm nach draußen zu folgen.

Sobald sie die Tür aufstieß, schlug ihr wütender Wind entgegen. Cosimo lehnte an der Hauswand und starrte auf die wenigen Unerschrockenen aus dem Stadtvolk, die trotz des Sturmes auf dem Hof an einer Feuergrube feierten, die immer wieder prasselnde Funken sprühte. Die meisten hatten sich wohl inzwischen in den Schutz ihrer Häuser zurückgezogen. Der Gaukler wirkte nicht überrascht, als Janne neben ihm erschien.

«Das war nicht sehr klug, dass du für mich Partei ergriffen hast», sagte er als Begrüßung. «Jedenfalls, falls du weiterhin Wert darauf legst, keine Aufmerksamkeit zu erregen.»

Die Tonkanne, die dem Gasthaus als Schild diente, knarrte

über ihm an ihrer Kette bedenklich im Wind. Es stürmte so laut, dass er mit erhobener Stimme sprach.

«Nicht sehr klug?», empörte sich Janne. «Das musst du gerade sagen! Wer hat denn diese Trunkenbolde herausgefordert?»

«Ihr eigener begrenzter Verstand», erwiderte Cosimo.

«Das wäre eine schöne Inschrift für deinen Grabstein», spottete Janne. «Hier liegt ein kluger Mann. Er starb am begrenzten Verstand der anderen.»

Cosimo musste lachen. «Du hast ja recht. Ich sollte es wirklich besser wissen. So etwas passiert mir immer wieder mal, gerade wenn ich die Pastorella singe. Aber …»

«Aber?»

Er zuckte mit den Schultern. «Heute wollte ich eben nicht klein beigeben.»

Ein wenig verlegen schaute er an Janne vorbei.

«Du wolltest mich beeindrucken», fragte sie ungläubig, «indem du dich von solchen Kerlen misshandeln lässt?»

«Unsinn!» Cosimo hob abwehrend die Hände. «Ich meine, zumindest der Teil mit dem Misshandeln …»

Janne nickte, ohne etwas zu erwidern. Nachdenklich musterte sie den Gaukler von der Seite. Cosimo war ein beeindruckender und herzlicher Mann, der ihr geholfen und Lentje den Stoffball geschenkt hatte. Und dann erst sein Gesang in dieser fremden, weichen Sprache … Aber sie kannte ihn ja kaum. Außerdem war er ein Fahrender, mit gewiss zahlreichen Liebschaften in zahlreichen Städten. So wie bei Jean.

«Dieses Lied», sagte sie schließlich, um das Schweigen zu brechen. «War das Maurisch? Wie man es in Afrika spricht?»

Cosimo lachte freudlos auf. «Glaubst du, ich komme direkt aus den fernsten Ländern am Rande des Erdenkreises? Nur weil meine Haut dunkel ist?»

«Nun ja …» Janne wusste nicht so recht, was sie erwidern sollte. Etwas in der Art hatte sie tatsächlich gedacht. Und sie hatte nicht wirklich eine Vorstellung von den Ländern, die es jenseits der Uthlande gab. Hamburg, Flandern, Dänemark, Malaqa, Afrika … Das waren alles nur Namen, weit entfernte Orte, die sie nie sehen würde.

«Mein Lied war nicht auf Maurisch, was auch immer das sein mag», erklärte Cosimo. «Das war Ligurisch, wie es die Leute von Genua sprechen. Dort bin ich nämlich zur Welt gekommen. Afrikanischen Boden habe ich in meinem Leben genauso wenig betreten wie du. Meine Mutter war eine Sklavin, und sie ist ebenfalls in Genua geboren. *Ihre* Mutter kam tatsächlich aus Afrika. Auch dort war sie schon eine Sklavin gewesen, am Hof irgendeines Fürsten. Und als die Genuesen sein Schiff aufgebracht haben, wurde sie eben eine Sklavin in Genua. Für Leute wie uns spielt es keine Rolle, ob sie in Afrika, Genua oder Rungholt leben. Wer oben steht, bleibt oben, und wer unten herumkriecht, strampelt sich ab, um nicht unterzugehen.»

Der Gaukler hatte seine schnodderig-ironische Art komplett abgelegt und schaute ernst in den Sturm hinaus. Plötzlich erinnerte er Janne überhaupt nicht mehr an Jean. Der Schiffer war stets charmant, aber auf eine gewisse Art unnahbar gewesen – immer mit einem Scherz auf den Lippen, um ihre Sorgen zu zerstreuen. Seine eigenen Bedenken hatte er nie mit ihr geteilt. Cosimo schien da anders zu sein. Aber sie wurde noch immer nicht ganz schlau aus ihm.

«Doch … du bist jetzt kein Sklave mehr, oder?», fragte sie vorsichtig. Sie hatte Angst, ihn mit ihrer Frage zu verletzen, wollte jedoch auch mehr über ihn erfahren.

«Nein, ich bin kein Sklave», erwiderte Cosimo. «Ich habe mich an einem Festtag davongemacht, als Genua irgendeinen

Sieg im Seekrieg gegen Venedig gefeiert hat. Im Zug der Gaukler, die auf dem Fest aufgetreten waren, konnte ich mich verstecken. Und sie waren bereit, mich bei sich aufzunehmen.» Er seufzte. «Ich dachte, dass ich nun frei wäre. Dann habe ich gelernt, dass es auch unter den Fahrenden Herren und Knechte gibt. Erst war ich Cosimo, der kleine Handlanger, den jeder herumscheuchen konnte, wie es ihm gerade beliebte. Doch das wollte ich nicht bleiben, also habe ich beständig gelernt und geübt. Ich wurde Cosimo, der arme Kerl, der bei den Akrobaten ganz unten steht und dafür dankbar sein darf. Das wollte ich auch nicht bleiben. Und so wurde ich schließlich zu Cosimo, Musiker und Jongleur und zweiter Mann der Truppe nach Meister Aloysius. Einfach war das aber nicht.» Er zuckte mit den Schultern. «Wir haben irgendwann die Alpen überquert und reisen nun schon seit Jahren durch die deutschen Lande. Wenn wir nicht gerade in den Winterstürmen an der Küste festsitzen …»

«Ich bin froh, dass ihr hier festsitzt!», sagte Janne. «Ich meine, sonst hätten wir uns kaum kennengelernt», fügte sie kleinlaut hinzu.

Cosimo wandte sich ihr wieder zu und lächelte. «Ja, darüber bin ich auch froh.»

Die beiden schauten sich einen Moment an, und die Wärme von Cosimos braunen Augen schien sich bis in Jannes Bauch auszubreiten. Wie von selbst näherten ihre Gesichter sich – als ein scharfer Knall sie zusammenfahren ließ.

Erschrocken schaute Janne sich um. Die Tonkanne, die eben noch über der Tür zum *Krug* gehangen hatte, war hinabgefallen und auf dem Boden in Scherben zersprungen.

«Dieser Sturm wird immer schlimmer», murmelte Cosimo besorgt. «Weißt du, wo deine Tochter steckt?»

«Sie ist drinnen bei den anderen Kindern», erwiderte Janne, die immer noch auf die Scherben starrte.

«Vielleicht sollten wir auch wieder rein», sagte Cosimo.

Janne nickte. «Ja, das ist wohl besser.»

An der Seite des Gauklers ging sie wieder ins Haus, während der Sturm übermütig zu lachen schien.

Achtes Kapitel

Ein Hoch auf den hochedelgeborenen Bräutigam!»

Der Breite Hans streckte seinen Krug empor und nahm einen tiefen Schluck, als wäre der schwere, teure Wein einfaches Bier.

«Ja, er soll leben! Hochedel und großzügig!», stimmten die anderen Zecher mit ein.

Ulrich hob mechanisch seinen Krug, um ihnen zuzuprosten. Der Wein wollte ihm schon länger nicht mehr so recht schmecken, und die ständigen Trinksprüche wirkten zunehmend anbiedernd und einfallslos. Dennoch trank er verbissen weiter. Was sollte er auch anderes tun, in diesem Drecksloch, das sich eine Stadt schimpfte und wo jeder dahergelaufene Trampel einen Kaufmann und Patrizier beleidigen durfte, wie es ihm passte?

Gewiss, sein werter Herr Schwiegervater, der Staller, hatte ein Machtwort gesprochen. Doch im gleichen Atemzug hatte er auch Ulrich zurechtgewiesen und ihn so vor seinen Verbündeten bloßgestellt. Dabei durfte Ulrich sich keine Schwäche leisten, wenn er hier Fuß fassen wollte! Er hatte ein feines Gespür dafür, wenn jemand ihm nicht den nötigen Respekt erwies. Und schon trieben die Witzeleien seiner Freunde wieder in eine gefährliche Richtung ab.

«Schön ist sie, deine Braut», hatte Narben-Jann etwa geschnarrt. «Aber kalt wie ein Hering! Da wirst du dich anstrengen müssen, um euer Brautbett warm zu halten.»

«Schade, dass du den Mauren nicht in den Boden stampfen durftest, wo er hingehört», hatte Otto gefeixt. «Aber das kannst du ja noch nachholen. Der Staller steht schließlich nicht immer hinter dir, um dir auf die Finger zu klopfen ...»

Ulrich hatte säuerlich gegrinst und über die Sticheleien gelacht, als seien es gelungene Scherze. Doch in ihm brodelte es.

Plötzlich stupste Narben-Jann ihn von der Seite an. Ulrich schaute auf und sah den Staller, der mit ernstem Gesicht auf ihn zukam und schließlich vor ihm stehen blieb.

«Meister Wullenwever ...» Der Staller räusperte sich. «Meiner Tochter geht es nicht gut. Gewiss das üppige Essen und die Aufregung ... Ich werde sie ein wenig hinausbegleiten, an einen ruhigeren Ort. Ihr scheint ja gut allein zurechtzukommen.»

Er warf Ulrich einen seltsam durchdringenden Blick unter zusammengezogenen Brauen zu.

«Natürlich», erwiderte Ulrich missmutig. «Hoffentlich geht es Margrethe bald wieder besser, damit wir unsere angeregte Unterhaltung fortführen können.»

Seine Braut sah ihren Vater überrascht an. Dann erhob sie sich, ohne Ulrich auch nur ein Abschiedswort zu gönnen, und verschwand nach hinten zu den Kammern, begleitet vom Staller und ihrem Bruder. Ulrich starrte den leeren Platz grimmig an, wo sie eben noch gesessen hatte. Die Unverschämtheiten häuften sich! Ließ ihn etwa die Familie seiner Braut auf deren eigener Hochzeit allein? Gefiel dem frommen Herrn Staller nicht, wie er mit seinen Freunden feierte?

Margrethe würde natürlich bald wieder auftauchen. Immerhin musste er sie noch unter Zeugen ins Brautgemach führen; das waren Abläufe, an denen auch der Staller nichts zu rütteln hatte. Doch gerade fühlte es sich so an, als hielte Ulrich mit sich selbst Hochzeit, während seine angeblichen Freunde auf seine Kosten soffen und sich nebenbei über ihn lustig machten.

Die jungen Leute hatten inzwischen begonnen, zu der Musik der Gaukler zu tanzen und rund um den Herd umherzuhüpfen, doch Ulrich hatte nicht die geringste Lust, eine fesche Magd zu schnappen und sich ihnen anzuschließen. Lieber ließ er sich noch mehr Wein nachschenken, während er die Musiker beobachtete. Der Maure mit dem Psalterium war nirgendwo zu sehen. Wahrscheinlich hatte er sich in einen Winkel verkrochen, damit er nicht noch einmal Ulrichs Unwillen auf sich ziehen konnte. Immerhin war sein Schwiegervater nicht mehr länger in der Halle und Ulrich somit die mächtigste Person im Raum.

Er ließ sich zurücksinken. Die mächtigste Person … Eine Vorstellung, die ihm gefiel.

«Möchte mal wissen, was Staller Ingmar hat», murmelte Narben-Jann halblaut.

«Ach, der weiß nur nicht, wie man richtig feiert», winkte Otto ab. «Hab mitbekommen, dass Pater Ansgar vorhin eine Weile mit ihm geredet hat. Das ist doch auch so ein Sauertopf! Man konnte richtig sehen, wie Ingmars Gesicht immer finsterer wurde. Offenbar färbt der Pfaffe ab.»

Ulrich hielt seinen Krug fest umklammert. Er konnte sich nur zu gut vorstellen, was der Priester mit dem Staller beredet hatte. Vermutlich hatte er ihm brühwarm von dem unschönen Vorfall in der Kirche erzählt, als Ulrich die Hand gegen seine freche Gemahlin erhoben hatte. Darum hatte der Staller so seltsam geschaut, als er seine Tochter von Ulrich weggeführt hatte. Dieser Pfaffe brachte die ganze Stallerssippe wegen einer Nichtigkeit gegen ihn auf! Der nahm sich eindeutig zu viel heraus.

Zornige Hitze stieg in Ulrich auf. Diesem Ansgar würde er es zeigen – ihm und allen Leuten von Rungholt!

«Wo ist das Pfäfflein eigentlich?», fragte er Otto gespielt beiläufig.

«Oh, der ist schon gegangen», erwiderte der junge Friese. «Das halbe Hähnchen würde doch umfallen, wenn er jetzt unseren Wein-Atem auch nur riechen würde!»

Die anderen grölten, als wäre der Kommentar eine geistreiche Großtat. Diesmal stimmte Ulrich nicht mit ein. Entschlossen setzte er seinen Kelch ab, dass der Wein überschwappte.

«Dann lasst ihn uns holen!», rief er. «Damit er mal lernt, wie richtige Männer trinken.» Und dass es töricht war, sich mit Ulrich Wullenwever anzulegen, fügte er für sich im Stillen hinzu.

«Das geht nicht», schnaubte Narben-Jann. «Der Pfarrer liegt bestimmt schon im Bettchen …»

«Oder er nimmt diesem Deichbaumeister die Beichte ab, der ständig um ihn herumscharwenzelt», sagte Otto grinsend.

Ulrich ließ sich nicht beirren. «Der kommt schon zu uns», sagte er. «Wir müssen ihm nur einen guten Grund geben. Schließlich hat er als Priester gewisse Pflichten, nicht wahr?» Er klatschte laut in die Hände. «He! Swantje!», rief er der Wirtin zu. «Wir brauchen ein Schwein!»

Swantje runzelte die Stirn. «Ihr meint Scheiben vom Braten? Davon gibt es noch mehr als genug.»

«Aber nein!», rief Ulrich übermütig, dem seine Idee immer besser gefiel. «Keinen Braten. Ein lebendiges Schwein, an dem noch alles dran ist. So eins, das grunzt und Dreck macht. Schaff es rüber auf meine Kammer. Nun gafft mich nicht so an! Ich bezahle schon für das Tier. Oder meinst du, der Meister Wullenwever könnte sich das nicht leisten, hm?»

Die Wirtin musterte Ulrich noch einen Moment. Dann lief sie kopfschüttelnd weiter und besprach etwas mit einem ihrer Knechte.

«Was soll denn das werden?», fragte Narben-Jann begriffsstutzig.

«Wartet's nur ab!» Ulrich genoss es, wie die anderen an seinen Lippen hingen. Nun hatte niemand mehr Lust zu spotten. Alle waren gespannt, was ihm wohl Wunderliches eingefallen war. «Burkhart! Lass dir einen großen Schlauch Wein geben. Nein, der ist nicht für dich, Hans.»

Es dauerte nicht lange, bis der Knecht der Wirtin tatsächlich mit einem quiekenden Schweinchen hereinkam. Das Tier war nicht besonders fett und sah in den groben Händen des Knechts regelrecht kümmerlich aus. Doch das war Ulrich egal. Schließlich wollte er es nicht essen.

Verstohlen schaute er sich um. Margrethe und ihre Familie waren noch immer nicht wieder aufgetaucht. Er hatte freie Hand, ohne mit irgendwelchen Maßregelungen rechnen zu müssen. «Burkhart, schnapp dir das Vieh und bring es in die Kammer.» Zusammen mit Burkhart, dem Schwein und einigen Helfern verschwand er nach hinten. Sie verriegelten die Tür hinter sich, um ungestört zu sein.

Dann mussten Otto und Jann das Tier festhalten, während Burkhart ihm den Wein einflößte. Es wehrte sich mit strampelnden Hufen, doch gegen die Pranken des Söldners hätte auch ein ausgewachsener Keiler keine Chance gehabt.

«Warum bringen wir denn jetzt dem Schwein das Saufen

bei?», fragte der Breite Hans belustigt. «Ich dachte, du wolltest es dem Pfaffen zeigen? Oder macht das gar keinen Unterschied?» Er kicherte dümmlich.

«Abwarten», brummte Ulrich. Es dauerte nicht lange, bis das Vieh reichlich elend aus seinen kleinen Äuglein schaute. Als Burkhart es schließlich auf die Beine stellte, kippte es um.

«Gut.» Ulrich nickte zufrieden. «Hans, gib mir deine Wollkappe.»

«Aber wozu …?»

«Her damit!»

Burkhart nahm Hans die Kopfbedeckung ab, ehe dieser weiter protestieren konnte. Ulrich kniete sich hin und setzte dem besäuselten Schwein die Kappe auf. Die Bänder knotete er gut unter seinem Rüssel fest.

«So. Sehr hübsch.»

Gemeinsam mit Burkhart wuchtete er das Tier auf das Lager und zog ihm die Decke über den Körper, sodass nur der Kopf herausschaute. «Sieht das Vieh nicht aus wie ein altes, verschrumpeltes Mütterlein?», fragte Ulrich in die Runde. «Nur dass ihm Wein statt Sabber aus dem Maul tropft. Und man muss sich die Schweineschnauze wegdenken. Obwohl, bei den Frauen hier in den Marschen …» Er lachte. Diesmal stimmten die anderen nur zögerlich ein.

«Und jetzt?», fragte Narben-Jann.

«Jetzt», erklärte Ulrich triumphierend, «läufst du rüber zur Pfarrwarft und klopfst das Pfäfflein aus dem Bett. Sag ihm, dass im *Krug* jemand schwer krank ist und die Letzte Ölung braucht. Er soll alles Nötige einpacken und so schnell wie möglich ans Krankenbett kommen. Wollen doch mal sehen, ob wir das Pfäfflein nicht hierherkriegen …»

«Und wenn der Pater dann hier ist», johlte der Breite Hans,

«darf er dem Schwein die Ölung geben! Am besten mit Bratensauce!»

Raues Gelächter erfüllte die Kammer. Selbst Burkhart konnte sich ein Grinsen nicht verkneifen. Zufrieden kehrte Ulrich in die Halle zurück, während Jann sich auf den Weg zur Pfarrwarft machte. Mit der kleinen Schweine-Einlage hatte er sich die Loyalität seiner Gefolgsleute wieder für eine Weile gesichert! Und wenn dann erst noch das aufmüpfige Pfäfflein hier auftauchte …

Beim Warten beobachtete Ulrich die Tanzenden und trommelte mit den Fingern auf dem Tisch herum. Margrethe hatte sich immer noch nicht wieder blicken lassen. Sollte ihm recht sein, die Stallerssippe konnte er gerade eh nicht gebrauchen. Ohne großen Appetit trank er von seinem Wein und wartete.

Endlich wurde die Vordertür aufgestoßen, und Narben-Jann kam herein. «Meister Wullenwever!», rief er dramatisch. «Hier bringe ich den Herrn Pfarrer. Hoffentlich ist es noch nicht zu spät!»

Der Breite Hans lachte grunzend auf und verschluckte sich fast. Er hätte auch ein vortreffliches Schwein abgegeben! Ulrich brachte ihn mit einer ärgerlichen Handbewegung zum Schweigen und umrundete dann schwungvoll den Tisch, um dem Pfäfflein entgegenzugehen.

Pater Ansgar sah abgekämpft aus. Sein Gewand war vom Regen durchnässt, und er atmete schwer. Offenbar hatte er sich edelmütig durch den Sturm gekämpft, um sein ach-so-wichtiges Amt ausüben zu können. Er hielt sich anscheinend für geradezu unverzichtbar – und für mächtiger als Ulrich Wullenwever. Aber das würde Ulrich ihm nun austreiben!

«Pater Ansgar», sagte er und bemühte sich, seine weinschwere Zunge geschmeidig zu halten. «Wie gut, dass Ihr kommen konntet. Rasch, der Kranke wartet hinten auf Euch.»

«Meister Wullenwever.» Das Pfäfflein streifte seinen Mantel ab und schaute sich irritiert um. Offenbar wollte es nicht in seinen kleinen Schädel gehen, warum in der Halle so eifrig gefeiert wurde, wenn zugleich jemand mit dem Tode rang. Der Kerl wusste aber auch gar nichts von der Welt!

«Was ist überhaupt gestehen? Und wer ist der Sterbende?»

Ulrich setzte einen betrübten Gesichtsausdruck auf. «Es ist … jemand vom *Krug*.» Schließlich gehörte das Schwein in den Stall der Wirtin. «Er hat gewiss zu viel gesoffen. Jedenfalls geht es ihm gar nicht gut. Ich habe ihm meine Kammer überlassen. Ja, ich bin großzügig, ich weiß.»

Hans, Otto und die anderen lachten prustend in sich hinein, während sie sich gegenseitig ermahnten, endlich still zu sein. Misstrauisch schaute Ansgar zwischen den Männern hin und her. Dann seufzte er.

«Nun gut. Bitte führt mich zu dem Kranken, Meister Wullenwever.»

«Allzu gerne!» Ulrich klopfte dem Pfäfflein auf die Schulter, als wären sie alte Kumpane. «Kommt mit.»

Ulrich führte Pater Ansgar nach hinten, begleitet von seinen feixenden Freunden. Einige Hochzeitsgäste schauten neugierig, was es mit alledem auf sich hatte. Doch Ulrich rauschte an ihnen vorbei, ohne sie zu beachten.

Schließlich öffnete er schwungvoll die Tür seiner Kammer. «Nur immer herein, Pater Ansgar!»

Das Pfäfflein warf ihm einen seltsamen Blick zu. Dann trat es zögerlich in den Raum. Ulrich und die anderen drängten sofort hinterher, und Burkhart warf die Tür hinter ihnen zu. In der kleinen Kammer war so wenig Platz, dass der Pfaffe direkt bis zum Bett geschoben wurde.

«Nun, Pater Ansgar», grinste Ulrich. «Hier seht Ihr den Kranken. Ihr werdet mir gewiss zustimmen, dass sein Zustand äußerst bedenklich ist …»

Er hob den Kopf des betrunkenen Schweines an und ließ ihn wieder los, woraufhin er kraftlos auf das Lager plumpste.

«Er grunzt nicht mehr, schnüffelt nicht mehr herum und, am schlimmsten, er säuft nicht mehr! Bitte gebt ihm rasch die Letzte Ölung, ehe es zu spät ist und er im Höllenfeuer auf ewig im Trockenen sitzen muss, während seine Schwarte knusprig braun brutzelt!»

Die anderen wieherten los. Pater Ansgar jedoch wurde noch blasser, als er ohnehin schon war.

«Was soll diese Posse?», flüsterte er ungläubig. «Habt Ihr dafür Euren Knecht durch den Sturm zu mir geschickt?»

«Aber, aber, Pater!», rief Ulrich, den Ansgars dämliches Gesicht mehr berauschte als der Wein. «Der gute Jann hat nur seine Pflicht getan. Was macht da schon das bisschen Wind? Wollt Ihr etwa *Eure* Pflichten vernachlässigen? Noch dazu, wo es heilige Pflichten sind? Na los, gebt ihm die Letzte Ölung …»

Er klopfte gegen die Ledertasche, die Pater Ansgar an einem Schultergurt trug, und lupfte aufmunternd die Bettdecke.

«Wie könnt Ihr es wagen …!» Pater Ansgar wich einen Schritt zurück. Sofort stieß er gegen die Mauer aus grinsenden, rotgesichtigen Kerlen, die sich rings um das Bett versammelt hatten.

«Wer hätte gedacht, dass Ihr so pflichtvergessen seid, Pater!», grölte Ulrich. «Dann helfen wir eben ein bisschen nach. Los, Burkhart. Hol das Öl heraus!»

Burkhart trat einen Schritt vor. Ansgar presste die Tasche an sich, doch der Söldner packte mit routinierter Unaufhaltsamkeit zu und entriss sie ihm. Er schlug den Deckel zurück und zog ein silbernes Gefäß hervor. Feine Kreuzmuster waren auf seine Oberfläche graviert, und eine Taube krönte als Griff den Verschluss.

«Lasst die Finger davon!», rief Pater Ansgar aufgebracht. «Der Bischof von Schleswig hat dieses Öl geweiht, um die Qualen der Siechen und Sterbenden zu lindern!»

«Was regt Ihr Euch dann auf?», fragte Ulrich, der das Gefäß entgegennahm. «Genau das haben wir doch vor.»

Er drehte den Verschluss ab und legte ihn sorgfältig auf einen Hocker neben dem Krankenlager. Dann hob er das Gefäß, als ob er eine weihevolle Handlung vollziehen würde – und drehte es abrupt um, sodass sich der dickflüssige Inhalt über das schnarchende Schwein ergoss.

«Das war alles geweihte Öl, das wir in Rungholt haben», murmelte Ansgar tonlos.

«Keine Sorge», erwiderte Ulrich. «Das füllen wir gleich wieder auf. Burkhart, den Schlauch!»

Ein wildes, taumelndes Hochgefühl hatte von ihm Besitz ergriffen. Er genoss das polternde Gelächter der anderen, die ihm jetzt bedingungslos folgten, als wäre er ein alter Sagenkönig und sie seine treuen Ritter. Und er genoss Pater Ansgars Gesicht, dessen Augen so fassungslos geweitet waren, als sähe das Pfäfflein einen leibhaftigen Höllendämon vor sich. Heute würde er ein für alle Mal klarmachen, wer hier das Sagen hatte! Niemand würde den Handelsherrn Ulrich Wullenwever dann noch infrage stellen. Weder dieser Pfaffe noch sein Schwiegervater, der olle Staller, der froh sein konnte, wenn Ulrichs Kogge hier anlegte. Und erst recht nicht die Kaufmannswitwe

Apolonia Wullenwever, die nicht einmal wusste, dass ihr Sohn gerade geheiratet hatte!

Ulrich griff sich das Ölgefäß und füllte den schweren, süßen Wein hinein, bis es fast überlief.

«Und nun trinken wir auf die Gesundheit unseres armen Kranken», sagte er und nahm einen Schluck. Der Wein war mit Ölresten versetzt und schmeckte abscheulich, doch das machte ihm nichts aus. Er genoss Ansgars Entsetzen, während er das Ölgefäß zwischen seinen Gefährten herumgehen ließ, die allesamt gehorsam davon tranken. Schließlich streckte er es Ansgar entgegen.

«So, und jetzt Ihr, Pater!»

Der Pfaffe riss ihm wütend das Gefäß aus der Hand und schüttete den restlichen Wein aus, wobei ein Teil davon über sein Gewand lief.

«Och, so geht Ihr also mit den Gaben des Herrn um?», höhnte Ulrich. «Wollt Ihr nicht lieber noch ein kleines Gebet sprechen, damit es so richtig feierlich wird?»

«Ulrich Wullenwever!» Pater Ansgar trat wütend auf ihn zu. Der Breite Hans wollte ihn festhalten, doch der Pfaffe streifte mit erstaunlicher Kraft seinen Arm ab. «Ich ertrage Euer fragwürdiges Betragen schon lange, aber heute seid Ihr zu weit gegangen!»

Albern sah das aus, wie das Pfäfflein sich so erboste, mit weinverschmiertem Gewand wie ein Zecher, den man vor irgendeiner Schenke aus dem Schlamm gezogen hatte. Und doch lag in seinen großen Kuhaugen ein Blitzen, als hätte er ein Gewitter verschluckt.

«Dabei wollte ich heute gar nicht weit gehen», gab Ulrich betont großspurig zurück, weil ihm nichts Besseres einfiel. «Nur von der Kirche bis in den *Krug*!»

Die anderen lachten pflichtschuldig. Pater Ansgar aber war unbeeindruckt. «Als ich Eure Verbindung mit der Stallerstochter gesegnet habe, hatte ich kein gutes Gefühl dabei», sagte er gepresst. «Das habt Ihr leider bestätigt, indem Ihr Eure Braut noch in der Kirche geschlagen habt. Und nun ist es endgültig offenkundig: Ihr seid Griets nicht würdig, Wullenwever.»

Plötzlich war es ganz still in der Kammer. Niemand lachte mehr. Nur das schnorchelnde Grunzen des Schweins war zu hören, während alle den kleinen Pfarrer anstarrten.

«Natürlich!» Ulrich brach als Erster das Schweigen. «Ein Kaufmann aus dem Hause Wullenwever ist eine schlechte Partie für eine Bauerntochter aus den Marschen. Wer würde das nicht so sehen?» Er lachte gezwungen.

«Die Wullenwevers mögen ein angesehenes Haus sein», erwiderte Pater Ansgar ungerührt, «aber Ihr macht ihm genauso Schande wie Eurer jungen Braut. Für den Beifall der anderen führt Ihr Euch auf wie ein Narr und haltet Euch dabei für einen hohen Herrn. Ihr merkt nicht, dass das hohle Gelächter Eurer Saufkumpane ebenso Euch gilt wie Euren geschmacklosen Einfällen!» Das kleine Pfäfflein schien plötzlich zu wachsen, mit seiner Wut den halben Raum einzunehmen, und es redete sich immer mehr in Rage. «Das ist Eure größte Narrheit, Wullenwever: wie wenig Ihr Euch Eures eigenen Narrentums bewusst seid! Jeder Gaukler, der in bunten Lumpen herumspringt, hat mehr Würde als Ihr, denn der Gaukler spielt eine Rolle und weiß das auch. Und doch wollt Ihr Euch über ihn erheben, so wie Ihr Euch über alle anderen in Gottes Schöpfung erheben wollt … Ulrich Wullenwever, Ihr seid erbärmlich. Ich werde für Euch beten, denn anders vermag ich Euch nicht zu helfen.»

Pater Ansgar wandte sich von Ulrich ab und nahm das Ölgefäß samt Verschluss an sich. Niemand hielt ihn auf. Er ging zielstrebig zur Tür, und Narben-Jann wich ebenso vor ihm zurück wie Otto, der Breite Hans und alle anderen. Burkhart stand mit verschränkten Armen direkt am Ausgang. Er warf Ulrich einen fragenden Blick zu. Doch dieser starrte nur vor sich hin, unfähig, irgendetwas zu sagen …

Die Tür fiel mit einem harten Schlag zu, als der Pfarrer aus dem Raum rauschte. Ulrich zuckte zusammen. Das Geräusch hatte den Bann gebrochen. Er ballte die Fäuste, während ohnmächtige Wut über das Pfäfflein und seine unverschämten Reden in ihm aufstieg.

«Was erlaubt der sich!» Wild schaute er in die Runde. Die anderen wagten es nicht, seinen Blick zu erwidern, wirkten unsicher, ob sie belustigt oder betroffen sein sollten. Ulrich spürte, dass er kurz davor stand, sein Gefolge zu verlieren. Und das nur wegen der giftigen Worte eines Hänflings, der sich hinter einem Kruzifix und zu weiten Gewändern versteckte! Das durfte nicht sein. Er wusste, dass er die anderen nicht mehr mit kecken Reden erreichen konnte. Jetzt half nur noch harte Entschlossenheit. Und das war sehr gut so. Ansgar sollte es bereuen, dass er Ulrich Wullenwever einen Narren genannt hatte!

«Wollen wir uns das bieten lassen?», rief er aufgebracht in die Runde. Die Männer stierten ihn unsicher an.

«Die Freunde eines Narren sind größere Narren als er selbst!», setzte er nach. «Warum sollten sie ihm sonst folgen? Gilt das etwa für euch? Seid ihr solche Narren?»

«Nee!», erwiderte der Breite Hans verhalten.

«Natürlich nicht!», ergänzte Narben-Jann schon etwas nachdrücklicher. Auch die anderen brummten und murrten nun.

Ulrich nickte grimmig. Die Verwirrung auf den geröteten Gesichtern wich Zorn. Das ging in eine gute Richtung …

«Dann kommt jetzt!», brüllte Ulrich und hob den Weinschlauch, als wäre er eine heilige Reliquie, der man folgen musste. «Das Pfäfflein kann noch nicht weit sein. Machen wir ihm klar, wer hier der wirkliche Narr ist.»

Damit war es entschieden. Die anderen grölten und johlten, froh darüber, dass ihre Betroffenheit sich irgendwie entladen durfte. Ulrich aber setzte sich in Bewegung, dicht gefolgt von Burkhart. An der Spitze seiner Mannen rauschte er durch die Deele und ins Unwetter hinaus, um der Edomsharde und der Welt endgültig zu zeigen, dass mit Ulrich Wullenwever nicht zu spaßen war.

Neuntes Kapitel

Der Sturm blies von Nordwesten heran, und seine Kraft wollte einfach nicht nachlassen. Im Gegenteil, Folkert hatte den Eindruck, dass seine Wut mit jeder Stunde noch zunahm. Schritt für Schritt musste er sich vorankämpfen, als er den Schutz der Häuser und Warften hinter sich ließ, um die äußeren Deiche des Rungholt-Koogs zu prüfen. Der Wind riss an seiner Kapuze, und er hatte es schon lange aufgegeben, sie immer wieder zurechtzurücken. Dann musste eben die Wollkappe reichen, die er mit Bändern unter seinem Kinnbart festgebunden hatte.

Meister Alrich, der greise Deichbauer, hatte Folkert gelehrt, was solch ein lang anhaltender Nordwest-Sturm bedeutete: Der Wind fauchte ungehemmt über die Westsee dahin, zwischen den Inseln der Engländer und den Felsenküsten Norwegens hindurch, mit nichts als Wasser unter sich. Dabei trieb er die ganze Zeit Wellen wie urtümliches Vieh vor sich her, die nirgendwo gebrochen wurden und sich höher und höher auftürmten.

Folkert wusste, dass solche Wellen aus den Weiten der Westsee viele Ellen hoch werden konnten und mächtige Koggen und steinerne Bauwerke gleichermaßen wie Spielzeug umherwarfen, wenn sie ungehemmt darauf trafen. Den Menschen blieb nichts anderes übrig, als darum zu beten, dass der

Sturm schnell nachlassen möge, ehe er die Wut des Meeres an ihre Küste trieb. Die alten Frauen sahen in den Wellen die Töchter des gierigen Meerweibs Ran, ausgesandt, um dem Land Schätze und sterbliche Seelen zu entreißen, die dann auf ewig die Halle ihrer Mutter in der Tiefe schmücken würden …

Ärgerlich schüttelte Folkert den Kopf. Von Gebeten und Meerestöchtern verstand er nichts. Mit den Deichen von Rungholt jedoch kannte er sich aus, dafür war er verantwortlich. Für gewöhnlich hätte er noch einige erfahrene Männer mit auf den Kontrollgang genommen, doch diese unglückselige Hochzeit hatte alle irgendwie verrückt gemacht. Nun feierten sie im und rund um den *Krug*, Wind und Wetter zum Trotze, als könnten ihnen die Elemente nichts anhaben. Als wären sie nicht allesamt Kinder der Uthlande und von klein auf mit den Tücken des Meeres vertraut. Doch Menschen waren offenbar seltsame Wesen, und die Aussicht auf Silber und süßer Wein vermochten noch Seltsameres mit ihnen anzustellen.

Sein Bruder saß derweilen als Gefangener fest und wartete darauf, dass sich das Bodthing zusammenfand, um über ihn zu richten. Folkert konnte nun nichts mehr für ihn tun.

Aber zumindest seine Pflichten konnte er erfüllen und sich um die Deiche kümmern. Mochten die anderen auch feiern und ignorieren, was sich da zusammenbraute …

Inzwischen hatte er den westlichen Deich des Koogs erreicht, ein dunkler Umriss in der noch tieferen Dunkelheit des Sturmhimmels. Dennoch erkannte Folkert mehr als genug. Gischt spritzte über der Deichkrone auf. Immer wieder griffen Wasserzungen nach dem Erdwall und warfen sich wie Fangarme darauf, ehe sie sich ins Meer zurückzogen und aufgeweichte Grassoden hinterließen. Die Flut war fast auf einer Höhe mit der Deichkrone!

Folkert erstarrte. Rasch rechnete er nach: noch mehrere Stunden bis zum höchsten Wasserstand kurz vor Mitternacht. Es war keine Frage, ob es Land unter geben würde. Die Frage war nur, *wann* es so weit war und die Westsee sich über den Deich in den Koog ergoss. Und ob der Schutz der Warften dann reichen würde …

Die Siedlungshügel waren hoch aufgeschüttet, deutlich höher als die Sommerdeiche. Das hatte bisher immer genügt, um Mensch und Vieh zu schützen. Doch Folkert hatte nur zu gut seine Beobachtung am alten Salzkoog vor Augen: Das Niedrigwasser war erschreckend hoch gewesen, denn die Fluten hatten nicht genug ablaufen können, wurden gegen das Land gedrückt von der Macht der Winde. Er konnte sich nicht erinnern, so etwas schon einmal derart ausgeprägt gesehen zu haben – kein lebender Mensch in den Uthlanden konnte das wohl.

Und wenn zum angestauten Wasser noch eine neue Flut hinzukam, zudem angetrieben vom Sturm, stieg es höher und höher, bis schließlich …

Folkert wandte sich um und eilte unverzüglich nach Rungholt zurück. Niemand hatte etwas davon, wenn er Deiche auf brüchige Stellen prüfte, die ohnehin zu niedrig waren. Seine Aufgabe war es jetzt, alle vor Land unter zu warnen, damit sie das Vieh auf die Warften treiben und sich in ihren Häusern verkriechen konnten. Dieses schale Hochzeitsfest, das es niemals hätte geben dürfen, musste auf der Stelle beendet werden!

Erschrocken zog Folkert den Kopf ein, als etwas Längliches durch die Luft trudelte und ihn fast erwischt hätte. Es war eine Fischreuse aus Korbgeflecht, die der Wind irgendwo aufgegriffen hatte und nun mühelos vor sich hertrieb. Bald würden gewiss noch weniger harmlose Dinge durch die Nacht wirbeln.

Er war dankbar, als endlich die Kirchwarft mit dem mächtigen, beruhigenden Umriss von St. Laurentius vor ihm aufragte. Der Sturm pfiff um die Ecken der Kirche und riss an ihren Bleiziegeln, doch der Steinbau wirkte so unbeeindruckt, als wäre er dafür gemacht, jedem Angriff standzuhalten. Daneben hing die Glocke von Rungholt in ihrem Stapel, dessen Dach schon einige Schindeln verloren hatte.

Rasch lief Folkert zu der Stelle, wo der Weg auf die Warft hinaufführte, verstärkt mit Holzplanken als Treppenstufen. Er musste so schnell wie möglich die Glocke läuten! Ihre Stimme, die sonst die Leute der Stadt zum Gottesdienst rief, würde heute eine Warnung in den Sturm rufen, der hoffentlich auch der verbissenste Zecher folgen würde. Es war schon viel zu viel Zeit verloren …

Folkert eilte voran – und wurde langsamer, als er etwas am Fuße des Aufstiegs liegen sah. Es sah aus wie ein ausgebreiteter Mantel oder ein Kleidungsbündel, das jemand hier mitten auf dem Weg vergessen hatte. Aber warum hatte der Wind den Stoff nicht davongetragen?

Er beugte sich vor und griff nach dem Etwas. Seine böse Ahnung wurde zur Gewissheit: In dem Mantel steckte jemand drin! Er schlug die Kapuze zurück – und blickte in ein verquollenes Gesicht, gezeichnet von Schwellungen und Blutergüssen. Erst auf den zweiten Blick erkannte er Ansgar.

Entsetzen machte sich in ihm breit, schnürte seine Kehle zu, ließ seine Beine zittern.

War Ansgar auf dem Weg zur Kirchenwarft gestürzt und hier draußen liegen geblieben, ohne dass jemand es bemerkt hatte? Warum hatte er überhaupt das Pfarrhaus verlassen, bei diesem Wetter?

Doch seine Verletzungen sahen nicht aus wie Prellungen

nach einem Sturz. Ansgars Nase war angebrochen, seine Lippen blutig geschlagen! Irgendjemand musste dem Priester das angetan haben. Auch wenn Folkert sich nicht im Geringsten vorstellen konnte, welcher Unmensch solchen Hass für ihn hegen konnte …

Ansgar stöhnte leise. Er war offenbar bei Bewusstsein! Folkert beeilte sich, ihn vorsichtig in eine bequemere Lage zu bringen und seinen Kopf abzustützen.

Sofort spuckte Ansgar Blut aus. Ein zersplitterter Zahn klebte darin. Glasig schaute er durch Folkert hindurch, ohne ihn zu erkennen. Der Blick traf Folkert wie ein Dolchstich.

«Ansgar», flüsterte er und spürte, wie sich klamme Kälte in seinem Körper ausbreitete. «Ansgar … Was ist passiert?»

Der Blick des Pfarrers wurde fokussierter – jedenfalls der des einen Auges, das nicht zugeschwollen war. Erkennen blitzte darin auf. Und Ansgars Mundwinkel verzogen sich zu etwas, das man vielleicht ein Lächeln nennen konnte.

«Folkert …»

Er klang so schwach. Aber er hatte ihn erkannt!

«Ich bin da», flüsterte Folkert.

«Das … ist gut.» Das Sprechen schien Ansgar viel Kraft zu kosten.

«Schscht …» Folkert musste vermeiden, dass Ansgar sich zu sehr verausgabte.

«Wullenwever», murmelte Ansgar. «Er hat mich verfolgt mit seinen Leuten. Bedauernswerte Narren, alle miteinander.»

Grimmig presste Folkert die Fäuste zusammen. Ulrich Wullenwever also! Und Ansgars Reaktion bestand natürlich darin, den Kaufmann und seine Schergen dafür zu bedauern …

Folkert hingegen spürte etwas ganz anderes: ohnmächtige Wut auf Wullenwever, der es gewagt hatte, den sanftmütigen

Pfarrer anzufassen! Plötzlich konnte er Auke verstehen. Es gab Dinge, die durfte man einfach nicht auf sich beruhen lassen. Zu schade, dass er mit dem Schwert nicht so geschickt wie Auke war. Aber für Wullenwever und seine versoffene Bande würde es noch reichen!

«Folkert …», flüsterte Ansgar wieder. Und Folkert nahm sich zusammen. Jetzt war keine Zeit für Rachegedanken! Ansgar brauchte ihn. «Du musst mit dem Staller reden. Wullenwever ist gefährlich.»

«Natürlich», knurrte Folkert. «Ich kümmere mich darum.»

«Gut», stöhnte Ansgar, den die Kraft langsam zu verlassen schien. «Gut …»

Sein Kopf sackte zurück, und er atmete schwer und rasselnd. Verzweifelt beugte Folkert sich über ihn, während Angst, Wut und Entsetzen in seinem Bauch miteinander rangen. Ansgar musste raus aus Sturm und Kälte, brauchte ein warmes Lager, die geschickten Hände eines Heilkundigen.

Gehetzt schaute Folkert hinüber zur Glocke von Rungholt. Er hätte schon längst dort oben sein und Sturm läuten müssen! Aber er konnte doch Ansgar hier nicht einfach liegen lassen …

Er richtete sich auf und legte Ansgars vogelhaft leichten Körper über seine Schulter. Dann trug er seinen Freund Stufe für Stufe die Kirchwarft hinauf, während der Wind an ihm zerrte. Unbeirrt stapfte Folkert weiter voran, überquerte schließlich die kleine Brücke, die zum Pfarrhaus hinüberführte. Mehrere Umrisse erhoben sich wie stumme Geister davor: die Grabsteine früherer Kirchherren von Rungholt, die nun unter der Erde lagen, über die sie als Lebende einst gelaufen waren. Folkert schleppte sich daran vorbei zur Tür und hämmerte nachdrücklich dagegen.

Schließlich öffnete ihm die alte Eske, begleitet von Nis,

dem Hausknecht, der die Hand misstrauisch an seinem Seitendolch hielt. Zunächst schaute Eske wie üblich mürrisch und missbilligend drein. Doch ihre Augen weiteten sich, als sie Ansgar erkannte.

«Bei den Reliquien aller Heiligen!», stieß sie hervor. «Pater Ansgar! Was ist geschehen?»

«Später», erwiderte Folkert knapp. «Kommt. Helft mir, Pater Ansgar in sein Bett zu bringen.»

Gemeinsam mit dem Knecht schaffte Folkert seinen Freund nach hinten in die Kammer. Als er schließlich lag, seufzte Ansgar einmal und drehte den Kopf zur Seite. Doch er kam nicht wieder zu sich. Die Angst hielt Folkerts Herz umklammert wie eine Faust aus Eis. Am liebsten hätte er sich an Ansgars Seite gesetzt und ihn nicht mehr aus den Augen gelassen. Doch das durfte er nicht tun. Es warteten Pflichten auf ihn.

«Bitte, kümmere dich um ihn», sagte er zu Eske. «Es geht ihm nicht gut … Du musst alles tun, was du kannst!»

«Natürlich werde ich das», schnaubte die Haushälterin unwirsch. «Das brauchst du mir nicht erst zu sagen, Folkert Feddersen.»

«Gut», erwiderte Folkert beklommen. Dann warf er einen letzten Blick auf Ansgar und raffte sich auf. Mehr Zeit durfte er nicht verlieren!

«Und macht alles dicht!», rief er dem Pfarrknecht zu, als er aus der Tür trat. «Die Flut kommt!»

Er eilte hinaus in den Sturm und über die Brücke zum Glockenstapel der Kirche. Die Leute von Rungholt mussten endlich vor dem Zorn des Meeres gewarnt werden!

Plötzlich schoss Folkert die Frage durch den Kopf, die ihm Janne damals beim Salzkoog gestellt hatte: *«Lohnt es sich?»*

Gerade war sich Folkert da nicht mehr so sicher. Dort drüben, wo die Lichter nahe am Hafen schimmerten, feierten die Leute im *Krug*, als könnten ihnen Sturm und Meer nichts anhaben, während Ansgar zerschlagen auf seinem Bett lag. Auch die Schlächter, die ihn so zugerichtet hatten, durchzechten unbeschwert die Nacht.

Vielleicht hatten es Rungholt und die ganze Edomsharde verdient, dass die Flut als göttliche Strafe über sie hereinbrach, sie austilgte aus dem Gewebe der Schöpfung.

Folkert schüttelte den finsteren Gedanken ab. Er wusste genau, was Ansgar dazu gesagt hätte: *«Es ist nicht an dir zu richten.»*

Er trat an den Glockenstapel und griff nach dem Seil, das vom Tragewerk herunterhing. Mit aller Kraft zog er daran. Zunächst schwang die Glocke nur langsam und träge, als wäre sie unwillig. Doch dann berührte der Schlegel schließlich ihre Haube, und ihre warme, metallische Stimme ertönte: erst zögerlich und halb verweht vom Sturm, dann immer kräftiger und klarer, eine deutliche Warnung in der Nacht.

Ohne Unterlass zog Folkert an dem Glockenseil und sorgte dafür, dass niemand in Rungholt die Botschaft überhören konnte: Das Meer kommt – Land unter!

Ebenso ließen andere Männer in anderen Orten der Uthlande jetzt die Glocken sprechen, da war Folkert sich sicher: drüben in Gaikebüll und in Odenbüll, aber auch in der Beltringharde und in der Pellwormharde, vielleicht sogar weiter nördlich, in den dänischen Teilen der Marschen oder im Süden in Hamburg oder gar in England, jenseits des Meeres. Vor der Macht der See waren alle Menschen gleich, und wenn sie erst einmal wütete, wurde niemand von ihr verschont, ganz gleich, an wen er seinen Zehnten zahlte.

Folkert läutete die Sturmglocke, bis ihm beide Arme schmerzten, und noch ein wenig länger. Schließlich hielt er schwer atmend inne, während die Glocke über ihm nachschwang. Jetzt mussten es alle gehört haben. Mehr konnte Folkert nicht tun. Alles Weitere hing davon ab, wie schnell die Leute von Rungholt ihr Vieh in Sicherheit bringen würden, wie gut sie ihre Häuser schützen würden.

Eine Sache gab es allerdings noch, um die er sich kümmern musste! Er wandte sich von der Glocke ab und hetzte die Warft hinunter in Richtung Hafen.

Zehntes Kapitel

Mama? Was ist denn passiert mit dem Schwein?»

Lentje schaute Janne aus großen Augen an. Sie kannte diesen speziellen Blick nur zu gut: eine Mischung aus Neugier und Entschlossenheit und der Forderung nach einer Antwort. Ihre Tochter würde nicht nachlassen, bis sie eine solche bekommen hatte.

«Wenn ich das wüsste, Liebes», erwiderte Janne ehrlich. Sie hatte darauf geachtet, Wullenwever nicht unter die Augen zu geraten, und die Sache dadurch nicht direkt mitbekommen. Aber natürlich hatte sie die Gerüchte gehört, die sich unter dem Gesinde ausgebreitet hatten wie Funken von einem Feuer. Wullenwever und seine Kumpane hätten während der Hochzeitsfeier ein Schwein entführt und es betrunken gemacht. Oder den Herrn Pfarrer. Oder vielleicht auch beide. Und der hätte das Schwein trauen müssen oder taufen oder salben, woraufhin er empört verschwunden war. Dann hatte Wullenwevers Meute noch irgendetwas draußen im Sturm angestellt, und jetzt saßen sie wieder hier im *Krug* und zechten, als sei dies irgendein beliebiger Winterabend und nicht Wullenwevers Hochzeit.

«Aber etwas *muss* doch passiert sein, Mama!», hakte Lentje nach.

Janne hörte nur mit einem Ohr zu. Besorgt ließ sie ihren

Blick durch den Schankraum schweifen. Diese merkwürdige Farce von einem Hochzeitsfest hatte sich endgültig in eine groteske Darbietung verwandelt. Einige Unerschrockene tanzten noch und versuchten so zu tun, als wäre dies eine ganz normale Feier. Andere standen beieinander und diskutierten erregt. Nur Wullenwever und seine Leute ließen immer neuen Wein an den Tisch kommen, als würde sie das alles nichts angehen.

Dort hinten stand Staller Ingmar und redete mit der Wirtin Swantje, während Hinnerk, der Wirt, mit hängenden Armen danebenstand und etwas bedröppelt aussah. Die buschigen Brauen des Stallers hatten sich finster zusammengezogen, und ein harter Zug lag um seine Mundwinkel. Seine Männer scharten sich unruhig um ihn, wobei die ein oder andere Hand am Seitendolch lag. Immer wieder warfen Wullenwevers Leute ihnen herausfordernde Blicke zu, ehe sie mit betonter Gelassenheit weitertranken.

Griet hielt sich abseits, so weit wie irgend möglich entfernt von ihrem Gemahl. Ihr Bruder stand neben ihr und musterte Wullenwever mit einem Gesichtsausdruck, der vielleicht der verkniffenste im ganzen Saal war – und das wollte etwas heißen!

Janne hatte kein gutes Gefühl bei der Sache. Die Stimmung war wie ein drückend-schwüler Sommerabend, der sich jederzeit in einem Gewitter entladen konnte. Cosimo schien das ähnlich zu sehen, denn er war schon seit einer ganzen Weile verschwunden.

«Hör mal, Lentje», wandte sie sich wieder ihrer Tochter zu. «Ich weiß gar nicht, ob wir noch genug von den Winteräpfeln für die Tafel haben … Lauf doch mal eben rüber zum Vorratshaus und hol eine weitere Schale.»

«Aber Mama …», erwiderte Lentje skeptisch, doch Janne ließ sie nicht wieder zu Wort kommen.

«Lentje, *bitte!*» Das war jener besondere Tonfall, den sie sich auf Abbos Hof angewöhnt hatte, wenn Gefahr in der Luft lag. Er funktionierte zum Glück noch immer. Lentje nickte nur knapp und lief dann zum Ausgang. Es gelang ihr kaum, die Tür gegen den Wind aufzudrücken, ehe sie schließlich nach draußen schlüpfte.

Seufzend schaute ihr Janne hinterher. Sie schickte Lentje nicht gerne bei diesem Wetter hinaus, aber das Vorratshaus lag ja nur wenige Schritte weiter auf der *Krug*-Warft. Und es war ein deutlich angenehmerer Ort als die Halle, falls sich hier die Anspannung gleich entladen sollte … Janne wäre Lentje nur zu gerne gefolgt, doch sie empfand es als ihre Pflicht, sich für alle Fälle in der Nähe von Griet aufzuhalten.

Schon näherte sich der Staller mit großen Schritten Wullenwevers Tisch. Der Kaufmann ignorierte ihn zunächst und wandte sich erst zu ihm um, als Ingmar direkt neben ihm stand.

«Oh, der werte Herr Staller beehrt uns wieder!», rief Wullenwever mit aufgesetzter Fröhlichkeit und prostete ihm zu. «Habt Ihr Euch inzwischen genug ausgeruht, sodass Ihr wieder mit uns mithalten könnt? Burkhart, einen Becher für den Herrn Staller!»

Der einäugige Hüne setzte sich in Bewegung, doch Staller Ingmar hielt ihn mit einer unwirschen Handbewegung auf.

«Meister Wullenwever», sprach er kalt. «Man hat mir zugetragen, dass Ihr seltsame Possen mit einem Stück Vieh aufgeführt und dabei auch den Herrn Pfarrer belästigt habt. Was auch immer da genau vorgefallen sein mag: Ich muss Euch daran erinnern, dass wir heute Eure Hochzeit feiern und ein gewisses Betragen angemessen ist. Bei Euch in Hamburg mag das anders Brauch sein. Hier in den Uthlanden treibt der Bräutigam am Abend der Hochzeit jedenfalls keine wüsten Streiche mit seinen Zechgenossen. Wir sollten uns morgen einmal in aller Ruhe unterhalten.» Sein Gesichtsausdruck verfinsterte sich noch mehr. «Auch über das, was der Herr Pfarrer mir zugetragen hat.»

Wullenwever knallte seinen Becher auf den Tisch und schob die Bank zurück, um sich zu erheben. In der gleichen Bewegung setzte er seinen vornehmen Hut mit der inzwischen reichlich zerknautschten Pfauenfeder auf. Damit hätte er gewiss stattlich ausgesehen, wenn der Hut ein wenig gerader gesessen hätte. Dennoch stemmte Wullenwever stolz die Hände in die Hüften und starrte Ingmar an. Der bullige Staller überragte ihn auch mit dem Hütlein noch deutlich.

«Staller Ingmar!», rief er mit schwerer Zunge. «Wenn ich es nicht besser wüsste, könnte ich ja fast meinen, dass Ihr meine Heimatstadt beleidigen wollt!»

Der Staller machte eine abwehrende Geste. «Redet keinen Unsinn. Ich hatte natürlich nicht vor …»

«Das wären auch reichlich große Worte für jemanden, der über Schafe und Schweine am schlammigen Ende der Welt gebietet!», rief Wullenwever. «Ich erweise Euch die Ehre meines Besuches! Die Ehre, Eure Tochter in mein angesehenes Haus aufzunehmen! Und bald vielleicht auch die Ehre, durch meine Handelskontakte reich zu werden! Da wäre es ja wohl ein angemessenes Betragen, für eine entsprechende Bewirtung zu sorgen und sich ansonsten zurückzuhalten.»

Janne hielt unwillkürlich die Luft an, und selbst Wullenwevers weinselige Kumpane tauschten alarmierte Blicke. Keiner von ihnen schaute auf, als der Kaufmann sich ihnen Beifall heischend zuwandte. Staller Ingmar jedoch ballte die mächtigen Fäuste. Seine gefährliche Ruhe war viel bedrohlicher als Wullenwevers lautes Gepolter. Und dieser Tor bemerkte es nicht einmal, sondern zeigte immer noch sein debiles Grinsen. Burkhart schob sich unauffällig näher an seinen Meister heran, die Hand auf dem Schaft seines Streitkolbens. Janne war froh, dass sie Lentje rechtzeitig rausgeschickt hatte!

In diesem Augenblick tönte von draußen ein Geräusch herein, gedämpft und durchdringend zugleich. Männer, Frauen und Kinder horchten mit bangen Gesichtern auf. Es war ein metallisches Klingen, das immer wieder im Orgeln des Sturmes unterzugehen drohte und doch hell daraus hervorstach.

«Das ist die Sturmglocke!» Die Wirtin sprach aus, was allen gerade dämmerte. «Das Meer kommt!»

Sofort wandte der Staller sich von Wullenwever ab, ohne ihn noch eines Blickes zu würdigen. Befehlsgewohnt klatschte er in die schwieligen Hände.

«Auf, auf! Ihr habt Swantje gehört!», rief er durch die Deele. «Lauft nach Hause! Holt Vieh und Menschen auf den Warften zusammen, bringt alle in Sicherheit! Und betet, dass uns der Herrgott beistehen möge an diesem Marcellustag.»

«Halt!» Wullenwevers Stimme tönte nicht minder laut. «Was soll denn das für eine Feier sein, die sich durch so ein bisschen Wind davonwehen lässt? Wenn ein Wullenwever Hochzeit feiert, geht das bis zum Morgen, und wenn der Herrgott drei Stürme schickt!»

Voller Verachtung schüttelte der Staller den Kopf. «Ihr habt keine Ahnung, wovon Ihr sprecht, Ihr junger Narr.»

Das Gesicht des jungen Kaufmanns wurde bleich vor Zorn. Für einen Moment befürchtete Janne, dass er sich direkt auf den Staller stürzen würde. Doch stattdessen raffte er sein letztes bisschen Würde zusammen und sprach: «Nun gut, wie

Ihr wollt. So findet dieses unwürdige Fest also ein unwürdiges Ende.» Sein Blick wanderte zu Griet. «Dann ist es jetzt wohl an der Zeit für den Zug ins Brautgemach! Und ihr alle seid meine Zeugen. Komm, Margrethe. Das Ehebett erwartet uns.»

Mit einem anzüglichen Grinsen setzte er sich in Bewegung und stapfte quer durch die Halle auf seine Frau zu. Seine Freunde, die geladenen Zeugen, tauschten beklommene Blicke. Eigentlich wäre es ihre Rolle gewesen, die Brautleute mit Zoten und schlüpfrigen Bemerkungen zu begleiten. Stattdessen warfen sie scheue Blicke zum Staller, der sie finster beobachtete.

«Nein.»

Griet sprach leise, und doch war ihre Stimme in der ganzen Halle zu hören. Klar sprach sie und ohne eine Spur von Zweifel.

«Ich werde Euch nicht ins Brautgemach folgen, Ulrich Wullenwever aus Hamburg.»

Sie strahlte nun eine entschlossene Ruhe aus, die Janne seltsam vertraut vorkam. So hatte sie sich gefühlt, als Bauer Abbo im Sodenbrunnen gelandet war und es für sie nichts mehr zu verlieren gab. Griet wandte sich Staller Ingmar zu.

«Es tut mir leid, Vater. Ich kenne meine Pflichten. Ich habe versucht, mich ihnen zu beugen. Aber nein.»

Mit diesen Worten wandte sie sich um, lief quer durch den Schankraum und rauschte hinaus in den Sturm, ehe jemand auch nur etwas erwidern konnte. Ungläubig schien alles auf den Fleck zu starren, wo die Braut, die keine sein wollte, gerade noch gestanden hatte.

Es war Owe Ingmarsen, der als Erster die Fassung wiederfand.

«Vater, kümmere dich um die Flut!», rief er. «Um Rungholt und die Edomsharde. Ich schaue nach Griet.»

Und er rannte nach draußen, seiner Schwester hinterher.

«Worauf wartet ihr noch?», schimpfte Wullenwever in die Richtung seiner Kumpane. «Seht ihr nicht, welche Schande man mir hier antut? Na, kommt schon!»

Auch er stürmte los, wobei er offenbar erwartete, dass die anderen ihm folgten wie die treuen Paladine dem alten Kaiser Karl. Doch lediglich sein Diener Burkhart und zwei, drei weitere Gestalten schlossen sich ihm ohne Zögern an. Die anderen standen betreten herum und schauten zum Staller.

«Also gut», brummte dieser. «Es gibt viel zu tun. Helft den Wirtsleuten mit den Schafen!»

Stumm gingen sie an Wullenwever vorbei, um dem Gesinde draußen zur Hand zu gehen. Der Klang der Sturmglocke, den jeder Bewohner der Uthlande von Kindesbeinen an fürchtete, schien sie ernüchtert zu haben.

So kam es, dass der angesehene Kaufmann Ulrich Wullenwever seine eigene Hochzeit mit weniger als einer Handvoll Gefolgsleute verließ und in der Dunkelheit verschwand. Staller Ingmar nahm sich nicht einmal die Zeit, ihm hinterherzuschauen.

Kopfschüttelnd wandte Janne sich ab, um nach Lentje zu sehen – und festzustellen, dass sie noch nicht wieder im *Krug* war. Ein flaues Gefühl machte sich in ihrem Bauch breit. Der Weg rüber zum Vorratshaus war nicht besonders weit. Lentje hätte mit ihren Äpfeln schon längst wieder zurück sein sollen! Und draußen kam die Flut …

Ohne jedes weitere Zögern lief Janne zur Tür und schlüpfte nach draußen. Sofort schlug ihr der Wind mit Wucht entgegen. Er verwehte alle Geräusche, die von den Warften ringsum kamen. Schafe blökten, als sie auf die Anhöhen getrieben wurden, Männer riefen sich hektisch Anweisungen zu.

Angespannt schaute Janne sich um. Sie hatte Lentje rüber zum Vorratshaus geschickt und nicht nach Malaqa. Doch von ihrer Tochter war nichts zu sehen.

Eilig lief sie rüber zum Vorratshaus. Der krumme Peter, einer der Knechte, war gerade dabei, die Türschwelle mit Dung abzudichten.

«Ist Lentje hier irgendwo?», rief Janne ihm zu. «Du weißt schon, meine Tochter. Quirlig, rothaarig …»

Peter antwortete ihr, ohne mit dem Schaufeln innezuhalten:

«Ja, die war wohl hier. Ist dann aber mit dem kleinen Redlef losgezogen. Ihm sind ein paar Gänse im Sturm abhandengekommen, und deine Kleine wollte wohl helfen. Da sind sie runter.»

Er zeigte am Vorratshaus vorbei in die Dunkelheit, rüber zum Rand der Warft. Janne unterdrückte ein Stöhnen. Es sah ihrer Lentje ähnlich, helfen zu wollen und dann einfach loszuziehen. Bescheid zu sagen oder über die Folgen nachzudenken, vergaß man nur zu leicht, wenn man so abenteuerlustig war wie ihre Tochter. Und mit Gänsen kannte sie sich schließlich aus, die hatte sie oft genug auf Bauer Abbos Hof gehütet.

«Danke», murmelte Janne knapp, während sie sich schon abwandte und ihr Tuch enger um den Kopf schlang.

«Sieh zu, dass du die Deern bald findest», rief der krumme Peter ihr hinterher. «Das wird da draußen bald ziemlich nass!»

Als wenn sie das nicht selbst gewusst hätte! Jannes Brustkorb war zugeschnürt vor Angst, die sich wie eine schwere Kette um sie gelegt hatte. Die Sorge um ihre Freundin Griet war eine Sache. Doch die Sorge um ihre Tochter stieg aus der Tiefe ihrer Seele auf wie ein böses Fieber, das den Verstand trübte und den Körper zittern ließ.

Lentje war irgendwo da draußen. Und das Meer kam.

Ohne auch nur einen Augenblick für weitere Gedanken zu verschwenden, lief Janne von der Warft hinunter in die Sturmnacht.

Elftes Kapitel

Als das Wasser unter der Türritze hindurchquoll, wusste Auke, dass er verloren war. Sie hatten ihn in einen hölzernen Verschlag im hintersten Winkel des Lagerhauses gesperrt. Doch die Latten standen weit genug auseinander, dass er in den Hauptraum sehen konnte. Und er sah, wie das Wasser unaufhaltsam ins Lager lief und den Boden zwischen Kisten und Säcken zunehmend bedeckte.

Schon als Auke die Sturmglocke gehört hatte, war ein mulmiges Gefühl in ihm aufgekommen. Man hatte das Lagerhaus ohne Warft direkt hinter dem Deich am Hafen errichtet. Es war dafür gebaut, in der warmen Jahreszeit kurzfristig die Waren aufzunehmen, die die Kaufleute mit ihren Koggen brachten, und wurde im Winter nicht besonders geschützt. Bei einer Flut war es das erste Gebäude, nach dem das Meer greifen würde.

Und nun war es also so weit – viel schneller, als Auke vermutet hätte. Zwischen dem Klang der Sturmglocke und dem hereinströmenden Wasser war kaum Zeit vergangen. Den Leuten draußen würde nur wenig Gelegenheit bleiben, sich auf die schützenden Warften zurückzuziehen. Doch Auke hatte hier drinnen ganz andere Sorgen …

Er ruckelte an der hölzernen Tür des Verschlags, warf sich mit der Schulter dagegen. Natürlich vergebens! Das Gelass diente nicht umsonst als Ersatz für einen Kerker. Außerdem war das Ding so eng, dass Auke da drin kaum stehen, geschweige denn Anlauf nehmen konnte. Es war, als hätten die Leute von Rungholt versucht, damit ein Panzerloch zu imitieren, eines jener Verliese tief in den Fundamenten von Burgen und Stadtbefestigungen, deren Mauern den Gefangenen eng wie eine Rüstung umgaben, ein Grab für die Lebenden.

Verbissen bearbeitete Auke die Tür, doch er wusste, dass er nicht wirklich eine Chance hatte. Selbst wenn nicht einer seiner Arme nutzlos in einer Schlinge hängen und höllisch schmerzen würde …

Ein Fluch kam über seine Lippen, als das Wasser die Ecke mit seinem Verschlag erreichte und um seine Füße schwappte. Sofort sogen sich seine Beinlinge mit der klamm-nassen Kälte der Westsee voll. Er hatte keine Ahnung, was da draußen vor sich gehen mochte. Doch sein Bruder Folkert hatte oft genug darüber gesprochen, dass er es sich zumindest vorstellen konnte.

Irgendwo war einer der Deiche von Rungholt gebrochen, und das Wasser strömte nun durch diese Schwachstelle in den Koog. Und wenn die Flut erst einmal an einer Stelle vorgedrungen war, unterspülte sie den Erdwall auch von hinten, und der Deich kolkte immer weiter aus. Es gab eine breitere Lücke, weitere Durchbrüche, mehr Durchweichung von hinten und noch mehr Lücken, immer so weiter, immer schneller … Ihm blieb nicht mehr viel Zeit.

«Hallo!», rief er gegen das Rauschen der Flut an, während die schäumenden Wogen um seine Knie schwappten. «Ist da irgendwer? Ich sitze hier fest!»

Natürlich war auch das sinnlos. Wenn draußen jemand in der Nähe sein sollte, kämpfte der gerade in der Flut um sein Leben. Und das restliche Volk von Rungholt hatte alle Hände voll damit zu tun, das Vieh die Warften hinaufzutreiben und die Ritzen der Häuser mit Dung abzudichten. Niemand würde einen Gedanken daran verschwenden, einem eingesperrten Unruhestifter zu Hilfe zu eilen. Wollte er gerettet werden, musste er sich selbst darum kümmern.

Gehetzt schaute er sich um. Wenn er mit Gewalt nicht weiterkam, konnte er vielleicht den Riegel anheben. Aber natürlich hatte man keine Stange oder ähnliches Werkzeug in seiner Nähe gelassen, mit dem das möglich gewesen wäre. Er versuchte verzweifelt, seine Hand irgendwie durch die Latten zu stecken. Doch vergebens.

Inzwischen stand ihm das Wasser fast bis zur Hüfte, und einige leere Kisten und Fässer tanzten auf dem Wasser wie Treibgut auf dem Meer. Ob irgendetwas in seiner Reichweite war, was er benutzen konnte? Aber selbst dann hätte er nicht durch die Latten langen können, um es zu ergreifen …

Plötzlich krachte es an der Eingangstür, und eine besonders große Welle schwappte gegen Auke. Für einen Moment befürchtete er, dass die Flut schon das große Außentor eingedrückt hatte und mit aller Macht hereindrang. Doch dann konnte er im Halbdunkeln erkennen, dass das Tor noch stand und lediglich das Mannloch herausgebrochen war, das in einen der Flügel eingelassen war. Durch dieses stolperte eine Gestalt ins Lager. Sie kämpfte sich im schäumenden Wasser voran und wurde fast umgerissen, als eine der Kisten sie streifte.

«Auke!», brüllte sie gegen das Brodeln an.

«Folkert?» Auke konnte nicht glauben, dass es wirklich sein Bruder war, der da durch das Lager zu seinem Verschlag watete. Er kämpfte sich schnaufend vorwärts, mit einer Entschlossenheit im Blick, die Auke so noch nie zuvor bei ihm gesehen hatte.

«Ja, ich bin's», brummte Folkert, als er endlich vor Auke stand. «Da musst du gar nicht so überrascht gucken.»

Für einen Moment war Auke beschämt. Vielleicht hatte er seinen Bruder wirklich unterschätzt ... Dann spürte er unendliche Erleichterung, als Folkert grunzend den Riegel anhob und schließlich zur Seite warf.

«Na, komm!» Er reichte ihm die Hand.

Auke beeilte sich, aus dem Gelass zu kommen – und geriet dabei so ins Stolpern, dass Folkert ihn an beiden Armen auffangen musste. Erst jetzt merkte er, wie abgekämpft er war, und noch immer zerrte das Wasser an ihm.

«Stütz dich auf mich!»

Auke hasste es, sich schwach zu fühlen. Doch ihm blieb nichts anderes übrig, als das Angebot seines Bruders anzunehmen. Gemeinsam schleppten sie sich quer durch das Lagerhaus, wobei sie sich nach Kräften bemühten, dem Treibgut auszuweichen.

«Wo ist Griet?», keuchte Auke. Das war wichtiger als alles andere!

«Im *Krug*», erwiderte Folkert unwillig. «Dort ist sie zumindest vorerst in Sicherheit.»

Auke straffte sich und machte sich von Folkert los.

«Ich muss sofort dorthin!»

«Sei nicht albern», schalt Folkert. «Wir haben Land unter! Das Gelände in Richtung *Krug* ist abschüssig und bestimmt schon überflutet. Wir brauchen einen sicheren Ort! Komm, rüber zur Kirchenwarft. Das ist die höchste Erhebung in der Nähe.»

Auke hätte am liebsten etwas Trotziges erwidert. Aber Folkert hatte leider recht. Es nützte Griet überhaupt nichts, wenn er durch eine Dummheit doch noch in der Flut umkam. Er musste überleben – und sie aus Wullenwevers Klauen retten, sobald es ihm wieder möglich war!

Inzwischen hatten sie das Mannloch erreicht und schlüpften ins Freie, hinaus in Sturm und Regen. Sofort griff das Wasser mit unheimlicher Kraft nach Auke. Er konnte hier zwar immer noch gut stehen, doch der Bereich rings um das Lagerhaus lag nun in der Brandungszone, wo das Wasser aufs Land traf und die Wogen sich brachen. Wenn man in diesen Hexenkessel geriet, wurde man nur zu leicht von den Beinen gerissen. Und an den Deichdurchbrüchen gab es gierige Rückströmungen, die einen kräftigen Mann wie einen Korken mit sich tragen konnten, ihn hinaus in die Bucht und weiter auf die offene Westsee zogen.

Gemeinsam kämpften sie sich landeinwärts voran, dorthin, wo das Gelände zur Kirchenwarft hin anstieg. Pochender Schmerz peitschte durch Aukes Arm, doch er biss die Zähne zusammen und hielt sich aufrecht. Er konnte sich jetzt keine Schwäche erlauben …

«Achtung!»

Er geriet ins Straucheln, als Folkert ihn zur Seite stieß. Etwas Schweres kam durch die Gischt herangesaust – ein bauchiges Fass! Mit einem dumpfen Aufschlag traf es Folkert frontal. Sein Bruder schrie auf, als er von den Beinen gerissen wurde.

«Folkert!»

Auke versuchte, ihn zu packen, doch sein Arm griff ins Leere. Von einem Herzschlag auf den anderen war Folkert verschwunden, zusammen mit dem Fass.

«Nein! Folkert! Wo bist du?» Es gab keine Antwort. Keinen Folkert. Das Wasser rauschte unbeteiligt vorüber. Auke blieb fassungslos allein in der Flut zurück, die seinen Bruder verschlungen hatte.

Zwölftes Kapitel

Griet war schon wieder auf der Flucht. Doch diesmal hatte sie keinen Plan, keine Verbündeten. Sie wollte einfach nur weg. Fort aus einem Leben, das Ulrich Wullenwever als einzige mögliche Zukunft für sie bereithielt, besiegelt durch Gottes Segen im Angesicht der Kirche.

Der Sturm blies ihr entgegen, als wollte er sie in den *Krug* zurücktreiben. Trotzig kämpfte Griet dagegen an, legte ihre ganze Wut, ihre ganze Verzweiflung in die Bewegung. Es tat gut, einen konkreten Gegner zu haben, und wenn es der Wind selbst war!

Der Hang der Warft lag schon lange hinter ihr, wo sie mehr gerutscht war als gelaufen. Entsprechend braun und matschig sah das mit Blumen bestickte Kleid nun aus, das einst ihre Mutter zur Hochzeit mit dem Großbauern Ingmar getragen hatte. Als junges Mädchen hatte Griet davon geträumt, es selbst anzuziehen und dann irgendwann an ihre Töchter weiterzugeben. Doch das hatte sich nun erledigt. Sie würde Wullenwever gewiss keine Tochter gebären, die an irgendeinen anderen reichen Trunkenbold verkauft wurde, wenn sie reif dafür war!

Griet eilte hinunter in Richtung Hafen, dorthin, wo das Lagerhaus lag, in dem sie Auke eingesperrt hatten. Es hatte in der Aufregung gewiss noch niemand daran gedacht, dass er immer noch dort war. Niemand würde ihm helfen, wenn sie es nicht tat.

Als plötzlich vor ihr Wasser schimmerte, hielt Griet abrupt inne. Gischt schäumte, wo eigentlich ein Bohlenpfad an den Warften von Rungholt entlangführte. Schon griffen die Wellen nach dem schmutzigen Saum ihres Kleides …

Das Meer war über den Hafen und die Gebäude in seiner unmittelbaren Nähe hinweggespült. Griet reckte sich und hielt Ausschau nach dem Lagerhaus. Doch Aukes Gefängnis war ebenfalls verschwunden. Krumme Balken ragten wie die Finger eines Ertrinkenden aus dem Wasser, wo vor Kurzem noch der Speicher gestanden hatte. Die Wucht der Flut hatte ihn zerschmettert.

Griets spürte, wie ihre Knie nachgaben. Sie war zu spät. Das Meer hatte Auke bereits verschlungen. Er war fort, würde sie niemals wieder schief anlächeln, niemals wieder mit seinen Armen umfassen …

Mit einem seltsam tauben Gefühl in der Brust ging sie weiter, tat einen ersten Schritt in die Brandung hinein. Sofort peitschte die Kälte des Wassers durch ihren Körper.

«Griet!» Der Wind trug eine verzerrte Stimme an sie heran. «Griet, so warte doch!»

Mechanisch hob sie den Blick. Ein breitschultriger Umriss kam auf sie zu, wurde zu einem Mann mit dunkelblondem Kinnbart und besorgten Augen. Owe.

«Lass mich!», rief Griet. «Ich muss zu Auke.»

Sie raffte ihr Kleid zusammen und beeilte sich, in die Brandung zu laufen, dem gierigen Wüten des Meeres entgegen. Owe hatte sie schon nach drei Schritten eingeholt. Hart umfassten seine Hände ihre Schultern. Sie wand sich und versuchte loszukommen, ließ sich schließlich fallen wie ein nasser

Sack Rüben. Es half alles nichts. Owe war stärker als sie. Entschlossen entzog er sie dem Griff der Wellen und ließ sie erst los, als er sie ein Stück weit auf höher gelegenes Gelände befördert hatte.

«Ich will das nicht!», fauchte Griet. «Ich komme nicht mit, und wenn du mich den ganzen Weg zum *Krug* über den Boden schleifst. Auke … Ich muss zu Auke!»

«Griet!», brüllte Owe sie an, und er musste sich anstrengen, um sie festzuhalten. «Das bringt doch nichts. Er war da drin!»

Er zeigte hilflos zu den Trümmern des Lagerhauses hinüber, die von den Wellen umspült wurden.

Sie sackte zusammen, gab ihren Widerstand auf. Owe hatte recht. Alles war sinnlos. Ohne Auke …

«Lass mich», flüsterte sie matt. «Jetzt kann ich nirgendwo mehr hin …»

«Nun hör mir doch erst mal zu!»

«Damit du mir von Pflichten und Sippenehre erzählen kannst?», höhnte sie bitter. «Und mich anschließend zu Wullenwever zurückschleppen kannst? Es ist alles gesagt, Owe!»

«Nein», knurrte ihr Bruder grimmig. «Ist es nicht. Ich habe nämlich noch mehr zu sagen: Ulrich Wullenwever ist ein Schwein.»

Verwirrt blickte sie Owe an. «Was?»

«Er ist ein Schwein», bekräftigte Owe. «Das hat er heute überdeutlich gezeigt. Und es tut mir leid, dass es mir nicht schon früher aufgefallen ist. Ich werde dich jedenfalls nicht diesem Mistkerl überlassen.»

Griet lehnte ihren Kopf kurz an Owes Schulter. Er war manchmal dumm und ein Sturkopf. Aber er war eben auch ihr Bruder.

«Owe …», brachte sie schließlich über die Lippen. «Ich … Es gibt nichts mehr für mich …»

Owe schaute ihr eindringlich in die Augen. «Mir tut das alles so leid, Griet. Aber es nützt niemandem etwas, wenn du jetzt Auke ins Wasser folgst. Auch er würde das nicht wollen.»

Owes Worte drangen wie aus großer Ferne zu ihr, als spräche er vom anderen Ende eines dunklen Tunnels. Mit einem Gefühl von unendlicher Leere in der Brust starrte Griet auf die Stelle, wo die Flut Auke von ihr gerissen hatte.

Teilnahmslos ließ sie es zu, dass Owe sie bei der Hand nahm und mit sich zog, fort von den gierig brodelnden Fluten, die sich immer weiter über das tief liegende Gelände ausbreiteten.

«Wir müssen uns beeilen», knurrte er. «Wullenwever und seine Leute laufen hier irgendwo herum und suchen dich. Besoffen, wie sie sind, traue ich ihnen alles zu.»

Die Geschwister kamen nicht weit. Plötzlich rauschte und brodelte es auch direkt vor ihnen.

«Vorsicht!» Owe riss Griet an der Hand zurück. Der Weg landeinwärts war von einem Strom versperrt, der eben noch nicht da gewesen war. Schnaubend wie ein Drache mit schaumglitzernden Schuppen fraß er sich gierig ins Land vor.

Die Flut rückte unbarmherzig heran, wo immer sie eine Schwachstelle fand. Jedes Stückchen Land, das etwas tiefer lag, verwandelte sich in kürzester Zeit in einen Meeresarm voller tückischer Strömungen, der breiter und breiter wurde.

«Verflucht, das geht zu schnell!», rief Owe alarmiert. Ratlos suchte er nach einem Weg. Das Wasser versperrte alles vor ihnen. Ein totes Schaf trieb als grauer Wollfleck vorüber.

«Wir müssen zur Kirchenwarft!», sagte Griet mit teilnahmsloser Klarheit. «Das ist der höchste Ort in der Nähe.» So hätte Auke entschieden …

Owe nickte knapp. Sie wechselten die Richtung und liefen auf den dunklen Umriss der St.-Laurentius-Kirche zu, die sich gleichmütig vor dem Nachthimmel abhob, als gingen sie alle irdischen Sorgen nichts an. Der Anblick versetzte Griet einen Stich. Am Portal dieses Gebäudes war sie vor wenigen Stunden mit dem Mann verheiratet worden, den sie so sehr verabscheute. Nun kehrte sie freiwillig hierher zurück, weil ihr kein anderer Ausweg blieb. Sie fühlte sich wie Treibholz in der Strömung, das ohne jeden Halt umhergewirbelt wurde …

Als sie die Treppe zur Kirchenwarft hinaufeilten, wandte Griet sich kurz um und schaute über die Umgebung. Überall wälzte sich das Meer in Strömen voran. Sie verbanden sich miteinander zu Flächen, die die Warften nach und nach zu isolierten Inseln machten. Die Wogen schienen das ganze Land bis Schleswig und noch weiter verschlingen zu wollen, schneller und gnadenloser als jede Winterflut, die Griet jemals erlebt hatte.

Niemand war in Rungholt mehr draußen, um Vieh hinaufzutreiben oder nach Angehörigen zu suchen. Alle hatten sich in die Sicherheit der Warften zurückgezogen, und wer jetzt noch unten herumlief, war der Zornflut hilflos ausgeliefert.

«Komm schon!» Owe zog Griet weiter hinauf. Sie ließ es mit sich geschehen, betäubt davon, dass die Welt gerade im Meer versank. Schließlich erreichten sie die Kuppe der Warft. Der Glockenstapel von Rungholt erhob sich wie ein stummer Wächter vor ihnen, linker Hand daneben das wuchtige Kirchengebäude. Rechter Hand hatte einmal eine schmale Brücke hinüber zur Pfarrwarft geführt, wo das Haus des Kirchherrn Sicherheit versprach. Doch jetzt waren dort nur noch einige Balkentrümmer zu erkennen. Die Konstruktion musste eingestürzt sein, als das Wasser den Hang unterspült hatte.

Die beiden Geschwister erlaubten sich, einen Moment durchzuschnaufen. Das Wasser lag nun unter ihnen, und so Gott wollte, würde die Flut hoffentlich nicht bis hier oben steigen, mochte sie auch noch so wüten.

Gerade, als Griet weiterlaufen wollte, rief jemand ihren Namen.

«Griet!»

Ungläubig wandte sie sich um. Sie kannte diese Stimme!

Aus dem Schatten der Kirche löste sich eine Gestalt, wie ein Wiedergänger aus den Geschichten der alten Frauen. Er trug den Arm in einer Schlinge und schwankte etwas beim Gehen. Aber er war unverkennbar noch am Leben.

«Auke!» Griet löste sich von Owe und rannte ihm entgegen, erfüllt von fassungsloser Erleichterung.

Auke umfing sie mit seinem gesunden Arm, drückte sie stumm an sich. Griet weinte nicht, wagte es nicht einmal, die Umarmung zu erwidern. Dies war alles so unwirklich, und sie hatte Angst, dass Auke sich in Nebelschwaden auflösen würde, wenn sie nach ihm griff.

Und doch war er es – regennass und mit jenem Geruch, den sie so gut kannte. Sie trat einen Schritt zurück, um ihm ins Gesicht zu schauen. Grau und eingefallen sah Auke aus, mit einem unendlich müden Zug um die Augen, die sonst immer so unternehmungslustig geblitzt hatten.

«Ich konnte entkommen», erklärte er mit rauer Stimme. «Folkert hat mich befreit. Aber dafür hat die Flut … sie hat ihn mitgenommen. Das Wasser hat ihn fortgerissen, und ich konnte ihn nicht …» Seine Stimme brach.

Griet wusste, dass Aukes Verhältnis zu seinem Bruder nie einfach gewesen war. Aber dennoch waren die beiden füreinander da gewesen, wann immer es darauf ankam. Sie mochte

Folkert mit seiner ruhigen, etwas linkischen Art. Und jetzt sollte er nicht mehr da sein? Sie fragte sich, wie viele weitere Bewohner der Uthlande diese Flutnacht nicht überleben würden.

«Es tut mir so leid, Auke», flüsterte sie. «Es ist nicht deine Schuld! Du hättest dasselbe für ihn getan …»

«Habe ich aber nicht», erwiderte Auke bitter. «Ich habe noch die Hand nach ihm ausgestreckt. Vergeblich. Er hat immer davor gewarnt, dass so etwas geschehen könnte!»

«Folkert war ein kluger Mann», bestätigte Griet. «Und anständig.» Fest umfasste sie Aukes zitternde Hand. «Auke … Ich hatte solche Angst, dass du … Ich meine …»

«Ich konnte mich bis hierher durchkämpfen», erwiderte Auke, und es klang, als würde er eine Niederlage beichten. «Ich wollte in der Kirche Asyl erbitten und am Morgen nach dir suchen.»

Der Bereich rund um die Schwelle einer Kirche war heiliger Boden, und die weltliche Gerichtsbarkeit hatte hier keine Macht. Selbst wenn jemand Aukes Flucht bemerkt hätte – und sich trotz der Flut darum geschert hätte! –, hätte er den Geflüchteten nicht einfach so am Kirchenportal aufgreifen dürfen.

«Aber der Kirchherr konnte nicht mit mir sprechen», fuhr Auke fort. «Man hat ihn überfallen und schlimm zugerichtet. Seine Haushälterin hat mir trockene Kleidung gegeben, und seitdem harre ich im Vorraum der Kirche aus, während Folkert …» Er konnte nicht weitersprechen.

Auch Griet war erstarrt. Überfallen und schlimm zugerichtet … Nun wusste sie, was Wullenwever mit seinen Speichelleckern draußen im Sturm getan hatte!

Auke räusperte sich. «Aber was tust du hier draußen, Griet?»

«Vor Wullenwever davonlaufen!», erklärte sie. Es tat so gut, mit Auke zu sprechen und ihn lebendig vor sich zu sehen! «Die Hochzeit war eine Katastrophe. Er ist so schrecklich! Owe hat mich dann gefunden.»

Erst jetzt schien Auke ihren Bruder zu bemerken. Grimmig wandte er sich ihm zu. «Und du bist gekommen, um Griet zu ihrem Mann zurückzuschleifen, nehme ich an?»

Owe schnaubte verächtlich. «Leck doch meine Stiefel, Auke Feddersen.»

«Owe bringt mich nicht zurück, Auke», erklärte Griet sanft.

«Wullenwever ist ein erbärmlicher Tropf», knurrte Owe zur Bestätigung. «Er hat Griet nicht verdient.» Griets Bruder schwieg kurz und schien mit sich zu kämpfen. Dann fuhr er fort. «Was sie ausgerechnet an dir findet, werde ich nie verstehen. Aber du sagst, dass du alles für sie tun würdest. Dann *tu* das auch. Und falls du dich als weiterer Wullenwever erweisen solltest, werde ich dich finden.»

«*Du* leckst *meine* Stiefel, Owe Ingmarsen!», erwiderte Auke überrumpelt. «Natürlich kümmere ich mich um Griet, du Schafskopf.»

Owe nickte nur. «Es tut mir leid wegen Folkert. Er war ein guter Kerl.»

Griet atmete auf. Sie hatte halb befürchtet, dass Owe und Auke sogar jetzt aufeinander losgehen würden. Doch so groß war selbst ihre Sturheit nicht.

«Dort unten kommt jemand!» Auke verspannte sich. Griet wandte sich um und schaute in die Richtung, in die er zeigte. Die Kirchenwarft war hoch und lag zentral, da waren sie offenbar nicht die Einzigen, die hier Schutz suchten.

Nun konnte sie mehrere Gestalten erkennen, die sich über

die Flanke der Warft näherten. Gleich würden sie das Kirchenportal erreicht haben. Eine von ihnen ragte deutlich höher auf als die anderen.

Alles in Griet zog sich zusammen. Sie kannte den Anblick dieses Hünen nur zu gut!

Dreizehntes Kapitel

Auke und Owe hatten kaum Gelegenheit, sich schützend vor Griet zu schieben, als auch schon Ulrich Wullenwever und seine Kumpane das Kirchenportal erreichten. Burkhart hielt sich dicht bei seinem Meister, den Streitkolben locker in der Faust, und zwei seiner Begleiter sicherten die Flanken.

«Ist das nicht rührend!», höhnte der Kaufmann, der Griets Ehemann sein wollte. «Alle sind plötzlich vereint, wenn es gegen den bösen Hamburger geht. Aber eure feinen Pläne lassen etwas außer Acht: Ein Wullenwever lässt sich nicht wegnehmen, was ihm gehört.»

«Darum geht es gerade gar nicht!», rief Owe wütend. «Wir haben andere Sorgen: Die Flut steigt!»

Doch Wullenwever schien keine Lust zu haben, ihm zuzuhören. Er grinste selbstzufrieden, während Burkhart langsam und bedrohlich vortrat.

Auke wusste, dass sie keine Chance hatten. Er konnte sich kaum auf den Beinen halten, und zudem war sein gebrochener Waffenarm nutzlos. Owe war zwar ein beachtlicher Kämpfer, doch er hatte sein Schwert nicht dabei und war nur mit dem üblichen Seitendolch der Freigeborenen bewaffnet.

Ihnen standen vier Männer gegenüber, darunter Burkhart, dessen brutale Künste mit dem Streitkolben Auke nur zu gut in

Erinnerung hatte. Eigentlich gab es nur eine vernünftige Entscheidung: weglaufen, und zwar so schnell wie möglich! Doch das war gar nicht so einfach, wenn man sich auf einer Warft befand, die inzwischen auf allen Seiten von den entfesselten Wogen der Westsee umflutet wurde.

Wenn die Brücke noch da gewesen wäre, hätten sie zur Pfarrwarft hinüberlaufen und um Hilfe bitten können. So gab es nur einen Ausweg.

«Zurück!», rief Auke. «Zur Kirche!»

Wullenwevers Grinsen wurde noch breiter. «Ja, lauf nur weg wie ein getretener Hund! Selbst der Herrgott kann dir jetzt nicht mehr helfen, Bauerntrampel. Ich werde meine Frau nach Hause führen, während du mit deinem Blut euren kostbaren Torfboden tränkst.»

Auke spürte, wie grimmige Wut in ihm aufstieg. Er hätte Wullenwever nur zu gerne zurechtgestutzt, und noch vor Kurzem hätten die Beleidigungen ihn vielleicht sogar zu einem Angriff entgegen jeder Vernunft provozieren können. Doch Auke trug nun eine Verantwortung! Er musste dafür sorgen, dass Griet diesem Kerl nicht wieder in die Hände fiel. Also verzichtete er darauf, dem Schwätzer auch nur zu antworten. Stattdessen zog er sich zusammen mit Griet zum Kirchenportal zurück. Owe warf einen abschätzenden Blick auf Wullenwever, als würde er erwägen, mit ihm zu verhandeln. Doch dazu ließ es der Kaufmann gar nicht erst kommen.

«Los, hinterher!», rief er seinen Leuten zu, die daraufhin mit gezogenen Klingen vorrückten. Owe blieb nichts anderes übrig, als sich Griet und Auke anzuschließen.

Diese hatten inzwischen das Eingangsportal erreicht. Die Tür bestand aus schweren, klobigen Eichenbalken, verstärkt mit Eisenbeschlägen, die sich wie Weinranken über das Holz wanden. Griet war schon dabei, sie aufzudrücken. Unterdessen kamen Wullenwevers Leute bedrohlich näher. Burkhart ließ beiläufig seinen Streitkolben kreisen, als hätte er kaum Gewicht.

«Hinein!»

Sobald die Tür einen Spaltbreit offen stand, schubste Auke Griet ins Innere der Kirche und schlüpfte gleich hinterher.

«Bleibt stehen!» Massiv wie der Kirchturm der Pellwormharde ragte Burkhart plötzlich vor dem Portal auf, den Streitkolben zum Schlag erhoben. Auke wollte eine Warnung rufen, doch Owe reagierte schnell. Er sprang nach vorne und drückte sich durch den Türspalt, während der Streitkolben durch die Luft sauste, ohne ein Ziel zu treffen. Sofort warf sich Auke gegen die Tür und schlug sie mit aller Macht zu.

«Schnell», keuchte Griet, «den Riegel!»

In seinem Rücken spürte Auke, wie die Männer sich von außen gegen das Portal warfen. Wie gerne hätte er jetzt beide Arme zum Zupacken gehabt! So konnte er sich nur mit seinem ganzen Gewicht gegen die Tür stemmen, während Griet und Owe gemeinsam den schweren Holzriegel anhoben.

«Das nützt euch gar nichts!», kreischte Wullenwever. «Da drinnen sitzt ihr wie Ratten in der Falle!»

«Jetzt!»

Auke sprang zur Seite, und die Geschwister ließen den Riegel gleichzeitig in seine Verankerung fallen. Die Tür erbebte unter den Schlägen der Verfolger, doch selbst Burkharts Bärenpranken vermochten dem festen Holz nichts anzuhaben.

Erleichtert trat Auke einen Schritt zurück. Die Mauern der Laurentius-Kirche von Rungholt waren übermannshoch aus mächtigen Feldsteinen aufgetürmt, ehe sich weiter oben dann die leichteren, weiß getünchten Ziegelwände anschlossen. Das Eichenholz-Portal war in den Feldstein-Sockel eingelassen und darauf ausgelegt, im Notfall auch entschlossene Angreifer längere Zeit abzuhalten. Denn die Kirche bot nicht nur in geistlichen Belangen eine Zuflucht – sie diente dem Volk von Rungholt zudem als Schutzraum, falls Feinde die Stadt mit Feuer und Krieg heimsuchen sollten.

Das Gebäude würde Auke, Griet und Owe ebenfalls Schutz gewähren, mochte das Feindesheer auch nur aus drei Mann und einem schimpfenden Wüterich bestehen. In einer Sache hatte Wullenwever allerdings recht: Sie kamen hier tatsächlich nicht weg.

«Verrottet doch da drinnen, wenn ihr unbedingt wollt!», ertönte seine gedämpfte Stimme.

Frustriert ließ sich Auke gegen die Wand sinken. Die Flut belagerte ihre Warft, und Wullenwever belagerte mit seinen Kumpanen die Kirche. Konnte man noch endgültiger festsitzen? Immerhin blieb ihm der Trost, dass sie hier drinnen geschützt waren, während der Kaufmann sich mit den anderen unter das Vordach quetschen musste. Von der Warft kam jedenfalls niemand mehr herunter.

«Was wird nun?», fragte Owe, der offenbar ähnlich entnervt war. «Werden die Kerle versuchen, hier einzubrechen?»

«Warum sollten sie?», erwiderte Auke grimmig. «Sie brauchen doch nur das Portal zu belagern, bis wir irgendwann wieder herauskommen. Da müssen sie es sich nicht mit den Leuten von Rungholt verscherzen, indem sie auch noch an der Kirche randalieren.»

«Und wir können nichts tun, außer die Flut abzuwarten und zu beten», erwiderte Griet düster, während sie eine der Kerzen anzündete, die bei der Tür bereitstanden. «Vielleicht gelingt es uns, irgendwie an Wullenwever vorbeizuschlüpfen, wenn die Gefahr vorüber ist. Oder jemand kommt uns zu Hilfe.»

Auke hatte sich unterdessen ebenfalls eine Kerze genommen und ging damit einige Schritte in die Kirche hinein, um sich umzusehen. Der hohe Raum fühlte sich seltsam leer und unwirklich im Halbdunkel an, als würde er ewig in alle Richtungen weitergehen wie das grenzenlose Meer. Er schaute prüfend zu einem der Fenster hoch. Die mit Bleiglas verschlossenen Bögen begannen erst oberhalb des Feldstein-Absatzes in der Ziegelwand und waren somit vom Boden aus nicht zu erreichen. Gut. Die Kirche war wahrscheinlich der sicherste Ort in der gesamten Edomsharde.

«Wir sind hier nicht willkommen», sagte Griet leise, während sie an seine Seite trat.

«Was?»

«Es fühlt sich jedenfalls so an, finde ich. Eine leere Kirche bei Nacht ist kein Ort für Sterbliche. Schau nur, wie missbilligend der heilige Laurentius uns anguckt ...» Sie hielt kurz inne und schüttelte den Kopf über sich selbst. «Ich weiß, das ist albern. Aber es ist so eigentümlich, dieses Gebäude mit dir zu erkunden. Eigentlich wollten wir ja ganz andere Orte bereisen. Und jetzt ist es die Kirche von Rungholt bei Nacht, während draußen die Welt untergeht ...»

Sie lachte freudlos.

«Wir holen das nach», sagte Auke sofort. «Wenn wir das alles überleben, holen wir das nach. Und für diese Nacht sind wir zusammen, was immer da draußen auch geschieht. Das kann uns niemand mehr nehmen.»

Griet erwiderte nichts und legte stattdessen stumm ihren Kopf an seine Schulter. Besorgt schaute Auke in Owes Richtung. Doch Griets Bruder beachtete sie gar nicht. Er hielt nahe der Eingangstür Wache und spielte dabei mit seinem Dolch, wobei er verbissen ignorierte, was immer seine Schwester auch treiben mochte.

So warteten Auke, Owe und Griet im Halbdunkel. Der Sturm umheulte die Kirche, und jenseits der Warft tobte die Brandung, dass man es bis hierher hören konnte. Von Wullenwever und seinen Leuten war hingegen nur gelegentliches Stimmengemurmel zu vernehmen. Es klang missmutig, und Auke war froh, dass er nicht mit ihnen tauschen musste. Die starken Mauern der Kirche würden sie vor dem Zorn des Kaufmanns und dem Zorn der Flut gleichermaßen schützen.

Vierzehntes Kapitel

«… da lachte Hagen und sprach: ‹Nun habt ihr den einzigen Mann getötet, der außer mir wusste, wo der Schatzhort verborgen liegt. Und ich werde es euch gewiss nicht verraten!› Kriemhild aber griff voller Wut nach Hagens Schwert und …»

Lentje gähnte. «Jetzt sind sie aber bald alle tot, oder, Mama?»

Auch Janne musste ein Gähnen unterdrücken. «Ja, so ziemlich.»

Sie hatte ihrer Tochter inzwischen sämtliche Geschichten erzählt, die sie kannte – und die für die Ohren eines Kindes auch nur halbwegs geeignet waren –, doch noch immer wollte diese grauenvolle Nacht kein Ende nehmen.

Die beiden hockten nebeneinander in einem Schuppen, wo außer diversen Ackergeräten auch Vorräte auf einem Zwischenboden gelagert wurden. Das kleine Gebäude lag am Rande der Warft, in deren Schatten Janne ihre Tochter schließlich gefunden hatte. Ihr war immer noch ganz schlecht, wenn sie daran zurückdachte, wie verzweifelt sie überall herumgerannt war, verfolgt vom mahnenden Klang der Sturmglocke … Unendlich erleichtert war sie gewesen, als schließlich Lentjes dünne Stimme auf ihre Rufe geantwortet hatte.

Dann hatte sich herausgestellt, dass Lentje ihren Begleiter Redlef bei der Verfolgung einer besonders vorwitzigen Gans aus den Augen verloren hatte, aber zu ehrgeizig gewesen war, um die Jagd einfach so aufzugeben. Erst als die Sturmglocke erklungen war, hatte sie davon abgelassen … Oh ja, das war ihre Lentje!

Auf die Erleichterung war gleich ein zweiter Schreckmoment gefolgt, als auch schon die Ausläufer des Meeres sich gierig in den Koog ergossen hatten. Janne hatte Lentje an die Hand genommen und war mit ihr die nächstgelegene Warft hinaufgelaufen, raus aus Sturm und Regen und hinein in das erstbeste Gebäude, das Schutz versprach. So hockten sie jetzt also hier im Schuppen und warteten darauf, dass es wieder sicher war hinauszugehen.

Lentje versuchte, auf Jannes Schoß einzuschlafen, doch das Röhren des Sturmes weckte sie immer wieder. Auch Janne konnte keine Ruhe finden. Als Fischerstochter hatte sie einen Blick dafür, wann das Meer gefährlich wurde. Und ihr war sehr wohl aufgefallen, dass das Wasser viel zu schnell und zu wütend für eine gewöhnliche Winterflut herbeigeströmt war. Der Wind würde in dieser Nacht noch zahllose Wellen vor sich herschieben, und Janne wollte die Entwicklung zur Sicherheit im Auge behalten. Also vertrieben sie sich eben die Zeit mit Geschichten, dicht aneinandergeschmiegt gegen die Kälte, die durch alle Ritzen des Schuppens hereinkroch. Der große, warme Herd im *Krug* war nur noch eine paradiesische Erinnerung. Weiter hinten auf der Warft gab es auch Wohngebäude, wo Mensch und Vieh sich jetzt zusammendrängten. Doch Janne wagte es nicht, sich durch den Sturm dorthin zu kämpfen. Sie wusste auch nicht, ob jemand zwei zerzauste Fremde wie sie einlassen würde …

«Was passiert eigentlich, wenn Meeresvolk bei einer Flut an Land gespült wird?», fragte Lentje plötzlich. «Können die

Wasserleute dann in der Luft ertrinken? So wie wir im Wasser? Ist die Flut auch für sie gefährlich?»

«Ich ... habe keine Ahnung», erwiderte Janne. Lentje hatte ihre ganz eigene Art, die Welt zu sehen, das erstaunte sie immer wieder. Sich bei einer Sturmflut darüber Gedanken zu machen, ob irgendein Geschöpf des Meeres Schaden nahm ...

Sanft, aber entschlossen schob sie Lentje zur Seite.

«Ich schaue noch mal kurz raus.»

Sie stand auf und ging zu einer kleinen Wandöffnung, die mit einer Schweinsblase abgedichtet war. An einer Stelle hatte sich die Haut etwas vom Rahmen gelöst, sodass Janne hindurchspähen konnte. Draußen war nicht viel zu erkennen, doch was sie sah, erfüllte sie mit Schrecken: Das Wasser glänzte bereits direkt an der Oberkante der Warft! Es war gar nicht mehr zu erkennen, dass sie sich auf einem künstlichen Hügel befanden. Die Warft wirkte vielmehr wie eine flache Insel, von allen Seiten vom Meer umbrandet. Die gesamte Harde musste ringsum in vielen Meilen Umkreis unter Wasser liegen! Wer sich nicht auf eine Warft gerettet hatte, war bereits verloren. Und der Sturm wollte und wollte nicht nachlassen ...

Janne versuchte, zum Himmel hinaufzuschauen, doch dunkle Wolkenberge versperrten die Sicht auf die Gestirne. Da konnte sie sich nur auf ihr Zeitgefühl verlassen. Janne schätzte, dass es kurz nach Mitternacht war. Die Flut hatte also bereits ihren Höchststand erreicht. Das Wasser würde nun wieder abfließen in Richtung Westen, der offenen See entgegen. Und damit würde hoffentlich auch der Meeresspiegel ringsum sinken. Das Schlimmste war vielleicht schon ausgestanden. So musste es einfach sein!

Doch wenn Janne ehrlich war, bemerkte sie draußen nicht viel davon. Dafür, dass die Ebbe schon eingesetzt hatte, schwappten die Wellen noch immer erschreckend hoch an der Warft. Aber es waren ja auch noch einige Stunden Zeit bis Niedrigwasser …

«Und?», fragte Lentje, als Janne wieder zu dem kleinen Lager zurückkehrte, das sie sich im Schutz eines Balkens mit ihren Mänteln errichtet hatte. «Hast du Meeresvolk gesehen?»

Janne war sich nie sicher, wie ernst Lentje solche Fragen meinte. Blass war sie um die Nase, und sie zitterte leicht. Doch sie schaute auch so vorwitzig wie immer, als gäbe es dort draußen gar keine echte Gefahr.

«Versuch zu schlafen», sagte Janne und deckte Lentje ein wenig mit ihrem Mantel zu.

«Aber der Sturm macht solch einen Lärm!», beschwerte sich Lentje. «Und außerdem schläfst du ja auch nicht …»

«Trotzdem, mach jetzt die Augen zu!», beharrte Janne streng. «Sonst erzähle ich dir noch einmal alles von den Nibelungen.»

Die Drohung wirkte tatsächlich. Lentje rollte sich auf die Seite und mummelte sich unter dem Wollstoff ein. Janne schmiegte sich an sie, die Beine eng an den Körper gezogen, und versuchte, das Toben der Elemente draußen nach Möglichkeit zu ignorieren. Sie brauchte jetzt dringend ein wenig Ruhe, und die Flut würde auch nicht schneller zurückgehen, wenn sie ständig zur Fensteröffnung rannte.

Das Wasser fließt ab … Es fließt ab … Bald ist Niedrigwasser … Im Kopf wiederholte sie diese Sätze immer und immer wieder. Es war wie ein Gebet, wie ein knirschender Mahlstein, der sich unablässig um sich selbst drehte. *Das Wasser fließt ab … Das Schlimmste ist vorbei …*

Sie wusste, dass man wunde Füße bekommen konnte, wenn man sich zu viel in zu engem Schuhwerk herumbewegte. Doch offenbar konnte man auch wunde Gedanken bekommen, wenn sie sich zu sehr in einem zu engen Schädel herumwälzten.

Das Wasser fließt ab … Bald ist Niedrigwasser …

Mit der Zeit fühlten sich die Gedanken immer schwerfälliger und klebriger an, und sie brachten keinen Trost mehr mit sich, als hätten die Wörter ihre Bedeutung verloren.

Janne konnte nicht sagen, wann sie eingeschlafen war und wie lange sie wohl geschlafen haben mochte. Sie wusste nur, dass sie plötzlich hochschreckte und fror, mit schmerzendem Rücken zusammengekauert an einem Ort, den sie nicht kannte. Dann kam die Erinnerung wieder, schwer und erdrückend. Wie viel Zeit war vergangen? Durch die Schweinsblase fiel bereits das graue Licht der Morgensonne herein!

Sie warf einen raschen Blick auf Lentje, die immer noch schlief. Dann befreite sie sich vorsichtig von ihrer murmelnden Tochter und lief wieder hinüber zu der Öffnung. Was Janne da im ersten Licht des Tages sah, ließ sie erschaudern.

Noch immer griffen die Wellen nach der Oberkante der Warft und versuchten, auch dieses letzte Stückchen trockenes Land in sich hineinzuschlingen. Und sie waren deutlich höher gestiegen, nur wenige Schritte trennten den Schuppen jetzt noch von der aufgewühlten See, über die der Sturm mit ungeminderter Stärke hinwegfegte.

Janne musste sich an der Wand abstützen. Das Niedrigwasser war schon seit Stunden vorbei! Und der Wind drängte mit solcher Macht heran, dass die Ebbe die Warften nicht ansatzweise freigegeben hatte. Schon kam die nächste Flut, die ihren Scheitelpunkt erst gegen Mittag erreichen würde, verstärkt durch den Sturm, der sie vor sich herschob.

«Gütige Mutter Gottes», flüsterte Janne. Und als wenn das noch nicht genug wäre: «Wodan und Hulda …»

Wenn noch mehrere Stunden lang das Wasser der neuen Flut zu den angestauten Massen im Koog hinzukam, wären auch die Warften nicht mehr sicher. Das war keine düstere Befürchtung – es war eine Gewissheit. Sollte der Herrgott sich nicht zu einem Wunder erbarmen, würde vor Mittag auch die höchste Spitze der mächtigsten Warft den Wellen erliegen.

Janne hatte den Drang, sich Lentje zu schnappen und wegzulaufen, landeinwärts, irgendwie fort von dem Wasser. Doch wie? Die Wogen brachen sich ja schon fast an den Wänden des Schuppens. Jene Wände waren das Einzige, was sie jetzt noch vom Meer trennte.

Sie konnten nicht fort. Sie konnten nur abwarten und hoffen, dass dieses Gebäude von Menschenhand dem ewigen Meer standhalten würde. Wenigstens noch für eine Weile. Wenigstens, bis der Sturm nachließ, bis zur nächsten Ebbe, bis irgendein Wunder geschah!

Janne wandte sich um und betrachtete ihre schlafende Tochter. Ein kleines, friedliches Gesicht, das ihr alles bedeutete und nun doch das Herz schwer machte. Sie beugte sich vor und weckte Lentje sachte, aber bestimmt.

«Was ist los?», brummte sie halb im Schlaf.

«Komm, Kind», sagte Janne und bemühte sich nach Kräften, ihre Stimme leicht und unbesorgt klingen zu lassen. «Wir ziehen um.»

«Umziehen?» Blinzelnd schaute Lentje sich um. «Gehen wir wieder in den *Krug* zurück?»

«Nein … noch nicht», erwiderte Janne, als gäbe es vorher nur noch eine Kleinigkeit zu erledigen. «Wir ziehen in ein geheimes Versteck. Dort oben!»

Sie zeigte hinauf zum Zwischenboden des Schuppens, wo Getreidesäcke und Tontöpfe mit Eingemachtem sicher und trocken für den Winter eingelagert waren. Es war der am höchsten gelegene Ort, der jetzt noch für sie zu erreichen war, wenn sie sich nicht gerade der Wucht des Sturmes auf dem Dach aussetzen wollten …

«Da hinauf?», fragte Lentje skeptisch. «Wieso?»

Janne unterdrückte ein Seufzen. Sie liebte Lentjes eigenwilligen Kopf und ihre direkte Art zu fragen. Doch nun bereute sie es fast, dass sie ihrer Tochter das Fragen niemals verboten hatte. Nicht, weil sie keine Antworten hatte. Sondern weil ihr die Antworten nicht gefielen.

«Dort oben ist es wärmer und gemütlicher», sagte sie ausweichend. «Wir müssen noch den Sturm abwarten, gerade können wir nicht raus.»

Lentje musterte sie mit gerunzelter Stirn. Dann nickte sie nur, ohne etwas zu sagen.

Es war nicht besonders schwierig, sich am Balkenwerk zum Zwischenboden hinaufzuziehen. Janne wollte Lentje die Hand reichen, um ihr hoch zu helfen, doch natürlich war das nicht im Geringsten nötig. Lentje schwang sich flink wie ein Eichhörnchen hinauf. Auf dem Zwischenboden mussten sie die Kornsäcke ein wenig beiseiteschieben, doch zum Glück brauchten die beiden nicht besonders viel Platz.

«Und nun?», fragte Lentje schließlich, nachdem sie sich einigermaßen sortiert und zurechtgerückt hatten.

«Nun heißt es abwarten», erwiderte Janne, und es gelang ihr nicht, so gleichmütig zu klingen, wie sie gerne gewollt hätte. «Habe ich dir eigentlich schon die Geschichte vom rollenden Totenschädel erzählt?»

«Das hast du. Schon mindestens dreimal.»

«Lust auf ein viertes Mal?»

Lentje strahlte sie an, als wäre das ein unbeschreibliches

Geschenk. Es war ja auch schon eine ganze Handvoll Stunden her, dass Janne ihr Repertoire rauf und runter erzählt hatte. Sie fragte sich, wer hier eigentlich wem etwas vorspielte. Trotzdem fing sie an zu sprechen: «Vor langer Zeit trieb es einst ein Raubritter ganz besonders wild …»

Es tat gut, sich von den wohlvertrauten Worten durch die Geschichte tragen zu lassen, die sie selbst schon als kleines Mädchen gerne gehört hatte. Es war wie ein Stück Zuhause, das sie immer bei sich trug und an Lentje weitergeben konnte.

Sie hatte sich eingeredet, Geschichten erzählen zu wollen, um Lentje zu trösten und abzulenken; doch in Wahrheit tröstete sie mindestens genauso sehr sich selbst. So hockten Janne und Lentje auf dem Speicherboden beieinander, versunken in ihre eigene Welt, während draußen die Flut höher und höher stieg.

Fünfzehntes Kapitel

Ein furchtbares Klirren zerriss die Welt. Griet schreckte aus dem Schlaf hoch. Sie brauchte einen Moment, um sich zu orientieren. Dann traf sie die Erinnerung mit gnadenloser Wucht. Sie befand sich noch immer in der Kirche, in jener kalten, leeren Zuflucht, die sie vor dem Wüten der Sturmflut und dem ihres Ehemanns gleichermaßen schützen sollte. Und sie musste irgendwann im Laufe der Nacht eingeschlafen sein.

Graues Morgenlicht fiel durch die Fenster herein auf die gemalten Wälder an den Wänden mit ihren bunten Fabelwesen.

In einem der Fenster erhob sich ein Schatten, eingefasst von einem Kranz aus Sonnenlicht. Bullig und breitschultrig füllte er den Raum aus, wo eigentlich die Bleiglasscheiben die Fensteröffnung bedecken sollten. Mit einem Grunzen sprang er ins Innere der Kirche. Es knirschte, als die wuchtige Gestalt in einem Haufen Glasscherben landete.

Urtümliche Angst stieg in Griet auf. War das ein leibhaftiger Dämon aus der Hölle, der erschienen war, um die frevelhafte Zweckentfremdung der Kirche zu sühnen?

Da hörte sie Aukes vertraute Stimme: «Achtung! Sie kommen!» Er stand neben Griet, zusammen mit Owe, der seinen Dolch gezogen hatte.

Griet sprang auf die Füße. Das im Fenster war kein schnaubender Höllenbote – Wullenwever und seine Schergen waren dabei, in die Kirche einzudringen! Die bullige Gestalt war Burkhart, die vollbärtige Verkörperung all jener Muskelkraft, die Wullenwever selbst nicht besaß. Er hatte den Streitkolben geschultert, mit dem er das Fenster eingeschlagen hatte, und näherte sich ihnen langsam, fast gelangweilt; ein Jäger, der sich seiner Beute sicher war.

Im Hintergrund war ein tosendes Gebrüll zu hören. Im ersten Moment glaubte Griet, dass das Kampfschreie waren. Doch das Geräusch war viel dumpfer und rauschender. Wasser brodelte rings um die Kirche! Die Flut musste inzwischen noch viel höher gestiegen sein.

Wullenwever erschien in der Fensteröffnung. Er hatte seinen Hut mit der Pfauenfeder verloren, trug aber immer noch sein protziges Festtagsgewand. Der feine Brokatstoff war matschbesudelt und verdorben, Wullenwevers Haar zerzaust vom Sturm.

«Einen wunderschönen guten Morgen!», schmetterte er in dem Versuch, unerschrocken und selbstbewusst zu klingen. Seine Stimme hatte jedoch einen schrillen Beiklang. «Ihr gestattet doch, dass wir reinkommen? Da draußen wird es langsam nämlich nass.»

Er zog sich ganz in den Fensterrahmen hinauf, während unter ihm jemand schnaufte. Offenbar stiegen die Kerle jetzt übereinander, um irgendwie das rettende Fenster zu erreichen. Wullenwever sprang seinem Diener hinterher.

«Ich hoffe, du freust dich, mich zu sehen, Griet», fuhr er in gefährlichem Plauderton fort. «Dein Gemahl ist endlich da! Wir haben noch die Brautnacht nachzuholen, bei Sturm und Wetter …»

«Der Kerl ist ja völlig irrsinnig», murmelte Owe fassungslos.

«Griet!», rief Auke. «Verschwinde! Wir halten sie auf.»

Seite an Seite schoben sich Owe und Auke zwischen sie und die beiden Eindringlinge. Owe hatte seinen Dolch, Auke griff sich einen schweren Kerzenleuchter als Waffenersatz. Doch Griet wusste, dass sie Wullenwevers Leuten nicht gewachsen waren.

Gehetzt schaute sie sich um. Verschwinden ... Wohin denn bloß? Zur Eingangstür? Aber wenn die Flut bereits gegen die Kirchenmauern brandete, war das keine gute Idee.

Einen anderen Ausgang gab es nicht, das wusste Griet nur zu gut. In Ermangelung einer besseren Möglichkeit lief sie nach vorne, in Richtung der Apsis, wo das klobige Kruzifix mit dem Schmerzensmann über dem Altar hing und die Kanzel wie ein Erker aus einer Seitensäule hervorschaute. Natürlich besaß Wullenwever nicht ansatzweise genug Pietät, um sie im Angesicht des Altars in Frieden zu lassen. Aber vielleicht konnten sie ja zumindest seine Leute verstreuen, wenn sie kreuz und quer durch die Kirche rannten, und Owe und Auke hätten vielleicht doch eine Chance ...

In der Fensteröffnung erschien schon der nächste Scherge, dieser Kerl mit den Narben. Er beugte sich nach hinten und streckte die Hand aus, um einen Gefährten heraufzuziehen. Doch draußen brodelten die Wellen plötzlich besonders laut auf, und ein Schrei ertönte, der abrupt abbrach. Entsetzen erschien auf dem zernarbten Gesicht. Auch Griet erschauderte. Das Wasser hatte sich ein weiteres Opfer geholt, und es bedrängte die Kirche immer heftiger von allen Seiten!

Gehetzt wandte Griet sich wieder ihrem Verfolger zu.

«Lasst mich in Frieden, Meister Wullenwever!», rief sie, während sie immer weiter vor dem Kaufmann zurückwich.

«Du willst also Fangen spielen, Gevatterin Wullenwever?»,

höhnte dieser, den es nicht im Geringsten zu interessieren schien, was draußen mit seinem Gefährten geschehen war. «Das kannst du haben, liebreizende Gemahlin!»

Mit großen Schritten setzte er Griet nach, während Burkhart auf Owe und Auke zustapfte, um sie in den hinteren Teil der Kirche zu treiben.

«Wie nett, dass du noch einmal mit mir vor den Altar treten möchtest», höhnte Wullenwever, als Griet fast mit dem Rücken dagegenstieß. «Ich freue mich, dass du mich so sehr liebst und …»

Ein Krachen und Splittern fegten seinen Spott brutal fort. Die schwere Tür, die eben noch den Eingang gesichert hatte, flog quer durch den Raum, als wäre sie trockenes Herbstlaub. Eine Flutwelle trieb sie vor sich her, ergoss sich zischend und brodelnd wie ein wütender Drache in die Kirche und füllte sie mit urgewaltiger Macht.

Von einem Herzschlag auf den anderen verwandelte sich der Innenraum der Laurentius-Kirche von Rungholt in einen schäumenden Kessel. Das Meer war gekommen.

Sechzehntes Kapitel

«… und als der Jüngling dem Schwanenmädchen das Gewand zurückgab, da sprach es …»

Janne war ganz in ihre Geschichten vertieft, jene Welten durchreisend, die sie schon als kleines Mädchen so gerne erforscht hatte. Dadurch bemerkte sie nicht sofort, dass Lentje ihr nicht länger zuhörte. Stattdessen schaute sie mit großen Augen an ihr vorbei, nach unten.

Unheil ahnend wandte auch Janne ihren Blick dorthin. Und sah das Wasser, das unter dem Türspalt hindurchschwappte. Es tastete sich in den Raum hinein, zögerlich, wie ein Fangarm, der nach Schwachstellen suchte.

«Mama», flüsterte Lentje. «Die Westsee hat uns gefunden.»

Sie sprach so leise, als wenn das Meer ein wildes Tier wäre, das sie nicht hören durfte, eine hungrige Bestie, die den Schuppen umschlichen und nun endlich einen Punkt zum Eindringen entdeckt hatte …

Schon strömte das Wasser stärker und stärker herein, bedeckte rasch den ganzen Boden. Nicht nur von der Tür her drängte das Meer in den Schuppen. Es kam durch jeden Spalt, durch jede Ritze, zahlreiche sprudelnde Wasserstrahlen, als wären plötzlich überall entlang der Wände Quellen entsprungen.

«Mama!» Jetzt flüsterte Lentje nicht mehr. Ängstlich drängte sie sich an Janne. Jeglicher Geschichtenzauber war verschwunden angesichts der grauen Bedrohung, die nun unter ihnen durch den Raum schwappte. Schon war das Wasser stark genug, um die Sensen und Harken umzureißen, die an den Wänden lehnten.

«Ich bin da, Lentje», sagte Janne mit zitternder Stimme und hielt ihre Tochter fest umklammert. «Ich lasse dich nicht los. Versprochen.»

Mehr konnte sie nicht sagen. Mehr konnte sie nicht tun, während das Wasser durch tausend Lücken strömte, höher und höher stieg. Das Meer hatte alle Barrieren überwunden und drang nun in jene vermeintlich sichere Welt ein, die die Menschen sich geschaffen hatten. In diesen unbedeutenden Schuppen wie in alle Häuser in der Edomsharde, überall in den Uthlanden.

Siebzehntes Kapitel

Tosend ergoss sich das Wasser in die Laurentius-Kirche von Rungholt, brach sich schäumend an den Wänden und flutete die gesamte Halle. Griet schaute mit weit aufgerissenen Augen über den Hexenkessel, in den die Kirche sich binnen weniger Herzschläge verwandelt hatte. Sie stand etwas erhöht auf jenem Bereich rund um den Altar, zu dem einige Stufen hinaufführten. Doch es war ihr sofort klar, dass sie auch hier nicht lange in Sicherheit sein würde – dafür war der urgewaltige Zorn der Flut viel zu mächtig.

Ein Menschenkörper schwamm im Wellenschaum. Seine Arme und Beine schlackerten kraftlos, ebenso wie sein Kopf. Es war einer von Wullenwevers Schergen, sie kannte nicht einmal seinen Namen. Schon griffen die Wellen nach den Bänken der Kirche und hoben sie an, versperrten den Blick auf Auke und Owe, die irgendwo dort hinten sein mussten. Gleich würde das Wasser auch Griet erreicht haben. Sie musste irgendetwas tun!

Ihr Blick wanderte zu dem einzigen Ort in der Nähe, der noch weiter oben lag – die Kanzel, die sich mehr als manneshoch über dem Boden der Kirche erhob. Dann hetzte sie los, zu der schmalen Wendeltreppe aus Stein, die sich um eine Säule dorthin hinaufwand. Als ihr Fuß die erste Stufe betrat, spürte sie einen harten Griff an der Schulter.

«Dageblieben!»

Wullenwever klammerte sich an ihr fest, und seine Augen funkelten wild. «Willst du deinem Ehemann keinen Kuss geben?»

«Lasst mich los!», rief Griet panisch. «Seht Ihr denn nicht? Das Wasser kommt! Wir müssen da rauf!»

Doch Wullenwever schien für Vernunft nicht länger empfänglich zu sein. Rücksichtslos krallte er sich in Griets Schultern fest. Sie versuchte verzweifelt, sich loszumachen, doch in Wullenwevers Händen lag wahnhafte Kraft. Sein Gesicht mit dem zerzausten Bart kam ihr immer näher, schon roch sie seinen nach Wein stinkenden Atem, während er ihr einen Kuss aufzuzwingen versuchte – und aufstöhnte.

Plötzlich ragte der Griff eines Dolchs aus seinem Arm. Mit einem schmerzerfüllten Aufschrei fuhr Wullenwever herum. Owe war direkt hinter ihm aufgetaucht. Irgendwie musste er es geschafft haben, sich durch diese gurgelnde Hölle zu Griet durchzukämpfen.

«Lasst meine Schwester los!», brüllte er.

«Sie gehört jetzt mir, du Narr!», schrie Wullenwever und packte Griet mit dem unverletzten Arm an den Haaren. Verdammt, das tat weh!

Owe zerrte an Wullenwever, versuchte, ihn von Griet wegzuziehen. Diese klammerte sich am Geländer des Treppchens fest und trat wütend nach ihrem sogenannten Gemahl.

In diesem Moment peitschte eine besonders mächtige Welle heran. Owe und Wullenwever schrien gleichzeitig auf. Griets Kopf wurde schmerzhaft zurückgerissen. Instinktiv hielt sie sich fest, mit aller Macht. Dann zog plötzlich nichts mehr an ihr. Sie war durchnässt, aber frei. Wullenwever war verschwunden.

Und mit ihm Owe.

Entsetzt schaute Griet sich um. Das Toben der Wellen erfüllte inzwischen den gesamten Kirchenraum. Die Bänke schwammen als Treibgut obenauf und krachten immer wieder gegeneinander. Owe oder Wullenwever waren nirgends zu sehen.

«Owe!» Griets Stimme hallte schrill durch die Kirche. Doch es war nicht Owe, der ihr antwortete.

«Griet!» Auke hing dort vorne, wenige Schritte vom Altar entfernt, und hielt sich mit seinem gesunden Arm an einer Säule fest, umspielt von den gierigen Wellen. Offenbar hatte auch er versucht, Griet zu erreichen, und war dabei von der Flut erfasst worden. Nun konnte er weder vor noch zurück, gefangen an der schützenden Säule wie auf einer winzigen Insel.

Griet handelte, ohne nachzudenken. Sie lief zum Altar und schnappte sich einen der schweren, gusseisernen Kerzenleuchter, die zum Glück immer noch aufrecht danebenstanden. Entschlossen schleppte sie das Ding rüber zu den Stufen, an denen die Wellen sich brachen. Sie legte den Leuchter quer und schob ihn Auke entgegen.

«Los! Fass an!»

Auke nickte knapp. Er ließ die Säule los und klammerte sich sofort an den Leuchter. Griet zog ihn zu sich her, während Auke tatkräftig mit den Beinen nachhalf. Keuchend stolperte er schließlich auf den höhergelegenen Bereich rund um den Altar. Griet schlang fest die Arme um ihn, sobald er bei ihr war. Für einen Moment schwiegen sie erschöpft. Dann wurden plötzlich ihre Füße nass.

Die Wogen warfen bereits Wasserzungen die Stufen hinauf. Die Flut stieg immer weiter!

«Komm», rief Griet. «Da hoch!»

Gemeinsam mit dem erschöpften Auke kämpfte sie sich die Treppe hoch, die sich um die Säule wand. Schließlich stand Griet ganz oben auf der Kanzel – wie eine Priesterin, die einer Gemeinde von tobenden Naturgewalten predigte. Auke presste sich dicht an sie. Die Kanzel war nicht für zwei Personen gemacht, schon gar nicht für zwei Liebende, die ohne Gottes Segen durchs Leben stolperten. Doch dafür hatte Griet gerade keinen Sinn. Jetzt, da sie den Wellen vorerst entkommen waren, hatte sie sofort wieder Owe vor Augen, wie er davongerissen wurde.

Mit zitternden Fingern umklammerte sie die steinerne Brüstung, beugte sich vor, um irgendetwas zu erkennen. Vielleicht war es noch nicht zu spät, und Owe hatte sich irgendwohin gerettet ... Doch unter ihr gab es nur Schaum, Gischt und schwappendes Wasser. Die Wellen brachen sich an der Kanzel-Säule wie an einer Klippe, umspülten nun auch den Altar. Sie hätte genauso gut irgendwo am offenen Meer stehen können.

«Es tut mir leid, Griet», sagte Auke leise.

Griet lehnte sich an ihn, spürte, wie sie plötzlich am ganzen Leib zitterte. Auke und sie waren offenbar die letzten verbleibenden Menschen in der Kirche – alle anderen hatte das Meer verschlungen. Auch Owe, den guten Owe ... Doch noch immer stieg das Wasser, und auch hier oben würde es nicht mehr lange sicher sein.

Griet gab ein Geräusch von sich, von dem sie selbst nicht wusste, ob es ein Schluchzen oder ein bitteres Lachen war. Nun war sie endlich mit Auke zusammen, doch es würde nicht mehr lange dauern, bis die Flut nach ihnen griff, als wollte ein böses Geschick sie bis zum letzten Atemzug verhöhnen ...

«Griet», sagte Auke leise. «Ich bin froh, dass du bei mir bist.»

Sie nickte, unfähig, etwas zu sagen. Stattdessen hielt sie Auke fest, war nicht bereit, auch nur einen von den kostbaren Augenblicken zu verschwenden, die ihnen jetzt noch blieben.

«Ja», presste sie schließlich hervor. «Ich bin auch froh, dass du da bist, Auke.»

Sie griff an ihren Gürtel und zog die Fibel hervor, die dort die ganze Zeit verborgen gewesen war. Auke lächelte traurig, als sie das Schmuckstück an ihrer Schulter feststeckte, wo es hingehörte.

So standen sie da, eng aneinandergeschmiegt auf der Kanzel, die sich als winzige Insel über der wütenden Westsee erhob. Sie waren sich so nah, wie es nur irgendwie ging. Nichts konnte sie jetzt noch trennen. Schon bald würden sie für immer zusammen sein.

Achtzehntes Kapitel

Ulrich Wullenwever, der angesehene Fernkaufmann aus Hamburg, wurde herumgeschleudert wie eine Stoffpuppe. Das Wasser hatte ihn mit einer Gewalt gepackt, die er sich nicht einmal vorstellen konnte, und es war einfach überall. Todesangst mischte sich in die Wut, die noch immer tief in ihm brannte, und beides verband sich zu einem Schrei, der abrupt abbrach, als Ulrich Salzwasser schluckte.

Wild strampelte er mit Armen und Beinen, stieß an irgendetwas Weiches. War das dieser Owe, der ihn angegriffen hatte? Ehe er einen weiteren Gedanken fassen konnte, wurde Ulrich weitergespült. Schmerz peitschte durch seinen Arm, wo Owes Klinge ihn durchbohrt hatte.

Jetzt prallte Ulrich gegen etwas Massives. Instinktiv warf er sich darauf und klammerte sich fest, so gut es sein lädierter Arm zuließ. Dann hoben ihn die Wellen auch schon mitsamt dem schwankenden Ding an, rissen ihn in einer Strömung fort. Seine Finger klammerten sich krampfhaft fest, wobei er sich blutige Holzsplitter einfing. Klamme Kälte durchdrang ihn. Es war wie damals, als er als kleiner Junge einmal fast in die zugefrorene Alster eingebrochen wäre. Hamburg …

Er sah den Turm der Katharinenkirche vor sich und den *Neuen Kran* am Hafen, das Schild vom *Goldenen Löwen*, wo er so manchen Abend verbracht hatte, und den stolzen Stufengiebel des Wullenwever'schen Hauses. Verbissen spannte Ulrich die Muskeln an. Er würde dorthin zurückkehren, das alles wiedersehen!

Die gestrenge Kaufmannswitwe Apolonia Wullenwever schaute ihn plötzlich unter ihrer schwarzen Haube an, die Lippen missbilligend gespitzt. Und ob er zurückkehren würde! Schon, damit Mutter nicht recht behalten würde ... Er hielt sich fest, der ganze Körper zusammengekrampft vor Wut, Kälte und Entschlossenheit. Mochten die Uthländer doch alle verrecken, er würde neue Unternehmungen finden!

Das Licht änderte sich, um ihn herum wurde es heller. Blinzelnd schaute Ulrich sich um. Er befand sich nicht länger in der Laurentius-Kirche. Stattdessen trieb er unter dem freien, grauen Himmel dahin. Das Ding, über dem er halb hing, war eine der Kirchenbänke, das erkannte er nun. Eine Rückströmung musste ihn nach draußen getragen haben, wo das Land ganz verschwunden war und sich nur vereinzelte Dächer als winzige Inseln aus den Wellen erhoben. Er war dem brodelnden Kessel in der Kirche entkommen, das war ein Zeichen. Er würde leben, durch die schiere Kraft seines Willens!

Plötzlich schwankte seine Bank auf und ab. Ulrich hob schwach den Kopf. Dort drüben, auf der anderen Seite, zog sich jemand hoch! Er erkannte einen struppigen Bart, triefend vor Wasser, und große, grobe Pranken. Burkhart! Erleichterung machte sich in ihm breit. Nun würde wirklich alles gut werden. Dafür würde sein tatkräftiger Diener schon sorgen. So, wie er es bisher immer getan hatte ...

Die Wellen schwappten hoch, und etwas stieß Ulrich hart in die Seite. Eine weitere Bank? Nein, eine längliche Holzkiste, irgendein Überrest von Rungholt, der jetzt als Treibgut in der

Flut dahintrieb. Ulrich versetzte dem Ding einen Stoß mit dem Fuß.

Die morsche Kiste kippte zur Seite, und ein Haufen bräunlicher Menschenknochen platschte direkt neben ihm ins Meer. Erschaudernd erkannte Ulrich, dass ihn soeben ein Sarg gerammt hatte. Die Flut hatte die Erde fortgespült, griff nach den Toten ebenso wie nach den Lebenden.

In diesem Moment erzitterte das Möbelstück, an dem Ulrich sich krampfhaft festhielt, und er wäre fast abgerutscht.

«He!», protestierte er schwach. Burkhart hatte sich inzwischen ganz auf die Bank gezogen und hing nicht länger halb im Wasser. Dafür schwankte das behelfsmäßige Floß nun bedrohlich und sackte ein wenig ab. Verbissen versuchte Ulrich, sich ebenfalls hinaufzuziehen. Doch sein verletzter Arm versagte ihm den Dienst. Und außerdem war Burkhart im Weg, er fand so kaum vernünftig Halt.

«Nun hilf mir doch mal, Burkhart!», zischte Ulrich gleichermaßen wütend und erschöpft. «Und rück ein bisschen nach hinten! Für uns beide ist so kein Platz.»

Burkhart musterte ihn nachdenklich mit seinem einen Auge, das Gesicht wie immer unbewegt.

«Das stimmt, Meister Ulrich. Für uns beide ist kein Platz.»

Er streckte den Arm nach Ulrich aus. Dieser wollte seine Hand ergreifen, doch Burkhart ignorierte es und packte stattdessen Ulrichs Schulter. Dann gab er ihm einen kräftigen Stoß.

«Was zum Teufel ...?»

Entsetzt versuchte Ulrich, sich irgendwie festzuklammern, doch selbst mit beiden Armen hätte er keine Chance gehabt gegen Burkharts Bärenkraft. Er spürte, wie er den Halt verlor und von der Bank rutschte. Dann trieb Ulrich auch schon im

Nichts. Eine Welle riss ihn mit sich fort, das Wasser schlug von allen Seiten über ihm zusammen.

Ulrich trat und schlug verzweifelt um sich, erfüllt von rasendem Zorn. Dann war kein Platz mehr für irgendetwas anderes außer nackter Angst, als seine schwere, vollgesogene Kleidung ihn in die Tiefe zog. Sein letzter Schrei erstickte im Salzwasser. Und die Westsee umfing den Fernkaufmann Ulrich Wullenwever aus Hamburg, um ihn nie wieder herzugeben.

Neunzehntes Kapitel

Die Morgensonne erhob sich zögerlich über der Edomsharde. Hier und dort durchbrachen ihre Strahlen schon die Sturmwolken. Doch sie schienen nicht auf Felder, Schafherden und Dörfer herab, sondern auf graue Wellen, die sich endlos in alle Richtungen zu erstrecken schienen.

Beklommen schaute Janne über das Wasser, das wie ein Leichentuch über dem Land ausgebreitet war. Sie hatte das Gefühl, dass der Wind vielleicht schon etwas nachgelassen hatte. Aber das war nun auch egal. Rungholt existierte nicht mehr, ebenso wie der ganze Rest der Uthlande, soweit sie es überblicken konnte. Und was sich noch an Ruinen aus den Fluten erhob, würde gewiss bald zusammenstürzen. So wie auch der Schuppen, auf dessen Dachgebälk sie gerade mit Lentje hockte, sich nicht mehr lange halten würde.

Als das Wasser immer weiter gestiegen war und selbst der Zwischenboden keinen Schutz mehr bot, hatten sie verzweifelt nach einer Fluchtmöglichkeit gesucht und schließlich eine Öffnung zwischen den Dachbalken entdeckt, wo der Wind schon Reet abgetragen hatte. Sie hatten sich nach draußen gezwängt, hinaus auf das Dach, so hoch wie irgend möglich!

Und seitdem hockten sie hier und warteten, während das Wasser durch den Schuppen schwappte und den Lehm von den Wänden spülte. Auch das Flechtwerk darunter löste sich und wurde vom Wasser davongetragen, sodass inzwischen nicht viel mehr als ein Gerüst aus Balken übrig war, das traurige Skelett eines Hauses.

Janne hatte keine Ahnung, wie lange das Ganze noch halten mochte. Und glücklicherweise fragte Lentje auch nicht danach. Still war ihre Tochter geworden, still und blass. Wie ein zerrupfter Vogel, der zu früh aus dem Nest gefallen war, hockte sie auf dem Balken und schmiegte sich schweigend an Janne. Die Zeit für Geschichten und Rätselspiele war nun vorbei. Beide waren zu erschöpft zum Reden.

Das Schuppen-Skelett war das Einzige, was in ihrer näheren Umgebung überhaupt noch aus dem Wasser ragte. Von den Häusern, die es daneben noch auf der Warft gegeben hatte, was nichts zu sehen. Janne mochte nicht daran denken, was das bedeutete.

Doch die Bilder stiegen ungerufen vor ihrem geistigen Auge auf: Mensch und Vieh in panischer Verzweiflung, während das Haus, das ihnen Schutz bieten sollte, fortgerissen wurde und das Wasser von allen Seiten eindrang.

Sie konnte sich nicht vorstellen, warum ausgerechnet dieser Schuppen sich gehalten hatte. Vielleicht war es nur ein Zufall, irgendeine Besonderheit im Untergrund, oder ein junger Zimmermann, der vor vielen Jahren seine Arbeit besonders gut machen wollte, als er das Balkenwerk für den Bauern errichtet hatte. Vielleicht war es der Wille des Herrn, der seine Hand schützend ausgerechnet über diese Stelle hielt. Doch das glaubte Janne nicht. So etwas hatte der Herrgott noch nie für sie getan, warum sollte er gerade jetzt damit anfangen und so viele andere, die viel mehr wert waren, in den Untergang reißen?

Vielleicht war es aber auch ein böses Geschick, das höhnisch auf sie herabschaute und ihre Furcht und Qualen so lange wie irgend möglich dahinzog, bis endlich doch noch alles unter ihnen zusammenbrach und die alte Ran zwei weitere Seelen für ihre Sammlung bekam. Kleine, unbedeutende Seelen, die sie gewiss ganz hinten in einer Kiste verstauen würde, zusammen mit den vielen anderen Mägden und Knechten, die in der Nacht ertrunken waren. Während sie die reichen Kaufleute, Ritter und Edlen, die sie sich ebenfalls geholt hatte, polierte und stolz auf einem Sims zur Schau stellte …

Die Vorstellung ließ Janne erschaudern. Ihre Lippen formten tonlose Worte, um die Bilder aus ihrem Kopf zu vertreiben. Zu ihrer Überraschung bemerkte sie, dass es ein Gebet war.

«Ave Maria, gratia plena, dominus tecum. Benedicta tu …»

Die lateinischen Silben kamen ihr nur zögerlich in den Sinn, doch sie hatte sie als Kind gelernt und niemals vergessen, auch während der Jahre auf Bauer Abbos Hof nicht, der alle Frömmelei verabscheute.

Sie wusste nicht genau, was die Worte bedeuteten, aber sie waren wie ein Zauberspruch, der ihren Geist beschäftigt hielt und die düsteren Gedanken aus ihrem Kopf vertrieb. Darum murmelte sie das Gebet weiter und weiter, immer wieder von vorne. Lentje schmiegte sich enger an sie. Der gleichmäßige Fluss der Worte war etwas, das Sicherheit gab und an dem sie sich festhalten konnte. Janne spürte, wie der kleine Körper ihrer Tochter sich etwas entspannte. Sie legte den Arm fester um Lentje.

Zuweilen trugen die Wellen Treibgut vorbei. Kisten und Tonkrüge, Holzmolen und Grapen. Dinge, die die Rungholter zum Leben gebraucht und sorgsam in ihren Häusern verwahrt hatten. Bis gestern, als es Rungholt noch gegeben hatte. Auch Bündel von Reet und zersplitterte Balken trieben vorüber, zuweilen auch ein ertrunkenes Schaf oder der aufgedunsene Körper eines Pferdes. Und natürlich die durchtränkten Kleiderbündel, die in Wahrheit Menschen waren, reglos im Wasser ausgestreckt. Manchmal konnte Janne sich einreden, dass da nur Stoff auf den Wellen trieb. Doch allzu oft sah sie auch Haare auf dem Wasser ausgebreitet, wie die kalten Fangarme von Quallen.

Am Anfang hatte sie noch versucht, Lentje abzulenken, wenn dieses besonders grausige Treibgut ihren Balkenverschlag passierte. Doch inzwischen hatte sie das aufgegeben. Es geschah einfach zu oft, und Lentje war nicht dumm.

Und so saß Janne eben neben ihrer Tochter und murmelte lateinische Silben, die sie nicht verstand, weil es sonst nichts zu tun gab und alle anderen Gedanken zu schrecklich waren, um ihnen Raum zu geben. Inzwischen hatte sie jedes Gefühl für Zeit verloren, als befänden sie sich bereits in einer Art Limbus, in Ewigkeit dazu verdammt, auf einem Balken zu sitzen und ihre Angst zu verdrängen, während das Wasser um sie herumschwappte.

Da hab Lentje plötzlich den Kopf.

«Dort kommt jemand!»

Janne blickte ohne großes Interesse in die Richtung, in die Lentje schaute. Sie hatte heute schon genug Wasserleichen gesehen. Doch ihre Tochter meinte kein weiteres trauriges Menschenbündel. Sie meinte ein Boot, das da drüben auf den Wellen tanzte!

Es war ein leichter Ewer nach friesischer Bauart. Unwirklich sah es aus, wie er sich über das Meer vorankämpfte, wo gestern noch Schafe geweidet hatten. Sein Segel flatterte im harschen Wind, und die Besatzung nutzte zusätzlich Riemen, um das Gefährt durch das aufgewühlte Wasser zu steuern.

Janne sah den Ewer und glaubte doch nicht so recht an das, was sie sah. Zu unwahrscheinlich kam es ihr vor, dass überhaupt irgendjemand diese ganze Katastrophe überlebt haben sollte. Geschweige denn, dass schon wieder jemand mit einem Boot herumfuhr, das nicht von der Gewalt der Elemente zerschmettert worden war.

Ungläubig starrte sie das Fahrzeug an, erlaubte sich nicht, auch nur ein Fünkchen Hoffnung zu empfinden. Halb rechnete sie damit, dass sich der Ewer jeden Moment in Meeresschaum auflösen würde, ein böses Trugbild tiefer Mächte.

Doch er strebte weiter voran, ein deutlich sichtbarer Teil der Wirklichkeit. Und sein Ziel war das Balkenskelett, auf dem Janne und Lentje hockten.

«Die wollen zu uns!»

Lentje kannte kein Halten mehr. Sie sprang auf die Füße und winkte dem Ewer mit beiden Armen.

«Langsam!», rief Janne, während sie ebenfalls mit klopfendem Herzen aufstand. Sanft, aber bestimmt umfasste sie Lentjes Schultern. «Du hast keine Flügel. Sie haben uns doch gesehen. Wenn du mir jetzt noch ins Wasser fällst, bin ich ernsthaft böse mit dir!»

Sie spürte, wie sich vorsichtige Erleichterung in ihr breitmachte, während der Ewer sich langsam näherte. Offenbar wagten es die Bootsleute nicht, gar zu forsch an die Ruine des Schuppens heranzufahren, die wie eine Klippe aus dem Wasser ragte, an der sich Wellen brachen und Wirbel bildeten. Janne war Fischerstochter genug, um zu erahnen, wie gefährlich das Unternehmen war. Noch immer waren Wind und See unruhig, und dieses ganze Gebiet musste durchsetzt sein von Untiefen, wo sich das Gebälk der Häuser dicht unter der Wasserlinie erhob. Vom Treibgut ganz zu schweigen …

Dennoch hielten die Bootsleute den Kurs, und es gelang ihnen schließlich, längsseits zum Balkengerüst zu gehen.

«Komm, Janne!», rief jemand vom Boot aus. «Fang!»

Sie war so irritiert, ihren Namen zu hören, dass sie das Seil nutzlos gegen den Balken und ins Wasser klatschen ließ, das ihr jemand zugeworfen hatte. Ungläubig starrte sie ins Boot. Eine Gestalt mit schwarzen Locken grinste sie mit leuchtenden Augen an. Cosimo! Er hatte überlebt!

«Na, komm schon! Du bist doch sonst nicht ungeschickt», rief er neckisch und warf die Leine noch einmal aus. Diesmal fing Janne sie auf. Mit einiger Mühe gelang es ihr, das Seil so festzumachen, dass sie Lentje schließlich hinüber ins Boot reichen und dann selbst hinterherklettern konnte. Das Gefährt schwankte unter ihr auf dem Wasser hin und her, und dennoch erschien es ihr wie die reine Geborgenheit.

«Ich … bin so froh, dass du lebst», stotterte Janne, als sie endlich neben Cosimo stand.

«Und ich bin froh, dass wir euch gefunden haben», sagte der Mann, der bislang mit dem Steuerruder gekämpft hatte. Auch ihn kannte Janne. Es war Aukes Bruder – Folkert Feddersen, durchnässt und abgekämpft. Außer ihm war noch Melchior, der kleinwüchsige Mann mit Glatze aus Cosimos Truppe, an Bord und eine kräftige Frau, die Janne unbekannt war.

Während alle mit Hand anlegten, um den Ewer rasch wieder vom Balkengerüst zu entfernen, erzählte Folkert, wie diese seltsame Gesellschaft sich zusammengefunden hatte. «Mich hat die Flut schon früh am Abend erwischt. Ich dachte, es wäre aus. Es kam mir vor, als hätte ich Stunden im Wasser gekämpft, wahrscheinlich waren es nur wenige Augenblicke. Schließlich hat mich ein glückliches Geschick gegen etwas Hartes geschleudert – und das war dann dieses Boot. Es war nahe beim

Lagerhaus im Hafen festgemacht. Auke hatte es besorgt, um sich mit Griet davonzumachen, und Wullenwevers Leute hatten es sichergestellt …» Er schnaubte. «Wenn man so will, hat Wullenwever mich gerettet. Kannst du dir das vorstellen?»

Das konnte Janne allerdings nicht. Genau genommen konnte sie sich gerade überhaupt nichts vorstellen, abgekämpft und leer, wie sie war.

«Und was ist dann passiert?», bohrte Lentje nach. Ihre Neugier war offenbar schier unverwüstlich.

«Für eine ganze Weile gar nichts», erwiderte Folkert. «Der Sturm war so schlimm, dass nicht daran zu denken war, das Boot zu steuern. Ich konnte nur beten und hoffen, nicht an irgendeinem Hindernis zerschmettert zu werden … Aber als es dann schließlich ruhiger wurde und das schlimme Wetter etwas nachließ, habe ich festgestellt, dass ich gar nicht so weit abgetrieben war wie befürchtet.» Er schaute zu der Frau, die Janne nicht kannte. «Ich bin dann irgendwann auf Daike getroffen, die auf einer Tischplatte dahintrieb. Gemeinsam konnten wir das Boot in den Griff kriegen und haben es dann irgendwie bis zum *Krug* geschafft. Jedenfalls dorthin, wo der *Krug* bis vor Kurzem gewesen ist …» Seine Stimme brach.

Cosimo sprang für ihn ein: «Dort hat er dann Melchior und mich von dem kleinen Teil des Daches gepflückt, der noch nicht eingestürzt war», erklärte er, und seine munteren Augen waren ohne Glanz. «Wir sind die Einzigen, die sich dorthin retten konnten, als das Meer kam. Ich habe noch versucht, Meister Aloysius hinaufzuschubsen und eine junge Magd zu mir raufzuziehen, aber vergeblich. Niemand sonst hat es geschafft. Das Meer hat das Gasthaus und die ganze Festgemeinschaft verschlungen, alle, die noch dort waren.»

Für einen Moment sagte niemand etwas. Nur das Knattern

des Segels im Wind war zu hören, durchbrochen vom Klatschen der Ruder.

Janne spürte, wie taube Kälte wieder ihre Erleichterung verdrängte. Sie hatte nicht lange im *Krug* gedient und doch schon so viele vom Gesinde mit Namen gekannt. Der krumme Peter, seine Schwester Stine ... Nicht zu reden von Swantje, der energischen Wirtin, und ihrem ruhigen Mann Hinnerk. Und von allen, die im Gasthaus übernachtet hatten. Cosimos Leute, die einzige Familie, die der Gaukler hatte. Die vielen Hochzeitsgäste. Und natürlich der Herr Staller mit seinem ganzen Gefolge. Die Edomsharde hatte keinen Vorsteher mehr! Und was war aus Griet geworden, nachdem sie in den Sturm hinausgerannt war?

«Wir wurden nur wegen Blanscheflur gerettet», unterbrach Lentje schließlich nachdenklich das Schweigen.

«Wer?», fragte Janne verwundert.

«Na, Blanscheflur! Die neugierigste Gans aus Redlefs Haufen. Sie ist richtig weit weggelaufen, und ich bin hinterher, und Redlef wollte nicht glauben, dass ich mich traue, also bin ich gleich zweimal hinterher ... Dadurch hast du mich erst gefunden, als es schon so spät war, und wir mussten in diesen Schuppen. Sonst wären wir zurück in den *Krug* gegangen, so wie Redlef, und dann ...»

Sie ließ den Satz unvollendet. Beklommenes Schweigen war die Antwort. Janne schüttelte den Kopf. Der Umstand, dass eine blöde Gans sie gerettet hatte, war so absurd, dass man fast darüber lachen konnte. Die eine hatte zufällig einen Tisch zur Hand, der andere ein Stück Dach, das ebenso zufällig nicht zu früh eingestürzt war, und dadurch überlebten sie dann, was Tausenden von anderen nicht vergönnt war. Und bei Janne und Lentje war es eben eine Gans ...

«Und nun?», wagte sie schließlich zu fragen.

«Wir schauen, ob wir noch mehr Überlebende finden, die auf irgendwelchen Balken hocken», erwiderte Cosimo. «Viel mehr können wir jetzt nicht tun.»

«Drüben, an der Pellwormharde, ist das Land nicht so stark abgesackt», ergänzte Folkert. «Der dicke Kirchturm von St. Salvator steht jedenfalls noch, den habe ich in der Ferne gesehen. Dort muss es festen Boden geben, wo wir vorerst hinkönnen.»

«Und dann warten wir, bis das Wasser sich zurückzieht», murmelte Janne matt. Allein die Vorstellung, sich die Verwüstungen ansehen zu müssen, wenn hier erst einmal alles nicht mehr unter den Fluten lag, ließ sie erschaudern.

«Nein», widersprach Folkert, ohne sie anzusehen.

Janne runzelte die Stirn. «Nein?»

«Das Wasser wird nicht wieder verschwinden», stellte Folkert nüchtern fest und sah dabei ziemlich resigniert aus. «Jedenfalls nicht dauerhaft, höchstens bei Niedrigwasser. Große Teile der Edomsharde und der umliegenden Lande liegen inzwischen unter der Höhe des Meeresspiegels. Davon redete ich doch die ganze Zeit, es wollte nur niemand zuhören … Und das Meer hat sich nun zurückgeholt, was ihm gehört. So ist das.»

Er presste bitter die Lippen aufeinander.

«Oh.» Mehr fiel Janne nicht dazu ein. Die Welt, die sie kannte, war über Nacht fortgespült worden wie ein Gebilde aus Stöckchen und Muscheln, das ein törichtes Kind im Watt gebaut hatte.

«Noch etwas mehr nach backbord», wies Folkert schließlich an.

Cosimo schaute über die Schulter. «Was ist denn dort?»

«Die Kirchwarft», erwiderte Folkert mit einem seltsamen Gesichtsausdruck. «Die Kirche ist solide gebaut und das Pfarrhaus ebenfalls. Vielleicht hat ja … jemand dort überlebt.»

Zwanzigstes Kapitel

Eine Erschütterung lief durch die Laurentius-Kirche von Rungholt, als wäre die Erde selbst erwacht und würde sich nun regen, um die unwürdigen Sterblichen abzuschütteln, die sich auf ihrem Rücken breitgemacht hatten. Alarmiert löste Auke seinen Griff von Griet und schaute sich um. Die beiden standen noch immer auf der Kanzel zusammengedrängt, deren Steingeländer inzwischen von Wellen umspült wurde. Keine drei Handbreit trennten sie mehr von dem Wasser, das mit gnadenloser Unaufhaltsamkeit anstieg. Doch gerade schien es so, als würde das Unheil sie aus einer ganz anderen Richtung ereilen, ehe die Wellen ihr Werk vollenden konnten.

«Was ist das?», flüsterte Griet, die das Grollen ebenfalls aufgeschreckt hatte. Auke gab keine Antwort.

Mit Entsetzen beobachtete er, wie sich Risse über den gemalten Wäldern und Heiligenbildern auf den Wänden ausbreiteten, sich immer weiter verästelten. Die Backstein-Mauern verschoben sich!

Wieder knirschte es, und bemalter Putz löste sich von der Decke.

«Runter!», rief Auke und beugte sich über Griet, um sie zu beschirmen und das Schlimmste von ihr abzuhalten. Er kniff die Augen zusammen, während er die Frau, mit der er sein Leben teilen wollte, fest umklammert hielt. Es krachte und staubte, und irgendetwas traf ihn schmerzhaft am Rücken, ehe es abprallte und ins Wasser platschte. Eine große Welle schlug gegen die Kanzel, als die Wogen in der Kirche aufgewühlt wurden. Dann hörte es so abrupt auf, wie es begonnen hatte. Sie waren beide noch am Leben.

Doch irgendetwas hatte sich verändert. Um sie herum war es heller geworden.

Rasch gab Auke Griet frei. Die beiden schauten sich blinzelnd um und mussten husten, weil dichte Wolken von Staub in der Luft lagen.

Die größte Kirche der Edomsharde existierte ungefähr noch zur Hälfte. Der hintere Teil war abgesackt, unterspült von der Gewalt der Flut, und in sich zusammengestürzt. Nur noch unförmige Trümmer ragten dort aus dem Wasser, die wenig Ähnlichkeit mit einem stolzen Kirchenbau hatten.

Die Apsis, wo Auke und Griet sich auf der Kanzel aneinanderschmiegten, hatte es ebenfalls erwischt, wenn auch nicht ganz so heftig. Das Bleiziegeldach war hier zum Teil eingefallen, von den Mauern stand noch der untere Bereich, ansteigend wie eine groteske Treppe, während der obere Teil ins Wasser gekippt war. Die Kanzelsäule hatte die Erschütterung glücklicherweise überstanden, fest verankert am Bogengewölbe der Apsis, und ihr steinerner Baldachin hatte das Schlimmste von den beiden verletzlichen Menschen abgehalten. Nur Aukes Rücken schmerzte, wo irgendein fallender Stein oder Ziegel ihn getroffen haben musste.

«Schau doch!», rief Griet aufgeregt und zog an Aukes Arm, dass er vor Schmerz zusammenzuckte. Sie zeigte auf die Krone der eingefallenen Mauer nahe der Kanzel. Auke verstand sofort, was sie meinte. Das Mauerstück ragte höher als die Kanzel auf, lag noch eine ganze Ecke über dem Wasser.

Und man konnte es gewiss irgendwie erreichen, wenn man sich über die Trümmer dort hinaufzog. Dann wären sie vorerst sicher vor dem Griff der Wellen, die ja wohl irgendwann nicht weiter steigen würden … Ein winziger Strahl von Hoffnung.

Natürlich bestand die Gefahr, dass noch mehr Trümmer sich lösten oder durch eine unüberlegte Kletteraktion die ganze Wand endgültig einfiel. Doch davor waren sie auf der Kanzel auch nicht sicher. Es war besser, etwas Verzweifeltes zu versuchen, als einfach aufzugeben!

Auke straffte sich – und ließ die Schultern gleich wieder hängen. Die Kletterei schien nicht besonders schwierig zu sein, doch es war unwahrscheinlich, dass er mit seinem unbrauchbaren Arm auf die Mauer kam. Und selbst wenn ihm das doch irgendwie gelang, würde er Griet auf dem Weg nicht helfen und sie stützen können.

«Da oben sind wir sicher!», rief sie. «Ich muss nur erst dieses umständliche Kleid loswerden …» Sorgfältig löste sie die Fibel von ihrer Schulter und begann, das Kleidungsstück auszuziehen.

«Griet, ich glaube nicht, dass ich es auf die Mauer schaffe», setzte Auke an. «Ich …»

«Mach dir keine Sorgen. Ich klettere vor und helfe dir dann rauf.»

Auke kräuselte die Lippen. «Eigentlich wäre es ja meine Aufgabe, dich zu beschützen.»

«Sagt wer?», brummte Griet, während sie mit dem Kleid kämpfte. «Spielleute, die über untadelige Ritter singen? Wenn wir hier wegwollen, wirst du damit leben müssen, dass in diesem Lied die Dame für die Rettung zuständig ist.»

Auke öffnete den Mund – und schloss ihn klugerweise wieder.

Stattdessen beobachtete er, wie Griet das Kleid abstreifte, sodass sie schließlich nur noch ihre einfache Cotte trug, das Unterkleid, an das sie stolz die Fibel heftete. Ihre Körperformen zeichneten sich unter dem dünnen Stoff ab.

«Hilf mir auf das Geländer. Den Rest schaffe ich dann.»

Er schob sie ein wenig von hinten an, sodass sie auf die Brüstung krabbeln konnte. Von dort zog sie sich auf die geborstene Mauerkante und wandte sich dann um.

«Los, gib mir deine Hand!» Sie streckte ihm auffordernd den Arm entgegen. Auke griff danach. Mit Griets Unterstützung gelang es ihm, sich aus der Kanzel zu hieven und ebenfalls auf die Mauerkrone zu kämpfen, wobei sie ihn mit erstaunlicher Stärke zu sich zog. Einmal rutschte sein Fuß von der Mauer ab, und Putzfragmente rieselten in die Tiefe. Doch Griet warf sich mit einem entschlossenen Ruck nach hinten und zerrte ihn so zu sich heran, während sie sich mit einer Hand am Mauerwerk festhielt.

«Nun schau nicht so», sagte sie. «Du weißt genau, dass ich früher schon auf jeden Baum geklettert bin, der hier in den Marschen wächst.» Sie seufzte. «Oder wohl eher wuchs …»

Griet hatte recht. Der kleine Wald von Rungholt war vermutlich genauso überflutet worden wie die umliegenden Moorgebiete und alles Übrige. Auke wischte den düsteren Gedanken beiseite.

«Danke», keuchte er. Sie nickte nur erschöpft.

Die beiden verschnauften für einen Moment und bemühten sich, einen sicheren Sitz auf der Mauerkrone zu finden: so weit oben wie möglich, aber ohne zu riskieren, dass sich weitere Backsteine lösten und in die Tiefe kippten.

Ringsum war nicht viel mehr zu erkennen als graue Wellen, die gleichmütig herumschwappten, als wären sie schon immer hier gewesen, gesprenkelt von verstreutem Treibgut, wie Herbstlaub in einer Pfütze. Nur drüben, in Richtung der Pfarrwarft, ragte der First eines lang gestreckten Hauses aus dem Wasser. Das Pfarrhaus von Rungholt hatte den Fluten bislang offenbar standgehalten.

Auke kniff die Augen zusammen und schaute genauer hin. Da hockte eine Gestalt auf dem Dach, neben einem großen Bündel. Sie winkte eifrig mit dem Arm; nicht etwa zu Auke, sondern über das freie Wasser hinweg. Auke schaute in diese Richtung und bemerkte ein Segel, das auf den Wellen tanzte. Da kam ein Ewer herangeschippert!

Er wandte sich zu Griet, um ihr die Nachricht mitzuteilen, doch sie lächelte bereits.

«Ich sehe es auch, Auke. Vielleicht war die Laurentius-Kirche bei Nacht doch nicht das Letzte, was wir gemeinsam erkundet haben.»

«Nein, das war sie wohl nicht.»

Auke zog sie fest an sich. Gemeinsam schauten sie zu, wie der Ewer sich dem Dach des Pfarrhauses näherte und es schließlich irgendwie schaffte, dort anzulegen. Der Mann auf dem Dach deutete eindringlich auf das Bündel, das daraufhin von mehreren helfenden Händen ins Boot gezogen wurde. Auke stand unterdessen auf und rief zu den Leuten hinüber: «Heho! Wir wollen auch mit!»

Die Antwort war ein Winken als Bestätigung.

Dann ging alles ganz schnell. Nachdem sie den Mann vom Pfarrhaus gepflückt hatten, lenkten die Leute auf dem Boot den Ewer tatsächlich in Richtung der Ruinen, die einmal die Laurentius-Kirche von Rungholt gewesen waren. Schon kurz darauf war das Fahrzeug in Reichweite und wurde provisorisch festgemacht.

Erfüllt von ungläubiger Erleichterung, stupste Auke Griet an. «Du gehst zuerst!»

Sie schnaubte. «Und du kraxelst dann mit einem Arm hinterher? Ganz bestimmt nicht! Komm, ich helfe dir.»

Ihm blieb nichts anderes übrig, als ein weiteres Mal zu akzeptieren, dass sie für ihn zurückstand. Griet stützte ihn von hinten, während ihn starke Hände ins Boot zogen. Dann kam sie leichtfüßig hinterher, und von einem Augenblick auf den anderen waren sie nicht länger Gefangene der steinernen Ruine.

Auke brauchte einen Augenblick, um sich neu zu orientieren. Während das Boot wieder ablegte, schob sich eine Frau mit wirren, roten Locken an ihm vorbei und schloss Griet in die Arme. Überrascht erkannte Auke Janne, die Magd, die ihn auf dem Westerhof vor Owe Ingmarsen gerettet hatte. Der Westerhof, der nun genauso unter den Wellen lag wie Owe …

Doch Janne war nicht das einzige bekannte Gesicht auf dem Boot.

«Folkert!»

Am Ruder stand tatsächlich Folkert. Sein Bruder, den die Flut verschlungen hatte. Er starrte Auke an und lachte mit Tränen in den Augen – oder weinte er lachend? Es war, als sei ein Toter aus seinem Grab gekrochen. Oder eher eine Wasserleiche mit tropfender Kleidung, die sich ihren Angehörigen ein letztes Mal zeigte, um nichts als eine Salzwasserpfütze zu hinterlassen, wie in den alten Geschichten für lange Winterabende.

«Du … du bist … Ich meine, bist du es …?»

Er berührte Folkert an der Schulter, fasste ihm ins Gesicht, und Folkert war tatsächlich da, so lebendig wie er selbst.

«Es war dein Ewer», flüsterte Folkert. «Das ist dein Ewer,

Auke! Er hat mich gerettet, und jetzt retten wir eben, wen immer wir auch können … Ich … ich hatte nicht zu hoffen gewagt, dich noch einmal wiederzusehen!»

«Nein», murmelte Auke, der nicht wusste, wie ihm geschah. «Nein, das hatte ich auch nicht.»

Folkert strahlte ihn noch immer an und sah auf einmal ein wenig verlegen aus.

«Das ist Ansgar», sagte er und zeigte auf das große Bündel, das am Boden des Bootes lag. Auke erkannte nun, dass das ein Mensch war: ein kleiner Mann, der nicht bei Bewusstsein war und den man schlimm zugerichtet hatte. «Pater Ansgar, der Kirchherr von Rungholt.»

Verwirrt schaute Auke zu dem zerschundenen Priester und fragte sich, warum Folkert ihm ausgerechnet den Pfarrer und ausgerechnet jetzt vorstellen musste.

«Was ist denn mit dem passiert?», fragte er, um einen Anflug von Peinlichkeit zu überbrücken.

Folkerts Gesicht verdunkelte sich. «Wullenwever und seine Trunkenbolde haben ihm übel mitgespielt. Wenn Nis, der Pfarrknecht, ihn nicht aufs Dach gerettet hätte, hätte ihn die Flut direkt vom Krankenlager heruntergespült!»

Der bullige Mann, der neben dem Pfarrer kniete, schaute kurz auf. «Ich wollte auch Eske noch zu uns holen», seufzte er. «Aber man kann ja nicht mit ihr reden, und sie hat versucht, die kostbaren Schriften vom Herrn Pfarrer zu retten, und dann … war es zu spät.»

Er schaute auf seine Hände.

«Wullenwever kann jedenfalls niemandem mehr schaden», knurrte Auke halblaut. «Wir waren dabei, als die Flut ihn und seine Gefolgschaft in der Kirche erwischt hat.»

Wieder schaute der Pfarrknecht hoch, diesmal zu Griet, die

leise mit Janne sprach. «Dann seid Ihr also zur Witwe geworden, ohne auch nur einen Tag verheiratet gewesen zu sein, junge Frau Wullenwever», sagte er betroffen. «Der Herrgott geht wahrlich streng mit uns sündigen Menschen der Uthlande ins Gericht!»

Auke spürte, wie er zitterte, und das nicht nur vor Kälte und Erschöpfung. Dieser Nis hatte recht! Vor lauter Todesangst hatte er es bislang noch nicht gewagt, diesen Gedanken zuzulassen. Griet war nicht länger an einen anderen vergeben, und sie würden nicht sterben, jedenfalls nicht jetzt, nicht heute. Sie hatten eine gemeinsame Zukunft vor sich, in der Griet seine Fibel offen tragen konnte!

Zugleich schämte er sich, inmitten der Katastrophe solch eine Hoffnung auch nur zu hegen. Er konnte nicht ermessen, wie viele Leben in der Flutnacht ausgelöscht worden waren und wie viele mehr noch sterben würden, ohne ein Dach über dem Kopf, die Vorräte des ganzen Jahres fortgespült, mitten in der Winterkälte …

Ein verstörender Gedanke kam in ihm auf: War es wirklich der Zorn des Herrn, der ihnen die Flut wie eine Geißel aus schäumenden Wellen geschickt hatte? War er selbst, Auke Feddersen, mit daran schuld, weil er sich nicht an die göttliche Ordnung gehalten und eine Frau begehrt hatte, die nicht für ihn bestimmt war? Sich mit dem Schwert in der Hand gegen den Dänenkönig aufgelehnt hatte, immer nur nach seinen eigenen Regeln gelebt hatte, nach seinem Willen?

Aber war nicht auch dieser Wille ein Geschenk Gottes, das ihn bislang am Leben erhalten hatte, das die gesamten Uthlande am Leben erhalten hatte mit ihrer sturköpfigen Bevölkerung, die seit vielen Jahren so dicht an der Gewalt des Meeres zu siedeln wagte?

Erschöpft und mit dröhnendem Kopf ließ er sich zu Boden sinken, neben Pater Ansgar, der sich unruhig auf seinem Lager regte. Er hörte, wie eine Frau von der Zerstörung ihres Hofs berichtete und wie Griet aufschluchzte, als sie erfuhr, dass sie im *Krug* auch ihren Vater verloren hatte. Er richtete sich auf, um sie zu trösten, legte den Arm um ihre Schulter. Dabei fragte er sich, wie es wohl dem Großbauern Fedder, seinem eigenen Vater, ergangen sein mochte.

«Folkert», fragte er leise nach einiger Zeit. «Was denkst du, wie sieht es aus zu Hause in Gaikebüll?»

Sein Bruder schaute ihn ernst an. «Ich war nicht dort. Aber das Land liegt in Gaikebüll auch nicht höher als hier.»

Auke nickte müde. «Du meinst also …»

«Ja. Zu Hause gibt es nicht mehr.»

Einundzwanzigstes Kapitel

Eine Spur aus winzigen Abdrücken zog sich durch den Schlick. Sie stammten von einer Strandkrabbe, die eilig durch die Brandung voranstakste. Die Abdrücke verschwanden, sobald das Wasser nach ihnen griff, und schließlich verschwand auch die Krabbe, verschmolz mit dem Blasen werfenden Meer, als hätte es sie nie gegeben.

Folkert hatte diesen Moment schon einmal erlebt. Erst vor wenigen Tagen hatte er drüben, am alten Salzkoog, eine andere Krabbe beobachtet, wie sie tänzerisch am Scheidepunkt von Land und Meer dahineilte. Zu einer anderen Zeit in einer anderen Welt war das gewesen, als es Rungholt und die Edomsharde noch gegeben hatte.

Er hatte das absurde Gefühl, dass er sich nur umzudrehen und fortzugehen brauchte, um wieder in jener versunkenen Welt sein zu können. Als würde es all den Tod und all die Zerstörung nicht mehr geben, wenn er einfach nicht hinschaute, sie abstreifte wie einen bösen Traum.

Schließlich seufzte er tief und zwang sich aufzublicken. Trügerisch ruhig lag die graue Westsee vor ihm, beschienen von einer kalten, blassen Wintersonne. Weiter hinten waren die geborstenen Balken eines Gehöfts zu sehen, die wie tote Baumstämme aus dem Wasser ragten. Auf einem von ihnen hatte eine Möwe Platz genommen, als sei das ihr angestammtes Erbrecht. Die Balken hatten vor Kurzem noch eine Familie beschirmt, ehe sie in der Katastrophennacht schließlich nachgegeben hatten, eines von zahlreichen zerstörten Langhäusern. Bei Niedrigwasser konnte man noch viel mehr Ruinen erkennen. Folkert mied es, zu dieser Zeit hierherzukommen.

Andere waren da pragmatischer und suchten jeden Tag in den Trümmern nach brauchbaren Dingen, um irgendwie durch den Winter zu kommen. Das war nur vernünftig, und Folkert konnte es ihnen nicht verübeln. Natürlich, es gab immer auch gewisse Menschen, die nach Reichtümern gierten und sich am Unglück anderer bereicherten. Doch den meisten ging es einfach nur ums Überleben.

Langsam zog Folkert am Strand der Pellwormharde entlang, zur Linken das Meer, zur Rechten das Land mit einigen verstreuten Höfen, von deren Dächern sich Rauch in den Winterhimmel kringelte. Diese Gegend lag etwas höher als der Rungholt-Koog, und hier hatten die Warften den Schutz geboten, den sie versprachen. Die meisten der wenigen Seelen, die die Flut von Rungholt überstanden hatten, waren hierhergekommen, schlichtweg, weil sie nicht gewusst hatten, wo sie sonst hingehen sollten.

Folkert selbst hatte viele von ihnen hierhergebracht, hatte sie mit dem Ewer von den wenigen hoch gelegenen Orten gesammelt, zu denen sie sich gerettet hatten. Andere Männer, die über Boote verfügten, Leute von der Pellwormharde, hatten sich ihm bald angeschlossen, sodass sie gemeinsam eine gewisse Anzahl Überlebender der Flut entreißen konnten. Mal war es ein kleiner Junge gewesen, der sich an ein Brett klammerte, mal eine altersfleckige Greisin, die als Einzige von einer achtköpfigen Sippe übrig geblieben war. Manchmal hatten es auch ganze Familien auf ein stabiles Dach geschafft.

Dennoch waren es erschreckend wenige im Vergleich zu den vielen Tausend, die hier einst gelebt hatten und nicht wiederkommen würden.

Niklaas, der Staller der Pellwormharde, hatte die Heimatlosen vorerst auf die umliegenden Höfe verteilt. Eng würde das werden, und ob die Vorräte für so viele zusätzliche Mäuler reichten, war mehr als fraglich. Doch eine bessere Lösung hatten sie vorerst nicht gefunden.

Lange hatte Folkert mit Staller Niklaas gesprochen. Er war der Deichbaumeister von Rungholt – der einzige, seit es Meister Alrich nicht mehr gab – und zudem der Mann, der als Erster mit einem Boot nach Überlebenden gesucht hatte. Dadurch hatte der Staller vor allem mit ihm geredet, wann immer es etwas zu besprechen gab, und er war rasch zu einer Art festem Ansprechpartner geworden. Bemüht hatte Folkert sich gewiss nicht um diese Stellung.

Er griff in seine Gürteltasche und zog eine kleine Holztafel hervor, die mit Wachs bestrichen war. Seit Neuestem nutzte er das Täfelchen, um sich mit einem Griffel Notizen zu machen. Die Buchstaben, die Ansgar ihm beigebracht hatte, fielen ihm noch immer nicht leicht, aber er übte sie regelmäßig und konnte schlimmstenfalls das Wachs glatt streichen und wieder von vorne anfangen, wenn er gar zu viele Fehler machte. Es tat ihm gut, sich damit zu beschäftigen.

Weniger tröstlich war hingegen der Inhalt seiner Aufzeichnungen. In den letzten Tagen waren Nachrichten aus den anderen Teilen der Uthlande eingetroffen, und immer wieder waren auch Flüchtlinge aus verschiedenen Orten in der Pellwormharde aufgetaucht. Folkert sprach nach Möglichkeit mit jedem der Neuankömmlinge, und so ergab sich nach und nach ein Bild vom Ausmaß der Zerstörungen.

«Akenbüll» und «Niedendam» standen auf Folkerts Tafel, «Gotmersboll» und «Flendesboll», «Suderwisk» und «Norderwisk», «Heuerdam» und «Brunock» und noch viele mehr: die Namen von Orten, die einst Teil seiner Welt gewesen waren.

«Nächste Woche fahren wir zum Viehmarkt nach Flendesboll», hatte sein Vater, der Großbauer Fedder, etwa gesagt. Und Mutter hatte einen Vetter Momme in Brunock gehabt, von dem sie allerlei Streiche zu berichten wusste.

All diese Orte gab es nun nicht mehr. Mehr als zwanzig Kirchspiele waren allein in diesem Teil der Uthlande an das Meer gefallen, und Folkert konnte sich nicht vorstellen, dass es weiter nördlich an der dänischen Küste oder südlich bei den Hansestädten besser aussah.

Die Edomsharde war zu großen Teilen von der Flut verschlungen worden, die Beltringharde im Norden hatte ihren westlichen Teil verloren, und auch die flacher gelegenen Küsten der Pellwormharde waren nicht verschont geblieben. Die Uthlande waren schon immer von Prielen und Meeresarmen zerteilt gewesen, doch nach allem, was Folkert seinen Aufzeichnungen entnehmen konnte, war die Gegend hier zu einer Insel geworden.

Wie viele Männer, Frauen und Kinder ertrunken waren, vermochte niemand abzuschätzen. Die Pfarrer, die einen Blick auf die Einwohnerzahlen in ihren Gemeinden hatten, waren mit ihnen untergegangen. Nur Ansgar hatte die Flut überstanden, doch er vegetierte auf seinem Lager vor sich hin und war in den letzten Tagen kaum zu Bewusstsein gekommen. Folkert seufzte resigniert.

Es mussten viele Tausende sein, die ihr Leben verloren hatten, doch was sagte das schon aus? Folkert war schon damit überfordert, das Leid einer einzigen Familie nachzufühlen, die mit ihrem Hof im Meer verschwunden war. Wie sollte er da das Leid Hunderter von Familien begreifen? Ihre zahllosen Schicksale, zahllosen Gesichter, zahllosen Todesängste versanken in der schieren Masse und ließen Folkert innerlich taub und ratlos zurück.

Er würde noch Tage und Wochen brauchen, um wirklich zu begreifen, was geschehen war. Und tief in sich spürte er, dass er es niemals ganz erfassen würde. Es war, als sei ein Teil von ihm mit Rungholt untergegangen, auch wenn er zu den wenigen gehörte, die der unglückseligen Stadt entkommen waren.

Als schwacher Trost blieb ihm, dass das Land um Gaikebüll entgegen seinen Befürchtungen offenbar nicht komplett verschlungen worden war. Eine Frau aus Stintebüll hatte ihm berichtet, dass der Meeresstrand nun quer durch das Weideland von Gaikebüll verlief. Doch der Woge-Hof von Bauer Fedder gehörte zu den Verlusten, und sein altes Zuhause existierte nicht mehr.

Seufzend steckte Folkert die Tafel wieder ein. Sein Magen knurrte, und er hatte einen Kanten Brot in der Tasche. Aber es widerstrebte ihm, davon zu essen. Staller Niklaas würde dafür sorgen, dass der Deichbaumeister Folkert Feddersen versorgt war, doch was war mit all den anderen Menschen, die ihr Land und ihre Vorräte verloren hatten? Er mochte keine Privilegien annehmen. Dafür saß auch seine Scham zu tief. Die Scham darüber, dass er seine Warnungen nicht deutlicher ausgesprochen hatte, nur so wenige hatte retten können, obwohl er es doch hatte kommen sehen …

Abrupt wandte er sich vom Meer ab. Wenn seine Gedanken erst einmal diesen Punkt erreicht hatten, wurde es nur schlimmer und schlimmer. Raschen Schrittes ging er landeinwärts, in Richtung der Gehöfte. Er musste sich jetzt irgendwie ablenken, ehe noch mehr von der grauen See in seine Seele sickern konnte.

Auf dem Weg kam ihm jemand entgegengelaufen, an einem Zaun aus Haselgeflecht entlang. Er sah eine kleine Gestalt mit wehenden, roten Locken. Das war Lentje, die Tochter der Magd Janne. Sie war zusammen mit Griet bei Staller Niklaas untergebracht, der ebenso Folkert aufgenommen hatte. Auch Auke und selbst der Gaukler Cosimo lebten derzeit auf Niklaas' Hof. Niemand hatte sich darum geschert, dass Cosimo ein Fahrender war. Und dass Auke mit der Obrigkeit aneinandergeraten war, wusste hier niemand. Die Flut hatte die Leute auf brutale Weise auf ihr simples Menschsein zurückgeworfen, ganz gleich, aus welchem Stand sie stammten.

«Meister Folkert!» Lentjes Stimme klang dünn und aufgeregt im Küstenwind. «Meister Folkert!»

Nun hatte sie ihn fast erreicht. Sie war gerannt, so schnell sie ihre kurzen Beine trugen, und ihr sommersprossiges Gesicht war gerötet.

«Ja? Was ist denn, Lentje?», fragte Folkert und ertappte sich bei einem Lächeln. Irgendwie färbte die unverwüstliche Lebendigkeit dieses Mädchens ab.

«Pater Ansgar ist aufgewacht!», platzte es aus Lentje heraus. «Ich meine, er ist richtig wach und redet und so … Er will mit dir sprechen. Mama sagt, ich soll dich so schnell wie möglich holen!»

Folkert erstarrte mitten in der Bewegung. Er hatte Mühe, zu begreifen, was Lentje da gesagt hatte. Dann drang die Botschaft zu ihm durch wie ein Sonnenstrahl, der die Sturmwolken durchstieß.

«Ich komme!»

Er rannte den Feldweg entlang, wobei Lentje vor ihm herlief. Es ging hinauf zum Pfarrhaus, wo man Ansgar standesgemäß untergebracht hatte. Pater Malachias, ein strenger und etwas steifer Mann um die fünfzig, stand bereits an der Tür, als Folkert und Lentje eintrafen.

«Er ist also aufgewacht?», fragte Folkert atemlos.

«Das ist richtig», erwiderte Pater Malachias mit gehobenen Augenbrauen. «Der *Kirchherr Ansgar von Rungholt* ist aufgewacht.» Er betonte den Namen und Titel so, dass es wie ein kleiner Tadel klang. «Und er verlangt Euch zu sehen, Deichbaumeister.»

Langsam trat er einen Schritt beiseite. Folkert musste sich zusammennehmen, um sich nicht einfach an dem würdigen Herrn vorbeizudrängeln. So rasch, wie es ihm der Anstand erlaubte, ging er nach hinten zur Kammer des Priesters durch, der seinem Gast sein eigenes Bett überlassen hatte. Alles hier erinnerte an das Pfarrhaus von Rungholt, das es nun nicht mehr gab, und war doch völlig anders, hatte einen eigenen Geruch, andere Schnitzereien an den Balken, anders glasiertes Geschirr auf dem Bord.

Ansgars Bett stand unter einem Wandbehang, der den heiligen Nicolaus zeigte, wie er ein Schiff sicher über ein aufgewühltes Meer voller Ungeheuer steuerte. Den hätten sie während der Flut nur zu gut gebrauchen können …

Janne saß auf einem Schemel an Ansgars Seite und war gerade dabei, ihm vorsichtig etwas Brühe einzuflößen. Als Folkert hereinkam, schob Ansgar die Tonschale ungeduldig zur Seite.

«Folkert», krächzte er, und obwohl seine Stimme so matt war, klang es doch hoffnungsvoll.

«Ja, ich bin da», erwiderte Folkert mit einem Kloß im Hals. Er zwang sich, Ansgar direkt anzuschauen, auch wenn das kein erfreulicher Anblick war. Seine Blutergüsse hatten sich inzwischen schwarz-lila verfärbt, und seine Nase besaß einen seltsam krummen Winkel, sodass er kaum wie er selbst aussah. Seine Augen jedoch hatten noch immer diesen leicht fragenden Blick, auch wenn sie gerade deutlich trüber aussahen als sonst.

«Ich gehe noch mehr Brühe holen», sagte Janne rasch und verschwand nach vorne in die Deele. Folkert nickte ihr dankbar zu und ließ sich neben Ansgar auf dem Schemel nieder.

Ansgar hob schwach die Hand, und Folkert griff danach. Kühl fühlte sie sich an, trotz all der Wolldecken, unter denen Ansgars schmaler Körper vergraben war.

«Janne … hat es mir erzählt», sagte Ansgar leise. «Rungholt … die Edomsharde …» Er brach ab.

Folkert nickte ernst. «Ja. Die Flut hat große Teile des Landes verschlungen, und das Meer ist weit nach Osten vorgedrungen. Wie es genau überall aussieht, kann ich noch nicht sagen. Aber ich schreibe alles auf, was ich darüber zu hören kriege.»

Mit der linken Hand pfriemelte er die Wachstafel hervor, um sie seinem Freund zu zeigen.

Doch Ansgar beachtete die Tafel nicht und schaute ihm stattdessen fest in die Augen. «Es ist nicht deine Schuld, Folkert», sagte er, als hätte er die Gedanken gelesen, die Folkert vorhin am Meer gequält hatten. «Du hast getan, was menschenmöglich war. Alles andere war Gottes Entscheidung.»

Folkert presste die Lippen aufeinander und wusste nicht, was er dazu sagen sollte. Schließlich war es Ansgar, der den Faden des Gesprächs wieder aufnahm.

«Warum schreibst du nicht besser mit Tinte? Pater Malachias hat gewiss etwas Pergament für dich. Dann können wir unsere Aufzeichnungen weiterführen.»

«Welchen Sinn hat das jetzt noch?», erwiderte Folkert

bitter. «Die Flut war schon da. Wir können niemanden mehr warnen.»

«Doch. Die Nachwelt», sagte Ansgar in einem Tonfall, als hätte Folkert eben etwas Dummes gesagt. «Außerdem sind wir es den Opfern schuldig, dass sie nicht vergessen werden. Ich kann meine Arme kaum bewegen und die Beine überhaupt nicht mehr. Du wirst das Schreiben übernehmen müssen, wenn wir den guten Malachias damit nicht belästigen wollen.»

«Das wird wieder!», entgegnete Folkert, ohne nachzudenken. «Jetzt brauchst du erst mal etwas Zeit. Und dann bist du bald wieder ganz der Alte.»

Als er Ansgars gequält-skeptischen Gesichtsausdruck sah, bereute er seine voreiligen Worte sofort. Ansgar war zu klug für oberflächlich dahingesagten Trost. Er wusste genauso gut wie Folkert, dass das niemand voraussagen konnte. Und der Anblick von Ansgars zerschundenem Körper stimmte Folkert nicht gerade hoffnungsvoll.

«Wir müssen auch an die Zukunft denken», sagte Ansgar, um den Anflug von Verlegenheit zu überspielen. «Nicht nur aufzeichnen, was gewesen ist, sondern auch planen, was möglich ist. Du bist jetzt der Deichbaumeister, bestimmt hast du schon mit dem Staller gesprochen. Wir brauchen festere Deiche und so vieles mehr …»

Folkert nickte beklommen. Natürlich hatte er sich solche Gedanken auch schon gemacht. Aber noch war es dafür zu früh. Jetzt ging es erst einmal darum, so viele Seelen wie möglich durch den Winter zu bringen. Und dann kamen die großen Herausforderungen: Das Land musste besser geschützt werden, die neu entstandenen Meeresarme mit ihren Untiefen und Fahrrinnen erkundet. Vielleicht konnte dem Meer sogar ein Teil der verlorenen Gebiete wieder entrissen werden …

Doch das waren Aufgaben für Generationen, die viele kräftige Hände erforderten. Hände, die sie nicht hatten.

Folkert schob den Gedanken beiseite. Man durfte immer nur einen Schritt nach dem anderen machen, sonst verlor man sich in der Größe der Aufgabe und wagte sich letztendlich gar nicht mehr daran, weil alles so unmöglich erschien. Als Deichbauer wusste Folkert das nur zu gut.

«Wir können ja erst einmal mit einer Chronik der Flut beginnen und dann schauen, wie genau die Lage ist», sagte er, um Ansgar eine Freude zu machen.

«Ja.» Ansgar lächelte matt. «Das Capitulum heißt dann wohl *Die große Flut in den Uthlanden anno domini 1362*.»

Folkert legte nachdenklich den Kopf schief. «Vielleicht. Die Leute sagen dazu einfach nur *Die Grote Mandränke*, weil so viele Menschen ertrunken sind. Oder auch *Marcellusflut*, weil sie am Marcellustag über uns hereingebrochen ist.»

«*Marcellusflut* also», bestimmte Ansgar. «Das ist kürzer und spart Pergament.»

Folkert drückte die Hand seines Freundes. Niemand konnte sagen, ob sich Ansgar jemals wieder ganz von seinen Verletzungen erholen würde. Ob sich die Menschen der Uthlande von dem erholen würden, was die Flut ihnen angetan hatte, und wie tief die Narben sein würden, die zwangsläufig zurückbleiben mussten. Doch das durfte sie nicht davon abhalten, trotzdem weiterzumachen, so gut es irgendwie ging. Es gab viel zu tun.

TEIL 3

Trümmerland

1362–1365

Erstes Kapitel

Drei Kiefern reckten ihre dürren Äste in den Himmel. Sie standen in einer Reihe zusammen, wie Geschwister, die sich geschwächt und gebeugt Schulter an Schulter aneinanderlehnten. Und sie waren dem Tod geweiht, denn das Wasser der Westsee umspülte ihre Stämme. Die Bäume wuchsen an einem Ort, der noch vor Kurzem zum festen Land gehört hatte und nun ein Teil des Meeres war.

Griet und Auke standen am Ufer der Edomsharde und schauten zu den überfluteten Bäumen hinüber. Weiter hinten glitt eine bauchige Kogge auf den Wellen vorüber, auf der Fahrt in den Norden.

«Meine Mutter hat früher gerne ein Lied gesungen», murmelte Griet. «Über Fische, die in den Bäumen zwitschern, und ein Schiff, das durch die Kornfelder fährt ... Lustiger Unsinn eben. Und nun hat sich die Welt wirklich auf den Kopf gestellt, Bäume wachsen im Meer, und Schiffe fahren, wo sich einst Felder erstreckten.»

«Früher hätten sie vermutlich in Rungholt haltgemacht», erwiderte Auke. «Aber selbst, wenn es den Hafen noch gäbe – kein Händler hat noch einen Grund hierherzukommen. Unser Salz haben sie gerne genommen. Unsere Not ist ihnen egal.»

Für einen Moment schwiegen die beiden beklommen, während sich die Kogge in der Ferne weiter voranschob. Griet legte den Kopf an Aukes Schulter, und er umfasste sie sanft mit seinem Arm.

«Wenn die Schiffe wieder unterwegs sind und die Wildgänse zurückkehren», sagte sie schließlich, «dann ist es wohl auch für uns an der Zeit.»

«Wir sollten alles für die Reise bereit machen», stimmte Auke ihr zu. «Wir können in diesem Frühjahr noch weit kommen – wohin auch immer wir wollen.»

Griet löste sich von ihm und zupfte ihren Mantel zurecht. «Alderk wird sich freuen, wenn er mich endlich los ist.»

Alderk, Griets Vetter väterlicherseits, war der neue Herr auf dem Stallershof, seit die Marcellusflut ihren Vater und Bruder verschlungen hatte. Er war nicht viel älter als sie und eigentlich kein schlechter Kerl. Aber er wirkte furchtbar überfordert mit dem großen Hof, der ihm plötzlich unterstand. Gar nicht zu reden davon, dass man ihm vermutlich demnächst auch das Amt des Stallers antragen würde …

Nachdem sich herausgestellt hatte, dass der Hof ihrer Familie bei Gaikebüll die Flut überstanden hatte, hatte Griet noch im Winter ihren Wohnsitz dorthin verlegt. Alderk, der etwa zeitgleich eingetroffen war, wusste seither nicht so recht, was er mit ihr anfangen sollte. Immerhin war sie hier zu Hause – aber er der neue Herr auf dem Hof, ein seltsamer Widerspruch.

«Eigentlich bin ich ja nun eine Wullenwever, auch wenn ich meinen Mann schon in der ersten Nacht verloren habe», hatte sie unschuldig erklärt, als sie am Herdfeuer über die Zukunft gesprochen hatten. «Im Frühjahr sollte ich darum nach Hamburg aufbrechen, zu der Familie, in deren Haus ich gehöre.»

«Und ich sollte dich dorthin begleiten», hatte Auke pflichtbewusst ergänzt.

Auch er war vorübergehend auf dem Stallershof untergekommen, denn der Woge-Hof seiner Familie hatte weniger Glück gehabt und lag nun unter dem Meeresspiegel.

Alderk war erleichtert gewesen, dass das Problem sich auf solch elegante Weise lösen ließ, und Griet und Auke hatten einen verstohlenen Blick getauscht. Die angebliche Reise nach Hamburg bot ihnen einen wunderbaren Vorwand, um endlich das zu tun, was sie schon lange wollten: gemeinsam fortgehen, irgendwohin, wo sich niemand darum kümmerte, wer sie waren und ob sie zusammen sein durften.

Nun, da der Winter sich immer weiter in den grauen Norden zurückzog und der Frühling selbst die Uthlande erobert hatte, war es endlich so weit, und dem Aufbruch stand nichts mehr im Wege. Außer einem klammen Gefühl, das Griet sich nicht so recht erklären konnte.

«Lass uns gehen», sagte sie schließlich, während die Kogge in der Ferne verschwand.

Gemeinsam wandten sie sich von den wellenumspülten Bäumen ab und folgten dem Weg in Richtung Gaikebüll. In einiger Entfernung waren Männer dabei, neue Deichanlagen aufzuschütten, die die verschobene Grenze des Landes schützen sollten. Gewiss war Folkert irgendwo in der Nähe, um die Aufsicht zu führen. Es waren erschreckend wenige Arbeiter für das große Werk, und selbst Griets ungeübtes Auge konnte erkennen, wie viel noch zu tun war und doch ungetan blieb. Denn die Männer wurden ja auch auf den Feldern gebraucht …

Warum das so war, wurde nur zu deutlich, als sie an der Andreaskirche von Gaikebüll vorbeikamen. Auf ihrem Friedhof waren etliche neue Holzkreuze dazugekommen, die sich über flachen Gräbern erhoben.

Das waren keine Opfer der Flut, deren Körper die unersättliche Westsee zumeist nicht wieder hergab. Diese Menschen hatte der Hungerwinter verschlungen, der auf die Grote Mandränke gefolgt war. Denn die Vorräte der Überlebenden waren häufig ebenfalls zerstört worden, die Felder mit salzigem Schlick getränkt, die Herden dezimiert. Viele Leute hatten ihre Höfe verloren und lebten mehr schlecht als recht als heimatlose Tagelöhner.

Gerade zog eine solche Familie an ihnen vorbei: ein Mann mit hängenden Schultern, eine hohlwangige Frau und zwei Kinder, die vielleicht in Lentjes Alter waren. Sie mieden Griets Blick, als sie sich an ihr vorbeidrückten – an der Großbauerntochter mit dem guten Mantel …

Die Familie kam aus der Richtung des Stallershofes, wo Alderk sie vermutlich abgewiesen hatte. Man hätte zwar weitere Hände nur zu gut gebrauchen können, doch es gab schlichtweg nicht genug zu essen für noch mehr Mäuler.

Griet blieb abrupt stehen. Sie wusste nun, wo dieses klamme Gefühl herkam, das sie schon die ganze Zeit spürte.

«Auke», setzte sie vorsichtig an, «wir können nicht fort.»

«Wie meinst du das?», fragte er besorgt. «Macht dir die Reise Angst?»

«Unsinn! Du weißt, wie sehr ich mir immer gewünscht habe, mit dir etwas von der Welt zu sehen … Aber es geht einfach nicht. Schau dich doch nur um!»

Sie machte eine hilflose Geste, die alles umfasste: die Holzkreuze rund um die Andreaskirche, die zerlumpte Familie auf der Straße, die halb fertigen Deiche in der Ferne …

Forschend musterte sie Auke. Sie fürchtete sich vor dem, was nun kam. Immerhin hatte er genauso sehr auf ihren Aufbruch hin gefiebert wie sie, hatte geduldig auf sie gewartet, um sie gekämpft …

Doch seine Züge zeigten keinen Unwillen. Stattdessen seufzte er leise.

«Ich weiß», sagte er. «Es wäre wie eine Flucht, nicht wahr?»

Griet nickte, dankbar dafür, dass er so genau verstand, was sie meinte.

«Ja, das wäre es», erwiderte sie. «Vielleicht würden wir einen besseren Ort für uns finden, irgendwo im Süden, wo der Wein in der Sonne wächst und die Städte stolze Türme haben. Aber was ist mit all den Leuten hier, die nicht einfach so wegkönnen?»

Viele von ihnen kannte Griet, seit sie ein kleines Mädchen gewesen war.

«Du möchtest etwas tun?», fragte Auke sanft.

«Ja! Es muss doch irgendeine Möglichkeit geben, die Dinge zu verändern …»

Sie könnte natürlich unter irgendeinem Vorwand auf dem Hof ihrer Familie bleiben und ihren unsicheren Vetter Alderk dabei unterstützen, eine gute Wirtschaft zu führen, die möglichst viele Mägen füllen konnte. Aber das kam ihr so schrecklich ungenügend vor. Die meisten Menschen in der Edomsharde und darüber hinaus hätten rein gar nichts davon.

«Ich verstehe dich», sagte Auke entschlossen. «Du weißt, wie sehr ich es hasse, untätig zu sein! Und das hat jetzt ein Ende.»

«Was hast du vor?»

«Denk an die Kogge von eben. Früher haben solche Handelsschiffe den Uthlanden Reichtümer gebracht. Doch jetzt, da wir in Not sind, fließt all das Silber, all das Korn an uns vorbei.»

«Worauf willst du hinaus?», hakte Griet nach.

Doch die Antwort war das schiefe Lächeln, hinter dem

Auke sich nur zu gerne versteckte. «Warte erst einmal ab. Ich muss erst noch mit ein paar Leuten von früher sprechen. Mich umhören, wer mitmachen würde … Aber wir *können* etwas tun! Dieses Land wird nicht ewig in Trümmern liegen.»

Er straffte sich, strahlte plötzlich Zuversicht aus. Griet ertappte sich bei einem hoffnungsvollen Lächeln. Wenn Auke tatsächlich einen Weg in eine bessere Zukunft fand, würde sie ihn unterstützen – wie auch immer dieser Weg aussehen mochte.

Zweites Kapitel

Feuerschein erhellte den Klostersand und ließ unruhige Schatten über die Ruinen der Kapelle tanzen, die sich ringsum wie Gerippe aus Backsteinen erhoben. Man hatte Fackeln kreisförmig in den Boden gesteckt und so einen abgezirkelten Bereich geschaffen. Dahinter schaute ein hohes Fenster wie das leere Auge eines Geistes in die Nacht hinaus.

Ort und Zeit waren gut gewählt. Wenn Auke die Leute von seiner Sache überzeugen wollte, dann hier und heute.

Er stand halb verborgen hinter einer Säule und beobachtete, wie sich der Klostersand mit Menschen füllte. Wo sonst nur Seevögel und Strandkrabben zu Hause waren, kamen jetzt Männer und vereinzelte Frauen im Fackelschein zusammen. Sie flüsterten miteinander und schauten sich nervös um. Auke hatte genug Andeutungen gestreut, dass die meisten wohl eine Ahnung hatten, worum es heute gehen würde. Doch ob ihnen bewusst war, worauf er wirklich hinauswollte?

«Viele sind unserer Einladung gefolgt», sagte Griet leise, als sie neben Auke auftauchte. Sie hatte alle Fackeln verteilt und trug noch eine letzte in der Hand.

«Ja, mehr, als ich erwartet hätte», stimmte Auke ihr zu.

«Vermutlich würden sie jedem Ruf folgen, der ihnen eine Spur von Hoffnung gibt», erwiderte Griet nachdenklich. «Das darf kein leeres Versprechen sein.»

«Das wird es nicht», sagte er bestimmt.

Vor vielen Monaten hatte er schon einmal hier gestanden und anderen Mut zugesprochen. Damals war der Klostersand noch die alte Klosterwarft gewesen, ein Teil des festen Landes in der Nähe von Gaikebüll. Hier hatte Auke mit seinen Kampfgefährten Herrn Oluf, dem Geldeintreiber des Königs, aufgelauert, um ihm den Plogpennig abzuluchsen.

Doch das war zu einer anderen Zeit in einer anderen Welt gewesen, bevor die Grote Mandränke die Uthlande zerrissen hatte.

Nun war der Hügel mit der Klosterruine eine kleine Insel, die vor der neuen Küstenlinie im Meer lag und nur bei Niedrigwasser zu erreichen war. Dennoch hatten viele Menschen in dieser Sommernacht den Weg aus allen Winkeln der Edomsharde auf sich genommen. Einige waren sogar aus Pellworm und von der Beltringharde gekommen. Selbst in jenen Tagen, als hier noch Mönche gelebt hatten, war der Klostersand wahrscheinlich nie so belebt gewesen.

Plötzlich schälte sich noch jemand neben Auke aus der Dunkelheit, ein wohlgestalteter Mann mit schwarzen Locken – Cosimo. Niemand glitt so lautlos durch die Schatten wie er.

«Sie werden langsam unruhig», flüsterte er. «Etwas Anspannung ist immer gut. Aber wenn man sie zu lange hinzieht, kann die Stimmung kippen.»

Auke nickte. «Verstanden.»

Er hatte von dem Gaukler in den letzten Tagen gelernt, dass ein gelungener Auftritt viel Ähnlichkeit mit einer Schlacht hatte. Alles hing vom richtigen Zeitpunkt ab. Und heute war es sehr wichtig, dass er diesen Zeitpunkt traf.

Rasch überprüfte Auke, ob sein Umhang richtig saß und der Malchus auch stolz an seiner Seite glänzte. Er hatte lange gebraucht, um wieder Sicherheit mit der Klinge in der Hand zu gewinnen. Schließlich mussten seine Knochen erst langsam wieder zusammenwachsen, nachdem dieser verfluchte Burkhart sie zerschmettert hatte. So ganz zufrieden war er immer noch nicht mit sich, doch heute würde ihm die Waffe zumindest als das Zeichen eines freien, ehrbaren Mannes gute Dienste leisten.

Er atmete noch einmal durch. Dann trat er hinaus in den Fackelkreis, mit dem hohen Kapellenfenster im Rücken. Das Gemurmel in der Menge verstummte.

Langsam ließ er den Blick über die Versammelten schweifen, die ihn vom Rande des Lichtkreises aus anstarrten. Ausgemergelt waren viele von ihnen, mit hohlen Wangen und dunklen Augenringen. Fast schien es, als hätten sich die bleichen Toten aus ihren Gräbern erhoben, um sich zu einer nächtlichen Messe auf den Klostersand zu schleppen.

Doch Auke wusste, dass er hier nicht den Tod vor sich sah. Es war der Hunger, der im Gefolge der Flut gekommen war. Selbst mitten im Sommer sahen die Menschen aus, als würden sie gerade im Winter von ihren letzten Vorräten zehren. Und schon bald rückte der echte Winter heran, nach einem Herbst, der nur kümmerliche Ernte versprach …

«Ihr guten Leute der Uthlande!», rief Auke in die Runde, wobei er sich aufrecht hielt und so klar und langsam wie möglich redete, als sei er ein Staller auf einer Thing-Versammlung. «Die meisten von euch kennen mich bereits: Ich bin Auke Feddersen, der erstgeborene Erbe vom Woge-Hof.»

«Den es nicht mehr gibt, du Prahlhans!», rief jemand aus der Menge. «Das Meer hat auch deine feine Familie nicht verschont.»

Auke schaute sich um, wer ihn da unterbrochen hatte. Natürlich, der Knecht Lüder vom Kiefernhof; ein notorischer Spötter, der keinen bissigen Kommentar ausließ. Dennoch hatte Auke ihn persönlich zur Versammlung geladen, denn er war auch ein alter Kampfgefährte, auf den man sich verlassen konnte, wenn er erst einmal von einer Sache überzeugt war.

«Das ist wahr!», rief Auke, ohne sich seine Verärgerung anmerken zu lassen. «Der Woge-Hof existiert nicht mehr. Ebenso wie der Westerhof, der Harro-Hof und noch viele weitere Höfe.» Finstere Gesichter musterten ihn. Einige nickten beklommen, andere schienen sich zu fragen, was er eigentlich von ihnen wollte.

«Die Grote Mandränke hat uns das alles genommen», fuhr Auke fort. «Ich bin der Erbe eines Hofes, den es nicht mehr gibt, und besitze nun nicht mehr Land als ein Gaukler oder Bettler. Die Flut hat uns darin gleichgemacht – in Hunger und Not.»

Gemurmel und Gemurre kamen in der Menge auf. Cosimo gab ihm ein Zeichen. Er musste jetzt überleiten zu seinem eigentlichen Anliegen.

«Das Elend in den Uthlanden ist offensichtlich, das brauche ich euch nicht zu schildern. Aber ich frage euch: Wer hat uns beigestanden? Wer hat uns in der Not geholfen? War es der Bischof von Schleswig mit seinen Pfaffen?»

Er ließ die Frage für einen Moment nachwirken, während im Hintergrund die Fackeln knisterten.

«Nein!», rief schließlich der starke Wolter. Neben Lüder war er der einzige von Aukes alten Kampfgefährten, der Flut und Hunger überlebt hatte. «Die Pfarrer hier haben doch selbst nichts zu beißen.»

«Ganz recht!», stimmte Auke ihm zu. «Der Bischof erstellt höchstens eine Liste, welche Kirchspiele ihm verloren gegangen sind und was das für seine Einnahmen bedeutet. Aber die Pfarrer der Uthlande lässt er mit ihren Schäfchen allein.» Er räusperte sich. «Wer war es also dann? Hat uns Valdemar, der Dänenkönig, geholfen?»

Jemand lachte schrill auf: eine breitschultrige Magd, die Auke nicht kannte. «Der schickt doch nur seine Geldeintreiber!», rief sie. «Und nimmt uns das wenige weg, was noch auf den Feldern wächst.»

«Valdemar behauptet, der Oberherr der Uthlande und aller Königsfriesen zu sein!», feuerte Auke sie weiter an. «Doch er denkt unentwegt an seine Kriegszüge und erinnert sich nur an uns, wenn er Silber oder Männer unter Waffen braucht.»

Herausfordernd schaute er in die Runde, als warte er auf Widerworte, die natürlich nicht kamen.

«Und was ist mit der Hanse?», fuhr er fort. «Mit unseren Verbündeten, denen wir Geleitbriefe ausgestellt haben und die unser gutes Salz so lieben? Haben Lübeck, Hamburg, Bremen uns Koggen voller Korn geschickt?»

«Die erste Lieferung kommt bestimmt», rief Lüder, «sobald die Schweinswale zu St. Nimmerlein über dem Kirchturm kreisen!»

Allgemeines Gelächter. Auke grinste erleichtert. Wenn Lüders Spott in die passende Richtung zielte, konnte er ein machtvoller Verbündeter sein.

«Der König, der Bischof, die Hanse», wiederholte er seine Aufzählung. «Sie alle haben unsere Not gesehen – und nichts getan. Wer also soll uns helfen, frage ich euch? Wer?»

Er stemmte die Hände in die Hüften, als würde er auf einen Herausforderer im Zweikampf warten. Niemand antwortete ihm. Das Schweigen hing schwer in der Luft und wurde auch vom Seewind nicht verweht.

«Der Herrgott?», rief schließlich jemand ganz hinten.

Auke schnaubte. «Der Herrgott, der uns die Flut geschickt hat?»

«Was also schlägst du vor, Auke Feddersen?», fragte der starke Wolter. «Warum sind wir hier?»

«Ja, warum?»

«Was soll das alles?»

Von allen Seiten kamen ungeduldige Rufe auf. Nun musste Auke aufpassen! Der Zorn, den er geschürt hatte, durfte sich auf keinen Fall gegen ihn wenden.

«Ich habe euch heute zu einem besonderen Thing geladen!», rief er. «Kein Thing für Ratsmänner und Staller, sondern für alle Leute der Uthlande, vereint in der Not. Denn auf meine Frage kann es nur eine Antwort geben: Wir selbst müssen uns helfen. Sonst wird es niemand tun.»

«Ah, welch tiefgreifende Erkenntnis!», spottete Lüder. «Und dafür sind wir mitten in der Nacht durch den Schlick zum ollen Kloster gestapft?»

«Nun halt doch mal das Maul, Lüder Lüdersen!», schimpfte der starke Wolter. «Auke wird schon noch etwas mehr zu sagen haben.»

«Richtig.» Auke trat einen Schritt vor und griff sich an den Gürtel. Mit einer ausladenden Armbewegung zog er seinen Malchus blank. Es war eine theatralische Geste, doch im richtigen Moment überaus wirkungsvoll. Das behauptete Cosimo jedenfalls …

«Noch immer sind reiche Kauffahrer auf der Westsee unterwegs», erklärte Auke. «Sie mehren ihr Silber in fremden Häfen, während das Volk der Uthlande hungert.» Er machte eine bedeutungsvolle Pause. «Ich sage: Wir nehmen uns, was man uns nicht freiwillig gibt! Wenn die Handelskoggen unsere Küsten passieren, sichern wir uns einfach unseren Teil.»

Erregtes Gemurmel kam in der Menge auf.

«Wir sollen also … Seeräuber werden?», rief jemand.

«Ich schlage vor, dass wir es einen *Zoll* nennen», erwiderte Auke ungerührt. «Nichts anderes nimmt sich der Dänenkönig auch.»

«Den Pfeffersäcken von der Hanse wird das nicht gefallen», meinte Lüder mit einem schiefen Grinsen. «Die rücken keine einzige Münze raus, wenn du sie nicht kopfüber ausschüttelst.»

«Außerdem sind wir nicht der Dänenkönig», ergänzte Hans, der Bauer vom Niederhof. «Wir haben keine Ritter, die die Kaufleute *überzeugen* könnten.»

«Aber wir haben selbst starke Arme!», rief Auke. «Und Waffen. Und Boote. Und wir kennen diese Gegend mit ihren Fahrrinnen, Prielen und versteckten Buchten. Wir haben alles, was wir brauchen.»

«Also doch Seeräuberei», fasste Lüder lakonisch zusammen.

«Dann nennt es doch, wie ihr wollt!», erwiderte Auke. «Ich werde jedenfalls nicht länger zusehen, wie unsere Leute in den Trümmern der Uthlande krepieren, während niemand an uns denkt – außer es gibt etwas zu holen. Ich werde mir nehmen, was wir brauchen. Und ich fordere jeden auf, der auch so denkt, zu mir in den Kreis zu treten!»

Er deutete auf das Rund, das die Fackeln beleuchteten. Die Leute tuschelten mit besorgten Gesichtern. Niemand trat vor. Der Platz lag verlassen vor Auke, während der Wind durch die Ruinen heulte.

«Ich bin Griet, die Tochter des Bauern Ingmar.» Griet hatte sich aus den Schatten der Backsteinmauern gelöst und stellte sich nun neben Auke. An ihrem Gewand glänzte die Fibel, die Auke ihr einst geschenkt hatte. AVE MARIA GRTIA. «Und wenn ihr es nicht wagt, dann trete ich eben als Erste in diesen Kreis», fuhr sie ungerührt fort. «Mein Vater hat stets das getan, von dem er glaubte, es sei das Beste für die Edomsharde. Selbst, wenn das gewisse … Opfer gefordert hat.» Sie senkte den Blick. «Und ich werde heute dasselbe tun.»

Lüder lachte auf. «Dein Vater, der Staller, wäre gewiss stolz auf dich – er war ja auch der beste Freund von Auke Feddersen! Ich erinnere mich noch gut, wie wir gegen seine Männer gekämpft haben, die zusammen mit den Dänen den Plogpennig geholt haben.»

Griet versteifte sich. «Ich bin nicht mein Vater. Und die alten Streitereien um Land und Vieh sind ebenfalls in der Flut versunken. Heute müssen wir zusammenhalten, wenn wir bestehen wollen.» Sie legte eine Hand auf Aukes Arm. «Wir müssen neue Wege gehen. Alles ist besser, als nichts zu tun.»

Sie verstummte beklommen. Für einen Moment sagte niemand etwas. Dann trat plötzlich der starke Wolter einige Schritte vor, hinein in den Kreis der Fackeln.

«Na schön», brummte er. «Keine Ahnung, was daraus werden wird. Aber die habe ich auch nicht, wenn ich weiter zu Hause hocke und in eine leere Schüssel starre.»

«Wolter Willemsen!», rief Lüder scharf. «Was glaubst du, was du da tust?»

Alle Blicke wandten sich ihm zu. Auke verspannte sich.

«Meinst du, ihr könnt einfach so Hanse-Kaufleute jagen und ihnen ihr Silber und ihr Getreide abknöpfen?», fuhr Lüder fort. «Ohne dass ich mitmache und mir meinen Teil nehme? Da hast du aber falsch gedacht!»

Grinsend stellte er sich neben Wolter. Damit war der Damm

gebrochen. Weitere Männer und Frauen drängten sich in den Kreis. Schließlich wurde es regelrecht voll um Auke und Griet. Sie fassten sich bei den Händen und tauschten einen raschen Seitenblick. Es hatte tatsächlich funktioniert!

«Ein Name!», rief Lüder so kräftig, dass er das allgemeine Gemurmel übertönte. «Wir brauchen einen Namen für unsere Unternehmung!»

«Darüber muss Auke entscheiden!», erwiderte Cosimo mit seiner kraftvollen Stimme, als wollte er einen Auftritt ankündigen. Er war auf das Ziegelgemäuer geklettert und stand nun in dem leeren Kirchenfenster. «Und da der gute Auke vom Woge-Hof stammt, schlage ich vor, dass er uns als Wogenhauptmann anführt.»

Er verbeugte sich tief. Vielleicht sogar zu tief? Auke war sich nie sicher, wie ironisch der Gaukler etwas meinte.

«Wogenhauptmann Auke!», bekräftigte der starke Wolter mit dröhnender Stimme.

«Wogenhauptmann! Wogenhauptmann!», wurde der Ruf aufgegriffen.

Auke hob erneut seinen Malchus, und die Menge verstummte.

«Wenn ich der Wogenhauptmann sein soll», verkündete er, «dann sind jene, die mir folgen, die Wogemänner!»

«Wogemänner! Wogemänner!», rief es von allen Seiten.

Erleichtert atmete er aus und wandte sich Griet zu. Sie lächelte, zugleich stolz und verhalten.

«Geschafft», flüsterte Auke erleichtert.

Griet hob die Augenbrauen. «Aber die wirkliche Arbeit liegt noch vor uns. Was ich gerade über meinen Vater gesagt habe, gilt noch immer. Manche Dinge erfordern Opfer.»

Drittes Kapitel

Bei Westerhever, wo sich der Heverstrom in die See ergießt, hatten die Dänenkönige einst einen steinernen Wachturm errichtet. Er diente eigentlich als Außenposten, um ihren Machtanspruch über die Uthlande durchzusetzen und die Truhen mit dem Plogpennig sicher zu verwahren, ehe er nach Dänemark abtransportiert wurde.

Doch König Valdemar war schon seit Jahren mit seinem Seekrieg gegen die Hanse beschäftigt und konnte keine Männer entbehren, um den abgelegenen Turm zu besetzen. So stand er verlassen da, wie der graue Finger eines vergrabenen Riesen, der mahnend zum Himmel deutete. Nur Seevögel waren hier noch zu Hause, die in den Fensteröffnungen ihre Nester gebaut hatten. Die Leute von Westerhever erzählten zudem von einer weißen Jungfrau, die angeblich unter dem Turm einen Schatz hütete, und von einem schwarzen Hund mit roten Feueraugen, der alle Schatzsucher verjagte.

Für Griet und Auke war es nicht schwierig gewesen, die Warft mit dem Turm als Pächter zu übernehmen. Owe, der Staller der Evershop-Harde, war froh gewesen, dass man ihm überhaupt Silber für das nutzlose Stück Land geboten hatte. Und zudem stammte Auke Feddersen aus der angesehenen Sippe des Woge-Hofes von der flutgeplagten Edomsharde – es würde der Gegend gewiss guttun, wenn er sich hier niederließ.

Griet fragte sich, ob der Staller das Silber ebenso bereitwillig angenommen hätte, wenn er gewusst hätte, aus welcher Quelle es stammte. Sie stand am Fuße des Turmes und beobachtete, wie die Arbeiten ringsum vorangingen. Das Wohngebäude aus Feldsteinen, in dem einst Valdemars Kriegsleute untergebracht worden waren, hatte man bereits wieder komplett hergerichtet und sein Ziegeldach ausgebessert. Daneben waren weitere Gebäude nach der Bauweise der Marschen mit Wänden aus verputztem Flechtwerk und Reetdächern entstanden: eine Scheune, zwei Vorratshäuser und eine weitere Unterkunft. Gerade waren rund zwei Dutzend Männer und Frauen damit beschäftigt, einen Palisadenwall aus zugespitzten Holzpfählen rings um die Warft zu errichten. Auf der Rückseite würde die Umwallung direkt auf die steinernen Wände des Turmes mit seinem Nebengebäude treffen. Vorne gab es ein Torhaus, und es waren bereits zwei mächtige, eisenbeschlagene Torflügel eingesetzt, die ihnen bald Sicherheit bieten sollten.

Vom Brunnen her kam Janne heran, beladen mit einem Tragejoch, an dem zwei Eimer Wasser hingen. Als sie Griet bemerkte, setzte sie ihre Last ab, um ein paar Worte mit ihr zu wechseln.

«Na? Ist die Burgherrin mit dem Fortgang der Arbeiten zufrieden?»

«Ich bin jedenfalls froh, dass wir einen Ort für unsere Leute haben», erwiderte Griet. Nachdem die Wogemänner erfolgreich die ersten Schiffe aufgebracht hatten, war das Gerede in der Edomsharde immer lauter geworden. Schon bald wäre es für ihre Gemeinschaft im Westen nicht mehr sicher gewesen. «Staller Alderk hätte gewiss bald Nachforschungen angestellt, wer zu den geheimnisvollen Seeräubern gehört, die neuerdings die Schifffahrtswege unsicher machen.»

«Ich nehme es dem Staller ja immer noch übel, dass er nicht einfach wegguckt», meinte Janne. «Immerhin kommt es auch ihm zugute, wenn jemand Vorräte und Silber in die Uthlande bringt. Und das tun die Wogemänner doch!»

«Mein Vetter legt eben großen Wert darauf, dass alles mit rechten Dingen zugeht.»

Janne legte den Kopf schief. «Und wie steht es mit dir? Du schaust gerade so sonderbar, als würdest du dafür bezahlt, Löcher in die Wolken zu starren.»

Griet seufzte. «Ich musste nur an damals denken, als ich auf Herrn Olufs Burg in Seeland war. Dort kam mir alles so groß und überwältigend vor – der Turm, die Kemenate mit dem riesigen Kamin, die Jagdhunde-Meute auf dem Hof. Und nun lebe ich bald selbst auf einer Burg, die nicht viel kleiner sein wird als die von Herrn Oluf ...»

Ihre Finger spielten mit dem Schlüsselbund, der an ihrem Gürtel hing, das greifbare Zeichen dafür, dass sie die Herrin von Herd und Kammern auf der Wogemannsburg war.

«Ein beachtlicher Aufstieg», sagte Janne. «Vorausgesetzt, die werden mit der Palisade irgendwann mal fertig. Eine halbe Burg nutzt wenig, wenn der Feind nicht die Freundlichkeit hat, ausschließlich von einer Seite aus anzugreifen.»

Griet musste kurz schmunzeln, ehe sie wieder ernster wurde. «Eigentlich müssten die Schlüssel an meinem Gürtel zum Wullenwever'schen Haus in Hamburg gehören.»

Janne verzog das Gesicht. «Sei doch dankbar, dass die Flut dich vor diesem Kerl bewahrt hat.»

«Dankbar für die Grote Mandränke? Was sagst du für Sachen ...?»

«Du weißt, wie ich das meine!»

In diesem Moment war ein schreckliches Knarzen zu hören,

und zwei der neu aufgestellten Palisadenpfosten kippten nach innen. Männer stießen Warnrufe aus und sprangen eilig auseinander. Ein Karren wurde umgestoßen, Hühner flatterten wild umher. Krachend kamen die Pfosten auf dem Dach der Scheune zum Liegen. Reet wirbelte in einer staubigen Wolke auf. Dann regte sich nichts mehr.

Griet brauchte ein paar Herzschläge, um zu begreifen, dass offenbar niemand von den umstürzenden Pfählen begraben worden war. Auch die Arbeiter, die nun wieder herankamen, hatten das inzwischen realisiert. Sofort begannen sie, darüber zu streiten, wer da gerade warum nicht aufgepasst hatte.

«Du solltest doch die Seile oben festziehen, Momme!»

«Aber Peter wollte …»

Janne schüttelte den Kopf. «Gut, dass der Turm schon vorher hier stand. Sonst wären wir vermutlich erst pünktlich zum Jüngsten Tag damit fertig geworden.» Sie warf Griet einen Seitenblick zu. «Auke muss noch einmal mit seinem Bruder sprechen. Wir könnten jemanden gebrauchen, der Erfahrung damit hat, Bauarbeiten anzuleiten. Und da ist auch noch die Sache mit dem toten Winkel …»

Das war Janne aufgefallen, als sie vor einigen Tagen den neuen Wehrgang oben auf der Palisade besichtigt hatte: Dort, wo die Pfähle an das Steingebäude stießen, gab es eine Ecke, die man von oben nicht gut einsehen konnte. Auch das Haus hatte an dieser Stelle kein Fenster, sodass ein möglicher Eindringling sich ungesehen außen an der Mauer entlangdrücken könnte, wenn er um diese Schwachstelle wüsste.

«Folkert hätte gewiss eine Idee, wie man die Befestigung besser sichern kann», erwiderte Griet. «Aber du kennst die beiden doch: Folkert ist meist der Vernünftige – aber an Sturheit ist er Auke nicht weit unterlegen.»

«Jemand sollte trotzdem mit ihm reden», erwiderte Janne, und man sah ihr an, dass sie sich selbst für diesen Jemand hielt.

«Mag sein», sagte Griet. «Aber zuerst muss ich dafür sorgen, dass hier nicht noch mehr in sich zusammenfällt …»

Raschen Schrittes ging sie hinüber zu der Unfallstelle, wo Momme und Peter noch immer diskutierten, wer welches Seil wie hätte halten sollen. Die beiden Knechte wandten sich ihr gleichzeitig zu.

«Ich wollte gerade …»

«Er hat nicht …»

Abwehrend hob Griet die Hand.

«Ich will nicht wissen, wer was getan oder nicht getan hat! Aber ich weiß, dass wir mit der Umwallung noch diesen Sommer fertig werden müssen. Also kümmert euch lieber darum, dass die Pfähle vom Dach runterkommen.»

Brummend machten die Männer sich wieder an die Arbeit. Gut fühlte sich das an. Nicht die Macht, die ihr als Herrin der Wogemannsburg zukam. Es war einfach befriedigend, dass ihre Worte nun auch gehört wurden. Sie war nicht länger die Stallerstochter, die alle umsorgten, aber niemand ernst nahm. Sie war die Gefährtin des Wogenhauptmanns, und Auke hatte sehr deutlich gemacht, dass sie in seinem Namen sprach.

«Sie kommen!»

Überrascht schaute Griet auf. Mit wehenden roten Locken rannte Lentje herbei. Kreuz und quer eilte sie über den Hof und teilte es jedem mit, der ihr über den Weg lief: «Sie kommen! Die *Zornflut* kommt. Die *Zornflut* kehrt zurück!»

Griet tauschte einen raschen Blick mit Janne. Sofort überließ sie die Arbeiten sich selbst und raffte ihr Kleid hoch, um zurück zum Turm zu eilen, dicht hinter Lentje her, die schon die Außentreppe erreicht hatte. Sie folgten der Holzstiege hinauf zur Eingangspforte, die hoch über dem Boden eingelassen war. Dadurch war sie besser zu verteidigen, und im Notfall konnte man die Holztreppe einfach einreißen, um aus dem Turm eine kleine Festung zu machen, wenn Feinde die Palisade überwunden haben sollten.

Drinnen umfing Griet sofort muffiges Halbdunkel. Im Turm war es immer dämmrig und kühl, egal wie sommerblau der Himmel draußen sein mochte. Sie eilte die enge, gewundene Treppe hinauf, bis ganz nach oben zur Wehrplattform.

«Da drüben!» Lentje beugte sich weit über die Zinnen, um auf die Bucht hinaus zu zeigen. Griet zog sie vorsichtig an den Schultern zurück.

«Ja, ich sehe sie.»

Ein breites Segel näherte sich der Mündung des Heverstroms. Es gehörte zu jenem Schiff, das die Wogemänner in bitterer Ironie *Zornflut* getauft hatten. Die *Zornflut* war eine leichte Schnigge, ein Schiffstyp mit offenem Deck, der deutlich wendiger und weniger kostspielig im Unterhalt war als die Koggen der Hanse-Kaufleute. Auke hatte sie mit dem Plogpennig-Silber des Dänenkönigs einem Salzhändler abgekauft, den die Flut ruiniert hatte, und seitdem diente sie den Wogemännern bei ihren Unternehmungen.

Einige weitere Frauen, Männer und Kinder kamen hinzu, um vom Turm aus zu beobachten, wie sich die Schnigge der Anlegestelle unterhalb der Burg näherte. Obgleich Auke keine zwei Wochen fort gewesen war, machte sich wieder dieses besondere Kribbeln in Griet breit, wie damals nach ihrer Heimkehr aus Seeland, als sie ihn zum ersten Mal am ollen Brack wiedergesehen hatte.

Gemeinsam mit den Leuten von der Wogemannsburg eilte sie schließlich den Hang der Warft hinunter, während unten gerade die Schiffsbesatzung die *Zornflut* vertäute und sicherte. Auch einiges Volk aus dem nahen Dorf Westerhever kam heran, hielt aber respektvollen Abstand. Die örtlichen Bauern waren sich nicht sicher, was sie von den tolldreisten Gestalten halten sollten, die gelegentlich mit Waren beladen an der Wogemannsburg festmachten. Griet hatte veranlasst, dass man ihnen regelmäßig Vorräte zukommen ließ, seitdem akzeptierten die Dörfler die Wogemänner in ihrer Nähe, wenn auch etwas halbherzig.

Mit klopfendem Herzen versuchte Griet, sich einen raschen Überblick zu verschaffen. Es schienen zumindest ungefähr so viele Männer zurückgekommen zu sein, wie sich auf den Weg gemacht hatten. Dort war Lüder und da drüben Cosimo mit Melchior. Das war gut. Auke hatte sie alle wieder nach Hause geführt.

Gerade ging der Wogenhauptmann selbst von Bord, mit zerzaustem Haar und dem Malchus an der Seite. Müde sah er aus, doch er hielt sich stolz aufrecht, als er die Hand zum Gruß hob.

«Auke!» Griet wäre am liebsten weiter auf ihn zugelaufen, bis sie sich in die Arme schließen konnten. Aber sie wusste, dass das unangemessen wäre. Noch musste Auke ganz der Wogenhauptmann sein. Entsprechend konzentrierte er sich nicht auf sie, sondern schaute lächelnd in die Runde.

«Es tut gut, die Wogemannsburg wiederzusehen!», rief er. «Offenbar wart ihr in den letzten Tagen nicht untätig.» Er ließ seinen Blick beifällig über die beständig heranwachsende Palisade schweifen, während die Frauen und Kinder schon nach ihren Männern und Vätern unter der Besatzung suchten.

«Ja. Wir sind froh, dass ihr zurück seid», erwiderte Griet, die nun für alle Daheimgebliebenen sprach.

«Und?» Janne wagte es schließlich, die Frage zu stellen, die in der Luft hing. «Was konntet ihr ausrichten?»

Aukes Lächeln wurde gequält. «Wenig», knurrte er. «Die *Zornflut* ist nicht schwerer beladen als bei unserem Aufbruch.»

Griet musste sich zusammennehmen, um sich ihre Überraschung und Sorge nicht zu sehr anmerken zu lassen. Sie hatte schon länger befürchtet, dass die Erfolge der Wogemänner nicht ewig anhalten würden. Offenbar war es nun so weit.

«Was ist passiert?», fragte sie.

«Auf der Höhe der Pellwormharde sind wir auf einen Kauffahrer aus Bremen gestoßen. Ein stolzer Holk auf dem Weg in den Norden, voll beladen mit Waren. So dachten wir jedenfalls …» Auke lachte grimmig. «Wir haben uns dem Schiff im Schutz der Dunkelheit genähert – und wurden von einem ganzen Schwarm Armbrustbolzen empfangen! Das war ein verfluchtes Friedeschiff, vollgestopft mit Bewaffneten.»

Friedeschiff … Griet hatte es schon immer seltsam gefunden, dass die Hansestädte jene schwer gerüsteten Kriegsschiffe so nannten, die ihre Handelsherren gemeinschaftlich finanzierten. Aber aus Sicht der Kaufleute ergab das durchaus Sinn: Die Schiffe sorgten schließlich für Frieden auf den Handelsrouten – durch überlegene Kampfkraft.

«Sie haben versucht, uns zu entern», fuhr Auke fort, «und sogar eine Blide mit einem Brandsatz auf uns abgefeuert! Aber dieser waffenstarrende Pott hatte keine Chance, unsere *Zornflut* einzuholen, und wir konnten in eine flache Bucht entkommen. Fast hätten wir es geschafft, sie auf eine Sandbank zu locken. Das wäre interessant geworden …»

«Kannst ruhig erwähnen, dass es mich beinahe erwischt hätte!», rief der starke Wolter über die Schulter. «Ein Bolzen ist direkt neben meinem Kopf im Mast eingeschlagen.»

«Und danach war dann alles wie verhext», erklärte Auke, ohne den Einwurf zu beachten. «Jedes Schiff, auf das wir trafen, fuhr entweder mit mehreren im Verband oder war ein weiteres Friedeschiff. Seit die Hanse sich vermehrt mit dem Dänenkönig herumstreitet, ist plötzlich auch die kleinste Nussschale bis an die Riemen bewaffnet. Keine guten Zeiten. Wir mussten schließlich aufgeben, ehe uns der Proviant ausging.» Er straffte sich grimmig. «Aber wir werden bald wieder rausfahren. Und dann nehmen wir jeden Mann mit, der eine Klinge halten kann. Diese Kauffahrer kriegen wir schon noch klein!»

Griet konnte ihn verstehen. Das Jahr ging in seine zweite Hälfte, und so langsam benötigten sie dringend Vorräte für ihre Gemeinschaft und ihre diversen Familien daheim in der Edomsharde. Dennoch gefiel ihr Aukes Verbissenheit nicht.

«Denk aber daran, dass wir auch tüchtige Hände auf der Burg brauchen», warf sie skeptisch ein. «Die Umwallung wächst nicht von selbst aus dem Boden.»

Auke überkreuzte die Arme. «Mach dir keine Sorgen. Wir werden gut über den Winter kommen, bald sieht alles wieder besser aus. Und wenn die Kriegsknechte der Hansestädte weiter Schwierigkeiten machen, gibt es auch noch andere Möglichkeiten.»

«Was meinst du damit?»

Doch Auke schüttelte nur den Kopf. «Jetzt möchte ich erst mal sehen, wie ihr vorangekommen seid.»

An seiner Seite ging Griet hinauf zur Wogemannsburg. Dabei warf sie ihm einen besorgten Seitenblick zu. Ihr war nicht entgangen, wie grimmig er geschaut hatte, als er jene anderen Möglichkeiten erwähnte.

Viertes Kapitel

Ja, so ist es gut!»

Cosimo feuerte Lentje an, die wortwörtlich alle Hände voll damit zu tun hatte, gleich vier Bälle aus bunten Stoffresten in der Luft zu halten.

«Und jetzt im Rhythmus bleiben! Und nicht daran denken, dass ich dir zugucke und die ganze Zeit auf dich einrede und auf einen Fehler lauere …»

Natürlich tat Lentje genau das: Sie dachte an Cosimo und seine Kommentare – und die Bälle fielen einer nach dem anderen zu Boden, wie Enten, die aus dem Schilf erschossen wurden.

«He!», rief Lentje empört. «Das hast du mit Absicht gemacht!»

Sie warf den letzten Ball nach Cosimos Kopf. Doch dieser fing das Geschoss mühelos aus der Luft und schleuderte es zurück.

«Natürlich hab ich das», lachte er. «Als Gauklerin musst du immer davon ausgehen, dass die Leute dich bei einem Fehler erwischen wollen. Dann halten sie sich für gewitzt und provozieren dich. Du musst ihnen entgegenlachen und dein Ding trotzdem so gelassen durchziehen, als würdest du es nur für dich tun.»

«Ich bin doch keine Gauklerin …», brummte Lentje, während sie die Bälle wieder auflas.

«Aber auf dem besten Wege dorthin», meinte Cosimo. «Wenn ich von der nächsten Fahrt wiederkomme, erwarte ich einen fünften Ball!»

Er verbeugte sich noch einmal in ihre Richtung, ehe er sich Janne zuwandte, die die Szene schmunzelnd beobachtet hatte. Lentje und Cosimo waren inzwischen auf geradezu unheimliche Weise aufeinander eingespielt, und ihre Tochter fieberte stets dem Tag entgegen, an dem die Wogemänner wieder nach Hause kamen.

«Ich habe euch vermisst», sagte Cosimo zu Janne und tauschte einen raschen Kuss mit ihr. Sie zog ihn energisch an sich, um einen ausführlichen daraus zu machen. Es war schön, jemanden zu haben, auf den man warten konnte.

Sie waren mit Lentje unten beim Schuppen an der Anlegestelle zurückgeblieben, während die meisten Leute der Burg zusammen mit den heimgekehrten Wogemännern hinauf zum Hof geströmt waren. Den Proviant zu prüfen, der auf der Fahrt verbraucht worden war, bot ihnen einen willkommenen Anlass, noch ein wenig für sich zu sein.

«Wie schlimm war es wirklich?», fragte Janne leise, während sich Lentje wieder mit ihren Bällen beschäftigte.

«So, wie Auke es gesagt hat», erwiderte Cosimo, der gerade einen Blick in ein halb leeres Fass mit eingesalzenem Fisch warf. «Bei den Handelsfahrern war nichts zu holen. Und der werte Herr Wogenhauptmann stand kurz davor, es frontal mit einem bewaffneten Friedeschiff aufzunehmen, um überhaupt Beute zu machen.»

Janne nickte beklommen. Auke war ein guter Anführer, doch er neigte dazu, trotzig und tollkühn zu sein.

«Etwas beschäftigt dich.»

Sie formulierte es als Feststellung und nicht als Frage. Inzwischen kannte sie Cosimo gut. Er zog die Augenbrauen hoch, als wollte er eine ironische Bemerkung machen. Als er Jannes besorgten Blick bemerkte, seufzte er stattdessen.

«Zwei Sachen», meinte Cosimo. «Zum einen befürchte ich, dass Auke etwas Dummes tun wird. Ich meine, es war klar, dass sich unsere Erfolge der ersten Monate nicht ewig wiederholen lassen werden. Früher oder später gibt es Gerüchte über die Überfälle, und dann ergreifen die Leute immer mehr Schutzmaßnahmen. Aber Auke kann einfach keine Niederlage akzeptieren …»

«Und zum anderen?»

«Befürchte ich, dass auch von anderer Seite Gefahr droht. Wie lange wird die dänische Krone es dulden, dass die Wogemänner auf ihrem Gebiet machen, was sie wollen? Dreistigkeit ist eine Tugend. Aber zu viel davon bringt dich nur zu leicht an den Galgen.»

«Verstehe.» Janne ließ sich auf eine Kiste sinken, die am Kai herumstand, und baumelte rastlos mit den Beinen. «Ich werde mich danach umhören, wenn ich das nächste Mal auf den Dörfern unterwegs bin.»

Sie war inzwischen so etwas wie die Kundschafterin und inoffizielle Botin der Wogemänner geworden. Als einfache Magd konnte sie sich unauffällig zwischen den Höfen und Ortschaften bewegen, und ihre flinke Zunge half ihr dabei, sich im Notfall herauszureden.

«Aber so bald wirst du doch hoffentlich nicht aufbrechen?», fragte Cosimo alarmiert.

«Nee. Nicht jetzt, wo ihr gerade erst wieder da seid …»

Gemeinsam gingen sie noch den restlichen Proviant durch, während Lentje auf den Fässern herumbalancierte und ihre Bälle kreisen ließ. Schließlich gab es keinen Grund mehr, noch länger hier unten zu verweilen, und etwas unwillig wandten sie sich wieder in Richtung der Burg.

«Hast du noch mal über das nachgedacht, was wir besprochen haben?», fragte Cosimo unterwegs so leise, dass Lentje es nicht hören konnte.

«Du meinst …?»

«Ja. Niemand zwingt uns, bis ans Ende aller Tage der Seeräuberei zu frönen. Immerhin ist es mein Handwerk, die Leute zum Lachen zu bringen – und nicht, ihnen eine Klinge an die Kehle zu halten.»

«Aber wie viel ist den Leuten in diesen Zeiten ihr Lachen wert?», fragte Janne skeptisch. «Würden sie dir Geld oder Brot dafür geben?»

Cosimos Antwort war ein vages Brummen.

«Solange das so bleibt, können wir Lentje nicht von einem Ort wegholen, wo es genug zu beißen gibt», schloss Janne. «Außerdem ist Griet meine Freundin. Und Auke meint es ernst. Er ist ein Mensch, der wirklich etwas verändern will. Nur braucht er besonnene Leute um sich, die ihn ein wenig bremsen.»

Cosimo lachte auf. «Du baust wegen meiner Besonnenheit auf mich? Die Lage ist wirklich verzweifelt!»

Janne gab ihm einen spielerischen Stoß, dem Cosimo elegant auswich – um mitten in den Stoß hineinzustolpern, den Lentje ihm von der anderen Seite verpasste.

«He! Wofür war das denn?», beschwerte sich Cosimo.

«Weiß nicht», meinte Lentje. «Aber Mama wird schon wissen, warum du es verdient hast.»

«Natürlich. Zwei gegen einen! Das habt ihr also aus den Rittergeschichten gelernt, die du so gerne erzählst, Janne?»

«Manchmal zeigen die Geschichten vor allem, wie man es

nicht macht», erwiderte Janne zuckersüß. Gleichzeitig blieb ein flaues Gefühl in ihrem Bauch zurück. Es wäre schön gewesen, wenn die Welt so einfach wäre wie in den Geschichten: auf der einen Seite eine höfische Burg als Ort der Sicherheit – auf der anderen Seite die Wildnis der Wälder, wo Räuber, Ungeheuer und andere Prüfungen lauerten, die man bestehen konnte, wenn man sich nur an die ritterlichen Tugenden hielt.

Auch ihr Ort der Sicherheit war nun eine Burg. Doch sie wurde von Räubervolk bewohnt. Die Grenzen zwischen Gut und Böse, Recht und Unrecht waren verwischt wie die zwischen Land und Meer auf dem Watt – hier wie dort konnte man zu leicht verloren gehen.

Der Gedanke ließ Janne für den Rest des Tages nicht mehr los. Er verfolgte sie auch, als Cosimo am Abend auf dem Hof für die Wogemänner auf seinem Psalterium spielte und sie ihn mit der Okarina begleitete. Für gewöhnlich waren das besonders schöne Momente für sie, in denen sie die Geborgenheit der Gemeinschaft in der Wärme des Feuers spürte, das man auf dem Hof entzündet hatte. Es war unendlich wertvoll, in diesen schweren Tagen so eine Gemeinschaft zu haben, in deren Schutz man sich bewegen konnte, umgeben von Palisaden, die schon bald den gesamten Hof umfassen würden. Wenn sie sah, wie Lentje zwischen den anderen saß und die Lieder lautstark mitsang, ging ihr das Herz auf. Dies alles war so viel mehr, als sie sich auf Bauer Abbos Hof jemals zu erträumen gewagt hatte! Und doch schlich die bange Frage in ihrem Hinterkopf herum, welchen Preis das wohl haben mochte.

Fünftes Kapitel

Der Stallershof der Lundenbergharde zeichnete sich als schwarzer Schattenriss im Licht des Vollmonds ab: ein Palisadenwall mit einem hölzernen Wehrturm, der die Dächer von Wohnhäusern und Vorratsgebäuden beschirmte. Einer Herde Tiere gleich, die sich zum Schlafen aneinanderschmiegten, drängte sich alles auf einer einzigen Warft zusammen. Die Anlage hatte keine steinernen Gebäude wie die Wogemannsburg, war aber ähnlich gut befestigt. Flackernder Lichtschein verriet, wo die Wachen am Feuer beieinanderstanden. Im Frühjahr waren die Nächte kühl an der Küste.

«Und so was nennen die einen Hof», brummte der starke Wolter. «Sieht eher aus wie eine Festung.»

«Staller Georg hat die Warft gut sichern lassen», erwiderte Auke, der neben ihm stand. «Das Silber dafür hat er vom Dänenkönig, damit niemand sich an seinen Abgaben vergreifen kann. Sollen ja eine Menge gefährlicher Räuber unterwegs sein in diesen Tagen ...»

Die Männer lachten verhalten. Sie kauerten sich in den Schutz einer Hecke, in einiger Entfernung vom Stallershof. Mehr als dreißig Streiter waren sie, allesamt kampferfahren und gut bewaffnet mit Schwertern, Speeren und Äxten. Auke war stolz auf die kleine Streitmacht unter seinem Befehl. Und er war froh, darunter zwei Männer zu haben, die schon mit ihm zusammen Herrn Oluf den Plogpennig abgeluchst hatten. Lüder und der starke Wolter waren inzwischen zu erfahrenen Truppführern geworden, auf die Auke sich verlassen konnte. Doch auch die Jüngeren, die sich ihnen erst in den letzten Monaten angeschlossen hatten, trugen das Herz am rechten Fleck.

«Die Kundschafter kommen zurück!»

Krischan deutete aufgeregt in die Dunkelheit. Er war ein spindeldünner Hering und mit seinen knapp zwölf Wintern der Jüngste ihrer Schar. Dafür bestand er umso entschlossener darauf, stets ganz vorne mit dabei zu sein, und fuhrwerkte ständig mit seinem Dolch herum.

«Ja, aber du brauchst nicht so zu brüllen, dass man es bis nach Gaikebüll hört», tadelte Auke ihn. Man musste stets ein Auge auf Krischan haben, sonst brachte er sich und andere in Gefahr. Ganz anders war da Harm, der wie üblich neben ihm herumstand: ein stiller Kerl, kaum älter als Krischan, der eigentlich nie ein Wort sagte. Aus ihm wurde Auke nicht so recht schlau.

Auch er konnte nun die beiden Gestalten erkennen, die sich geduckt über das freie Feld näherten, bis sie schließlich die Gruppe erreicht hatten.

«Zwei Mann stehen am Wachfeuer beim Tor», berichtete Cosimo. Der ehemalige Gaukler führte inzwischen die meisten ihrer Erkundungszüge an. Er konnte sich mit katzenhafter Lautlosigkeit bewegen und fand dank seiner akrobatischen Künste auch dort einen Weg, wo andere Männer aufgaben.

«Sie haben uns natürlich nicht bemerkt, werter Herr Wogenhauptmann.»

Auke gefiel nur der ironische Tonfall nicht, in dem Cosimo jenen Titel auszusprechen pflegte, der doch sein eigener Vorschlag gewesen war.

«Außerdem haben sie einen Wächter auf dem Turm platziert», ergänzte Melchior, der kleinwüchsige Spielmann, der Cosimo begleitet hatte.

«Ungünstig», brummte Auke. «Von dort überblickt er den gesamten hinteren Bereich beim Vorratshaus …»

«Nein.» Melchior klopfte auf die Armbrust, die er über der Schulter trug. «Der sieht gar nichts mehr.»

Cosimo warf seinem Begleiter einen finsteren Seitenblick zu. «Ob das Volk der Uthlande die Wogemänner wohl besonders ins Herz schließen wird, wenn wir ihre Männer niederschießen?»

«Darüber haben wir mehr als genug gesprochen!», zischte Auke ungnädig. Er konnte jetzt niemanden gebrauchen, der alles so kurz vor dem Ziel infrage stellte! «Die Kauffahrer sind wegen der Streitigkeiten mit Dänemark immer noch schwer bewaffnet unterwegs, und im letzten Winter sind uns fast die Kinder verhungert. Es gibt keine andere Wahl. Auch unsere Leute brauchen etwas zu essen!»

«Also überfallen wir nun friesische Dörfer», fasste Cosimo zusammen.

«Wir überfallen die Lagerhäuser des Dänenkönigs auf dem Stallershof», korrigierte Auke ungerührt. «Und jetzt kommt! Wir dürfen nicht länger zögern. Es ist nur eine Frage der Zeit, bis jemand den Wächter mit einem Bolzen in der Brust entdeckt.»

Rasch gab er seine Befehle. «Wolter, du führst deine Leute so schnell wie möglich nach hinten. Vergesst die Leiter nicht. Wir anderen rücken vor bis zu dem Schafstall dort drüben. Sobald das Tor offen ist, greifen wir an.»

«Wird gemacht, Wogenhauptmann.»

War da Widerwille in Wolters Stimme? Auke unterdrückte ein Seufzen. Der starke Wolter hatte sich dagegen ausgesprochen, dass sie ihre Beutezüge auf die nähere Umgebung ausdehnten. Er war von den anderen Männern überstimmt worden, als sie an Bord der *Zornflut* darüber entschieden hatten. Umso ärgerlicher, dass Cosimo nun wieder Öl ins Feuer gegossen hatte.

Gut eingespielt und entschlossen setzten die Männer sich in Bewegung. Wolters Trupp von sechs Mann umrundete die Warft in einem weiten Bogen, wobei sie einen Entwässerungsgraben überqueren mussten. Dabei würde ihnen praktischerweise die Leiter helfen, die sie anschließend an die Palisade anlegen würden.

Auke hingegen huschte mit dem Rest der Mannschaft über das freie Feld in Richtung eines windschiefen Verschlages mit Grassoden-Wänden, der nahe der Straße zum Stallershof lag. Immer wieder wanderte sein angespannter Blick nach rechts, dorthin, wo sich die übrigen Höfe von Lundenberg auf ihren Warften erstreckten, rings um den länglichen Umriss der Kirche. Das Dorf war der Hauptort der Lundenbergharde und eine schmucke Siedlung, wenn es sich auch natürlich nicht annähernd mit Rungholt messen konnte. Als Rungholt noch existiert hatte.

Die Grote Mandränke, die vor nunmehr drei Jahren über die Küsten des Nordens eingebrochen war, hatte auch vor dieser Harde nicht haltgemacht. Seitdem teilte ein breiter Meeresstrom sie in zwei Hälften. Und doch war sie dank ihrer geschützten Lage im Osten nicht so stark betroffen wie die weiter außerhalb liegenden Harden.

Die Leute hier hatten sich inzwischen einigermaßen erholt und bewirtschafteten wieder Höfe, die sie ernähren konnten. Gewiss auch, weil König Valdemar seine Hilfe auf jene Gebiete konzentrierte, die ihm bald wieder Abgaben und Männer für seine Kriegszüge abwerfen würden. In dieser Nacht würde Auke dafür sorgen, dass es mit der Verteilung etwas gerechter zuging!

Inzwischen hatten sie den Stall erreicht, und Auke hob die Hand: das Signal zum Halten. Die Männer drückten sich in den Schatten einiger Krüppelkiefern, die sich neben dem Stall gen Himmel reckten. Doch Auke wusste, dass ihre Deckung unvollkommen war. Der Stallershof lag nun so nahe, dass sie in seinem direkten Sichtfeld waren, und vielleicht konnte man sie auch vom Ort aus entdecken, wenn dort jemand zum falschen Zeitpunkt in die falsche Richtung schaute.

Alles kam jetzt darauf an, dass Wolter und seine Leute ihre Aufgabe rasch erledigten, bevor irgendein dummer Zufall ihnen in die Quere kam. Nervös beobachtete Auke die Torflügel des befestigten Hofes. Dahinter flackerte unstet der Schein des Wachfeuers hervor. Wolter ließ sich viel Zeit. Hoffentlich hatte es keine Schwierigkeiten gegeben! Eigentlich musste er doch inzwischen mit seinem Trupp …

Gedämpfter Lärm drang durch die Nacht zu ihnen. Waffen schepperten metallisch, ein Mann rief etwas. Auke verspannte sich. Jetzt war es gleich so weit! Sobald ein Torflügel offen stand, würden sie losstürmen.

Plötzlich ertönte ein durchdringendes Geräusch, das Auke wie ein Schlag in die Magengrube traf. Jemand blies ein Horn, das weithin über das Land hallte!

Der Ton verstummte abrupt. Wolter musste den Wächter erwischt haben. Leider zu spät, der Kerl hatte bereits Alarm gegeben.

Fieberhaft wog Auke ihre Möglichkeiten ab. Der Ton hatte nicht lange angehalten, und es war mitten in der Nacht. Aber wenn der Hornstoß den Ort trotzdem geweckt hatte, waren sie gezwungen, sich zurückzuziehen. Sie konnten nicht gegen alle bewaffneten Bauern und Knechte von Lundenberg bestehen!

Ein Torflügel wurde aufgestoßen. Wolter erschien in der Öffnung und winkte ausladend in ihre Richtung.

Andererseits: Selbst wenn der Warnruf seinen Zweck erfüllt haben sollte – bis die Lundenberger sich aus den Betten gequält hatten und kampfbereit waren, blieb genug Zeit, die Vorräte des Stallers ordentlich zu plündern. Sie mussten ihre Chance nutzen!

Mit einem grimmigen Nicken traf Auke seine Entscheidung. «Vorwärts!»

Auke zog seinen Malchus und lief los, an der Spitze seiner Männer. Nun achteten sie nicht länger auf Deckung oder Heimlichkeit – Schnelligkeit war alles, was jetzt zählte.

Während sie auf das Tor zuliefen, war dort bereits ein Kampf entbrannt, Wolter und seine Männer gegen die Leute des Stallers. Tamme ging röchelnd zu Boden, als sich eine Speerspitze in seinen Hals bohrte. Doch sofort war Wolter zur Stelle und streckte Tammes Mörder mit seiner Axt nieder.

«Lasst die Waffen fallen!», brüllte Auke, der das Tor inzwischen erreicht hatte. «Hier kommen die Wogemänner! Wer sich ergibt, dem wird Schonung gewährt. Wer Widerstand leistet, wird niedergemacht!»

Verunsichert wichen die Knechte zurück, ohne ihre Speere zu senken. Tor und Palisade gewährten ihnen nicht länger Schutz, und im Schein des Wachfeuers drängte sich eine Übermacht an entschlossenen Bewaffneten herein. Auke wusste, wie einfache Leute sich in so einem Fall zu entscheiden pflegten.

Die Wogemänner mussten nur erschreckend genug auftreten, mit Gebrüll und Waffengeklapper. Je gnadenloser sie wirkten, umso eher blieb ihnen das Ungemach erspart, tatsächlich gnadenlos handeln zu müssen. Mit Befriedigung sah Auke, wie verzagte Angst in den Augen der Knechte aufflackerte.

«Zurück, Räubergesindel!»

Ein Mann mit geflochtenem Vollbart in den Vierzigern war hinter den Knechten aufgetaucht. Er führte ein gutes Schwert in der Hand und funkelte die Angreifer wütend an. Das musste Georg sein, der Staller der Lundenbergharde. Und der kleine Kerl neben ihm, der krampfhaft eine Klinge umklammert hielt, war vermutlich sein Sohn, kaum älter als Krischan.

«Treibt die Seeräuber ins Meer zurück!», kommandierte der Staller. «Für die Lundenb…»

Mitten im Wort brach er keuchend zusammen. Ein Armbrustbolzen ragte aus seinem Oberschenkel. Sofort ließ der Stallerssohn sein Schwert fallen, um sich über seinen Vater zu beugen, die Augen entsetzt geweitet. Die Knechte aber merkten, was die Stunde geschlagen hatte. Als Aukes Leute sich brüllend und Waffen schwenkend durch das Tor drängten, warfen sie ihre Speere von sich und traten die Flucht an.

«Lüder!», rief Auke seinem Gefährten zu. «Geh mit deinen Männern ins Haupthaus und such nach Silber. Ich kümmere mich um die Vorräte.»

«Silber – nur zu gerne, Wogenhauptmann!», grinste Lüder.

«Aber übertreib es nicht!», mahnte Auke. «Denk daran, wir müssen schnell hier weg.»

Lüder war ein verwegener Kerl, doch der Reichtum verlockte ihn manchmal gar zu sehr. Auke schenkte ihm noch einen skeptischen Blick, ehe er mit einigen Gefolgsleuten zu den Vorratshäusern lief, die man erhöht auf Pfählen am Rande der Warft errichtet hatte.

Es mochte einmal eine Zeit gegeben haben, in der Räuber es vor allem auf das Silber abgesehen hatten und ihr Hauptmann es als sein Privileg angesehen hätte, sich darum zu kümmern. Doch das gehörte der Vergangenheit an, und in den Hungerjahren, die die Flut mit sich gebracht hatte, waren Vorräte kostbarer als glänzender Schmuck.

Auke stieß die Tür eines Vorratshauses auf. Der Raum, der nun vor ihm lag, war ziemlich leer, wie der Teller eines Bettlers. Der Winter hatte auch in Lundenberg den größten Teil der Vorräte aufgezehrt. Dennoch drängten sich weiter hinten Säcke mit Getreide und Mehl in der Ecke, hingen große Schinkenstücke von den Deckenbalken und standen Fässer mit Salzheringen neben Tontöpfen mit Eingemachtem. Der Anblick erinnerte Auke schmerzlich an die üppigen Weihnachtsfeste, die es einst in der Edomsharde gegeben hatte.

«Na los!», rief er mit rauer Stimme. «Greift euch, was ihr tragen könnt!»

Wolter und die anderen machten sich sofort daran, Schinken loszuschneiden und Säcke zu schultern. Wenn alles rundlief, könnten sie das meiste von hier wegschaffen, ehe die Lundenberger reagierten. Auch die Edomsharde würde ihren Teil von dem ganzen Segen abbekommen! Auke warf noch einen letzten Blick auf seine Männer und lief dann wieder hinaus, um nach Lüder und den anderen zu schauen.

Vor der Tür des Vorratshauses stand jemand mitten in seinem Weg. Es war eine alte Frau, und sie machte keine Anstalten, dem heranstürmenden Räuber Platz zu machen. Ihr Gesicht war faltenzerfurcht und fleckig, und unter ihrem Wolltuch schauten ungeordnete Haarsträhnen hervor.

Abrupt hielt Auke inne. Die Gestalt rief alte Bilder in ihm wach, Bilder von den Erzählungen über Seherinnen und dunkle Heidengöttinnen der Winternächte. Doch das war natürlich Unsinn! Vor ihm stand einfach nur eine Greisin, die zum Gesinde des Stallers gehörte.

Sie schaute Auke direkt in die Augen, furchtlos, als wäre er kein Seeräuber mit der blanken Klinge in der Hand.

«Bitte», krächzte sie mit rauer Stimme. «Nehmt uns nicht die Vorräte. Der Winter war lang, und die Kinder haben Hunger.»

Ihr Blick wanderte zu einem Nebengebäude, dessen Tür einen Spaltbreit offen stand. Mehrere kleine Gestalten schauten verängstigt dahinter hervor.

Aukes Hand verkrampfte sich um den Griff seines Malchus. «Auch die Leute der Harden im Westen hungern», erwiderte er grimmig. Irgendwie hatte er das Gefühl, sich rechtfertigen zu müssen. «Und wir haben keinen Dänenkönig, der die Hand über uns hält.»

Die Greisin musterte ihn mit ihren dunklen, glänzenden Vogelaugen. «Es war nicht der Dänenkönig, der unser Korn gesät und unsere Tiere gehütet hat», sagte sie.

In diesem Moment kam Lüders von hinten herangelaufen. In der Rechten führte er sein Schwert, in der Linken trug er einen silbernen Kerzenleuchter.

«Schau mal, was ich gefunden habe, Wogenhauptmann!», rief er übermütig. «Der Lundenberg-Staller führt einen feinen Haushalt.»

Die Männer seines Trupps strömten schon wieder aus dem Haupthaus. Zwei trugen eine eisenbeschlagene Truhe, andere hatten kostbare, gefärbte Kleider zusammengerafft. Alle sahen sehr zufrieden mit sich aus. Lüders Blick fiel auf die Frau, die noch immer in Aukes Weg stand.

«Macht die Alte Ärger?», fragte er und hob sein Schwert.

«Nein, kein Ärger», knurrte Auke und wandte abrupt den Blick ab, während die Frau ihn noch immer anstarrte. Er schob sich an ihr vorbei.

«Heute tränkt ihr den fruchtbaren Marschboden mit Blut», sprach die Alte in seinem Rücken. «Doch schon bald wird sich euer eigenes Blut damit vermischen. Gleiches zu Gleichem. Blut zu Blut.»

Auke bemühte sich darum, sie zu ignorieren, während er Lüders Beutestücke musterte. «Das wird uns einiges Silber einbringen», rief er mit erzwungener Munterkeit, «wenn zum Sommer hin erst mal wieder mehr Koggen kommen.»

«Hochedler Herr Wogenhauptmann!» Cosimo eilte vom Tor her zu ihm. «Wir sollten unser kleines Gastspiel in Lundenberg besser beenden. Da draußen kommen Leute, und sie wirken nicht sehr erfreut.»

Auke stieß einen Fluch aus. Die örtlichen Bauern hatten schneller auf den Hornruf reagiert, als Auke es gehofft hatte.

Unwillkürlich schaute er hinüber zu Staller Georg. Er lag noch immer stöhnend auf dem Boden, während sein Sohn neben ihm kniete und eine Frau provisorisch seine Wunde versorgte. Einige von Aukes Männern hielten sie mit Speeren in Schach. Der Junge schaute auf, und sein Blick traf Auke. Eine Mischung aus Verachtung und Schadenfreude lag darin.

Auke wusste, dass der Kerl den Räubern Tod und Teufel an den Hals wünschte, die seinen Hof überfallen und seinen Vater niedergeschossen hatten. Wahrscheinlich hoffte er, dass es ihnen nun an den Kragen ging. Auke konnte es ihm nicht verdenken.

Er wischte den Gedanken beiseite und verbeugte sich stattdessen spöttisch in die Richtung des Stallers und seiner Leute.

«Besten Dank für die Gastfreundschaft! Leider müssen wir nun gehen.» Er wandte sich an seine Männer. «Wir ziehen uns zurück! Nehmt alles mit, was ihr tragen könnt.»

An der Spitze seiner kleinen Streitmacht stürmte er aus dem Tor. Draußen lag nicht länger Ruhe über der nächtlichen Landschaft. Vom Ort her näherte sich Fackelschein, und auf der Straße war eine große Anzahl an Männern als dunkler Umriss zu erkennen, der sich unaufhaltsam wie ein Lindwurm heranwalzte. Metall schepperte, Speerspitzen blitzten im Fackellicht auf. Da rückte ja die halbe Lundenbergharde an! Schon surrte ein schlecht gezielter Pfeil durch die Luft und schlug hinter ihnen in der Palisade ein.

«Sofort zum Schiff!»

Die Wogemänner stürmten die Warft herab und dann querfeldein von der Straße herunter und über die Weiden zum Heverstrom, der seit der Flutnacht die Harde durchteilte. Sie kamen nicht schnell voran, denn die Beute wog schwer, Säcke und Stoffballen waren umständlich zu tragen, und immer wieder behinderten Hecken und Zäune aus Haselgeflecht ihre Flucht. Rufe erklangen hinter ihnen, weitere Hornstöße und Pferdeschnauben. Offenbar waren einige der Verfolger beritten.

Gehetzt warf Auke einen Blick über die Schulter. Wieder schwirrten Pfeile durch die Luft. Noch waren sie außer Reichweite, sodass ihnen höchstens ein Zufallstreffer gefährlich werden konnte. Doch die Lundenberger holten mit grimmiger Entschlossenheit auf.

Vor ihnen war bereits der vertraute Umriss der *Zornflut* zu erkennen, die sie am Hever-Ufer festgemacht hatten. Rasch überschlug Auke die Situation. Sie würden es vielleicht schaffen, das Schiff zu erreichen, ehe die Verfolger ihnen die

Klingen in den Rücken bohren konnten. Aber reichte der Vorsprung auch, um alle Beute zu verladen und sicher abzulegen? Sie mussten die Verfolger zurücktreiben!

«Melchior!», rief Auke im Laufen dem Spielmann zu. «Gib Signal an die Wachmannschaft auf dem Schiff. Wir brauchen die *Seeschlange*!»

«*Seeschlange*, wird gemacht», schnaubte der Angesprochene und zog eine Okarina aus Keramik aus seiner Weste hervor. Er setzte die Signalpfeife an und blies eine Tonfolge, die schrill durch die Nacht hallte. Die Männer auf der *Zornflut* wussten jetzt, was sie zu tun hatten.

Als die Wogemänner das Schiff fast erreicht hatten, flammte an Deck plötzlich das Licht einer Fackel auf. Dann zerfetzte ein scharfer Knall die Nacht, und ein Flammenblitz fuhr mitten unter die Verfolger. Pferde wieherten in Panik, Männer brüllten alarmiert durcheinander.

Das mussten die Lundenberger erst einmal verdauen! Gewiss hatten sie noch nie gegen einen Gegner gekämpft, der sie mit Donner und fauchendem Feuer attackierte. Während die Verfolger ihre Pferde beruhigten und zu verstehen versuchten, was geschehen war, warfen Aukes Leute die Beute an Bord, unterstützt von der Wachmannschaft, die begierig Säcke, Kleiderbündel und Schinken entgegennahm.

«Ablegen und raus auf die Bucht!», befahl Auke, sobald er die Planken der *Zornflut* unter den Füßen hatte. Das Schiff wurde vom Ufer abgestoßen, und die Männer nahmen ihre Plätze auf den Ruderbänken ein, um die Schnigge mithilfe der Riemen so rasch wie möglich ins offene Fahrwasser zu bringen.

Fackelschein näherte sich dem Ufer, Männer liefen dort aufgescheucht hin und her. Irgendwo platschte ein Pfeil wirkungslos ins Wasser.

«Soll ich noch mal?», fragte Enno grinsend. Er stützte sich auf ein Handrohr, eine armlange Röhre aus Bronze, die auf einen langen Holzschaft montiert war. Die Rohrmündung war wie das Maul eines grimmigen Drachen geformt, weswegen die Wogemänner die Waffe *Seeschlange* getauft hatten. Im letzten Sommer hatten sie das Ding beim Plündern an Bord einer Kogge gefunden, zusammen mit einem stattlichen Vorrat Schwarzpulver. Sie hatten mit dem Handrohr herumprobiert und dabei rasch festgestellt, dass es schwierig bis unmöglich war, auf größere Distanz jemanden mit der Kugel zu treffen, die das Rohr auszuspucken pflegte. Die abschreckende Wirkung des Knalls und der Feuerzunge war dennoch nicht zu unterschätzen!

«Nein, lass mal», erwiderte Auke. «Die Lundenberger sind keine Gefahr mehr für uns. Sollen sie doch an der Hever stehen und ihren Schätzen hinterherwinken!»

Die Männer lachten über die Vorstellung. Während sie das Segel der *Zornflut* ausrichteten und die Schnigge auf die Westsee hinausglitt, ließ Auke den Blick über die Beute schweifen, die auf dem Deck aufgetürmt war. Vorräte, Kleidung, Geschirr, Silber … Viel mehr, als ihre erfolglosen letzten Fahrten eingebracht hatten. Und sie hatten bei dem Überfall lediglich einen Mann verloren.

Auke verzog das Gesicht. Morgen musste er Beka mitteilen, dass ihr Tamme nicht mehr nach Hause auf die Wogemannsburg kommen würde, niedergestreckt von einem Stallersknecht der Lundenbergharde. Er würde ihr einen guten Wollmantel übergeben und ein Kleid aus englischem Tuch, als wäre das irgendein Trost. Und er wusste, dass er sich noch eine Weile elend fühlen würde, weil Tamme ihm gefolgt war und dabei den Tod gefunden hatte …

«Nun, werter Herr Wogenhauptmann?» Cosimo war an seine Seite getreten, lautlos wie immer. «Hat es sich gelohnt?»

Er sprach mit beiläufiger Fröhlichkeit, doch seine Stimme hatte einen lauernden Beiklang, der Auke nicht gefiel.

«Sieh es dir doch selbst an», entgegnete Auke leicht gereizt und zeigte auf den Beutehaufen. «Oder hätte der vornehme Genueser lieber Seidenstoffe und Gold aus Konstantinopel erbeutet?»

Cosimo hob die Augenbrauen, ohne etwas zu sagen. Und doch kam Auke nicht umhin, über die verfluchte Frage nachzudenken. Hatte es sich gelohnt? Was, wenn sie zwei oder drei Männer wie Tamme verloren hätten, vielleicht auch fünf oder zehn? Ab wann würde es sich nicht mehr lohnen?

Unwillig drängte er den Gedanken beiseite. Er war doch kein reicher Pfeffersack aus Hamburg, der über seinen Büchern saß und mit Blut statt mit Silber rechnete! Seine Männer waren handfeste Kerle, die sich ihm freiwillig angeschlossen hatten, ihm freiwillig in die Gefahr folgten, um für ihre Freiheit zu kämpfen.

«Ja, es hat sich gelohnt», setzte er mit fester Stimme nach. Zweifel waren ein Gut, das sie sich nicht leisten konnten.

«Dann können wir ja zu Hause stolz von unserem neuesten Räuberstreich erzählen», erwiderte Cosimo bitter.

«Untersteh dich!», zischte Auke wütend. Sie hatten sich bei ihrer Abstimmung auf dem Schiff darauf geeinigt, über die Herkunft der neuesten Beute auf der Wogemannsburg zu schweigen. Einigen der Männer war nicht wohl dabei, dass sie nun Küstendörfer überfielen, und zu Hause, wo alles behütet und weit weg von ihren grimmigen Kämpfen ums Überleben war, mochte die Vorstellung erst recht zu Unfrieden führen. Außerdem wollte Auke solche Dinge von Griet fernhalten. Sie hatte schon genug verloren, und er wusste, wie sehr sie sich alles zu Herzen nahm.

Cosimo wandte sich von ihm ab, um den anderen mit dem Segel zur Hand zu gehen. Auke blieb zurück, allein mit seinen Gedanken. Tamme. Griet. Die alte Frau am Vorratshaus, die ihn mit kleinen dunklen Augen anstarrte … *Blut zu Blut.*

Er schüttelte den Kopf. Grübeleien brachten niemanden weiter! Auke trug jetzt Verantwortung für viele Mäuler, die es zu stopfen gab.

«Nach Westen!», kommandierte er. «Heim zur Wogemannsburg.»

Sechstes Kapitel

Janne sang leise vor sich hin, während sie dem schlammigen Dammweg nach Gaikebüll folgte. Es war ein frischer Frühlingstag, und Nieselregen lag in der Luft. Doch das bisschen Wasser machte Janne nichts aus. Sie hatte ihr rotes Haar nur locker mit einem Stirntuch zurückgebunden und ging mit raschen Schritten, auch wenn die Kiepe ziemlich schwer war, die sie auf dem Rücken schleppte.

Lentje lief neben ihr her und begleitete Janne auch bei ihrem Lied – eine alte Weise über ein Brautkleid aus Meerschaum, die Janne von ihrer Mutter kannte. Ihre Tochter trug das Haar nach Art der jungen Mädchen offen, und sie war inzwischen fast so groß wie Janne. Seit diesem Jahr zeichnete sich auch körperlich ab, dass sie bald eine junge Frau sein würde, und Janne verfolgte die Entwicklung gleichermaßen mit Freude und Sorge.

«Schau mal», rief Lentje, als das Liedchen schließlich vorbei war. «Das Schaf da drüben sieht aus, als hieße es Eckebert. Und das runde hier vorne, das ist ein Momme. Und das magere mit der schmutzigen Wolle? Trude, ganz sicher!»

Während Lentje sich immer neue Namen für die Tiere auf den Weiden ringsum ausdachte, musste Janne lächeln. Eben hatte ihre Tochter fast schon wie eine junge Frau gewirkt. Nun war sie wieder ganz das sommersprossige Kind, das ständig mit mindestens einem aufgeschürften Knie herumlief. Menschen schienen ihre ganz eigenen Gezeiten zu haben, im beständigen Wechsel wie das Meer.

«… und das dort, das guckt so ernst! Das ist Meister Hildebrandt. Und da …»

Plötzlich kam Janne ein wehmütiger Gedanke.

«Weißt du, dass dieses Weideland einmal Griets Familie gehört hat?», fragte sie.

Lentje wandte sich ihr neugierig zu. «Tatsächlich? Ich dachte, die Grote Mandränke hätte das alles gefressen?»

«Ja, den größten Teil schon. Aber das Meer hat sich zurückgezogen, nachdem es Gaikebüll überspült hat. Seitdem verläuft sein Ufer etwas außerhalb vom Ort, und einige Ländereien sind übrig geblieben. Auch den Stallershof gibt es noch. Vielleicht würden wir jetzt dort leben, wenn die Flut nicht gekommen wäre …»

Nicht nur die Menschen trugen ihre eigenen Gezeiten in sich – der gesamte Lauf der Welt war von Veränderungen geprägt, die manchmal Mustern wie Ebbe und Flut zu folgen schienen und dann wieder mit der unberechenbaren Macht einer Sturmwelle hereinbrachen.

Plötzlich blieb Lentje abrupt stehen. «Oh, der hat's aber eilig!»

Sie zeigte auf einen Reiter, der ihnen im raschen Trab entgegenkam. Es war ein Mann, der einen bunten Wappenrock über einem Kettenpanzer trug. Sein Pferd war hochgewachsen und offenbar alles andere als ein einfacher Ackergaul.

Mutter und Tochter traten beiseite und drückten sich an den Weidenzaun. Da hatte der Reiter sie auch schon erreicht. Er war ziemlich jung, hatte aber schon eine breite Narbe im Gesicht. Nun konnte Janne auch seinen Wappenrock besser erkennen: Das Kleidungsstück zeigte drei blaue Löwen übereinander auf gelbem Feld, umgeben von herzchenförmigen Flecken – das Wappen von König Valdemar.

Der Reiter warf den beiden Mägden am Straßenrand nur einen flüchtigen Seitenblick zu, ehe er seinen Weg fortsetzte. Janne zog dennoch unwillkürlich den Kopf ein, als dürfte sie auf keinen Fall gesehen werden. Das war eine Gewohnheit, die sich tief in ihre Knochen eingebrannt hatte, seit sie mit Lentje von Bauer Abbos Hof geflohen war.

Manchmal wachte sie immer noch nachts auf und war für einen Moment davon überzeugt, dass Abbos Bruder Okke mit seinen Häschern an ihrem Bett stand, um sie zu holen. Und selbst wenn sie sich dann davon überzeugt hatte, dass das nicht der Fall war, blieb ein Teil der Angst zurück und machte ihr die Brust eng, wie ein eiserner Reifen, der um ein Fass geschlungen war.

Der Bauer Okke war tot, das sagte sie sich dann immer wieder. Er war in der Flut von Rungholt umgekommen, genauso wie Thies, der schmierige Fuhrknecht, der sie nun nicht mehr verraten konnte. Auch Okkes Hof bei Gotmersboll war verschwunden, zusammen mit Abbos Hof und der gesamten westlichen Beltringharde. Selbst die Thing-Stätte, wo man sie als Mörderin vor das Bodthing-Gericht gestellt hätte, existierte nicht mehr.

Janne war frei, sie durfte jedermann offen ins Gesicht schauen, der ihr auf der Straße begegnete! Dass sie eine Last in ihrer Kiepe trug, die nicht unbedingt für fremde Augen bestimmt war, machte ihr im Vergleich zu ihrer alten Angst nur wenig aus …

«Was treibt denn der Däne hier?», fragte Lentje, die noch immer dem Reiter hinterherschaute.

«Der kam bestimmt vom Stallershof», erwiderte Janne und zeigte auf die Warft mit dem stattlichen Langhaus, die sich in einiger Entfernung vor ihnen erhob. Griets alte Heimat. Jetzt lebte ein entfernter Vetter von ihr dort, der Staller Alderk. Im Hintergrund schlossen sich die verstreuten Höfe von Gaikebüll an, rings um die Andreaskirche.

Lentje strich sich verwundert die roten Locken zurück. «Der Staller hat die Dänen auf dem Hof? So früh im Jahr?»

Für gewöhnlich tauchten die Leute des Königs erst zur Erntezeit im Herbst in den Uthlanden auf, um den Plogpennig einzutreiben – abgesehen davon, dass es in den Überresten der Edomsharde auch im dritten Jahr nach der Flut nicht viel einzutreiben gab.

Janne blies die Backen auf. «Keine Ahnung. Ich habe sie jedenfalls nicht eingeladen. Aber ich schätze, wir werden gleich Näheres erfahren.»

Sie bogen von dem Dammweg ab, der direkt zum Stallershof hinüberführte, und folgten stattdessen einem Seitenpfad zu einer kleineren Warft, die etwas zurückgesetzt am Rande eines Wäldchens aus Buschwerk lag. Vor längerer Zeit war das Haus darauf ein eigener kleiner Hof gewesen, bis das Ganze schließlich durch einen Erbfall in den Besitz der Stallerssippe geraten war.

Janne klopfte an die Tür, woraufhin sich von innen schnaufend Schritte näherten. Dann öffnete ihnen eine stämmige Frau, die ihr Haar zu einem grauen Knoten gebunden trug. Ihre faltige Haut wirkte so, als sei sie etwas zu weit für den Körper: ein deutliches Zeichen dafür, dass sie einst besser genährt gewesen war und nun oftmals vor einer leeren Schüssel saß.

«Janne und Lentje!» Das Gesicht der Alten hellte sich auf,

als sie die Besucherinnen erkannte. «Kommt herein. Meister Folkert arbeitet gerade hinten in der Kammer.»

Janne zwang sich zu einem munteren Lächeln. «Danke, Ocka! Schön, mal wieder hier zu sein.»

Ihr gefiel nicht, wie ausgezehrt die alte Magd wirkte, die Staller Alderk als Wirtschafterin für seinen Deichbaumeister abgestellt hatte. Selbst der Staller konnte sein Gefolge wohl nicht mehr so versorgen, wie es angemessen war. Der Eindruck von Normalität, der leicht entstand, wenn man draußen über die Weiden ging, war ein grausames Trugbild.

Janne und Lentje folgten Ocka in die kleine Deele des Hauses. Ein schmächtiger Mann saß hier an einem Tisch über einen Bogen Pergament gebeugt und war gerade dabei, ihn sorgfältig mit Buchstaben zu füllen. Als die beiden Frauen hereinkamen, schaute er auf und lächelte.

«Oh, welch seltener Besuch!»

Janne deutete eine Verbeugung an. «Pater Ansgar.»

Plötzlich kicherte Lentje, und auch Janne musste ein Schmunzeln unterdrücken, während sie ihre Tochter anstupste. Der Priester hatte es irgendwie geschafft, einen Tintenfleck von seinen schmalen Fingern auf seine Nase zu schmieren.

«Stört den Herrn Pfarrer nicht, ihr frechen Deern», tadelte Ocka gut gelaunt. Man konnte ihr den Stolz darüber ansehen, dass sie nicht nur einem Deichbaumeister, sondern auch einem leibhaftigen Priester den Haushalt führte.

Pater Ansgar hatte sich niemals ganz von den Misshandlungen erholt, die Wullenwever und seine Knechte ihm in der Flutnacht zugefügt hatten, und insbesondere seine Beine versagten ihm seither den Dienst. Er konnte keiner eigenen Gemeinde mehr vorstehen und war offiziell als Altenteiler im Pfarrhaus von St. Andreas untergebracht. Da er jedoch meistens zusammen mit Folkert an irgendeiner Chronik arbeitete, war er inzwischen ganz zu ihm gezogen, was Pater Remigius nur recht war.

«Wartet hier. Der Herr Ratsmann hat gleich Zeit für euch.»

«Ratsmann?» Janne hob überrascht die Augenbrauen.

«Wisst ihr es noch nicht?», frohlockte Ocka. «Meister Folkert ist nun Ratsmann der Edomsharde! Er hat die Stelle vom alten Enno bekommen …»

Sie platzierte Janne und Lentje auf einer Bank am Herd und verschwand dann nach hinten in die Kammer. Nachdenklich legte Janne den Kopf schief. Ratsmann Folkert … Das war eine wichtige Position, die einige Möglichkeiten mit sich brachte.

Kurz darauf erschien Folkert in der Tür. Er war schon immer eher hager gewesen, doch die Hungerjahre hatten auch ihn zusätzlich gezeichnet. Janne konnte sich nicht vorstellen, dass der Staller ausgerechnet seinen Deichbaumeister darben ließ. Folkert war jedoch vermutlich schlichtweg zu prinzipientreu, um irgendeine Sonderbehandlung anzunehmen. Janne nahm das mit einem schlechten Gewissen zur Kenntnis. Sie hatte es mit jenen Vergünstigungen nicht so genau genommen, die Lentje und ihr auf der Wogemannsburg zugefallen waren.

«Kommt nur herein!», rief Folkert den beiden zu. Sein Gesicht verdunkelte sich, als er Jannes schwere Kiepe bemerkte.

«Das kommt von Auke, oder?»

«Gewiss nicht vom Meermönch», erwiderte Janne. Folkert wusste natürlich genau, dass sie nicht selten in Aukes Auftrag unterwegs war.

«Ich habe meinem Bruder schon oft genug gesagt, dass ich nicht …»

Abwehrend hob Janne die Hände. «Das mag ja alles sein. Aber bitte lass mich nicht das ganze Zeug wieder zurückschleppen!»

Folkert seufzte schicksalsergeben. «Lasst es uns erst mal in die Kammer bringen.»

Janne wollte ihre Last wieder aufnehmen, doch Folkert griff sich die Kiepe und trug sie eigenhändig nach hinten. Janne und Lentje folgten ihm, und er schloss sorgfältig die Tür.

«Was machen denn die Dänen hier?», platzte Lentje heraus, sobald sie auf Hockern an Folkerts Arbeitstisch Platz genommen hatten. Folkert, der gerade die Kiepe misstrauisch beäugen wollte, wandte sich ihr zu.

«Der Ritter Oluf von Dyre ist mit einigen Bewaffneten gekommen», erklärte er. «Er ist nun für eine Weile beim Staller zu Gast.»

«Aber sie sind nicht wegen der Abgaben hier?», fragte Janne, die langsam ein mulmiges Gefühl bei der Sache bekam.

«Nein.» Folkert schüttelte grimmig den Kopf. «Sie haben den Auftrag, den Uthlanden Hilfe zu gewähren.»

«Sie bringen Vorräte?», meinte Lentje. «Das wäre ja mal etwas Neues!»

«Hilfe gegen die Umtriebe der Seeräuber.»

Nun war es heraus. Cosimo hatte recht behalten.

«Der Überfall auf die Lundenbergharde in diesem Frühjahr hat die Sache besiegelt», erklärte Folkert finster. «Das sagte jedenfalls Herr Oluf. König Valdemar wird es nicht länger hinnehmen, dass in den Uthlanden Gesetzlosigkeit herrscht, seit die Flut alles in Trümmer gelegt hat.»

Besorgt presste Janne die Lippen aufeinander. Das hörte

sich gar nicht gut an! Cosimo hatte ihr nicht direkt von Lundenberg erzählt, aber durch seine frustrierten Andeutungen hatte sie sich genug zusammenreimen können.

«Der König schickt eine Ritter-Streitmacht hierher?», fragte Lentje mit großen Augen.

«Nein, er braucht seine Krieger für die Streitereien mit den Hansestädten. Aber Herr Oluf hat den Auftrag, ein Volksheer der freien Königfriesen auszuheben, um gegen die Wogemänner vorzugehen. Er hat bereits Boten zu den Stallern der einzelnen Harden geschickt.»

«Und wie steht Staller Alderk dazu?», fragte Janne. Das waren alarmierende Neuigkeiten, die Auke dringend erfahren musste! «Als Ratsmann weißt du doch bestimmt mehr darüber?»

Folkert verzog das Gesicht. «Erinnere mich nicht daran! Nun muss ich auch noch zu allen Thing-Versammlungen, als wenn es nicht genug zu tun gäbe … Alderk ist jedenfalls recht unerfahren im Amt und tut meist, was Staller Niklaas von der Pellwormharde vorschlägt. Und den habe ich wiederum länger nicht gesprochen.»

Die Grote Mandränke hatte nicht nur Staller Ingmar verschlungen, sondern mit dem Woge-Hofe des Großbauern Fedder auch die Besitzungen der zweitmächtigsten Familie der Edomsharde vernichtet. Dadurch war der junge Großbauer Alderk vom Kiefernhof überraschend zum Staller benannt worden, ein entfernter Verwandter Ingmars, der in seinem Leben nicht damit gerechnet hatte, dass dieses Amt jemals auf ihn warten würde. Janne konnte verstehen, dass er darauf nicht gut vorbereitet war. Niemand war darauf vorbereitet gewesen, dass die Welt über Nacht zerspringen würde wie ein alter Tonkrug.

«Das klingt alles ganz schön gefährlich», fasste Lentje schließlich zusammen, was die Erwachsenen dachten.

Janne seufzte und zwang sich zu einem Themenwechsel. «Und, wie läuft deine Arbeit?»

Folkerts Blick streifte eine skizzenhafte Karte der umliegenden Kooge, die auf dem Tisch ausgebreitet war.

«Es gibt wie üblich viel zu tun und zu wenige Hände zum Zupacken», erklärte er. «Und die Hände, die wir haben, sind geschwächt vom Hunger.» Er seufzte. «Ich habe mir zusammen mit Ansgar ein paar Gedanken gemacht … Mit einem geschickt angelegten System von Deichen müsste es möglich sein, zumindest etwas von dem Land wiederzugewinnen, das die Mandränke uns geraubt hat. Aber unsere Kräfte reichen kaum aus, um das wenige zu schützen und zu reparieren, was uns geblieben ist! Das ist dann wohl eher eine Arbeit für künftige Generationen.»

«Was den Hunger angeht, kann man vielleicht etwas machen …»

Janne griff in ihre Kiepe und holte einen großen Schinken und einige geräucherte Mettwürste hervor. «Das schickt dein Bruder für deinen Haushalt, Folkert.»

Der Deichbaumeister verzog das Gesicht. «Janne, ich will das nicht!»

«Es spricht nichts dagegen, dass du alles mit deinen Leuten teilst», erwiderte sie und holte noch Töpfe mit Eingemachtem und ein Säckchen Mehl heraus.

«Kannst du mir in die Augen sehen und sagen, dass die Sachen ehrbar erworben wurden?»

Mit einem schiefen Lächeln erwiderte sie Folkerts Blick. «Auke würde sagen, dass er sie genauso ehrbar erworben hat, wie der König den Plogpennig von den Uthlanden erwirbt.»

Folkert seufzte. «Also ist es Seeräuberbeute.»

«In erster Linie ist es Essen. Niemand kann es sich in diesen Tagen leisten, so etwas aus Stolz abzulehnen, Folkert. Hast du nicht gesehen, wie deine Magd Ocka gestrahlt hat? Die freut sich nicht über unseren Besuch, weil sie uns so gernhat.»

«Und der Pater sieht auch immer heringshafter aus», wagte Lentje einzuwerfen.

Noch einmal seufzte Folkert und murmelte etwas Unverständliches, das vielleicht sein Einverständnis ausdrückte – oder auch nur seine Resignation.

Rasch nutzte Janne die Gunst der Stunde und griff noch einmal in die Kiepe, um den Lederbeutel herauszuziehen, der ganz unten versteckt war.

«Hier.» Sie ließ den Beutel schwer auf den Tisch fallen. «Silber für die Edomsharde. Auke sagt, du wirst am besten wissen, wer es wofür gebrauchen kann.» Folkert verspannte sich. «Ja, das ist auf die gleiche Weise erworben!», fuhr Janne mit Nachdruck fort. «Aber den Kaufleuten ist das egal. Besorgt damit neues Vieh, Baumaterial und was sonst noch nötig sein mag.»

«Janne, wenn der Staller mitbekommt, dass ich Kontakt zu den Wogemännern habe …»

«Du bist Aukes Bruder und stammst wie er vom Woge-Hof. Meinst du, Alderk ahnt das nicht?»

Unschlüssig strich sich Folkert über den Bart. «Ich habe keine Ahnung. Für einen Staller ist er manchmal erstaunlich kurzsichtig. Vielleicht sieht er wirklich darüber hinweg. Aber Herr Oluf wird das nicht tun! Dass der Ritter jetzt hier ist, macht alles kompliziert. Auke kann uns damit in große Schwierigkeiten bringen.»

Janne verbeugte sich ironisch. «Dann verzeih bitte, dass ich Schwierigkeiten in der Form von Lebensmitteln in dein Haus gebracht habe, Folkert Feddersen.»

Folkert schwieg für einen Moment. «Es tut mir leid», brummte er schließlich. «Ich weiß, dass du es gut meinst, Janne. Und auch Auke meint es auf seine Art gut … nehme ich an. Darum musst du ihn auch warnen und ihm von Herrn Oluf erzählen! Es kann nicht so weitergehen, jetzt, da der Dänenkönig seine Wogemänner im Auge hat …»

Janne verzog das Gesicht. «Sag ihm das am besten selbst, Folkert. Auke ist hier in Gaikebüll. Und er will mit dir sprechen. Das ist der zweite Grund, warum ich hier bin.»

Der Deichbaumeister schnaubte. «Ich nehme an, es geht wieder um das alte Thema? Auke kennt meine Antwort.»

«Er erwartet dich drüben, am ollen Brack.»

«Quasi in Sichtweite vom Stallershof? Man sollte meinen, dass sein selbst gewähltes Amt ihm langsam etwas Vorsicht beigebracht hätte.»

«Auke nimmt seine Verantwortung sehr ernst, Folkert», erwiderte Janne und fühlte sich seltsam dabei, dass sie den Wogenhauptmann verteidigte. «Darum will er ja mit dir sprechen. Er nimmt *dich* ernst, Folkert. Sonst würde er es nicht immer wieder versuchen.»

«Am ollen Brack, sagst du?»

«Ja.» Janne unterdrückte ein Lächeln. Es war nicht besonders schwierig, Folkert herumzubekommen. Doch nichts von dem, was sie gesagt hatte, war gelogen.

«Pass aber auf, dass euch die Dänen nicht erwischen!», riet Lentje eifrig.

«Der Deichbaumeister der Edomsharde sollte eigentlich nicht aufpassen müssen, ob irgendjemand ihn erwischt», brummte Folkert. «Mich beschleicht das Gefühl, dass Auke mal wieder alles durcheinanderwirft.»

Siebtes Kapitel

Als Folkert das Pferd entdeckte, das bei den Birken am Weg angebunden war, fühlte er sich plötzlich in eine andere Zeit und an einen anderen Ort zurückversetzt: an die alte Salzbude nahe Rungholt, wo er mit Auke über seine wahnwitzigen Fluchtpläne gestritten hatte.

Und heute sollte also das Brack ihr Treffpunkt sein, das im Schutz des Wäldchens vor ihm lag … Wann hatte er das letzte Mal unter dem festen Dach eines Langhauses bei einem Krug Bier mit Auke beieinandergesessen, wie gewöhnliche Leute es taten?

Folkert schaute sich noch einmal misstrauisch um. Auf dem Dammweg war außer ihm niemand unterwegs, und auch drüben beim Stallershof tat sich nichts. Rasch ging er vom Weg hinunter und folgte einem Trampelpfad, vorbei an den Birken und ins Gesträuch hinein.

Ein Enterich plusterte sich schnatternd im Schilf auf, als Folkert an das Ufer des kleinen Gewässers trat. Bleigrau lag das Brack unter der Sonne, wie eine Miniaturausgabe der endlosen Westsee, eine Erinnerung an ihre Macht mitten in der trügerischen Sicherheit des Landes. Als wenn irgendjemand in den Uthlanden im Jahre 1365 diese Erinnerung gebraucht hätte!

Auke saß auf einem umgestürzten Baumstamm am Ufer und schnitzte mit seinem Dolch an einem Stück Rinde herum.

Als Folkert herankam, stand er auf und steckte die Klinge weg.

«Grüß dich, Folkert.» Es klang so beiläufig, als hätte er seinen Bruder unter weniger konspirativen Umständen auf der Straße getroffen.

«Auke.» Folkert bemühte sich, neutral zu klingen, konnte jedoch nicht verhindern, dass seine Stimme sich etwas kühl anhörte. Er wusste ziemlich genau, was Auke von ihm wollte, und mochte gar nicht erst den Eindruck erwecken, dass sein Bruder irgendeine Aussicht auf Erfolg hätte.

«Wir haben uns seit Ewigkeiten nicht gesehen», fuhr Auke mit verkrampfter Unverbindlichkeit fort. «Was macht die Arbeit an den Deichanlagen?»

«Wir haben uns nicht gesehen, weil du als Hauptmann einer Seeräuberbande alle Hände voll zu tun hast», knurrte Folkert, der keine Lust hatte, lange herumzuplänkeln.

Aukes Lächeln verschwand, und er verschränkte die Arme. «Ich tue, was getan werden muss, Bruder. Das weißt du, und darum bin ich auch hier. Ich brauche deine Hilfe.»

Einmal mehr hatte Folkert das Gefühl, plötzlich wieder an der alten Salzbude zu stehen. Damals hatte er sich von Auke überreden lassen, weil Griet ihm leidgetan hatte und es tatsächlich eine riesige Schweinerei gewesen wäre, sie einem Mann wie Wullenwever zu überlassen. Heute hingegen sah die Sache ganz anders aus.

«Nein.» Das war eigentlich alles, was es zu sagen gab.

«Aber ich brauche jemanden mit deinen Fähigkeiten!», drängte Auke. «Es geht ja gar nicht ums Kämpfen oder Beutemachen. Wir müssen Befestigungsanlagen errichten und ausbauen, zum Schutz unserer Leute. Die Zeiten sind hart und ohne Gnade.»

«Ich werde mich deinem Haufen nicht anschließen, Auke!» Folkert konnte nicht verhindern, dass seine Stimme laut wurde. «Solche Befestigungen sind doch überhaupt nur nötig, weil Leute wie deine Seeräuber im Land plündern und die harten Zeiten noch härter machen. Es gibt auch ehrbare Möglichkeiten, seinen Lebensunterhalt zu bestreiten.»

«Schau dich doch nur um!», rief Auke bitter. «Wie ausgemergelt die Leute aussehen, wie viele Kinder und Alte den letzten Winter nicht überstanden haben … Du selbst bist auch grauer als gewöhnlich! Das wird nicht besser werden, wenn wir die Sache nicht in die Hand nehmen und dabei auch Dinge tun, die unschön sind.»

«Du meinst Dinge, wie Dörfer zu überfallen? Ich habe gehört, dass euch die Kauffahrer jetzt nicht mehr genügen.»

«Das war ein Überfall auf die Speicher des Dänenkönigs!», entgegnete Auke wütend.

«Und genau darum hat Valdemar Ritter Oluf an den Hof von Staller Alderk geschickt», sagte Folkert. «Er soll dafür sorgen, dass der Spuk so schnell wie möglich ein Ende hat. Janne wird dir alles darüber berichten können. Sie hört sich ja gewiss in deinem Auftrag in Gaikebüll um. Wenn ihr nicht von diesen Überfällen ablasst, beschert ihr den Uthlanden auch noch einen handfesten Krieg!»

Auke umfasste den Griff seiner Klinge. «Wir lassen uns vom Dänenkönig nicht in die Knie zwingen. Vermutlich glaubt er, dass er derzeit eine Chance gegen uns hat, weil wir gerade erst mit dem Meer gerungen haben. Aber da hat er sich geirrt. Der soll nur kommen!»

«Der Dänenkönig …» Folkert schüttelte hilflos den Kopf. «Du brauchst immer einen äußeren Feind, mit dem du die Klinge kreuzen kannst, Auke. Aber darum geht es nicht. Wir müssen unser Land wieder aufbauen, über viele bittere Jahre hinweg. Das ist es, was zählt.»

Finster starrte Auke über das Brack. «Wie konnte ich das vergessen …? Du bist ja schon immer jedem Kampf aus dem Weg gegangen, Folkert.»

Ungläubig schüttelte Folkert den Kopf. «Wenn ich Kämpfen aus dem Weg gehen würde, hätte ich dich damals nicht vor der verfluchten Flut gerettet! Und ich kämpfe auch jetzt jeden Tag, mit jedem einzelnen Spatenstich, den wir an den Deichen tun, in der Hoffnung, dass wir das Land schützen können, ehe sich wieder solche Stürme zusammenbrauen. Das ist der wahre Kampf der Uthlande, egal, wer irgendwo auf irgendeinem Thron sitzt.»

Auke schnaubte nur. «Du stellst deine Deichbauerei schon wieder über deine Verpflichtungen der Sippe gegenüber.»

«Ich stamme nicht aus einer Seeräubersippe!», rief Folkert heftig. «Ich bin der Sohn von Bauer Fedder vom Woge-Hof, den es jetzt nicht mehr gibt. Und wenn mein Bruder sich entscheidet, unter die Seeräuber zu gehen, verpflichtet mich das nicht dazu, ihm dabei zu helfen.»

«Na schön.» Auke wandte sich von ihm ab. «Ich wusste, dass es ein Fehler war, hierherzukommen.»

«Ja, das wusste ich auch», entgegnete Folkert.

«Weißt du, warum ich es trotzdem probiert habe? Wegen Janne. Sie wollte nicht glauben, dass es sinnlos ist. Sie gibt nämlich nicht so leicht auf. Aber bei dir lag sie wohl falsch.»

Und er schob sich grußlos an Folkert vorbei, um zu seinem Pferd zurückzugehen.

«Auke – warte!»

Nach einigen Schritten blieb Folkerts Bruder stehen, ohne sich umzudrehen.

«Herrn Oluf ist es wirklich ernst», erklärte Folkert mit rauer Stimme. «Es wird bald eine große Thing-Versammlung der Staller und Ratsleute wegen der Seeräuberei geben. Auch ich bin als Ratsmann dazu geladen. Und ich werde mich für eine friedliche Lösung einsetzen, weil die Uthlande nicht auch noch einen Krieg gebrauchen können. Aber das hat nur Aussichten, wenn ihr im Gegenzug die Waffen niederlegt! Sonst habt ihr bald ein Volksheer aller Harden der Uthlande gegen euch.»

«Dann solltest du hoffen, dass wir uns beim nächsten Mal nicht als Feinde auf dem Schlachtfeld begegnen, Bruder», knurrte Auke und stapfte davon.

Achtes Kapitel

«… ein Dolch mit Horngriff und verzierter Lederscheide, drei gute Wollmäntel, einige glasierte Krüge aus Flandern …»

«Halt, nicht so schnell!» Griet konnte die Schätze nicht annähernd so rasch aufschreiben, wie Janne sie herunterratterte. Sie hockte auf einer Kiste im Lagerhaus der Wogemannsburg und hatte ein Stück Pergament vor sich, das mit unschönen Tintenklecksen verziert war. Frau Anna von Dyre hatte ihr zwar einst in Seeland das Schreiben beigebracht, doch besonders geübt war sie nicht darin, und ihre Lettern lehnten sich krumm und schief aneinander, als hätten sie zu viel Bier getrunken.

«Bis wohin hast du es denn?», fragte Janne, die gerade die Stücke begutachtete, die die Wogemänner gestern von ihrer jüngsten Fahrt mitgebracht hatten.

«Bis zu den Wollmänteln.»

«Dann kommen jetzt die Krüge aus Flandern.» Sie hob eines der grün glasierten Gefäße hoch. An seinem Rand war ein Muster aus Jakobsmuscheln angebracht, das Symbol der Pilger auf dem Weg ins ferne Santiago.

«Krüge aus Flandern …»

Griet ignorierte den weiteren Klecks, den sie gerade auf dem Blatt hinterlassen hatte. Ihre Hände waren inzwischen fleckiger als die Haut mancher Kuh, und das Schreiben war auf dem besten Wege, das Sticken als ihre ungeliebteste Tätigkeit abzulösen. Doch als Herrin der Schlüssel war es nun einmal ihre Aufgabe, das Inventar der Wogemannsburg zu führen.

Janne war schon wieder eifrig dabei, in dem Schatzhort zu wühlen, den die Männer gestern im Lagerhaus aufgeschüttet hatten. Er glänzte nicht gerade vor Nibelungengold, aber das war es auch nicht, worauf es in diesen Tagen ankam. Die matten Farbtöne von Leder, Wolle und Ton waren für das Überleben entscheidender als der Glanz eitlen Reichtums.

«... ein Gürtel mit Bronzeschnalle, geformt wie ein Kreuz», diktierte Janne weiter, «... eine kleine Silberdose, halbvoll mit Pfeffer, ein Paar feste Stiefel, ein rotes Kleid aus Leinen, bestickt mit Vögelchen ...»

Griet blickte von ihrer Liste auf. «Vögelchen, sagst du?»

«Ja, hier. Schau!»

Janne hielt sich das Kleidungsstück an den Körper und posierte mit einer huldvollen Geste, als wäre sie eine edle Dame. Mit gerunzelter Stirn begutachtete Griet das Kleid. Es war eine wundervolle Arbeit, vielleicht aus England, und die besagten Vögelchen saßen auf spiralartig gewundenen Ranken, die sich über den Stoff zogen. Griet war sich sehr sicher, dass sie es schon einmal gesehen hatte.

Sie stellte ihre Schreibfeder im Tintenfässchen ab und schwang sich von der Kiste, um sich die Sache näher anzuschauen.

«Was hast du denn?», fragte Janne verwirrt.

«Ich kenne das Kleid», murmelte Griet und befühlte den Stoff am Ärmel. «Es gehört Imke, der Tochter von Staller Niklaas von der Pellwormharde. Das ist die, die beinahe Owes Braut geworden wäre ...» Es tat noch immer weh, an den Bruder zu denken, den die Flut ihr geraubt hatte.

«Bist du dir sicher?», hakte Janne nach. «Vielleicht ist es nur ein ähnliches Kleid, oder der gleiche Meister hat es gemacht.»

«Als junges Mädchen habe ich Imke zum ersten Mal in dem Kleid gesehen, und ich konnte mich an den Vögelchen gar nicht sattsehen», erklärte Griet. «Ich war richtig neidisch auf sie! Und später sind wir beide auf dem Zwischenboden der Scheune herumgeklettert, obwohl edle Damen das ja eigentlich nicht machen, und Imke wollte schon immer eine edle Dame sein. Dabei ist sie dann an einem Balken hängen geblieben, und der Stoff bekam einen Riss. Ihre Mutter hat vielleicht getobt! Und der Riss …», sie drehte das Kleid um und zeigte triumphierend auf eine feine Naht, die mitten durch das Muster verlief, «… ist immer noch da! Das ist dasselbe Kleid, Janne.»

Die Angesprochene ließ den Stoff sinken und schaute betreten auf ihre Hände. «Aber wie ist das möglich? Hat Staller Niklaas das Kleid vielleicht an einen Kaufmann verkauft?»

Griet antwortete ihr nicht. Nachdenklich betrachtete sie den Haufen aus bunt zusammengewürfelten Waren, die die Männer bei ihrer letzten Ausfahrt erbeutet hatten: Kleidungsstücke, Geschirr, Gebrauchsgegenstände, alles Einzelstücke oder in geringer Zahl. War das die Ladung eines Kauffahrers? Die pflegten ihre Waren säckeweise zu transportieren und hätten wohl kaum ein halbes Döschen Pfeffer dabeigehabt!

Griet trat entschlossen an den Warenhaufen heran und breitete einen Wandbehang aus, der zusammengeknüllt dabei lag. Er zeigte den heiligen Nicolaus mit seinem Krummstab, der Namenspatron von Staller Niklaas. Und sie erinnerte sich dunkel, den Behang einst in seiner Halle gesehen zu haben.

«Das stammt alles von der Pellwormharde!»

Wie hatte sie so blind sein können? Das Inventar eines reichen Hofes lag da vor ihr ausgebreitet!

«Griet …», murmelte Janne unbehaglich. «Das können wir doch gar nicht so genau sagen.»

Misstrauisch beäugte Griet ihre Freundin, die plötzlich ihre freche Zunge verschluckt zu haben schien und sie nicht direkt ansehen mochte.

«Und du weißt davon, Janne.»

Es war mehr eine ungläubige Feststellung als ein Vorwurf. Janne seufzte. «Eigentlich weiß niemand davon. Nur die Männer, die auf Fahrt gehen. Aber Cosimo hat über gewisse Dinge geredet, die ihm nicht gefallen. Und als ich es mir dann zusammengereimt habe, hat er mir nicht widersprochen.» Endlich schaute sie auf. «Es … tut mir leid. Ich hätte mit dir darüber sprechen sollen. Aber ich habe selbst keine Ahnung, was ich davon halten soll.»

«Auke plündert die Uthlande.»

Griet hatte das Gefühl, plötzlich auf einem schwankenden Schiffsdeck zu stehen. Sie wusste nicht, was sie mehr empörte: der Umstand, dass die Wogemänner jene Gebiete überfielen, die selbst von der Groten Mandränke gepeinigt waren – oder der Umstand, dass Auke ihr die Sache verheimlichte. Sie hatten doch sonst stets über alles gesprochen!

Ohne ein weiteres Wort wandte sie sich um und rauschte aus der Lagerhalle.

«Griet, warte …» Jannes Worte verhallten unbeachtet hinter ihr.

Draußen auf dem Hof beaufsichtigte Auke gerade Waffenübungen. Krischan, der Jüngste seiner Truppe, trat mit dem Holzschwert gegen den starken Wolter an, während einige Männer auf Strohballen herumhingen und ihnen zuschauten. Der stille Harm verfolgte gebannt jede Armbewegung von Krischan.

«Und das ist der schnelle Zwerchhau!», rief Wolter und ließ seine Waffe horizontal vorschnellen. «Pass auf!»

«Zu langsam», kommentierte Lüder spöttisch, als Krischan zurückstolperte. «Wenn du nicht besser aufpasst, macht dich der Zwerch zum Zwerg, Kleiner.»

«Auke.» Griet ging mitten über den freien Platz auf ihren Gefährten zu, ohne die fragenden Blicke der Männer ringsum zu beachten. «Wir müssen reden. Jetzt. Sofort.»

Er schaute sie verdattert an, bemerkte aber gleich, dass es ernst war.

«Ich komme.»

Auke folgte ihr ohne weitere Fragen, während Lüder irgendetwas von der «wahren Hauptfrau der Wogemänner» sagte. Die Männer lachten.

«Was ist denn los?», brummte Auke, als sie schließlich jene Kammer im Obergeschoss des Hauptgebäudes betraten, die ihnen als persönlicher Wohnbereich diente. Griet schloss die Tür hinter ihnen.

Die Kammer hatte sogar einen eigenen Kamin, und ihre verputzten Feldsteinwände waren mit Teppichen behangen, die Farbe hereinbrachten und die Wärme im Raum hielten. Felle lagen auf ihrer Bettstatt, und in der Ecke thronte mit behäbiger Gemütlichkeit eine wohlgefüllte Kleidertruhe. Als Herrin der Wogemannsburg genoss Griet wahrlich die Privilegien einer Edeldame. Doch all der Reichtum kam ihr gerade vor wie blanker Hohn.

«Woher stammen die Dinge, die ihr von der letzten Fahrt mitgebracht habt?», fragte sie Auke unumwunden.

Auf seinem Gesicht erschien jenes schiefe, ironische Lächeln, das er immer zeigte, wenn er unsicher war.

«Aus dem Westen», war die vage Antwort.

«Du meinst: von der Pellwormharde?», ergänzte Griet kühl. «Und sag jetzt nicht, dass ihr dort Kauffahrern aufgelauert habt. Ihr habt ein Dorf überfallen. Und den Stallershof.»

Grimmig presste Auke die Lippen zusammen. «Wer hat es dir gesagt?»

«Niemand! Ich habe selbst Augen im Kopf. Dachtest du, das würde nicht irgendwann herauskommen? Und du solltest dich jetzt nicht fragen, wie die Sache ans Licht gekommen ist. Sondern besser, warum du es nicht für nötig gehalten hast, mit mir darüber zu sprechen!»

Abwehrend hob Auke die Hände. «Es war eine schwierige Entscheidung. Und sie ging vor allem meine Wogemänner etwas an. Ich wollte dich nicht damit belasten.»

Griet riss einen Zinnbecher von einem Wandbord und goss sich etwas verdünnten Wein ein. Sie hatte keinen Durst, aber ihre Hände mussten jetzt beschäftigt sein. Sonst würden sie sich selbstständig machen und etwas anderes tun, etwa Auke die Schelle verpassen, die er verdient hatte.

«Wie überaus rücksichtsvoll», ätzte sie, ohne einen Schluck getrunken zu haben. «Schön, dass du so sehr um mein Wohl besorgt warst. Oder besser gesagt: darum besorgt warst, was ich wohl zu deiner Entscheidung zu sagen hätte. Du wusstest genau, dass ich dagegen sein würde.»

Seufzend ließ sich Auke auf den Truhendeckel fallen. «Griet, mir wäre es doch auch lieber, wenn das nicht sein müsste. Aber du hast doch im letzten Sommer mitbekommen, wie schwer die Hanse-Schiffe derzeit zu knacken sind. Und im Winter haben wir das dann alle auslöffeln müssen – wenn denn genug zum Löffeln da gewesen wäre. Wir mussten im Frühjahr einfach etwas Neues versuchen.»

«Aber … diese Orte sind genauso Opfer der Groten Mandränke wie wir!»

«Valdemar wacht über die Seinen!», erwiderte Auke grimmig. «Da können wir ruhig etwas abschöpfen, so wie er es mit seinem Plogpennig bei uns auch immer getan hat. Außerdem hat die Flut der Lundenbergharde nicht so schwer mitgespielt wie den westlichen Gebieten.»

«Die Sachen von gestern stammen von der Pellwormharde!», erinnerte ihn Griet unleidlich. «Die Leute dort haben uns nach der Flut aufgenommen, erinnerst du dich nicht mehr?»

«Sie stammen von Staller Niklaas, um genau zu sein», erwiderte Auke. «Er ist ebenso ein Diener des Dänenkönigs wie die anderen Staller. Sie wollen mit Gewalt gegen uns und die anderen Friesen vorgehen, die ihr Schicksal in die eigene Hand nehmen. Demnächst werden sie auf einem Thing darüber beraten. Da betrachte ich es als angemessene Erwiderung, ihn um ein wenig Besitz zu erleichtern.»

Jetzt nahm Griet doch einen Schluck Wein. Beratungen der Staller über einen möglichen offenen Kampf! Das wurde ja immer schöner.

«Du machst es dir sehr einfach, Auke», sagte sie. «Diese Lande hatten schon immer viele Herren: die Großbauern, die Staller des Königs, den Bischof, den Herzog von Schleswig, die Hansestädte … Du wirst immer jemanden finden, der mit jemand anderem verbündet ist oder Geschäfte macht, den du nicht leiden kannst. Damit kannst du dann den Überfall auf jedes beliebige Dorf rechtfertigen, auch auf Gaikebüll oder die Wogemannsburg.»

«Griet, du weißt, dass wir Seeräuber sind!», rief Auke ärgerlich. «Und du hast auch gewusst, worauf du dich einlässt.

Wir haben gemeinsam entschieden, zu tun, was getan werden muss.»

«Darum hätten wir auch über deine Entscheidung, irgendwelche Dörfer zu überfallen, gemeinsam beraten müssen», erwiderte Griet. «Auf einem großen Wogenthing, und nicht nur mit den Männern auf der *Zornflut*.»

«Aber was soll ich denn machen?» Auke breitete hilflos die Arme aus. «Noch so einen Winter werden wir nicht überstehen. Und ich bin nicht bereit, unsere Leute ihrem Schicksal zu überlassen! Also treffe ich eben harte Entscheidungen, wenn es sein muss.»

Plötzlich tat er Griet leid. Auke sah sich als eine Art Beschützer, der für andere den Weg bahnen musste – auch wenn er ihn selbst nicht für den besten hielt. Sie konnte nur erahnen, wie sehr ihn das niederdrückte.

Griet stellte ihren Becher beiseite und setzte sich zu Auke auf die Truhe. Überrascht machte er ihr Platz.

«Auke … Ich weiß, dass du dir die Sache nicht leicht gemacht hast», sagte sie. «Und dass dein Handeln nicht von Gier bestimmt wird, sondern von Sorge. Aber richtig ist das trotzdem nicht! Die Leute in den Dörfern kämpfen doch genauso wie wir.»

«Was schlägst du also vor?», knurrte Auke, ohne sie anzusehen.

«Das zu machen, was du ursprünglich vorhattest: Kauffahrer um ihre Ware erleichtern. *Zoll erheben*, wie du es nennst.»

Er schüttelte den Kopf. «Das ist gerade nicht einfach.»

«Hat dich *nicht einfach* jemals davon abgehalten, das Nötige zu tun?», entgegnete Griet sanft.

Auke rieb sich die Schläfen. Dann sprang er plötzlich von der Truhe.

«Du hast ja recht.» Er lächelte schief. «Wie immer. Na, sagen wir besser *meistens.* Ich werde mit den anderen darüber reden. Wolter ist es ohnehin nicht geheuer, dass wir nun auch die Dörfer besuchen. Und Lüder kann man immer ködern, wenn es etwas zu holen gibt. Dann angeln wir eben mal wieder eine fette Kogge. Schließlich sind wir Seeräuber und keine Landräuber.»

«Gut.» Erleichtert ließ sich Griet ebenfalls von der Truhe gleiten. «Und das nächste Mal reden wir *vorher* darüber, ehe du alles auf den Kopf stellst, was wir aufgebaut haben.»

«Du bist anstrengend, Griet Stallerstochter», erwiderte Auke.

Amüsiert hob sie die Augenbrauen.

«Und genauso liebe ich es», fügte er rasch hinzu. «Wäre ja sonst langweilig …»

Für einen Moment sah Griet Auke wieder so vor sich wie damals, als sie frisch aus Seeland zurückgekehrt war: ein frecher, abenteuerlustiger Kerl, mit dem sie eine ungewisse, aber auf jeden Fall turbulente Zukunft vor sich hatte. So vieles war seitdem geschehen, so vieles hatte sich geändert …

«Ja», sagte sie und zwang sich zu einem Lächeln. «Wäre ja sonst langweilig.»

Neuntes Kapitel

Die *Zornflut* lag auf der Lauer. Im Schutz einer Landzunge dümpelte die Schnigge in der Abenddämmerung, nördlich der Beltringharde. Durch eine kleine Anhöhe war sie vor Blicken geschützt, und nur die Mastspitze ragte hervor, ein unverdächtiger Pfahl irgendwo im Gelände. Man konnte von ihrer klug gewählten Position aus die Fahrrinne überblicken, die etwas weiter westlich durch das Watt verlief. Hier mussten die Kauffahrer durch, wenn sie mit ihren bauchigen Schiffen Richtung Norden unterwegs waren, auf Bergenfahrt, oder von dort reich beladen heimkehrten. Genau hier musste man zuschlagen, wenn man sie abfangen wollte. Auke nickte grimmig. Sie waren gut vorbereitet. Jetzt musste das Geschick ihnen nur noch gewogen sein …

«Es geht doch nichts über das aufregende Leben der freien Söhne des Meeres», feixte Cosimo grinsend. Er hockte bei Auke auf einer Ruderbank nahe am Bug des Schiffes. «Man fühlt sich wie eine Katze, die vor dem Mauseloch hockt und angespannt mit dem Schwanz zuckt. Nur dass aus diesem Loch die Maus schon lange ausgezogen zu sein scheint …»

«Auch eine Katze braucht Geduld, wenn sie nicht verhungern will», brummte Auke. Die spitzen Kommentare des Gauklers gingen ihm in letzter Zeit zunehmend auf die Nerven.

Besorgt ließ er den Blick über das Schiff schweifen. Die Männer hockten auf dem Deck beieinander und würfelten oder unterhielten sich gedämpft. Cosimos Spott schien sie nicht weiter berührt zu haben. Das war gut. Es hatte einiges Murren gegeben, als Auke beschlossen hatte, es wieder mit den Kauffahrern zu versuchen. Seine Männer hatten keine Lust, sich noch einmal einem Hagel aus Armbrustbolzen auszusetzen. Da konnte Auke niemanden gebrauchen, der ihren Unmut zusätzlich befeuerte …

«Wogenhauptmann!», rief Krischan plötzlich, der vorne auf den Steven geklettert war und Ausschau hielt. Harm stand wie üblich in seiner Nähe herum. «Wogenhauptmann! Ein Schiff nähert sich von Süden. Nein, mehrere Schiffe …»

Nun kam Leben in die Männer! Rasch sprangen sie vom Deck auf und reckten die Hälse. Auke kniff die Augen zusammen, um irgendetwas im ertränkenden Rot der westlichen Sonne erkennen zu können. Ein stolzer Umriss schob sich langsam über das Meer voran: ein Holk mit zwei Masten, der die Farben von Hamburg führte. Sein Vorder- und Achterkastell waren erhöht, mit zinnenbekrönter Reling wie die Mauern einer Burg. Die skelettartigen Umrisse von zwei Bliden ragten über dem Deck auf – Katapulte mit einem langen Wurfarm.

«Ein Friedeschiff», seufzte Auke. «Das Ding ist randvoll mit Waffenknechten.»

Auf das Friedeschiff folgten zwei dicke Koggen älterer Bauart, die ebenfalls unter Hamburger Flagge fuhren. Sie hatten keine Geschütze auf Deck und waren gewiss auch weniger gut bewacht. Doch sie hielten sich so dicht an den waffenstarrenden Holk wie Entenküken hinter ihrer Mutter.

«Aussichtslos», fasste der starke Wolter die Lage zusammen. Enttäuscht ließen die Männer sich wieder auf dem Deck nieder, und Auke musste an das Gespräch mit Griet denken. Er konnte sich nur zu gut vorstellen, wie sie ihn jetzt streng mustern würde: *«Du hast es selbst gesagt, Auke Feddersen: Geduld.»* Natürlich mit trotzig vorgerecktem Kinn, als könnte sie die Wirklichkeit dazu zwingen, sich nach ihren Vorstellungen zu formen ... Ihre Entschlossenheit hatte ihm schon immer imponiert. Griet gehörte einfach an seine Seite, und gemeinsam konnten sie allen Hindernissen begegnen.

«Da!» Krischan zeigte über das Wasser. «Noch ein Segel!»

Diesmal hielt sich die Aufregung an Bord in Grenzen. Die Männer hatten offenbar keine Lust, sich einmal mehr enttäuschen zu lassen. Auke schaute dennoch genauer hin.

Von Süden näherte sich ein weiteres Schiff. Er erkannte eine Kogge, die offenbar schon ziemlich in die Jahre gekommen war. Sie schob ihren muschelbesetzten Leib träge über die Wellen, wie eine Greisin, die sich verbissen mit einem Gehstock vorankämpfte. Sogar die Hamburger Flagge, die am Mast wehte, war mehrfach geflickt.

«Die scheinen den Anschluss verloren zu haben», murmelte Krischan.

«Ja allerdings!» Auke reckte sich. Von dem Holk und dem Rest des Konvois war nichts mehr zu sehen. Er wandte sich an die anderen: «Wogemänner! Das ist die Gelegenheit. Alle Mann an die Riemen!»

Sofort wurden Würfel und Trinkschläuche beiseitegefegt, und alle warfen sich auf die Ruderbänke.

Ein stolzes Grinsen lag auf Aukes Lippen, als die *Zornflut* vorwärtsschoss, angetrieben vom gleichmäßigen Schlag der Ruder. Wie ein Raubfisch, der plötzlich aus seiner Höhle hervorkam, preschte sie aus der Bucht und auf die offene Westsee hinaus.

Die Schnigge war schneller und wendiger als die bauchige Kogge. Und im Gegensatz zu dem Kauffahrer konnte sie sich überall in den flachen Küstengewässern bewegen, während die Kogge sich an ihre Fahrrinne halten musste, um nicht auf Grund zu laufen. Die Wogemänner hatten alle Vorteile auf ihrer Seite. Heute würde es wieder Beute geben!

Ein Ruf ertönte vom Krähennest am Mast des Handelsschiffes. Man hatte sie entdeckt. Menschen liefen hektisch auf dem Deck der Kogge umher, sammelten sich an der Reling. Sie wussten, dass es nur einen Grund gab, warum ein leichtes Schiff wie die *Zornflut* sich so plötzlich ihrem Gefährt näherte.

Auke zog seinen Malchus blank und reckte die Klinge hoch in die Luft. Zugleich stieß er einen Kampfschrei aus, den seine Männer aus mehr als dreißig Kehlen aufnahmen. Das Gebrüll hallte über das Wasser, bis hinüber zur Kogge. Sie mussten so viel Furcht und Schrecken wie möglich erzeugen, bevor sie auch nur einen Fuß auf die Planken des anderen Schiffes setzten!

Auch von drüben hallte ein Ruf über das Wasser. Eine einzelne, tief-dröhnende Stimme brüllte ihnen herausfordernd entgegen. Ein paar Seeleute an Bord der Kogge stimmten zögerlich mit ein. Aukes Männer schauten sich fragend an. Das war ungewöhnlich. Hatten sie am Ende doch ein Friedeschiff erwischt? Aber dann wären schon längst Dutzende von Bewaffneten auf dem Deck aufgelaufen, ganz abgesehen davon, dass wohl keine Hansestadt solch einen wurmstichigen Kahn zu ihrem Schutz ausgerüstet hätte.

«Die *Seeschlange*!», rief Auke nach hinten. «Wir brauchen die *Seeschlange*! Sofort!»

«Wird gemacht, Wogenhauptmann», grinste Enno und

entzündete die Lunte des Handrohrs mit dem Drachenkopf. Dann schulterte er den Schaft der Waffe und richtete die Mündung auf die Kogge. Einen kleinen Moment später hallte der scharfe Knall des Schwarzpulvers über die Westsee, und ein Flammenblitz leuchtete auf. Mit einem hässlichen Krachen schlug die Steinkugel in den Rumpf der Kogge ein, deutlich über der Wasserlinie, und blieb in den Planken stecken. Das Geschoss hatte vermutlich keinen wesentlichen Schaden angerichtet. Doch solch eine Machtdemonstration war nicht zu unterschätzen!

Für einen Moment war es still auf dem Deck der Kogge. Dann dröhnte wieder die Stimme los. Inzwischen konnte Auke verstehen, was sie von sich gab: «Wagt es nur, Seeräuberpack! Wir füttern die Möwen mit euren Eingeweiden! Schießt sie nieder!»

Pfeile schwirrten von der Kogge heran, schlecht gezielt und verstreut vom Seewind. Dennoch bestand Gefahr, wenn die Geschosse erst mal aus nächster Nähe auf die *Zornflut* niederregneten. Und Auke gefiel gar nicht, wie selbstbewusst dieser Kerl da drüben herumpolterte …

«Na los!», rief er, während die Kogge näher und näher herankam. «Gebt ihnen ein paar Pfeile und Bolzen zurück!»

Einige Wogemänner, die nicht an den Rudern saßen, eilten an die Reling und machten ihre Langbögen und Armbrüste bereit. Sie waren geübte Schützen, im Gegensatz zu den Seeleuten auf der anderen Seite – darauf hatte Auke Wert gelegt. Ihre Geschosse fanden sicher das Ziel. Plötzlich schrie der Kerl im Krähennest der Kogge auf und stürzte auf das Deck hinab, mitten zwischen seine entsetzten Kameraden. Melchior, der beste Schütze in ihrer Truppe, lud zufrieden seine Armbrust nach.

Nun hatten sie die Kogge fast erreicht, und die *Zornflut* machte sich daran, längsseits zu gehen. Die Seeleute wagten es inzwischen kaum noch, die Angreifer zu beschießen. Gar zu dicht war der Regen aus Geschossen, den die Wogemänner ihnen entgegensetzten.

«Seile und Enterhaken bereitmachen», kommandierte Auke. «Wir statten ihnen jetzt einen kleinen Besuch ab!»

In diesem Moment fiel sein Blick auf den Bug der Kogge. Dort war das Bild eines Mannes auf die Planken gepinselt, der eine Bischofsmütze trug und eine große Muschel in den Händen hielt.

«Der heilige Jakob ...», murmelte Auke, in dem langsam eine Erkenntnis herandämmerte. «Verdammich – das ist die *Jakobus von Hamburg*!»

Das Schiff, das Ulrich Wullenwever nach Rungholt gebracht hatte. Gewiss fuhr es noch immer in den Diensten seiner verfluchten Familie!

Auke umklammerte seinen Malchus so fest, dass seine Finger schmerzten. Dieser dahergelaufene Kerl hätte ihm beinahe seine Liebste weggenommen!

«Umso besser», sprach Auke schließlich kalt. «Dann nehmen wir heute Rache für alles, was die Wullenwevers Griet angetan haben. Vorwärts!»

Schon lagen die beiden Schiffe längsseits, hatten die Wogemänner die Riemen eingezogen und gegen ihre Waffen getauscht. Enterhaken wurden über die Reling der *Jakobus* geworfen und fraßen sich in ihren Planken fest. Nun war die Kogge fest mit der *Zornflut* verbunden, ein unliebsamer Parasit, den sie nicht mehr loswurde.

«Entern!»

Das war der Befehl, auf den alle Wogemänner gewartet

hatten. Als brüllende Horde setzten sie sich in Bewegung, eine Flutwelle aus Männern und Klingen. Die Bordwand der *Jakobus* war höher als die der *Zornflut*, doch sie überwanden das Hindernis mit routinierter Entschlossenheit. Der starke Wolter war mit seinen Männern ganz vorne, und Auke folgte ihm dichtauf, während Lüder nun die Schützen hinten befehligte – ein vielfach eingeübter Ablauf.

Die machtvolle Stimme hallte wieder über das Deck der Kogge: «Treibt sie zurück, ihr feigen Hunde!»

Sie kam von hinten, vom Achterkastell, wo sich die Seeleute der *Jakobus* zum Unterstand des Steuermannes zurückgezogen hatten. Sie waren den Wogemännern zahlenmäßig deutlich unterlegen, und einige von ihnen lagen bereits tot an Deck, durchbohrt von den Geschossen der Angreifer. In den Händen trugen die Seeleute nur einfache Dolche, Äxte und Knüppel. Ihre Gesichter waren von Angst gezeichnet. Einige von ihnen starrten furchtsam auf die Wogemänner, andere warfen verängstigte Blicke über die Schulter. Sie schienen den Kerl, der sie fluchend antrieb, genauso zu fürchten wie die Seeräuberhorde.

Dieser Anführer überragte jeden Einzelnen von ihnen um mehr als einen Kopf. Er war ochsenbreit und hatte einen zottigen Vollbart. Eine Lederklappe bedeckte eines seiner Augen, und in der Hand schwang er einen Streitkolben mit stachelbewehrtem Kopf so beiläufig, als wäre es eine dünne Weidenrute. Auke kannte diesen Anblick nur zu gut.

«Burkhart!», zischte er ungläubig. Plötzlicher Schmerz zuckte wie eine geisterhafte Erinnerung durch seinen Arm. Wie damals, als dieser Streitkolben seine Knochen zerschmettert hatte, ehe Burkhart die verzweifelte Griet zu seinem Meister zurückschleppte … Ausgerechnet dieser Kerl war immer noch am Leben, hatte irgendwie die Flut überstanden und diente den Wullenwevers nun offenbar als Schiffshauptmann!

«Wogemänner!», rief der starke Wolter in diesem Moment. «Zum Angriff!»

Und er stürmte mit einem Dutzend Männer gegen die Reihe der Seeleute an, die sogleich vor den Schwertern und Speeren der Räuber zurückwichen. Einzig Burkhart sprang den Angreifern brüllend entgegen, hielt direkt auf Wolter zu. Dieser stieß einen graubärtigen Schiffer aus dem Weg. Mit einem raschen Schritt hatte er Burkhart erreicht und schwang sein Schwert gegen den Kopf des Hünen.

Burkhart reagierte mit erstaunlicher Behändigkeit. Er ließ die Klinge am Schaft seines Streitkolbens abgleiten, während er zugleich einen Schritt zur Seite trat und nun in Wolters Flanke stand. Der Wogemann riss sofort sein Schwert wieder hoch, um seine Deckung zu schließen. Doch Burkhart war schneller. Noch während Wolter seine Klinge hob, fauchte Burkharts Streitkolben herab. Mit unbarmherziger Kraft traf er auf Wolters Kopf, ein Eisendorn durchbohrte seine Lederkappe und den Schädelknochen gleichermaßen, als er tief in sein Hirn eindrang.

Klappernd fiel Wolters Schwert auf das Deck. Seine Augen waren ungläubig geweitet, und ein Blutrinnsal lief über sein vertrautes, wettergegerbtes Gesicht. Dann brach Aukes alter Kampfgefährte zusammen und fiel bäuchlings auf die Planken, um nie wieder aufzustehen. Burkhart aber riss seinen Streitkolben mit kalter Effizienz los, um die Waffe drohend gegen die nachrückenden Wogemänner zu schwingen.

«Nein!» Auke hörte seine eigene Stimme, als wäre sie die eines Fremden. Ohne nachzudenken, stürmte er auf Burkhart los. Dieser trat einige Schritte vor, bis er Auke direkt gegenüberstand. Erkennen schimmerte in seinem verbleibenden Auge auf, während er abwartend den Streitkolben pendeln ließ.

«Ich dachte, dich hätte die Mandränke verschluckt, Bürschlein!», knurrte er.

«Dasselbe dachte ich von dir», erwiderte Auke. «Doch dann frisst das Meer dich eben heute!»

«Große Worte!», höhnte Burkhart. «Traust du dich das auch, wenn du kein Dutzend von bewaffneten Räubern hinter dir hast?»

Auke hielt inne. Bedrohlich überragte ihn der Hüne, ein hässliches Grinsen im Gesicht. Die Männer an Deck horchten auf, Seeleute wie Wogemänner. Sie spürten deutlich die Anspannung, die zwischen den beiden bestand.

«Ich fordere dich zum Zweikampf, Seeräuberhauptmann!», brüllte Burkhart, sodass alle es hören konnten. «Zeig deinen Männern, wie stark du bist!»

Die Kämpfe ringsum kamen zum Erliegen. Alle starrten den Hünen an, die Waffen noch immer erhoben.

«Unsere Ladung gehört ohne weitere Gegenwehr euch, wenn du mich bezwingst», fuhr Burkhart ungerührt fort. «Und wenn ich dich besiege, ziehen deine Leute ab. Ein starker Kerl wie du wird das wohl kaum ablehnen.» Sein Grinsen wurde breiter.

Grimmig presste Auke die Lippen aufeinander. Dieser Burkhart pflegte schnörkellos zu kämpfen, tat nichts aus reiner Prahlerei. Auch die Herausforderung war der Versuch, in einer aussichtslosen Lage noch einen Vorteil zu ergattern.

«Was soll der Unsinn?», rief Cosimo von hinten. «Wir sind in der Übermacht! Die Beute gehört schon uns.»

Auke atmete tief durch. Cosimo hatte recht. Aber darauf kam es nicht an. Irgendjemand musste sich Burkhart ohnehin stellen, denn kampflos würde er nie aufgeben. Und Auke wollte nicht noch mehr gute Männer verlieren …

«Ich nehme deine Herausforderung an, Wullenwever-Knecht», knurrte er. Alles in ihm brannte darauf, Wolters Mörder niederzumachen und für immer zum Schweigen zu bringen, zusammen mit jeder Erinnerung an Wullenwever und das Leid, das er über Griet gebracht hatte. Nicht nur für die Beute, sondern auch für sich selbst, für seine Klinge, die nach Rache und Blut dürstete.

Und natürlich für Griet. In gewisser Weise hatte sie selbst dafür gesorgt, dass Auke heute in ihrem Namen Rache nehmen konnte. Schließlich hatte sie ihn dazu bewegt, wieder Jagd auf Kauffahrer zu machen …

Sofort wichen die Männer auf beiden Seiten zurück, bildeten einen Kreis, der sich zwischen Mast und Achterkastell erstreckte. Cosimo trat kopfschüttelnd beiseite.

Auke und Burkhart standen einander auf dem nackten Plankenboden gegenüber und maßen sich mit Blicken. Einige Schritte neben ihnen lag Wolters Körper als stumme Mahnung auf dem Deck ausgestreckt.

Das Grinsen war vom Gesicht des Hünen verschwunden, als würde es nicht länger benötigt, nachdem es seinen Zweck der Provokation erfüllt hatte.

«Dann komm und stirb», sagte Burkhart in seinem üblichen gleichmütigen Tonfall.

Auke tat ihm den Gefallen nicht. Er wusste, wie gut Burkhart darin war, Lücken in der Deckung des Gegners zu finden und gnadenlos auszunützen. Ein überstürzter Angriff wäre da tödlich.

Stattdessen näherte sich Auke vorsichtig und geduckt, suchte seinerseits nach Schwächen bei dem Hünen, der seinen Streitkolben ausladend wie die Flügel einer Windmühle schwingen ließ. Er musste seinen Zorn zügeln und ihn gezielt als Waffe einsetzen, mit einem kühlen Kopf.

Plötzlich sprang Burkhart vor und ließ seinen Streitkolben herabsausen. Auke wich mit einem raschen Schritt zur Seite aus, den Malchus erhoben. Für einen Moment kämpfte Burkhart um sein Gleichgewicht, während er seine Waffe wieder hochriss und ausbalancierte.

Aukes Reflexe drängten darauf, das auszunutzen und mit der Klinge in die Lücke zu stoßen. Doch er wusste, dass Burkhart es ihm nicht so leicht machen würde. Das war ein vergiftetes Geschenk!

Er zog sich einen Schritt zurück, den Malchus misstrauisch erhoben. Burkhart fing sich sofort wieder. Von seiner Unsicherheit war plötzlich nichts mehr zu sehen. Dafür musterte er Auke jetzt mit gerunzelter Stirn. Dann hob er einen Mundwinkel, in seinem Blick lag widerwilliger Respekt.

Spöttisch salutierte Auke mit seiner Klinge. Dann ging er zum Angriff über. Mit kurzen, schnellen Schlägen drang er auf Burkhart ein. Er musste die größere Reichweite des Streitkolbens unterlaufen und seinem Gegner ein Handgemenge aufzwingen, in dem die schwere Waffe seiner kurzen Klinge unterlegen war.

Burkhart wusste das auch und wich zurück, wobei sein Streitkolben tödliche Kreise beschrieb. Auke belauerte jede seiner Bewegungen. Da! Der Hüne holte etwas zu ausladend aus. Sofort tat Auke einen schnellen Schritt und ließ seine Klinge vorzucken wie eine Schlange. Burkhart versuchte, seitlich aus seiner Reichweite zu kommen, doch diesmal war er zu langsam. Der Malchus fuhr über seinen Oberarm, biss sich durch den Stoff und hinterließ einen blutigen Schnitt. Verbissen setzte Auke nach – und wurde schmerzhaft von den Füßen gerissen!

Von einem Herzschlag auf den anderen fand er sich halb liegend auf dem Deck wieder. Sein Bein, das Burkhart brutal weggetreten hatte, tat höllisch weh. Der Malchus war ihm aus der Hand gefallen und einige Schritte davongeschlittert. Sofort schob sich Burkhart vor, zwischen Auke und seine Waffe, den Streitkolben zum Schlag erhoben.

Auke musste so schnell wie möglich weg, doch ihm blieb nicht einmal die Zeit, sich wieder auf seine Füße zu kämpfen. Hektisch kroch er rückwärts, ohne Burkhart aus den Augen zu lassen, der sich ihm langsam und gelassen näherte.

Plötzlich stieß Auke an etwas Weiches. Er musste sich nicht umwenden, um zu wissen, dass das Wolters Körper war, der hinter ihm auf dem Deck lag. Und gleich würde Burkhart dafür sorgen, dass sich sein Blut mit Wolters mischte …

Seine Finger ertasteten einen kantigen Gegenstand. Das war Wolters Schwert, das ihm aus der Hand gefallen war. Nun lag es nutzlos auf den Planken, halb verdeckt von seinem glücklosen Besitzer. Sofort schob Auke sich etwas zur Seite, damit er Burkhart den Blick auf die Klinge versperrte.

Der Hüne ließ genüsslich seine Muskeln spielen und hob den Streitkolben zum finalen Schlag. In diesem Moment griff Auke hinter sich und zog die Klinge mit aller Kraft unter Wolter hervor. Noch während Burkhart seine Waffe in die Höhe riss, stieß er mit dem Schwert zu. Tief bohrte es sich in Burkharts Bauch.

Die Augen des Söldners weiteten sich überrascht. Dann musste Auke sich auch schon zur Seite rollen, als der Streitkolben aus Burkharts schwieligen Händen fiel und aufs Deck krachte.

Röchelnd brach der Hüne zusammen, die Hände auf seine Bauchwunde gepresst. Auke kämpfte sich wieder auf die Füße, das blutige Schwert noch immer in der Hand. Er schaute auf seinen Gegner herab, der auf einmal gar nicht mehr so groß wirkte und sich hilflos auf dem Boden wand. Dann stieß er noch einmal zu, bohrte das Schwert mit beiden Händen durch Burkharts Brust und ließ erst nach, als es in den Planken des Decks steckte.

Schwer atmend trat er einen Schritt zurück. Burkhart, der Bluthund des werten Herrn Wullenwever, war tot. Regungslos lag er neben Wolter ausgestreckt, bekrönt von dessen Schwert, das wie ein groteskes Grabkreuz aus seinem Körper ragte.

Still war es an Bord, nur das Schiff knarzte, und die Möwen schrien, während sie den Mast umkreisten. Das Wummern von Aukes Herz schien die ganze Welt zu erfüllen wie ein wilder, triumphierender Trommelwirbel.

«Wogenhauptmann Auke!» Melchior, der kleinwüchsige Gaukler, wagte es als Erster, seine Stimme zu heben. «Der Wogenhauptmann hat es geschafft! Wogemänner! Wogemänner!»

Die anderen stimmten sofort mit ein.

«Wogemänner! Wogemänner!»

Ihr Sprechgesang hallte über das Schiff, unterlegt von einem scheppernden Rhythmus, mit dem sie ihre Waffen auf das Deck oder an die Reling schlugen. Auke nahm seinen Malchus wieder an sich. Hoch aufgerichtet stand er zwischen Wolter und Burkhart, während der Jubel seiner Mannschaft über ihn hinweg brandete und die verzagten Seeleute der *Jakobus* ihre Waffen fallen ließen. Doch er spürte keinen Stolz und keine

Befriedigung. Nur bitteren Zorn über Burkhart, Wullenwever und alles, was sie getan hatten.

«Und nun?», fragte Lüder schließlich, als er an Aukes Seite trat.

Auke warf einen Blick auf Wolters leblosen Körper. Ein guter Mann. Einer der Letzten, die noch vor der Groten Mandränke an seiner Seite gekämpft hatten …

«Bringt so viele Waren wie möglich auf die *Zornflut*», erwiderte er mit rauer Stimme. Er stockte kurz, den Malchus noch immer fest umklammert. Schließlich fuhr er fort: «Dann brennt dieses verfluchte Schiff nieder und übergebt die Besatzung dem Meer!»

Für einen Moment regte sich niemand. Die Männer schauten ihn unsicher an. Solch einen Befehl hatte er noch nie gegeben … Lüder trat vor.

«Ihr habt den Wogenhauptmann gehört», rief er über das Deck. «Wogemänner, an die Arbeit!»

Das brach den Bann. Die Seeleute schrien, als die Männer sie zusammentrieben und vom Achterkastell über die Reling warfen. Wer sich wehrte, wurde niedergestreckt. Auke achtete nicht darauf. Grimmig schaute er über die gnadenlose Westsee, die gerade die Abendsonne verschluckte, so wie sie auch die Uthlande und so zahlreiche Seelen gefressen hatte.

«Auke!» Plötzlich stand Cosimo direkt neben ihm. Seine dunklen Augen funkelten. «Was soll das?»

«Wir machen Beute», erwiderte Auke ungerührt. «Und sorgen dafür, dass der verfluchten Wullenwever-Sippschaft kein einziges Getreidekörnchen bleibt. Das ist die Vergeltung dafür, dass Wullenwever jemals Griet angefasst hat.»

«Damit triffst du aber einfache Seeleute und nicht Wullenwever», entgegnete Cosimo.

«Wir Wogemänner sind Seeräuber», knurrte Auke, ohne ihn anzusehen. «Das weißt du.»

«Ja», flüsterte Cosimo. «Und jetzt dürfte auch dem letzten Wogemann klar geworden sein, was das bedeutet.»

Zehntes Kapitel

Der Thingplatz der Edomsharde war ein alter Ort. Ein Felsen, groß wie ein Ochsengespann, markierte die Stelle, wo die Freibauern des Bezirks sich für ihre Rechtsprechung zu versammeln pflegten. Manche Geschichten erzählten davon, dass die Riesen der Vorzeit den Felsen einst für ihre Ballspiele benutzt hatten, bis sie ihn schließlich achtlos dort liegen gelassen hatten.

Folkert hingegen schaute gerne genauer hin. Bereits bei dem ersten Thing, das er vor Jahren als junger Mann besucht hatte, hatte er die Gelegenheit genutzt, den Thingstein ausführlich zu untersuchen. Dabei waren ihm die seltsamen Rinnen aufgefallen, die in seine Oberfläche eingeritzt waren. Gewiss hatten die Alten hier einst blutige Opfer dargebracht, in jenen Tagen, als noch nicht die Glocken der christlichen Kirchen über die Uthlande hallten.

Jene Zeiten waren schon lange vorbei. Doch das Thing versammelte sich noch immer an diesem Ort, und das stets an einem Dienstag, der angeblich Tiu, dem Gott des Rechts, heilig war. So war es auch in diesem Frühsommer des Jahres 1365.

Der Platz rings um den Thingstein war mit einem Rund aus Findlingen eingefasst, die weit genug auseinanderstanden, sodass allerlei Volk zwischen ihnen Platz fand. Doch heute war das Thing so gut besucht, dass die Einfassung nicht ausreichte und viele Leute sich außerhalb des Steinkreises aneinanderdrängen mussten. Manche waren sogar auf die altehrwürdigen Felsen gestiegen, um besser sehen zu können.

Das hatte Folkert glücklicherweise nicht nötig, denn er war als Ratsmann der Edomsharde im Gefolge von Staller Alderk geladen.

«Sie sind alle gekommen», kommentierte Alderk halblaut, während er über die Menge schaute. Er war ein kleiner Mann mit blasser Haut und einem rotblonden Bart. Seine Finger waren unruhig und mussten ständig in Bewegung bleiben. Gerade trommelte er ruhelos auf dem Knotenstab herum, den er heute als Zeichen seiner Stellung trug.

«Natürlich sind sie das», erwiderte Folkert ruhig. «Warum sollten sie zögern, wenn ein Staller sie einlädt? Ihr sprecht für die ganze Edomsharde, und das hat viel Gewicht, vergesst das nicht.»

Es fühlte sich merkwürdig an, aus dieser fast väterlichen Haltung mit Alderk zu sprechen – immerhin war Folkert selbst kaum älter als der Staller. Doch nach der Groten Mandränke und mehreren Hungerwintern gab es in den Uthlanden nicht mehr viele Leute, die so eine Rolle ausfüllen konnten.

Folkert verstand jedenfalls gut, dass Staller Alderk nervös war. Denn es hatten sich nicht nur die Mächtigen der Edomsharde am Thingplatz versammelt. Auch die Staller der umliegenden Harden waren seiner Einladung gefolgt: Niklaas von der Pellwormharde, Habbo von der Beltringharde, Georg von der Lundenbergharde, Owe von der Evershop-Harde und Wilko von der Wiriksharde. Sie alle hatten ihre Ratsmänner mitgebracht – jeweils zwölf an der Zahl –, die aus der einheimischen Bauernschaft gewählt worden waren. Nur den Staller selbst wählte niemand – der Dänenkönig bestimmte ihn direkt.

Dieser wurde heute durch seinen Gesandten vertreten: Herr Oluf von Dyre hielt sich etwas abseits am Rande des Thingplatzes, um den Friesen mit ihrem eigenen Recht das Feld zu überlassen. Doch sein Knappe trug stolz Valdemars Kriegsbanner, den Dannebrog mit dem weißen Kreuz auf rotem Grund. Blaue Löwen schmückten den kostbaren, farbigen Wappenrock, den Herr Oluf über seinem Kettenpanzer trug. Damit machte er unmissverständlich klar, dass er heute direkt für die Krone sprechen würde, und sein Gesichtsausdruck war ebenso ernst wie entschlossen.

Die anderen Geladenen musterten das Grüppchen der Dänen misstrauisch. Es war ungewöhnlich, dass ein Ritter des Königs zu einem friesischen Thing erschien. Doch was heute besprochen werden sollte, berührte Valdemars Interessen unmittelbar. Herr Oluf würde alles Nötige tun, um sie zu schützen.

Folkert seufzte in sich hinein. Die Sache würde nicht einfach werden.

«Sie werden langsam unruhig», raunte er Staller Alderk zu. «Wir sollten beginnen.» Was nutzte es auch, es noch länger hinauszuzögern?

Alderk nickte knapp. Dann trat er einige Schritte vor, bis er direkt an dem großen Thingstein in der Mitte des Rundes stand. Er hob seinen Knotenstab, und das allgemeine Gemurmel ringsum verstummte.

«Ihr Männer der Uthlande!», rief der junge Staller. «Und Herr Oluf von Dyre, Gefolgsmann König Valdemars IV. von Dänemark. Ich danke Euch, dass Ihr dem Ruf zum Bodthing gefolgt seid. Lasst uns nun das Thing einhegen.»

Einige der Umstehenden zogen Haselstöcke hervor und rammten sie in den Boden zwischen den Steinen des äußeren

Ringes. So entstand eine Art symbolischer Zaun, der die Thingstätte begrenzte und den Ort für diese besondere Versammlung feststeckte. Heute verfehlte dieser Zaun allerdings seine Wirkung, denn viele der Geladenen mussten außerhalb der Einhegung stehen und die Hälse recken. Doch an den alten Bräuchen musste festgehalten werden, auch wenn sie nicht unbedingt zum Anlass passten.

«Findet das Thing zur rechten Zeit und am rechten Ort statt?», fragte Alderk in die Runde. Einige murmelten Zustimmung. Niemand widersprach.

«Ist das Thing gehörig besetzt mit würdigen Ratsmännern?»

«Mehr als gehörig!», rief jemand aus dem Gefolge von Staller Habbo. «Hier ist es heute so würdig, dass kaum noch Platz zum Stehen bleibt!»

Einige lachten über den frechen Einwurf. Andere Männer schauten tadelnd.

«Soll der Thing-Versammlung Frieden gewährt werden?» Alderk stellte die dritte und letzte der einleitenden Thing-Fragen. Diesmal nickten alle ernst. Die Männer waren bewaffnet erschienen, mit Schwert und Speer, wie es Brauch war, um ihre Stellung als freie und wehrhafte Königsfriesen zu betonen. Umso wichtiger war es, dass alle zustimmten, das allgemeine Friedegebot auf dem Thing einzuhalten. Hier durfte heute nur mit Worten gestritten werden, und die Waffen dienten lediglich als Standeszeichen und Symbole. Reichlich schwere Symbole, die unbequem an der Seite hingen, fand Folkert.

«Ihr alle wisst, warum wir uns heute zum Thing versammelt haben.» Die zeremonielle Einleitung war beendet, und Staller Alderk sprach jetzt frei. «Es geht um die Seeräuber, die seit einiger Zeit unsere Küsten und Handelswege bedrohen: die

Wogemänner, die sich auf ihrer Burg bei Westerhever eingenistet haben.»

Staller Owe von der Evershop-Harde schaute finster. Westerhever fiel in seine Zuständigkeit, und er hatte den Wogemännern sogar nichtsahnend das Gelände zur Pacht überlassen. Er war ein grimmiger Mann in den Vierzigern, der als einziger Staller voll gerüstet im Kettenpanzer zum Thing erschienen war: ein deutliches Signal dafür, welche Lösung für das Problem er bevorzugte.

«Die Berichte mehren sich, dass die Wogemänner nicht nur Kauffahrer jagen, sondern auch Dörfer und Gehöfte überfallen», fuhr Staller Alderk fort. «Sie rauben das wenige, was uns nach Pest, Flut und Hunger noch geblieben ist. Und sie können überall und jederzeit zuschlagen. Keine Harde, kein Kirchspiel ist vor ihnen sicher. Es ist nun an uns, zu entscheiden, wie wir mit dieser Bedrohung umgehen werden. Dazu darf jeder Freie seine Sicht und Meinung kundtun und …»

Herr Oluf räusperte sich vernehmlich. «König Valdemar erwartet, dass seine treuen Königsfriesen so rasch wie möglich den Frieden in seinen Uthlanden wiederherstellen», sprach er mitten in Alderks Rede hinein mit dänischem Zungenschlag. «Wenn Ihr dieses Räubergesindel weiterhin in Eurer Mitte duldet, könnte in Kopenhagen leicht der Eindruck entstehen, die Uthlande seien aufständisch. Also handelt schnell.»

Unwilliges Gemurmel kam unter den Thingleuten auf. Zum einen wegen der ungebührlichen Einmischung des Ritters und zum anderen wegen seiner kaum verhohlenen Drohung. Die Leute der Uthlande ließen sich nicht gerne von Fremden etwas vorschreiben.

«Herr Oluf hat recht!», rief Staller Owe und trat einen Schritt vor zum Thingstein. «Die Wogemänner *sind* Räubergesindel. Aber ich finde, wir brauchen keinen Gesandten der Krone, um uns erklären zu lassen, wie wir mit solchen Leuten umzugehen haben. Lasst uns das Problem auf die alte friesische Art lösen, mit einem Aufgebot aller waffenfähigen Männer! Dann kehrt bald wieder Friede ein. Die Evershop-Harde wird ihren Anteil an Speeren und Schwertern dazu beisteuern.»

Er klopfte entschlossen auf den Knauf seines Schwertes, und seine Ratsleute nickten dazu.

«Es wäre ja schön gewesen», krächzte eine raue Stimme, «wenn die Evershop-Harde es gar nicht erst zugelassen hätte, dass die Kerle sich irgendwo einnisten können.»

Das war Wilko, der Staller der Wiriksharde: ein vom Alter gebeugter Mann mit eisgrauem Haar, der sich gerne reden hörte und Kommentare zu allem Möglichen anbrachte.

Staller Owe schnaubte säuerlich, als auch schon Staller Niklaas von der Pellwormharde vortrat. «Sie haben sich erdreistet, meinen Hof zu überfallen!», polterte er. «Englisches Tuch, silberne Krüge – alles haben sie auf ihre Burg verschleppt. Das dürfen wir uns nicht bieten lassen!»

«Aber bedenkt, was das alles kosten wird!», ließ sich Habbo von der Beltringharde vernehmen, ein dünner Kerl, der neben dem massigen Niklaas regelrecht zu verschwinden schien. «Und damit meine ich nicht nur Silber … Wenn wir diesen Sommer gegen die Wogemänner kämpfen wollen, fehlen uns die Männer auf den Feldern und an den Deichen. Männer, von denen viele nicht zurückkehren werden, wenn sie im Kampf fallen. Können sich die Uthlande gerade wirklich einen Krieg leisten?»

Folkert atmete erleichtert aus. Darauf hatte er gehofft! Habbo galt als zurückhaltender Mann, der die Bücher seiner Harde stets sehr genau prüfte und sich viel mit den örtlichen Pfarrern beriet. Das entsprach Folkert mehr als die waffenstarrende Wut eines Stallers Owe.

«Die Frage ist aber», warf nun Staller Georg von der Lundenbergharde als Letzter ein, «ob es uns nicht teurer kommt, wenn wir die Seeräuber weiter gewähren lassen.»

Langsam ging auch er in die Mitte, wobei er sich auf seinen Knotenstock stützen musste. Er hatte ein steifes Bein, seit er bei einem Überfall der Wogemänner verwundet worden war. Unglücklich schüttelte Folkert den Kopf. Ob Auke bewusst war, was er da angerichtet hatte?

«Ich denke, wir sollten zunächst einmal zusammentragen, was uns über die Wogemänner berichtet wurde», fuhr Staller Georg fort. «Dann erst können wir sinnvoll entscheiden.»

Herr Oluf verschränkte ungeduldig die gepanzerten Arme, doch die anderen Staller stimmten murmelnd zu. So begann eine lange Reihe von Reden, in der Vertreter jeder Harde auflisteten, welche Schäden die Seeräuber bei ihnen angerichtet hatten. Mal sprachen die Staller selbst, mal machten die Ratsleute ergänzende Angaben. Niklaas beklagte wortreich den Verlust seines Besitzes, Owe erboste sich über die Dreistigkeit der Schurken, die ihn hintergangen hatten. Der alte Wilko redete viel und sagte wenig, wobei er immer wieder die Tugenden vergangener Zeiten beschwor und sich ausgiebig über die Unsitten der Gegenwart ausließ. Alderks zögerlichen Wortmeldungen hingegen war kaum anzumerken, dass er es war, der das Thing einberufen hatte.

Folkert verlagerte sein Gewicht von einem Bein auf das andere, während er darum kämpfte, das Gewicht des Schwertes irgendwie bequemer zu tragen. Dies drohte eine jener Thing-Versammlungen zu werden, die kein Ende nahmen, weil alles mindestens dreimal gesagt werden musste, von drei verschiedenen Männern, die sich dann jeweils als Urheber der Idee fühlen durften.

Immer wieder schielten die Leute zu den Zelten, die man am Rande der Thingstätte aufgebaut hatte. Brot und Schinken warteten dort auf aufgebockten Tischen neben Fässern mit Hamburger Bier. Es war Tradition, dass die Besucher des Things üppig bewirtet wurden, um sie für ihre Umstände zu entschädigen, und man munkelte, dass so mancher Großbauer sich vor allem deswegen zum Ratsmann wählen ließ.

Nervös kaute Folkert auf seiner Lippe herum. War denen eigentlich bewusst, dass sie gerade über Krieg und Frieden entschieden?

«Du kannst natürlich darauf hoffen, dass sie auf dem Thing eine gute Lösung finden», hatte Ansgar zu ihm gesagt, bevor er zur Versammlung aufgebrochen war. «Aber irgendwann wirst du die Stimme erheben und selbst etwas sagen müssen. Das ist die Lehre, die du aus der Geschichte von so ziemlich jedem Heiligen ziehen kannst.»

Ansgar hatte recht, wie immer. Folkert räusperte sich unbehaglich. Dann nutzte er die kurze Pause, als Staller Wilko gerade einen Redeschwall beendet hatte, und trat ebenfalls an den Thingstein.

«Ich denke, wir haben nun von allen Vorkommnissen mit den Wogemännern gehört», sagte er so laut wie möglich. «Und wir haben auch gehört, welch verständlichen Zorn diese Untaten hervorgerufen haben.»

Missbilligende Blicke trafen ihn von verschiedenen Seiten. Es kam nicht unbedingt gut an, dass er als einfacher Ratsmann wie ein Staller sprach.

«Ich kann jeden verstehen, der mit Schwert und Speer gegen diese Bedrohung vorgehen will, um unsere Höfe zu schützen», fuhr Folkert rasch fort, wobei er sich etwas von Aukes selbstverständlicher Dreistigkeit wünschte. «Aber Staller Habbo hat recht: Die Uthlande können sich in diesen schweren Zeiten nicht auch noch einen Krieg leisten! Ich führe die Aufsicht über die Deiche der Edomsharde. Und ich versichere euch, dass ich dafür jede Hand brauche, die das Land erübrigen kann! Jeder einzelne Mann, der stattdessen in den Kampf gegen die Wogemänner zieht, fehlt beim viel dringlicheren Kampf gegen das Meer.»

Staller Habbo nickte ihm dankbar zu, während Owe von der Evershop-Harde wütend einen Schritt vortrat. «Dann sollen wir die Wogemänner also einfach gewähren lassen?»

«Das wäre vermutlich ganz im Sinne von Folkert Feddersen», brummte ein Graubart aus Owes Gefolge. «Immerhin stammt er aus der Woge-Sippe und ist der Bruder von Auke, den alle nur den Wogenhauptmann nennen!»

Empörtes Gemurmel kam ringsum auf. Folkert presste die Lippen aufeinander. Davor hatte Ansgar ihn eindringlich gewarnt. Er musste um jeden Preis vermeiden, dass er auf dem Thing als Fürsprecher der Wogemänner wahrgenommen wurde!

«Es ist wahr, dass Auke Feddersen mein Bruder ist!», rief er rasch gegen die Stimmen an, die sich ringsum erhoben. «Und ich bin stolz darauf, vom Woge-Hof zu stammen, auch wenn er jetzt nicht mehr existiert. Weil meine Familie seit vielen Generationen ehrbare Freibauern hervorgebracht hat! Mit der Seeräuberei meines Bruders habe ich nichts zu schaffen.»

«Hört, hört!», rief jemand dazwischen.

Folkert hatte ein schlechtes Gewissen. Immerhin war er sich nicht zu fein gewesen, die Vorräte anzunehmen, die Janne in sein Haus gebracht hatte. Aber hier ging es um mehr als Schinken und Mettwürste!

«Ich stimme euch zu, dass das Treiben der Wogemänner ein rasches Ende finden muss!», setzte er nach, ehe er noch mehr Angriffsfläche bieten konnte.

«Und wie denkst du dir das, Folkert Feddersen?», fragte Staller Georg von der Lundenbergharde und musterte ihn konzentriert.

«Wir schließen einen Vergleich», schlug Folkert vor. «Die Wogemänner haben große Schäden in den Uthlanden verursacht, also müssen sie ein hohes Wergeld an alle Höfe und Siedlungen zahlen, wo sie gewütet haben.»

Wer einen Angehörigen einer anderen Sippe verletzt oder gar getötet hatte, musste nach altem Recht eine Kompensation in Form von Silber zahlen. Anderenfalls war die Sippe des Getöteten zur Blutrache verpflichtet. Das hatte in der Vergangenheit zu langen, verlustreichen Fehden geführt, in denen so manche Familie fast ausgelöscht wurde. Das Wergeld bot eine Möglichkeit, aus diesem fatalen Teufelskreis auszubrechen, ohne dass jemand dabei sein Gesicht verlor.

«Im Gegenzug gehen wir nicht weiter gegen die Wogemänner vor und gewähren ihnen Frieden, sodass sie zu ihren Sippen zurückkehren können», schloss Folkert seinen Vorschlag.

Sofort brachen ringsum heftige Diskussionen aus.

«Das entspräche durchaus dem alten Recht», sagte der greise Staller Wilko.

«Und die Wogemänner gehen einfach so darauf ein», höhnte Niklaas von der Pellwormharde, «weil wir sie darum bitten? Die haben doch ein gutes Leben auf ihrer verfluchten Burg!»

«Wir müssen eben sehr nachdrücklich auftreten», entgegnete Staller Alderk. «Wenn die Ratsleute von sechs Harden die Absender der Botschaft sind, wissen die Seeräuber, was ihnen ansonsten blüht.»

Erleichtert atmete Folkert aus. Er war sich bis zum Schluss nicht sicher gewesen, wie Alderk in dieser Sache auftreten würde. Der junge Staller war von Grund auf friedliebend und empfänglich für Folkerts Vorschläge, doch seit er Herrn Oluf auf seinem Hof zu Gast hatte, war er ängstlich darauf bedacht gewesen, nichts zu tun, was den dänischen Edelmann verärgern konnte.

Entsprechend zuckte er erschrocken zusammen, als der Ritter nun mit grimmigem Gesicht vortrat. Sein Knappe begleitete ihn und trug die Fahne neben ihm her, als wäre Herr Oluf ein wandelndes Stück Dänemark.

«König Valdemar wird es kaum als Zeichen von Stärke auffassen, wenn seine Königsfriesen mit Seeräubern Verhandlungen aufnehmen», sagte er streng. «Die Krone erwartet, dass ihr die Plage schnell und entschlossen ausrottet, als mahnendes Beispiel für andere. Seeräuberei hat keinen Platz in ihren Landen.»

Folkert lag eine wütende Erwiderung auf der Zunge. Immerhin hatte König Valdemar selbst Kaperfahrer in seinen Diensten, die von Helgoland aus gegen die Schiffe der Hanse vorgingen. Wenn es ihn selbst betraf, war das wohl etwas anderes ... Doch er wusste wohl, dass es keinen Sinn hatte, den Ritter wütend zu machen.

«Stimmen wir also ab!», rief Georg von der Lundenbergharde. «Wer spricht sich dafür aus, den Vorschlag von Folkert Feddersen anzunehmen und einen Vergleich mit den Wogemännern anzustreben?»

Murmelnd beratschlagten die Ratsleute der einzelnen Harden sich untereinander, während Folkert am Thingstein stehen blieb und sich bang umschaute.

«Der Rat der Beltringharde stimmt dem Vorschlag zu», verkündete Staller Habbo schließlich. «Mein Hauspriester ist geschickt mit Worten und kann eine deutliche Botschaft aufsetzen.»

Folkert nickte angespannt. Dass Habbo ihm am ehesten beipflichten würde, hatte er vermutet. Doch was war mit den anderen?

«Der Rat der Lundenbergharde schließt sich dem an», ergriff Staller Georg als Nächster das Wort. Das war gut! Immerhin verdankte Georg sein steifes Bein den Wogemännern, er hätte nur zu leicht auf Rache sinnen können. Doch offenbar war seine Vernunft größer als sein Zorn.

Für einen Moment sagte niemand etwas, nur die Möwen schrien in der Luft hoch über der Thingstätte.

«Die Evershop-Harde wird dieses feige Vorgehen nicht unterstützen!», rief Staller Owe wütend. «Ich sage: Wir geben den Seeräubern, was sie uns gegeben haben – Schwerthiebe und keine Gnade.»

«Und wir nehmen ihnen wieder, was sie uns genommen haben», stimmte Staller Niklaas ihm zu. «Die Pellwormharde ruft alle freien Friesen dazu auf, an unserer Seite gegen die Wogemannsburg zu ziehen!»

«Und die Wiriksharde wird dem Ruf folgen», verkündete der alte Wilko grimmig, wobei er seinen Knotenstab wie ein Schwert hob.

Zwei Stimmen für einen Vergleich, drei für den Krieg. Folkerts Blick wanderte zu Staller Alderk. Auf ihn kam es jetzt an. Wenn er für einen Vergleich stimmte, würde es weitere

Verhandlungen geben müssen. Ansonsten war die Sache entschieden.

Mit einem flauen Gefühl im Bauch beobachtete Folkert, wie Herr Oluf an Staller Alderk herantrat und leise, aber eindringlich mit ihm sprach. Alderk nickte beklommen. Dann wandte er sich an die anderen Ratsleute. Folkert wusste, was er verkünden würde, ehe er es aussprach.

«Die Edomsharde folgt dem Aufruf der Krone!», rief er, ohne besonders überzeugt zu klingen. «Wir ziehen gegen die Wogemänner.»

Damit war alles gesagt. Das Thing hatte sich für den Krieg entschieden. Einige der Männer ringsum stießen zustimmende Rufe aus und begannen, rhythmisch mit ihren Waffen auf ihre Schilde zu schlagen. Ein machtvolles Klirren und Stampfen hallte über die Thingstätte, als würde ein riesenhafter Krieger von urwüchsiger Gestalt über die Heide marschieren. Sein Ziel waren Kampf, Tod und die Wogemannsburg. Folkert wusste, dass der Beschluss des Things eine Kraft entfesselt hatte, die nun niemand mehr aufhalten konnte.

Herr Oluf stand am Rande des Platzes und beobachtete mit grimmiger Zufriedenheit den auflodernden Brand, den er im Dienste seines Königs entfacht hatte. Nun musste er nicht mehr tun, als ein wenig in die Flammen zu pusten.

Mit gemessenen Schritten ging er hinüber zum Thingstein und hob beide Arme. Der Lärm ringsum verstummte langsam und ein wenig unwillig.

«Ihr Leute der Uthlande!», rief Herr Oluf. «Ich wusste, dass mein Herr sich auf die Schlagkraft und Entschlossenheit seiner Königsfriesen verlassen kann. Ich selbst werde mit meinen Männern an eurer Seite kämpfen, bis das Übel ausgetilgt ist, das diese Gegend befallen hat. Alles Seeräubergesindel wird euch schon bald fürchten – und alle Seeräuberfreunde gewiss auch.»

Er warf Folkert einen finsteren Blick zu.

«Ich bin kein Seeräuberfreund!», rief dieser. «Mir geht es allein um Frieden für die Uthlande in einer bösen Zeit.»

«Die Uthlande werden Frieden finden, sobald die Wogemänner ins Meer gejagt wurden», erwiderte Herr Oluf ungerührt. «Und wenn Ihr wirklich kein Verbündeter dieses Abschaums seid, sollt Ihr Gelegenheit haben, das zu beweisen, Folkert Feddersen vom Woge-Hof.» Er wandte sich an Alderk. «Staller! Sorgt dafür, dass Euer Ratsmann hier seinen Teil dazu beiträgt, das Volksheer der Edomsharde auszuheben. Und er soll mit Euren Kriegern in den Kampf ziehen. Wenn er sich gegen die Seeräuber bewährt, will ich ihm seine Versicherungen glauben.»

«So soll es sein, Herr», murmelte Alderk unglücklich, während die Männer ringsum begannen, wieder mit ihren Waffen zu lärmen.

Folkert bekam kaum etwas davon mit. Sein kläglicher Versuch war gescheitert. Die Uthlande würden noch mehr Elend sehen, und er würde in den Krieg ziehen. Gegen die Wogemänner. Und gegen seinen Bruder.

Elftes Kapitel

Eine Möwe schwebte über dem Heverstrom. In weiten Kreisen zog sie vor dem Hellblau dahin, die Flügel beiläufig ausgebreitet, so als sei es die einfachste Sache der Welt, zwischen Himmel und Erde umherzugleiten, und keine Ungeheuerlichkeit, die man eigentlich nur bestaunen konnte.

Die Möwe aber schien keinerlei Sinn für solche Gedanken zu haben. Sie flog einfach nur, ganz in sich selbst und der Endlosigkeit versunken. Sie war frei.

Griet spürte Neid, als sie dem Flug der Möwe mit dem Blick weiter folgte. Sie stand auf der Wehrplattform des Burgturmes und schaute über den Heverstrom, der unter ihr in der Sommersonne glitzerte und sich irgendwo weiter westlich im Meer verlor. Dabei fragte sie sich, ob sie so etwas wie eine Schwester der Möwe hätte sein können, in Freiheit mit ihr vereint, wenn sie damals mit Auke einfach fortgegangen wäre. Doch auch der Vogel schien sein Privileg nicht wirklich nutzen zu wollen. Er beschrieb die immer gleichen Kreise über der Hever, statt irgendwo in der Ferne zu verschwinden, was für ihn doch so leicht möglich wäre …

«Hier oben bist du also.» Janne erschien in der Bodenluke, die zur Treppe führte. Griet hatte gar nicht mitbekommen, dass sie schon wieder zurück war. Sie hatte geglaubt, dass ihre

Freundin noch in den Dörfern unterwegs war, um die Augen offen zu halten.

«Beka hat mir gesagt, dass du auch ihren Wachdienst übernommen hast», sagte Janne. «Du bist jetzt schon seit Stunden hier oben!»

«Ja», erwiderte Griet, ohne den Blick von der Weite zu lösen. «Weil ich allein sein will.» Das war ihr ruppiger herausgerutscht, als sie es beabsichtigt hatte. Aber in der Sache war es nicht falsch. Sie brauchte dringend einen klaren Kopf!

Janne trat an sie heran und stellte ein Tablett mit einem Schälchen Getreidegrütze und einem kleinen Krug Wein zwischen den Zinnen ab.

«So viel Alleinsein muss hungrig machen», sagte sie. «Während du isst, können wir ja gemeinsam allein sein.»

Seufzend unterdrückte Griet ein Lächeln. «Ich nehme an, ich werde dich eh nicht los, bis ich aufgegessen habe?»

«Du sagst es.»

Also begann sie, gehorsam in der Grütze herumzustochern. Ihr Magen dankte es ihr. Während sie etwas eifriger löffelte, beobachtete Janne sie mit schief gelegtem Kopf. Schließlich hielt Griet es nicht länger aus.

«Was ist denn?», fragte sie ungeduldig.

«Das frage ich dich», erwiderte Janne. «Ich bin schon seit heute Morgen wieder in der Burg und habe dich nicht einmal gesehen. Warum hockst du auf den Zinnen im Wind, als hättest du dich über Nacht in eine Möwe verwandelt?»

Unwillkürlich schaute Griet über die Hever. Der einsame Seevogel war verschwunden. Es war fast unheimlich, wie zielsicher Janne wunde Punkte fand.

«Ich habe mit Cosimo gesprochen», sprach Griet es schließlich aus. «Er hat mir erzählt, was auf der *Jakobus von Hamburg* passiert ist. All diese armen Seelen … Daraufhin habe ich Auke zur Rede gestellt, und er hat es nicht geleugnet.»

Janne seufzte tief. «Ja, Cosimo war gar nicht glücklich darüber. Er sagt, für gewöhnlich nehmen die Wogemänner nur ihre Beute mit und lassen die Seemänner in Ruhe, wenn sie sich nicht wehren und ausreichend eingeschüchtert sind …»

«Aber das hat sich offenbar geändert!», rief Griet halb wütend und halb verzweifelt. «Auf der *Jakobus* hat sich niemand mehr gewehrt! Und doch liegt die Kogge jetzt am Grunde der Westsee, zusammen mit jedem einzelnen Mann der Besatzung.» Sie schaute wieder in die Ferne. «Ich habe das Gefühl, dass ich Auke nicht mehr kenne. Oder vielleicht niemals richtig gekannt habe … Er ist irgendwie nur noch der Wogenhauptmann und nicht mehr der freche Kerl, dem ich am Brack einen Eimer über den Kopf gestülpt habe.»

Sie verstummte. Wenn man bedachte, mit welchen Problemen ihre Gemeinschaft und die ganzen Uthlande gerade zu kämpfen hatten, hörte sich das fast lächerlich kleinlich an. Doch Janne nickte ernst.

«Ist Auke darum schon wieder unterwegs?», fragte sie. «Die Wogemänner waren ja kaum lange genug in der Burg, um einen Krug Bier zu trinken, ehe er sie zum nächsten Beutezug zusammengerufen hat.»

«Ja, ich denke schon», entgegnete Griet. «Wir haben nicht viel miteinander gesprochen in letzter Zeit. Es sieht ihm eigentlich nicht ähnlich, aber ich glaube, er läuft gerade davon.»

«Wovor?»

«Vor dem Gespräch, das ich sonst mit ihm führen würde. Darüber, dass es so nicht länger weitergehen kann. Mit den Wogemännern. Und mit uns …»

Janne schaute sie nachdenklich an.

«Weißt du, Cosimo sagt, dass er noch immer mehr als genug Kunststücke kann, um jeden Mund von hier bis Lübeck vor Staunen offen stehen zu lassen. Und er könnte Lentje und mir auch so einiges beibringen. Wenn wir uns den Fahrenden anschließen sollten, würde uns jeder Trupp gewiss gerne aufnehmen.»

Griet brauchte einen Moment, um das zu verdauen. «Du meinst, ihr wollt fortgehen?»

Seufzend zuckte Janne mit den Schultern. «Vielleicht. Wir denken schon länger darüber nach. Ich will nicht, dass Lentje weiter unter solchen Bedingungen heranwächst. Die Sitten werden mir hier zu rau und blutig. Sie ist ja schon bald eine junge Frau ...»

Griet wandte sich um, zur anderen Seite des Turmes, von wo aus man auf den Hof hinunterschaute. Zwei kleine Jungen kümmerten sich um die Gänse, während die Frauen gerade im Backhaus arbeiteten. All das sollte eigentlich eine warme Zuflucht sein, deren Bewohner den Hunger, die Not und die Angst hinter festen Palisaden aussperren konnten. Doch irgendwie war das Vorhaben völlig aus dem Ruder gelaufen.

«Du könntest mitkommen.»

Janne sagte das so schnell und leise, dass Griet es zunächst kaum verstand.

«Wie?»

«Du könntest mitkommen», wiederholte Janne deutlicher. «Ich meine, du bist keine Gefangene, die in ihrem Turm auf einen Ritter wartet, der sie befreit. Und du wolltest doch schon immer fortgehen. Du könntest mit uns kommen. Damals hast du Lentje und mich schließlich auch aufgenommen ...»

Griet wusste nicht, was sie sagen sollte. Das Angebot ihrer Freundin klang erschreckend verlockend, auch wenn es so unverhofft über sie hereinbrach wie eine plötzliche Welle. Alles hinter sich zu lassen, zusammen mit Janne und Lentje zu reisen … ohne Auke.

Sie schüttelte den Kopf. «Ich … ich kann nicht.» Sie räusperte sich. «Wie lief eigentlich dein Gang über die Dörfer? Hat dich der olle Fischer Momme wieder mitgenommen, rüber zur Edomsharde?» Ein Themenwechsel würde ihr jetzt guttun!

Doch Janne weitete erschrocken die Augen. «Stimmt, du weißt es ja noch gar nicht … Ja, ich war dort. Und es regt sich gerade einiges. Staller Alderk ruft eine Heerschar zusammen, und die Staller der umliegenden Harden tun es ihm gleich. Sie rüsten sich gegen die Wogemänner, Griet! Gegen uns. Die Männer werden bald nicht mehr so einfach auf Fahrt gehen können. Überall werden sie Speere und Schwerter erwarten.»

Griet sog scharf den Atem ein. Sie hatte geahnt, dass es nicht ewig so weitergehen würde. Schon als Janne vor einiger Zeit berichtet hatte, dass Herr Oluf wieder in den Uthlanden war. Aber dass gleich alle Harden des Westens sich für den Kampf bereitmachen würden, und das auch noch so schnell … Und Auke war unterwegs auf Kaperfahrt und hatte vermutlich keine Ahnung, wie rasch die Vorbereitungen vorangingen.

«Ich weiß nicht, ob die Wogemannsburg noch lange ein sicherer Ort für Lentje ist», sagte Janne beklommen.

Griet nickte, ohne sie anzusehen. «Ja, das verstehe ich. Aber ich kann nicht fort, Janne.» Beim Aussprechen wusste sie, dass es die Wahrheit war. «Nicht nach allem, was ich hier begonnen habe. Ich war dabei, als die Wogemänner sich beim ersten Wogenthing zusammengefunden haben, bin Auke stets zur Seite gestanden, trage Verantwortung. Da kann ich nicht einfach fortlaufen, wenn es schwierig wird …»

«Aber was wirst du machen?», fragte Janne besorgt.

Griet ließ sich mit der Antwort einen Moment Zeit, während ihr Blick über den grauen Himmel wanderte. Die Möwe blieb verschwunden.

«Ich weiß es nicht», sagte sie schließlich. «Aber etwas muss sich ändern, sonst geht das Blutvergießen immer weiter. Und wenn niemand ihm Einhalt gebieten kann, muss ich das eben tun. Irgendwie ...»

Zwölftes Kapitel

Zurück auf die *Zornflut*, ihr Memmen!»

Lüder war ausgesprochen guter Laune. Er trug einen Sack auf dem Buckel, der selbst für den starken Wolter eine Herausforderung gewesen wäre, und dennoch hatte er ein breites Grinsen auf den Lippen, als wäre seine Last nicht weiter der Rede wert. Das lag gewiss daran, dass sie zu einem guten Teil aus blanken Silbermünzen bestand.

«Ja, das Schiff wartet nicht gerne, wie eine Frau», erwiderte Auke, wobei er sich vergeblich bemühte, so unbeschwert wie sein Kampfgefährte zu klingen. Seite an Seite liefen sie den Hang der Pfarrwarft von Volgsbüll hinab, an der Spitze eines Trupps von Wogemännern.

«Wir müssen dem ollen Momme aber eine Kleinigkeit zukommen lassen», meine Melchior, der direkt hinter ihnen lief und einen prachtvollen Buntmetall-Kelch trug. «Immerhin verdanken wir ihm den ganzen Segen.»

«Gewiss, den vergessen wir nicht», brummte Auke. Der alte Fischer gehörte zu jenen verschwiegenen Leuten, die für die Wogemänner zuweilen die Augen in den Uthlanden offen hielten. Er hatte Auke verraten, dass in diesem Jahr der Kirchenzehnte der äußeren Harden außergewöhnlich früh eingetrieben und, ebenfalls entgegen der Regel, in der Zehntscheuer der entlegenen Pfarrei Volgsbüll auf der Beltringharde gelagert wurde, ehe er sich nach Schleswig auf die Reise machen würde, um die Truhen des Bischofs zu füllen. Offenbar wollten die Kirchenmänner damit der Aufmerksamkeit der Seeräuber entgehen, vor denen sie inzwischen einen angemessenen Respekt entwickelt hatten.

Doch dank des guten Momme war das gehörig nach hinten losgegangen, denn die Wogemänner waren dem Zehnten hierher gefolgt, wo nur eine Handvoll verängstigter Pfarrknechte darauf aufgepasst hatte. Viel bequemer hätte man ihnen die Sache kaum machen können.

Auke zwang sich zu einem Grinsen, das nur bis zu seinen Mundwinkeln reichte. Das ganze Unternehmen war ein Erfolg, und doch fühlte es sich schal an. Denn er wusste, dass Griet nichts von all den Schätzen würde sehen wollen, die er nach Hause auf die Wogemannsburg brachte – sei es nun das Silber der Großbauern und Kaufleute oder seien es die Naturalien der kleinen Leute.

Er war froh, dass zumindest schon Säcke mit Gerste von der frühen Sommerernte unter der Beute waren. Ein paar großzügige Vorratsspenden an die Leute von Westerhever würden seiner Gefährtin hoffentlich wieder vor Augen führen, warum sie das alles machten. Warum es wichtig war, zu tun, was eben getan werden musste. Sobald Griet das eingesehen hatte, würde sie hoffentlich damit aufhören, ihn so anklagend anzustarren, und alles würde sich wieder ein bisschen mehr wie früher anfühlen.

Unwillig schüttelte er den Kopf. Jetzt war keine Zeit für trübe Gedanken! Es lag ein ganzes Wegstück bis zum Schiff vor ihnen, und es war töricht, Beute zu verplanen, die man noch nicht heimgebracht hatte. Auke fokussierte sich wieder auf seine Umgebung.

Der Pfarrhof von Volgsbüll lag in ihrem Rücken. Vor ihnen erstreckten sich offene Weiden im abendlichen Dämmerlicht, bis sie schließlich an das Strauchwerk eines Moorwäldchens stießen, wo alles zu konturlosen Schatten verschmolz. Die *Zornflut* ankerte jenseits des Wäldchens, in einer Bucht, die bis vor wenigen Jahren noch festes Land gewesen war, ehe die Grote Mandränke sich jenen Teil der Beltringharde einverleibt hatte. Der Moorwald hatte sie zu einem kleinen Umweg gezwungen, doch dafür war das Schiff vom Ort aus sichtgeschützt, und auch auf ihrem Marsch über Land hatte das Gesträuch den Wogemännern Deckung geboten.

«Diesmal reicht mein Anteil mindestens für einen stattlichen Pflugochsen», schwärmte Barne beim Laufen.

«Suchst du einen passenden Gesprächspartner?», erwiderte Lüder, der sich niemals eine Pointe entgehen ließ. Gelächter brandete ringsum auf.

Auke hörte nur mit einem Ohr zu. Konzentriert beobachtete er den Feldweg, der sich vor ihnen dahinzog und am Wäldchen vorbei in Richtung Küste führte. Hatte da vorne nicht gerade etwas metallisch aufgeblitzt, wo es eigentlich nur Schlamm und Strauchwerk geben durfte?

«Melchior?», fragte Auke alarmiert. Der ehemalige Gaukler hatte die schärfsten Augen in ihrer Schar.

«Ich hab es auch gesehen!», erwiderte Melchior sogleich. «Wir sollten …»

In diesem Moment hallte ein herausfordernder Hornstoß durch die Dämmerung. Und die Abendruhe zerriss wie ein fadenscheiniges Stück Tuch. Plötzlich waren da Bewegungen auf dem Weg vor ihnen: Gestalten, die sich aus dem Schatten des Wäldchens lösten und in breiter Front auf den Pfad hinaustraten. Es waren bewaffnete Männer mit Speeren, Schwertern und Äxten, so viel konnte Auke sofort erkennen. Einige schienen sogar Helme zu tragen, denn die Umrisse ihrer Köpfe waren seltsam verzerrt. Ein kompletter Kriegstrupp versperrte von einem Moment auf den anderen ihren Weg, als wäre er aus dem nackten Boden gewachsen.

Noch während Auke nach seinem Malchus griff, erklang ein zweites Horn. Diesmal kam das Geräusch von hinten, aus der Richtung von Volgsbüll. Unheil ahnend fuhr Auke herum. Fackelschein war auf allen Warften des Ortes aufgeflammt, als hätte sich eine Armee von Glühwürmchen aus den Wiesen erhoben. Auch hier war alles in Bewegung gekommen, und die Umrisse weiterer Männer strömten von den Warften herab. Noch ein bewaffneter Trupp, diesmal in ihrem Rücken!

Lüder stieß einen Fluch aus. «Wo kommen die denn so schnell her?»

Auke biss die Zähne aufeinander, dass ihm der Kiefer schmerzte. «Die sind nicht erst gekommen», sagte er leise. «Die waren die ganze Zeit hier! Sie haben im Moorwald und auf den Höfen gewartet, bis wir zur Pfarrwarft vordringen. Und jetzt machen sie den Kessel von beiden Seiten dicht.»

«Du meinst, das Ganze ist …»

«… eine verfluchte Falle!», beendete Auke den Satz.

Verbissen versuchte er, sich einen Überblick zu verschaffen. Das da vorne am Wald waren gewiss an die hundert Mann oder mehr, die den Pfad und die Weiden ringsum abriegelten; eine dreifache Übermacht. Und vom Ort aus näherten sich noch einmal so viele Bewaffnete, die ihnen den Weg in diese Richtung versperrten – mehr Krieger, als eine kleine Siedlung wie Volgsbüll aufbringen konnte. Diese Männer waren eigens hierhergekommen, um den Wogemännern aufzulauern.

Vielleicht konnten sie quer über das freie Feld landeinwärts davonlaufen, um den Angreifern zu entgehen. Doch Auke wusste, dass in diese Richtung das ausgedehnte Hochmoor lag, das das Herz der Beltringharde bildete. Ohne Ortskenntnisse durch den Morast zu stolpern, war schon gefährlich genug. Im Abenddunkel und mit bewaffneten Feinden auf den Fersen würde Auke seine Leute ganz gewiss nicht ins Moor führen! Er schnaubte grimmig. Der Ort für diesen Hinterhalt war gut gewählt.

«Wogenhauptmann!», drängelte Lüders. «Was sollen wir tun?»

Auke erwog kurz, ob sie es wagen durften, mit einem überraschenden Vorstoß gegen die Männer am Wald vorzugehen, um zum Schiff durchzubrechen. Doch die Feinde hatten sich in einem weiten Halbbogen formiert und konnten ihnen in die Flanken fallen, wenn sie auf den zugänglichsten Bereich rund um die Straße zustürmten. Dieser Weg war versperrt.

«Zurück zur Pfarrwarft!», entschied Auke schließlich. «Und dann rauf auf den Hügel.»

Er ignorierte die skeptischen Blicke seiner Männer, wandte sich um und lief ihnen voran auf den Pfarrhof von Volgsbüll zu, den sie gerade erst hinter sich gelassen hatten. Mit klirrenden Waffen näherte sich der Kriegstrupp vom Ort her, und auch die Angreifer, die sich im Wald verborgen hatten, rückten nun in breiter Front heran. Sie bewegten sich zügig, aber ohne Hast, schienen sich ihrer Beute sicher zu sein.

Auke musterte den Pfarrhof, der nun direkt vor ihnen lag: ein Langhaus und eine Zehntscheune neben der Warft mit der kleinen Kirche, die sich still und unbeteiligt im Abenddunkel erhob. Auch im Pfarrhaus tat sich nichts. Der Herr Pfarrer und sein Gesinde hatten sich offenbar noch im hintersten Winkel verkrochen und leckten sich die Wunden nach dem Überfall. Umso besser.

«Rauf da!»

Auke eilte als Erster den Hang der Warft hinauf, dicht gefolgt von den anderen.

«Aber ist das klug?», schnaufte Cosimo, der nun zu ihm aufgeschlossen hatte. «Von oben mögen wir uns besser verteidigen können, aber wir sitzen auch wie Ratten in der Falle!»

«Ich weiß», schnaufte Auke. «Genau das sollen diese Kerle auch glauben.»

Auf der Warft wandte er sich kurz um. Die Kriegstrupps näherten sich von beiden Seiten und schienen es darauf anzulegen, einen geschlossenen Ring um das Pfarrhaus zu bilden. Zur Straße beim Ort hin bestand das Gelände aus entwässerten Weiden, auf denen man einigermaßen gut vorankam. Auf der anderen Seite der Warft hingegen ging es in moorige Feuchtwiesen über, wo Wasserlachen im Abendlicht schimmerten. Mehr als unbequem sah das aus. Dort würden sie den Ring gewiss als Letztes schließen.

«Hinter das Haus!», kommandierte Auke und führte seine Leute in das Kleintier-Gehege, das man zwischen dem Pfarrhaus und der Scheune angelegt hatte. Hühner flatterten auf, als die Männer in den mit Stroh ausgelegten Bereich getrampelt kamen. Die Angreifer durften gerne denken, dass sie sich in diese Engstelle als letzte Verteidigung zurückzogen. Auke hatte andere Pläne.

Er führte seine Männer durch eine kleine Seitentür, die vom Gehege in die Scheune führte. Sie liefen quer durch den halbdunklen Raum, den sie gerade erst geplündert hatten, und verließen ihn schließlich wieder durch die Hinterpforte.

«Und hinunter mit uns!»

Auf der vom Ort abgewandten Seite liefen sie die Pfarrwarft hinab. Der Feind dachte hoffentlich immer noch, sie hätten sich irgendwo zwischen den Gebäuden verschanzt. Bis die Kerle nahe genug herangerückt waren, um ihren Fehler zu bemerken, würden die Wogemänner schon weit weg sein.

«Die werden ganz schön blöd schauen!», grinste Lüder.

«Nicht, wenn wir so laut schwätzen, dass sie uns sofort entdecken», schnitt ihm Auke das Wort ab.

Verbissen kämpften sie sich über die Feuchtwiesen voran, wobei sie tief im Schlamm einsanken und sofort klamme Nässe ihr Schuhwerk durchweichte. Immer wieder mussten sie sich gegenseitig an der Hand packen und aus dem schmatzenden Morast ziehen. Besorgt warf Auke einen Blick über die Schulter. Die Angreifer näherten sich dem Pfarrhof über die Flanken, schon bald würden die ersten von ihnen die Warft umrunden. Es war nur eine Frage der Zeit, bis man sie entdeckte.

«Werft das Zeug weg!», zischte Auke, als Lüder wieder einmal in einer Schlammpfütze hängen blieb und verbissen mit seinem Sack kämpfte. «Das hält uns zu sehr auf.»

«Aber das Silber ...»

«... wird dir nichts nutzen, wenn dir Eisen zwischen den Rippen steckt!»

Unwillig ließen die Männer ihre Säcke, Kisten und sonstigen Beutestücke ins hohe Gras fallen. Das hatten sich die Angreifer fein ausgedacht: die Wogemänner ergreifen und ihnen die Köder wieder abnehmen, an denen sie sich verschluckt hatten. Dass sie die Köder ausspucken mussten, konnte Auke jetzt nicht mehr ändern. Doch er würde dafür sorgen, dass die Wogemänner der Falle entkamen wie Fische, die durch ein löchriges Netz schlüpften!

Mit neuer Kraft hetzten die Männer weiter voran. Ohne die

Last fiel ihnen das Laufen direkt leichter. Sie waren bis kurz vor das Moorwäldchen gekommen, als plötzlich hinter ihnen wütende Rufe durch das Abenddunkel hallten. Man hatte ihre List entdeckt!

«Rennt! Beeilt euch, ihr Hunde!», trieb Auke die Männer an. Ihre Verfolger waren schwer gerüstet und lagen inzwischen ein ganzes Stück hinter ihnen. Mit etwas Glück schafften sie es bis zum Schiff, ehe die Hauptmacht der Feinde sie erreicht hatte …

Die Wogemänner tauchten in den Schatten des Wäldchens ein und hetzten unter den Bäumen weiter voran. Während er peitschende Äste und Gesträuch zur Seite fegte, musste Auke an einen anderen Abend vor Jahren denken, als er mit dem Plogpennig-Silber des Dänenkönigs über die Gräben geflohen war. Vor der Groten Mandränke war das gewesen, und Lüder war der einzige Gefährte aus jener Zeit, der nach Wolters Tod noch an seiner Seite war.

Die Welt war nun eine völlig andere, und doch tat Auke noch die gleichen Dinge, war noch immer auf der Flucht. Für einen Moment fühlte er sich seltsam zeitlos, als sei sein ganzes Leben ein ewiges Hetzen, einer verlockenden Freiheit hinterher, die stets hinter der nächsten Wegbiegung lag …

«Wir sind fast da!», rief Melchior triumphierend. Vor ihnen brach bereits das Dämmerlicht durch die Zweige der letzten Bäume. Sie liefen wieder aufs freie Land hinaus. Nun war es nicht mehr weit bis zur Uferböschung, wo die *Zornflut* auf sie wartete …

Schon war der Mast der Schnigge zu sehen, der hinter einer Düne aufragte. Jubelnd stürmten die Männer weiter voran, bergab und der Bucht entgegen. In diesem Moment keuchte Barne gurgelnd auf und fasste sich an den Hals. Dann fiel er tot um und brachte Cosimo zum Stolpern, der hinter ihm lief. Der gefiederte Schaft eines Pfeils ragte aus Barnes Kehle.

«Was ist das?», brüllte Lüder, als auch schon ein weiterer Pfeil vor seinen Füßen einschlug und im Boden stecken blieb. Das kam von vorne. Vom Schiff!

«Sie haben uns umrundet, während wir die Zehntscheune geleert haben», sagte Auke grimmig. «Von der Wachmannschaft auf dem Schiff lebt vermutlich keiner mehr. Dort erwartet uns jetzt der Feind.»

«Und was nun?», fragte Melchior alarmiert.

«Holen wir uns die *Zornflut* zurück!», erwiderte Auke entschlossen. «Das ist unsere einzige Chance. Wogemänner! Zum Angriff!»

Er zog seinen Malchus blank, und die Männer taten es ihm mit ihren Waffen gleich.

«Wogemänner! Wogemänner!»

Ihr Schlachtruf hallte über die Küste der Beltringharde, während sie voranstürmten, einer mächtigen Welle gleich, die alles hinfortspülen würde, was in ihrem Weg lag. Pfeile schwirrten ihnen entgegen, erfüllten die Luft mit ihrem wütenden Surren wie gewaltige Insekten. Viele verschwanden schlecht gezielt im Dunkeln. Andere fanden ihr Ziel, und rechts und links von Auke keuchten Männer auf und brachen zusammen.

Er wusste nicht, wer von seinen Gefährten da zu Boden ging, ob sie tot waren oder bloß verwundet. Doch er hatte keine Zeit, sich nach ihnen umzuschauen. Denn es gab nur eine Aufgabe, ein Ziel: voranstürmen und durchbrechen, ehe es sie alle erwischt hatte! Wenn sie es nicht schafften, die *Zornflut* freizukämpfen, bevor die Verfolger heranrückten, waren die Wogemänner hier und heute erledigt.

Inzwischen konnte Auke erkennen, wie die Lage am Schiff war. Pferde und Bewaffnete drängten sich am Ufer rings um die Schnigge. Einige von ihnen schienen Friesen in einfachem Wollzeug zu sein, andere dänische Waffenknechte mit Kettenpanzer und Eisenhut. Ein Kerl, der einen geschlossenen Helm mit Halsberge trug, kommandierte sie. Dahinter stand eine Reihe Bogenschützen zurückgesetzt an der Bordwand des Schiffes, während die Nahkämpfer sich an Land formierten, um den Ansturm der Seeräuber zu empfangen. Es waren so verdammt viele …

«Wogemänner!»

Noch einmal ertönte ihr trotziger Schlachtruf, während sie die Uferböschung herabstürmten. Dann prallten Angreifer und Verteidiger aufeinander, und die Welt bestand nur noch aus Schlägen, Schreien und metallischem Scheppern.

Ein breitschultriger Kerl mit einer Bartaxt stürzte sich brüllend auf Auke. Er wich dem Hieb aus und schlug im Sprung mit dem Malchus nach seinem Gegner. Dieser sackte, noch immer brüllend, auf die Knie, als die Klinge in seine Seite schnitt.

Rasch machte Auke die Waffe wieder frei. Da kam auch schon jemand aus der Flanke auf ihn zugestürmt! Der Angreifer führte ein Schwert und trug einen Schild mit dem Löwenwappen des Dänenkönigs. Ein struppiger, schwarzer Bart quoll unter seinem Helm hervor.

Auke täuschte einen Sprung zur Seite an und schlug nach ihm, doch der Kämpfer wehrte den Hieb mühelos mit dem Schild ab. Dann geriet Auke ins Stolpern, als sein Gegner plötzlich mit dem Schild zustieß und ihn nach hinten schubste!

Man durfte nie unterschätzen, dass die Verteidigungswaffe sich auch tückisch gut zum Angriff eignete … Hastig wich

Auke weiter zurück, während der Däne ihn mit wuchtigen Schwerthieben vor sich her trieb.

Mit einem dumpfen Geräusch schlug ein Wurfbeil in den Schild des Schwertkämpfers ein und blieb im Holz stecken. Es verletzte den Mann nicht, doch er geriet ins Straucheln und kam aus dem Schlagrhythmus. Sofort nutzte Auke die Gelegenheit und sprang einen Schritt vor. Der Malchus fand seinen Weg, noch während der Däne das Schwert hochriss. Die gebogene Klinge durchschnitt seinen dunklen Bart und traf ihn an der ungeschützten Stelle am Hals, wo das Lederband des Eisenhuts verlief. Röchelnd sackte der Kerl zusammen, als Blut sich über seinen Wappenrock ergoss.

Auke warf einen dankbaren Blick zu Lüder, der in einigen Schritten Entfernung mit dem Schwert in der einen und einem weiteren Wurfbeil in der anderen Hand kämpfte. Dann stieß er den Körper seines Gegners beiseite und durchbrach die Linie, ehe sich ihm noch jemand in den Weg stellen konnte.

Nun standen die Bogenschützen am Schiff direkt vor ihm. Sie hatten inzwischen ihre Schusswaffen fallen lassen und hastig Dolche gezogen, um den herandrängenden Wogemännern zu begegnen.

Auke ließ ihnen gar nicht erst die Zeit zu reagieren. Ohne nachzudenken, streckte er einen jungen rothaarigen Kerl nieder, der gerade seine Klinge aus dem Gürtel riss. Dem Glatzkopf, der neben ihm stand, zog er ebenso mechanisch die Klinge einmal über den Oberkörper. Seine Waffe kämpfte wie von selbst, eine Abfolge von trainierten Reflexen, die keinen Raum für Angst, Zweifel oder Gnade ließen.

Mit dem Malchus in der Faust schwang er sich über die Bordwand auf das Deck der *Zornflut*. Eine Handvoll Wogemänner hatte die Verteidigungslinie ebenfalls durchbrochen und enterte zusammen mit ihm das Schiff. Die vereinzelten Gegner, die an Deck herumstanden, wichen in Richtung Heck zurück. Auke aber ließ sie gewähren und lief stattdessen zu einer Plane, die nahe am Mast über der Ladung ausgebreitet war. Hastig schlug er sie zurück – und atmete erleichtert auf.

Unter der Abdeckung schaute ihm das metallisch glänzende Maul eines Drachen entgegen. Die Kerle hatten die *Seeschlange* noch nicht entdeckt!

Nun kam alles darauf an, dass Enno seine Arbeit gemacht und das Handrohr für den Notfall geladen hatte – bevor er zusammen mit den anderen Wachen an Bord überfallen worden war … Auke verdrängte den Gedanken und zog die Waffe hervor. Dann schnappte er sich eine Laterne mit Scheiben aus hauchdünnem Horn, die daneben bereitstand, und entzündete die Lunte mithilfe ihrer Flamme.

Er schulterte den Schaft des Handrohrs und richtete die drachenköpfige Mündung auf das Land: dorthin, wo der Kerl mit dem geschlossenen Helm stand und die Feinde kommandierte.

Mit einem scharfen Knall spuckte die *Seeschlange* Feuer. Die Kugel durchschlug den Rücken des Kriegsmannes; die Erschütterung riss noch die beiden Männer neben ihm von den Füßen.

«Wogemänner!», brüllte Auke über den Kampflärm hinweg.

«Wogemänner!», antworteten seine Männer von allen Seiten. Mit frischer Entschlossenheit attackierten sie die Gegner, die sich noch nicht vom Schrecken der Explosion erholt hatten. Auke setzte das Handrohr ab. Einmal mehr hatte die *Seeschlange* ihnen gute Dienste geleistet.

«Die *Zornflut* gehört wieder uns, das Deck ist gesäubert!», rief Melchior, der an seine Seite sprang.

«Gut», erwiderte Auke. «Auch das Ufer wird gleich uns gehören.»

Es war, als hätte der Schuss mit dem Handrohr ein geheimes Signal gegeben, das Blatt im Kampf zu wenden. Die Feindesschar verstreute sich ohne die gebellten Befehle ihres Anführers, während die Wogemänner sie zusehends zurücktrieben. Doch Auke kam nicht umhin, zu bemerken, wie wenige seiner Leute noch auf den Beinen standen. Und wie viele auf dem moorigen Boden der Beltringharde lagen, dahingestreckt von Pfeilen und Schwertern.

«Macht das Schiff klar!», rief er, ehe weitere düstere Gedanken aufkommen konnten. «Wir legen ab!»

Seine Männer sprangen an Bord und lösten hastig die Leinen. Einige Verwundete waren nicht mehr in der Lage, aus eigener Kraft an Bord zu gehen, und mussten gestützt oder getragen werden. Auke starrte unterdessen angespannt zum Ufer hinüber, wo die letzten Reste der Verteidiger landeinwärts flohen – und plötzlich zahllose Bewegungen aus dem Schatten des Wäldchens hervorbrachen. Die Verfolger hatten sie erreicht! Waffen und Helme glänzten im Abendlicht, Pferde wieherten, Befehle wurden gebrüllt.

«An die Riemen! Die *Zornflut* rudert sich nicht von selbst!»

Während die Schnigge auf den Meeresarm hinausglitt, strömten bewaffnete Männer an das Ufer. Vereinzelte Pfeile schwirrten über das Wasser. Dann teilte sich die Menge, als ein Berittener heranpreschte und sein Pferd fast bis in die grauen Wellen vorantrieb. Er trug einen Wappenrock in den dänischen Farben und einen glänzenden Kettenpanzer, der mit Plattenteilen verstärkt war. Auke kannte ihn nur zu gut. Herr Oluf von Dyre.

«Auke Feddersen!», hallte die Stimme des Ritters herüber.

«Der du dich Wogenhauptmann nennst! Wisse, dass deine feige Flucht dir nichts nutzen wird. Die Tage der Wogemänner sind zu Ende!»

Auke stieg mit einem Fuß auf die Bordwand und streckte seinen Malchus zum Himmel.

«Die Wogemänner sind frei!», brüllte er zurück. «Frei wie die Friesen und die Uthlande! Frei wie die Westsee! Daran können all Eure klappernden Waffen und Rüstungen nichts ändern.»

«Dann verkriecht euch nur in eurem Loch», höhnte Herr Oluf, «und plant eure nächste Räuberei, wenn ihr das Freiheit nennt. Wir werden kommen und euch ausräuchern, noch ehe das Jahr zu Ende ist!»

Auke stemmte die Arme in die Hüften und lachte. Es war ein dreistes, verwegenes Lachen und zugleich bitter und grimmig. Die Wogemänner schlossen sich ihm an, erst zögerlich und dann immer inbrünstiger. Schauerlich hallte es über das Wasser. Herr Oluf aber wandte kopfschüttelnd und ohne ein weiteres Wort sein Pferd.

Erschöpft schaute Auke über das Deck der *Zornflut.* Wer nicht gerade ruderte, lag verwundet auf den Planken oder kümmerte sich um ebenjene Verletzten. Unwillkürlich hielt er nach Cosimo Ausschau. Er fürchtete den Blick des Gauklers, der in letzter Zeit nur zu oft voller Vorwürfe war. Doch Cosimo hatte anderes zu tun. Gerade saß er über Hans gebeugt, dem sich ein Pfeil in die Schulter gebohrt hatte, und untersuchte seine Wunde.

Auf den Ruderbänken waren erschreckend viele Plätze leer geblieben. Noch niemals zuvor hatten die Wogemänner solche Verluste erlitten. Zwei Dutzend Männer tot – und kein einziges Getreidekörnchen als Beute. Was für eine vernichtende Bilanz!

Aber Auke war kein seelenloser Krämer, und das hier war kein Viehmarkt mit feilschenden Rosstäuschern. Seine Wogemänner waren im Kampf um ihre Freiheit gefallen, bei dem Versuch, sich aus eigener Kraft in der Not zu helfen!

«Für die Freiheit …», murmelte Auke, als müsste er die Worte erst hören, um daran glauben zu können.

«Wogenhauptmann?» Melchior schaute besorgt zu ihm auf. «Was machen wir jetzt?»

«Wir segeln so schnell wie möglich zurück zur Wogemannsburg», erwiderte Auke. «Du hast den Ritter gehört. Sie werden kommen. Und wir werden bereit sein.»

Dreizehntes Kapitel

Die Wogemannsburg war erfüllt von hektischer Aktivität. Die Festigkeit der Palisaden wurde geprüft, mit Wasser gefüllte Tierhäute gegen Brandbeschuss auf die Wehrgänge geschleppt. Vorräte wurden dicht an dicht im Lager gestapelt, neue Pfeile und Bolzen befiedert, Kleinvieh geschlachtet, um sein Fleisch auch noch einlagern zu können.

Janne konnte sich nicht erinnern, jemals so sehr alle Hände voll zu tun gehabt zu haben. Selbst die Vorbereitungen für das unglückselige Hochzeitsfest in Rungholt waren nicht so fieberhaft verlaufen, und selbst der alte Bauer Abbo auf seinem Hof, der jetzt unter den Wogen der Westsee lag, hatte sie niemals so gnadenlos herumgescheucht. Doch es waren nicht Flüche und Drohungen, die sie antrieben, sondern einzig die Angst.

Die westlichen Harden hatten ihr Volksheer noch schneller aufgestellt, als sie befürchtet hatten, und den Wogemännern bei Volgsbüll eine blutige Niederlage beschert. Nun waren die Feinde auf dem Weg hierher, um den Krieg in die Zuflucht ihrer Gemeinschaft zu tragen, und es konnte sich nur um Tage handeln, bis sie ihren Belagerungsring schließen würden. Die Wälle der Wogemannsburg waren dann alles, was zwischen ihnen und den Angreifern stand. Sie mussten vorbereitet sein. Und dafür zählte jeder Handgriff.

Immer wieder eilte Janne zu einem Sodenbrunnen, um einen weiteren Lederschlauch mit Wasser zu füllen. Und immer wieder lief sie mit dem schweren Ding quer über den Hof und schließlich die Leiter zum Wehrgang hinauf, um den Schlauch dort abzulegen. Andere Frauen und Männer schleppten Feldsteine als Wurfgeschosse herbei oder hoben rings um die Wogemannswarft zusätzliche Gräben aus, um die Annäherung so unwegsam wie möglich zu machen. Es war eine elende Plackerei. Aber immerhin hielt sie die Hände beschäftigt und die Gedanken davon ab, zu sehr um das zu kreisen, was schon bald kommen würde.

Sie hatte gerade wieder einmal den Eimer aus dem Brunnen hochgezogen, als sie Lentje bemerkte, die auf sie zugerannt kam und dabei den anderen Arbeitenden geschickt auswich.

«Mama!», rief sie atemlos, noch ehe sie den Brunnen erreicht hatte. Dann senkte sie ihre Stimme. «Mama. Griet möchte mit dir sprechen. Jetzt gleich.»

«So?» Janne runzelte die Stirn. «Worum geht es denn?»

In den letzten Tagen hatte sie ihre Freundin kaum zu Gesicht bekommen. Und wenn sie ihr doch mal in all der Geschäftigkeit über den Weg gelaufen war, hatte Griet beständig grauer und müder ausgesehen. Falls das überhaupt noch möglich war …

«Das hat sie nicht gesagt», erwiderte Lentje. «Sie erwartet dich in der Kemenate.»

Sie stellte den Eimer ab. «Ist gut, ich komme.»

«Und ich mache für dich solange hier weiter», verkündete Lentje und begann, die nächste Haut mit Wasser zu füllen. Reflexartig wollte Janne sie warnen, dass das viel zu schwer für sie sei. Aber sie zwang sich, den Mund zu halten. Lentje war jetzt schon fast so groß wie sie selbst und stolz auf jeden Handgriff, den sie aus eigener Kraft tun konnte. Wenn das so weiterging, kehrten sich die Verhältnisse bald um und Lentje würde demnächst ihrer alten Mutter zur Hand gehen.

«Danke», rief sie, schon halb unterwegs. «Aber lass noch etwas Wasser im Brunnen!»

Dann eilte sie hinüber zum steinernen Wohngebäude neben dem Wehrturm. Die große Halle mit dem Kamin, wo sich in der kalten Jahreszeit das Leben abspielte, lag verlassen da. Niemand hatte gerade Zeit, hier dem Müßiggang nachzuhängen. Nur die Hunde lagen auf den Fellen am Boden herum und schauten verschlafen auf, als Janne vorbeieilte. Sie folgte den Stufen hinauf in den ersten Stock – und hielt auf dem Treppenabsatz inne, als sie gedämpfte Stimmen hinter der Tür zur Kemenate hörte. Griet war nicht allein.

«Du machst dir unnötig Sorgen», war Auke zu hören. «Die Wogemannsburg ist gut befestigt und nicht so einfach im Sturm zu nehmen. Nicht ohne schreckliche Verluste. Das werden sie nicht wagen.»

«Müssen sie ja auch nicht», erwiderte Griet. «Es genügt, wenn sie einfach die Warft abriegeln und warten, bis unsere Vorräte ausgehen.»

Janne biss sich auf die Lippen. Die Höflichkeit gebot, dass sie jetzt anklopfte und sich bemerkbar machte. Aber es konnte auch nicht schaden, wenn sie erst einmal horchte, wie es Griet ging und was der werte Herr Wogenhauptmann plante. Also blieb sie noch einen Moment länger stehen, die Hand schon auf dem Türgriff.

«Die können uns nicht ewig belagern», sagte Auke gerade. «Das sind keine bezahlten Söldner, die das Land leer fressen, sondern Freibauern, die das Land eigentlich bestellen sollten. Mit jedem Tag, den sie vor der Wogemannsburg liegen, fehlen ihre Hände irgendwo anders. Auf den Feldern, an den

Deichen … Du weißt doch, wie sehr mein Bruder über jeden Spatenstich jammert, der zu wenig getan wird!» Er lachte trocken auf. «Nee, wir halten länger durch. Und anschließend treiben wir Herrn Oluf mit kleinen, feinen Nadelstichen aus dem Land. Das wird nicht schön für ihn, wenn er zu seinem König zurückkriecht …»

«Und im nächsten Frühjahr kommt er dann wieder, mit noch mehr Schwertern», entgegnete Griet. «Er treibt uns zurück, wir treiben ihn zurück … Ein endloser Reigen. Sollen die Uthlande niemals Frieden finden, wo hier doch eh schon alles in Trümmern liegt? Wir brauchen Verhandlungen, Auke. Einen Vergleich, bei dem niemand sein Gesicht verliert. Sonst hört das nie mehr auf.»

Jetzt wusste Janne, worum es Griet ging. Und sie hatte auch so eine Ahnung, warum sie zu ihr kommen sollte. Sie räusperte sich und klopfte an die Tür.

«Griet? Du wolltest mich sprechen?»

«Ah, Janne! Ja, komm doch herein.»

Das tat sie. Janne war noch nicht oft hier oben in der Kemenate gewesen und immer wieder aufs Neue davon beeindruckt, wie üppig der Raum ausgestattet war: Die Bettstelle war von Fellen regelrecht überladen, Teppiche bedeckten die Wände, und auf einem Tischchen standen sich unberührt die zwei Heere eines Schachspiels gegenüber. Die beiden dazugehörigen Stühle waren leer, denn Auke saß auf der Kleidertruhe, die Beine ausgestreckt, während Griet unruhig im Raum auf und ab ging.

«Janne?», fragte der Wogenhauptmann und beugte sich mit einer gehobenen Augenbraue vor. «Was machst du denn hier?»

«Ich habe sie gerufen», erklärte Griet. «Du kennst sie und weißt, wie gut sie darin ist, ungesehen herumzukommen.

Wenn jemand ein geheimes Treffen einrichten kann, um einen Vergleich zu verhandeln, dann sie.»

Janne musste ein Grinsen unterdrücken. So etwas hatte sie schon vermutet!

«Aber das wird nichts bringen!», rief Auke in mahnendem Tonfall. «Mein Bruder hat bei unserer letzten Begegnung gesagt, dass er sich auf dem Thing für eine friedliche Lösung einsetzen wird. Er ist da genauso wolkenköpfig wie du. Und offenbar hat man nicht auf ihn gehört. Die Staller folgen lieber dem Dänenritter in den Krieg. Also sollen sie ihren Krieg auch bekommen!»

Griet wandte sich an Janne: «Wir sprechen über die Möglichkeiten, die uns jetzt noch bleiben.»

«Ja, das habe ich gehört», erwiderte Janne mit einem leicht schlechten Gewissen. Dann straffte sie sich. «Ich glaube übrigens, dass sich die Situation inzwischen geändert hat.»

Auke musterte sie fragend. «Wie meinst du das?»

«Die Staller wollten den Krieg, bevor du ihrer Falle bei Volgsbüll entwischt bist, Auke», erklärte Janne. «Sie dachten, sie könnten dich leicht aus dem Hinterhalt einkassieren. Jetzt müssen sie stattdessen gegen eine wohlgewappnete Burg ziehen, die mit ihrem Kommen rechnet. Das ist doch wohl eine neue Situation?»

«Na eben!», rief Auke triumphierend, als würde Janne ihm damit zustimmen. «Wir haben eine gute Chance, im Kampf gegen sie zu bestehen.»

«Wir haben vor allem eine gute Chance auf Verhandlungen», widersprach Janne. «Ein Frieden ohne weitere Verluste erscheint vermutlich ungleich attraktiver, wenn man andernfalls gegen eine Burg mit starken Befestigungen anrennen muss. Ich finde, das ist einen weiteren Versuch wert.»

«Meine Rede!», rief Griet aus.

Auke sprang von seiner Truhe. «Ich glaube nicht, dass Herr Oluf die Staller aus der Sache entlässt, selbst wenn sie es wollten. Und ich bin auch nicht bereit, mit Dänen zu verhandeln.»

«Dann verhandele mit den Stallern», entgegnete Griet barsch. «Zumindest mit einigen von ihnen. Wenn sie sich gegen Herrn Olufs Weisungen stellen, ist das doch auch so etwas wie ein Sieg.»

Nachdenklich ging Auke auf und ab, mit langen Schritten, für die das Zimmer deutlich zu klein wirkte. Dann blieb er abrupt stehen, als wäre ihm eine plötzliche Erkenntnis gekommen, die Augenbrauen grimmig zusammengezogen.

«Also schön», knurrte er. «Janne, wenn du es wirklich schaffst, ein heimliches Treffen für Verhandlungen zu arrangieren, sperre ich mich nicht dagegen. Ich gebe aber nicht viel darauf. Und wir machen es auf meine Weise. Außerdem wirst du dich beeilen müssen. Wenn sie ihren Ring erst geschlossen haben, schlüpft nicht einmal eine Maus ungesehen nach Westerhever durch.»

«Wie gut, dass ich keine Maus bin», erwiderte Janne. «Ich kriege das hin. Gleich morgen nehme ich unauffällig Kontakt zu Folkert auf. Wenn jemand verhandlungsbereit ist, dann er.»

Griet nickte erleichtert. «Danke. Wir müssen es wenigstens versuchen.»

«Auf meine Weise», wiederholte Auke leise.

Janne brach gleich im Morgengrauen auf, nur begleitet von den ersten Schreien der Seevögel. Wie üblich trug sie die Kiepe auf dem Rücken, die jedem zufälligen Beobachter anzeigte, dass sie für eine harmlose Besorgung unterwegs war. Sonst hatte sie auch gerne Lentje auf ihre Erkundungsgänge mitgenommen, um diesen harmlosen Eindruck noch zu verstärken. Doch heute ließ sie ihre Tochter auf der Wogemannsburg zurück. Wenn sie zum Lager des Volksheeres ging, wollte sie Lentje lieber nicht dabeihaben. Der Krieg machte Männer gefährlich, nicht nur für ihre Feinde in der Schlacht …

Mit raschen Schritten folgte sie dem Dammweg über die Halbinsel, vorbei an den Warften von Westerhever. Der Ort hatte seine Kirche und einen Teil seiner Höfe in der Flut verloren, und die Überlebenden hatten sich weiter südlich auf höhergelegenem Land neu angesiedelt. Auch Osterhever und Uelvesbüll, die danach auf ihrem Weg lagen, hatten schwere Verluste erlitten. Das hässliche Gesicht der Groten Mandränke war auch nach Jahren noch überall zu sehen. Und die Menschen krochen durch die Trümmer und hatten nichts Besseres zu tun, als um die Überreste zu streiten.

Griet hatte recht. Jemand musste alledem Einhalt gebieten! Plötzlich hatte sie das Gefühl, dass sie die Zukunft der Uthlande in der Kiepe auf ihrem Rücken trug. Ein schweres Gewicht … Dennoch beschleunigte sie noch einmal ihren Schritt.

Gegen Mittag überquerte Janne schließlich einen trockengefallenen Nebenarm des Heverstroms, der die Evershop-Harde von der Lundenbergharde trennte. Nun lag die Kirchwarft von Simonsberg vor ihr. Rund um den künstlichen Hügel erstreckte sich eine regelrechte Stadt aus Zelten und Buden, zwischen denen die Rauchfahnen zahlreicher Lagerfeuer in den Himmel stiegen. Janne erschauderte. Das Volksheer der Harden, das sich hier sammelte, war erschreckend angewachsen. Es würde nicht mehr lange dauern, bis die Streitmacht nach Westerhever marschierte, gegen die Wogemannsburg.

Dort drüben, wo der Dannebrog über den Zelten wehte, residierte unzweifelhaft Herr Oluf. Gewiss waren auch die

Staller und Ratsleute in der Nähe untergebracht. Also musste sie das halbe Heerlager durchqueren, um Folkert zu finden …

Mit einem mulmigen Gefühl im Bauch folgte sie weiter dem Weg, direkt auf die Zeltstadt zu. Dabei sang sie nervös vor sich hin. Am Eingang des Lagers standen zwei Wachposten auf ihre Speere gelehnt: ein junger Bursche mit einem Gesicht voller Sommersprossen und ein stämmiger Kerl, dessen Nase Janne an eine Rübe erinnerte. Sie trugen einfache Wöbbe-Kleidung nach friesischer Art. Offensichtlich Bauern, keine Krieger.

Noch bevor Janne ihnen einen Gruß zurufen konnte, grinste der mit der dicken Nase sie schon dreckig an. «Na, kleine Deern? Kommst du, um uns Männern die Zeit zu vertreiben? Das ist gut, wir langweilen uns hier nämlich …»

Janne musste sich zusammennehmen, um nicht das Gesicht zu verziehen. Stattdessen zwang sie sich zu einem neckischen Tonfall: «Das könnte dir so passen! Nein, ich komme, um Gewürzbrote und Äpfel zu verkaufen.»

Sie klopfte auf ihre Kiepe, die sie vorsorglich mit einigen unverdächtigen Waren gefüllt hatte.

«Deine Äpfel würde ich ja gerne mal sehen!», rief der junge Bursche in dem Versuch, es seinem Kumpel gleichzutun. Beide wieherten dümmlich. Mit einer geübten Bewegung ließ Janne die Kiepe von einer ihrer Schultern gleiten und griff einmal hinein.

«Das könnt ihr haben. Hier!»

Sie warf jedem der beiden einen Apfel zu. Der Jüngere fing ihn halbwegs geschickt auf, während sein Gefährte bei dem Versuch den Speer umkippen ließ. Ihr schadenfrohes Grinsen unterdrückte Janne nicht. Dann stolzierte sie an den beiden Halbstarken vorbei. Dreistigkeit und beiläufige Selbstverständlichkeit, als wäre man sich seiner Sache völlig sicher, öffneten mehr Türen als jedes heimliche Herumgeschleiche. Der Plan ging auf. Die jungen Männer waren mit ihren Äpfeln zufrieden und hielten sie nicht zurück.

«Gewürzbrote! Rote, knackige Äpfel gefällig?»

Sie rief ihre Waren pflichtschuldig aus, während sie zwischen den Feuerstellen herumstreifte, an denen die Männer vor den Zelten und Buden beieinandersaßen. Manche von ihnen waren nicht viel älter als zwölf, andere hatten graue Bärte und trübe Augen. Herr Oluf hatte alles mobilisiert, was die ausgebluteten Uthlande noch hergaben.

Unauffällig bewegte sie sich immer weiter auf die Zelte zu, die man rings um die dänische Fahne aufgeschlagen hatte. Schließlich wagte sie einen direkten Vorstoß und sprach einen Mann an, der gerade mehrere Köcher mit Pfeilen durch das Lager schleppte.

«Ich suche Folkert Feddersen, den Ratsmann der Edomsharde.»

Der Pfeilschlepper hielt inne und musterte sie.

«Folkert Feddersen, wie? Wusste nicht, dass der sich Frauen ins Zelt holt. Hat doch ein Pfäfflein zu Hause …»

Janne hatte schon mitbekommen, dass die Leute inzwischen über Folkert und Pater Ansgar tratschten. Dennoch gingen die beständigen Schlüpfrigkeiten ihr mittlerweile auf den Geist.

«Ich bringe Äpfel und Gewürzbrot für seine Tafel», sagte sie betont sachlich.

«Natürlich. Das Zelt da drüben.»

Sie huschte rasch weiter. Vor der Plane des schlichten Zeltes, das man ihr gewiesen hatte, blieb sie kurz stehen und lauschte. Von drinnen waren keine Stimmen zu hören. Also schlüpfte sie hinein.

Folkert saß gerade auf einer Wolldecke und war über eine Wachstafel gebeugt, auf die er mit einem Griffel Buchstaben ritzte. Das passte deutlich besser zu ihm als das Schwert, das neben ihm an einem Zeltpfosten lehnte. Als Janne hereinkam, schaute er hoch.

«Janne!» Seine Augen weiteten sich überrascht.

«Folkert.» Sie kniete sich zu ihm auf den Boden. «Ich bin gekommen, weil wir reden müssen», sagte sie leise. «Dieser ganze Krieg ist Wahnsinn! Griet sieht das genauso, und sie hat es geschafft, dass Auke ihr zumindest zuhört.»

Folkert ließ seine Tafel sinken und machte ein besorgtes Gesicht. «Es ist gefährlich, dass du hergekommen bist. Herr Oluf will an den Wogemännern ein blutiges Exempel statuieren.»

«Darum brauchen wir umso dringender Verhandlungen!»

Folkert nickte matt. «Ich weiß. Und wenn Auke dazu bereit ist, werde ich tun, was ich kann. Aber das wird nicht einfach.»

Nun musste Janne lächeln. «War es das denn jemals?»

Vierzehntes Kapitel

Auf einer Anhöhe nahe bei Westerhever stand eine Bockwindmühle. Der hölzerne, turmartig-schlanke Mühlenkasten ruhte einzig auf einem Pfahl, der viel zu dünn für die Konstruktion wirkte – so als hätte man einen bauchigen Krug auf einem winzigen Tischchen platziert. Ihre vier Flügel waren festgestellt und ruckelten nur leicht im Küstenwind. Ein mannsdicker Hebelbaum ging vom Mühlenkasten ab, so lang, wie die Mühle hoch war. Sein Ende lag auf dem Boden auf, und mit seiner Hilfe konnte das komplette Gebäude auf dem Pfahl gedreht werden, um es nach dem Wind auszurichten.

Für Folkert sah es so aus, als wäre der Hebel für einen Riesen bestimmt, der ihn in die Faust nehmen und die ganze Mühle wie einen Handmahlstein drehen würde, um Mehl für einen ochsenkarrengroßen Brotlaib zu gewinnen.

Unwillig schüttelte er den albernen Gedanken ab. Die mechanische Konstruktion von Mühlen hatte ihn schon immer fasziniert, und dass der Anblick in ihm stattdessen solche Ammenmärchen wachrief, sprach eindeutig für seine Nervosität.

«Dort oben also?», fragte Staller Alderk, der sich so verunsichert anhörte, wie Folkert sich fühlte. Sie hatten gerade ihre Pferde bei einem alten Schafstall angebunden und folgten nun dem Pfad hinauf zum Mühlenhügel. Nur Folkert, der Staller und zwei kräftige Männer mit Schwertern, denen Alderk vertraute.

«Ja, in der Windmühle», bestätigte Folkert. «Die Magd, die mir die Botschaft überbrachte, hat diesen Treffpunkt vorgeschlagen. Der Müller hat vermutlich Kontakte zu den Wogemännern. Irgendwo müssen die ja auch ihr Korn mahlen lassen …»

Alderk runzelte die Stirn. «Dass so viele Leute diese Schurken unterstützen!»

Folkert unterdrückte ein Seufzen. Staller Alderk war wirklich noch jung. «Die Leute halten sich an die, die ihnen Brot geben und Hoffnung versprechen», sagte er. «Aber wenn wir es heute geschickt anstellen, hat die ganze Sache ein Ende, ehe noch Schlimmeres passiert.»

«Dann sollten wir uns beeilen», brummte Alderk.

Damit hatte der Staller nur allzu recht. Die Hauptmacht des Volksheeres war gerade dabei, das Lager abzubrechen, hatte sich vielleicht sogar schon auf den Weg gemacht. Folkert und Alderk gehörten zu jenen, die vorausgeritten waren, um das Gelände zu sichern. Das bot ihnen einen willkommenen Vorwand für das heimliche Treffen, das nun vor ihnen lag. Sie wussten beide, dass sie nur diesen einen Versuch hatten. Noch heute würde sich der Ring um die Wogemannsburg schließen.

«Und du bist dir sicher, dass Herr Oluf nichts mitbekommen hat?», fragte Staller Alderk, als sie die Hügelkuppe erreicht hatten und das kleine Wohnhaus neben der Mühle passierten.

«Der hat genug mit seinen Kriegsvorbereitungen zu tun.» Folkert wusste, dass Alderk den strengen Ritter fürchtete. Aber der Staller war auch ein friedliebender Mann, der einen

Vergleich immer einem Blutvergießen vorziehen würde. Darum hatte er sich trotz seiner Befürchtungen auf die Sache eingelassen, als Folkert ihn vertraulich darauf angesprochen hatte. Das rechnete er ihm hoch an.

«Wenn wir konkrete Zusagen für Wergelder von meinem Bruder bekommen», sagte er, um Alderk zusätzlich zu beruhigen, «dann wird das zumindest die besonneneren Staller wie Georg von der Lundenbergharde überzeugen. Und Herr Oluf kann sich nicht gegen uns alle stellen. Wir Friesen regeln das dann nach unserem Brauch, da kann der gar nichts machen.»

Folkert wünschte sich, dass er nur halb so überzeugt davon gewesen wäre, wie er sich hoffentlich anhörte. Nun denn. Sie würden gleich sehen, was dabei herauskam …

Folkert stieg die Stufen zum Mühlenkasten hinauf und klopfte an die niedrige Pforte. Sie öffnete sich einen Spaltbreit, und ein kleiner Mann starrte misstrauisch heraus. Er hatte es irgendwie geschafft, sich trotz der schlechten Zeiten den Ansatz eines Bäuchleins zu bewahren.

«Wir sind gekommen», sagte Folkert knapp.

Der Müller schaute an ihm vorbei und vergewisserte sich, dass wirklich nur der Staller und zwei weitere Begleiter unten an der Leiter standen. Dann nickte er knapp.

«Der Wogenhauptmann erwartet Euch drinnen.»

Ohne ein weiteres Wort schob er sich an Folkert vorbei die Stufen hinab und verschwand dann eilig über den Hof in Richtung Wohngebäude. Stirnrunzelnd schaute ihm Folkert hinterher. Schließlich winkte er den Staller heran. «Kommt.»

Das Innere des Mühlenkastens war angefüllt mit einer wuchtigen Mechanik aus hölzernem Räderwerk. Mehlsäcke lehnten wie faule Knechte in der Ecke. Eine schmale Treppe führte hinauf zum Steinboden, wo die Mahlgänge darauf warteten, mit Korn gefüttert zu werden. An diesem Tag jedoch diente das Gebäude einem anderen Zweck.

Auke war hier, er thronte auf den Stufen der Stiege wie ein hoher Herr, der Gäste zum Bankett geladen hatte, den Mund zu einem schrägen Lächeln verzogen. An seiner Seite stand Griet in einem schlichten Wollkleid. Natürlich, sie hätte niemals darauf verzichtet, bei solch einer wichtigen Angelegenheit zugegen zu sein.

Der Wogenhauptmann schien sich jedenfalls an ihre Vereinbarung gehalten zu haben: Auch er hatte nur zwei Männer zum Geleit mitgebracht, die bei den Mehlsäcken herumlümmelten. Den Kerl mit dem spöttischen Blick kannte Folkert, das war Lüder, einer von Aukes alten Gefährten. Der grimmige Mann mit der Narbe im Gesicht hingegen war ihm noch nie zuvor über den Weg gelaufen. Seltsame Leute zog sein Bruder da an, seit er unter die Seeräuber gegangen war …

Die beiden Männer erhoben sich von den Säcken, als die Neuankömmlinge eintraten, und bewegten sich langsam durch den Raum.

«Staller Alderk Alderksen!» Auch Auke sprang von der Treppe auf und verbeugte sich verbindlich. «Wie schön, dass Ihr gekommen seid.»

Der Staller verschränkte die Arme. «Auke Feddersen», sagte er ungnädig. «Man hat mir zugetragen, dass Ihr verhandeln wollt.»

«Von wollen kann keine Rede sein», erwiderte Auke mit jenem ironischen Tonfall, den er stets um seine Nervosität zu hüllen pflegte. «Doch manchmal muss man tun, was getan werden muss.»

«Es ist das Beste für alle», ergänzte Griet nachdrücklich.

«Für die Uthlande. Danke, dass du unserem Ruf gefolgt bist, Folkert.»

Er nickte Griet beklommen zu.

«Ich bin jedenfalls nur gekommen, weil ich Eurem Bruder vertraue, Auke», sagte Staller Alderk. «Wie Ihr wisst, kann ich nur für mich und die Edomsharde sprechen. Doch wir sind bereit, Euch Schonung zu gewähren, wenn Ihr eine angemessene Wiedergutmachung leistet. Und wir werden uns auch auf dem Thing dafür einsetzen. Vermutlich seid Ihr Euch der Streitmacht bewusst, die auf dem Weg zu Eurem Unterschlupf ist. Ich erwarte also eine schnelle Entscheidung.»

Folkert nickte Alderk aufmunternd zu. Der junge Staller machte sich nicht schlecht, wenn man bedachte, dass er dem berüchtigten Wogenhauptmann höchstselbst gegenüberstand. Eines Tages würde er die Edomsharde mit sicherer Hand leiten.

Entschuldigend breitete Auke die Arme aus. «Natürlich. Die Entscheidung ist bereits gefallen. Wie Ihr Euch vermutlich denken könnt, benötigen wir auch von Eurer Seite gewisse Sicherheiten. Darum sind wir heute hier.»

Plötzlich hatte Folkert ein mulmiges Gefühl im Bauch. Er kannte diesen Blick bei Auke, dieses Blitzen in seinen Augen, kurz bevor er eine tollkühne Dreistigkeit beging. Und warum standen seine Leute plötzlich bei der Tür, links und rechts von Alderks Begleitern?

Er wollte eine Warnung rufen, doch es war schon zu spät. Von einem Herzschlag auf den anderen zogen Auke und seine Männer ihre Klingen blank. Zugleich näherten sich polternde Schritte von oben, die Holztreppe herab. Auke hatte noch mehr Bewaffnete im Gebälk bei den Mahlgängen versteckt!

Die gebogene Klinge seines Malchus war nun auf Alderks

Kehle gerichtet. Lüder und das Narbengesicht bedrohten Alderks Begleiter, während drei weitere kräftige Wogemänner Aukes Rücken deckten. Plötzlich war es in der Mühle verdammt eng.

«Ihr werdet verstehen, Staller, dass Ihr für eine Weile unser geschätzter Gast auf der Wogemannsburg sein müsst», erklärte Auke mit beiläufiger Höflichkeit. «Nur, bis Eure dänischen Freunde meinen Bedingungen zugestimmt und sich zurückgezogen haben, natürlich.»

«Auke!», rief Griet entsetzt. «Was soll das?»

Folkert begriff, dass sie von der Aktion genauso überrascht war wie er.

«Ich habe doch gesagt, dass wir auf meine Weise verhandeln werden», erklärte Auke ungerührt.

«Das wird Euch nicht retten, Wogenhauptmann!», rief der junge Staller Alderk empört.

Dann ging alles ganz schnell. Einer von Alderks Männern stieß das Narbengesicht beiseite und rammte dem Kerl seinen Dolch in den Bauch. Zugleich schlug Lüder nach dem anderen Begleiter des Stallers. Alderk selbst nutzte seine Chance und schob sich an Aukes Klinge vorbei, als dieser noch überrascht die Augen aufriss. Der Staller stieß den Wogenhauptmann um, sodass er mit dem Rücken gegen das Mahlwerk prallte. Ein Dolch blitzte in Alderks Faust auf. Die Spitze war auf Aukes Kehle gerichtet; sie zitterte leicht.

Und Auke reagierte. Sein Malchus zuckte vor und bohrte sich tief in Alderks Brust. Mit einem kehligen Stöhnen sackte der Staller zusammen.

Auch Folkert zog reflexhaft sein Schwert. Die Klinge war viel zu lang und sperrig für den engen Raum, und nun rückten auch noch Aukes übrige Leute heran … Nur ein einziger Gedanke hallte wie die Sturmglocke von Rungholt durch seinen Schädel: Verrat! Sein Bruder hatte ihn verraten, in eine Falle gelockt …

«Kommt, Ratsmann!» Der Einzige seiner Begleiter, der noch auf den Füßen stand, packte ihn an der Schulter. «Ihr müsst hier weg!»

Entschlossen schob er Folkert zur Tür, während Lüder schon auf ihn eindrang. Folkert stolperte hinaus, auf die Holztreppe, die vom Mühlenkasten zum Hof hinabführte. Alles in ihm sträubte sich dagegen, einfach wegzulaufen. Doch es hatte keinen Sinn mehr. Staller Alderk war tot oder am Sterben, durchbohrt von Aukes Klinge. Und Folkert hatte ihn hierhergeführt, in sein Verderben, weil er für Auke gebürgt hatte …

Wut mischte sich in sein Entsetzen. Am liebsten wäre er wieder umgekehrt, um Auke gehörig eine zu verpassen! Stattdessen eilte er die Stufen hinunter, während hinter ihm jemand aufschrie. Auch der letzte seiner Begleiter war unter den Klingen der Wogemänner gefallen.

Folkert rannte quer über den Mühlenhof in Richtung Dammweg. Irgendwo dort waren weitere Reitertrupps unterwegs, die dem Volksheer vorausritten. Er musste sie finden!

Gehetzt warf er einen Blick über die Schulter. In der Tür des Mühlenkastens war ein bärtiger Mann erschienen, der eine Armbrust in den Händen hielt und auf ihn anlegte. Er hatte freies Schussfeld auf Folkert. Gleich würde sich ein Bolzen in seinen Rücken bohren …

Da trat Auke von hinten heran und stieß die Waffe beiseite. Der Bolzen zischte durch die Luft und verlor sich im Nirgendwo.

«Nicht!», fuhr er den Schützen an. «Lass ihn laufen. Der ist keine Bedrohung …»

Folkert stürmte weiter den Mühlenhügel hinab, in Richtung des Dammwegs. Wollte Auke ihn beschützen – oder war das nur eine weitere Art von Geringschätzung? Doch das spielte eigentlich keine Rolle. Er hatte sich von seinem Bruder so weit entfernt, wie es nur denkbar war – als würde Auke auf der anderen Seite der Welt in Indien oder noch weiter entfernten Ländern leben, die Folkert nur aus den Schriften in Ansgars verlorener Bibliothek kannte.

Und Folkerts persönlicher Groll war unwichtig im Vergleich zu dem, was Aukes Taten ausgelöst hatten: Ein Staller war tot; ein aufrechter junger Mann, den Folkert gemocht hatte. Das würde noch mehr Öl ins Feuer gießen und zerstörte jede Aussicht auf einen Vergleich. Es würde Krieg in den Uthlanden geben, bis die Wogemänner ins Meer getrieben und vernichtet waren. Es gab keine andere Möglichkeit, wenn diese zertrümmerten Lande jemals Frieden finden sollten. Doch auf dem Weg dahin würde noch viel Blut den Boden tränken.

Fünfzehntes Kapitel

«Wir haben keine Zeit mehr!» Cosimos Stimme klang so ernst, wie Janne es noch nie zuvor gehört hatte. «Das Volksheer nähert sich von der Lundenbergharde her und wird noch heute die Burg einkesseln. Dann kommt hier niemand mehr fort, und jeder, den sie aufgreifen, ist ein Feind.»

Sie hockten am Rande einer kleinen Insel aus Strauchwerk, die sich zwischen den Weiden und Gräben nahe der Wogemannsburg erhob – eine der wenigen geschützten Stellen im weiten, offenen Land. Lentje war schon ein wenig vorangekrochen, um aus der Deckung der Büsche heraus den Dammweg zu beobachten, auf dem das Heer heranrücken musste. Solche Erkundungsgänge waren in den letzten Tagen nichts Ungewöhnliches, schließlich musste man beständig damit rechnen, dass Feinde im Umland unterwegs waren. Und Cosimo hatte dafür gesorgt, dass Janne, Lentje und er zur gleichen Zeit und im gleichen Gebiet eingesetzt wurden. Das hätte Janne gleich misstrauisch machen sollen. Er hatte etwas vor, und nun war die Katze aus dem Sack.

«Ich kann jetzt nicht einfach weglaufen», seufzte sie. «Griet braucht mich mehr denn je.»

Es tat ihr regelrecht weh, wenn sie daran dachte, in welchem Zustand Griet von den Verhandlungen heimgekehrt war. Ihr Gesicht war bleich gewesen, die Augen verquollen, die Lippen zu einem wütenden Strich zusammengepresst. Auke hatte versucht, auf seine typische, halbernst-beiläufige Art mit ihr zu reden, doch sie hatte ihn gewaltsam weggestoßen und war hinauf auf die Turmplattform verschwunden. Selbst Janne hatte sie nicht an sich herangelassen, sie starrte einfach nur mit leerem Blick auf die Hever hinaus und sagte nichts.

Janne konnte sie gut verstehen, nach allem, was sie von den Ereignissen in der Mühle gehört hatte. Griet hatte Auke in dem Glauben begleitet, an einem Vergleich mitzuwirken. Und war stattdessen unwissentlich Teil einer Falle gewesen.

«Sie trifft ihre eigenen Entscheidungen», sagte Cosimo. «Und sie wird tun, was sie für das Richtige hält. So wie wir auch. Bitte, lass uns von hier verschwinden. Wir haben doch schon darüber gesprochen …»

Das stimmte allerdings. Und sie hatte Griet vorgewarnt, ihr sogar angeboten mitzukommen. Wenn nur nicht gerade der denkbar ungünstigste Zeitpunkt gewesen wäre!

«Griet wird dann ganz alleine sein», entgegnete Janne. «Den Männern gefällt, wie handfest Auke zu *verhandeln* pflegt. Sie halten Griet vermutlich für verzärtelt und zimperlich.»

«Nicht alle Männer denken so», widersprach Cosimo. «Ich denke nicht so. Und im Übrigen spielt das keine Rolle mehr. Auke ist zu einer Gefahr für uns alle geworden. Sie werden ihn niemals damit durchkommen lassen, dass er einen Staller ermordet hat. Auch wenn er glaubt, dass er unbesiegbar ist wie ein alter Sagenheld. Aber das ist er nicht.»

«Du hast ihn lange genug unterstützt und … ich auch», murmelte Janne bitter.

«Das war ein Fehler», gab Cosimo zu. «Menschen sind so. Sie machen Fehler. Weißt du, wie oft du dich elegant auf die

Nase legst, bis ein Kunststück endlich so klappt, wie es soll? Der Trick ist, trotzdem weiterzumachen. Und den richtigen Moment zu erkennen, etwas anderes zu versuchen, wenn es gar nicht gelingen will. Genau das sollten wir jetzt tun.» Er hielt kurz inne. Dann sprach er weiter: «Denk an Lentje. Hier ist es nicht mehr sicher für sie.»

Janne biss sich unwillig auf die Lippe. Sie konnte es nicht leiden, wenn Cosimo ihr mit «Denk an Lentje kam», und das hatte sie ihm auch schon gesagt. Das war einfach nicht fair, schließlich war dies das eine Argument, das bei Janne alle anderen ausstach – so etwas wie Siegfrieds verwundbare Stelle zwischen den Schulterblättern.

Und doch war sie Cosimo deswegen nicht böse. Dass er es ansprach, obwohl sie es nicht leiden konnte, zeigte ihr, wie ernst er es meinte.

«Du hast ja recht», seufzte sie schließlich beklommen. «Wenn ich auch später bestreiten werde, das jemals gesagt zu haben.»

Er grinste schwach. «Die Büsche und Möwen sind meine Zeugen.»

«Aber wie stellst du dir das vor?», fragte Janne besorgt. «Wir haben noch unsere Sachen auf der Burg und …»

«Zu spät», schnitt Cosimo ihr das Wort ab. «Wenn wir fortgehen wollen, müssen wir das jetzt tun, solange wir noch auf Erkundungsgang sind und niemand uns vermisst. Du weißt, dass die anderen uns sonst nicht gehen lassen. Für sie wäre das Verrat.»

«Also laufen wir mit dem fort, was wir am Leib tragen?»

«Also laufen wir mit dem fort, was wir *rein zufällig* in einem Gebüsch finden», grinste Cosimo und kroch etwas tiefer ins Strauchwerk hinein. Einen Moment später tauchte er mit einem großen Ledersack wieder auf, den er zwischen den Wurzeln hervorgezogen hatte.

«Ich habe unser Silber hier drinnen», erklärte er. «Außerdem etwas feste Kleidung und Proviant. Das wird fürs Erste genügen.»

Empört zog Janne die Augenbrauen hoch. «Du hast das alles vorbereitet? Ohne zu wissen, ob ich zustimme?»

«Wir hatten doch schon darüber gesprochen», erwiderte Cosimo kleinlaut. «Und es kann nie schaden, irgendwo eine eiserne Reserve zu verstecken.»

«Na schön. Aber wenn du das nächste Mal einen Sack packst, ohne das mit mir abzustimmen, verprügele ich dich damit.»

Dabei ließ Janne es vorerst bewenden. Sie schlug sich nach vorne durch das Gesträuch, um mit Lentje zu sprechen, die noch immer pflichtbewusst den Dammweg beobachtete. Mit knappen Sätzen eröffnete sie ihr, dass sie fortmussten – weg von dem Krieg, der die Uthlande einmal mehr zu zerreißen drohte. Und weg von dem Zuhause, das sie sich auf der Wogemannsburg in den letzten Jahren aufgebaut hatten.

«Cosimo kennt viele fahrende Gauklertruppen», schloss sie schließlich in ermunterndem Tonfall. «Wir werden auf jeden Fall irgendwo unterkommen. Und dann lernst du noch viel mehr von seinen Kunststücken …»

Sie rechnete damit, dass Lentje sich gegen den plötzlichen Wechsel wehren würde oder zumindest anklagende Fragen hätte. Doch ihre Tochter nickte nur ernst.

«Ich verstehe, Mama. Gehen wir gleich?»

Mit einem beklommenen Gefühl im Bauch drückte Janne sie an sich. Erst jetzt wurde ihr klar, wie normal für Lentje das alles war: ihre Flucht von Bauer Abbos Hof, das heimatlose

Umherstreifen im Winter, die Flucht aus Rungholt, während es in den Fluten versank, das Leben unter Seeräubern – und nun der hastige Aufbruch von der Wogemannsburg … Lentje hatte keine Wurzeln, die man aus der Erde reißen könnte. Sie gehörte an keinen Ort und ging dorthin, wohin das Schicksal Janne und sie trieb. Und sie hatte, verdammt noch mal, etwas Besseres verdient!

«Ja», flüsterte Janne. «Wir gehen gleich. Irgendwohin, wo alles gut wird.»

Sie verließen das Wäldchen gemeinsam mit Cosimo, der den dicken Sack über der Schulter trug. Raschen Schrittes wandten sie sich Richtung Osten, fort von der Wogemannsburg. Dabei hielten sie sich auf schlammigen Feldwegen und mussten immer wieder Gräben überwinden.

«Tut mir leid, dass wir nicht auf der Straße gehen können», sagte Cosimo nach einiger Zeit. «Aber dort laufen wir direkt dem Heer in die Arme. Und sie werden sich denken können, dass wir zu den Wogemännern gehören. Ich bin ja leider nicht besonders unauffällig … Wir müssen uns irgendwie an ihnen vorbeidrücken.»

«Das wird nicht nötig sein», erwiderte Janne, die sich inzwischen einige Gedanken gemacht hatte. «Du bist nicht der Einzige, der Kunststückchen beherrscht, Cosimo. Ich habe eine Abmachung mit dem ollen Fischer Momme in Osterhever. Er setzt mich über, wenn ich mich in den westlichen Harden umsehen will. Ich bin sicher, dass er uns auch alle drei mitnehmen und irgendwo hinbringen wird, von wo aus wir gut zu Fuß weiterkönnen. Das Heer werden wir gar nicht zu Gesicht bekommen.»

Anerkennend pfiff Cosimo durch die Zähne. «Ich weiß schon, warum ich dich damals in Rungholt gerettet habe.»

«Damit du jemanden hast, der künftig *dich* retten kann? Ja, du bist wirklich vorausschauend.»

Es fühlte sich gut an, mit Cosimo herumzuplänkeln. Jannes Herz fühlte sich gleich etwas weniger beengt an.

Die Erleichterung hielt keine hundert Schritte. Dann sprangen plötzlich zwei Gestalten hinter einem Zaun aus Weidengeflecht hervor, und jemand brüllte: «Stehen geblieben!»

Janne fuhr zusammen, und Cosimo griff nach seinem Dolch. Für einen Herzschlag war sie sich sicher, dass die Späher des Volksheeres sie erwischt hatten.

Dann erkannte sie Krischan und Harm. Die beiden jüngsten Wogemänner. Krischan war kaum älter als Lentje, ein unruhiger Kerl, der sich ständig beweisen musste und immer ganz vorne mit dabei war. Der stille Harm hingegen pflegte kaum etwas zu sagen und hielt sich meist an Krischan. Beide hatten ihre Klingen gezogen und musterten Janne, Lentje und Cosimo misstrauisch.

«Was macht ihr hier?», verlangte Krischan zu wissen.

«Was sollten wir schon machen?», erwiderte Cosimo unschuldig. «Vermutlich dasselbe wie ihr, meinst du nicht auch?»

«Und warum habt ihr als Kundschafter so viel Zeug dabei?» Krischan zeigte mit dem Dolch auf den Sack, den Cosimo über der Schulter trug.

«Ich könnte jetzt behaupten, dass das zur Tarnung ist», schaltete sich Janne ein. «So als wäret ihr zu dumm, das Offensichtliche zu erkennen. Aber das will ich nicht. Ihr seht es doch: Wir gehen fort.»

«Damit verratet ihr den Wogenhauptmann!», rief Krischan. «Jeder Mann, der davonläuft, ist eine Klinge weniger für den Kampf, der vor uns liegt.»

«Kein Schwert der Welt kann Auke Feddersen jetzt noch

helfen», sagte Cosimo ruhig. «Ein Vergleich ist nicht mehr möglich, seit er Staller Alderk erschlagen hat, und der Kampf gegen das Volksheer der Harden ist nicht zu gewinnen und wird nur weiteres Leid über die Uthlande bringen.»

Verächtlich spuckte Krischan auf den Boden. «So reden Feiglinge! Kämpfe werden nur verloren, wenn man nicht den Mut hat, sie auszufechten.»

Lentje verdrehte die Augen. «Der glaubt, wir sind die Nibelungen …», murmelte sie.

«In den Geschichten mag das so sein, Krischan», sagte Janne sanft. «Doch in der Wirklichkeit ist manchmal das Beste, was man tun kann, etwas Neues zu beginnen, statt auf einem leckgeschlagenen Schiff zu bleiben und mit ihm unterzugehen. Wir alle werden noch gebraucht. Aber nicht hier.»

«Und darum werden wir jetzt gehen», schloss Cosimo. «Lauf nur zur Burg und melde das, wenn du musst, Krischan.»

Er verlagerte das Gewicht des Sacks auf seiner Schulter neu und stapfte weiter voran, die beiden Knaben ignorierend, die ihn anstarrten. Janne und Lentje schlossen sich ihm an.

«Wartet!», rief der stille Harm plötzlich nach einigen Schritten. «Ich komme mit.»

Überrascht schaute Janne ihn seine Richtung.

«Das heißt … wenn ihr mich lasst», murmelte Harm unsicher. «Mein Großvater hat für den Deichbaumeister Folkert in der Edomsharde gearbeitet, bevor die Flut kam. Er sagte, es gibt immer etwas zu tun. Und ich will lieber etwas tun, als auf der Burg niedergemacht zu werden.»

Janne hatte noch niemals zuvor gehört, dass Harm so viele Wörter am Stück gesagt hätte.

«Natürlich, komm ruhig mit», ermutigte sie ihn.

Harm wandte sich an Krischan, der ihn ungläubig anstarrte, und zuckte mit den Schultern. «Du verstehst das doch, oder?»

Dann steckte er seinen Dolch weg und trat an Cosimos Seite.

«Das kannst du doch nicht …», rief Krischan, während sie sich entfernten. Nur die Schreie der Möwen antworteten ihm.

«He! Halt! Wie soll ich denn …?»

Eilige Schritte näherten sich. Plötzlich ging Krischan neben Harm her.

«Was tust du?», fragte Harm mit großen Augen.

«Auf dich aufpassen», knurrte Krischan, ohne ihn anzusehen. «Alleine kommst du doch nicht zurecht.»

Er legte die Hand auf den Griff seines Dolches, ein Krieger auf einer wichtigen Mission.

Janne unterdrückte ein Lächeln. Es war egal, wie Krischan die Sache vor sich rechtfertigte. Hauptsache, er war nicht mehr auf der Wogemannsburg, wenn die Kämpfe losgingen. Jeder Mensch, der diesem Wahnsinn entkam, war ein Gewinn.

Sie seufzte. Wenn das doch auch für Griet gelten würde … Sie zog ihren Wollmantel fester um die Schultern, während sie raschen Schrittes am Heverstrom entlanggingen, fort von den Wogemännern und allem, was sie in den letzten Jahren aufgebaut hatten.

Sechzehntes Kapitel

Wachfeuer flackerten im Abenddunkel wie rote, Funken spuckende Sterne. Sie erstreckten sich rings um die Wogemannsburg. Das Volksheer der Uthlande war da und hatte sein Lager aufgeschlagen. Nun umgab ein Ring aus Zelten, Feuerstellen und Männern die Warft wie die Eisenreifen, die der Böttcher eng um die Bretter eines Fasses zu legen pflegte. Nichts kam hier mehr rein oder raus außer den Geräuschen, die gelegentlich durch die Nacht herüberhallten: Stimmen, metallisches Geklapper und Fetzen von Liedern, die an den Lagerfeuern gesungen wurden.

Seltsam klang das in dieser Einsamkeit, wo sonst die Schreie der Seevögel das lauteste Geräusch waren, als wäre eine ganze Stadt aus dem Boden gewachsen, das Gegenstück zu Rungholt, das ebenso plötzlich in der Tiefe versunken war.

Griet stand auf dem Turm der Wogemannsburg und schaute über den Belagerungsring. Sie hatte beobachtet, wie die Angreifer im Tageslicht das Lager errichtet hatten, wie sie Zelte aufgeschlagen und Schanzen aus angespitzten Holzpfählen im Boden verankert hatten. Ochsenkarren, hoch beladen mit Vorräten, waren herangerumpelt, um die Belagerer mit Proviant zu versorgen. Sie waren darauf eingerichtet, die Wogemannsburg lange zu umlagern. Viele Tage, an denen die Männer nur essen würden, ohne zu arbeiten, während ihre Hände an anderen Orten fehlten ... Die Verschwendung war so frustrierend, dass Griet am liebsten vor Wut geweint hätte.

Ein Herold mit den drei dänischen Löwen auf dem Wappenrock war schließlich vorgetreten, begleitet von Trommelwirbeln, und hatte die Wogemänner aufgefordert, die Burg Herrn Oluf von Dyre zu übergeben, «im Namen seiner Majestät, Valdemar IV., König von Dänemark und Oberherr der Königsfriesen».

Die Antwort der Wogemänner hatte aus Gelächter, unanständigen Flüchen und mehr oder weniger originellen Aussagen über Valdemar, die Königinmutter und Dänemark im Allgemeinen bestanden, garniert mit Vorschlägen, was Valdemar alles mit seinem Zepter anfangen könnte. Und damit hatte die Belagerung begonnen. Doch statt gegen die Wälle der Wogemannsburg anzurennen, beschränkten die Angreifer sich vorerst darauf, einfach da zu sein und das Umland abzuriegeln. Daran schien sich auch so schnell nichts mehr zu ändern.

Obwohl er alle Hände voll zu tun haben musste, war Auke im Laufe des Tages dreimal zu Griet auf den Turm gekommen, weil sie «reden mussten», wie er es nannte. Doch es war dreimal vergeblich gewesen. Denn Griet musste keineswegs reden. Bei den Verhandlungen in der Windmühle hätte sie vieles zu sagen gehabt. Doch Auke hatte das Treffen nur als Anlass für eine seiner Tollkühnheiten genutzt – Griet war dabei nicht mehr als ein Mittel zu dem Zweck gewesen, Folkert und den Staller in Sicherheit zu wiegen. Nun hatte sie ihm nichts mehr zu sagen.

«Versteh doch ... Ich musste das tun!», hatte Auke gerufen, als er am Nachmittag neben ihr an den Zinnen gestanden hatte. «Es wäre zu unser aller Sicherheit gewesen, den Staller als Druckmittel auf der Burg zu haben ...»

Griet hätte einiges darauf antworten können. Vielleicht sogar, dass sie die Idee bis zu einem gewissen Grad nachvollziehen konnte. Doch sie hatte es nicht getan. Denn früher hatten sie vorher über so etwas gesprochen, hatten sich auf Augenhöhe ausgetauscht und überlegt, was das Beste war.

Nun jedoch handelte Auke ganz in seiner Rolle als der berüchtigte, unbezwingbare Wogenhauptmann, traf seine Entscheidungen allein und erwartete, dass andere ihm blind folgten. Dazu war Griet nicht bereit, und so war er auch beim dritten Mal kopfschüttelnd von der Wehrplattform abgezogen, während sie noch immer hier oben ausharrte und sich nicht darum kümmerte, dass es trotz der langen Sommertage langsam kühl wurde.

Unten, auf dem Burghof, hatten sich die Wogemänner im Fackellicht versammelt; die gesamte Mannschaft. Es waren erschreckend wenige, nicht mehr als sechzig. Viele von ihnen waren in der Beltringharde gefallen, als Herr Oluf ihnen dort einen Hinterhalt gelegt hatte. Andere hatten die Burg verlassen, bevor der Ring der Angreifer sich endgültig geschlossen hatte. Unter ihnen war auch Janne, die Griet schmerzlich vermisste. Aber sie konnte ihre Freundin verstehen, die auch die Verantwortung für Lentje trug …

Alle Wogemänner hatten den Blick nach vorne gerichtet, zum Torhaus, wo Auke an der Brüstung des Wehrgangs stand und zu ihnen sprach. Nein, nicht Auke, korrigierte sich Griet. Es war der Wogenhauptmann, der seinen gekrümmten Malchus blankgezogen hatte und wilde Reden schwang.

«… sollen sie nur kommen! Unsere Pfeile und Bolzen werden sie ebenso erwarten wie unser Mut und unsere starken Arme!»

Zustimmende Rufe erhoben sich aus den Reihen der Mannschaft. Ja, reden, das konnte er gut.

«Wir kämpfen nicht nur gegen den Dänenkönig und seine Schergen!», fuhr Auke fort. «Sondern wir kämpfen auch *für* etwas: für die Freiheit! Unsere Freiheit und die Freiheit der Uthlande!»

Die Rufe wurden lauter und kühner. Griets Finger verkrampften sich um die Brüstung. Sie musste an jene Nacht denken, als sie auf dem Klostersand das erste Wogenthing abgehalten hatten. Damals hatte sie noch an solche Reden geglaubt, und sie hatte Auke nach Kräften dabei unterstützt, diesen Traum umzusetzen.

«Und wenn diese Feiglinge erst einmal abgezogen sind», hallte Aukes Stimme über den Hof, «dann werden die Wogemänner wieder frei durch die Uthlande streifen und den Krieg zu ihnen tragen!»

Frei … Griet hatte hier nicht die Freiheit gefunden, die sie gesucht hatte. Nur ein unstetes Leben, Blut und Gewalt. Mal waren die Wogemänner die Jäger, mal wurden sie gejagt. Und selbst wenn sie diesen Angriff überstehen sollten, wären die Kämpfe damit noch lange nicht zu Ende … Das war nicht die Welt, die sie nach der Groten Mandränke neu hatte errichten wollen.

Auke redete noch eine Weile weiter, und die Männer jubelten und machten Lärm mit ihren Waffen. Griet hörte ihm nicht mehr zu. Ganz gleich, was Auke sagte – seine schönen Worte konnten nichts daran ändern, dass alles auf einen langen, verlustreichen Kampf um die Wogemannsburg hinauslaufen würde, der die Uthlande noch weiter entvölkerte. Es sei denn, jemand verhinderte das Schlimmste …

Nachdenklich starrte sie in die Nacht, während Aukes Stimme Nichtigkeiten über die Wogemänner ergoss und jenseits der Palisaden die Wachfeuer der Angreifer glommen. Ihre

Finger spielten beiläufig mit der Fibel, die ihr Gewand zusammenhielt, inzwischen eine feste Gewohnheit. AVE MARIA GRTIA.

Als die Männer sich schließlich verstreuten und nur die Wachen auf den Wehrgängen zurückblieben, hatte sie ihre Entscheidung getroffen. Sie wandte sich von den Zinnen ab und verließ die Turmplattform, ohne sich noch einmal umzusehen. Griet lief die kalte, gewundene Treppe hinab und dann hinaus auf den Hof. In den Fenstern des steinernen Wohngebäudes flackerte Licht, und Stimmen drangen nach draußen. Auke saß noch mit einigen der Männer zusammen, um sie weiter auf den Kampf einzustimmen. Früher war Griet zuweilen dabei gewesen. Doch heute führte ihr Weg in eine andere Richtung.

Vorsichtig näherte sie sich dem Torhaus, wobei sie sich im Schatten des Lagerhauses hielt, um von den Wehrgängen aus nicht gesehen zu werden. Glücklicherweise hatten die Wachen ihre Aufmerksamkeit ohnehin nach draußen gerichtet.

Schließlich stand sie vor dem großen Tor der Wogemannsburg. Es war fest verschlossen und verriegelt, und zusätzlich hatte man schwere Kisten dahinter gestapelt. Hier kam niemand so leicht durch, mochte er auch mit einem Rammbock dagegen anrennen. In einen der Torflügel war jedoch auch ein Mannloch eingelassen, das nicht größer war als eine gewöhnliche Tür. Es sollte der Burg als Ausfallpforte für überraschende Angriffe dienen, und entsprechend hatte man darauf verzichtet, es ebenfalls mit Kisten zuzustellen. Stattdessen war das Mannloch lediglich durch einen Riegel gesichert, den ein dickes Eisenschloss an Ort und Stelle hielt – beides natürlich von außen nicht zu erreichen. Von innen hingegen …

Griet griff an ihren Gürtel und zog den großen Schlüsselbund hervor, den sie als Burgherrin trug. Neben der nicht zu unterschätzenden Macht über die Vorratskammern verliehen ihr die Schlüssel auch Zugriff auf die Verteidigungsanlagen und somit auf das Schicksal der gesamten Burg.

Sorgfältig ging sie die Schlüssel durch, bis ihre Finger den richtigen griffen. Groß und schmucklos war er, und seine längliche Form erinnerte Griet auf unbehagliche Weise an einen Knochen. Entschlossen steckte sie ihn in das Schloss des Mannlochs und drehte ihn mit einem metallischen Knarren herum.

Plötzlich hörte sie über sich das Fußgetrampel der Wachen, die das Torhaus bemannten. War sie zu laut gewesen? Sie hielt in der Bewegung inne, erstarrt wie ein holzgeschnitztes Heiligenbild, und wagte nicht einmal, zu atmen. Doch die Schritte kamen nicht näher. Offenbar hatte sich nur jemand oben, im Wachraum des Torhauses, bewegt.

Griet atmete auf. Zur Sicherheit verharrte sie noch einen Moment, ohne sich zu rühren. Dann griff sie nach dem Riegel des Mannloches und wuchtete ihn zur Seite. Nichts versperrte mehr die Tür, die nach draußen führte.

Das Knarren der Scharniere klang für Griet laut wie ein Schuss aus der *Seeschlange*, als sie die Pforte einen Spaltbreit öffnete. Nur das dumpfe Trommeln ihres Herzschlags schien das Geräusch noch zu übertönen. Doch offenbar war sie die Einzige, die es hörte. Keine Alarmrufe hallten durch die Nacht, keine Wachen kamen herbeigerannt.

Griet straffte sich. Dann sollte es so sein! Sie schlüpfte durch das Mannloch und verließ die Wogemannsburg. Von außen zog sie die Pforte hinter sich zu, sodass man auf den ersten Blick nicht sehen konnte, dass sie ungesichert war.

Nun stand Griet im Schatten des Torhauses. Vor ihr erstreckte sich der weite, ungeschützte Hang der Warft bis hinüber zu den Wachfeuern, die den Ring der Belagerer markierten. Der Wind fauchte über das flache Land und durch ihr Haar. Auf einmal kam sie sich furchtbar verletzlich vor. Sie hatte den Impuls, umzukehren und zurück in die Sicherheit der Burg zu schlüpfen, die Welt und diesen ganzen Wahnsinn einfach auszusperren.

Doch das durfte sie nicht. Sie trug Verantwortung für all das, die ihr niemand abnehmen konnte. Also würde sie dem Weg bis zum Ende folgen, für den sie sich entschieden hatte.

Über den offenen Hang, der vor ihr lag, konnte sie nicht laufen. Keine andere Seite der Burg war besser bewacht, und von den Wehrgängen aus hätte man sie sofort gesehen. Griet aber erinnerte sich noch gut an ein gewisses Problem beim Bau der Palisaden, für das sie damals zu gerne auf Folkerts Hilfe zurückgegriffen hätte.

Vorsichtig drückte sie sich am Wall entlang, immer darauf bedacht, im Schatten des Wehrgangs zu bleiben. Schließlich erreichte sie die Stelle, wo der Wall an die steinerne Außenmauer des Wohngebäudes stieß. Hier lag jener tote Winkel hinter der hervorragenden Ecke des Gebäudes, der auch von den Fenstern des Hauses aus nicht einsehbar war. Die ungeschützte Schwachstelle der Burg. Einst hatte sie sich deswegen Sorgen gemacht. Für jemanden, der die Burgwarft ungesehen verlassen wollte, war sie allerdings Silber wert!

Noch einmal schaute Griet sich um; niemand war zu sehen. Dann lief sie los, den Hang der Warft hinunter, wobei sie darauf achtete, den toten Winkel nicht zu verlassen. Völlig schutzlos kam sie sich nun vor, wie eine winzige Feldmaus, die über ein Stoppelfeld huschte, verfolgt vom unbarmherzigen Schatten eines Falken. Halb rechnete sie damit, dass jeden Moment ein Hornstoß auf den Wehrgängen ertönen würde. Wenn man ihr nicht gleich einen Bolzen in den Rücken schoss, weil man sie mit einem Angreifer verwechselte …

Doch nichts dergleichen geschah. Auch als sie den Fuß der Warft erreicht hatte, blieb alles still. Gehetzt eilte sie weiter, auf eines der Wachfeuer zu. Da ragten auch schon zugespitzte Holzpfähle vor ihr auf, die man schräg in den Boden gerammt hatte: eine Blockade, zur Burg hin ausgerichtet, um überraschende Ausfälle zu erschweren.

«Heda!», rief eine raue Stimme. «Wer ist da?»

Griet blieb stehen und hob die Arme, um zu zeigen, dass sie waffenlos war. Mehrere Männer umrundeten die Blockade und kamen auf sie zu, die Speere misstrauisch gesenkt.

«Was machst du hier, Deern?», fuhr sie ein breitschultriger Kerl an, der eine helmartige Lederkappe trug. «Bist du aus Westerhever? Dann treib dich nicht hier am Rande vom Lager rum! Sonst wirst du noch erschossen, wenn dich jemand für einen Seeräuber hält.»

Unbehaglich räusperte Griet sich. «Nein», sagte sie. «Ich bin nicht aus Westerhever. Ich komme aus der Burg.» Sie zeigte zur Warft hinauf. Die Männer schauten sich ungläubig an. Ehe sie reagieren konnten, sprach sie rasch weiter: «Ich bin Margrethe, die Tochter von Ingmar, der einst Staller der Edomsharde war. Bringt mich zu Herrn Oluf von Dyre. Ich habe Wichtiges mit ihm zu besprechen.»

«Was redest du da?»

«Die Deern scheint nicht recht bei Trost zu sein!»

«Aber sie kam ja aus Richtung der Burg …»

Aufgeregt redeten die Männer durcheinander. Griet räusperte sich noch einmal, laut und vernehmlich.

«Bringt mich zu Herrn Oluf!», wiederholte sie mit aller Autorität, die sie als Tochter eines Großbauern und Stallers in ihre Stimme zu legen gelernt hatte. «Er wird sehr ungehalten sein, wenn ihr mich unnötig aufhaltet.»

Der Große mit der Kappe musterte sie skeptisch.

«Na schön», brummte er endlich. «Komm mit!»

Die meisten Männer blieben an der Schanze zurück, doch zwei von ihnen flankierten Griet mit ihren Speeren, während sie dem Anführer quer durch das Lager folgte. Es ging vorbei an zahllosen Zelten, in denen die Männer des Volksheeres schliefen. Nur wenige hielten an den Feuern Wacht und sprachen leise miteinander. Die Stimmung wirkte gedrückt. Keiner der bewaffneten Freibauern schien so recht Lust zu haben, gegen die berüchtigten Wogemänner ins Feld zu ziehen. Griet konnte es ihnen nicht verdenken.

Schließlich hielten sie vor einem großen Pavillon-Zelt, vor dem der Dannebrog mit seinem weißen Kreuz auf Rot aufgepflanzt war, das Feldzeichen des Dänenkönigs. Zwei Waffenknechte saßen hier an einem Feuer. Sie trugen Kettenpanzer und Wappenröcke mit den drei blauen Löwen von Dänemark. Griets Begleiter sprach leise mit ihnen. Der eine Waffenknecht schüttelte den Kopf. «Unmöglich. Der Herr schläft bereits.»

«Aber es ist wichtig!», drängelte Griet, die das Ganze nicht länger aushielt. «Sagt ihm ...»

In diesem Moment wurde die Zeltbahn zurückgeschlagen, und ein schlaksiger Kerl mit rötlichen Haaren und Sommersprossen streckte seine lange Nase aus dem Zelt.

«Was soll denn das?», schimpfte er. «Wollt ihr es darauf anlegen, Herrn Oluf zu wecken? Da hat wohl jemand Lust auf Dienst an den Latrinengruben und ...»

Er verstummte und starrte Griet an. Diese hätte ihn fast nicht wiedererkannt. Bei ihrer letzten Begegnung war Olufs

Knappe ein halbes Kind gewesen. Inzwischen war er zu einem jungen Mann herangereift, wenn er auch noch immer dünn war wie ein Aal.

«Iver», sagte Griet mit einem müden Lächeln. «Wie schön, Euch zu sehen.»

«Frau Margrethe», stammelte Iver ungläubig. «Euch hätte ich weiß Gott nicht in einem Heerlager mitten in der Nacht erwartet!»

«Und ich wäre auch nicht ohne Not hierhergekommen», erwiderte Griet. «Würdet Ihr wohl Herrn Oluf wecken? Mein Anliegen ist ernst und duldet keinen Aufschub.»

«Natürlich.» Iver nickte eifrig. «Bitte wartet hier.»

Es dauerte nicht lange, bis er Griet schließlich ins Zelt bat. Man hatte sich alle Mühe gegeben, es wie ein wohnliches Zimmer auf einem Herrensitz wirken zu lassen. Der Boden war mit Fellen ausgelegt, und in der Mitte des Zeltes stand ein zusammenlegbares Tischchen. Herrn Olufs Rüstung hing dekorativ auf einem Gestell bereit: Kettenpanzer, Plattenteile für die Gelenke und ein geschwungener Hundsgugel-Helm, der Griet aus seinem leeren Augenschlitz anzustarren schien.

Der Ritter selbst thronte auf einem Klappstuhl hinter dem Tischchen. Er hatte sich nicht die Mühe gemacht, sich anzukleiden, sondern einfach rasch einen roten Mantel mit Pelzbesatz um seine Schultern gelegt. In seinem Bart dominierten inzwischen die grauen Strähnen, und er sah übernächtigt aus. Die von dicken Adern durchzogene Hand, mit der er auf den zweiten freien Klappstuhl deutete, verriet jedoch noch immer die Kraft eines erfahrenen Kämpfers.

Unwillkürlich beschrieb Griet eine höfische Verbeugung, wie sie es einst bei Frau Anna, Olufs Gemahlin, in Seeland gelernt hatte. Der Ritter nickte mit undurchschaubarem Gesichtsausdruck, während sein Knappe Iver rasch zwei Kelche Wein für ihn und Griet bereitmachte.

«Griet, die Stallerstochter», sagte Herr Oluf schließlich mit seinem dänischen Zungenschlag, als Griet ihm gegenüber Platz genommen hatte. «Ich war schon enttäuscht, dich nicht auf dem alten Hof deiner Familie anzutreffen. Eufemia hat nach dir gefragt, und es wäre schade gewesen, ihr nicht deine Grüße überbringen zu können. Sie hat vor zwei Jahren geheiratet und lebt jetzt am Königshof in Kopenhagen.»

«Das freut mich für sie», erwiderte Griet ehrlich. Sie hatte Herrn Olufs Tochter immer gemocht, wenn Eufemia auch in einer völlig anderen Welt lebte als sie. «Ich habe in den letzten Jahren immer wieder an Eufemia gedacht.»

Seltsam fühlte es sich an, in dieser Nacht und an diesem Ort über solche Banalitäten zu sprechen. Zugleich war es aber auch auf eigentümliche Weise vertraut, als wäre sie immer noch auf der Burg der von Dyres in Seeland. Nur dass sich Herr Oluf damals nie so viel Zeit genommen hätte, um mit ihr zu reden …

«Was deiner Familie – und Rungholt und den gesamten Uthlanden – widerfahren ist, tut mir leid», sagte der Ritter ernst. «Und nun muss ich erfahren, dass dein persönliches Geschick sogar noch schlimmer war. Es stimmt also, was man sich in der Edomsharde erzählt? Der Hauptmann der Wogemänner hat dich geraubt und gezwungen, seine Braut zu werden?»

Seufzend schaute Griet in ihren Weinkelch. Das klang in der Tat wie etwas, das die Leute an den Markttagen herumtratschten. Und es wäre so einfach gewesen, die Frage zu bejahen! Zu behaupten, dass sie das Opfer einer Entführung war und es durch glückliche Umstände geschafft hatte, irgendwie zu entkommen. Aber das durfte sie nicht.

«Nein», sagte sie leise. «Es stimmt, dass ich bis eben auf der Wogemannsburg war. Doch Auke Feddersen hat mich nicht geraubt. Ich war all die Jahre freiwillig an seiner Seite.»

Herr Oluf runzelte die zerfurchte Stirn. Eindringlich musterte er Griet, als wartete er darauf, dass sie nun das entscheidende Detail enthüllte, warum das trotzdem eine ehrbare Angelegenheit war. Leider gab es dieses Detail nicht.

«Auke und ich – wir haben schon immer zusammengehört», erklärte Griet stockend. «Das dachte ich jedenfalls bis vor Kurzem … Und als mein Vater mich an einen Kaufmann aus Hamburg verheiraten wollte, ein schrecklicher Kerl, da hat Auke weiter zu mir gehalten und mich nicht aufgegeben. Wir haben gemeinsam den Untergang von Rungholt überlebt, uns gemeinsam in den Trümmern der Uthlande durchgeschlagen. Und als dann alles immer schlimmer wurde und keine Hilfe kam, beschlossen wir, uns selbst zu helfen. Gemeinsam mit anderen, denen es ähnlich ging. Also haben wir die Wogemänner begründet, Auke und ich, Seite an Seite.»

Herr Oluf hielt seinen Kelch fest umklammert und sagte für einen Moment gar nichts, als hätte er Griet nicht verstanden. Dann erhob er sich abrupt.

«Das sind schwere Vergehen, deren du dich da selbst beschuldigst, Margrethe Stallerstochter», sprach er.

Auch Griet stand auf. «Ich weiß, Herr Oluf! Darum bin ich ja zu Euch gekommen.»

«Weil ein Heer vor eurer Tür steht und der Räuberhauptmann dich nicht länger beschützen kann?», fragte der Ritter kalt.

«Nein», erwiderte Griet. «Weil ich glaube, dass es so nicht weitergehen darf. Es war nicht richtig, dass die Wogemänner damit begonnen haben, die Dörfer der Umgebung zu überfallen. Und als Auke nun auch noch Staller Alderk gefangen nehmen wollte, obwohl sie sich doch für Verhandlungen getroffen hatten … Das geht einfach nicht. Es muss aufhören mit den Wogemännern! Und das nicht durch einen langen Krieg, der viele weitere Opfer fordert. Jetzt und sofort. Noch in dieser Nacht.»

Herr Oluf musterte sie eindringlich. «Und wie soll das geschehen? Bist du gekommen, um mir die Kapitulation deines Hauptmanns zu überbringen?»

Griet nahm einen Schluck Wein, der ihr nicht schmeckte, um Zeit zu gewinnen. Sie wollte nicht aussprechen, was sie gleich aussprechen würde.

«Auke würde niemals freiwillig aufgeben», erklärte sie schließlich. «Er wird bis zum letzten Blutstropfen kämpfen, selbst wenn er allein gegen König Valdemars Heerscharen und alle Friedeschiffe der Hanse stünde. Aber …», sie stockte kurz, «… ich kann Euch zeigen, wie Ihr ihn ohne weitere Kämpfe bezwingen könnt.»

Jetzt war es gesagt. Es gab kein Zurück mehr!

«Du hast dich also herausgeschlichen, um die Wogemänner zu verraten», fasste Herr Oluf erbarmungslos zusammen.

Griet zwang sich zu einer Antwort, und ihre Stimme war kaum mehr als ein Krächzen: «Ja.» Dann fügte sie fester hinzu: «Im Gegenzug bitte ich Euch nur darum, Gnade mit ihnen walten zu lassen. Auch wenn ein einvernehmlicher Vergleich nicht mehr möglich ist, gewährt ihnen Gnade, nachdem sie ihre Waffen niedergelegt haben.»

Heftig knallte Herr Oluf seinen Kelch auf den Tisch. «Das kann ich nicht!» Er verschränkte die Arme hinter dem Rücken. «Und das *will* ich auch nicht. Recht muss Recht bleiben, Margrethe. Die Wogemänner haben geplündert und viele Totschläge begangen, das weißt du. Sie müssen der Blutgerichtsbarkeit des Königs übergeben werden.»

Fest umschlang Griet ihre Schultern, als wollte sie sich selbst umarmen. Ihr war plötzlich furchtbar kalt. Sie hatte geahnt, dass die Antwort des Ritters so ausfallen würde. Und doch war es schrecklich, es so deutlich zu hören.

«Dann gewährt wenigstens den Frauen und Kindern freien Abzug, die mit ihnen auf der Burg sind», sagte sie leise.

Herr Oluf strich sich nachdenklich über den Bart. «Ich werde mit den Stallern darüber reden. Sie werden wohl keine Einwände haben. Das Volk der Uthlande ist ohnehin viel zu ausgedünnt … Und dich werde ich unter meinen Schutz stellen, um Eufemias willen.»

«Danke, aber das ist mir gleich, Herr», entgegnete Griet und meinte das exakt so. «Was aus mir wird, ist nicht von Belang. Ich will nur, dass das alles endet.»

Herr Oluf trat an sie heran und berührte sie an der Schulter. Unwillkürlich zuckte sie zurück.

«Margrethe … Wie konnte es nur so weit kommen?», murmelte er. «König Valdemar hat fürwahr recht mit seinem berühmten Ausspruch: *Atterdag! In was für Tagen leben wir …*»

Griet gab keine Antwort. Sie hatte genug damit zu tun, ihre Tränen zurückzuhalten und nicht vor Herrn Oluf zusammenzubrechen. Ihre letzte Hoffnung, die Sache gütlich zu beenden, war gescheitert. Nun blieb nur noch ein Ende mit Schrecken. Und es war ihre verdammte Pflicht, das durchzustehen!

«Nun denn.» Der Ritter straffte sich. «Was hat es mit dieser Möglichkeit auf sich, die Wogemänner ohne Kampf zu bezwingen?»

«Es gibt einen Weg, sich den Befestigungsanlagen der Burg ungesehen zu nähern», flüsterte Griet. «Ich werde ihn Euch zeigen …» Sie hielt kurz inne, um sich zu sammeln. «Einige beherzte Männer könnten auf diese Weise heimlich zur Burg vordringen und anschließend am Wall entlangschleichen, bis zum Tor. Das Mannloch ist nicht verriegelt. Wenn sie erst einmal drinnen sind, wird es ihnen ein Leichtes sein, das Haupttor zu öffnen und Euer Heer einzulassen, um die Wogemänner im Schlaf zu überwältigen.»

Herr Oluf nickte mit unbewegtem Gesicht. «Ich verstehe. Zeige mir die Stelle, Margrethe. Wenn alles so stimmt, wie du es sagst, dann hast du den Uthlanden heute viel Leid und Tod erspart.»

Sie war unfähig, eine Antwort zu geben. Mit zitternden Händen bedeckte sie ihr Gesicht, damit Herr Oluf ihre Tränen nicht sah.

Leid und Tod … Ja, darum ging es. Sie wollte nicht schuld sein an noch mehr Elend. Und deswegen brachte sie den Wogemännern Leid und Tod. Das fühlte sich alles so falsch an! Ein einziger Gedanke hallte ihr immer wieder unbarmherzig durch den Kopf: Verrat. Sie hatte Auke verraten.

Sie wünschte sich, die Grote Mandränke hätte sie damals zusammen mit Auke verschlungen, als sie in der Kirche von Rungholt vereint waren.

Siebzehntes Kapitel

Auke Feddersen, einstmals Erbe des Woge-Hofes und nun Hauptmann der Wogemänner, war allein. Er lag in einem Bett, das viel zu groß für ihn war, umgeben von dunklen Gedanken und zu vielen Feinden. Griet war selbst für die Nacht nicht zu ihm gekommen, gerade jetzt, da er sie am dringendsten gebraucht hätte …

Seine wilden Reden hatten vielleicht die Männer überzeugt. Doch Auke war es nicht gelungen, sich damit selbst zu überlisten. Er fühlte sich so verzagt wie schon lange nicht mehr. Sie konnten die Belagerung durch das Volksheer überstehen, daran glaubte er tatsächlich. Aber was sollte danach kommen? In welche Zukunft konnte er die Wogemänner führen, wo die Freiheit finden, die sie suchten?

Er war der Wogenhauptmann. Es lag an ihm, einen Weg zu bahnen, auch wenn das nicht immer einfach war und unschöne Entscheidungen dazugehörten. Griet verstand das nicht. Also musste er es eben ohne sie schaffen. Er war allein.

Lange dauerte es, bis er endlich in den Schlaf fand. Und selbst der brachte keine Erholung, kein Vergessen, sondern wirre Träume und unruhiges Herumgewälze unter viel zu schweren Decken.

So kam es, dass Auke umgehend hochschreckte, als die Geräusche zu ihm vordrangen. Falsch hörte sich das an, viel zu laut für die späte Stunde. Etwas klapperte, jemand schrie auf und verstummte abrupt. Füße stapften eilig über den Steinboden.

Er richtete sich auf. War Streit unter den angespannten Männern ausgebrochen? Eine Prügelei? Da musste jemand für Ordnung sorgen!

Auke schlug die Decke zurück, fast dankbar dafür, einen Grund zu haben, nicht länger um Ruhe kämpfen zu müssen. Er tastete nach dem Malchus, der neben dem Bett auf der Kleidertruhe bereitlag.

In diesem Moment wurde die Tür der Kemenate aufgestoßen, und mehrere Männer in Kettenpanzern stürmten herein, die blanken Waffen in den Fäusten. Aukes Herz setzte für einen Schlag aus. Feinde! Hier drinnen, im Herzen der Wogemannsburg!

Reflexartig wollte er seine Waffe packen, doch es war schon zu spät. Die Spitze eines Schwertes drückte plötzlich gegen seine Kehle.

«Rühr dich nicht!», zischte der dänische Waffenknecht, der Auke unter der Krempe seines Eisenhutes grimmig anblitzte. Für einen Moment erstarrte er. Dann brüllte er auf, stieß den Schwertarm des Dänen beiseite und griff nach dem Malchus. Schmerz zuckte durch seinen Arm, als die flache Seite einer Klinge auf sein Handgelenk niederfuhr. Mehrere Männer stürmten heran und packten Aukes Schultern, drehten seine Arme auf den Rücken, während der Däne wieder das Schwert auf seine Kehle richtete.

«Tapfer», knurrte der Kriegsknecht grinsend. «Aber auch ziemlich dumm.»

Dann blieb Auke die Luft weg, als ihm jemand die Faust in den Magen rammte und alles vor Schmerz explodierte. Geräuschfetzen drangen zu ihm durch, jemand lachte, Männerstimmen …

«… dachte, der wäre größer …»

Als er sich wieder aufgerichtet hatte, noch immer von zwei Kriegern gehalten, trat ihm eine weitere Gestalt entgegen. Der Mann zog beim Gehen ein steifes Bein hinter sich her, doch auch er trug einen Kettenpanzer und ein Schwert in der Faust. Auke erkannte das bärtige Gesicht von Georg, dem Staller der Lundenbergharde. Ein Bild blitzte vor seinem inneren Auge auf: der Staller, wie er stöhnend zu Boden ging, sein Oberschenkel durchbohrt von einem Armbrustbolzen der Wogemänner. Dennoch brannte keine Rachsucht in Georgs Augen, er schaute Auke nur ernst ins Gesicht.

«Auke Feddersen», sprach er, «genannt der Wogenhauptmann. Ich nehme dich fest aufgrund der Verbrechen, die du gegen die Gesetze der Menschen wie auch die Ordnung Gottes begangen hast. Die Tage der Wogemänner sind vorüber.»

Auke hörte ihn, ohne zu begreifen. Es war, als wäre er in einem bösen Traum gefangen, unfähig zu erwachen. Eben hatte er sich noch allein auf seinem Lager hin und her geworfen – und nun war die Burg auf einmal voller Feinde, die durch irgendein Teufelswerk aus den Bodenritzen gekrochen sein mussten …

«Jetzt geht's euch Räubergesindel an den Kragen», feixte einer der Männer, die neben dem Staller standen. «Schon bald gibt es keine Wogemänner mehr!»

Der plumpe Spott war wie ein Wasserspritzer, der Auke in der Wirklichkeit ankommen ließ. Er war besiegt worden ohne einen Kampf, hatte dabei versagt, seine Leute in eine bessere Zukunft zu führen …

«Nein!» Der Schrei brach so plötzlich aus ihm heraus, dass Staller Georg einen Schritt zurückwich. «Nein!»

Auke bäumte sich mit aller Kraft auf, stemmte sich gegen den Griff der Männer, die ihn hielten. Zwei weitere Krieger kamen hinzu und packten ihn, drückten ihn auf das Bett nieder. Wie ein scheues Pferd, das auf dem Viehmarkt durchgegangen war, musste er von allen Seiten gehalten werden. Erst als Lederseile in seine Handgelenke schnitten und ihm die Hände auf den Rücken gebunden wurden, gab Auke es auf und sackte zusammen. Es war hoffnungslos.

«Vorwärts, Seeräuber!»

Man zog ihn auf die Füße und gab ihm einen Stoß. Auke taumelte mehr, als dass er ging, während drei Kriegsknechte ihn aus der Kemenate führten, die so lange sein gemeinsames Zuhause mit Griet gewesen war. Dort vorne lag das Schultertuch, das sie nachlässig über eine Stuhllehne geworfen hatte. Sie war noch nie besonders ordentlich gewesen …

Man trieb ihn die Treppe hinunter und durch die große Halle. Der schwere Tisch war zur Seite gestoßen worden, auf dem Boden waren mehrere tote Körper verstreut. Da vorne lag Harro an der Seite der Hunde, die offenbar versucht hatten, ihn zu verteidigen. Daneben war Derk mit einer breiten Wunde in der Brust niedergestreckt, die Augen überrascht aufgerissen. Doch auch die Leichen von zwei Männern, die Auke nicht kannte, waren darunter.

«Na, komm schon!»

Es ging hinaus auf den Hof. Das Grau des Morgens mischte sich bereits ins Nachtdunkel, und Fackeln brannten an allen Mauern. Überall standen und gingen Bewaffnete, manche schwatzten miteinander und lachten erleichtert, andere sicherten die Burg. Oben auf den Wehrgängen lagerten noch die Steinhaufen, die als Wurfgeschosse dienen sollten, und die Wasserschläuche zum Schutz vor Feuerbränden, daneben die

Köcher voller Pfeile und Bolzen. Die Burg war eingenommen worden, ohne dass irgendetwas von alledem zum Einsatz gekommen wäre. Auke sah es und verstand nicht.

Das Haupttor stand weit offen. Gerade trug ein rothaariger Knilch das Feldzeichen der Dänen herein, das weiße Kreuz auf Rot. Auch das Lagerhaus war geöffnet, und Männer wühlten in den Kisten, Säcken und Fässern herum, die Vorräte für viele Monate enthielten.

In einer Ecke des Hofes, im Schatten des Steinturms, standen seine Wogemänner beieinander, eng zusammengetrieben wie eine Horde Vieh. Die Arme waren ihnen auf den Rücken gebunden, und ein wahrer Wald aus Speerspitzen hielt sie in Schach. Der Anblick war so erbärmlich, dass Auke vor Wut die Zähne knirschend aufeinanderbiss. Einige schauten in seine Richtung, und als sie den gefesselten Auke erkannten, ließen sie mutlos die Schultern sinken.

«Soll der zu den anderen?», fragte einer der Männer, die neben Auke gingen.

«Nein, das ist der Hauptmann», sagte Staller Georg. «Haltet ihn getrennt für die Vernehmung bereit.»

Auke hörte sie kaum. Sein Blick war zu den beiden Gestalten gewandert, die gerade den Hof durch das Haupttor betraten. Die eine war zweifelsohne Herr Oluf von Dyre, in voller Rüstung mit dem glänzenden Hundsgugel-Helm auf dem Kopf. Die andere war eine Frau mit aschgrauem Gesicht, die ein schlichtes Wollkleid trug. Fast hätte er Griet nicht erkannt. Sie sah so elend aus, als wäre sie ihr eigenes Gespenst.

«Griet!»

Auke rammte einen seiner Wächter mit der Schulter beiseite. Der Stoß kam so abrupt und heftig, dass der Mann zurückstolperte. Sofort riss Auke sich aus dem Griff der zweiten Wache los und rannte quer über den Hof auf Griet zu, die Arme noch immer auf dem Rücken gefesselt.

«Griet!»

Diese Schweine hatten auch seine Gefährtin erwischt. Er musste etwas tun! Herr Oluf zog sein Schwert, als Auke auf ihn zugestürmt kam, und von allen Seiten näherten sich Bewaffnete.

«Keinen Schritt weiter!», brüllte jemand oben auf dem Wehrgang und richtete eine Armbrust auf Auke. Er wurde langsamer, blieb schließlich ganz stehen. Das alles hatte keinen Zweck.

Herr Oluf trat zwischen Griet und ihn, als müsste er sie vor Auke beschützen. Doch Griet schob sich an dem Ritter vorbei und kam einige Schritte auf Auke zu, bis sie ihm direkt gegenüberstand.

«Es tut mir so leid», sagte sie leise und schaute ihm in die Augen. «Aber es war die einzige Möglichkeit. Das Blutvergießen musste aufhören. Und sie lassen die Frauen und Kinder gehen! Sie dürfen sich sogar etwas von den Vorräten mitnehmen und …» Ihre Stimme brach.

Verständnislos starrte Auke sie an. Was redete Griet da?

Dann begriff er es endlich. Die Feinde waren keineswegs durch irgendein Teufelswerk in die Burg eingedrungen. Jemand hatte ihnen den Weg gewiesen, sie hereingelassen. Jemand, der alle Geheimnisse der Wogemannsburg kannte, der alle Geheimnisse von Auke kannte …

«Ich … glaube das nicht …», flüsterte er tonlos.

«Auke!», presste Griet unglücklich hervor. Sie hob den Arm, streckte ihm zögerlich die Hand entgegen. Zitternd verharrten ihre Finger vor ihm in der Luft. Auke betrachtete sie, ohne etwas zu sagen. Es gab keine Worte für das, was sich in ihm ausbreitete. Sein Zorn war verebbt, als hätte man ein Feuer mit feuchten Decken erstickt. Nun war da nur noch Kälte und Leere. Verrat. Griet hatte ihn verraten.

Da packten ihn auch schon schwielige Hände. Auke leistete keinen Widerstand.

«Bringt ihn ins Lager!», befahl Herr Oluf. Dann wurde er an den Armen weitergerissen.

«Auke!», rief Griet hinter ihm her. Er wandte sich nicht um.

Absurd viele Bewacher liefen neben ihm her, achteten darauf, dass er sich nicht wieder befreite. Jemand trieb ihn mit einer Speerspitze im Rücken voran. Wortlos ließ er alles mit sich geschehen. Aukes Kampf war vorbei.

Achtzehntes Kapitel

Das Bodthing befindet Auke Feddersen und seine Anhänger, genannt die Wogemänner, zahlreicher Verbrechen für schuldig.»

Staller Owe von der Evershop-Harde hatte die Leitung der Versammlung übernommen, weil das Thing auf seinem Gebiet stattfand. Er war es auch, der die Entscheidung verkündete, und auf seinem Gesicht stand dabei grimmige Zufriedenheit.

«Das Urteil lautet: Tod durch das Schwert. Es wird morgen im ersten Licht des Tages vollstreckt.»

Einige von dem Dutzend Männer, die stellvertretend für die ganze Bande als Angeklagte in der Mitte eines abgesteckten Platzes standen, ließen resigniert die Köpfe hängen, sie hatten wohl nichts anderes erwartet. Andere schimpften und fluchten gotterbärmlich. Doch ihr Geschrei wurde übertönt vom Lärm der Freibauern und Kriegsknechte, die ringsum ihre Waffen auf die Schilde hämmerten und so Zustimmung ausdrückten.

Der Feldzug war zu Ende, viel schneller und weniger verlustreich, als die Männer sich jemals erhofft hätten. Trotz des ernsten Anlasses hatte sich eine gewisse übermütige Ausgelassenheit im Heer breitgemacht.

Nur einer stand mittendrin und verzog keine Miene, als

hätte er Staller Owe nicht gehört oder als hätten seine Worte keinerlei Bedeutung für ihn: Auke, der Wogenhauptmann. Folkerts Bruder. Glasig starrte er vor sich hin, und seine Augen waren leer wie die Fensteröffnungen einer Ruine, durch die der Wind strich.

Folkert musste sich zwingen, Auke direkt anzuschauen. Denn sein Bruder sah schlimm aus, selbst wenn dieser schreckliche, tote Blick nicht gewesen wäre. Schwellungen und Blutergüsse verunstalteten sein Gesicht, verkrustetes Blut klebte in seinen Barthaaren. Herrn Olufs Krieger waren nicht gerade zimperlich mit ihm umgesprungen, als der Ritter ihn zu seinen Missetaten befragt hatte.

Unwillkürlich musste Folkert daran denken, wie Ansgar damals ausgesehen hatte, als er ihn als zerschmettertes Menschenbündel an der Kirchwarft von Rungholt gefunden hatte. Er konnte nicht länger mit seinen eigenen Beinen laufen, doch er schrieb nun daheim in Gaikebüll im Warmen an seiner Chronik. Auke hingegen würde nach dem Willen des Things die Edomsharde niemals wiedersehen …

«Ruhe, bei den Reliquien aller Heiligen!», brüllte Staller Owe und hob seinen Knotenstab. Es dauerte eine Weile, bis der Lärm der Umstehenden schließlich abebbte.

Sie hatten sich auf der Wiese am Fuße der Wogemannswarft versammelt, zwischen der Burg und den Zelten des Heerlagers. Dies war nicht der angestammte Thingplatz der Evershop-Harde, doch Herr Oluf hatte darauf gedrängt, die Sache so schnell wie möglich zu einem Ende zu bringen, und niemand hatte ihm widersprochen. Alle waren begierig darauf, wieder nach Hause auf die heimatlichen Höfe zu kommen.

Also hatte man einen provisorischen Thingplatz mit Haselruten markiert, in deren Rund die Angeklagten und die Thingleute sich gegenüberstanden, während die Männer des Volksheeres sich außerhalb der Einhegung drängelten, um die Verhandlung zu verfolgen.

«Möge das Volk der übrigen Harden den Thingspruch bestätigen!», forderte Staller Owe im salbungsvollen Tonfall. Herr Oluf, der am Rande der Absperrung stand, verschränkte ungeduldig die Arme, doch er überließ es den Friesen, alles nach ihren Bräuchen zu regeln.

«Niklaas von der Pellwormharde bestätigt das Urteil», sprach Staller Niklaas mit Genugtuung.

«Georg von der Lundenbergharde bestätigt das Urteil.»

«Wilko von der …»

Die formelhaften Worte zogen an Folkert vorbei. So unwirklich fühlte sich das alles an! Dann war die Reihe auch schon an ihm. Seit Alderks Tod hatte die Edomsharde noch keinen neuen Staller erhalten. Und die anderen Ratsleute im Heer waren zu der Übereinkunft gekommen, dass Folkert als Deichbaumeister und Alderks Vertrauter vorerst für sie sprechen sollte. Er hatte das nachdrücklich abgelehnt, immerhin ging es heute um seinen Bruder. Doch als auch Herr Oluf darauf bestanden hatte, dass Folkert so seine Loyalität bewies, war ihm nichts anderes übrig geblieben.

Nun waren alle Augen auf ihn gerichtet, als er sich räusperte und schließlich zum Sprechen zwang: «Folkert Feddersen, Ratsmann der Edomsharde, bestätigt das Urteil.»

In diesem Moment rührte Auke sich zum ersten Mal. Er hob den Kopf und schaute zu Folkert herüber. Sein Blick war immer noch leer und ungerührt, weder Zorn noch Angst lag darin. Und doch schien er sich direkt in Folkerts Seele zu bohren. Es kostete ihn alle Kraft, die er aufbringen konnte, die Würde des Things zu bewahren und dem Blick des Verurteilten standzuhalten, der zugleich sein Bruder war.

Staller Owe von der Evershop-Harde ließ sich Zeit damit, fortzufahren. Fast schien es, als wollte er bewusst diesen Moment in die Länge ziehen, in dem der Wogenhauptmann überhaupt so etwas wie eine Regung zeigte. Folkert ballte die Fäuste.

«Das Urteil ist gefallen», sprach Staller Owe schließlich nach einer quälenden Ewigkeit. «Und das Thing ist beendet. Hebt die Schranken auf und schafft die Verurteilten fort!»

Endlich war es vorbei. Die Stäbe der Einhegung wurden aus dem Boden gezogen, und die umstehenden Männer verstreuten sich. Die Seeräuber wurden von ihren Bewachern zurück auf die Wogemannsburg geführt, wo man einen Lagerraum zu einem provisorischen Kerker umfunktioniert hatte. Nur Auke wurde getrennt von ihnen eskortiert. Herr Oluf bestand darauf, dass er nicht zusammen mit seinen Männern untergebracht wurde.

«Der bringt es fertig und heckt noch irgendeine Teufelei aus», hatte der Ritter geknurrt. «Ohne ihn sind die Wogemänner nicht halb so gefährlich …»

Folkert schaute Auke hinterher, der von drei dänischen Kriegsknechten in Richtung des Steinturmes abgeführt wurde, wo sein Einzel-Verlies auf ihn wartete. Ihm war furchtbar elend zumute. Er hatte das Urteil gegen seinen eigenen Bruder gesprochen! Obgleich er keine Möglichkeit sah, was er hätte anders machen können, fühlte es sich wie ein Versagen an.

Rastlos streifte er durch das Heerlager. Das Thing hatte den ganzen Nachmittag gedauert, und die Männer würden nun erst mal an den Feuerstellen etwas vom Proviant essen.

Bei den Ratsleuten der Edomsharde würde es auch einen Platz für Folkert geben, doch er hatte keinen Hunger und noch viel weniger Lust auf launige Gespräche über ihren leichten Sieg in der letzten Nacht.

Er ertappte sich dabei, dass er zwischen den Zelten nach einem bestimmten Menschen Ausschau hielt. Griet. Sie war dem Thing ferngeblieben, und Folkert konnte das gut verstehen, nach dem, was sie in der letzten Nacht getan hatte. Doch wo war sie nun? Hatte sie die Gegend schon verlassen, zusammen mit den Frauen und Kindern der Wogemänner, die die Krieger von der Burg gejagt hatten? Oder hielt sie sich noch bei Herrn Oluf auf, der inzwischen die Kemenate der eroberten Burg bezogen hatte?

Folkert mochte nicht danach fragen, und er hatte keine Ahnung, warum er sie überhaupt suchte und was er sagen würde, wenn er sie schließlich finden sollte. Er wusste nur, dass etwas unerledigt war, das ihn umtrieb.

Immer wieder wanderte sein Blick hinauf zur Wogemannsburg. Zum steinernen Turm, in dessen Eingeweiden sein Bruder gefangen gehalten wurde und darauf wartete, dass man ihm den Kopf abschlug. Schließlich blieb er ruckartig stehen. Es war nicht Griet, die er suchte. Und er durfte sich dem, was ihn wirklich bewegte, nicht länger entziehen.

Gerade war die Gelegenheit günstig: Die meisten Männer saßen beieinander, aßen und diskutierten das Thing und dessen Urteil. Um die Gefangenen kümmerte sich gerade nur, wer explizit zu ihrer Bewachung eingeteilt war.

Entschlossen folgte Folkert dem Pfad, der auf die Warft der Wogemannsburg hinaufführte. Das Haupttor stand noch immer offen, und niemand hielt ihn auf. Er ging quer über den Hof, zur hölzernen Außentreppe, die zum Eingang des Turmes hinaufführte. Ein junger Kerl mit einem Speer hielt hier Wache und gab sich offenbar Mühe, wie ein großer Krieger vergangener Zeiten auszusehen. Als Folkert sich näherte, versperrte er ihm den Weg mit dem Schaft seiner Waffe.

«Ratsmann Folkert von der Edomsharde», sagte Folkert so streng wie möglich. «Ich muss mit dem Gefangenen sprechen. Führe mich zu ihm.»

Der junge Wächter blickte sich unschlüssig um. Doch wie Folkert gehofft hatte, war gerade niemand auf dem Hof unterwegs, mit dem er Rücksprache halten konnte.

«Ich … darf meinen Posten nicht verlassen», sagte er unsicher.

«Dann gib mir einfach den Schlüssel», erwiderte Folkert, dem es nicht leichtfiel, so forsch zu sprechen. «Ich bringe ihn dir dann wieder. Der Turm hat keinen zweiten Ausgang, ich werde mich schon nicht damit davonschleichen.»

Er betonte es so, als wäre das ein alberner Witz, eine absurde Vorstellung jenseits des Möglichen. Es tat seine Wirkung. Der junge Kerl nickte zögerlich. «Na gut. Hier, Ratsmann.»

Er löste einen großen Eisenschlüssel von seinem Gürtel, den Folkert entgegennahm. Dann trat er beiseite, und Folkert stieg mit zittrigen Knien die Holzstiege hoch.

Das Ganze war eine Aktion, die er eher Janne mit ihrer schnellen Zunge zugetraut hätte als sich selbst. Doch offenbar konnte man manches durch Zuhören lernen. Wenn er sich auch nicht sicher war, ob ihm gefiel, was er da gelernt hatte …

Im Inneren des Turmes erwartete ihn eine enge dunkle Treppe. Rechter Hand wanden sich die Stufen hinauf zu den oberen Turmräumen. Linker Hand führten sie hinunter in jenen Lagerraum, der die Basis des Turmes bildete. Für gewöhnlich wurden dort Vorräte verwahrt, damit der Turm als innerer Kern der Burg einem Angriff möglichst lange standhalten konnte. Nun jedoch war er zum Kerker für den berüchtigtsten Seeräuber der Uthlande geworden.

Folkert stieg die Stufen hinab, bis er vor einer Tür aus massiven Holzbohlen stand. Der Schlüssel war schwergängig und knarrte protestierend im Schloss. Es dauerte einen Moment, bis er die Tür endlich aufstoßen konnte.

Dahinter lagerten alte Kisten, Säcke und Fässer – und mittendrin sein Bruder, wie ein ausgedientes Möbelstück, das man beiseitegeräumt und vergessen hatte. Zusammengesunken hockte er auf einer Kiste, die Arme noch immer hinter seinen Rücken gebunden. Als Folkert eintrat, schaute er auf.

«Folkert.»

In seiner Stimme lag keine Überraschung und auch sonst keine Emotion. Sie klang einfach nur müde.

Linkisch stand Folkert im Türrahmen herum und wusste nicht, was er sagen sollte.

«Bist du gekommen, um zu schauen, ob alles seinen rechten Gang geht?», fragte Auke mit einem schiefen Lächeln. «Ich weiß doch, dass du sehr gründlich bist.»

Dass er selbst in dieser Situation seine Rüstung aus Ironie nicht ablegte! Folkert kniete sich hin, um mit ihm auf Augenhöhe zu sein.

«Nein», sagte er leise. «Ich bin gekommen, um dir zu sagen, dass es mir leidtut. Dass es so weit kommen musste …»

Auke gab ein Geräusch von sich, das vielleicht ein Husten und vielleicht ein Lachen war. «Hast ja oft genug versucht, mich auf den Pfad der Rechtschaffenheit zurückzuholen, Bruder. Und ich habe oft genug versucht, dich für die Wogemänner zu rekrutieren … Gemeinsam hätten wir das geschafft, da bin ich mir sicher. Du hättest einen Burgwall gebaut, der sich nicht so einfach knacken lässt!»

«Ja, vielleicht», murmelte Folkert, denn er wusste nicht, was er sonst sagen sollte.

«Wo ist Griet?», fragte Auke plötzlich, und in seinen von Prellungen zugeschwollenen Augen flammte eine Spur ihrer alten Glut auf.

«Ich weiß es nicht», erwiderte Folkert verhalten.

«Das solltest du aber!», rief Auke heftig. «Du musst ein Auge auf sie haben, wenn ich morgen nicht mehr da bin. Sieh zu, dass all diese Dänen und Staller ihr nicht jeden Funken von Freiheit austreiben.»

«Das haben sie nie, da bin ich mir sicher. Sie hat diese Freiheit eben nur nicht in der Seeräuberei gefunden …»

«… und darum uns alle in den Untergang geschickt», knurrte Auke. «Das muss sie mit sich und dem Herrgott ausmachen. Aber sie darf ihr Ziel nicht aufgeben, dafür musst du sorgen!»

«Sorg doch selbst dafür», erwiderte Folkert, der eine Entscheidung getroffen hatte. Sie war dumm, dreist und übereilt. Aber er war jetzt nicht bereit, vernünftig zu sein.

Auke hob den Kopf. «Wie meinst du das?»

Entschlossen zog Folkert seinen Dolch. «Hier. Ich verstecke dir die Klinge zwischen den Kisten. Damit müsstest du deine Fesselseile durchbekommen. Die Tür lasse ich unverschlossen, und ich sorge dafür, dass die Wache gleich abgelenkt ist. Wenn du deine Chance nützt, gelingt es dir vielleicht, zu entkommen und fortzugehen, weit weg von den Uthlanden. Mehr kann ich nicht tun.»

Auke starrte ihn ungläubig an. Dann lachte er röchelnd.

«Du meinst das ernst.»

«Ja, natürlich!»

«Und meine Wogemänner? Wirst du die auch alle befreien?»

Grimmig schaute Folkert zur Seite. «Du weißt genau, dass das nicht geht.»

«Aber den Wogenhauptmann rettest du?»

«Ich rette meinen Bruder, verdammt! Und das ja wohl nicht zum ersten Mal.»

«Das stimmt», murmelte Auke. «Darin bist du wirklich gut … Ich frage mich allerdings, ob du diesmal nicht eher dein Gewissen rettest. Immerhin trägst auch du das Todesurteil mit, das sie beim Bodthing verhängt haben.»

«Was soll das?», drängelte Folkert ungeduldig. «Ich komme dir zu Hilfe, und du findest kein gutes Haar daran?» Zugleich nagte der Gedanke an ihm, ob Auke nicht recht hatte …

«Ich danke dir, Bruder», sagte Auke plötzlich ernst und ohne jede Ironie. «Doch selbst wenn ich das unwahrscheinliche Glück haben sollte, mit deiner lahmen Entschuldigung für einen Fluchtplan wirklich zu entkommen – sie werden wissen, dass du bei mir warst und dahintersteckst. Dann verlierst du an meiner Stelle den Kopf – wenn du es nicht vorziehst, mit mir zu kommen und eine vergnügliche Zukunft als Straßenräuber irgendwo bei Schleswig zu teilen. So oder so büßt die Edomsharde ihren Deichbaumeister ein. Den einzigen, der vorausschauend denkt. Das werde ich nicht zulassen.»

«Aber Auke …»

«Danke, Folkert», wiederholte dieser bestimmt. «Selbst wenn du bereit wärest, alles wegzuwerfen – ich habe nicht vor, ohne Griet irgendwohin fortzulaufen. Und die will nichts mehr von mir wissen, verübeln kann ich ihr das nicht. Außerdem brauchen mich die Männer. Wenn ich sie schon nicht zum Sieg führen konnte, muss ich zumindest am Ende bei ihnen sein.»

«Ich verstehe.» Folkert steckte den Dolch wieder ein. Vermutlich hatte Auke recht, und es war eine absurde Idee. Doch es war so frustrierend, in all diesem Elend nichts tun zu können!

«Ich bin froh, dass du gekommen bist, Folkert», sagte Auke, und sein Lächeln wurde wieder schief. «Pass weiter gut auf die Edomsharde auf, ja? Wäre doch gelacht, wenn du dem Meer und der ollen Ran nicht das eine oder andere Stückchen Land wieder abluchsen könntest. Ich verlasse mich da auf dich, immerhin bist du der Bruder eines Seeräuberhauptmanns.»

Folkert konnte nichts erwidern. Seine Kehle war plötzlich wie zugeschnürt. Er beugte sich vor und legte den Arm um seinen Bruder. Auke, der immer stärker und wilder gewesen war, schon damals, als sie noch mit Holzschwertern gekämpft hatten … Mit dem er den kühnen Plan geschmiedet hatte, Griet vor einem schrecklichen Ehemann zu bewahren, und den er schließlich aus den Trümmern der Kirche von Rungholt gefischt hatte …

Nur selten hatten ihre Meinungen übereingestimmt. Und doch war Auke immer da gewesen, so selbstverständlich wie die Westsee, der Wind und der graue Himmel. Es war unbegreiflich, dass Folkert ihm jetzt zum letzten Mal so nahe sein sollte.

Als er sich schließlich von ihm löste, sackte Auke zurück. Er war erschöpft, von den Schlägen der Kriegsknechte und den Kämpfen eines kurzen, atemlosen Lebens.

«Grüß deinen Pater von mir», murmelte er. «Und vergiss nicht, die Tür hinter dir abzuschließen …»

Das tat Folkert. Tränen liefen über sein Gesicht, als er die Treppe wieder hinaufstieg, einem letzten Abendrot entgegen, das Auke nicht sehen würde.

Neunzehntes Kapitel

Der Tag, an dem die Wogemänner hingerichtet wurden, versprach schön zu werden. Die Sommersonne erhob sich hell und klar über die Uthlande, und der Seewind trieb nur vereinzelte Wolkenflocken vor sich her. Wie eine verwunschene Straße aus Gold glitzerte die Reflexion des Sonnenlichts auf dem Wasser des Heverstroms.

An seinen Ufern hatte das Volksheer der westlichen Harden Aufstellung genommen, in einem weiten Halbkreis um jene Stelle gruppiert, wo die Seeräuber ihr Ende finden sollten. Wieder hatte man ein Areal mit Haselstöcken abgesteckt, als ginge es darum, ein Thing auszurichten. Doch diesmal waren die Stöcke mit blutroten Bändern umwunden, denn sie markierten eine Richtstätte.

Schwer und drohend hallten die Trommelschläge der dänischen Kriegsknechte über das Wasser, als die Wogemänner in Zweierreihen herangeführt wurden. Spottworte und Beschimpfungen folgten ihnen, während sie jene Gasse durchschreiten mussten, die man für sie in der Heerschar gebildet hatten.

«Na, jetzt seid ihr wohl nicht mehr so stark?»

«Mal schauen, ob ihr auch ohne Kopf den Weg zur Hölle findet!»

«Das ist für das, was ihr Lundenberg angetan habt!»

Jeder einzelne Ausruf traf Griet wie ein Schlag. Sie stand mitten in der Menge, das Gesicht von der Kapuze ihres Wollmantels verhüllt, und war gar nicht gemeint. Und doch fühlte sie sich schuldig. Der Zorn der Männer im Heer führte ihr erst so richtig vor Augen, welches Leid die Wogemänner über die Dörfer der Uthlande gebracht haben mussten. Wie oft man sie wohl abends vor einem leeren Teller verflucht hatte, nachdem sie die letzten Vorräte geraubt hatten …

Ebenso elend war ihr zumute, wenn sie in die leeren Gesichter der Wogemänner schaute, die sich zum Richtplatz schleppten, manche trotzig aufgerichtet und manche mit gesenkten Schultern. Es war ihr Werk, dass man die Seeräuber gefasst hatte und nun hinrichten würde. Sie war der einzige Mensch in dieser ganzen verfluchten Menge, der sich gegen das Volk der Uthlande wie auch gegen die Seeräuber gleichermaßen schuldig gemacht hatte, zu keiner Seite mit Recht gehörte. Aber nicht sie war es, die heute ihren Kopf verlieren würde …

Direkt am Hever-Ufer hatte man einen Fahnenmast errichtet, an dem stolz der Dannebrog zwischen den Möwen wehte. An seinem Fuße stand Herr Oluf in voller Rüstung neben den Stallern, um über den Fortgang der Hinrichtung zu wachen. Als Henker war einer der dänischen Kriegsknechte ausersehen, ein sehniger Kerl, hager wie der Tod selbst. Er stützte sich auf das mächtige Schwert, mit dem er das Urteil vollstrecken würde, und um seine Schultern lag ein blutroter Umhang.

Den hölzernen Richtblock, der vor ihm bereitstand, erkannte Griet wieder. Es war der Hackeklotz, auf dem sie auf der Wogemannsburg die Hühner geschlachtet hatten. Griet erinnerte sich gut daran, wie die Tiere noch kopflos herumgeflattert waren. Die Banalität des Alltagsgegenstandes war fast das Schrecklichste an der ganzen Szenerie.

Die Trommelschläge verstummten. Die Wogemänner hatten den letzten Ort erreicht, an den sie ihre Füße in dieser Welt tragen würden. Herr Oluf hob eine Hand, und sein Herold verkündete noch einmal das Urteil, das gestern auf dem Thing gefällt worden war. Dünn klangen seine Worte im Seewind und Möwengeschrei, sie zogen bedeutungslos an Griet vorbei, die mit zitternden Fingern ihren Mantel enger schloss, den freundlichen Sonnenstrahlen zum Trotze.

Dann war es so weit. Erst gab es einen kurzen Trommelwirbel. Dann trat der Herold vor und verlas einen Namen: «Wilko Hansen aus Odenbüll, schuldig der Seeräuberei.»

Zwei Männer zerrten Wilko an den Schultern nach vorne und pressten seine Schultern auf den Richtblock. Der Henker trat einen halben Schritt zurück und holte in einer fließenden Bewegung mit seinem Schwert aus. Dann sauste auch schon die wuchtige Klinge durch die Luft.

Griet hatte sich vorgenommen, nicht wegzugucken. Zumindest das war sie den Wogemännern schuldig. Doch als das Schwert mit einem grässlichen Geräusch, das halb ein Knacken und halb ein Klatschen war, Wilkos Hals durchtrennte, presste sie doch unwillkürlich die Augen zu. Ihre Knie zitterten, und sie musste sich zwingen, nicht wegzulaufen.

Mit einem seltsam tauben Gefühl in der Brust, als wäre dies alles nur ein böser Traum, verfolgte sie, wie der Henker Wilkos Kopf an den Haaren packte und einmal in die Höhe hob, um ihn der Menge zu präsentieren. Unwirklich sah das aus, wie Wilkos Augen gequält ins Nichts starrten, während sein Körper getrennt von ihm herumlag und sein Herz einen Schwall Blut auf den Boden pumpte, als hätte es noch nicht begriffen, dass alles vorbei war.

Dann holte der Henker weit aus, und Wilkos Kopf flog

mit wehendem, strohblondem Haar durch die Luft und verschwand schließlich platschend in der Hever. Seinen kopflosen Körper packten zwei Männer an den Beinen und bei den Schultern und warfen ihn hinterher.

Das abfließende Wasser der Westsee würde die Körper der Seeräuber mit sich nehmen, die kein Grab für den Jüngsten Tag in sich bergen würde. Ob die olle Ran sich wohl die Seelen mit ihrem Netz fangen würde, wie es die alten Frauen raunten? Würde der Leibhaftige sie aus der Kälte des Meeres in die Flammen der Hölle reißen? Oder würden sie ewig über der grauen Weite der Wellen umherstreifen, unfähig, jemals irgendwo Ruhe zu finden?

Wieder dröhnten die Trommeln, wieder trat der Herold vor.

«Lüder Lüdersen aus Gaikebüll, schuldig der Seeräuberei.»

Lüder … Einer von Aukes ältesten Gefährten. Griet hatte seine spöttische Art nie besonders leiden können, und doch musste sie schlucken, als er nun nach vorne geführt wurde.

«Ich würde ja gerne den Hut vor den hohen Herren ziehen!», rief er dem Ritter und den Stallern zu. «Aber das geht leider schlecht, so ohne Kopf …»

Das klang so, als hätte er es sich zurechtgelegt, und seine Stimme hörte sich rau an. Aber es war so sehr Lüder, dass Griet kurz lächeln musste, schon um den Versuch zu würdigen.

Dann ging alles ganz schnell, das Schwert zuckte herab, und auch Lüders Kopf verschwand in der Hever, dicht gefolgt von seinem Körper.

Wieder ein Trommelwirbel, wieder ein Name.

«Harro Haraldsen aus Niendam, schuldig der Seeräuberei.»

«Peter Petersen aus Rungholt, schuldig der Seeräuberei.»

Es war wie ein Mechanismus, der sich von selbst bewegte, wie das knarrende Räderwerk einer Mühle, das die immer gleichen Abläufe vollzog: ein Trommelwirbel, ein Name, ein Schlag mit dem Schwert. Und wieder wurde ein Körper, der Herzschläge zuvor noch ein atmender Mensch gewesen war, vom Meer verschluckt.

«Thedo Mommesen aus Gaikebüll, schuldig der Seeräuberei.»

«Melchior vom fahrenden Volk, gebürtig aus Augsburg, schuldig der Seeräuberei.»

Es wollte schier kein Ende nehmen. Der Boden rings um den Richtklotz färbte sich rot vom Blut zahlloser Männer, als würde hier nun doch noch jene Schlacht toben, die Griet hatte verhindern wollen. Nun starb Gero, der ein wenig Flöte spielen konnte, und dann Willem, der bereits eine Enkeltochter hatte. Manche der Männer versuchten, es Lüder gleichzutun und irgendeinen kühnen Spruch zu rufen. Andere spuckten schreckliche Verwünschungen aus. Die meisten schwiegen beklommen.

Der Henker wurde langsam müde, seine Schläge weniger präzise. Zuweilen verfehlte er die Lücke zwischen den Halswirbeln und brauchte einen zweiten oder dritten Hieb, um den Stiernacken eines Seeräubers zu durchtrennen. Einmal musste er mit seinem Schwert herumsäbeln, als wollte er ein widerspenstiges Stück Brot schneiden, ehe der Kopf endlich vom Klotz fiel. Und dem armen Holger hackte er zunächst in die Schulter. Seine Schreie waren kaum auszuhalten.

Griet stand in der Menge und zwang sich hinzuschauen. Ihre Übelkeit, der Ekel und Schrecken waren längst einer seltsamen Teilnahmslosigkeit gewichen, als gäbe es nur ein gewisses Maß an Grauen, das man ertragen konnte – und danach weigerten sich Augen und Seele einfach, noch mehr davon aufzunehmen.

Sie hatte jedes Gefühl dafür verloren, wie die Zeit verging und die Reihe der Seeräuber immer kürzer wurde. Die Sonne stand schon hoch am Vormittagshimmel – der Tag wurde wirklich schön –, als nur noch einer von ihnen auf den Beinen stand.

«Auke Feddersen vom Wogehof, genannt der Wogenhauptmann, schuldig der Seeräuberei und zahlreicher weiterer Verbrechen.»

Schlagartig wurde es still. Die Männer ringsum, die schon lange nebenbei geschwätzt hatten, während vorne gestorben wurde, waren verstummt. Griet spürte sich plötzlich wieder in aller Schmerzlichkeit selbst, als wäre sie aus dem Schlaf hochgeschreckt.

Sie verfolgte mit klopfendem Herzen, wie Auke nach vorne geführt wurde. Stattlich sah er aus, und er hielt sich aus eigener Kraft aufrecht, trotz der Schwellungen, die sein Gesicht mehr adelten als verunstalteten. Er schaute langsam, fast provozierend, über die Menge und wich keinem der zahlreichen finsteren und sensationsgierigen Blicke aus, die sich in ihn bohrten. Als er in Griets Richtung schaute, verharrte er kurz. Seine Augenbrauen hoben sich. Barmherzige Mutter Gottes – er hatte sie in der Menge erkannt! Wie von selbst tasteten ihre Finger nach der Fibel.

Dann stand Auke auch schon direkt vor dem Richtklotz. Er straffte sich, als wollte er noch etwas sagen. Doch stattdessen verzog sich sein Mund lediglich zu einem schiefen, ironischen Lächeln. Ungläubig sah es aus, fast belustigt, als könnte er sich nicht vorstellen, dass dies alles wirklich geschah. Dass er besiegbar war und sterben konnte …

Sein Blick wanderte noch einmal zu Griet. Als die Kriegsknechte herantraten, um ihn auf den Klotz zu drücken, ging er von selbst in die Knie und beugte sich vor. Niemand zwang Auke Feddersen zu irgendetwas …

Griets Finger krallten sich schmerzhaft um die Fibel, als das Schwert des Henkers herabsauste. Dann war es vorbei. Aukes Kopf lag im blutgetränkten Gras, und in der Menge ringsum brach grimmiger Jubel aus. Auch der letzte der Wogemänner existierte nicht mehr.

Plötzlich fühlte Griet sich so schwach wie noch niemals zuvor. Heftiger Schwindel ergriff sie, hüllte die Welt in dumpfen Nebel, und wie eine lebende Tote wankte sie davon. Sie bekam kaum mit, wie die Kriegsknechte Aukes sterbliche Überreste der Hever übergaben, merkte nicht, wie die Menge sich rings um sie verstreute. Lauter Fremde, die sie nicht kannten – oder nicht kennen wollten …

Die Stunden, die nun folgten, waren verschwommen und halb-bewusst, als läge Griet im Fieberschlaf. Sie konnte sich nicht erinnern, was sie getan hatte, wo sie gewesen war. Ob einer der vielen Schatten, denen sie begegnet war, sie angesprochen hatte.

Sie wusste nur, dass sie plötzlich wieder am Heverstrom stand, nahe bei dem blutigen Hackklotz, den man noch nicht weggeschafft hatte. Die Schaulustigen waren ebenso verschwunden wie Herr Oluf, die Staller und die Kriegsknechte. Nur ein paar Seevögel stritten sich um die Fleischfetzen, die beim blutigen Handwerk des Henkers angefallen waren. Griet war allein.

Langsam ging sie einige Schritte vor, bis sie direkt am Ufer stand. Die Sonne glitzerte auf dem Wasser, das nun auch Auke und die Wogemänner gefressen hatte, wie es zuvor schon

Rungholt und so viele andere Orte verschlungen hatte. Lange schaute sie über die Wellen, als könnte sie durch sie hindurch in jene Tiefen schauen, in die Auke verschwunden war.

«Auke Feddersen», sagte sie leise. «Ich habe dich geliebt. Wenn ich auch den Wogenhauptmann nicht lieben konnte ...»

Ihre Finger lösten die Fibel von ihrem Gewand, zogen die feine Nadel hervor, die den Stoff im Ring aus Buntmetall festklemmte. Nachdenklich betrachtete sie das Schmuckstück, das Auke einst am ollen Brack aus seiner Tasche gezaubert hatte. AVE MARIA GRTIA.

Griet streckte den Arm aus und ließ die Fibel los. Sie verschwand in den Fluten des Heverstroms, der sie hinaustragen würde in die endlose Westsee.

«Mögest du Freiheit finden», flüsterte Griet. Und sagte nichts mehr, weil es nichts mehr zu sagen gab. Sie stand einfach nur da, während ihr der Wind durch das Haar fuhr.

«Griet!» Eine helle Stimme hallte durch die Luft. Ihr lebendiger Klang hörte sich seltsam unpassend an. Langsam drehte Griet sich um. Jemand eilte mit wehenden roten Locken auf sie zu. Janne!

«Griet!», wiederholte sie. «Griet, ich ...»

Sie verstummte, als sie Griets Gesicht sah. Wortlos trat Janne an sie heran und schloss sie in die Arme. Griet ließ es mit sich geschehen, unfähig, etwas zu empfinden. Dann ließ sie sich fallen. Ihr Körper erbebte unter dem Fluss der Tränen, die sich nun endlich ihren Weg bahnten, während Janne sie weiter festhielt und auf jedes hohle Trostwort verzichtete.

Lange Zeit standen die beiden Frauen so beieinander. Als Griet sich schließlich aus der Umarmung löste, fühlte sie sich schwer und erschöpft.

«Was soll ich jetzt noch tun?», fragte sie.

«Was immer zu tun ist», erwiderte Janne ernst. «Weitermachen. Irgendwie weitermachen.»

Epilog

Mama! Onkel Folkert kommt!»

Maria kam atemlos über den Feldweg gelaufen, wobei der Wind ihre schwarzen Locken zerzauste.

«Und Pater Ansgar ist auch dabei!», ergänzte Geert, der dicht hinter ihr lief und sich schnaufend bemühte, seine große Schwester einzuholen. «Die Knechte bringen ihn mit der Schubkarre.»

«Das ist ein Rädersessel», tadelte Janne. «Onkel Folkert hat ihn selbst gebaut. Maria, geh rein und gib Griet Bescheid! Du läufst raus auf die Westweide und holst deinen Vater, Geert. Und wascht euch, bevor die Gäste da sind. Man könnte sonst meinen, wir leben hier in einem Erdloch wie die Odderbaantjes …»

Kichernd eilten die Kinder weiter: Maria in Richtung des Langhauses, das das Zentrum des kleinen Hofes bildete, und Geert wieder von der Warft hinunter. Janne schaute ihnen mit einem Lächeln hinterher. Sie hatten beide den dunklen Hauttyp ihres Vaters geerbt, zusammen mit der zierlichen Statur ihrer Mutter. Und irgendwie schienen sie die krausen Gedanken und die Lust am Blödsinn von beiden Seiten mitbekommen zu haben.

«Ob das etwas nützt?», fragte Lentje, die mit einem frischen Brotlaib aus dem Backhaus trat. «Bis Folkert und Ansgar hier sind, haben die beiden sich doch dreimal wieder schmutzig gemacht.»

«Als wenn du in dem Alter anders gewesen wärest», entgegnete Janne der jungen Frau, zu der ihre älteste Tochter inzwischen herangewachsen war.

«Eben drum … Ich meine, was soll man denn sinnvoll spielen, ohne sich schmutzig zu machen? Um die Wette Wäsche machen?»

«Das wäre doch mal eine Idee!»

«Man könnte denken, du wirst alt und vernünftig, Mama», erwiderte Lentje frech.

«Na warte! Ich zeige dir *vernünftig*!» Janne schwang ihren Schürzenzipfel wie eine Peitsche und jagte ihre quietschende, plötzlich gar nicht mehr so erwachsene Tochter damit quer über den Hof, dass die Gänse auseinanderstoben. Obwohl aus ihr letztendlich keine Gauklerin geworden war, konnte Lentje noch immer so akrobatisch herumwuseln, als wäre sie Cosimos leibliches Kind.

«Sorg lieber dafür, dass etwas Anständiges für unsere Gäste auf dem Tisch steht!», stöhnte Janne, als sie die Verfolgung schließlich aufgeben musste. War sie früher auch so leicht außer Atem gekommen?

«Ich decke bei den Bänken am Gemüsegarten ein», überlegte Lentje. «Pater Ansgar hat sicher wieder ein Buch dabei, und dort ist mehr Licht.»

Sie marschierte los, um sich um alles Notwendige zu kümmern, mit der stolzen Selbstsicherheit eines Majordomus, der eine ganze Burg unter sich hatte und nicht etwa einen kleinen Hof.

Janne wandte sich kopfschüttelnd ab, um den Gästen entgegenzugehen.

Zwei Knechte transportierten Ansgar mit jener Räderkonstruktion, die Folkert erdacht hatte, während der Deichbaumeister der Edomsharde selbst neben ihm herging. Als er Janne entdeckte, winkte er ihr zu.

«Was verschafft uns die Ehre, Meister Folkert?», fragte sie im halb ernsten Tonfall. «Wurde ein zweiköpfiges Kalb geboren? Oder besucht der Bischof von Rom die Uthlande? Es muss jedenfalls ein wahres Wunder geschehen sein, wenn du dich von deiner Arbeit löst, um dich bei uns sehen zu lassen.»

Entschuldigend zuckte Folkert mit den Schultern. «Du weißt doch, wie viel immer zu tun ist … Wir kommen beim großen Koog im Norden nicht so gut voran, wie ich das gerne hätte. Aber ja, mit einem kleinen Wunder können wir schon dienen …»

Er warf Pater Ansgar einen Seitenblick zu. Dieser lächelte dünn und hob das in Leder eingeschlagene Bündel hoch, das er auf dem Schoß trug.

«Sie ist fertig.»

Janne machte große Augen. «Ihr meint …?»

«Ja. Unsere Chronik der Marcellusflut ist fertig.»

«*Deine* Chronik», korrigierte Folkert. «Ich habe nur mit dem einen oder anderen Gedanken ausgeholfen, auf den du auch ohne mich gekommen wärst.»

«Griet wird jedenfalls mehr als erfreut sein!», rief Janne. Sie geleitete die Gäste hinüber zum Haus. Als sie den Hof überquerten, kam gerade auch Cosimo herangeritten. Er hatte Geert vor sich auf den Sattel gesetzt und half ihm beim Absteigen, ehe er sich zu den anderen gesellte.

«Oje, jetzt halten wir auch euren Großknecht von der Arbeit ab», meinte Folkert entschuldigend.

«Ein bisschen Zeit kann ich schon erübrigen, wenn selbst der werte Herr Deichbaumeister das vermag», erwiderte Cosimo mit einer angedeuteten Verbeugung. Gemeinsam gingen sie hinüber zu dem Tisch beim Gemüsegarten, den Griet, Lentje und Maria inzwischen ausgestattet hatten: frisch gebackenes Brot wartete neben Schinkenscheiben, Rübengemüse und Krügen mit verdünntem Wein. Es war nicht viel im Vergleich zu den Festessen, die reiche Haushalte wie die Halle des Stallers in der Zeit vor der Groten Mandränke aufzufahren pflegten. Und doch zeigten die Köstlichkeiten, dass Griet die Herrin eines kleinen, aber gut gehenden Hofes war.

Staller Dittmar, der Bruder des gefallenen Alderk, hatte ihn Griet auf Herrn Olufs Bitte hin zur Pacht überlassen. Das Anwesen lag auf dem Erbland ihrer Familie bei Gaikebüll, umfasste aber nur einen Bruchteil des Besitzes, der Staller Ingmar einst gehört hatte. Für ein Auskommen reichte der Hof dennoch allemal, und auch Janne und ihre Familie konnten hier als Gesinde gut leben.

Griet lächelte müde, als sie Folkert sah. Ihr Gesicht war von zahlreichen feinen Falten durchsetzt, mehr, als man bei einer Frau ihres Alters erwarten sollte, und ihr Lächeln sah immer müde aus. Doch Janne sorgte dafür, dass es stets mehr als genug für sie zu tun gab, wenn sie wieder einmal in dunklen Gedanken zu versinken drohte, was glücklicherweise zunehmend seltener geschah. Inzwischen stand sie in dem Ruf einer ehrbaren Witwe, die eine kleine, aber solide Wirtschaft aus eigener Kraft führte und jeden Bewerber energisch abzulehnen pflegte, der sich ihren Hof zu erheiraten hoffte. Angenehmerweise fragte seit einigen Jahren niemand mehr.

«Ist es das, was ich denke?», fragte Griet und zeigte auf das Bündel, das Ansgar noch immer in den Händen hielt.

«Ja», verkündete Folkert stolz. «Wir bringen euch die Chronik der Marcellusflut. Ich finde, es ist nur recht, wenn ihr sie zuerst zu Gesicht bekommt, noch vor dem Staller.»

«Dann haben wir wirklich etwas zu feiern», stimmte Griet ihm zu. «Bitte, bedient euch doch!»

Für eine Weile widmeten sich alle den Gaben des Landes, die Lentje ihnen aufgetischt hatte. Die Uthlande hatten im Laufe der letzten Jahre begonnen, sich zögerlich von den Schäden zu erholen, die Pest, Flut und Hunger ihnen zugefügt hatten. Dennoch war es noch immer ein kleines Fest, sich an eine reich gedeckte Tafel setzen zu können. Maria und Geert kannten die Verhältnisse gar nicht anders …

«So, und nun zeig sie doch mal», meinte Griet schließlich ungeduldig.

Alle schauten gespannt zu, wie Pater Ansgar die Lederhülle aufschlug und schließlich einen gebundenen Stapel Pergament hervorzog. Es war von langen Kolonnen feiner lateinischer Lettern bedeckt.

«Das Werk hat noch keinen richtigen Einband», erklärte Ansgar entschuldigend. «Aber es reicht schon aus, um ein wenig daraus vorzutragen.»

Und das tat er dann auch. Mit ernsten Gesichtern hörten alle zu, wie Ansgars sanfte Stimme die Ereignisse rund um den 16. Januar 1362 nacherzählte. Sie berichtete vom Salztorf-Abbau und den Unruhen gegen die dänische Oberherrschaft, von der Groten Mandränke und dem Untergang von Rungholt, von den Wogemännern und ihrem Ende. Besorgt schaute Janne immer wieder zu Griet hinüber. Ihre Freundin biss sich nervös auf die Lippen, wirkte jedoch gefasst.

Alle, die sie hier um den Tisch saßen, hatten zu der Chronik beigetragen, einmal abgesehen von Maria und Geert. Denn sie alle hatten den Untergang Rungholts überlebt, und Ansgar hatte regelmäßig das Gespräch mit ihnen gesucht, um ihre Eindrücke von der Marcellusflut festzuhalten.

«Danke, Ansgar», sagte Griet schließlich beklommen. «Auch dafür, dass du die Ereignisse bei Westerhever korrekt dargestellt hast. Ich mag keine Geschichten um ein armes Mägdelein mehr hören, das von den Wogemännern entführt wurde und schließlich entkam, indem es heimlich das Tor der Burg für den gerechten Zorn der Angreifer öffnete …»

Sie verstummte, den Blick ins Leere gerichtet. Janne wusste genau, was sie meinte. Über Griets Rolle bei den Geschehnissen kursierten inzwischen die seltsamsten Gerüchte, und irgendwie schienen die Tratschmäuler und Spielleute die Version zu bevorzugen, in der sie eine gequälte, auf Rettung harrende Jungfer war. Die Menschen gierten nach Geschichten, gerade in schlechten Zeiten, und simpel gestrickte Erzählungen waren leichter verdaulich als die Wahrheit.

Für Griets Ruf waren die Geschichten natürlich förderlich, und vermutlich trugen sie ihren Teil dazu bei, dass sie in der Bauerngemeinschaft akzeptiert wurde. Doch sie selbst legte Wert darauf, nichts zu beschönigen, und Janne musste sie regelmäßig davon ablenken, sich zu sehr damit zu quälen.

Für einen Moment herrschte beklommenes Schweigen.

«Warum sind da eigentlich noch mehr Seiten?», fragte Maria plötzlich und zeigte auf die Pergamentblätter, die noch unangetastet auf dem Stapel ruhten. «Die Geschichte ist doch schon zu Ende …»

Ansgar lächelte. «Eine Geschichte ist niemals ganz zu Ende. Darum umfasst die Chronik der Marcellusflut auch die Zukunft. Das Ganze war Folkerts Idee …»

«Habt ihr eine der alten Seherinnen aus den Sagen befragt,

damit sie für euch ein wenig Spökenkiekerei betreibt?», konnte Janne sich nicht verkneifen.

«Aber nein», erwiderte Folkert rasch. «Wir haben lediglich Ideen skizziert, wie es weitergehen *könnte.* Jedenfalls, was das Land betrifft, das während der Groten Mandränke verloren ging. Ich bin davon überzeugt, dass sich einiges davon dem Meer wieder entreißen lässt, wenn man es mit entsprechenden Anlagen trockenlegt. Vielleicht gilt das sogar für den großen Rungholt-Koog. Natürlich nicht mehr zu unseren Lebzeiten. Aber möglicherweise schon zu denen von Geerts Kindern …»

«Oder von meinen!», rief Maria dazwischen.

«Eine nette Idee», meinte Cosimo. «Und sie dient nicht zufällig auch dazu, den Staller und jeden hohen Herrn, der die Chronik lesen mag, von euren Plänen zu überzeugen und Silber dafür springen zu lassen?»

«Das wäre, so Gott will, ein willkommener Nebeneffekt», erwiderte Ansgar zwinkernd.

«Aber das Wichtigste ist, dass die Ereignisse nun nicht mehr verloren gehen», ergänzte Folkert. «Das sind wir Überlebenden den Leuten von Rungholt und der Uthlande schuldig.»

«Das werden sie nicht», erwiderte Griet. «Auch künftige Generationen werden sich erinnern. Da bin ich mir sicher.»

Ihr Blick war versonnen in die Ferne gerichtet. Eine Möwe kreiste vor dem endlosen Himmelblau, ein zerbrechlicher weißer Strich inmitten der ewig wandelbaren Kräfte von Meer und Wind.

Nachwort

Zu den Schätzen des NordseeMuseums Husum zählt eine Gewandfibel mit der umlaufenden Inschrift AVE MARIA GRTIA. Es ist unbekannt, warum das A von GRTIA vergessen wurde oder wer die Fibel einst getragen hat. Man weiß nur, dass sie vermutlich aus dem 13. oder 14. Jahrhundert stammt und im Watt bei der Hallig Südfall vor der nordfriesischen Küste gefunden wurde – dort, wo früher Rungholt gelegen haben mag. Das Schmuckstück hat mich vom ersten Moment an fasziniert, als ich bei meinen Recherchen darauf stieß. Oft sind es die kleinen Fehler und Schrulligkeiten, die die Dinge erst interessant machen!

Die Marcellusflut von 1362 veränderte das Gesicht der Küste für immer. Doch selbst zu diesem verheerenden Großereignis ist die nachweisbare Faktenlage dünn, denn wir besitzen keine Augenzeugenberichte der Flut, nur Darstellungen aus späterer Zeit, die entsprechend kritisch zu betrachten sind. Darum habe ich bei der Schilderung der Ereignisse im Roman auf Berichte von anderen Flutkatastrophen bzw. ihre Aufarbeitung in der Forschung zurückgegriffen. Auch die konkrete Zahl der Flutopfer ist unklar, die Schätzungen in den historischen Darstellungen reichen von ca. 7600 Menschen bis hin zu 200 000 Seelen – Letzteres gewiss eine Übertreibung, die schon von Zeitgenossen angezweifelt worden ist.

Dass die Auswirkungen der Flut nichtsdestotrotz umwälzend waren, belegt die Zahl der verloren gegangenen Kirchspiele, die der Schleswiger Bischof Nikolaus Brun verzeichnen ließ: Für das Gebiet von Dithmarschen, Eiderstedt und Strand sind hier nicht weniger als 28 untergegangene Kirchspiele aufgeführt, die sich allerdings nicht immer zuordnen lassen. Zudem mag die Liste Schreibfehler enthalten, die im Zuge ihrer Überlieferung entstanden sind. Die Landkarten, die von den Uthlanden in der Zeit vor der Flut existieren, stammen aus späteren Jahrhunderten und behandeln ihren Gegenstand zum Teil eher kreativ.

Wenn auch die Details oft ungeklärt sind, ist doch unumstritten, dass die Marcellusflut zu schweren Landverlusten führte. Allerdings entsprach der Küstenverlauf nach der Katastrophe noch nicht dem heutigen Zustand. Das liegt zum einen daran, dass die kommenden Jahrhunderte zumindest eine weitere Flutkatastrophe von vergleichbarer Gewalt mit sich brachten, die Burchardiflut von 1634. Zum anderen ist das Küstenland auch durch die Macht «gewöhnlicher» Fluten und Stürme auf der einen Seite und die Maßnahmen zur Landsicherung und Landgewinnung auf der anderen Seite einer beständigen Dynamik unterworfen.

Die Reste der Edomsharde umfassen heute grob die Halbinsel Nordstrand, die Pellwormharde entspricht der vorgelagerten Insel Pellworm. Die versunkene Hafenstadt Rungholt verortet man bei der Hallig Südfall im Meer dazwischen. In dieser Region finden sich Reste von Warften im Watt, darunter auch eine besonders große Warft ohne eigenen Brunnen, die man darum für die Warft einer Kirche hält. Wenn diese Zuschreibung zutrifft, hat man vermutlich den Ortskern von Rungholt lokalisiert.

Zahlreiche Wattfunde von Keramik, Knochen, Resten von Werkzeugen und Waffen sowie weiteren Lebenszeugnissen künden vom Alltag der Menschen, die einst dort lebten, wo sich jetzt die See erstreckt. Kostbare glasierte Krüge aus Málaga erzählen vom Reichtum der Region und ihren Handelsbeziehungen weit über Nordfriesland hinaus. Doch weiß man trotz der archäologischen Zeugnisse nur wenig über konkrete Personen, die zur Zeit der Flut in den Uthlanden lebten. Entsprechend sind die Figuren des Romans bis auf wenige Ausnahmen fiktiv. So ist etwa Griets Vater, der Staller Ingmar, an den ersten namentlich bekannten Staller von Strand gleichen Namens angelehnt. Staller Owe, der im Buch für einen besonders harten Kurs gegen die Wogemänner steht, entspricht dem historischen Staller Owe Hering, der die Seeräuber schließlich besiegte.

Die Wogemänner haben tatsächlich existiert. Das belegt etwa die Warft der Wogemannsburg bei Westerhever, die noch heute zu sehen ist. Vermutlich handelte es sich um Bauern und Fischer, die durch die Marcellusflut ihre Existenzgrundlage verloren hatten und sich darum der Piraterie zuwandten. Dass sie durch die List einer geraubten Jungfrau besiegt wurden, die heimlich Feinde in die Burg einließ, dürfte hingegen eher in den Bereich der Volkssage fallen.

Auch die verlorene Stadt Rungholt selbst ist ein beliebter Gegenstand der sagenhaften Überlieferung. Am bekanntesten ist sie in der Moderne vermutlich durch jenes Gedicht von Detlev von Liliencron aus dem Jahre 1884 geworden, das mit der Zeile «Heut bin ich über Rungholt gefahren» beginnt. Das Gedicht betont den Stolz der durch Reichtum hochmütig gewordenen Rungholter, der schließlich zu ihrem Untergang führt. Mit dem Ausruf «Trutz, blanke Hans» verhöhnen sie die Macht des Meeres – bis sie als göttliche Strafe von ihm verschlungen werden.

Die späteren Jahrhunderte haben also die Naturkatastrophe als religiös-sittliches Exempel umgedeutet. In diesen Kontext gehört auch das Sagenmotiv des Schweins, das betrunken gemacht wird, um Spott mit dem örtlichen Pfarrer zu treiben. Ich habe es als Teil der trotzig-überspannten Hochzeitsfeier in den Roman aufgenommen, um auch diesem prägenden Strang der Rungholt-Überlieferung gerecht zu werden.

Ansonsten folgt die Darstellung in «Der Zorn der Flut» jedoch den vermuteten realhistorischen Gründen für die Katastrophe: Eine besonders verheerende Flut traf auf abgesacktes Küstenland, dessen Deiche zudem möglicherweise nicht ausreichend gepflegt waren, da es aufgrund vorausgegangener Pestepidemien an Arbeitskräften mangelte. Neben geologischen Prozessen mag auch menschliches Einwirken wie der Salztorf-Abbau und die Entwässerung des Untergrunds für die Landwirtschaft zum Absinken des Bodenniveaus beigetragen haben. Die allzu aktuelle Mahnung, beim Wirtschaften stets den Erhalt der Existenzgrundlagen im Blick zu haben, ist offensichtlich.

Vieles, was in Rungholt und den Uthlanden im 14. Jahrhundert geschah, bleibt für uns vage und geheimnisvoll. Bei der Arbeit an «Der Zorn der Flut» habe ich das wenige, was aus dieser Epoche historisch greifbar ist, als Impulse aufgenommen und mit den Geschicken der fiktiven Personen verwoben, um eine überzeugende Version des vergangenen Geschehens lebendig werden zu lassen. Ich hoffe, es ist mir gelungen.

Glossar

ACHTERKASTELL: hinterer Aufbau bei einem Segelschiff, auch Heckkastell genannt

AKENBÜLL: Kirchspiel, das 1362 in der Groten Mandränke verloren ging

AUSKOLKEN: Verb, das in etwa «ausspülen» bedeutet, wenn zum Beispiel Erde bei einem Deichbruch ausgewaschen wird; die dabei entstehenden, wassergefüllten Mulden werden Kolke genannt

AVE MARIA GRATIA-FIBEL: kreisförmige Gewandfibel mit dem umlaufenden Schriftzug «Ave Maria Gratia», dem Beginn des Mariengebetes; im Ostseeraum häufiger belegt, während im Nordseeraum nur ein einziges Exemplar mit der fehlerhaften Inschrift «AVE MARIA GRTIA» im Rungholtwatt gefunden wurde

BANKERT: abfällige Bezeichnung für ein uneheliches Kind

BELTRINGHARDE: Harde der Uthlande; verlor bei der Groten Mandränke von 1362 mehrere Kirchspiele und wurde bei der Burchardiflut von 1634 weitestgehend zerstört; entspricht heute dem Gebiet rund um die Hallig Nordstrandischmoor

BLIDE: Katapult-Geschütz, das durch ein Gegengewicht an einem Hebelarm funktioniert

BOCKWINDMÜHLE: Windmühle, die auf einem Gestell «aufgebockt» ist und sich dadurch im Ganzen drehen und nach dem Wind ausrichten lässt

BODTHING: Thing-Versammlung für Gerichtsverhandlungen, zu der nach Bedarf geladen wird

BRACK: wassergefüllte Vertiefung, die als Überrest eines Wassereinbruchs bei einer Sturmflut entstanden ist

BRUNOCK: Kirchspiel, das von der Groten Mandränke 1362 stark betroffen war und später aufgegeben werden musste

CLARET: gewürzter Wein, teures Luxusgut der Oberschicht, auch Hypocras genannt

COTTE: Tunika-artiges Gewand, in der Frauenbekleidung auch als Unterkleid getragen

DANNEBROG: die dänische Flagge mit dem weißen Kreuz auf Rot, als Feldzeichen König Valdemars IV. belegt

DEELE: die Diele, der zentrale Raum des Hallenhauses

DIDDEN: Fladen von getrocknetem Viehdung als Brennmaterial

ECCLESIA CUM COLLEGIO: eine Kirche, die als Sitz und Versammlungsort eines Priester-Kollegiums fungiert; möglicherweise war die Kirche von Rungholt eine solche Kirche für die Priester der Edomsharde

EDOMSHARDE: Harde der Uthlande mit dem Hauptort Rungholt, stark betroffen von der Groten Mandränke 1362, bei der sie mehrere Kirchspiele verlor; ihre Überreste entsprechen dem heutigen Nordstrand

EISENHUT: einfacher Helm der Fußsoldaten, erinnert an einen Hut mit Krempe

ELLE: alte Längeneinheit, die sich ursprünglich an der Länge des Unterarmes orientierte und regional sehr unterschiedlich definiert war

Evershop-Harde: Harde auf der Halbinsel Eiderstedt, wurde durch die Grote Mandränke 1362 für einige Zeit zu einer Insel

Ewer: kleines Segelschiff mit flachem Boden, dadurch gut für den Einsatz im Wattenmeer geeignet

Flendesboll: Kirchspiel, das 1362 in der Groten Mandränke verloren ging

Friedeschiff: Bezeichnung für die Kriegsschiffe der Hanse, die die Handelsrouten sichern sollten

Fuss: altes Längenmaß, das regional stark variieren konnte, entspricht zumeist ca. 25 bis 35 cm

Gaikebüll: Kirchspiel der Edomsharde, das stark von der Groten Mandränke 1362 betroffen war; liegt heute auf Nordstrand

Geest: weiter landeinwärts und somit höher gelegener Landschaftstyp mit häufig sandigem Boden; besser geschützt vor Sturmfluten als das Marschland der Küste, aber auch weniger fruchtbar

Glockenstapel: kleiner, meist hölzerner Glockenturm, der frei neben der Kirche steht, insbesondere in Norddeutschland und Skandinavien verbreitet

Gniedelstein: runder, flacher Glasstein, der erhitzt und zum Bügeln von Kleidung verwendet wurde

Golias: Verkörperung der Völlerei in der Vagantendichtung des Mittelalters

Gotland: große Insel in der Ostsee, im Mittelalter ein bedeutender Handelsknotenpunkt; wurde 1361 vom dänischen König Valdemar IV. erobert und seinem Reich eingegliedert; gehört heute zu Schweden

Gotmersboll: Kirchspiel, das 1362 in der Groten Mandränke verloren ging

Grapen: bauchiger Kochkessel mit drei Beinen, der direkt in die Glut einer Feuerstelle gestellt werden konnte

Grosser Koog: großer Koog der Beltringharde

Grote Mandränke: plattdeutsche Bezeichnung für die Marcellusflut am 16. Januar 1362, wortwörtlich *das große Menschen-Ertrinken*

Halsberge: Teil der Rüstung, der den Hals schützt

Handrohr: einfache Schwarzpulverwaffe im späten Mittelalter, besteht aus einem Metallrohr, das auf einen Schaft montiert ist

Hansekanne: bauchige Kanne aus Zinn für Wein oder Bier, die in wohlhabenden hanseatischen Haushalten zur Repräsentation verwendet wurde

Harde: vormoderner Verwaltungsbezirk in Skandinavien und Norddeutschland

Heuerdam: Kirchspiel, das 1362 in der Groten Mandränke verloren ging

Heverstrom: Gezeitenstrom, der zwischen Nordstrand und der Halbinsel Eiderstedt verläuft; breitete sich bei der Groten Mandränke 1362 aus und zerfraß das Land

Hohe Brücke: hölzerne Brücke, die das Nikolaifleet am Hamburger Hafen überspannte; heute steht hier ein steinerner Nachfolgerbau

Holk: Handelsschiff mit bis zu drei Masten, das ab Ende des 14. Jahrhunderts langsam die Kogge als wichtigsten Schiffstyp der Hanse ablöste

Holzmolle: eine Art Schale oder Trog aus Holz

Hulda: alte germanische Göttin, die mit Frigg oder auch Frau Holle assoziiert ist, im Volksglauben Anführerin der Wilden Jagd

Hundsgugel: Ritterhelm, dessen spitz zulaufendes Visier an

eine Hundeschnauze erinnert und Schläge seitlich abgleiten lässt

KEMENATE: beheizbarer, wohl der Burgherrenfamilie vorbehaltener Teil einer Burganlage

KIRCHENBUCH: Verzeichnis von Taufen, Trauungen, Todesfällen etc. in einer Pfarrei; Kirchenbücher kamen zunächst im 14. Jahrhundert im Mittelmeerraum auf und sind im deutschsprachigen Raum ab dem 15. Jahrhundert belegt; dass Pater Ansgar ein Kirchenbuch für Rungholt führt, ist also sehr progressiv

KLEI: entwässerter Schlick, der zum Deich- und Warftenbau ebenso verwendet wurde wie zum Verputzen von Hauswänden

KOGGE: typischer Handelsschiffstyp der Hanse mit großer Frachtkapazität, aber begrenzter Beweglichkeit

KOLDERSTOCK: Hebel, mit dem sich das Heckruder eines Segelschiffes bewegen lässt; später vom Steuerrad abgelöst

KÖNIGSFRIESEN: Bezeichnung für die Bevölkerung Nordfrieslands, die direkt dem dänischen König (und somit keinem lokalen Adligen wie dem Herzog von Schleswig) unterstand

KOOG: flaches, eingedeichtes Stück Marschland; kann später auch insbesondere durch Eindeichung und Entwässerung gewonnenes Land bezeichnen

LUNDENBERGHARDE: Harde auf dem Gebiet zwischen Nordstrand und Eiderstedt; durch die Grote Mandränke zweigeteilt und infolge späterer Fluten zu großen Teilen verloren gegangen

LÜSTERKRUG: Bezeichnung für einen mit goldfarbenen Mustern glasierten Krug; mehrere solcher Krüge, die im islamischen Südspanien entstanden sind, wurden im Rungholtwatt gefunden; kamen vermutlich durch Handelskontakte mit Flandern nach Nordfriesland und stellten ein Luxusgut der Oberschicht dar

Malaqa: alter Name von Málaga während der islamisch geprägten Zeit im Mittelalter

Malchus: einschneidige Klingenwaffe, häufig mit leicht gekrümmter Klinge

Marcellusflut: Bezeichnung für die Grote Mandränke, die ihren Höhepunkt um den Marcellustag (16. Januar) des Jahres 1362 hatte; genau genommen handelt es sich um die zweite Marcellusflut, da es bereits am Marcellustag des Jahres 1219 eine verheerende Sturmflut an der Nordsee gab

Marsch: flaches, fruchtbares Schwemmland an der Küste

Meermönch: wundersames Meereswesen in der Naturkunde des Mittelalters

Neuer Kran: mechanischer Kran nahe der Hohen Brücke am Hamburger Hafen, errichtet 1353; der heutige Nachfolgerbau stammt von 1858 und wurde bis 1974 betrieben

Niedendam: Kirchspiel, das 1362 in der Groten Mandränke verloren ging

Nöck: Bezeichnung für einen Meermann oder Wassergeist

Norderwisk: Kirchspiel, das 1362 in der Groten Mandränke verloren ging

Odderbaantjes: hügelbewohnendes Zwergenvolk, über das die Volkssagen von Föhr berichten

Odenbüll: Ortschaft und Kirchspiel der Edomsharde, liegt heute auf Nordstrand

Okarina: Gefäßflöte aus Ton; eine Okarina mit nur zwei Stimmlöchern, die vielleicht als Signalinstrument diente, wurde im Rungholtwatt gefunden

Osterhever: Ortschaft der Evershop-Harde auf der Halbinsel Eiderstedt, besteht bis heute

Pellwormharde: Harde der Uthlande; ihre Überreste umfassen die heutige Insel Pellworm

Plogpennig: der «Pflugpfennig», der als Landsteuer an die dänische Krone zu entrichten war

Priel: Wasserlauf im Marschland und/oder im Watt

Psalterium: gezupftes Saiteninstrument, Vorform der Zither

Puk: koboldartiger Hausgeist

Ran: altnordische Meeresgöttin, die auch als Meerfrau in Volkssagen fortlebt

Rungholt: Hauptort der Edomsharde und bedeutendster Handelshafen der Uthlande; bei der Groten Mandränke von 1362 komplett zerstört und seither beliebter Gegenstand der sagenhaften Überlieferung

Salzkoog: Koog, der kurzfristig angelegt wurde, um auf dem umschlossenen Gebiet Salztorf abzubauen

Salztorf: salzhaltiger Torfboden, der zur Salzgewinnung abgebaut wurde

Schleswig: Stadt im Norden des heutigen Schleswig-Holstein; im Mittelalter Hauptstadt des gleichnamigen Herzogtums; die Kirchspiele der Uthlande sind dem Bischof von Schleswig unterstellt

Schnigge: leichtes, bewegliches Segelschiff, das auch gerudert werden kann

Schonen: Landschaft in Südschweden, die im Mittelalter für längere Zeit zu Dänemark gehörte

Seeland: größte Insel Dänemarks

Simonsberg: Ort der Lundenbergharde auf der Halbinsel Eiderstadt, besteht bis heute

Staller: Verwaltungsbeamter, der für die dänische Krone einer Harde vorstand; entstammte den mächtigen örtlichen Familien

St. Andreas: Kirche von Gaikebüll

St. Laurentius: möglicherweise der Name der Kirche von Rungholt, wichtigste Kirche der Edomsharde; der heilige Laurentius ist auf dem Siegel der Harde abgebildet

Streitkolben: Schlagwaffe mit hölzernem Schaft und einem Metallkopf, der mit Dornen versehen sein kann

St. Salvator: Kirche der Pellwormharde; besteht bis heute als Alte Kirche von Pellworm; ihr wuchtiger Turm, der als Seezeichen diente, ist noch als Ruine vorhanden

Suderwisk: Kirchspiel, das 1362 in der Groten Mandränke verloren ging

Trockenfallen: bezeichnet in der Seefahrt das Aufsetzen eines Schiffes auf dem trockenen Meeresboden bei Niedrigwasser; im Watt vor Rungholt wurden vermutlich trockengefallene Koggen be- und entladen

Tüül: lokale Bezeichnung für Salztorf

Uelvesbüll: Ort der Edomsharde auf der Halbinsel Eiderstedt, der bei der Groten Mandränke 1362 zerstört wurde und später zur Evershop-Harde gehörte; der Nachfolgerort besteht bis heute

Uthlande: die Inseln, Halligen und Marschlande an der Küste Nordfrieslands, als Bezeichnung seit dem 12. Jahrhundert belegt; im Mittelalter eine Region, die sich eine gewisse Autonomie bewahren konnte

Volgsbüll: Kirchspiel der Beltringharde, das in der Burchardiflut von 1634 unterging

Warft: künstlich aufgeschütteter Hügel, der die darauf errichteten Gebäude vor Sturmfluten schützen soll

Welsch: altes Adjektiv für den romanischen Sprachraum, insbesondere Frankreich und Italien

Wergeld: im germanischen (auch friesischen) Recht Bußgeld, das zur Sühne eines Totschlags zu entrichten war

Westerhever: Ort der Evershop-Harde auf der Halbinsel Eiderstedt, der bei der Groten Mandränke von 1362 beschädigt wurde; besteht bis heute; die Kirche von Westerhever soll zum Teil aus den Steinen der Wogemannsburg errichtet sein

Westerwold: Ort der Beltringharde, der in der Burchardiflut von 1634 unterging

Westsee: alte Bezeichnung für die Nordsee

Wiriksharde: Harde der Uthlande; umfasst das heutige Gebiet um die Hallig Langeneß

Wöbbe: fester friesischer Wollstoff

Wodan: alter germanischer Gott, der grob dem altnordischen Odin entspricht, im Volksglauben Anführer der Wilden Jagd

Wogemänner: Seeräuberbande, die zwischen 1362 und 1370 in den Uthlanden plünderte; wurden der Sage zufolge nach einem Verrat besiegt

Wogemannsburg: Burg der Wogemänner bei Westerhever; die Warft der Wogemannsburg ist bis heute erhalten, die Steine der Burg selbst sollen in der Kirche von Westerhever verbaut sein